VON FRAUEN UND RABBINERN

Die Andere Bibliothek

Begründet von
Hans Magnus Enzensberger

Chaim Grade

Von Frauen und Rabbinern

Zwei Erzählungen

Übertragen aus dem Jiddischen,
mit Anmerkungen und einem biographischen Essay
bereichert von Susanne Klingenstein

DIE REBBEZIN

1

Der Rabbiner von Graipewo und seine Frau waren in die Jahre gekommen. Ihre Kinder hatten sich gut verheiratet und wohnten in Horodno. R. Uri-Zwi Hakohen Königsberg war noch immer ein imposanter Mann, groß und breitschultrig, mit gekräuselten Schläfenlocken, die sich in seinen schneeigen Bart verirrten, und blauen naiven Augen. Obgleich er einen guten Ruf als Gelehrter und Prediger genoss, hatte er sich nie um ein bedeutenderes Rabbinat bemüht. Er verbrachte all seine Tage in Graipewo, haderte nicht mit der Gemeinde, herrschte über sie ohne Strenge, verzichtete darauf, den Mächtigen zu schmeicheln, und war stets bestrebt, Streit zu vermeiden. Wenn Kontrahenten zu ihm kamen, damit er Recht spräche, bestand er so lange darauf, dass sie die Sache unter sich abmachten, bis die Parteien sich einigten. Nur selten musste er ein Urteil fällen. Verlangten die Stadtväter von ihm, die Jugendlichen abzumahnen, die nicht mehr auf dem Pfad der Aufrechten wandelten, tadelte er die jungen Flegel nicht öffentlich in seinen Predigten vor der Gemeinde, sondern stieg vom Pult des Vorbeters herab und ging in ihre Ecke, um mit ihnen zu reden, oder er fand sie auf dem Marktplatz. An Beschwerden über die heutige Jugend fehlte es nicht: Sie entweihten den Schabbat, vergnügten sich am Flussufer mit den Mädchen und seien überhaupt ungezügelte Kerle. Der Rav sagte zu ihnen nur: »Wie lange ist man jung? Ihr werdet auch einmal älter und müsst euch dann das ganze Leben lang für diese Geschichten schämen. Was ihr treibt, passt nicht zu Kindern guter Eltern.« Er sprach so aufrichtig und mit so viel innerem Schmerz, dass sogar die Dreistesten es nicht über sich brachten, sich mit ihm anzulegen.

Sorgfältig sprach R. Uri-Zwi jedes Wort der Gebete, und Wort für Wort lehrte er nach dem Morgengebet die Mischna, so klar und gelassen, dass selbst ein Kind seinen Erklärungen hätte folgen können. In sich ruhend aß er, studierte, notierte seine neuen Einsichten in den Talmud und entwarf seine Predigten. Wenn er müde wurde, ging er auf dem Weg hinter dem Haus spazieren. Er legte die Hände auf den Rücken, pries halblaut den Schöpfer für den schönen Tag und ging in Gedanken vertieft seinen Weg. Kam ihm jemand entgegen, nickte er freundlich, ohne zu warten, dass der andere ihn zuerst grüßte, und spazierte summend und frohen Herzens weiter.

Kam jedoch sichtlich besorgt ein Familienvater auf ihn zu und rief: »Rabbi, ich brauche Euren Rat«, wurde auch R. Uri-Zwi sorgenvoll und hörte dem Mann auf der Stelle zu, mitten auf dem Weg hinter dem Städtchen. Er nahm den Geängstigten mit nach Hause, zog sich mit ihm in ein Zimmer zurück und hörte ihm zu, bis jener sein Herz ganz ausgeschüttet hatte und getröstet wegging. Sogar den Streithälsen im Städtchen nötigte es Achtung ab, dass der Rav nicht größerem Ruhm nachjagte. Der Gemeindevorsteher sprach ihn einmal direkt darauf an: »Der Rav, er soll leben, ist uns lieb und teuer. Graipewo will ihn auf keinen Fall verlieren. Aber wie kommt es, dass der Rav selbst sich nie um eine größere Gemeinde bemühte, wie andere Rabbiner es tun?«

»Ich habe nichts gegen Graipewo«, erwiderte der Rav. »Als unsere Kinder klein waren, machten wir uns Sorgen um ihre Ausbildung. Aber sie wurden mit Gottes Hilfe erwachsen und haben sich gut verheiratet. Jetzt sind wir nur noch zwei Leutchen, ich und meine Frau. Wozu brauchen wir da ein größeres Haus und eine Stadt mit einem halben Dutzend Synagogen? Kann man in mehr als einem Zimmer schlafen und in mehr als einer Synagoge beten?«

Diese Antwort machte den Rav im Städtchen noch beliebter. Denn in Graipewo wusste man, R. Uri-Zwi verschwieg, dass seine Frau ihn ständig triezte, er möge die Stelle wechseln.

Die Rebbezin Perele war in Aussehen und Charakter das genaue Gegenteil ihres Mannes. Sie war klein mit schmalen Schultern und dünnen Armen, hatte kalte, kluge, forschende Augen und die hohe Stirn eines Rabbiners, ein Erbe ihres Vaters, R. Ascherl Broido, der Gaon von Staripol. Perele litt an Kopfschmerzen, nervöser Anspannung, Sodbrennen und schlechter Laune. Sie besaß einen ganzen Schrank voll Arzneifläschchen und lag manchmal tagelang auf dem Sofa, den Kopf in ein nasses Handtuch gewickelt. Sie sog an Zuckerwürfeln, die mit Valerian beträufelt waren, und schlürfte Medizin von kleinen Löffeln. Die Frauen in der Stadt meinten, sie habe gar nichts und sei gesund wie ein harter, bitterer Rettich. Die Krankheiten, die sie sich ausdachte und einredete, rührten von ihrem sauertöpfischen Wesen. Graipewo war der Ansicht: So nett der Rav war, so garstig war seine Frau.

Nicht dass Perele sich darum scherte, was die Dörfler über sie sagten oder dachten. Sie hatte sich nie mit ihnen angefreundet. Wenn man ungebildete Leute zu nah an sich heranließ, setzten sie sich einem in den Pelz. Zu ihrem Mann sagte sie: Solange er jemandem stundenlang zuhörte, hielt dieser ihn für einen Heiligen. Aber sobald jener am nächsten Tag sah, dass der Rav auch einem anderen endlos zuhörte, hielt der erste Schwafler ihn für ein Weichei. Früher bei ihrem Vater, dem Staripoler Rav, und später bei ihrem Mann hörte Perele viele Lehrsätze aus der Gemara, die sie glatt und gezielt anzuwenden wusste. Aber zum Beten in die Synagoge ging sie nur an Feiertagen und an jenen Schabbaten, an denen man den Monatsbeginn segnete. Niemand hätte sagen können, die Rebbezin gehöre zu den religiösen Fanatikern. Das hielt sie allerdings nicht davon ab, sich bei ihrem Mann darüber zu beklagen, dass die Leute nicht vor ihm zitterten wie vor einem Kosakenführer mit Stock. Keine Frau der Stadt hatte so viele Kleider, Mäntel und Kopfbedeckungen wie Perele. Doch ihre Kleider waren alle im alten Stil geschneidert. Auch neue Kleider bestellte sie nach der alten

Mode. Dafür hielt sie den Satz bereit: Der Unterschied zwischen einem alten hebräischen Buch und einem jiddischen Büchlein ist, dass man das Büchlein nach dem Lesen wegwirft, das alte Buch aber küsst und ins Regal stellt, um es ein Leben lang zu benutzen. Genauso sei es, verzeiht den Vergleich, mit Kleidern. Jene im alten Stil kann man immer tragen, aber Kleider nach der neuesten Mode trägt man heute, morgen wirft man sie weg.

Gesandte aus fernen Talmudhochschulen und Wanderprediger, die einen Schabbat im Städtchen verbrachten und beim Rav zu Gast waren, konnten die Rebbezin nicht hoch genug loben. Obwohl es sich eigentlich nicht schickte, dass Talmudgelehrte über die Frau eines anderen Mannes sprachen, machten die Gäste in diesem Fall eine Ausnahme und erzählten den Juden von Graipewo, ihre Rebbezin sei klug wie Berurja, die Frau des antiken Gelehrten R. Meir. Die Männer gingen nach Hause und erzählten es ihren Frauen. Doch die verzogen ihre Gesichter und sagten: »Angeberin! Sie will nur beweisen, dass sie klüger ist als ihr Mann und daheim das Zepter schwingt.«

Schon in den ersten Ehejahren hatte die Rebbezin ihrem Mann gelegentlich zugesetzt, ein angeseheneres Rabbinat zu suchen. R. Uri-Zwis Entgegnung war immer: Erstens, woher willst du wissen, dass ein anderes Städtchen besser ist als Graipewo? Und zweitens kam es selten vor, dass ein Rav eine Stelle in einer neuen Gemeinde antrat, ohne dort großen Streit auszulösen. Warum sollten sie beide das auf sich nehmen? Zwar hatte Perele den Sumpf von Graipewo und seine Einwohner gründlich satt, sie hatte aber zugeben müssen, ihr Mann hatte nicht unrecht. Nun aber, da die Kinder verheiratet waren und in Horodno lebten, plagte sie ihn ununterbrochen, sie sollten dorthin ziehen.

R. Uri-Zwi zuckte die Achseln: »In Horodno gibt es schon einen Oberrabbiner und ein voll besetztes Rabbinisches Gericht.«

»Wer sagt denn, dass du ein Leben lang Rabbiner sein musst? Wir können einfach zu den Kindern ziehen.«

R. Uri-Zwi wollte nichts davon wissen und Perele verstand im Grunde noch besser als ihr Mann, dass Eltern, solange sie gesund waren und ihr Auskommen hatten, nicht bei den Kindern wohnen sollten. Sie ließ das Thema so plötzlich wieder fallen, wie sie davon begonnen hatte.

Die Graipewer Rebbezin wusste ganz gut, dass sie nicht nur wegen der Kinder nach Horodno ziehen wollte. Es gab noch einen anderen Grund. Er war ihr Geheimnis. Gott sei Dank kannte es niemand, nicht einmal ihr Mann. Auch vor sich selbst schämte sie sich, einzugestehen, dass ihre Gedanken immerfort um den Rabbiner von Horodno kreisten und sie ihren Mann ständig an ihm maß, an R. Mosche-Mordechai Eisenstadt, ihrem ersten Bräutigam.

Perele war das einzige Kind des Ravs von Staripol, R. Ascherl Broido, ein kleines Männchen mit fein gerunzeltem Gesicht, einer Haut wie Pergament und einem dünnen silbernen Bärtchen. Auch im Sommer trug er eine Winterjacke aus Pelz, denn ihm war immer kalt. Die Staripoler Juden wussten, dass man ihren Rav für einen Gaon hielt. Berühmte Rabbiner, große Juden mit weißen Bärten, Männer wie verschneite Eichen, kamen von weit her nach Staripol gefahren, um beim Rav einen Schabbat mit dem Studium des Talmuds zu verbringen. Mit den Leuten im Städtchen redete R. Ascherl fast nie. Er interessierte sich auch nicht für die Angelegenheiten der Gemeinde. Ein Rav, sagte er, sollte sitzen und lernen. An Leuten, die Gemeindekram kompetent erledigten, fehlte es nie, doch an Gelehrten schon. Die Leute hörten das mit Verdruss, trösteten sich aber mit dem Wissen, dass ihr Rav berühmt war und sich tatsächlich Tag und Nacht über die Gemara beugte.

Die Gemara und die Tochter waren R. Ascherls einzige Freuden, seit die Frau ihm gestorben war. Er ließ Perele in der heiligen Sprache unterrichten, außerdem in Russisch und sogar in Deutsch. Allerdings mussten die Lehrer ins Haus kommen, weil er aufpassen wollte, dass sie ihr während des Sprachunterrichts keine ketzerischen Ideen einbliesen. Obwohl Perele klein und unattraktiv war, stand sie schon als Kind im Ruf, intelligent und gelehrt zu sein. Schließlich wurde ein Bräutigam für sie gewählt: ein bekannter junger Gelehrter, Mosche-Mordechai Eisenstadt. Der Schetler Ilui, wie man den begabten Jüngling in seiner Knabenzeit genannt hatte, sollte nach der Hochzeit beim Schwiegervater, dem Gaon, wohnen, studieren und das Staripoler Rabbinat übernehmen.

Der Bräutigam war einige Male bei der Braut zu Gast. Als man schon daranging, die Hochzeit vorzubereiten, schickte er völlig unerwartet den Verlobungsvertrag und alle Geschenke zurück, die er erhalten hatte. Der Schetler Ilui schickte auch einen Brief: Die Staripoler Gemeindevorsteher hätten ihm unumwunden gesagt, sie würden ihn nicht als neuen Rabbiner annehmen müssen, nur weil er der Schwiegersohn des alten Rabbiners sei. R. Ascherl sei eben R. Ascherl. Sie wollten einen jungen Rav, der gut predigte, Fremdsprachen beherrschte und mit Worten umgehen konnte. Was Gelehrtheit anging, störte es sie nicht, wenn der junge Rav keine große Leuchte war. »Ich aber beherrsche keine Sprachen und kann auch nicht vor Leuten sprechen, darum ist es ein Fehler für beide Seiten.« So erklärte der Bräutigam in seinem Brief an den alten Rav seinen Rücktritt von der Hochzeit. Seiner Familie aber sagte er die Wahrheit: Er wolle die Braut nicht, sie sei eine garstige Frau. Perele verstand. Während der Bräutigam bei ihnen zu Gast war, hatte er einige Male zu ihr gesagt: »Du bist klug, aber nicht gut.« Er hatte es mit einem kleinen Lachen gesagt, als wäre es ein Scherz. Später verstand die Braut, dass er vor ihr erschrocken und es ihm überhaupt nicht zum Lachen gewesen war.

»Weißt du, warum der Schetler mich nicht will?«, sagte Perele zu ihrem Vater und verkniff die Lippen zu dünnen Strichen, »Staripol ist ihm zu klein und ich bin ihm auch zu klein. Er will eine große Stadt und eine große Braut, eine große Kuh, ein dickes Vieh, eine Närrin, eine Gute. Aber gute Narren gibt es nicht. Denn ein Narr ist ein geistiger Krüppel und ein Krüppel kann nicht gütig sein.« So sang die Tochter in die Ohren des Vaters, der zuhörte mit unruhigen, wässrigen Äuglein. Dann vergrub er seinen Kopf wieder in der Gemara. Hinsichtlich ihres Charakters, dachte er, hatte der Schetler Ilui sich nicht geirrt.

2

Schließlich verlobte sich Perele mit dem Kejdaner Studenten Uri-Zwi Königsberg, ein starker und schöner junger Mann mit hellen Augen, klarem Gesicht und ruhigem, gutem Wesen. Wenn die Braut ihn mit ihrem ersten Bräutigam verglich, schien ihr, sie müsste eigentlich hochzufrieden sein, dass der erste einen Rückzieher gemacht hatte. Denn er war klein und dünn und sprach durch seine große Nase, die sich wie ein Widderhorn bog. Aber er hatte kluge, lachende Augen, die blitzten wie Silberbrokat auf einem Gebetsmantel. Gleich bei der ersten Begegnung hatte sich der Schetler für seine Sprachbehinderung bei Perele mit der Bemerkung entschuldigt, dass Moses, obwohl er ein Stammler war, die Welt mit seiner Lehre eroberte. Der Kejdaner Student hingegen war nicht nur gelehrt, er konnte auch gut reden. Die Braut zitterte, dass man ihr diesen wohlgeratenen Jüngling noch ausspannen könnte, und trieb die Hochzeit voran. Nach ein paar Jahren ›auf Kost‹ im Haus des Schwiegervaters übernahm ihr Mann das Rabbinat in Graipewo, denn gerade, weil er der Schwiegersohn des alten Ravs war, wollte R. Uri-Zwi Königsberg sich Staripol nicht aufdrängen. So wurde Perele die Graipewer Rebbezin und Mutter einer Tochter und zweier Söhne.

Von Zeit zu Zeit hörte sie Neuigkeiten über ihren ersten Bräutigam. Mosche-Mordechai Schetler heiratete die Tochter des Ravs von Horodno und gelangte schnell zu Ansehen. Allerdings berief ihn niemand auf eine Stelle und er selbst bemühte sich auch nicht um eine hohe Position. Trotzdem wurde er schon zu Lebzeiten seines Schwiegervaters Vorsitzender Richter des Bet-Din von Horodno. Danach kam Perele zu Ohren, man sähe in R. Mosche-Mordechai Eisenstadt bereits den *gadol hador*, den größten Gelehrten seiner Generation, und von überall erhielte er religionsgesetzliche Fragen. Man wollte ihn als rabbinische Autorität in Białystok und sogar in Łódź. Doch die Juden von Horodno wachten mit tausend Augen darüber, dass man ihr Juwel nicht stahl. Der Graipewer Rebbezin wurde die Kehle trocken, wenn sie solche Berichte hörte. Wie der junge Mosche-Mordechai Schetler ging und innehielt, stand ihr mit solcher Klarheit vor Augen, als sei er erst gestern ihr Bräutigam gewesen. Jede Kehre und jede Bewegung bezeugten seine Brillanz. In jeder Antwort blitzte die Geistesschärfe eines Gaons.

Je lauter das Lob auf den Rav von Horodno erschallte, desto mehr fand Perele am eigenen Mann auszusetzen. Er war ein Einfaltspinsel. Wenn er einen Disput schlichten sollte, gab er allen Parteien recht. Er bestand nie auf seiner Autorität, darum fürchtete ihn niemand. Zum Prediger taugte er wirklich nur in einem kleinen Kaff. In einer größeren Stadt scheute er sich, öffentlich zu sprechen und als Anwärter für ein Rabbinat aufzutreten. Aber was ein Mensch wirklich beherrschte, sollte er auch öffentlich unter Beweis stellen können. Selbstverständlich gab es hinsichtlich der Gelehrsamkeit überhaupt keinen Vergleich zwischen ihm und ihrem seligen Vater. Perele suchte und fand Mäkel selbst im Aussehen und in den Angewohnheiten ihres Mannes. Ein Rav darf nicht so groß und bärenhaft sein. Wie oft schon hatte sie ihn gebeten, die Schläfenlocken glattzukämmen. Aber bei ihm kräuselten sie sich wie bei einem Schaf. Wenn er Tee trank, keuchte und schwitzte er und blies durch die dicken Lippen, als hätte er sich verbrannt. Diese Unzulänglichkeiten ihres Mannes nahm die Graipewer Rebbezin allerdings nur wahr, wenn Kunde vom

Horodner Rav ihr in den Ohren klang. An gewöhnlichen Tagen war R. Uri-Zwi die Krone auf ihrem Haupt. Sie sonnte sich in seiner würdevollen Erscheinung und sorgte sich um seine Gesundheit. Doch wenn längere Zeit verging, ohne dass jemand den Horodner Rav erwähnte, fehlte ihr etwas. Mit ihrem Mann wollte sie über ihn nicht sprechen und mit den Frauen der Stadt schon gar nicht. Frauen können ein sehr gutes Gedächtnis haben, und sie erinnerten sich womöglich daran, dass der Horodner Rav ihr Bräutigam gewesen war und sie zurückgewiesen hatte. Die Graipewer Rebbezin hatte ohnehin keine Lust, in der Gesellschaft von Frauen ihre Zeit zu verbringen. Wenn aber ein Gelehrter in ihrem Haus zu Gast weilte und ihr Mann noch nicht von der Synagoge zurückgekehrt war, fragte Perele beiläufig:

»Wir haben gehört, man sieht im Horodner Rav den *gadol hador*. Worin besteht denn seine Größe? Ist er wirklich ein solches Genie, wie man allgemein sagt?«

»Einsame Spitze! R. Mosche-Mordechai Eisenstadt ist einzigartig!«, rief der Gast ekstatisch und schüttelte Bart und Schläfenlocken.

»Und klug. Man sagt, er sei auch sehr klug«, fügte die Rebbezin traurig hinzu und ging hinaus in die Küche, um dem Gast ein Glas Tee zu bringen. Das Wasser im Teekessel war schon halb verdunstet, doch Perele verharrte vor dem Herd und blickte gedankenverloren mit großen kalt-glänzenden Augen ins Feuer.

Die Tochter des Graipewer Ravs, das älteste seiner drei Kinder, heiratete in Horodno in eine gutsituierte Familie, die auch die Rabbiner der Stadt zur Hochzeit einlud, allen voran natürlich R. Mosche-Mordechai Eisenstadt. Bevor Perele ihn noch ganz zu Gesicht bekam, erkannte sie ihn schon an seinem Gang, an den flinken Kehren und Bewegungen von damals. Als sie aber sein Gesicht sah, traute sie ihren Augen nicht. Sie wusste, R. Mosche-Mordechai war kaum über fünfzig, aber er glich einem alten Mann mit hängenden Schultern und langem grauem Bart. Nach der Trauungszeremonie unter der Chuppa saß die Graipewer Rebbezin neben ihrer Tochter am oberen Ende des Frauentischs und beobachtete, wie der Horodner Rav sich am Männertisch freundschaftlich mit ihrem Mann unterhielt. Allerdings verweilte R. Mosche-Mordechai nicht lange. Er erhob sich schon bald, um zu gehen. Perele beobachtete, wie alle Rabbiner und wichtigen Gäste aufstanden, um ihn zur Tür zu begleiten. Er sagte da wohl noch etwas Geistreiches und Witziges, denn die Umstehenden schmunzelten und lachten. Obwohl der Horodner Rav anscheinend in guter Stimmung gewesen war und gar nicht in ihre Richtung gesehen hatte, schien ihr, als sei einzig sie es, die ihm den großen, vollen Hochzeitssaal hatte eng werden lassen, und er sich darum beeilt hatte aufzubrechen.

Später heirateten auch die Söhne des Graipewer Rav, zwei Jeschiwa-Absolventen, nach Horodno. Die Mutter hatte sich sehr bemüht, diese Heiraten in die Wege zu leiten. Von allen vorgeschlagenen Partien gefielen Perele nur die Bräute aus Horodno. Während einer der häufigen und langen Auseinandersetzungen zwischen den Eltern platzte dem sonst geduldigen und weichen R. Uri-Zwi einmal der Kragen und er schrie: »Warum bist du denn so vernarrt in Horodno?« Seine Frau antwortete ihm ruhig, wenn er mehr Verstand hätte, würde er sich darüber nicht wundern. Ihre Tochter wohne in Horodno, also wäre es gut, wenn auch die beiden Söhne sich dort niederließen. Erstens würden sich die Kinder dadurch nicht in der Fremde fühlen, denn sie lebten ja alle in derselben Stadt. Zweitens müssten sie selbst nicht in drei verschiedene Städte fahren, um die Kinder zu besuchen. Da die Horodner Partien sehr ansehnlich waren und die Söhne seit ihrer Kindheit der Mutter gehorchten, verheirateten sie sich kurz nacheinander in Horodno.

Perele wusste, dass R. Mosche-Mordechais Frau ein Jahr nach der Hochzeit schwanger geworden war und eine Fehlgeburt erlitten hatte. Sie erkrankte und die Ärzte rieten ihr, keine weiteren Kinder zu haben. Sie setzte sich darüber hinweg, wurde wieder schwanger und gebar ein Mädchen. Perele hörte, dass die einzige Tochter der Horodner Rebbezin an Asthma und einem schwachen Herzen litt. Sie war ein blasses, launisches Mädchen, das oft den ganzen Tag weinte. Sie ging nicht in die Mädchenschule und hatte keine Freundinnen, weil sie sich wegen ihres dürren, kränklichen Aussehens genierte. Ständig saugte sie durch einen Schlauch etwas aus einer Flasche, was ihr das Atmen erleichterte. Der Vater ging mit ihr spazieren, brachte sie zu Ärzten, und die Mutter verteilte Spenden. Traf sie einen frommen Juden, bat sie stets um einen Segen für ihr einziges Kind. Wenn die Graipewer Rebbezin ab und zu davon hörte, seufzte sie tief, zuerst aus Mitgefühl, dann aus Erleichterung, dass ihre eigenen Kinder Gott sei Dank gesund waren. Später besserte sich der Zustand des kranken Mädchens und es ging die Rede, die Eltern suchten einen Bräutigam.

Im Winter versank Graipewo bis zu den verkitteten Doppelfenstern der Häuschen im Schnee. Das bleierne Tageslicht und der frühe Einbruch der Dunkelheit verbreiteten Lethargie und Trübsinn. Nach den langen finsteren Nächten erhoben sich die Menschen in Graipewo morgens mit schmerzenden Gliedern, als hätten sie in einem Sumpf geschlafen. Die einzig lichten und fröhlichen Zeiten waren der Freitagabend, wenn die goldenen Flammen der gesegneten Kerzen die Stuben erhellten, und Schabbat in der Synagoge: das Vorbeten des Kantors, die Predigt des Ravs nach Mincha, dem Nachmittagsgebet, das gemeinschaftliche Rezitieren der Psalmen in der tiefen Abenddämmerung. Aber an einem Freitag vor Chanukka zerstörte ein Reisender restlos die Schabbatruhe.

Der Mann hatte die Woche in Horodno verbracht und kam am Freitag in der Frühe zum Morgengebet ins Städtchen. Während er die Kapuze ablegte und sich aus dem schweren verschneiten Pelz schälte, verkündete er die traurige Nachricht, die Tochter des Horodner Ravs sei plötzlich gestorben.

Es wäre nicht einmal Zeit gewesen, einen Arzt zu holen. Auf der Beerdigung der Tochter, erzählte der Mann, hätte ganz Horodno Tränen vergossen angesichts des gebrochenen Vaters, der am Grab stand und weinte. Die Mutter hingegen wäre versteinert. Seit einer Woche schon herrschten Trauer und Dunkelheit in Horodno, als wäre dort jeden Tag Sonnenfinsternis. Auch die Graipewer wurden von dieser Nachricht erschüttert. Obwohl die Juden »Gelobt sei der wahre Richter!« murmelten, blickten sie doch fragend auf den Aaron-Kodesch, in dem die Torah-Rolle verwahrt wurde: Wofür wurde der Gaon R. Mosche-Mordechai Eisenstadt so hart bestraft? Nach dem Gebet eilten die Männer nach Hause und erzählten ihren Frauen das Unglück. Sie rangen die Hände und trugen die schwarze Botschaft auf den Markt. Als R. Uri-Zwi von der Synagoge nach Hause kam, wusste seine Frau schon alles.

Die Trauer verlieh Pereles Gesicht eine matte Blässe und in ihren Augen glänzte ein Schweigen, das sie in sich verschloss. Die Katastrophe, die über den Horodner Rav hereingebrochen war, durchschauerte sie stärker als die anderen Frauen in Graipewo. Sie hatte das gespenstische Gefühl, dass sie und ihre Kinder dem schlimmen Schicksal ihres ersten Bräutigams entronnen waren. Gleichzeitig glühte sie vor Zorn, weil die Frauen sagten, es werde ein aufgewühlter Schabbat werden. Sie redeten, als wäre der Horodner Rav auch der Rav von Graipewo.

Der so höfliche wie arglose R. Uri-Zwi hatte immer vermieden, mit seiner Frau über den Horodner Rav zu sprechen, damit sie nicht daran erinnert würde, dass jener die Verlobung mit ihr gelöst hatte, und sich deswegen schämte. Doch angesichts dieses Schicksalsschlags glaubte R. Uri-Zwi, sich nicht vor seiner Frau in Acht nehmen zu müssen. Er seufzte, jammerte und rang die Hände. »Ein solches Urteil des Himmels! So eine Katastrophe! Die ganze rabbinische Welt wird zittern!« Perele konnte das Stöhnen ihres Mannes nicht ertragen, sein weibisches Händeringen und sein kuhdummes

Gerede vom Zittern der »ganzen rabbinischen Welt«. Nichts weniger als die ganze Welt! Die Rebbezin fühlte ein Stechen in der Brust und begann zu husten. Sie legte sich aufs Sofa und schwieg lange mit trockenen Lippen. Die Graipewer Rebbezin litt fürchterlich, sowohl für den Horodner Rav als auch aufgrund einer Verärgerung, die sie selbst nicht verstand. Da sie aber für Schabbat noch einiges vorzubereiten hatte, raffte sie sich auf und sagte zu ihrem Mann, der noch jammernd und mit geschlossenen Augen dabei war, den langen Segen nach dem Essen zu sprechen:

»Trotzdem musst du deinen Leuten beim Gottesdienst heute Abend sagen, und sie sollen es an ihre Frauen weitergeben, dass man an Schabbat nicht trauern darf, zumal sie mit R. Mosche-Mordechai Eisenstadt nicht verwandt sind und er auch nicht ihr Rav ist.«

R. Uri-Zwi riss die Augen auf. Obwohl seine *Ejsches chajil* nüchtern und trocken sprach, kam es ihm vor, als redete sie im Wahn. Die Rebbezin hatte zwar von anderen verlangt, das Gebot der Schabbatfreude nicht zu verletzen, sie selbst aber verbrachte den ganzen Tag auf dem Sofa liegend in verbissenem, feindseligem Schweigen. Da lag sie noch, als R. Uri-Zwi am Schabbatabend aus der Synagoge zurückkam, und sagte zu ihm durch die Dunkelheit, R. Mosche-Mordechai Eisenstadt habe sich als junger Mann selbst zum Narren gemacht wie jeder Kluge, der neunmalklug sein will. Seine Frau sei ja schon als Kind kränklich gewesen, aber das sei ihm unwichtig gewesen. Er hätte ein krankes, verweintes Mädchen genommen, weil er es auf das Rabbinat von Horodno abgesehen hatte. »Er tut mir wirklich sehr leid«, sagte sie schließlich und erhob sich ächzend vom Sofa, um neben ihrem Mann zu stehen, während er den Segen sprach, der Schabbat von den Wochentagen unterschied.

3

Den Rest des Winters plagte Perele ihren Mann, sie sollten nach Horodno ziehen. R. Uri-Zwi erklärte sich das so, dass seine Frau über das Unglück mit der Tochter des Ravs so erschrocken war, dass sie nun in der Nähe ihrer Kinder sein wollte. Er versuchte sie zu beruhigen. »Närrchen, unsere Kinder sind, gottlob, frisch und gesund. Ein Jude muss an die göttliche Vorsehung glauben. Die Gemara sagt: ›Niemand verletzt sich hier unten an einem Finger, wenn es oben nicht so bestimmt wurde.‹ Perele antwortete, von solchen Gemara-Sätzen hätte sie jetzt genug. Wüsste er nicht oder vermiede er es nur zu wissen, dass ihre Tochter Serel demnächst wieder Mutter würde? Wenn Serel im Kindbett läge, wer passte dann auf die Zwillinge auf? Der Schwiegersohn hatte selbst alle Hände voll zu tun. »Dann fahre eben für eine Weile hin. Zur Beschneidung oder zum Glückwunsch, wenn es ein Mädchen ist, komme ich dann«, sagte der Rav und bat sie inständig, ihn nun in Ruhe zu lassen, er müsste studieren, eine Predigt vorbereiten, einen Brief beantworten. Aber die Rebbezin legte sarkastisch nach: »Wie schön, dass du zur Beschneidung oder zum Glückwunsch kommen willst. Und wer wird Serel helfen, wenn sie einen Säugling an der Brust und die Zwillinge am Schürzenbändel hat?«

Die Rebbezin sprach trocken und nüchtern wie eine Wanduhr, die hart und pünktlich tickt. Das Reden hinderte sie nicht daran, die Speisen von der Küche ins Esszimmer zu tragen oder die Stube aufzuräumen. Der Rav aber schaffte es nicht, seiner heiligen Arbeit nachzugehen und ihr gleichzeitig zuzuhören und zu antworten. Sobald Perele das Thema Tochter erschöpft hatte, begann sie von den Söhnen reden: Auch sie hatten schon Kinder, sie mögen gesund sein. Aber ihnen war sie keine richtige Großmutter, weil sie nur alle Jubeljahre zu ihnen kam. An den Söhnen hätte sie Freude haben können, wären sie nicht wie der Vater geraten, ein Herumsitzer ohne praktischen Verstand. Jankel-David und Gedalja hätten ja leider nicht Rabbiner werden wollen, aber als Kaufleute taugten sie nicht viel. Ohne ein Fünkchen Unternehmergeist ließen sie alles laufen, wie es eben lief, genau wie ihr Vater. Wenn sie in der Nähe der Kinder wohnte, würde sie sie schon auf Trapp bringen und verhindern, dass sie ihre Jugend verschliefen. Um ihrem Mann zu beweisen, dass die Söhne seinen schwachen Charakter geerbt hatten, erinnerte sie ihn daran, dass er nie versucht hatte, Rav in Staripol zu werden, wie ihr Vater es zeitlebens gewesen und wo sie geboren worden war. Seine Antwort, er hätte keinen Streit anzetteln wollen, war eine Ausrede. Ihr Vater, er ruhe in Frieden, hatte immer gesagt: »Ein Rav soll den Streit nicht suchen, aber er soll auch keine Angst davor haben.«

»Und ich sage, ein gelehrter Mann sollte sich jedem Streit durch Flucht ans Ende der Welt entziehen«, brummte R. Uri-Zwi.

Er fühlte, wie unter den Beschwerden, die seine Frau gegen ihn vorbrachte, sein Hirn glühte wie ein Kessel, der noch auf dem Feuer stand, obwohl das Wasser schon lange daraus verdampft war. Wenn aber ein Mann aus dem Städtchen das Haus des Rabbiners betrat und die Rebbezin ihn im Vorzimmer empfing, sprach sie mit solcher Achtung und Höflichkeit von ihrem Mann, als diene sie bei ihm in bescheidenster Stellung. »Ihr wollt den Rabbiner sehen? Ich werde nachsehen, ob er sich nicht aufs Ohr gelegt hat.« Perele erforschte außerdem, ob die Sache auch wichtig genug war: Sie wolle weder Einzelheiten noch Geheimnisse wissen und sie mische sich auch nicht in fremde Angelegenheiten, aber die Leute müssten verstehen, dass man den Rav nicht wegen einer Kleinigkeit belästigen durfte. Man dürfe die Zeit, die er zum Studieren und Ausruhen brauche, nicht in Anspruch nehmen. Erst nach all diesen Vorreden ließ sie den Graipewer in die inneren Gemächer eintreten und ging hinaus. R. Uri-Zwi atmete auf; er würde nun eine Weile vor ihr Ruhe haben. Aber er hatte Mühe, sich auf das Gespräch mit dem Besucher zu konzentrieren, denn es bedrückte ihn, wie seine Frau mit den Menschen sprach. Selbst alte Freunde wurden behandelt, als kämen sie zu einer Audienz.

Der Rav fand einen Ausweg: Er verbrachte einfach mehr Zeit in der Synagoge. Seine Frau mahnte, es schicke sich nicht für die rabbinische Autorität des Städtchens, im Bethaus herumzulungern wie ein religiöser Asket und Nichtstuer. Er wollte ihre Klagen nicht mehr hören? Gut, er würde sie nicht mehr hören. Perele hörte auf, mit ihrem Mann zu sprechen, und tat keinen Handschlag mehr im Haus. Es sah aus, als könnte sie auf Bestellung krank werden. Sie litt wieder an Kopfschmerzen, lag mit feuchten Tüchern auf der Stirn ganze Tage auf dem Sofa, löffelte Medizin oder trank sie aufgelöst in warmem, süßem Tee, seufzte und sah aus dem Fenster.

Draußen verdunkelte dichter grauer Schneefall das Tageslicht. Endlos wirbelten und tanzten die Flocken, verwehten und begruben alle Wege, Treppen, Eingänge und Veranden. Wenn der Schneefall für kurze Zeit nachließ, beobachtete Perele, wie die schweren Wolken sich langsam senkten, und fühlte, wie sie ihr das Herz abdrückten und sie erstickten. Sie wurde von Husten geschüttelt, rau, hart, böse und hartnäckig. Sie sog ihre Medizin von kleinen Löffeln und verbrachte schweigend den Tag. Ihr Schweigen und Husten quälten ihren Mann mehr als ihre ständige Nörgelei. Er trat an ihr Sofa und bat sie: Wenn sie sich so sehr nach den Kindern und Enkeln sehne, solle sie doch für zwei Wochen nach Horodno fahren. Er würde sich ohne sie schon zu behelfen wissen. Sie hörte ihn schweigend an und drehte den Kopf zum Fenster, als wollte sie ihm mitteilen, dass man in einem solchen Schneesturm nicht einmal einen Hund vor die Tür schickte, und nun riete er ihr, sich auf den Weg zu machen.

R. Uri-Zwi ging in sein Zimmer zurück. Perele sah ihm nach, wie er sich trollte mit hängenden Schultern, in einen gestrickten Hausmantel aus grüner Wolle gehüllt, ein abgetragenes Samtkäppchen auf dem ungekämmten weißen Haar.

Es schmerzte sie, dass sie ihn erschöpfte, aber sie konnte ihm nicht verzeihen, dass er in Graipewo versank, in seinen staubigen Sommern, schlammigen Herbsten und verschneiten Wintern. Weder fuhr er zu Rabbinerversammlungen, noch zog es ihn zu den Kindern. Perele erinnerte sich, dass sie ihm eine Mahlzeit zubereiten musste; er war gewiss hungrig; aber er bat sie nicht darum. Sie ging in die Küche, wärmte ein Gericht aus Buchweizengrütze, setzte den Teekessel auf und kochte ein paar Eier. Dann ging sie in das Bücherzimmer. Er saß mit gesenktem Kopf über einem offenen Folianten, studierte aber nicht. »Geh, wasch dich vor dem Essen«, hörte sie ihre Stimme sagen. R. Uri-Zwi hob den Kopf; in seinen Augen lagen Bitten.

»Perele, ich verstehe dich nicht. Ich weiß oft nicht, ob du diese Dinge im Ernst sagst. Warum sollten wir einen Ort verlassen, wo wir ein ehrenhaftes Auskommen haben, und stattdessen den Kindern zur Last fallen?«

Die Rebbezin lächelte ihm zu wie jemandem, der völlig danebenlag: In Graipewo vom Bettelbrot der Gemeinde zu leben sei würdevoller, als von den Kindern unterstützt zu werden? Und sie klagte wieder, diesmal lieblich-wehmütig und auf ruhige Weise beherzt: Es sei allemal rühmlicher, in einer Synagoge in Horodno zu sitzen und für sich zu lernen, als sich mit einem Kaff von der Größe einer Feige zu beschäftigen. Dann sagten die Leute wenigstens: Dieser Jude hätte Rabbiner in einer großen Stadt sein können. Perele wies auf die langen mit schön geschwungenen Schriftzügen bedeckten Papierbögen, die in einem Stapel auf dem Tisch lagen. Seit Jahren schon schreibe er an seiner Abhandlung und sie sei immer noch nicht fertig. Da es in Graipewo keine Gelehrten gäbe, mit denen er reden und studieren könne, habe er auch keine Freude daran, neue und überraschende Interpretationen der Torah zu entwickeln. In Horodno aber fehle es nicht an großen Gelehrten, mit denen er die feinen Punkte des Gesetzes diskutieren könnte, dann hätte er auch mehr Lust, seine Einsichten in die Torah als Buch herauszugeben.

»Da du nun schon einmal vom ehrenhaften Auskommen sprichst, das wir hier angeblich haben, kannst du deiner Gemeinde sagen, dass wir mit deinem Gehalt nicht mehr auskommen. Alles ist dreimal so teuer geworden und wir bekommen noch immer dieselben siebenundvierzig Złoty und fünfzig Groszy in der Woche.«

Der Rav freute sich. Wenn er eine Gehaltserhöhung bekäme, würde seine *Ejsches chajil* einsehen, dass das Städtchen ihn sehr wohl in Ehren hielt, und sie würde aufhören, ihn zu drängen wegzuziehen. Als R. Uri-Zwi am nächsten Tag nach dem Morgengebet die Gemeindevorsteher um eine Gehaltserhöhung anging, erhielt er eine seltsame Antwort: Es sei genau umgekehrt. Da der Rav seine Kinder glücklich verheiratet hatte und er mit seiner Frau jetzt allein war, müsste er eigentlich ein kleineres Gehalt bekommen als in der Zeit, in der er für Kinder zu sorgen gehabt hatte. In der Gemeindekasse sei nicht einmal genug Geld für Holz, um am Schabbat ganztägig das Gästehaus zu heizen, den Lehrern der Grundschule zahle man nur ein Drittel ihres Gehalts und die Waisenkinder liefen hungrig und verlumpt herum. R. Uri-Zwi hielt seinen schweren silbernen Bart, als habe er Angst, er könnte sich ablösen und herunterfallen. »Andere Rabbiner in Städtchen, die nicht größer sind als Graipewo, bekommen jetzt fünfundsiebzig Złoty oder sogar die vollen hundert Złoty in der Woche. Ich bekomme knapp fünfzig. In amerikanischem Geld sind das weniger als zehn Dollar in der Woche. Ihr sagt mir, das sei zu viel?« Die Gemeindevorsteher antworteten kalt und grimmig wie der winterliche Tag draußen, die Ladenbesitzer von Graipewo verdienten jetzt nicht einmal dreißig Złoty in der Woche.

Bedrückt und mit schuldbewusster Miene berichtete der Rav Perele von dieser Unterredung. Zu seiner Überraschung wurde sie überhaupt nicht böse. Allerdings ließ sie beim Einkaufen am nächsten Morgen in einem der Geschäfte die Bemerkung fallen, dass sie, so Gott wolle, schon bald nach Pessach Graipewo verlassen würde. R. Uri-Zwi erfuhr es in der

Synagoge von den wütenden Gemeindevorstehern. »Zwanzig Jahre lang habt Ihr, Rabbi, auf unserem Rabbinerstuhl gesessen«, schleuderten sie ihm entgegen, »und mit einem Mal beschließt Ihr, unsere Stadt wegzuwerfen, weil man Euch keine Gehaltserhöhung gibt. Und Ihr habt es nicht einmal für nötig befunden, die Gemeinde davon zu informieren. Eure Rebbezin erzählt es den Frauen auf dem Markt.« R. Uri-Zwi ließ die Wut auf seine Frau an der Gemeinde aus: Zwanzig Jahre lang sei er ihr Rav gewesen; nie hatte er sich mit ihnen über Geld gestritten. Und jetzt, da er einmal im Leben um eine Gehaltserhöhung bitte, sagte man ihm, dass ein Krämer weniger verdiene als er. Wenn das so sei, werde er jetzt wirklich darüber nachdenken, ob er Graipewo verlassen solle. Zuhause aber hatte der Rav nicht die Kraft, mit seiner Frau einen Streit anzufangen. »Wie konntest du so etwas ohne mein Wissen tun?«, war alles, was er sich abringen konnte. Perele antwortete ihm erfrischt und halb singend, als sei sie um Jahrzehnte verjüngt.

»Ich habe nie daran gezweifelt, dass sie dir die Gehaltserhöhung verweigern werden. Aber ich wollte, dass du selbst erfährst, wie sehr sie deine Torah-Kenntnisse schätzen. Sie sind sofort bereit, alles für dich zu opfern, aber es darf sie keinen Groschen mehr kosten.«

Unter den Gemeindemitgliedern brach eine Debatte aus. Wenn der Rav kein Verständnis für die Lage der Gemeinde aufbringe, sagten die einen, solle er eben gehen. Die Mehrheit aber meinte, man müsse einen Kompromiss finden. Schließlich einigten sich die Gemeindevorsteher auf einen Plan und besprachen ihn mit dem Rav in der Synagoge: Die Gemeinde, klagten sie, könne es sich nicht leisten, sein Gehalt zu erhöhen, aber Graipewo sei bereit, der Rebbezin das alleinige Verkaufsrecht für Hefe einzuräumen; das bringe dem Rav eine erhebliche Aufbesserung seines Gehalts.

R. Uri-Zwi konnte den Leuten nicht erklären, dass seine Frau damit kaum einverstanden sein würde. Er wusste natürlich, dass vor Jahren alle Rabbinerfrauen in den kleinen

Ortschaften Hefe verkauften. Als sie den Vorschlag der Gemeinde hörte, erbleichte Perele. In der ersten Schreckensminute starrte sie ihren Mann mit solchem Entsetzen an, als habe er von ihr verlangt, die Perücke abzulegen, die Schuhe auszuziehen und barfuß in den Schnee zu laufen. Doch dann lachte sie, bis ihr die Tränen in den Augen standen. Warum nur Hefe? Die Frauen der Rabbiner hätten auch Kerzen, Salz und Kerosin verkauft. Doch ihre Mutter, die Staripoler Rebbezin, hatte nie Hefe verkauft; als die Mutter starb und sie mit dem Vater allein blieb, hatte auch sie nie Hefe verkauft. Und nun solle sie, nachdem sie Jahrzehnte als Rabbinerin gelebt hatte, Hefekrämerin werden? Zu den Frauen in der Stadt habe sie immer Distanz bewahrt. Sie würden sich über sie aufschwingen: »Rebbezin, Ihr wiegt zu knapp ab«, mäkelte Breine, »Rebbezin, Eure Preise sind zu hoch«, plärrte Treine.

»Du siehst, wie viel die Graipewer Achtung vor einem Gelehrten wert ist, wie viel es ihnen bedeutet, dass du mit allen in Frieden lebst und der Stadt dienst wie ein Soldat. Die Gemeindeleute wollen mir nicht einmal die Ehre erweisen, hier in unserem Haus mit mir zu sprechen. Sie werfen mir diesen Knochen durch dich zu.«

Der Rav litt unter wachsender Verstimmung. Pereles Worte setzten ihm zu wie Nadelstiche. Er verschwand schnell in sein Bücherzimmer. Als er wieder im Esszimmer erschien, erwähnte die Rebbezin weder die Gehaltserhöhung noch den Umzug. Sie wusste, die Worte, die sie in die Gedanken ihres Mannes gesät hatte, erwärmten sich unter der Schneedecke seines Haares und würden mit der Zeit die gewünschten Sprossen treiben.

4

Der Konflikt zwischen dem Rav und der Gemeinde entwickelte sich im Verlauf des Winters zu einem bösen Streit. Die Gemeindeleute dachten, der Rav stehe ihnen feindselig gegenüber. »Alles nur, weil wir ihm nicht ein paar Złoty mehr geben?« Der Rav aber dachte, die Gemeinde interessiere sich nicht mehr für seine Predigten und grüße ihn auch nicht mehr mit einem herzlichen »Gut-Schabbes«. »Und alles nur, weil ich eine kleine Gehaltserhöhung wollte? Wenn das so ist, hat Perele recht!« So trieb R. Uri-Zwi seine Frau zur Eile. Gleich nach Pessach wollten sie das Städtchen verlassen.

Der Rav und seine Gemeinde schieden freundlich, aber kühl voneinander. R. Uri-Zwi Königsberg hatte etwas Geld gespart und auch das Rabbinerhaus war sein Eigentum. Die Gemeindevorstände versicherten ihm, sein Nachfolger müsse das Haus kaufen und bar bezahlen. In den letzten Minuten fühlte R. Uri-Zwi, wie es ihm das Herz zerriss, den Ort zu verlassen, wo er jahrzehntelang ruhig und geachtet gewohnt hatte. Auch die Ankunft des Ehepaars in Horodno war keineswegs wonnig. Statt sich zu freuen, warfen die Kinder der Mutter vor, den Vater im Alter durch einen Umzug aus dem Gleis zu werfen. Die Mutter gab zurück, wenn sie selbst einmal Enkelkinder hätten, würden sie die Sehnsucht von Großeltern schon verstehen; außerdem könnten sie sich beruhigen, die Eltern seien nicht auf ihren Beistand angewiesen und hätten auch nicht die Absicht, bei ihnen zu wohnen.

Die beiden Söhne, Jankel-David und Gedalja, hatten gekräuseltes Haar und volle Gesichter wie ihr Vater; auch sein Temperament hatten sie geerbt: Sie waren großmütig und gelassen, hielten wenig von Geschwätz und liebten ihre Ruhe. Nach ihren Heiraten hatten sie zusammen ein Schuhgeschäft eröffnet und waren zufrieden, in Horodno weit ab von den Einmischungen der Mutter leben zu können. Es missfiel ihnen außerordentlich, dass die Mutter nach Horodno übersiedelte und nun wohl glaubte, ihr Leben wie ehedem bestimmen zu können. Es war ihnen völlig klar, dass die Mutter es satt hatte, Rebbezin in einem unbedeutenden Nest zu sein. Aber würde es sie zufriedenstellen, für die Enkel die Kinderfrau abzugeben? Die Brüder sprachen mit niemandem über ihre Bedenken, nicht einmal mit den eigenen Frauen und auch nicht mit ihrer Schwester.

Im Unterschied zu den beiden Söhnen hatte die Tochter nie auf die Mutter gehört. Wenn die Mutter etwas erreichen wollte, musste sie ihren Mann bitten, Serel daran zu erinnern, dass man Vater und Mutter ehren sollte. Serel glich äußerlich der Mutter, auch wenn sie vom Wuchs her etwas größer und breiter war. Allerdings suchte sie sich einen Mann aus, dem sie gehorchen konnte und nicht umgekehrt, wie es bei ihren Eltern der Fall war. Serels Mann hatte ein pockennarbiges Gesicht, fröhliche Augen, breite Schultern und fleischige Hände mit kurzen Fingern. Obwohl er Esra Edelmann hieß, benahm er sich gelegentlich sehr unfein. Er besaß ein Tuchgeschäft und führte ein gut jüdisches, aber nicht fanatisch religiöses Leben, denn er war von Natur aus zu faul, um sich intensiv in einen Gegenstand zu vertiefen. Als seine Frau zu ihm sagte: »Verstehst du denn nicht, was die Mutter mit ihrem Umzug nach Horodno beabsichtigt?«, gab er nur zurück: »Das sollte deine geringste Sorge sein!« Er wusste, dass die Schwiegermutter mit ihren Plänen bei ihm nicht durchkommen würde.

R. Uri-Zwi nahm an, dass sie eine Zweizimmerwohnung mieten würden, und bereitete sich darauf vor, die Bücher, die er nicht wirklich brauchte, unter seinen Kindern zu verteilen. »Wir sind durchaus noch quicklebendig,« sagte Perele und mietete eine Fünfzimmerwohnung. Sie hatte all ihre alten Möbel aus Graipewo mitgebracht und kaufte weitere hinzu: ein neues Sofa, Geschirrschränke, einen ausziehbaren Esszimmertisch, eine Wäschetruhe und ein halbes Dutzend Stühle. Außerdem bestellte sie neue Bücherregale. Sie ließ die verblichenen Tapeten abreißen und ordnete an, die

Wände dunkelblau und die Decken weiß zu streichen. Als die Zimmer ausgemalt und die Möbel aufgestellt waren, wusch sie zusammen mit einem Dienstmädchen alle Fenster und hängte Gardinen und Vorhänge auf. R. Uri-Zwi riss die Augen auf und erschrak: Wo hatte man je gehört, dass ein alter Gelehrter, der aus dem Rabbinat geschieden war, um zur Ruhe zu kommen, sich in einer solchen Wohnung installierte? Die Rebbezin erwiderte: Gott sei ein Vater. Als Rav habe er anderen immer gepredigt, ein Jude brauche Gottvertrauen; aber er selbst habe ja wohl keines.

Auch das Bethaus, in dem er sitzen und studieren sollte, suchte die Frau für ihn aus. R. Uri-Zwi hatte eine hölzerne Synagoge mit einer niedrigen Tür gewählt, sodass er sich beim Eintreten stets würde verbeugen müssen. Bima und Aaron-Kodesch standen einander nah gegenüber und schufen heimische Vertrautheit. Am großen Ofen an der Westwand konnte man sich im Winter den Rücken wärmen, und um einen einfachen langen Tisch saßen im Schein von Naphtalampen alte Männer über religiösen Büchern. Perele hingegen bestimmte für ihn eine große gemauerte Synagoge mit hoher Decke. Dort fühlte der kleinstädtische Rav stets die schweren bronzenen Kronleuchter über sich hängen. Durch die hohen Fenster strömte Licht und blendete, wenn man nach draußen sehen wollte. Um zur Bima oder zum Aaron-Kodesch zu gelangen, musste man jeweils mehrere Stufen hinaufsteigen, die von vornehmen schmiedeeisernen Geländern eingefasst waren. Sie erinnerten ihn – es sei zwischen ihnen wohl unterschieden – an ein Gefängnis. Da in der sogenannten Gemauerten Synagoge die beiden Söhne beteten, verlangte Perele, dass auch ihr Mann dort bete und studiere. An Feiertagen würde sie am Vorhang der Frauenabteilung stehen und beobachten, wie er und die Söhne den Aaronitischen Segen über die Gemeinde sprachen. »Bereite mir diese Freude«, bat sie und R. Uri-Zwi dachte: Na gut, er würde ihr diese Freude bereiten.

Die Juden von Horodno sprachen mit Begeisterung vom Graipewer Rav, der sein Rabbinat aufgegeben hatte, um sich Torah-Studium und Gebet zu widmen. Insbesondere die Juden der Gemauerten Synagoge waren hoch erfreut, weil sie nun plötzlich ein ansässiges Mitglied hatten, dessen Gelehrtheit und stattliche Erscheinung ihr Gotteshaus erhellen würde. Der erste Vorstand der Synagoge, David Gans, firmierte auch als Torah-Vorleser. Er wackelte ständig mit dem Kopf, war dünn wie eine Nadel und trug einen dicht geringelten und gekräuselten Bart. Die großen schwarzen Augen ruhten unbeweglich in ihren Höhlen wie die eines Erfrorenen oder Ertrunkenen. Der zweite Vorstand, Meir-Michel Joffe, liebte es, am Vorbeterpult, dem Amud, zu stehen, wenn der Kantor nicht selbst die Gebete leitete. Sein Mund war voller Goldzähne; er hatte einen runden Bart und einen runden Bauch. An Feiertagen erschien er in Zylinder und Frack. Der dritte und umtriebigste Vorstand der Gemeinde hieß Mosche Moskowitz. Er war klein, gesund und quirlig, hatte einen drahtigen weißen Bart und Warzen auf der Nase. Seine geschäftlichen Unternehmungen richteten sich nach der Jahreszeit. Vor Pessach buk er Matzen auf Bestellung, vor Sukkot handelte er mit Zitronen. Bei ihm zuhause konnte man einen Chanukka-Leuchter kaufen, aber auch einen neuen Gebetsmantel und eine gebrauchte Talmud-Ausgabe. Suchte ein Städtchen einen Rabbiner oder ein Rabbiner einen Bräutigam, kannte Mosche Moskowitz den geeigneten Kandidaten. In den *Jamim noraim*, den zehn Tagen der Furcht zwischen Rosch Haschana und Jom Kippur, blies er das Widderhorn, an Simchat Torah verkündete er, wem das ehrenvolle Tragen der Torah-Rollen zufiel, und das ganze Jahr über hatte er unumstößlich das Vorrecht etabliert, am Samstag nach Sonnenuntergang Hawdala zu machen, jene kurze Zeremonie durchzuführen, die den Schabbat verabschiedete. Der ehemalige Rabbiner von Graipewo, R. Uri-Zwi Hakohen Königsberg, hatte noch kaum die Möglichkeit gehabt, die Mitglieder der Synagoge kennenzulernen, als an einem blauen Nachmittag zwischen Pessach und Schawuot die drei Vorstände sich um ihn scharten und ihn so vertraulich wie respektvoll ansprachen.

»*Nimnu wegamru,* wir zählten und wir entschieden, Rabbi, dass Ihr an Schawuot bei uns eine Predigt über den Empfang der Torah halten sollte«, verkündete Mosche Moskowitz.

»Die Gemeinde bittet darum. Wir können Euch versprechen, die Synagoge wird so brechend voll sein, dass selbst ein Stecknadelkopf keinen Platz mehr findet«, sang Meir-Michel Joffe.

»*Ho kol-zame lechu lamajim,* jeder der dürste, komme zum Wasser, *ele torah,* oder zur Torah. Wie ein Durstiger in der Wüste nach Wasser, so lechzt unsere Stadt danach, alle Jubeljahre einen guten Prediger zu hören«, tönte der Vorleser, R. David Gans, während er seine schwermütigen Augen auf den Rav heftete. Mosche Moskowitz hasste Anspielungen, er redete lieber Klartext und so mischte er sich nochmals ein:

»Die Rabbiner von Horodno sind gute Rabbiner. R. Mosche-Mordechai Eisenstadt etwa ist ein Genie und weltberühmt. Aber die Gabe, eine herzhafte Predigt zu halten, wurde den hiesigen Gesetzesautoritäten nicht beschert. Warum solltet Ihr also nicht zu Ehren des Festtags und zur Feier des Empfangs der Torah unser tiefstes Bedürfnis befriedigen?«

Als die Rebbezin hörte, was man von ihrem Mann verlangte, verbreitete sich über ihre Wangen eine rosige Glut aus Freude und Ärger, weil ihr Einfaltspinsel noch schwankte. Natürlich würde er in der großen Gemauerten Synagoge eine Predigt halten. Warum sollte er sie nicht halten? – trällerte sie melodiös und sang weiter: Das Rabbinische Gericht, der Bet-Din von Horodno sollte so großmütig sein, ihn einzuladen, in der bedeutenden Stadtsynagoge zu sprechen, genauso wie er in Graipewo Rabbinern, die auf Besuch kamen, die Ehre angeboten hatte, eine Predigt in seiner Synagoge zu halten, auch wenn die Besucher ihm selbst nicht das Wasser reichen konnten. Da dem Rabbinischen Gericht dies offensichtlich nicht eingefallen war, zeigten sich die Vorstände des anderen Bethauses in der Stadt, die sich zu dieser Ehrerweisung verstanden hatten, in der Tat als edle Menschen. Auch für die Kinder war diese Einladung eine Ehre. Das wäre ja eine feine Bescherung für das Ansehen der Familie, wenn die Juden von Horodno nicht bemerkt hätten, dass der Rav von Graipewo sich in Horodno niedergelassen hatte.

Perele wurde in der Tat die Freude zuteil, die sie sich gewünscht hatte. Während des Morgengottesdienstes an Schawuot sah sie durch den Vorhang der Frauenabteilung, wie Mann und Söhne auf dem Ehrenplatz stehend den Priestersegen sprachen. Die anderen Kohanim brummten wahrscheinlich absichtlich etwas leiser, damit man besser hören konnte, wie der Graipewer Rav und seine Söhne die Gemeinde segneten. Im Betraum der Frauen zollte man Perele großen Respekt. Um sie herum standen ältere prominente Damen in ausladenden Hüten, von denen Bänder oder Straußenfedern wehten. Hausfrauen mittleren Alters und weniger betuchte Bürgerinnen trugen weniger extravagante Hüte und Mäntel mit tiefen Taschen. Die ganz jungen Frauen trugen kleine Hüte mit fröhlichem Putz und kurzen Schleiern. Die reich gekleideten Matronen beteten aus Rödelheimer Festtagsgebetbüchern in glänzenden braunen Ledereinbänden mit in Gold geprägten Buchstaben. Die armen Frauen, die Schals um Kopf und Hals trugen, beteten aus großen, mit schwarzer Leinwand überzogenen Büchern, auf deren Seiten oben der hebräische Text und unterm Strich die jiddische Übersetzung stand. Perele aber betete aus einem kleinen Büchlein, das in Jerusalem gedruckt worden war. Die fein geschnitzten hölzernen Buchdeckel zeigten die Palmen über dem Grab der Mutter Rachel in Bethlehem. Obwohl sie ununterbrochen mit leichtem Seufzen die Gebete murmelte, war ihr allzeit bewusst, dass alle Augen auf sie und ihre Kleidung gerichtet waren.

Eine andere Frau in diesem Aufzug hätte spöttisches Lächeln hervorgerufen, aber Perele verlieh die Kleidung Ansehen. Die Frauen um sie herum dachten, ja, so muss die wahre Rebbezin sich kleiden. Sie trug ein altmodisches dunkelrotes Kleid mit langen engen Ärmeln, eingezogener Taille und kleinen Kissen um die Hüften, ein Tournürenkleid, das längst aus der Mode verschwunden war. Aus den engen Ärmeln lugten nur die Fingerspitzen hervor und auch von den Füßen sah man nur die Spitzen der hochhackigen Schuhe. Den Hals verdeckte sie mit einem dunkelgrauen Pelz und die Perücke bekrönte sie mit einem kleinen Hut, der nicht größer war als ein Vögelchen mit ausgebreiteten Schwingen. An den reichen Damen um sie herum hingen Perlenschnüre und funkelten schwere Ringe und riesige Broschen. Aber Perele wirkte beeindruckender als sie, obwohl sie außer länglichen goldenen Ohrringen keinerlei Schmuck trug. Alle wussten, dass die Graipewer Rebbezin schon Großmutter war. Doch auf ihren straffen Wangen war noch kein Fältchen zu sehen. Ihre Zierlichkeit und seltsame Kleidung ließen an alte Porzellanstatuetten denken oder an die geschnitzten Figürchen, die aus hölzernen Spieluhren sprangen. Perele musste nur ihre großen hellen Augen öffnen und ihre hohe Stirn leicht runzeln und schon wusste man, die kleine Rebbezin war die Klugheit selbst. Sie verbreitete den Duft vornehmer Abkunft und edler Rede. Ihre gespitzten Öhrchen nahmen alles auf, was die Frauen in ihrer Umgebung sich zuflüsterten. Es kann natürlich sein, dass die Frauen absichtlich laut und vernehmlich redeten.

»Ihr Vater war ein großer Rav und ihr Mann ist ein großer Rav, die Schechina ruht auf ihm, so gut und schön ist er. Auch ihre Söhne hätten Rabbiner sein können, aber sie sind lieber Unternehmer. Stellt euch vor, ihr Mann hat sein Rabbinat aufgegeben, um nicht länger auf andere Menschen angewiesen zu sein. Eine gesegnete Familie.«

»Es ist widersinnig! Sie – und die Horodner Rebbezin! Sie leuchtet wie die Sonne und jene ist eine leidende, gebrochene Frau, eine Scherbe. Andererseits kann man es ihr kaum verdenken – eine todunglückliche Mutter, die ihr einziges Kind verloren hat.«

Perele verstand, dass von R. Mosche-Mordechai Eisenstadts Frau die Rede war. Im Betraum ging der Gottesdienst zu Ende und die Frauen drängten sich um Perele, um ihr *gut yontef* zu wünschen. »Morgen gedenkt man der Toten und nach dem Essen kommen wir, so Gott will, um Euren Mann zu hören. Die ganze Stadt wird kommen, ihn zu hören.« Die Rebbezin küsste ihr geschlossenes Gebetbuch und erzählte den Frauen, ihr Mann, er möge leben, hielte eigentlich keine Predigten. Deswegen hatte er auch so lange in einem kleinen Nest gelebt; schließlich war er sogar von dort weggezogen, damit er nicht so oft vor einem großen Publikum sprechen müsse. Doch sie habe ihren Mann bewogen, dieses eine Mal den Horodner Juden den Gefallen zu tun und zu predigen.

Am zweiten Tag von Schawuot stand die Rebbezin von vielen Frauen umringt wieder am Vorhang und lugte in den dicht besetzten Betraum der Männer, wo ihr Mann predigte. Perele konnte ihn nicht sehen, hörte aber seine Stimme und sah einen Teil der Männer und ihre beiden Söhne. Jankel-David und Gedalja standen hinter ihren Lesepulten an der Ostwand, lauschten mit gesenkten Lidern der Predigt des Vaters und studierten ihre Fingernägel. Die Mutter kannte das als eine Angewohnheit aus ihrer Jeschiwa-Zeit. Je konzentrierte sie zuhörten, desto intensiver betrachteten sie ihre Nägel. Heute hätten sie allerdings so klug sein müssen, dem Vater auf den Mund zu sehen, damit die Umstehenden sahen, dass sie jedes Wort verschlangen.

R. Uri-Zwi verzichtete an diesem Tag auf talmudische Subtilitäten. Er bot eine homiletische Auslegung des Wochenabschnitts mit Hilfe kleiner Erzählungen, sodass alle seinen Ausführungen folgen konnten: Als die Juden Ägypten verließen, wussten sie, dass sie fünfzig Tage später am Berg Sinai die Torah empfangen würden, wie im Vers geschrieben steht: *Behotsiacha et ha'am mimitsrajim ta'avdun et haelokim al hahar haseh* – »wenn du das Volk aus Ägypten herausgeführt haben wirst, sollt ihr Gott auf dem Berg dienen.« Der Buchstabe *n* am Ende des Wortes *ta'avdun* (dienen) ist überflüssig. Sein Zahlenwert aber gibt uns zu verstehen, dass vom Auszug aus Ägypten bis zum Empfang der Torah fünfzig Tage verstreichen werden. Es ist eines der Zeichen, weshalb wir fünfzig Tage zwischen Pessach und Schawuot zählen. Womit ist dies vergleichbar? Ein König fährt in seiner Kutsche an einer Grube vorbei, in der ein Gefangener liegt. Der König verspricht dem Mann, ihn auf dem Rückweg aus der Grube zu befreien. Der Mann in der Grube beginnt, die Tage zu zählen. Danach erinnerte R. Uri-Zwi an die Geschichte von Graf Potocki aus Wilna, den man um Schawuot herum auf dem Scheiterhaufen verbrannte, weil er zum Judentum konvertiert war. Aus diesem Grund hielt man in der Stadtsynagoge von Wilna am zweiten Tag von Schawuot einen Gedenkgottesdienst für den Märtyrer Abraham ben Abraham ab. Im Namen des Ger Zedek wird uns eine gute Beobachtung überliefert. Die rabbinischen Weisen erzählen, dass der Höchste die Torah zuerst anderen Völkern anbot: Edom und Ismael, Ammon und Moab. Keines der Völker wollte das Joch der 613 Gebote auf sich nehmen.Doch der Verstand sagt einem, dass es in jedem Volk besondere Individuen gibt, die es sehr gerne auf sich genommen hätten, die Torah zu verwahren. Aus ihrer Nachkommenschaft gehen in jeder Generation die Konvertiten zum Judentum hervor. Damit wird auch klar, warum wir am Fest der Übergabe der Torah das Buch Ruth lesen. Die Konvertitin Ruth stammte von jenen Moabitern ab, die sehr gerne die Torah empfangen hätten.

Die Mehrheit der Zuhörer, einfache Juden, waren mit Freude bei der Sache, weil sie jedes Wort verstanden. Perele aber achtete auf die Söhne. In ihren kalten Gesichtern las sie, dass sie von der Predigt des Vaters nicht angetan waren. Auch andere Juden der besseren und gebildeteren Klassen zupften sich an den Bärten und legten die Stirn in Falten. Sie hatten wohl tiefere Beobachtungen und gelehrtere Ausführungen erwartet. Perele biss sich auf die Lippen. Ihr Mann war mit zunehmendem Alter vertrocknet und vertrottelt. Seine Predigt war läppisch.

Plötzlich erhob sich Gemurmel in den hintersten Bänken, Aufregung erfasste die Menge. In den dicht besetzten Bänken entstand eine wellenartige Bewegung. Einer nach dem anderen standen die Juden auf. Die eingeklemmte Menge in den Gängen teilte sich und bildete eine Gasse für einen alten Mann mit weißem Bart und hängenden Schultern. Wer in seiner Nähe stand, verbeugte sich und flüsterte respektvoll: »*Gut-jontef*, Rabbi.« Er antwortete mit freundlichem Kopfnicken. Der Mann ging ganz nach vorne zur Ostwand und stellte sich neben die Brüder Königsberg. Jemand brachte sogleich ein Lesepult und der Neuankömmling stützte sich mit den Unterarmen auf. Perele erspähte ihn vom Betraum der Frauen aus. Ihr Atem stockte. Er war's. Ihr erster Bräutigam, R. Mosche-Mordechai Eisenstadt. Ihre Augen wurden rund, ihr Herz verkrampfte sich aus Mitleid. Er war taubengrau und krumm. Ein Arm hing vom Lesepult wie ein zerbrochener Zweig von einem Baum. Der Tod der Tochter hatte ihn zerstört. Ihr Mitleid verwandelte sich schnell in Zorn, als sie sah, dass das Starren ringsum überhaupt kein Ende nahm. Sogar ihre Söhne konnten den Blick nicht von ihm wenden, als fürchteten sie, er könnte die Predigt ihres Vaters ablehnen. Perele fühlte ihre Lippen trocken werden. War der Horodner Rav gekommen, um seine Macht über die hiesigen Juden vorzuführen? Sie beobachtete ihn scharf, sezierte ihn mit den Augen. Den eigenen Mann bedachte sie mit leisem Gezisch: Schau dir den Waschlappen an! Angst hat ihm die Sprache verschlagen.

Sowohl der Gemeinde als auch den Gelehrten war sattsam bekannt, dass R. Mosche-Mordechai Eisenstadt weder Predigten hielt noch Predigten hören ging. Sein plötzliches Erscheinen in der Synagoge war eine unerhörte Ausnahme und verwirrte R. Uri-Zwi Königsberg. Doch er fasste sich schnell, brach seinen einfachen, verständlichen Vortrag in der Mitte ab und wechselte zu Ehren des hohen Gastes zu einer Auslegung der Halacha: Wir finden in der Gemara einen unentschiedenen Disput über den genauen Zeitpunkt, an dem die Torah gegeben wurde. War es am sechsten oder am siebten Siwan? Im Zentrum des Disputs steht die Auslegung des Verses *wekidaschtem hayom um achar* – »heilige sie heute und morgen« und ist *noge'a halacha lema'aseh* in *injonej naschim* wegen *zeman klitat hassera* ... Perele sah, dass R. Mosche-Mordechai nur mit einem Ohr hinhörte und sein Gesicht in Falten unerträglicher Trauer verschwand. Eine wuchtige Matrone, zwei Köpfe größer als Perele, beugte sich zu ihr und plärrte:

»Es ist eine große Ehre, Rebbezin, dass unser Rav gekommen ist, um Euren Mann zu hören. Seit ihm die einzige Tochter gestorben ist, mögen wir alle verschont bleiben, geht er nirgends mehr hin.«

Die Matrone hatte ein grobes, wie aus Lehm geknetetes Gesicht. Aus ihrem Mund roch es nach gehackter Leber mit Zwiebeln. Obwohl Perele von der dicken, unfeinen Frau übel wurde, setzte sie ein mitleidiges Gesicht auf und seufzte laut: Ja, doch, sie hatte von dem Unglück gehört, mögen alle Mütter verschont bleiben. Gleichzeitig weilten ihre Gedanken in der Zeit, als Mosche-Mordechai Eisenstadt noch ihr Bräutigam war und ihr Vater zu sagen pflegte, dass er es an Witz und Brillanz mit dem Bräutigam nicht aufnehmen konnte, denn er sei auf überwältigende Weise genial. Perele betrachte ihre beiden Söhne und dann noch einmal den Horodner Rav, als malte sie sich aus, was für Kinder sie nach ihrer Hochzeit gehabt hätten. Ihren Mann, der am Aaron-Kodesch stand, konnte sie nicht sehen. Seine unsichere Stimme teilte ihr aber mit, dass er keinen Augenblick vergaß, dass sich R. Mosche-Mordechai Eisenstadt unter den Zuhörern befand. Ihn versteinerte endlich der Schmerz und er musste sich auf die Bank setzen. Perele sah nur noch einen Zipfel seines silbernen Barts und sein runzliges Profil mit einem geschlossenen Auge.

Als R. Uri-Zwi zu sprechen begann, lugte ein blaues Stück Himmel durch die Fenster der Synagoge. Goldenes Flimmern gab Kunde, dass draußen vorsommerliche Festtagsstimmung herrschte. Der Himmel verdunkelte sich, der goldene Schein glitt von den hohen Synagogenfenstern. Grünliches Licht blinzelte durch die Scheiben, überrascht, dass sich in der Synagoge noch so viele Menschen befanden, während draußen schon nachfeiertägliche Ödnis herrschte. Überall erhoben sich Schatten, krochen zwischen die dicht gedrängten Körper und blieben dort liegen. Nur die Stimme des Predigers fand keinen Ort, an dem sie sich verstecken konnte, und wanderte verwirrt über alle Köpfe hinweg zum Ausgang.

5

Die Menschen kamen sehr zufrieden aus der Predigt des Graipewer Ravs. Das hinderte seine Rebbezin nicht, ihm mitzuteilen, er habe wie ein Weib geredet, und als der Horodner Rav den Betraum betrat, den Faden verloren wie ein kleiner Junge. Perele warf ihm auch vor, er lobe den Horodner Rav vor anderen in den Himmel. »Soll er erst einmal dich loben, dann wirst du ihn zurückloben.« R. Uri-Zwi verstand nicht, was sie von ihm wollte. Schließlich war der Horodner Rav zu seiner Predigt gekommen, was für ihn sehr ungewöhnlich war. Seine Frau erwiderte, sie sei durchaus nicht sicher, ob R. Mosche-Mordechai gekommen sei, um ihn zu ehren oder um zu beweisen, dass er die Konkurrenz nicht fürchte. R. Uri-Zwi zuckte die Achseln. Natürlich musste ein Gaon vom Kaliber R. Mosche-Mordechais die Konkurrenz nicht fürchten. Das war doch klar.

»So hoch oben sitzt er? Na gut, vielleicht im Vergleich zu dir; aber mein Vater, Friede sei mit ihm, war gelehrter als er, und obwohl mein Vater in einem kleinen Ort, Staripol, als Rabbiner diente, war er berühmter als der Horodner Rav.«

Die Rebbezin verlangte von ihrem Mann, neue Predigten vorzubereiten, denn die Gemeinde wollte ihn hören. Er solle Torah-Novellen aus dem Buch vortragen, an dem er schon seit so vielen Jahren arbeitete. Den Modernen hingegen, die fest in der Gegenwart standen, müsse er tiefschürfende Gedanken präsentieren und nicht die Märchen vom Wilnaer Ger Zedek wie in der ersten Predigt. Wenn er schon dem gemeinen Volk Geschichten erzählen müsse, sollten es Geschichten aus dem *Sefer Josippon* über die Hasmonäer sein. Sie habe das Buch gelesen und wüsste, dass sich darin sehr schöne Geschichten befänden. »Obwohl du ihn für ein einzigartiges Genie hältst, ist er unfähig, öffentlich zu sprechen, dieser Horodner Rav.« R. Uri-Zwi verlor die Fassung. »Es ist doch völlig egal, ob ich reden kann. Bin ich vielleicht nach Horodno gekommen, um hier Prediger zu werden?« Perele antwortete – mit Schweigen. Sie legte sich auf das Sofa und führte mit dem Mann einen stummen Streit, wie sie es in Graipewo getan hatte.

Wie die ganze Horodner Wohnung war auch das Sofa neu. Mit seinem braunen Überzug und den harten Sprungfedern war es eben nicht das niedrige, weiche, abgeschabte und ausgelegene Sofa aus dem heimatlichen Graipewo. Vom Fenster aus sah man auch nicht auf ein ruhiges kleines Städtchen, auf dem man den Blick sehr lange ruhen lassen konnte, um zu träumen, sich zu langweilen und zu sehnen. Wenn Perele ihren Blick über das großstädtische Horodno schweifen ließ, sah sie weiß getünchte, drei- oder vierstöckige Häuser, die die Sonne so blendend zurückwarfen, dass ihr die Augen schmerzten. Die Fenster des Gebäudes gegenüber wirkten fremd und gleichgültig; sie waren mit Gardinen verhangen, die verhinderten, dass Sonne und Nachbarn hineinsehen konnten. Die Balkone waren mit Blumentöpfen vollgestellt, zwischen denen sich halb entkleidete Menschen in Hausschuhen und Morgenmänteln bewegten.

In den großen Geschäften im Erdgeschoss wimmelten Menschen ständig ein und aus wie auf einem Ameisenhügel.

Über das Kopfsteinpflaster rasselten große mit Waren beladene Wagen, die von enormen Pferdegespannen gezogen wurden, Arbeiter zogen kleine Handwagen, Droschken beförderten Passagiere. Vor dem Fenster des Zimmers, in dem das Sofa stand, erstreckte sich ein kleiner rechteckiger, von einem Eisenzaum eingesäumter Stadtpark. Wenn man von oben herabschaute, wedelten die belaubten Bäume silbergrau, als seien sie mit Staub bedeckt. Der Sommer brachte heiße, trockene Tage. Wenn Wind aufkam, entstanden im Park Wirbel aus weggeworfenen schmutzigen Zeitungsblättern.

Die Graipewer Rebbezin auf dem Sofa fühlte, dass ihr Hirn schlimmer als früher unter den Kopfschmerzen zu zerbrechen drohte. Aber in Horodno konnte sie nicht wie früher mit einem Handtuch um den Kopf herumliegen und Medizin von kleinen Löffeln schlürfen. Hier stürmte die Tochter Serel, dickbäuchig, weil im neunten Monat schwanger, ins Zimmer und brüllte: »Wenn du krank bist, holen wir einen Arzt.« Perele wollte ihr nicht zu scharf antworten, damit die Tochter nicht für die Sünde des Widerspruchs gegen die Mutter bestraft würde. »Sorge dich nicht um mich.« Serel stieß einen spitzen Schrei aus: »Wegen dir mache ich mir keine Sorgen. Du bist völlig gesund. Es ist der Vater, der mir Sorgen macht. Du quälst ihn.« So hätte die Tochter gewiss nicht gesprochen, wenn der Vater in der Wohnung gewesen wäre; er hätte es nicht geschätzt, wenn Serel ihrer Mutter nicht mit Achtung begegnete.

Nachdem die Tochter gegangen war, blieb die Mutter liegen wie ein gefällter und verwelkter Baum. Konnte man einem Ehemann mehr ergeben sein, als sie es war? Sie hatte ihn immer mehr umsorgt als ihre Kinder. Sie wusste, ein Ehemann aus Stroh war besser als Kinder aus Gold. Er war die Krone auf ihrem Haupt. Er war ihr Augapfel. Sie vergaß nie, dass auch ihr Vater, er ruhe in Frieden, sehr viel vom klaren Verstand des Schwiegersohns gehalten hatte, von seiner praktischen Einstellung zum Studium und von seinen menschlichen Qualitäten. Und gerade, weil sie ihm so treu ergeben war, litt sie

Höllenqualen, weil er seinen eigenen Wert nicht erkannte. Er war von Natur aus ein Mensch, der sich gern in eine Ecke zurückzog. Der Horodner Rav verließ sich nicht darauf, dass sein Name in der Welt einen guten Klang hatte. Wo immer er erschien, nahm er in der ersten Reihe Platz, damit man ihn sah. Ihr Mann witzelte, sie liebe die erste Reihe, weil sie so klein war. Das Umgekehrte sei wohl eher der Fall, gab sie zurück, weil er so groß und breit war, wollte er nicht in der ersten Reihe sitzen, wo er eigentlich hingehörte. Er habe Angst, er könne, Gott behüte, jemanden bedrängen.

Serel brachte einen Sohn zur Welt, den dritten. Zwillingsknaben waren ihm vorausgegangen. Man konnte die Gebärende nicht mehr ins Krankenhaus bringen und der Arzt musste ins Haus kommen. Die Geburtswehen setzten plötzlich ein und Serel gebar schreiend, wütend und ungeduldig. Esra Edelmann erinnerte sich sehr gut daran, wie er während der ersten Geburt hinter der Tür des Krankenhauszimmers stand und sich dicke Haarbüschel ausriss, als die Zeit sich hinzog und seine Frau immer lauter schrie. Auch diesmal verkrallte sich Esra Edelmann in seinen Schopf, aber aus Freude: »Was? Schon erledigt? Eins, zwei, drei geworfen wie die Katzen? Gott sei Dank!« Am dritten Tag fühlte sich die Wöchnerin schon besser. Ihr Gesicht und die langen Fingernägel waren noch etwas gelblich und sie zitterte leicht am ganzen Körper. Serel lag auf dem hohen Federbett im Schlafzimmer. Neben ihrem Bett standen ihr Mann und die Mutter. Man sprach über die Beschneidung, wie viele Gäste man einladen und wem man die Patenschaften geben sollte.

»Die Ehre, als Sendak das Kind zu halten, gebührt dem Horodner Rav, R. Mosche-Mordechai Eisenstadt«, sagte Perele gedankenverloren und wie im Selbstgespräch.

»Warum denn das?«, entfuhr es der Wöchnerin. In ihrem Zorn drehte sie sich so schnell und unbedacht, dass sie sich vor Schmerzen krümmte. »Sendak wird mein Vater sein, der Großvater des Kindes. Für mich ist mein Vater der größte Rav.«

»Auch die Mutter hält doch den Vater für den größten und schönsten Rav. Warum regst du dich so auf?«, sagte Esra Edelmann zur Wöchnerin und wandte sich zur Schwiegermutter. »Was hat der Horodner Rav mit uns zu tun? Gehört er etwa zur Familie?«

Die Graipewer Rebbezin hätte liebend gern ein Stück von sich abgeschnitten, um diesen Satz ungesagt zu machen. Mit Nägeln und Zähnen hätte sie gekämpft, wenn die Ehre und Pflicht der obersten Patenschaft an jemand anderen gegangen wäre als an ihren Mann, den Vater der Tochter und Großvater des neugeborenen Enkels. Perele konnte überhaupt nicht begreifen, wie sie auf diese verrückte Idee gekommen war. Sie stotterte, dass sie meinte ... eigentlich hatte sie gar nichts gemeint. Allerdings war es so, dass der Horodner Rav nach dem Tod der einzigen Tochter noch in Trauer war, und trotzdem war er gekommen, um die Predigt des Vaters zu hören. Also dachte sie, man müsste diese Ehre erwidern. Mehr war nicht dabei.

»Für den Besuch der Predigt wird der Vater sich mit einem Besuch revanchieren. Mehr steht ihm nicht zu«, antwortete Serel immer noch äußerst ergrimmt und zog sich ins Schweigen zurück. Sie hegte den Verdacht, ihre Mutter wollte sich vor dem früheren Bräutigam, dem Horodner Rav, mit ihren Kindern und Enkeln brüsten. Obwohl Serel sich selten zurückhielt und ihrem Mann alle Streitereien mit der Mutter brühwarm erzählte, teilte sie ihm diesmal, nachdem die Mutter gegangen war, nichts mit von ihrem Verdacht.

So wie in Pereles Haushalt alles blitzte und am rechten Ort stand, war im Hause der Tochter alles zerfleddert und verschleudert. Serel hatte keinen Augenblick Ruhe. Ständig hingen die Zwillinge an ihrer Schürze. Die Betten blieben ungemacht bis zur Abenddämmerung, das Geschirr ungespült, der Besen lag mitten im Zimmer. Wenn sie ein Kleid oder einen Hut brauchte, wusste sie nicht, in welchem Schrank sie suchen sollte. Perele konnte das nicht ertragen, aber sie hatte Angst, die Tochter zu kritisieren. Sie musste sich mit dem Gedanken begnügen, dass die Tochter schon als Mädchen Misthaufen liebte, um die Mutter zu provozieren, und dass ihr diese Vorliebe seit der Hochzeit zur zweiten Natur geworden war. Serels Mann störte das überhaupt nicht. Esra liebte Gewusel und eine Wohnung mit offenen Türen, damit Leute ständig ein und aus gehen konnten. Er organisierte auch die Beschneidung als ausuferndes Gelage mit vielen Gästen. Perele half bei der Vorbereitung und litt still, weil man so viele gewöhnliche Speisen kochte: Milz, Geflügelklein, Schmorbraten. Man schleppte Schüsseln mit Sauerkraut und sauren Gurken und überhäufte Teller mit filetierten Heringen. Für wen karrte man all diese Brotlaibe und Schnapsflaschen heran? Tische und Bänke wurden ohne Geschmack hergerichtet und ohne Ordnung aufgestellt. Man bereitete sich auf die Beschneidung eines rabbinischen Enkels vor wie auf eine Bauernhochzeit in einer Dorfschenke.

Am Morgen der Beschneidung strömte alles herbei und drängte in die Wohnung. Man saß auf Stühlen, Bänken, Hockern und sogar auf den Betten. Die herausgeputzte Graipewer Rebbezin, die leibliche Großmutter Perele, konnte nur mit Mühe in die Stube eindringen, wo sich der Schwiegersohn und die beiden Söhne aufhielten und ihr Mann in seinen Gebetsmantel gehüllt schon in einem niedrigen Stuhl saß und darauf wartete, dass man ihm den Enkel in den Schoß legte. Aber die Großmutter kämpfte sich sofort wieder hinaus. Sie konnte den Geruch der Menge nicht ertragen. Nie hätte sie eine so wilde Bande in das Haus ihres Vaters, des Staripoler Ravs, und in das Haus des Graipewer Ravs gelassen. Wenig später hörte sie lautes Jauchzen: »*Masel tov! Masel tov!*« Der Herr des Festes ging mit zwei Schnapsflaschen durch die Zimmer und füllte die Gläser, die ihm von allen Seiten entgegengehalten wurden. Hände grabschten die kalten Speisen von den Tischen. In der Küche drängelte man sich um die heißen Töpfe. Perele stand benommen mitten im Raum. Der Schiegersohn schlingerte auf sie zu, angetrunken, verschwitzt, und krakeelte fröhlich:

»Legt Hand an, Schwiegermutter, helft mit! Meine Gäste sind auch Eure Gäste. Hier seid Ihr keine Rebbezin und auch keine Edelfrau.«

Die Großmutter aus dem rabbinischen Adel war stolz und klug genug zu wissen, wann sie antworten und wann sie schweigen musste. Unwillkürlich kam ihr der Horodner Rav in den Sinn. Gott sei Dank hatte man ihm nicht die Patenschaft angeboten und er sah die Gesellschaft nicht, in der die Tochter des Staripoler Ravs gelandet war, und auch nicht die Achtung, mit der der Schwiegersohn sie behandelte. Ihrem dämlichen Mann war alles recht, er fühlte sich auch bei diesem Gesindel wohl.

Erst am Abend, als die Horde der fremden Gäste sich etwas ausgedünnt hatte, wurde Perele bemerkt. Mit ihren reinen, geschickten, trockenen Fingern arrangierte sie Speisen auf kleinen Tellern und trug sie in die große Stube, wo die Vorstände der Gemauerten Synagoge um den langen Tisch saßen und auf ihren Mann einredeten. Die beiden Söhne des Ravs saßen dort und schwiegen wie gewohnt. Hinter den Brüdern stand der Schwager, der Herr des Festes, die Hände in den Taschen, und hörte neugierig der Unterhaltung zu. Der Vorstand mit dem runden Bäuchlein und den goldenen Zähnen, Meir-Michel Joffe, hatte schon etliche Toasts ausgebracht und nahm nun noch ein Glas. »Lechajim, Rabbi! Dabei bleibt es! Ihr werdet der Rabbiner unserer Synagoge. An Wochentagen werdet Ihr abends um den Tisch ein Blatt Gemara erklären und jeden Schabbat und an Feiertagen eine Predigt halten.« Der Vorstand und Vorleser mit den gefrorenen Augäpfeln, R. David Gans, kaute langsam ein trockenes Stück Kuchen, das auf seinen breiten, langen grauen Bart krümelte, und noch langsamer kaute er seine Wörter. »Wir können Euch das Gehalt jede Woche oder jeden Monat zahlen, ganz wie Ihr wollt. Das machen wir ganz ohne eine offizielle Vermittlung des Ravs.« Der kleine Mosche Moskowitz tunkte ein Stück Weißbrot in Fischsoße, leckte es ab und lachte: »Selbst wenn Ihr eine solche Vermittlung wolltet, zu wem könntet Ihr denn gehen? Der

Horodner Rav ist mit den Problemen der Welt beschäftigt. Für heimische Angelegenheiten hat er keine Zeit.«

In einer Schabbat-Kapote und einem breiten, flachen, samtenen Käppchen saß R. Uri-Zwi am oberen Ende des Tisches. Er war müde, denn er hatte den ganzen Tag mit den Gästen geredet, und sein Gesicht war rosig-erhitzt von den kleinen Schnäpsen zu Ehren der Beschneidung seines Enkels. Das Licht der Lampe stach ihm in die Augen, Tropfen sammelten sich hinter seinen Ohren, auf der Stirn und unter seinem Bart. Mit einem weißen Taschentuch wischte R. Uri-Zwi sich den Schweiß ab.

»Werden der Präsident des Rabbinischen Gerichts, der Av-Bet-Din R. Mosche-Mordechai Eisenstadt, und die anderen Richter auch nichts dagegen haben?«, fragte er schließlich.

»Was sollten R. Mosche-Mordechai Eisenstadt und die anderen Richter dagegen einzuwenden haben, dass wir einen Rabbiner anstellen und ihn aus unserer Kasse bezahlen?«, wunderte sich R. Meir-Michel Joffe. Im Gegenteil, fügte Mosche Moskowitz hinzu, es läge nahe, dass sie sehr zufrieden sein würden. Da sie keine Auslagen hatten, würden sie sagen: *Jagdil torah wejadir*, mache die Lehre groß und herrlich.

Der Vater schaute seine Söhne und den Schwiegersohn fragend an. Alle drei schwiegen verschwörerisch, als hätten sie abgemacht, sich nicht einzumischen. R. Uri-Zwi fürchtete sich, seine Frau anzusehen, denn er wusste, sie würde wollen, dass er annähme. Er war perplex, als er aus ihrem Mund das Gegenteil hörte.

»Wenn mein Mann die Kompilation seiner Einsichten in Talmud und Torah nicht abschließen kann, warum sind wir dann nach Horodno gekommen?«, sagte die Rebbezin, während sie mit den Fingern nervös den Kragen ihrer Bluse glattstrich. »Die Welt erwartet das Buch meines Mannes. Wir sind umgezogen, damit er sich hier in Ruhe dem Torah-Studium und Gebet widmen kann.«

Ihr Schwiegersohn erfasste sie mit fröhlich-scharfem Blick: Die Schwiegermutter verkaufte ihre Ware gut! Ihr Mann starrte sie entgeistert an; die Söhne senkten die Lider und schauten auf den Tisch, um die wissenden Blicke jener zu vermeiden, die die Mutter durchschauten. »Wer wird denn den Rabbiner beim eifrigen Studieren und dem Fertigstellen seiner Kompilation stören?«, rief einer der Vorstände. »Man wird den Rabbiner nicht mit Gemeindeangelegenheiten belästigen wie in Graipewo«, mischte sich der zweite ein und der dritte sprang beleidigt auf und fuchtelte mit den Händen: Die Rebbezin vergleiche eine winzige Pfütze, das Städtchen Graipewo, mit der großen Gemauerten Synagoge von Horodno? Mehr als ein Rabbiner würde mit Wonne sein Rabbinat aufgeben, um auch nur in einem der Nebenräume der großen Gemauerten Synagoge von Horodno lehren zu dürfen. Außerdem war es doch wohl so, dass der Rav und die Rebbezin in der Nähe der Kinder hatten wohnen wollen.

R. Uri-Zwi hörte den Reden der Leute zu und glättete seinen schweren silbernen Bart, als wollte er ihn beruhigen, dass das allabendliche gemeinschaftliche Studium eines Blatts Gemara und das Predigen ihn nicht von der Vollendung seines Werkes abhalten würden. Perele konnte ihre endlose Freude darüber kaum verbergen, dass ihr Mann Rabbiner in einer Synagoge wurde, deren Bedeutung ganz Graipewo in den Schatten stellte. Und er, der Einfaltspinsel, hatte noch Bedenken, dass der Horodner Rav damit vielleicht nicht einverstanden sein würde.

6

R. Uri-Zwi begann seine Schabbat-Predigten zu einem Zeitpunkt, der ihm sehr viel bedeutete – gleich nach Tischa be'Av, dem Gedenktag der Zerstörung des Tempels in Jerusalem. »*Nachamu, nachamu ami* – tröste, tröste mein Volk«, sang er in der Melodie der Haftara, »unser großer Gaon Malbim versteht das so: der Prophet Jesaja sagt einmal *nachamu,* falls die Erlösung vor der Zeit kommt, und ein zweites Mal *nachamu,* wenn die Erlösung zur rechten Zeit kommt.« Die wichtigsten Mitglieder der Gemeinde, reiche Ladenbesitzer, kleine Fabrikanten und Hauswirte, unterstützten allesamt die Organisation Misrachi. Die Agudah-Leute hatten in ihrer Synagoge nichts zu sagen. Darum war Rav Königsberg mit seiner Predigt dort auch erfolgreich. Man sah, dass er mit der Zeit ging. Um das Land aufzubauen, sagte er, müsse man auch mit den Zionisten zusammenarbeiten, selbst wenn sie die religiösen Gebote nicht so genau einhielten. Eine Woche später sprach er sogar noch erfolgreicher über das Thema Exil und Erlösung durch Rückkehr nach Zion.

»*Watomer zion: aswani haschem wehaschem shachtani* – Aber Zion klagte: Gott hat mich verlassen und Gott hat mich vergessen. Zion weint, weil der Höchste sie nicht nur verließ, sondern vergaß.« Diesmal kamen sogar junge Leute, um den Graipewer Rav zu hören. Sonst fuhren sie samstags mit dem Dampfboot die Memel hinauf bis zu einem weichen sandigen Strand. Man konnte dort baden, sich im Gebüsch mit den Mädchen vergnügen oder Karten spielen. Wenn sie sich allerdings am Schabbat in der Stadt befanden, würden die jungen Leute auf der Straße nicht einmal rauchen, denn sie kamen aus guten Elternhäusern. An diesem Schabbat aber gaben sie ihren Vätern nach, um den neuen Rav zu hören, der keine moralischen Predigten abspulte, sondern über das Land Israel sprach. Es war ein Opfer, denn bis zum Beginn der Predigt um halb fünf hatten die jungen Kerle wenig mehr zu tun, als auf der Straße herumzulungern und einzugehen vor Langeweile. Wenn die Hitze groß und die Geschäfte geschlossen waren, zogen sich die Stunden wie Teer. Es schien, als hätte die Zeit selbst sich zur Ruhe gesetzt. Auch die Sonne schien am Himmel eingeschlafen und bemerkte nicht, dass sie blendendes, glühendes Messing vergoss. Die Zweige der Bäume waren schlapp vor Hitze und glichen durstigen Tieren, die mit ausgestreckten Hälsen auf ein trockenes Flussbett zustrebten. So standen die wohlgeborenen Söhnchen auf den großen Plätzen und in den Straßen wie vergessene Schachfiguren und sahen in Gedanken die weichen, sattgrünen Lager in den Wiesen und die hohen Weizenfelder und dachten, welche Idioten sie waren, die Gelegenheit, sich mit einem Mädchen die Zeit zu vertreiben, für einen Prediger mit Bart sausen zu lassen. Als die jungen Männer aber in der dichten Menge im Gotteshaus saßen und dem Rav zuhörten, bereuten sie es nicht mehr, ihren Vätern nachgegeben zu haben. Die Melodie des Predigers rief in ihnen Erinnerungen an den Cheder wach, wo sie die Wochenabschnitte gelernt hatten. Ein goldener Faden zog sich von ihrer Kinderzeit zu den silberhaarigen Männern, die um sie saßen, und verwebte sie mit ihnen. In der Synagoge wurde es dunkel. Der weiße Kopf des Ravs hoch oben beim Aaron-Kodesch sah auf wie ein Vollmond, der aus den Wolken schwamm.

Am dritten Schabbat nach Tischa be'Av sang und interpretierte R. Uri-Zwi die Haftara wieder laut der Lehre des Malbim. »*Anjah so'ara lo nuchamah* – ›Arme, Sturmbewegte! Ungetröstete!‹ Die arme, sturmgeschüttelte Tochter Zions ist noch immer ungetröstet, denn sie ist noch nicht wiederaufgebaut, obwohl ihre Kinder schon zurückkehrten.« Die beiden Söhne des Ravs, Jankel-David und Gedalja, kamen aus Ehrerbietung jeden Schabbat in die Synagoge, um den Vater zu hören, aber sie schämten sich ein bisschen, weil er sich nicht mit der Halacha befasste, wie es sich für einen Rav gehörte, sondern neuerdings wie ein einfacher Maggid sprach. Aber die einflussreichen Männer der Synagoge kümmerte das nicht. Falls sich unter den Zuhörern ein belesener Mann befand, der an der Gelehrtheit des Graipewer Ravs zweifelte, sollte er eben die Last auf sich nehmen, an einem einfachen Mittwochabend ins Bethaus zu kommen; dort könnte er hören, wie der Rav messerscharf und tiefschürfend ein Blatt Gemara auseinandernahm. Wenn man aber vor großem Publikum eine Predigt hielt, musste man so reden, dass es jeder verstand. Der Horodner Av-Bet-Din R. Mosche-Mordechai Eisenstadt mochte ja ein großer Gaon sein, aber was hatten die Leute davon? Er mümmelte ein paar neue Einsichten in die Torah für eine gelehrte Elite und der Rest der Leute glotzte verständnislos wie der Hahn auf seinen Schlächter an Jom Kippur.

Zu Beginn des Monats Elul schüttelte ein früher Herbstwind die in der Sommerhitze vertrockneten und eingeschrumpften Blätter aus den Baumkronen. Die stummen Wolken fielen übereinander her und jagten in Panik über den Himmel. Kein Regen fiel. Es dauerte nicht lange, bis der Wind alle Wolken verschleppt hatte und zwischen Himmel und Erde einen weiten leeren Raum hinterließ, der sich langsam mit Dunkelheit füllte. Auf den hinteren Bänken der Gemauerten Synagoge saßen Arbeiter mit düsteren Gesichtern, dürre Krämer mit stachligen Bärten und hohen Stoffhüten. Sie wollten, dass der Rav länger spräche und ihre Herzen mit Trostworten erquickte. Die Melancholie in ihren Augen leuchtete ihn an wie ein ruhiger See vor einem abendlichen Himmel.

Nach einer so tröstenden Predigt sagten sich die Psalmen in der Dämmerung vor dem Abendgebet zum Schabbat-Ausgang schon sehr anders. Eine schattenhafte Gestalt am Vorleserpult sang: *Lamnaz'ach binginot mismor schir!*, und die Menschen auf den dicht besetzten Bänken wiederholten den Vers mit herzzerreißender Süße. Die Stimmen kamen aus der Tiefe, sie rangen tapfer mit der Verzweiflung, wie der Erzvater Jakob in der Dunkelheit am Fluss Jabok mit dem Engel gerungen hatte. Die Bäume vor der Gemauerten Synagoge bildeten ihre eigene Gemeinde und sangen Psalmen in einer zerblätterten windigen Sprache. Das Gemurmel des Blattwerks in den wogenden Zweigen erreichte das Ufer der Memel, wo die aufgepeitschten Wellen in das Rauschen der Baumwipfel einstimmten und die Gemeinde im Bethaus verstärkten: *Elokim jehanenu wivarchenu; ja'er panav itanu selah.*

Perele besuchte die Predigten ihres Mannes nicht mehr; sie wusste aber, dass er sehr beliebt wurde. Von Schabbat zu Schabbat wuchs die Zuhörerschaft; allerdings waren die Richter des Bet-Din und die gelehrten Leute der Stadt nicht darunter. Sie warf ihm vor, daran schuld zu sein. Wenn er jedem der Richter einen Besuch abstattete, würden sie kommen. R. Uri-Zwi antwortete, er sei zufrieden, dass die Talmudgelehrten nicht kämen, denn für sie müsste er neues rabbinisches Material einflechten. Die Vorstände verlangten von ihm aber, dass er auf leicht verständliche Weise über die Fünf Bücher Mose, die dazugehörenden Lesungen aus den Propheten sprach und den Midrasch heranzog. Die Rebbezin lachte über ihren Gimpel: Seit drei Jahrzehnten war er ein Rav und hatte immer noch nicht kapiert, dass Leute, die die ganze Predigt vom Anfang bis zum Schluss verstehen, den Respekt vor dem Prediger verlieren. Und wenn die gemeinen Leute sehen, dass die Gescheiten nicht kommen, um den Rav zu hören, fällt er in ihren Augen. Die Masse ist dumm.

»Hast du vielleicht schon vergessen, wie deine Zuhörer dem Horodner Rav aufs Maul starrten, um von seinen Lippen zu lesen, ob ihm deine Predigt gefiel? Und warum hast du dem Stadt-Rav noch keinen Besuch abgestattet?«

»Woher soll ich das wissen?«, sagte R. Uri-Zwi. Unruhe flackerte in seinen Augen. »Du warst doch einmal mit R. Mosche-Mordechai Eisenstadt verlobt. Ihr wart Braut und Bräutigam. Mein Gefühl sagt mir, ich sollte Abstand zu ihm wahren. Er tut dasselbe. So haben wir es all die Jahre gehalten, außer wenn wir miteinander zu tun hatten.«

»Was hat das mit dir zu tun, dass wir miteinander verlobt waren, bevor ich dich kannte?«, sagte Perele und riss erstaunt die ohnehin schon großen Augen auf. »Meine Güte, im Leben passiert viel, und wegen dieser Kleinigkeit willst du ihm keinen Besuch abstatten? Außerdem ist er wegen seiner Tochter noch ein Trauernder. Schon aus diesem Grund müsstest du ihn besuchen.«

R. Uri-Zwi musste einsehen, dass seine *Ejsches chajil* wieder einmal recht hatte, und versprach ihr, am Samstagabend gleich nach dem Abendgebet von der Synagoge aus zum Stadt-Rav zu gehen. Perele plante ihrerseits, die Frauen der Richter des Bet-Din für den Samstagabend einzuladen. Im Verlauf der Woche besuchte sie jede der Frauen und alle sagten zu. Ihnen lag ebenfalls daran, mit einer Rebbezin näher bekannt zu werden, die ihren Mann dazu gebracht hatte, das Rabbinat zu verlassen.

Am Samstagnachmittag, während R. Uri-Zwi in der Gemauerten Synagoge über den Wochenabschnitt predigte und die Haftara *Anochi anochi hu menachemchen* – »Ich, ich bin es, der euch tröstet« auslegte, saßen in seiner Wohnung die Frauen der Richter und aßen von den Köstlichkeiten, die Perele ihnen zu Ehren aufgetischt hatte: saftiger Kirschkuchen, dicht mit abgeriebenen Zitronenschalen bestreut, luftiger, weicher Biskuit und krosses Zuckergebäck. Auf dem Tisch standen auch Teller mit Obst sowie eine Glasschale mit Walnüssen und Haselnüssen. Die Hausfrau nahm eine Kanne aus dem Ofen und füllte die Gläser mit Tee von einer reinen Farbe wie Wein. Die Richtersfrau aus der Wolkowisker Straße nahm zwei harte Walnüsse in eine Hand und zerbrach sie mit einem kurzen Druck ihrer männlichen Faust, als sei diese ein eiserner Nussknacker.

Die Richtersfrau aus der Wolkowisker Straße war breit und dick, trug ein einfaches Kopftuch und hatte ein feuchtes Gesicht, als wäre sie gerade dem Tauchbad entstiegen. Sie hatte eine männliche Stimme und brüllte, wenn sie sprach: Ach, wenn Gott nur hülfe, würde ihr Mann auch seine Richterstelle in Horodno aufgeben. Es war besser, ein Holzfäller zu sein, als das Gemeindehandtuch, an dem jeder sich nach dem *Ascher-jotser* die Hände abwischte. Entschied er, ein Huhn sei nicht koscher, sagte die Hausfrau, er hätte das Herz eines Ganoven. Entschied er, das Huhn sei koscher, erwies sich der Hausherr plötzlich als religiöser Fanatiker, traute ihm nicht mehr und erzählte überall herum, er sei Wachs in den Händen der Frauen. Bei Vermittlungsverfahren war es nie der Fall, dass eine Partei danach dem Rav nicht feindlich gesonnen war. Redete er wenig mit den Leuten, hielt man ihn für arrogant. Sprach er mit ihnen, hielt man ihn für eine Schwatzbase. Man beobachtete genau, ob er nicht etwa einen neuen Hut trug. Seine Frau bespitzelte man sogar noch genauer, ob sie nicht ein zu gutes Stück Fleisch für Schabbat kaufte. Ein Gemeindeangestellter musste schon als armer Schlucker ausgewiesen sein, damit man von ihm etwas hielt. Man musste die Graipewer Rebbezin wirklich beneiden, denn sie hatte das alles hinter sich gelassen.

»Nennt mich nicht Graipewer Rebbezin. Ich bin es nicht mehr.« Perele lächelte süß und reichte Erfrischungen herum.

»Ich meine, man sollte sich nicht über die Horodner Juden beklagen«, sang die Richtersfrau aus der Schloss-Straße. »Sie sind feine Menschen.«

»Natürlich«, entfuhr es der dicken Richtersfrau aus der Wolkowisker Straße, »Euer Mann steht ja auch katzenfreundlich mit allen auf bestem Fuß, und Ihr schmust auch mit jeder Madame, als sei sie Eure Schwester, darum kassiert Euer Mann außer seinem Gehalt noch einiges nebenher. Er allein fungiert als Zeremonienmeister im Bankettsaal, wo man die reichen Hochzeiten feiert, und alle Kaufleute kommen zu ihm, um ihre Streitigkeiten beizulegen.« Sie knackte zwei weitere Walnüsse in ihrer Faust.

Baschka, die Richtersfrau aus der Schloss-Straße, kam in der Tat gut mit Menschen aus. Sie hatte ein mildes, freundliches Wesen und war nicht zu religiös. Unter ihrem Hut lugten kastanienbraune Locken hervor und sie schreckte nicht davor zurück, neumodische Kleidung zu tragen: eine weiße Bluse mit besticktem Halsausschnitt, ein kurzes wollenes Jackett, schwarz und grau gestreift mit gerader Schulterlinie und scharf-geschnittenen Revers. Ihre rechteckige, längliche schwarze Handtasche und ihre langen schwarzen Handschuhe legte Baschka vor sich auf den Tisch. Es war offenkundig, dass sie sich mit großem Vergnügen in der polierten Oberfläche ihrer schwarzen Handtasche wie in einem Spiegel betrachtete. Während sie sprach, bewegte sie charmant den Kopf. Sie glich einem gutmütigen, friedlichen, schlanken Tier, das aus einer Quelle im Wald trank. Ihre lebendigen, klugen Augen erfassten mit einem Blick auf ihren Mann, was zwischen den Rabbinern vorgefallen war, aber sie sprach nie über etwas anderes als über Kinder, Kleider und Essen. Anstatt sich mit der übellaunigen Richtersfrau aus der Wolkowisker Straße auf einen Streit einzulassen, kaute Baschka auch jetzt ruhig und mit geschlossenem Mund ein Stück Biskuit und nahm einen Schluck heißen Tee. Kleine Schweißperlen erschienen auf ihrem strahlenden Gesicht.

»Der Biskuit zergeht auf der Zunge.« Kennerhaft erfasste sie mit dem Gaumen den Geschmack des köstlichen Bissens. »Er wurde mit Zucker gebacken, mit kleingehackten Mandeln, Zimt und Nelken. Ist das richtig, Graipewer Rebbezin?«

»Das ist richtig. Aber nennt mich nicht Graipewer Rebbezin. Ich bin es nicht mehr.« Perele lächelte wieder süß.

»Auch die Frau unseres Ravs, Sara-Rivka, möchte nicht, dass man sie Rebbezin nennt«, sagte die dritte Besucherin und wackelte mit dem Kopf, der in einer steifen Schabbathaube steckte. Sie war mit falschen Perlen und silbernen Plättchen besetzt und reichte bis über die Ohren. Die Richtersfrau vom Alten Markt war eine betagte Frau mit eingefallenem, runzligem Gesicht, der Kopf und Hände ständig zitterten, und ohne einen Zahn im Mund. Obwohl sie alt und bucklig war, liebte sie es, sich in farbige Umhänge, Schals und Tücher zu kleiden, die sie in Schichten trug. Alles an ihr floss und wallte in den verschiedensten Farben, alles war verblichen und abgetragen, hatte aber den exotischen Hauch fernöstlicher Abstammung.

»Seit der Rebbezin Sara-Rivka das einzige Kind genommen wurde, kommt sie überhaupt nicht mehr unter Menschen«, seufzte die gute Baschka.

»Bitte sehr, ich habe nichts gegen die Horodner Rebbezin. Sie war immer eine gute, freundliche Frau, obwohl ihr Mann R. Mosche-Mordechai Eisenstadt ist«, sagte nun auch die gallige Richtersfrau aus der Wolkowisker Straße im weichsten Ton, der ihr zur Verfügung stand. »Ihr Mann, unser Rav, ist immerhin unser jüdischer Papst.«

»Was heißt das, der jüdische Papst?«, fragte Perele.

»Nun, so bedeutend, wie der Papst bei den Christen ist, so bedeutend ist unser Rav, ohne sie vergleichen zu wollen, bei den Juden. Von nah und fern kommen die Leute zu ihm.«

Die Richtersfrau aus der Wolkowisker Straße schmolz im Lob des Horodner Rav, als spräche sie von einem älteren Bruder: R. Mosche-Mordechai Eisenstadt bekommt Briefe aus der ganzen Welt und beantwortet sie alle, egal wie lang oder kurz sie sind. Die Rabbiner und Organisationen, angefangen bei den Amerikanern, schicken Geld für die hiesigen Talmudhochschulen und für wohltätige Zwecke. Sie schicken alles ihm und sonst niemandem. Der Chafetz Chaim von Radun unternimmt nichts, ohne ihn zu konsultieren. Auf den Rabbinerversammlungen in Wilna und Warschau hat das Wort des Horodner Rav so viel Gewicht wie das aller anderen Rabbiner zusammen. Sogar die chassidischen Rebbes in Polen achten ihn, obwohl er ein Litauer und Gegner des Chassidismus ist. Trotzdem ist seine Rebbezin Sara-Rivka für ihn das Gelbe vom Ei. Sein Haus kann gesteckt voll sein mit angesehenen Rabbinern und hohen städtischen Würdenträgern, er lässt sofort alles stehen und liegen, wenn seine Rebbezin ihn in ihr Zimmer ruft. Seit das Unglück mit der Tochter passiert ist, mögen wir verschont bleiben, verhält sich Sara-Rivka sehr seltsam. Sie ruft den Mann zu sich just dann, wenn er von Besuchern belagert wird, und spricht stundenlang mit ihm. Doch R. Mosche-Mordechai wird nie ungeduldig. Im Gegenteil, er hört zu, bis sie sich ausgesprochen hat, und redet ihr dann vernünftig zu, sie möge sich beruhigen. Er fährt nicht mehr zu Rabbinerversammlungen, um seine Frau nicht allein zu lassen.

»Aber vor Leuten eine Predigt halten kann er nicht. Darum sind die Horodner mit ihm ziemlich unzufrieden«, entfuhr es Perele. Sie konnte diese hastig gesprochenen Worte nicht mehr mildern, denn die Richtersfrau aus der Wolkowisker Straße sprang ihr sofort ins Genick und brüllte:

Es wäre sehr traurig, wenn R. Mosche-Mordechai Eisenstadt sich der Horodner Gemeinde unterwerfen müsste. Der Welt gälte er als einer der größten Talmudgelehrten aller Zeiten. Rabbiner strömten von überall herbei, um ihn zu sehen und zu hören und von ihm zu lernen. Wolle der einfache Horodner Pöbel jetzt etwa, dass er sich vor den Aaron-Kodesch aufstelle, um moralische Geschichten zu erzählen und Aphorismen und Parabeln vor ihnen auszubreiten? Ist Gott ein Vater? Auch die Richtersfrau vom Alten Markt fletschte ihre zahnlosen Gaumen: »An Predigern fehlt es nicht, Dank dem Herrn, aber der Horodner Rav ist einzig in der Welt.« Nur Baschka hatte Erbarmen, als sie sah, wie im Gesicht der Graipewer Rebbezin die Farben wechselten.

»Sagt das nicht«, richtete sie das Wort an die beiden anderen Richtersfrauen, »man muss auch zur Gemeinde sprechen können. Mein Mann spricht auch gelegentlich zu den Mitgliedern seiner Betstube. Aber er ist kein wirkungsvoller Redner und an den Graipewer Rav reicht er natürlich nicht heran. Ganz Horodno läuft in die Gemauerte Synagoge, um ihn zu hören. Man sagt, er sei in seinem Fach ein großer Künstler.«

Die Graipewer Rebbezin wollte herausschreien, dass auch ihr Mann ein großer Gaon und kein Maggid war. Es war ihr jedoch klar, dass sie aus diesem Streit nicht ruhmreich hervorgehen würde und darum schweigen musste. Die unterdrückte Wut wurde zum stechenden Schmerz in ihrer Brust und brachte ihre Knie zum Zittern. Um sich nicht zu verraten, schaute sie aus dem Fenster und rechnete laut: Gestern Abend wurden die Kerzen um fünf vor sechs gesegnet, wann wäre es Zeit für Hawdala, sodass man Licht machen konnte? Perele war erleichtert, dass es im Zimmer schon dunkel war und die Richtersfrauen ihr Gesicht nicht sehen konnten. Sie biss sich auf die Lippen und atmete schwer. Wut verengte ihr den Hals.

7

Jeden Schabbatnachmittag versammelten sich die engsten Vertrauten des Horodner Ravs in seinem Haus, um miteinander den Schabbat studierend und im Gespräch über weltliche Angelegenheiten zu verbringen. In den ersten Wochen von R. Mosche-Mordechais Trauer um die einzige Tochter wurden die Schabbat-Zusammenkünfte in seinem Haus ausgesetzt. Seine Anhänger kamen nur dreimal am Tag zum Gebet, damit er nicht in irgendeiner Betstube einen Minjan suchen musste. Die Jünger merkten, dass der Rav durch die Gebete hastete, das stumme Achtzehn-Bitten-Gebet als Erster beendete und ebenso schnell das Totengebet murmelte.Der Minjan ging schweigend hinaus. Erst draußen sprachen die jungen Männer miteinander. Bei der Beerdigung hatte der Rav bitter geweint, während die Rebbezin versteinert dagestanden hatte. Jetzt weinte sie den ganzen Tag in ihrem Schlafzimmer, während er versuchte, in sein früheres Leben zurückzukehren. R. Mosche-Mordechai bat, man möge sich wieder an Schabbatnachmittagen bei ihm versammeln. Die Jünger folgten ihm, sahen aber gleich, dass von ihm keine gelehrten Aphorismen mehr kommen würden. Sein weißer Bart war noch weißer geworden und teilte sich nun in zwei spitze Hälften. Trauer zeichnete ihn, mehr in seinem Schweigen als in seinem Sprechen.

An einem Samstagabend nach Hawdala mitten im Monat Elul war das Haus R. Mosche-Mordechais voller Menschen. Er saß im Gerichtszimmer an einem mit religiösen Büchern überhäuften Tisch und erledigte mehrere Sachen gleichzeitig, wie es seine Art war. Von Zeit zu Zeit schaute er in ein offenes

Buch, das links von ihm lag, und notierte daraus etwas auf einen langen Bogen Papier – eine rabbinische Antwort auf eine schwierige Anfrage. Neben ihm stand eine kleine Frau in weitem Schal und erzählte ausführlich von ihrem schweren Leben, seit ihr Mann, ein frommer Asket, gestorben war. Auf der anderen Seite stand mit funkelnden hellblauen Augen und rotem Bart ein Rav aus einem winzigen Städtchen und interpretierte auf rabbinische Weise eine Passage in der Torah. Er verstummte plötzlich, weil die Klagen der Witwe einsetzten. »Redet, redet, ich höre jedes Wort«, sagte R. Mosche-Mordechai mit einem Lächeln zu dem kleinstädtischen Rav, der in seinen Ausführungen fortfuhr, während R. Mosche-Mordechai aus einer Schublade einen weißen Papierbogen herausfischte, der seinen Namen im Briefkopf trug. In kunstvoller Schrift, in der die Buchstaben sich ineinander verschlangen und verdrehten, schrieb er schnurgerade ein paar Zeilen auf das leere Papier und übergab der Witwe den gefalteten Brief, der an eine städtische Wohltätigkeitsgesellschaft gerichtet war. Als der kleinstädtische Rav sah, dass man die redselige Witwe losgeworden war, rückte er näher heran und flüsterte R. Mosche-Mordechai zu, er sei sehr am Graipewer Rabbinat interessiert, das vor kurzem frei geworden war. Er würde gerne wissen, ob der Horodner Av-Bet-Din seine Bewerbung unterstützen würde. »Ich weiß nicht, ob ich mich da einmischen darf, denn es würde die Chance der anderen rabbinischen Kandidaten mindern«, murmelte R. Mosche-Mordechai und suchte das lange schmale Kontobuch, in dem er die Almosen verzeichnete, die er am Freitagabend verteilte. Der Gast mit dem roten Bart ging aber nicht weg, sondern nahm den abgerissenen Faden seines scharfen talmudischen Diskurses wieder auf, um zu beweisen, dass er für das Rabbinat in Graipewo besser qualifiziert war als andere Kandidaten. R. Mosche-Mordechai konzentrierte sich auf das Verzeichnen der Ziffern und lauschte mit nur einem gespitzten Ohr. Plötzlich offerierte er näselnd einen Einwand, der den Torah-Interpreten mit offenem Mund, zerzaustem Bart, erhobenem Zeigefinger inmitten einer dialektischen Konstruktion erstarren ließ.

Ein Restaurantbesitzer kam heran und bat um ein Koscher-Zertifikat. Er war ein großer Mann mit vielen Ringen an den Fingern und vollem Gesicht, glatt ausrasierten Backen und einem runden schwarzen Spitzbart, der unter seinem aufgewirbelten Schnurrbart begann. Schnurr- und Spitzbart sahen aus, als hätte er sie sich angeklebt, bevor er zum Rav ging. R. Mosche-Mordechai warf einen Seitenblick auf den Restaurantbesitzer und lachte heiser.

»Kommen denn in Euer Restaurant Juden, die so fromm sind, dass sie ohne Koscher-Zertifikat dort nicht essen wollen?«

»Nein, so fromme Juden kommen nicht zu mir«, antwortete der Restaurantbesitzer mit fröhlich lautem, vulgärem Lachen. »Ich habe gehört, Rabbi, dass ihr nicht nur sehr gelehrt, sondern auch sehr scharfsinnig seid. Jetzt sehe ich, dass es stimmt.«

Der Mann begriff sofort, dass er das Zertifikat nicht bekommen würde, und ging. Auf ihn folgten zwei Treuhänder der Religionsschule. Sie trugen polnische Schirmmützen, zerdrückte Stiefel und lange Mäntel. Sie bliesen den Rauch ihrer gerollten Zigaretten in die Luft wie Schlote und legten zornig los: »Die verwaisten Rotzbengel stellen die Schule auf den Kopf und zertrümmern die Einrichtung. Sie zerfetzen und zerfleddern alles, von den Strohmatratzen bis zu den Bibeln, und laufen in Lumpen herum. Die Stadtleute zahlen ihre wöchentlichen Beiträge nicht, die Zuwendungen der Gemeindeverwaltung reichen nicht einmal für das Wasser an die Suppe, und die Lehrer drohen zu streiken, wenn sie keine Gehaltserhöhung bekommen wie die Lehrer in den staatlichen Schulen. So reden sie!«, schrien die Treuhänder und zeigten auf eine Delegation aus zwei Lehrern. Der eine war ein gelassener Mann mit breitem schneeweißem Bart und einem Schnurrbart, der in tugendhafter Dichte seine Lippen verhängte, als sollten sie nichts von den Köstlichkeiten dieser Welt einschlürfen. Der andere, ein junger Mann ohne Bart und noch im Studentenkäppchen einer polnischen Universität, war ein dürrer, schwarzäugiger Hitzkopf. Er sprach Jiddisch im gedehnten Warschauer Singsang und ereiferte sich beim Reden: Er sei nicht verpflichtet sei zu hungern. Er lehre in der Religionsschule, weil er selbst ein religiöser Mann sei, wenn man ihn aber nicht bezahle, werde er Lehrer am staatlichen Gymnasium. Auch der Lehrer mit dem tugendhaften Schnurrbart über den Lippen ließ verlauten, er könne Lehrer in einer Elementarschule für reiche Kinder werden. Die Treuhänder gaben zurück, er führe sich auf wie ein Bolschewik. Sie selbst seien verpflichtet, für die Waisenkinder zu sorgen, und er etwa nicht? Der Rav hob beide Hände und bat mit schwacher Stimme die ehrenwerten Anwesenden, nicht zu streiten. Eine Vollversammlung der Kehilla, der jüdischen Gemeindeverwaltung, werde anberaumt und er werde selbst teilnehmen. Man werde eine Lösung finden. Inzwischen aber dürften die Lehrer den Unterricht auf keinen Fall unterbrechen.

In einem anderen Raum saßen die engsten Schüler des Ravs. Auf seine Bitte waren sie gekommen, um den Schabbatnachmittag und den Schabbatausgang mit ihm zu verbringen. Aber gleich nach Hawdala, als die Menschen mit ihren Alltagsproblemen hereinströmten, verzogen sich die Jünger in ein anderes Zimmer.

R. Mosche-Mordechais Schüler stammten aus Horodno. Sie waren junge Ehemänner, deren Studium noch von den Schwiegervätern finanziert wurde. Sie hatten in litauischen Talmudhochschulen studiert. Einige von ihnen waren schon berufstätig, andere warteten auf ein Rabbinat. Etliche konnten sich noch nicht entscheiden, ob sie Geschäftsleute oder Rabbiner werden wollten. Unterdessen wohnten sie bei den Eltern oder lagen den Schwiegervätern auf der Tasche und beschäftigten sich mit der Politik der Agudat Jisrael. Ihr geistiger Führer war R. Mosche-Mordechai Eisenstadt, der Vorsitzende des Rates der Großen Torah-Gelehrten in Polen. Obwohl er selbst sich persönlich nie auf einen Streit mit Misrachi einließ, war bekannt, dass er hinter seinen feurigen Eiferern stand. Über das Äußere der Anhänger des Ravs konnte man sich nicht beklagen. Sie waren allesamt wohlgenährte Jünglinge mit rosigen Gesichtern, frischen Lippen und weichen, blonden oder schwarzen Bärtchen, durchdringenden Blicken und hastigen Bewegungen.

Dem Schabbat zu Ehren trugen sie Mäntel mit seidenen Krägen. Einige saßen auf Stühlen; einer hatte den Mantel hinten hochgeschlagen und ließ eine Gesäßhälfte auf der Tischkante ruhen. Zwei standen vor den Bücherregalen. Sie unterhielten sich und blätterten zwischendurch in den Werken spätmittelalterlicher und moderner Kommentatoren. Zwei andere schauten aus dem Fenster; ein Pärchen spazierte herum. Hauptgegenstand ihres Gesprächs war der Graipewer Rav. Er brachte sie in Rage.

»Seit er in der Gemauerten Synagoge Maggid wurde und dort jeden Schabbat über die Rückkehr nach Zion spricht, hat Misrachi sein Haupt erhoben.«

»Man muss mit seinen Söhnen, den Schuhverkäufern Königsberg, reden. Beide sind Absolventen unserer Talmudhochschulen. Sie müssen ihrem unverständigen Vater, der keine Fragen stellt, erklären, dass er mit Feuer spielt.«

»Die Söhne sind keineswegs glücklich darüber, dass ihr Vater ein Maggid wurde. Es kursiert die Meinung, die Graipewer Rebbezin stecke dahinter. Sie habe darauf bestanden, dass ihr Mann Prediger in einer Synagoge werde, in der es von Misrachi-Leuten wimmelt.«

Einer aus dem Kreis öffnete die Tür zum Zimmer des Ravs, um nachzusehen, ob die fremden Juden schon weg waren. Der Jüngling schloss die Tür gleich wieder, wandte sich schnell zu seinen Freunden und legte den Finger auf den Mund: »Schschsch! Da sitzt er doch tatsächlich höchstpersönlich, der Graipewer Rav.« Die Agudah-Anhänger wechselten überrascht hocherfreute Blicke. Die göttliche Vorsehung hatte ihnen den Rav direkt in die Hände gespielt, damit sie ihm einen Denkzettel verpassen konnten. Vornehm und auf leisen Sohlen betraten sie im Gänsemarsch den Raum, postierten sich an den Wänden entlang und um den Stuhl R. Mosche-Mordechais, als seien sie die Gefolgschaft eines Königs.

Die fremden Juden waren schon weg. Am Tisch saß nur noch R. Mosche-Mordechai mit seinem Gast. Der rötliche Schein der Lampe tauchte die Winkel des Zimmers in tiefe Schatten. Die beiden Rabbinen sprachen freundlich und leise miteinander. Der Horodner Rav fragte nach den Menschen in Graipewo und wie viel Gehalt die Gemeinde zahlte. Etliche Rabbiner in kleineren Orten interessierten sich für die Stelle und wollten Einzelheiten wissen. R. Uri-Zwi antwortete vorsichtig: Die finanziellen Mittel seien beschränkt, aber die Graipewer Juden seien feine Leute. Da R. Uri-Zwi gekommen war, um Horodnos Oberrabbiner als Trauernden zu trösten, seufzte er und sagte, er hätte noch in Graipewo von dem Unglück gehört. R. Mosche-Mordechai erschauerte und unterbrach den Gast mit einer Frage nach seinen Enkelkindern. Gingen sie denn schon in die Schule? R. Uri-Zwi berichtete von den Enkeln und begann wieder zu seufzen. Er habe Graipewo verlassen, um in Ruhe lernen und nachdenken zu können, und müsse jetzt sehr viel Zeit in die Vorbereitung der Predigten in der Gemauerten Synagoge stecken. Auch darüber wollte R. Mosche-Mordechai nicht sprechen. Auf seinem Gesicht zeigte sich wieder ein Lächeln: Er habe gehört, der Graipewer Rav sei durch seine Tochter kürzlich noch einmal zum Großvater geworden. Er schulde ihm noch ein *Masel tov*!

»Der Gemauerten Synagoge war es nicht erlaubt, einen Maggid einzustellen, ohne vorher beim Horodner Bet-Din anzufragen«, warf hastig und böse ein junger Mann über R. Mosche-Mordechais Schulter. »Der Graipewer Rav weiß vielleicht nicht, dass die Mitglieder der Gemauerten Synagoge die Rädelsführer der hiesigen Misrachi sind und seine Predigten über die Rückkehr nach Zion ausnutzen, um ihre Partei zu stärken.«

R. Uri-Zwi hob fragend und überrascht den Kopf. Er hatte die jungen Leute, die in den dunklen Ecken standen, bislang nicht beachtet. R. Mosche-Mordechai wandte sich zu dem jungen Fanatiker hinter seinem Stuhl und sagte ärgerlich:

»Der Graipewer Rav tut sehr gut daran, zu den einfachen Juden über die Ansiedlung in Eretz Israel zu sprechen. Gibt es denn einen gottesfürchtigen Juden, der das Wohnen im Heiligen Land geringschätzt?« Er wandte sich wieder seinem Gast zu und entschuldigte seine Anhänger. »Als wir jung waren, mischten sich Talmudstudenten nicht in den Streit zwischen politischen Parteien. Aber heute ist die Gefahr der Häresie größer als damals und die Rhetorik ist gerissener. Die Rabbiner der älteren Generation begreifen oft nicht, wo sich die Freidenkerei versteckt und wie sie sich verstellt. Darum müssen junge Gelehrte sich heute zwangsläufig in die Politik einmischen.«

Die Anhänger in den dunklen Zimmerecken sahen sich grinsend an. Sie glaubten, R. Mosche-Mordechai gäbe ihnen recht, obwohl er sich sehr höflich ausdrückte. Ein Dienstmädchen betrat das Zimmer und sagte mit schläfriger Stimme zum Rav: »Die Rebbezin weint schon wieder und ruft nach Euch.« R. Mosche-Mordechai stand sofort auf, augenblicklich überzog Trauer sein Gesicht, und er murmelte, der Graipewer Rav möge ihm nicht böse sein: »Ich weiß nicht, wie lange ich weg sein werde. Wenn Ihr warten wollt, tut es bitte.« Er ging dem Dienstmädchen voran schnell hinaus.

Sobald er den Raum verlassen hatte, warfen sich seine Anhänger auf den Gast. Sie attackierten ihn so vehement und mit so scharfen Worten, dass er in großer Verwirrung die Sprache verlor. Mit offenem Mund saß er da, die Augen weit aufgerissen vor Erstaunen, dass fromme junge Leute einen alten Rav fertigmachten. Schließlich entflammte auch in ihm der Talmudgelehrte. Wutentbrannt stand er auf, riss seinen weiten Rabbinermantel vom Haken bei der Tür und trat wortlos auf die Straße. Zuerst rannte R. Uri-Zwi angespannt und keuchend, als jage man ihn; bald schon blieb er stehen, trocknete den Schweiß unter dem Kragen und starrte in den Himmel, als wollte er beim Schöpfer anfragen, welcher Häresie er sich in seinen Predigten schuldig gemacht hatte, dass man ihn so überfiel? Einer der jungen Männer hatte ihn angeschrien: »Ein Rav der Misrachi ist ein abtrünniger Rebell«. Zerfetzte Wolken hasteten am Himmel entlang und entließen fahles, gelbliches Licht. Der Wind riss ihm den flachen Hut vom Kopf. Er erwischte gerade noch den breiten Rand, während er mit der anderen Hand das Käppchen auf dem Kopf festhielt, damit ihm nicht beides wegflöge und er barhäuptig mitten in Horodno stand. In seinen Adern pulste noch die spöttische Rede eines Anhängers von R. Mosche-Mordechai, er möge Gott danken, dass er keine weitere Tochter habe. »Der Tochter eines Ravs der Misrachi gibt man in den Jeschiwot keinen Bräutigam.«

Als Zugabe fand er seine Rebbezin zuhause auf dem Sofa liegend mit einem feuchten Tuch auf der Stirn. Im Zimmer brannten alle Lampen, als sei die Hausfrau aus einem Albtraum erwacht und fürchtete sich vor den Schatten. Die Schabbat-Decke lag noch auf dem Tisch und darauf standen die Reste der Erfrischungen für die Richtersfrauen. Die Unterhaltung mit den geladenen Frauen hatte Perele krank gemacht. Doch diesmal blieb der Mann unbeeindruckt von den blank liegenden Nerven seiner Frau und lud seine ganze Wut bei ihr ab. Zu Schmach und Demütigung hatte sie ihn verdammt, als sie ihn aus Graipewo riss, um ihn in einem Horodner Beit-Midrasch zum Maggid zu machen. Zu seiner Beschämung und Erniedrigung hatte sie ihn zu R. Mosche-Mordechai Eisenstadt geschickt. Und dann erzählte R. Uri-Zwi haargenau, was im Haus des Ravs vorgefallen war, und erinnerte sich dabei noch an einen Satz, den einer der Agudah-Leute ihm nachgeschrien hatte: Er und alle Leute im Beit-Midrasch, in dem er predige, seien ein reines Nichts gegen den Horodner Oberrabbiner. Er sei die Autorität und der Rabbiner aller Juden im Exil.

»Hörst du? Eine Zwiebel bin ich im Vergleich zum Horodner Rav, und er ist bei ihnen nichts weniger als der Rabbiner aller Juden im Exil. Und ich werde dir noch mehr verraten! Seine Anhänger beleidigten mich schon, bevor er zu seiner Frau gerufen wurde, und ich habe nicht gesehen, dass ihn das sehr bedrückte, obwohl er vorgab, seine jungen Leute zornig zurechtzuweisen.«

»Und meine Gäste heute, die Frauen der Richter, plapperten, er sei der jüdische Papst. Er sei einzig in der Welt, Prediger aber gäbe es viele«, brachte Perele sehr leise hervor und wies mit dem Zeigefinger auf einen Stuhl, damit ihr Mann sich neben ihr Sofa setze. »Als ich dich so aufgebracht hereinkommen sah, dachte ich, du wärst so aufgebracht, weil der Rav etwas Schlechtes über mich sagte.«

Mit gespreizten Beinen saß R. Uri-Zwi seiner Frau gegenüber, seine schweren Hände ruhten auf den Schenkeln: Warum sollte der Horodner Rav schlecht über sie sprechen? Weil sie einst miteinander verlobt gewesen waren? Es schien, als erinnerte er sich nicht einmal mehr daran, dass sie seine Braut gewesen war. Egal, wovon er zu sprechen begonnen hatte, erzählte R. Uri-Zwi, er hatte ihn stets unterbrochen und nach seinen Enkeln gefragt, als wäre es wertlos, mit dem früheren Rav von Graipewo über andere Dinge zu reden. Perele sah auf ihren Mann mit trockenen Augen wie aus geschmolzenem Glas und fuhr sich mit spitzer Zunge über die ausgedörrten Lippen. Sie lag auf dem Rücken, die Arme ausgestreckt an ihrer Seite, als könnte sie sich nicht rühren. »Er erinnert sich nicht einmal mehr daran, dass ich seine Braut war? Macht nichts, es wird ihm wieder einfallen!«, flüsterte sie. Den Mann fragte sie, warum er die Söhne nicht mitgenommen habe zum Rav. Jankel David und Gedalja seien doch seiner Predigt wegen wie an jedem Schabbat in der Synagoge gewesen. Er hätte sie mitnehmen müssen.

»Und wenn ich sie mitgenommen hätte, hätte ich dann in seinen Augen mehr Gewicht gehabt? Meinst du vielleicht, die Gegenwart meiner Söhne hätte seine Anhänger so beeindruckt, dass sie nicht über mich hergefallen wären? Du redest baren Unsinn.« R. Uri-Zwi wand sich auf seinem Stuhl. »Hör doch! Für seine Anhänger bin ich eine Zwiebel im Vergleich zu ihm. In ihren Augen ist er nichts weniger als die rabbinische Autorität, der Meister aller Juden im Exil.«

Perele hätte gerne gesagt, dass auch Jankel-David und Gedalja vom Horodner Rav mehr hielten als von ihrem Vater; aber sie sagte etwas anderes mit der erstickten Stimme einer Kranken: Die Frauen der hiesigen Richter hatten recht, und die Meute der Anhänger R. Mosche-Mordechais und die ganze Bande seiner Untergebenen hatten auch recht. Ein Maggid in einem Beit-Midrasch ist nicht der Rav der Stadt; ein Maggid genoss bei weitem nicht das Ansehen eines Richters. Ab heute und bis auf Weiteres werde er in der Gemauerten Synagoge keine Predigten mehr halten. Wenn er den Vorständen der Synagoge so teuer sei, wie er sagte, sollten sie es auf Biegen und Brechen zuwege bringen, dass auch er in das Bet-Din der Stadt aufgenommen und aus derselben Kasse bezahlt werde wie die anderen Richter. Dann würde er neben seiner Tätigkeit als Richter auch wieder in der Synagoge predigen. Wenn er nicht auf sie höre und weiter predige, bevor er zum städtischen Richter ernannt worden war, könne er jetzt schon ihre Grabrede vorbereiten.

R. Uri-Zwi wand sich wieder auf seinem Stuhl und wollte zornig antworten, aber als sie davon sprach, dass sie sterben werde, erschrak er. Im Grunde genommen gefiel es ihm, dass Perele sich so für seine Ehre einsetzte. Der Horodner Rav war natürlich der Horodner Rav. Aber auch er hatte sich ein Leben lang beim Talmud-Studium abgerackert und es war nur richtig, wenn er eine Herabsetzung als Gelehrter und eine Verletzung der ihm gebührenden Achtung nicht hinnahm.

8

Nach der sommerlichen Trockenheit hatte der Wind schon im Frühherbst große Mengen verwelktes Laub von den Bäumen gefegt. Die Regentage kamen. Die verbliebenen Blätterbündel hingen triefend und geschwollen von den Bäumen. Feuchter Modergeruch reizte die Nasen. Die Nässe kroch in die Knochen und schmerzte in den Knien. Erst im Spätherbst klarte das Wetter unerwartet auf und das schütter gewordene Laub erstrahlte in einem durchsichtig zarten goldenen Glanz. Die Stadtbewohner zogen ihre halbhohen Überschuhe wieder aus, legten die Regenmäntel ab und ließen die Schirme zuhause. Sie hoben ihre Gesichter lächelnd gegen den reingewaschenen, blau erblühten Himmel und wärmten sich in den letzten milden Sonnenstrahlen. Die frommen Juden allerdings, der Torah und ihren Geboten ergeben, wurden nicht von der Sonne erquickt und unter ihren Flügeln geheilt, wie es im Bibelvers heißt. Bärte und Augen waren im Streit entflammt.

Am oberen Ende des Tisches in seinem Gerichtszimmer saß R. Mosche-Mordechai Eisenstadt. Auf der einen Seite des Tisches – die Richter. Ihnen gegenüber – die Vorstände der Gemauerten Synagoge. Die Sitzung dauerte schon sehr lange. Die Anwesenden hatten in ihren Beschwerden Gutes und Böses ausgebreitet, sich mehrmals übel gestritten und entschuldigt. Der Richter vom Alten Markt, ein Greis mit kleinem Bärtchen und Brille, war ständig damit beschäftigt gewesen, wie eine alte Frau das Böse Auge abzuwenden und wie ein frommer Jude Segenssprüche zu verteilen. Jetzt aber schüttelte ihn der Zorn so stark, dass er ein raues, rostiges Gelächter hervorstieß: »Chi, chi, chi, weil der Maggid irgendeines winzigen Kaffs einen Wochenabschnitt auslegen kann, beansprucht er einen Sitz im Horodner Bet-Din?«

Der Richter aus der Schloss-Straße, ein Jude mit weichem Bart, breiten Schultern und intelligenten, flinken Augen, war von Natur aus ein weichherziger Mann, verstand sich aufs

Geschäftemachen und den Umgang mit Menschen wie seine gutmütige, modisch herausgeputzte Frau Baschka. Jetzt aber hatte er seinen wolkigen Bart in zwei Hälften zerkrallt und wiegte sich heftig. »Das darf man über den Graipewer Rav nun wirklich nicht sagen. Er ist kein Provinzprediger, sondern ein kenntnisreicher, belesener Mann und ein überaus anständiger Mensch. Die Frage ist: Wie schaffen wir es, unsere niedrigen Gehälter mit einem weiteren Mann zu teilen?«

»Das geht überhaupt nicht!«, rief der Richter aus der Wolkowisker Straße, ein pingeliger Mann mit rundem Rücken, langem grauem Bart und schwarzen Augenbrauen, hart wie Drahtbüschel. »Selbst wenn der Graipewer Rav so angesehen wäre wie R. Akiva Eger und unsere Kasse voller Gold, würden wir trotzdem der Ernennung eines weiteren Richters nicht zustimmen, nur weil die Gemauerte Synagoge es verlangt. Am nächsten Tag kämen dann die Vorstände anderer Synagogen und verlangten, dass man auch ihre Prediger zu Richtern ernannte. Unmöglich!«

»Auch ein Horodner Rav kann nicht einfach seinen Sohn oder Schwiegersohn aufnehmen, es sei denn, der Sohn oder Schwiegersohn verträte ihn oder wäre sein Nachfolger im Amt. Doch selbst in diesem Fall muss das ganze Gericht zustimmen«, erklärte R. Mosche-Mordechai in Übereinstimmung mit den anderen Richtern, auch wenn er ruhig und sanft sprach.

Die Gemeindevertreter waren nicht auf den Mund gefallen. Meir-Michel Joffe, der Vorstand mit den goldenen Zähnen, opponierte: »Wenn der Graipewer Rav nicht über den Aufbau von Eretz Israel spräche, sondern verbreitete, dass die Misrachi-Anhänger noch schlimmer seien als die Karäer, hättet Ihr nichts gegen ihn.« »Und wie genau sind die Misrachi-Anhänger besser als die Karäer?«, kam es sarkastisch vom Richter aus der Wolkowisker Straße, »beide glauben nicht an rabbinische Autorität und akzeptieren sie nicht.« Der Torah-Vorleser David Gans heftete seine starren, melancholischen Augen auf den Richter. »Wir sollen der Weisheit der rabbinischen Autoritäten vertrauen In unserer Synagoge beten Gelehrte, deren Wissen das der hiesigen Richter bei weitem übertrifft.« Mosche Moskowitz hatte keine Lust mehr, sich mit den Richtern auseinanderzusetzen. Er wandte sich direkt an R. Mosche-Mordechai Eisenstadt.

»Zwei unserer Vorstände sind Räte in der Kehilla und können sich jederzeit mit den anderen Räten besprechen. Wenn das Rabbinische Gericht nicht selbst handelt, wird die Kehilla den Graipewer Rav zum Richter ernennen.«

»Dann wäre ja nichts weiter zu besprechen«, sagte R. Mosche-Mordechai und erhob sich vom Tisch. Der selbstbewusst forsche, fast freche Mosche Moskowitz war ihm besonders unerträglich. Jener blieb gänzlich unbeeindruckt: »Es gibt nichts mehr zu besprechen? Gut, wenn das Rabbinische Gericht einen Streit will, soll es einen Streit haben. Meine Herren, wir gehen.« Die Vorstände folgten seinem Ruf. An der Tür stehend wandte er sich noch einmal an den Stadt-Rav: »Nicht wir Gemeindevertreter tragen die Schuld. Schuld sind die Anhänger unseres Oberrabbiners. Wenn sie in seinem Haus den Graipewer Rav nicht wegen seiner Predigten in unserer Synagoge gedemütigt hätten, hätte seine Rebbezin ihm nicht verboten, weiter als unser Prediger zu fungieren, und wir hätten es nicht auf uns nehmen müssen, seine Ehre zu verteidigen.«

In dieser Sekunde verstand R. Mosche-Mordechai, was vor sich ging: Es war das Werk der Tochter des Staripoler Ravs! Um seine Augen zu verbergen, blickte er in seinen Bart und murmelte, jene sei schon als junges Mädchen eine garstige Frau gewesen.

Nach dem Abgang der Vorstände war der lange Tisch nur noch an einer Seite mit den Richtern besetzt, denen eine leere Bank gegenüberstand. Der Tisch glich einem Juden mit halb abgeschorenem Bart. Die Richter erhoben sich halb und setzten sich wieder, sie tanzten auf ihren Plätzen wie Deckel auf Töpfen mit kochendem Wasser: So eine Anmaßung! So eine

Unverschämtheit! R. Mosche-Mordechai aber sprach besorgt zu den Spitzen seines weißen Bartes, die Gegner hätten nun etwas in der Hand: Die Horodner Rabbiner widersetzten sich einem Neuzugang. Die gelehrte Gesellschaft schaute verdutzt auf ihr Oberhaupt. R. Mosche-Mordechai stand zwar im Ruf eines freundlichen und umgänglichen Mannes, aber es war auch bekannt, dass er seine Überzeugungen mit großer Festigkeit vertrat und nur nachgab, wenn es absolut sein musste. Die Parteigänger des Graipewer Ravs waren in Horodno nicht so stark, dass man ihm nachgeben musste. »Man muss gründlich überlegen«, wiederholte der Rav und blieb nachdenklich sitzen, auch nachdem die anderen schon lange aufgebrochen waren. R. Mosche-Mordechai hatte die Söhne des Graipewer Ravs immer etwas unter seine Fittiche genommen, weil er glaubte, diese zurückhaltenden jungen Leute, die Brüder Königsberg, seien ganz dem Vater nachgeschlagen. Es wäre möglich gewesen, dass ihre Mutter gar nicht so schlimm war, wie er als junger Gelehrter gemeint hatte, als er die Verlobung mit ihr löste. Doch jetzt sah er, dass er sich in seiner Jugend nicht geirrt hatte. Es bestand kaum Zweifel, dass sie das Feuer des Streits entfacht hatte. Es war ihm äußerst unangenehm, sich mit dem Mann seiner ersten Braut zu streiten.

»Warum hast du es zugelassen, dass die Juden sich so anfeinden? Was macht es dir aus, wenn es in der Stadt noch einen weiteren Richter gibt?«

Sara-Rivka stand hinter seinem Stuhl. Sie war zehn Jahre jünger als ihr Mann und noch nicht ganz fünfzig. Ihre dünne Gestalt, ihr mageres, fast durchsichtiges Gesicht, die pechschwarzen Haare unter dem Kopftuch und die kohlschwarzen Augen ließen sie noch jünger aussehen. Doch das lange, knochige Kinn und die eingefallene Brust unter dem Kleid beraubten sie ihrer weiblichen Anmut. Obwohl von draußen ein trockener, milder Spätherbsttag das Zimmer wärmte, zitterte Sara-Rivka vor Kälte und rieb sich die Hände, als sei sie gerade einem Bett aus gefrorenen Laken und Decken entstiegen.

»Der neue Richter wird nicht deinen Platz einnehmen; er wird dich auch nicht in den Schatten stellen, weder in den Augen der Juden von Horodno noch in den Augen der anderen Juden, die von überall zu dir kommen.«

Das Lächeln seiner Frau teilte R. Mosche-Mordechai mit, dass auch sie es für das Beste hielt, einen Streit mit dem Mann der Tochter des Staripoler Ravs zu vermeiden. »Ich habe keine Angst und auch nicht die geringsten Bedenken, dass er mich in den Schatten stellt«, antwortete R. Mosche-Mordechai und blätterte in einem der Bücher, die vor ihm auf dem Tisch lagen. Er wollte mit seiner Frau ein Gespräch über seine erste Braut vermeiden, besonders jetzt, da sie beide noch um ihr einziges Kind trauerten. Sara-Rivka aber machte es nichts aus, ruhig und offen darüber zu sprechen. Da er die Tochter des Staripoler Ravs schon einmal gedemütigt hatte, als er sich von ihr trennte, müsse er sich hüten, sie ein weiteres Mal zu demütigen, indem er ihrem Mann die Zulassung zum Gericht verwehrte.

»Du redest, als hinge alles von mir ab.« R. Mosche-Mordechai schloss das Buch und stand auf. »Was die Aufnahme eines neuen Mitglieds betrifft, sind die anderen Richter derselben Ansicht wie ich. Sie wollen ihn nicht. Sie wollen ihn einfach nicht! Wenn diese Sache sich in einer anderen Stadt zutrüge und ich würde in dieser Sache angerufen, würde ich auch gegen den Graipewer Rav entscheiden und sagen, er begehe ein Unrecht, wenn er versuche, sich mit Gewalt in das Gericht zu drängen.«

Zwei gut gekleidete, zurückhaltende junge Männer betraten den Raum. Sara-Rivka beobachtete, wie ihr Mann den Gästen mit großer Freundlichkeit entgegenging, während sein Gesicht nervöse Anspannung spiegelte. »Scholem alejchem! Das sind die Brüder Königsberg, die Söhne des Graipewer Ravs und Horodner Schwiegersöhne«, stellte R. Mosche-Mordechai die Gäste seiner Rebbezin vor und gab ihr ein Zeichen mit der Hand, sie möge den Raum verlassen. Sara-Rivka schaute die beiden jungen Männer überrascht an, Neugier mischte sich in ihren Blick und Wärme, schließlich überwog die Verwirrung. Sie verließ leise den Raum.

Die Brüder Königsberg antworteten pflichtbewusst auf die freundlichen Erkundigungen des Ravs nach ihren Familien und ihren Geschäften. Sie fanden nicht den Mut, offen zu sagen, weshalb sie gekommen waren. R. Mosche-Mordechai versuchte, ihnen behilflich zu sein: Sicher seien sie gekommen, um ihm zu sagen, dass sie am Streit mit dem Horodner Bet-Din nicht beteiligt waren. Er versichere sie, er verstehe das, obwohl die Ursache des Streits ihr Vater sei. Erfreut, dass der Rav sie nicht für verantwortlich hielt, ließ der jüngere Bruder entwischen, dass er, aber auch Bruder und Schwester, es durchaus nicht befürwortet hätten, dass der Vater seine Rabbinerstelle in Graipewo aufgegeben habe. »Wahrscheinlich wollte euer Vater nicht länger das Joch einer jüdischen Gemeinde tragen«, antwortete der Rav seinem Gegenüber. »Ja, der Vater wollte nicht länger in Graipewo bleiben«, brummte der ältere Bruder düster, und R. Mosche-Mordechai dachte im gleichen Augenblick, es war wohl eher ihre Mutter, die nicht länger in dem kleinen Städtchen hatte bleiben wollen.

Schweigen breitete sich im Raum aus. Lichtstreifen spielten auf den dunkelbraunen Lederrücken der Bücher auf den Regalen. Eine dicke Fliege irrte mit schwerem Gebrumm umher und schlug sich immer wieder an. Die Brüder verständigten sich mit Blicken, dass man zur Sache kommen musste, da sie dem Rav die Zeit nicht stehlen wollten. Der Ältere hustete und brachte heiser hervor, dass sie gekommen waren, um zu fragen, ob sie etwas tun könnten, um den Streit beizulegen. Dem Rav missfiel, dass die beiden jungen Leute sich unwissend stellten. Er antwortete scharf, sie könnten in der Tat sehr viel tun, um den Streit beizulegen. Sie sollten beim Vater darauf dringen, nicht zu fordern, was ihm weder nach Recht noch nach Billigkeit zustünde.

»Die Vorstände der Gemeinde führen den Streit, nicht der Vater«, gab der Jüngere zurück. Der Rav winkte ungeduldig ab und ging zum Fenster. »Es ist unnötig, mir das zu sagen. Ihr habt in einer Jeschiwa studiert, also kennt ihr den Satz: ›Nicht die Maus ist der Dieb – das Loch ist der Dieb‹.« Die Brüder schauten sich erneut an. Der Rav stand mit dem Rücken zu ihnen am Fenster. Es war ein Zeichen, dass das Gespräch zu Ende war und sie gehen sollten. Erst jetzt fand der jüngere Bruder Gedalja den Mut auszurufen, der Streit werde sich zuspitzen, wenn der Vater nicht zum Richter ernannt würde. R. Mosche-Mordechai deutete durch ein Kopfnicken an, er habe es gehört. Nachdem die Brüder das Haus verlassen hatten, ging er aufgebracht in das Schlafzimmer seiner Frau.

»Erst sagen mir seine Söhne, sie seien völlig unschuldig an diesem Streit, und dann drohen sie, der Streit werde eskalieren, wenn man den Vater nicht aufnimmt.«

Auf dem Rand ihres Bettes sitzend, hatte Sara-Rivka die Schritte ihres Mannes frühzeitig vernommen und sofort die Fotografie der Tochter unter ihrem Kissen versteckt. Sie wollte seine Sorgen nicht noch durch ihre Unfähigkeit vermehren, Blimeles Bild nicht aus der Hand legen zu können. Als R. Mosche-Mordechai hereinkam, starrte sie auf die gegenüberliegende Wand, wo ein großes Bild ihrer Mutter hing. Sie trug eine schwere Perücke. In ihrem länglichen Gesicht traten hohe Backenknochen hervor. Ihre harten, verschlossenen Lippen umsäumte ein verdrossenes Lächeln. Sara-Rivka musste daran denken, dass ihr Vater sich nie hatte »abmenschlichen« lassen. »Bin ich denn ein *Schiwisi,* der Name des Höchsten eingraviert auf der Holzplatte des Vorbeterpults, damit die Lebenden mich ständig vor Augen haben?« Er wollte von sich kein Andenken für die Kinder hinterlassen. Darum lächelte die Mutter so verdrossen, als sie schließlich fotografiert wurde – ohne den Vater.

Seinen Gedanken nachhängend, bemerkte R. Mosche-Mordechai zu sich selbst, dass die Söhne des Graipewer Ravs wenigstens nicht so dreist waren wie die Vorstände der Gemauerten Synagoge. Die jungen Leute hatten ja lange gestottert und gestammelt, bevor sie mit dem herausrückten, was ihr Vater ihnen als gehorsamen Söhnen aufgezwungen hatte. »Woher weißt du denn, dass der Vater es verlangte? Vielleicht verlangte es die Mutter? Die Graipewer Rebbezin rechnete sich aus, dass du weicher würdest, wenn du ihre Söhne sähest.« Für einen Moment belebten sich die erloschenen Augen Sara-Rivkas. Der Rav sah sie fragend an. Dann fiel ihm der Satz aus der Gemara ein, eine Frau kennt ihre Gäste besser als ein Mann. Die Hände auf dem Rücken verschränkt ging er im Schlafzimmer auf und ab und murmelte vor sich hin, dass es für ihn keinen Unterschied mache, wer die jungen Leute geschickt hatte. Der Graipewer Rav war in Horodno ein Fremder, der keine rechtlichen Ansprüche hatte und dessen Forderung jede rechtliche Grundlage fehlte.

Sara-Rivka betrachtete wieder die vergrößerte und retouchierte Fotografie der Mutter, als ob sie dort die Antwort ablesen könnte. »Doch, der Graipewer Rav hat berechtigten Grund zur Klage. Seine Kinder wohnen in Horodno und die Mitglieder seiner Synagoge wollen ihn als ihren Rabbiner.« Sara-Rivka wendete sich vom Bild der Mutter ab und lächelte ihrem Mann zu. »Außerdem solltest du ihm nicht im Weg stehen, damit die Leute nicht auf den Gedanken kommen, du seist eifersüchtig auf ihn, weil seine Frau deine erste Braut war und es dich noch bis heute verdrießt, dass ihr euch getrennt habt.« R. Mosche-Mordechai erschrak, dann schrie er außer sich vor Zorn: »Was redest du da?« Sara-Rivka lachte nervös. Ihr Gesicht leuchtete noch blasser als sonst, ihr langer Unterkiefer zitterte.

»Ich sage doch nicht, dass du so fühlst und denkst. Ich sage nur, dass die Menschen in der Stadt so reden werden.« Sie schwieg eine Weile und lachte dann noch trauriger. »Wirklich, Mosche-Mordechai, warum hast du denn die Tochter des Staripoler Ravs nicht geheiratet? Bei ihr hättest du mehr Glück gehabt als bei mir. Mit ihr hättest du wunderbare Kinder, zwei so schöne Söhne, haben können. Sie hat auch eine Tochter, habe ich gehört. Und von allen Kindern hat sie Enkelkinder. Es kann sein, dass Gott uns bestraft, weil du sie als Mädchen gedemütigt hast.«

Große, kalte Tränen liefen ihr aus den Augen. Der Zorn R. Mosche-Mordechais war verraucht. Er streichelte ihren Kopf und bat sie mit bebender Stimme, nicht zu weinen. Warum sollten sie beide wegen der Tochter des Staripoler Ravs bestraft werden? Sie war ja nicht sitzen geblieben und war keineswegs einsam und gedemütigt. Sie hatte Mann, Kinder und Enkel. Sara-Rivka schmiegte sich an ihren Mann und flüsterte in seinen warmen Bart: »Du darfst nicht dagegen sein, wenn der Graipewer Rav hier Richter werden soll.« R. Mosche-Mordechai versprach ihr, nicht dagegen zu sein. Er werde mit den anderen Richtern sprechen und dafür sorgen, dass auch sie ihren Widerstand aufgaben.

9

Die Horodner Rebbezin Sara-Rivka trug den Namen ihrer Ur-Urgroßmutter. Sie war die Mutter des Zaddiks R. Alexander-Siskind, Autor des Buches *Jesod weschoresch ha'awoda*, worin er die *Kavana*, die heilige Hingabe beschrieb, die einen Juden beim Beten ganz erfüllen sollte, sodass er in seinen Gedanken jederzeit bereit war, für Gott zu sterben. Als R. Alexander-Siskind starb, hinterließ er zwei Testamente, die das große und das kleine Testament genannt werden, sowie eine spezielle Verfügung für die jüdische Beerdigungsgesellschaft. Ihren Mitgliedern gab er strenge Anweisung, was mit seinem toten Körper zu geschehen habe: Sie mussten ihm einen Stein aufs Herz legen, seinen Körper aus großer Höhe auf die Erde werfen sowie eine brennende Kerze an seinen Bart halten und ihm gleichzeitig ein Messer an den Hals setzen. So würden ihm symbolisch die vier Todesstrafen zuteil, die ein Bet-Din verhängen kann. Falls er in Gedanken gesündigt hatte, sollte dies noch in der hiesigen Welt eine Sühne sein, bevor er vor dem Bet-Din des Königs stehen würde. Außerdem verfügte R. Alexander-Siskind, auf seinem Grab zu Kopf und zu Füßen je einen Stein aufzustellen. Ihre Inschriften sollten gegeneinander gerichtet auf den Innenseiten angebracht werden. Sie dürften auf keinen Fall irgendeine Form des Lobs enthalten, sondern sollten sich darauf beschränken, ihn als Sohn R. Mosches zu bezeichnen, den ihm seine Frau Rivka geboren hatte, und als Diener Gottes des Schöpfers.

Der Diener Gottes und ›Zaddik der zwei Grabsteine‹ wollte in Horodno nicht zum Rav ernannt werden und verbot seinen Kindern und Kindeskindern, hohe Ämter zu suchen. Aber sein Nachwuchs hielt das nicht durch und legte deshalb seine Verfügung so aus, dass »hohe Ämter« sich nicht auf das Rabbinat bezog. Schon sein Sohn Arieh und natürlich auch seine Enkel saßen im Bet-Din von Horodno. Die Stelle ging schließlich an den Urenkel R. Isaak-Aisikl R. Schmuel-Senders. Im Lauf der Zeit arrangierte die Familie Partien mit den großen rabbinischen Familien Litauens und verwebte sich sogar mit chassidischen Dynastien in Wolhynien und Galizien. Nur die Mutter Sara-Rivkas, die ehemalige Horodner Rebbezin, war bescheidener Abstammung. Ihr Vater war ein reicher Dorfjude, der sich in einen Stammbaum einkaufte, indem er seine Tochter mit dem Urenkel des Autors von *Jesod weschoresch ha'awoda* verheiratete.

In Sara-Rivkas Erinnerung war die Wohnung ihres Vaters stets belagert von rabbinischen Onkeln, die nach Horodno fuhren, um Bücher zu kaufen oder ihre eigenen Werke drucken zu lassen, und von den dazugehörenden Tanten, die zu Ärzten fuhren oder bei den Schneidern in der Großstadt neue Kleider bestellen wollten. Ihr Vater reiste oft auf Beerdigungen von verwandten Rabbinern oder berühmten Rektoren von Talmudhochschulen. Sara-Rivka und ihre Mutter fuhren mit dem Vater auf Hochzeiten. Der Rav von Supraśl, Schwiegersohn des Großonkels Dudl, verheiratet seinen Sohn. Der Rav von Tikocyn, ein entfernter Verwandter des Großvaters R. Schmuel-Senders, verheiratet eine Tochter. Die Brautleute sind gewöhnlich Base und Vetter. Blimele, die alte Horodner Rebbezin, war nun in die genealogische Kette verstrickt und machte sich im Gespräch mit ihrer Tochter Sara-Rivka Luft:

»In der Familie deines Vaters gibt es keinen einzigen gewöhnlichen Juden, einen Arbeiter zum Beispiel, oder einen Ladenbesitzer. Alle sind Rabbiner, eine Familie, die nur aus Kaisern besteht! Wo sind die Soldaten, die einfachen, ehrlichen Juden? Wenn man ständig von solchen Aristokraten umgeben ist, wird man selbst noch ganz aufgeblasen.«

Aber nicht nur die alte Rebbezin war verstimmt, auch ihr Mann, R. Isaak-Aisikl R. Schmuel-Senders, nahm es seinem Vater und Großvater übel, dass sie vom Rabbinat lebten und auch ihn zum Rabbiner ausbildeten. »Die Patriarchen Abraham, Isaak und Jakob waren Schafhirten und unser Urgroßvater, der Gottesdiener, R. Alexander-Siskind, hat den Vorsitz des Bet-Din rundheraus abgelehnt. Warum bin ich durch Abstammung dazu verdammt, mich um eine ganze Stadtgemeinde zu sorgen, wenn ich wirklich nur ein Tischler, ein einfacher Tischler sein wollte?« So klagte R. Isaak-Aisikl seiner Frau und seiner Tochter. Wenn er so jammerte, sah er aus wie ein Lehrling, der quengelte, dass er keinen so großen Holzklotz auf seinen schwachen Schultern tragen könne. R. Isaak-Aisikl war ein kleines Jüdlein mit dichten schwarzen Schläfenlocken und nackten Backen, auf denen kein Härchen wuchs. Nur um sein Kinn hielt sich ein mickriges Bärtchen. Er hatte gute, tränende Augen und fromme Händchen, geeignet, in Büchern zu blättern, rabbinische Responsen zu schreiben und die Innereien eines Huhns zu befühlen, in denen eine Hausfrau einen Spreißel gefunden hatte.

»Wie könntest du denn Bretter hobeln, Vater, einen schweren Hammer auf Nägel sausen lassen und einen Schrank auf dem Rücken tragen?«, lachte Sara-Rivka und ihre Mutter mit den hohen Wangenknochen, die alte Horodner Rebbezin Blimele, lächelte traurig.

»Warum sollte ich das nicht können? Das könnte ich durchaus!« R. Isaak-Aisikl zupfte ärgerlich an seinem mickrigen grauen Bärtchen und erzählte Frau und Tochter von zwei antiken Gelehrten aus der talmudischen Zeit, von denen einer ein Schuster, der andere ein Schmied war, und von R. Mordchele von Pokroj, der sowohl Rav als auch Tischler war. Und was für ein Rav! Der größte Zaddik der unzähligen bescheidenen Zaddikim in Samut. Er lebte in der Zeit des Gaons von Wilna, der sich an ihm erfreute. R. Morchele lebte nach dem Motto der Weisen: *ehov et hamalachah usena et harabanut* – »liebe die Arbeit und hasse das Rabbinat.« Und da ist außerdem R. Akiva Eger. Die Welt erzittert vor seiner Genialität, und er, der Posener Rav, fragte einen seiner Schüler in einem kleinen Ort, ob dort eine Stelle frei sei für einen Synagogendiener. »Warum sollte ich also kein Arbeiter sein?«, fragte R. Isaak-Aisikl seine Frau und seine Tochter. Aber es blieb bei diesen Reden im Innersten seines Hauses. Keinem Tischler in Horodno wäre je eingefallen, dass der Rav ihn beneidete. Wenn er unter Menschen war, wirkte R. Isaak-Aisikl zufrieden. Seine Familie verstand, dass Außenseiter von den Träumen des Ravs nichts erfahren durften.

Die verzweigte Familie des ehrwürdigen Horodner Autors des *Jesod* glich einem alten Wald. Zeit und Unwetter hatten die großen Eichen gefällt. Tannen neigten sich, Borke lag abgerissen neben nackten Stämmen, die aussahen wie einsame ausgelaugte Menschen. Statt jungem Gras verbreitete sich silbernes Moos und traf auf bloßliegende trockene Wurzeln. Gleichzeitig rauschte schon am Rand des Urwalds der junge Forst, neu eingewanderte Nussbäume, Erlen und Birken. Schwarzsilbern glänzte ihre Borke und sie flüsterten miteinander über die hundertjährigen Bäume, die Aristokraten im verborgenen Dickicht, von denen alle abstammten. Doch das eigentliche

Dickicht erreichte keine Sonne. Dort herrschten düstere Stille und Schwermut auch am Mittag sonniger Tage. So gediehen denn die Nebenlinien von R. Alexander-Siskind, Autor des *Jesod*, und entfalteten sich, während die Hauptlinie seiner Kinder und Enkel schrumpfte. Schon Sara-Rivka war das einzige Kind ihres Vaters R. Isaak-Aisikl, wie auch er der einzige Sohn seines Vaters R. Schmuel-Senders gewesen war. Sara-Rivka wuchs blass und kränklich heran, als manifestierten sich jetzt die Selbstkasteiungen und das viele Fasten ihres Urgroßvaters, des Gottesdieners, und entwerteten sie. Eine blutarme Rabbinertochter, ermüdet von ihrem aristokratischen Stammbaum, den sie mit sich schleifte wie eine Schleppe aus nächtlichen Schatten. In ihrem Lächeln verloschen gerade die schon verblichenen Farben vornehmer Stoffe. Wie der Vater klagte, dass er kein Tischler war, so klagte auch die Mutter:

»Bei meiner Hochzeit stellte ich mir vor, dass ich ein halbes Dutzend fröhliche und gesunde Kinder haben würde, wie meine Brüder und Schwestern auf dem Dorf, und wie ich es auch selbst als Kind gewesen war. Sogar dein Vater wollte, dass du meiner Familie und nicht seiner Familie nachschlägst. Doch der Urgroßvater, der ›Zaddik der zwei Grabsteine‹, bemühte sich wohl im Himmel darum, dass du aussiehst wie seine Leute. Für sie ist ausgelassenes Lachen eine Sünde.«

Darum war die alte Rebbezin Blimele ganz der Ansicht ihres Mannes, dass ihre einzige Tochter einen großen Torah-Gelehrten heiraten sollte. Sara-Rivkas Bräutigam war in der Tat ein seltenes Genie, entsprungen einer langen Reihe von weisen Talmudisten mit eisernen Köpfen, die durch den Babylonischen Talmud und den Jerusalemer Talmud wirbelten wie der Wind durch das Blattwerk im Wald. Die Rabbiner in R. Mosche-Mordechais Familie tauschten stetig kleinere gegen größere Stellen, wie der Hohepriester an Jom Kippur während der Opferarbeit am Altar stetig die Becken wechselte. In ihren Reihen fand sich ein Chassid ebenso wenig wie Gesäuertes an Pessach. Einfache fromme Juden und Wunderrabbis winkten sie weg mit der gleichen Verachtung, mit der sie auf die Maggidim für das einfache Volk herabsahen. Sie eilten durch die Gebete und setzten sich zum Lernen. Die Eisenstadts kannten weder Rückzug noch Kompromiss. Wenn sie eine Entscheidung, einen *psak-din*, verkündeten oder auch nur eine Meinung äußerten, mussten sich schon alle beugen.

»Dein Mosche-Mordechai wird Horodno sehr anmaßend führen«, prophezeite R. Isaak-Aisikl seiner Tochter. »Er erbte von seinen Vätern die Kraft und die Autorität, eine Stadt zu regieren, ja ein Gouvernement, sogar die ganze Welt. Jedenfalls wird ihn nicht wie mich die Sehnsucht quälen, Tischler sein zu wollen.«

R. Mosche-Mordechai Eisenstadt war aber in Wirklichkeit ein milder und auch sehr witziger Mensch. »Dein Mann ist sehr klug«, erklärte R. Isaak-Aisikl seiner Tochter, »die Zeiten haben sich geändert. Er versteht es, die Arroganz seiner Familie zu verbergen.« Als ganz junge Ehefrau fragte Sara-Rivka ihren Mann einmal, warum er die Verlobung mit der Tochter des Staripoler Ravs gelöst hatte. »Wolltest du ein Kälbchen zur Frau?«, fragte sie ihn mit leichter Koketterie. »Du bist klüger als sie,« antwortete ihr Mann und erzählte, dass in seiner Familie die Frauen Frauen und nicht Männer waren. Die Frau eines Rabbiners muss wissen, wie man mit Menschen umgeht. Sie muss zu den Gästen freundlich sein und darf sich nicht in die Angelegenheiten der Gemeinde mischen. Das Staripoler Brautmädchen aber würde eine Rebbezin werden, die den *Tallit-Katan* des Ravs trug und ihm zu allem ihre Meinung sagte. Am Ende lachte die Stadt über den Rav und nannte seine Frau die hochverehrte Rebbezin, mögen ihr lange, gesunde Jahre beschieden sein, Amen.

R. Isaak-Aisikl erlebte noch Sara-Rivkas erste Fehlgeburt, bevor er zu den Vätern versammelt wurde. Die Mutter litt noch einige Jahre mit der Tochter, die vor Verlangen verging, ein Kind zu gebären, obwohl die Ärzte sagten, eine weitere Schwangerschaft gefährde ihre Gesundheit. Als Sara-Rivka schließlich ein Mädchen gebar, konnte man das kleine Vögelchen schon Blimele nennen, nach der alten Horodner Rebbezin, denn sie war kurz vor der Niederkunft ihrer Tochter gestorben, als wollte der Himmel ihr den Kummer ersparen, ihre einzige Enkeltochter so krank zu sehen.

Während der siebzehn Jahre ihres Lebens weinte Blimele meistens oder schrie unvermittelt, weil Asthma ihr die Luft abschnürte, bis selbst ihr Vater zermürbt und am Ende seiner Kraft war. R. Mosche-Mordechai musste sich mit dem Gedanken anfreunden, dass ihm ein anderes Schicksal bestimmt war als seinen Vorfahren. Er war in der Tat der größte Erneuerer seiner Generation, berühmt in der gesamten jüdischen Welt, aber Lebensfreude und Ruhe hatte er sich beim Schöpfer nicht verdient. Um seine Rebbezin war es noch schlimmer bestellt. Im ständigen Zittern um die kranke Blimele verwelkte sie schnell und verlangte nun unablässig von ihrem Mann, dass er in seinen Entscheidungen nicht zur Strenge neige, auch wenn es sich um die Ehre der Torah handelte. Seit ihnen die Tochter entrissen worden war, mahnte Sara-Rivka ihren Mann noch inständiger als früher, seinen Gegnern nachzugeben. Im Fall des Graipewer Ravs musste R. Mosche-Mordechai ihr endlich versprechen, nicht nur seine Opposition aufzugeben, sondern auch die anderen Richter zu überreden, den Graipewer Rav in die Körperschaft des Bet-Din von Horodno aufzunehmen.

10

Es regnete bis in den Spätherbst. Dann setzte Frost ein und der Boden wurde gefährlich glatt. In seinen offiziellen Rabbinermantel aus Pelz und einen rabbinischen Pelzhut gekleidet, verschönte R. Uri-Zwi Königsbergs stattliche Erscheinung die Stadt. Aber im städtischen Bet-Din, dem er jetzt angehörte, saß er auf Nadeln. Die Richter erstickten ihn mit ihrem feindseligen Schweigen oder sprachen in zornigem Ton zu ihm.

Wenn kleine Konflikte zu schlichten waren oder religionsgesetzliche Anfragen Entscheidungen verlangten, tagte das Gericht in einem kleinen Raum der Kehilla ohne den Stadt-Rav. Wenn es sich um eine schwerwiegende Angelegenheit oder um eine schwierige Schlichtung handelte, versammelten sich die Richter in seinem Haus. Obwohl R. Mosche-Mordechai Eisenstadt es weniger zeigte, war klar, dass auch er dem neuen Richter gegenüber Distanz wahrte.

An einem Donnerstag um die Mittagszeit, als die Richter beim Rav saßen, beobachtete R. Uri-Zwi durch ein Fenster, wie Schnee sich aus dem grau verhangenen Himmel löste. Fröhlich wirbelten die Flocken durch die Luft, als überlegten sie, wohin sie fallen sollten. Mit jedem Augenblick verdichtete sich das Schneegestöber. Fein gesponnene Fäden wurden zu weißen Leintüchern und zuletzt zu dicker, weicher Leinwand. R. Uri-Zwi dachte daran, wie er an einem ebenso winterlichen Tag in Graipewo frühmorgens zum Beten in die Synagoge ging und jeder Jude, der ihm begegnete, ihm einen Guten Morgen wünschte. Nach dem Beten saßen noch einige Leute mit ihm um den Tisch, um ein Kapitel in der Mischna zu studieren oder einfach nur von ihm ein ermunterndes Wort oder eine gute Bemerkung über die Bibel zu hören. Dann ging er nach Hause, aß eine Kleinigkeit, setzte sich hin, um zu studieren. Danach ruhte er. Später kam ein Mann vorbei, um sich Rat zu holen, und eine Frau brachte eine rituelle Frage. Alle waren respektvoll und ihm zugetan. Er war ein geachteter Gelehrter, ein Hirte seiner jüdischen Herde. Und was war er hier?

Zu einem anderen Zeitpunkt hätte man die Angelegenheit, die zur Verhandlung stand, für unwesentlich gehalten. Aber die Richter wollten sie nutzen, um sich gegen den Graipewer Rav zu stellen. Die Vorstände der Synagoge, wo er betete und predigte, planten ein Chanukka-Konzert. Der Stadtkantor und sein Chor sollten die Gebete singen und die Lichter segnen, außerdem sollte eine Kapelle spielen und R. Uri-Zwi Köngisberg sollte eine Predigt über die Makkabäer halten.

Es sollte Eintritt erhoben werden, und von der erwarteten hübschen Summe war eine Hälfte für die Synagoge und die andere Hälfte für Eretz Israel bestimmt. »Ich weiß aus Erfahrung: Beim Segnen der Chanukka-Lichter, begleitet von einer Kapelle, stehen Männer und Frauen dicht nebeneinander. Diese Anarchie darf man nicht zulassen. Man muss sie ausdrücklich verbieten!«, ereiferte sich der Richter aus der Wolkowisker Straße. »Das Geld wird weder an die Synagoge noch nach Eretz Israel, sondern an die hiesigen Misrachi gehen«, ihn könne man nicht zum Narren halten, triumphierte der Richter aus der Schloss-Straße. »Fiedler und Blasmusik wie auf einer christlichen Bauernhochzeit? Götzendienst!«, wütete der Richter vom Alten Markt. R. Mosche-Mordechai saß vornübergebeugt am oberen Ende des Tisches und befingerte nervös seinen Bart, als suchte er dort einen klugen Ausweg.

»Man könnte die Vorstände dazu verpflichten, Männer und Frauen nicht gleichzeitig einzulassen. Was den Chor und die Musikanten betrifft, so sollte uns das nicht weiter stören. Was uns erheblich mehr beschäftigen sollte, ist die Gefahr, dass die Menschen das Wunder von Chanukka vergessen und zu der Ansicht gelangen könnten, dass Judas Makkabäus aus eigener Kraft ein Held wurde.«

Damit übte R. Mosche-Mordechai unmissverständlich scharfe Kritik an Rav Königsberg, weil er, statt über die göttliche Vorsehung zu sprechen, eine zionistische Predigt plante. Den Richtern war dieser Verweis zu zahm und sie antworteten dem Av-Bet-Din, bei allem Respekt, er mache einen schweren Fehler. Die Vorstände der Gemauerten Synagoge würden es niemals fertigbringen, die Menschen beim Einlass so zu lenken, dass Männer und Frauen sich nicht vermischten und zusammensäßen, zumal die Vorstände ja auch das Gegenteil wollten, denn gemischtes Sitzen zöge ein größeres Publikum an. Der Richter aus der Wolkowisker Straße wandte sich Rav Königsberg zu und deutete mit dem Finger auf ihn:

»Die Verantwortlichen in Eurer Synagoge haben Euch an

ihre Spitze gesetzt, damit Ihr für sie die Erlaubnis für etwas erreicht, das ganz klar verboten ist und was sie früher nie zu unternehmen gewagt hätten.«

Die Feindseligkeit, die ihm von allen Seiten entgegenschlug, verstörte R. Uri-Zwi und er stammelte etwas, das niemand verstand. R. Mosche-Mordechais Frau betrat den Raum. Ihr knochiges, fahles Gesicht wirkte noch fahler im Licht, das durch den Schneefall ins Zimmer drang. Mit beiden Händen trug sie ein Tablett, auf dem volle Teegläser standen, süßes trockenes Gebäck, eine Porzellanschale mit granuliertem Zucker sowie ein kleiner Teller mit Zitronenschnitzen. Sara-Rivka stellte die Erfrischungen auf den Tisch und sagte mit etwas zu lauter Stimmer zum Graipewer Rav: »Trinkt ein Glas Tee. Und ihr auch«, lud sie die anderen Richter ein. »Von so viel Reden und Geschrei wird der Mund trocken.« Die Richter starrten verdutzt auf den Vorsitzenden und er auf seine Frau. Es war das erste Mal seit dem Tod der Tochter, dass Sara-Rivka das Gerichtszimmer betrat, während dort fremde Menschen saßen, und sie brachte Erfrischungen. Der Rav begriff sofort, dass sie den Sturm zum Schweigen bringen wollte, der gegen Rav Königsberg losgebrochen war.

»Trinkt, werte Herren, trinkt ein Glas Tee und vergesst das Gebäck nicht,« ermunterte er entgegenkommend seine Gäste.

Die Richter murmelten den Segensspruch, teilten mit den Fingern die Schnurrbärte, schlürften den heißen Tee in kleinen Schlucken und aßen das bröselnde, harte Gebäck. Sara-Rivka blieb am Tisch stehen und erzählte mit zu lauter Stimme, dass Hanka Lapidus, die Frau des Schächters R. Chaim-Jonas aus Graipewo, noch ihre Freundin aus der Mädchenzeit sei. Jene Hanka Lapidus habe ihr kürzlich während eines Besuchs erzählt, dass Graipewo den Graipewer Rav sehr vermisse. Egal welcher Kandidat schließlich das Rabbinat übernähme, er würde es schwer haben, Wohlgefallen in den Augen der Graipewer zu finden. Sie wollten, sagte sie, einen Rav wie ihren R. Uri-Zwi Hakohen Königsberg.

»Ich würde gerne Eure Rebbezin kennenlernen«, sagte Sara-Rivka und schaute ungerührt auf ihren Mann, als bemerkte sie seine Handbewegung nicht, die ihr bedeutete, dass sie gehen sollte. Erst als Leute aus der Stadt in einer Gemeindeangelegenheit hereinkamen und sie sicher war, man würde den unterbrochenen Streit nun nicht mehr fortsetzen, ging sie in ihr Zimmer zurück.

In der Dämmerung schaute die Horodner Rebbezin aus ihrem Schlafzimmer nach draußen, wo es ohne Unterlass schneite, und vernahm mit gefrorenem Lächeln die zornige Kritik ihres Mannes. Was sei das für ein Benehmen, einfach hereinzukommen in der klaren Absicht, die Geschäfte der Richter zu stören? Das habe sie früher nie getan. »Du solltest darauf achten, dass deine Kollegen in der Versammlung den Graipewer Rav nicht beschämen. Er scheint mir ein feinerer Mensch zu sein als sie.« Sarah-Rivka blieb reglos sitzen, hielt die bleichen Hände im Schoß gefaltet und sah unverwandt nach draußen. Der Rav wurde noch zorniger. »Wie kommst du dazu, ihm zu sagen, dass du seine Rebbezin kennenlernen möchtest? Das ist unfein und unangebracht.« Sara-Rivka lächelte noch immer und sagte mit müder Stimme: »Es liegt mir nichts daran, sie zu kennen. Aber was wäre daran unangebracht? Rav Königsberg war ja nicht mein Verlobter, wie sie deine Verlobte war.« Ihre ruhigen Antworten irritierten R. Mosche-Mordechai noch mehr und er murmelte schließlich, dass er keine Zeit habe, den Beschützer des Graipewer Ravs zu spielen, um zu verhüten, dass man ihm an der Ehre kratze. Er müsse studieren und Hunderte von Briefen beantworten. Seit dem Weggang Blimeles habe er noch kein gelehrtes Wort geschrieben und auch sein Buch nicht abgeschlossen. Blitzschnell wandte Sara-Rivka ihr Gesicht dem Mann zu. In ihren Augen funkelte harter, geschliffener Spott und eiskalte Trauer.

»In der Tat, es ist ein Wunder, dass du wegen deiner einzigen Tochter dein sechstes Buch noch nicht abgeschlossen hast. Oder ist es das siebte?«

R. Mosche-Mordechai sah erschrocken auf seine Frau, verstummte und zog sich in sich zusammen. Sara-Rivkas Kinn zitterte, aber sie bemühte sich, ruhig zu sprechen: Ihr Vater habe überhaupt keine Bücher geschrieben. Gewiss war Mosche-Mordechai gelehrter und berühmter als ihr Vater. Aber was zählte solcher Ruhm? Bücher sind keine Kinder ... auch Sara-Rivka verstummte. Sie sah aus dem Fenster und dachte, dass nun der erste Schnee des Winters auf Blimeles Grab fiel, Blimeles Brautschleier.

»Geh nicht mehr zum Gericht und auch nicht mehr zum Haus des Ravs!«, fuhr Perele ihren Mann an, als er ihr am selben Abend erzählte, was er von den anderen Richtern auszustehen gehabt hatte und dass nur die Horodner Rebbezin freundlich zu ihm gewesen war. »Du wirst keinen Fuß mehr in das Haus des Ravs setzen! Hörst du? Die Horodner Rebbezin ist freundlich zu ihm! Und er, dieser Einfaltspinsel, erzählt das auch noch!«

R. Uri-Zwi stand seiner Frau gegenüber mit schweren, gespreizten Händen wie Klötzen und verwirrtem Bart und verstand ihre unbändige Wut nicht. Perele stellte sich fast auf die Zehenspitzen, damit sie lauter schreien konnte. R. Uri-Zwi flehte sie an: Was willst du von meinem Leben? Sie hatte sich intensiv dafür eingesetzt, dass er Richter in Horodno werde. Wie konnte er jetzt den Sitzungen fernbleiben, insbesondere den Sitzungen im Haus des Ravs, und wie konnte er auch weiterhin ein Gehalt als Richter beziehen, wenn er den Sitzungen fernbliebe? Seine Gegner beschwerten sich ohnehin schon, dass er als städtischer Richter und als Rabbi der Gemauerten Synagoge doppeltes Gehalt bezog.

Die Wut hatte Pereles Gesicht gelb verfärbt. Ihre Lippen vertrockneten, als sei sie in der Wüste. Sie lachte höhnisch über ihren einfältigen Mann, der ernst nahm, was andere sagten. Jeder wusste, dass die anderen Richter dreimal so hohe Nebeneinkünfte hatten wie er. Die Richter würden ihm sehr gerne sein wöchentliches Gehalt schicken, auch wenn er nicht mehr zu den Sitzungen käme. Sie hatten seiner Ernennung ohnehin nur zähneknirschend zugestimmt, weil sie keine andere Wahl hatten. Ja, sie hatte in der Tat gewollt, dass er den Titel Richter in Horodno trüge. Die Richtersfrauen sollten sich ihr nicht überlegen fühlen. Aber sie hatte nicht geplant, dass er in das Haus des Horodner Ravs lief, damit er über ihn herrschte und die Rebbezin ihm den Gefallen tat, nett zu ihm zu sein, als verdiente er für sein Kommen einen kleinen lobenden Backenkniff.

R. Uri-Zwi erinnerte seine unberechenbare Rebbezin daran, sie habe von ihm verlangt, er solle R. Mosche-Mordechai Eisenstadt einen Besuch abstatten. Warum brachte dessen Frau sie so zur Weißglut? Sie hatte klar und deutlich gesagt: »Ich würde gerne Eure Rebbezin kennenlernen.« Perele erwiderte sarkastisch: »Wirklich? Sie will mich kennenlernen? Vielleicht denkt sie, da du dich vor Dankbarkeit kaum zu fassen weißt, weil sie nett zu dir war, tut sie mir jetzt auch gleich noch einen Gefallen.« R. Uri-Zwi hörte lange zu, bleiern und wie vor den Kopf geschlagen. Plötzlich winkte er ab, stand auf und ging zu seinen Büchern. Im ganzen Talmud kannte er keine Diskussion, die so verworren und in sich so widersprüchlich war wie die Rede seiner *Ejsches chajil.*

Wie schon in Graipewo, als Perele ihren Mann dazu bringen wollte, das Städtchen zu verlassen, erledigte sie auch jetzt wieder ihre gesamte Hausarbeit in ständigem Selbstgespräch. Sie kochte das Abendessen und deckte den Tisch, während sie ununterbrochen laut mit sich sprach. »Alles will er sein. Alles hat er an sich gerissen, dieser R. Mosche-Mordechai Eisenstadt. Er ist der Horodner Rav und sitzt am oberen Ende des Richtertischs. Er führt die Agudah-Anhänger und leitet alle Talmudhochschulen in Litauen. Wenn aus Amerika Geld kommt für Horodner Einrichtungen und die Armen, entscheidet nur er, wie das Geld aufgeteilt wird. Wenn Rabbiner und einflussreiche Leute in Horodno eintreffen, müssen sie zuerst zu ihm kommen, dem jüdischen Papst, wie die Richtersfrauen ihn nennen. Er schreibt Bücher. Er veröffentlicht Bücher. Er verkauft Bücher. Während mein Mann sein ganzes Leben lang nur an einem einzigen Buch schreibt, sich abrackert, das Buch herauszugeben, und das Buch bis heute nicht beendet hat.«

11

Alles geschah genau, wie Perele es vorhergesehen hatte. Obwohl R. Uri-Zwi sich weder beim Stadt-Rav noch im Gerichtszimmer blicken ließ, schickten die Richter ihm sein Gehalt durch einen Boten, ohne ihn auch nur mit einem Wort zu ermahnen, er möge kommen. Zuerst war er gekränkt, aber dann nahm er es als eine für ihn positive Entwicklung. Er würde mehr Zeit für sich haben, um zu lernen und Predigten für seine Gemeinde vorzubereiten. Perele aber verkniff den Mund vor Ärger, dass ihre Voraussage eingetroffen war und das Horodner Bet-Din wirklich ohne ihren Mann auskam. Sie machte ihrer stillen Verbitterung in langen Seufzern Luft und klammerte sich endlich an den Trost, dass sie ja eigentlich nach Horodno gezogen war, um ihren Kindern näher zu sein, mögen sie gesund bleiben, und sie begann, öfter zur Tochter zu gehen.

Es war ihr allerdings völlig fremd, nur die Großmutter abzugeben, die den Enkeln Süßigkeiten brachte. Sie wollte Serel im Haushalt helfen. Da sie von Natur aus akkurat und diszipliniert war, litt sie unter der Schlamperei in der Wohnung der Tochter, die seit der Geburt des jüngsten Kindes noch größer geworden war. Alles lag verdreht und zerknüllt herum: die Wäsche in der Kommode, die Kleider im Schrank, das Bettzeug auf den Betten, die Galoschen am Eingang. Auf dem Fußboden im Vorraum lag Matsch vom hereingetragenen Schnee. Serel hatte sich den Säugling vor die Brust gebunden. Sie trug ein weites Hauskleid, war ungekämmt und ohne Kopftuch. Die Zwillinge rannten ziellos durch alle Zimmer, waren schmutzig und hungrig oder ineinander verkeilt, schlugen sich die Nasen blutig und heulten. Kurz bevor ihr Mann zum Mittagessen aus dem Geschäft nach Hause kam, begann Serel zu überlegen, was sie kochen sollte. Perele saß am Tisch und traute ihren Augen nicht. Die Zwillinge sahen einander so ähnlich, dass sogar die eigene Großmutter sie verwechselte. Doch beide setzten alles daran, den anderen zu nerven. Wenn der eine etwas Milchiges aß, wollte der andere unbedingt etwas Fleischiges. Serel schrie die Kinder an, der Vater lachte oder las die Zeitung, als sähe und hörte er nicht, was um ihn herum vorging. Perele fragte die Tochter, warum sie kein Dienstmädchen einstelle. Obwohl die Mutter sanft und zurückhaltend fragte, antwortete die Tochter brüllend:

»Ich hasse es, mich von fremden Leuten bedienen zu lassen, aber auch von der eigenen Familie. Ich hasse es, wenn man mir einen Gefallen tut und mich im Gegenzug herumkommandiert.«

Die Rebbezin verstummte. In ihrer rabbinischen Familie führten Mutter und Tochter keinen Streit, wenn der Schwiegersohn dabeisaß. Ein anderes Mal aber, als sie allein in der Wohnung waren, kritisierte Perele das schlampige Aussehen der Tochter. Die heutigen Ehefrauen putzten sich für fremde Männer, aber vor dem eigenen Mann gingen sie im Unterrock, bis er sie nicht mehr ausstehen konnte. Serel war doch eine Rabbinertochter und hätte bei ihrem Vater zuhause ein solches Verhalten nie gesehen. Wie konnte ein Mann seine Frau lieben, wenn er zum Essen nach Hause kam und die Kinder auf dem Fußboden fand wie die Schweine im Dreck? Die Mutter hatte vor, noch andere Dinge anzuschneiden, aber die Tochter unterbrach sie mit schrillem Geschrei:

»Hör mal, du hast schon den Vater bis aufs Blut gepeinigt, willst du jetzt bei mir weitermachen?«

Als der Mann mittags nach Hause kam, begrüßte sie ihn mit dem gleichen schrillen Geschrei:

»Hör zu, Esra! Die Mutter war hier und hat gesagt, dass du mich nicht mehr liebst.«

Esra Edelmann wusste, nichts brachte seine Frau so schnell zum Schweigen wie der Satz, sie sei genau wie ihre Mutter. Auch diesmal drohte er halb im Ernst, halb im Spaß mit dem Finger: »Je mehr du mit deiner Mutter streitest, desto klarer stellst du unter Beweis, dass du genau bist wie sie, nur eben ins Gegenteil verkehrt.« Zu seiner Schwiegermutter hatte er einmal gesagt:

»Kommt am Schabbat, dann wird alles aussehen, wie Ihr es wollt. Unter der Woche haben wir viel zu tun.«

Die Schwiegermutter war es schon gewohnt, dass ihr Schwiegersohn mit dem schönen Namen Edelmann ungehobelt mit ihr sprach. Wenn sie ihm antwortete, wie er es verdiente, würde er sie anschreien, dass sie zu Hause bei ihrem Mann kommandieren könnte, aber nicht bei ihm. Und Serel würde zu ihm halten. Also schwieg Perele und beschloss, keinen Fuß mehr in die Wohnung der Tochter zu setzen, die ihren Zwillingen schon beibrachte, dass man der Großmutter nicht folgen musste. Ein Trost blieb ihr noch im Leben: Ihre Söhne, sie mögen gesund sein, Jankel-David und Gedalja, hatten sich der Mutter gegenüber immer ehrerbietig verhalten.

Der Winter begann mit dichtem, trockenem Schnee, als stünde eine Mühle im Himmel, die unaufhörlich Mehl ausschüttete. Am Morgen des dritten Tages kämpfte sich graues Licht durch die ausgedünnte Wolkendecke. Gegen Mittag zeigte sich ein verwaschenes Stück Blau, aus dem eine fahl messinggelbe Sonne auf die Erde schielte. Am Abend überzog brennender Frost den reinen, weichen Schnee mit einer glasharten Decke. Tags darauf konnten die Menschen schon mit kleinen, bedachten Schritten in den Straßen herumgehen, immer darum bemüht, nicht auszurutschen. An einem solchen Tag herrschte im Schuhgeschäft der Brüder Königsberg der heiße Hochbetrieb der Wintersaison. Die beiden Besitzer mit ihren seidigen Bärten und vornehmen weißen Händen bedienten ihre Kunden zusammen mit den Angestellten des Geschäfts. Sie hatten nicht einmal Zeit, zum Mittagessen nach

Hause zu gehen. Just zu diesem Zeitpunkt erschien ein unerwarteter Gast – die Mutter. Sie trat ein, ausstaffiert wie eine vorgestrige Verwandte auf einer Hochzeit, in einem verblichenen taillierten Otterfellmantel mit flachen Aufschlägen und aufgestelltem steifem Kragen über einem altbackenen langen Kleid, dessen Rock in vielen breiten Falten zu Boden fiel. Eine Hand steckte noch in einem Muff, ebenfalls aus schwarzem Otterfell. Sie begab sich sofort hinter die Theke, wo die Kasse stand, um von dort aus das Geschäft ihrer Kinder in Augenschein zu nehmen.

Die Angestellten kletterten wie die Teufel auf die höchsten Regale, schnappten weiße Schuhkartons, krochen auf den Knien herum, um den Kunden, die auf Stühlen und Bänken saßen, in die Schuhe zu helfen. Einige dicke Frauen in schweren Pelzen kauften Schneeschuhe. Lang aufgeschossene, gertenschlanke junge Frauen probierten schwankend hochhackige schmale Stiefeletten. Auch die Besitzer ruhten nicht. Beide bedienten die Männer. Alte Herren kauften hohe Galoschen. Junge Spunde schlüpften mit ihren Schuhen in halbhohe, rot gefütterte Überzieher, die aus Riga geliefert worden waren. Der ältere der beiden Brüder, Jankel-David, bemühte sich um zwei Buben, deren steife Füße in selbstgestrickten Socken aus dicker roter Wolle steckten. Ihre Mutter, eine dürre, sommersprossige Frau, saß neben ihnen. Ihr Gesicht war säuerlich verzogen, als habe sie sich schon am frühen Morgen mit ihrem Mann gestritten. Egal welche Schuhe der Besitzer ihr für die Kinder anbot, sie verwarf sie. »Dafür hat Jankel-David in einer Jeschiwa studiert?«, sagte Perele zu sich und hielt Ausschau nach dem jüngeren Sohn.

Gedalja hatte gerade einen verhutzelten bart- und zahnlosen Alten bedient, der ein Paar warme Hausschuhe suchte, in denen er auch einmal kurz vor die Tür treten konnte. Danach musste Gedalja einen großen, kräftigen jungen Mann mit dichtem Haarschopf zufriedenstellen. Hutlos mitten im Winter, saß er in nur halblanger Pelzjacke vor ihm und ließ seine schaufelartigen Hände auf den Knien ruhen. Der junge Mann wollte Sportschuhe mit doppelten Sohlen. Der Besitzer kniete vor seinen großen Füßen. Was man ihm auch brachte, bemäkelte er. Ein Paar Schuhe gefiel dem Kunden nicht, weil der obere Teil mit ledernen Schnürsenkeln gebunden wurden. Er wollte Sportschuhe mit Schnallen und Riemen. Bei einem anderen Paar gefiel ihm das Muster an der Schuhspitze nicht, außerdem war sie zu kantig und die Sohlen hatten keinen Einschnitt, um Schlittschuhe zu befestigen. »Und diesen Dorfjockel mit seiner Pferdemähne muss mein Gedalja bedienen, ein Sohn des Graipewer Ravs und Enkel des Staripoler Ravs?«, fragte sich Perele.

Schließlich konnten sich die beiden Söhne für einen Moment von den Kunden losmachen und kamen zur Mutter herüber, erschöpft, aber mit strahlenden Gesichtern wegen des guten Verdienstes. Sie sprachen ruhig und respektvoll, wie es ihre Art war: Hatte die Mutter ein Anliegen oder war sie einfach nur so gekommen? Perele antwortete, dass sie gekommen war, um sich an ihren Söhnen zu erfreuen. Ja, in der Tat, wie erfreulich! Jankel-David und Gedalja krochen auf allen vieren vor dem Pöbel herum, der sich dann auch noch widersetzte. Die Söhne rückten näher an die Mutter heran und sprachen noch leiser, damit die Umstehenden nichts hörten. Wäre es besser, wenn das Schuhleder auf den Regalen austrocknete? Sie waren glücklich, wenn Kunden kamen und sich bedienen ließen. Perele wollte nicht gegen die Schwiegertöchter hetzen, konnte aber einen offenkundigen Missstand nicht einfach schweigend übergehen.

»Und warum helfen Euch die Frauen nicht im Geschäft? Es scheint mir, sie halten das für unter ihrer Würde. Glauben sie etwa, sie stammten von vornehmeren Vorfahren ab als ihr?«

Die Söhne antworteten mit mühsam unterdrücktem Ärger, die Frauen hätten im Haus und mit den Kindern übergenug Arbeit, und es sei keineswegs beschämend, Schuhverkäufer zu sein. Ein Rav sei seiner Gemeinde unterworfen, ja, er liege vor ihr im Staub. Sie aber zitterten nicht vor ihren Kunden, auch wenn sie sich zu ihnen hinunterbeugten, um bei der Anprobe zu helfen. Jankel-David und Gedalja kehrten zu ihren Kunden zurück und vermieden die Mutter wie eine sture alte Frau, die zum wiederholten Mal ins Geschäft gekommen war, um über ein Paar Pantoffeln zu verhandeln, und die man nicht mehr beachtete. Erst als die Mutter zur Tür ging, erschienen die beiden Söhne an ihrer Seite und begleiteten sie respektvoll hinaus. Aber sie sprach kein Wort mehr und verließ das Geschäft erhobenen Hauptes in ihrem verblichenen taillierten Otterfellmantel mit den flachen Aufschlägen und dem aufgestellten steifen Kragen über ihrem langen, um die Hüften gepolsterten Kleid.

Die Rebbezin kehrte mit hartem, entschlossenem Gesicht in ihre Wohnung zurück, wo sie ihren Mann beim Talmud-Studium antraf. Sanft wiegte er sich über einem Blatt Gemara. R. Uri-Zwi saß eingewickelt in einen langen gestrickten grünen Kaftan, ein flaches samtenes Käppchen saß auf den unordentlichen weißen Haarbüscheln. Er fragte nicht, wo sie gewesen war, und stand auch nicht von seinem Stuhl auf, um ihr aus dem Mantel zu helfen. So war er schon immer gewesen, und wenn Kinder von klein auf ein solches Benehmen sahen, war es da ein Wunder, dass die Kinder keine Ehrfurcht vor der Mutter hatten? Perele schaute sich im Zimmer um und plötzlich fiel ihr auf, dass kein einziges Möbelstück an der richtigen Stelle stand.

»Hilf mir, das Sofa zwischen die beiden Fenster zu stellen und die Kommode an den Platz zu rücken, wo das Sofa stand«, befahl sie dem Mann.

»Wieso denn plötzlich?«, fragte R. Uri-Zwi und seine Frau antwortete schnell: »Deine Tochter lässt dich grüßen. Auch bei ihr herrscht Unordnung, aber sie merkt es nicht einmal.«

Obwohl Perele bebte vor Wut, ging sie doch systematisch vor. Sie ging erst ins Schlafzimmer, um die Festtagskleider abzulegen und ein Hauskleid anzuziehen, bevor sie und ihr Mann darangingen, die Möbel umzustellen. R. Uri-Zwi bückte sich, um Perele zu helfen, das Sofa zu bewegen. Er keuchte schwer, zog den wollenen Kaftan aus und stand nun im *Tallit-Katan* da. Er versuchte, die schwere Kommode von der Wand wegzurücken, deren Schubladen mit Wäsche gefüllt waren. »Das müssen Träger tun, das ist nichts für unsere Kräfte.« Er wischte sich den Schweiß von der Stirn. »Wenn man eine Sache mit Verstand angeht, ist sie nicht so schwer. Wo Gelehrtheit ist, ist Weisheit«, sagte Perele sarkastisch, als rechne sie ihren Mann nicht zu den Gelehrten. Stur und verbissen rückte Perele die Kommode alleine von der Wand, bis sie mitten im Zimmer stand und sie ganz außer Atem aufgab.

»In Graipewo standen die Möbel jahrzehntelang am gleichen Platz und sahen aus wie angewachsen. Hier wirkt alles durcheinandergeworfen wie Buden nach dem Markt, Möbel wie Holzkisten.« Perele sah sich feindselig um. »Und wie sieht es aus bei der Horodner Rebbezin? Was für Möbel stehen bei ihr?«

»Das weiß ich nicht. Ich habe nicht darauf geachtet«, keuchte R. Uri-Zwi erschöpft. »Wir müssen jemanden von der Straße heraufholen, der die Umstellerei zu Ende führt, so wie du es willst.«

Völlig außer sich schrie Perele: Er sei doch immer zu Versammlungen beim Stadt-Rav gerannt und hätte dort jedes Mal einen Bart voll spitzer Bemerkungen und Beleidigungen kassiert. Er habe doch bei der Horodner Rebbezin Tee getrunken und Gebäck geknuspert und sei dahingeschmolzen vor ihrer Güte, und da habe er nicht bemerkt, was für Möbel bei ihr herumstanden? Was sei er denn? Blind? Taub? Oder beides?

»Ich verstehe von solchen Sachen nichts«, stammelte R. Uri-Zwi.

Diese Antwort belegte seine absolute Nutzlosigkeit und brachte Perele noch mehr in Rage. Zwischen den verrückten Möbeln stehend richtete sie in wilder Anklage einen Zeigefinger auf ihn: Er sei schuld, dass die Kinder keine Ehrfurcht vor ihr hätten und sie bei ihnen so viel zählte wie der Schnee von gestern. Wenn er Serel schon einmal ermahnte, dass eine Tochter ihrer Mutter gehorchen musste, hatte er es immer so herausgekrächzt, dass sie verstand, dass er in seinem Herzen zu ihr hielt. Die Söhne hatte er niemals dazu getrieben, sich darum zu bemühen, eine Stellung zu erreichen, die ihrer rabbinischen Herkunft angemessen war. Es machte ihm nichts aus, dass Jankel-David und Gedalja Schuhverkäufer waren, wie es ihm auch jahrzehntelang nichts ausgemacht hatte, in einem Dorf von der Größe einer Feige zu sitzen, und wie es ihm jetzt nichts ausmachte, von all dem, was er hätte erreichen können, nichts weiter erreicht zu haben, als Maggid in einer winzigen Synagoge zu sein. Je länger seine Frau schimpfte, desto tiefer ließ R. Uri-Zwi den Kopf hängen. Er schwieg. Er wusste schon lange, dass die härtesten Vorwürfe, die ein Rav zu gewärtigen hatte, immer von der eigenen Rebbezin kamen. Trotzdem hörte er zu, weil ihn etwas anderes erstaunte. Perele war doch eine intelligente Frau, die logisch und klar dachte. Er begriff nicht, was das Umstellen der Möbel mit den Kindern und seinem Rabbinat zu tun hatte.

12

In den großen Warschauer Zeitungen wurde berichtet, dass eine Delegation frommer Rabbiner und Professoren aus Hamburg und Frankfurt am Main, aus Amsterdam und Brüssel nach Polen gekommen war. Etwas später schrieben dieselben Blätter, nach dem Besuch chassidischer Höfe und litauischer Jeschiwot reise die Delegation der Orthodoxen aus dem Ausland zum großen Rav von Horodno, R. Mosche-Mordechai Halevi Eisenstadt. Die Zeitungen mit den Beilagen für Schabbat gelangten mit dem Zug am Freitag um neun Uhr morgens nach Horodno. Wenige Stunden später hatte die Nachricht bereits die ganze Stadt entflammt. Alle redeten darüber am Freitagabend zuhause sowie am Samstagmorgen in den Synagogen. »R. Mosche-Mordechai Eisenstadt ist wirklich der jüdische Papst, wie immer gesagt wird.« Die Leute fühlten sich geehrt und erhaben, weil der größte jüdische Intellektuelle der Gegenwart, zu dem gelehrte Besucher aus dem Ausland kamen, ihr Rav war. Man erzählte sich auch, dass zum Empfang der Gäste beim Rav nur dessen Anhänger und die Richter des Bet-Din geladen würden.

Auch in der Gemauerten Synagoge wurde natürlich darüber gesprochen und R. Uri-Zwi Königsberg, der Prediger der Gemeinde, fühlte sich dabei äußerst unwohl. Bei den Leuten galt er als Mitglied des Bet-Din. Aber in Wirklichkeit traf er sich nicht mehr mit den anderen Richtern und war sich darum völlig im Klaren darüber, dass man ihn nicht zum Empfang der Gäste einladen würde. Just an diesem Schabbat sprach man den Neumondsegen für den Monat Schewat und Perele war deshalb früh zum Gottesdienst in die Frauenabteilung gekommen. Die Frauen um sie herum zerrissen sich den Mund über die frommen Professoren, die zum Horodner Rav kamen, und sie hörte mit gefrorenem Lächeln zu. »Es ist eine große Ehre für die Torah«, rief sie. »Ich würde gern die Warschauer Blätter sehen, in denen man darüber berichtet.« Einige der Frauen erklärten sich bereit, ihr die ausgelesenen Zeitungen in die Wohnung zu schicken. Während später bei Tisch der verwirrte und erschlagene R. Uri-Zwi den Eintopf in sich hineinstopfte, ließ Perele ihre Portion auf dem Teller kalt werden und durchforstete die Zeitungen. Sie zerfledderte und zerknüllte die Seiten mit mörderischer Wut, als habe sie völlig vergessen, dass Schabbat war und sie die Seiten nicht einreißen durfte. Sie aß einen Bissen, aber er blieb ihr im Hals stecken und sie hustete und keuchte.

»Der Teufel hat mir eingeredet, den Kindern zuliebe nach Horodno zu ziehen. Ich erfahre so viel Freude durch sie, wie ich Achtung und Ehren durch meinen Mann erfahre.«

An den ersten beiden Tagen der Woche fiel hagelähnlicher harter Schnee. Am Dienstag legte sich der körnige Niederschlag. Der Schnee knarzte unter den Tritten und blitzte wie Kristall. Am Donnerstag trat blendend die Sonne hervor und brachte die Eiszapfen an den Dachkanten zum Funkeln. An den gefrorenen Fenstern glitzerten Tränen und Brillanten. Die Städter standen vor dem Kloster, um die Nadelbäume zu begaffen, die unter den Schneehüten noch frischer und grüner leuchteten als im Sommer. Irgendwo lachte jemand und das Gelächter schallte wie silberne Glöckchen über die gefrorene Schneewelt. Perele ging in eine Metzgerei, um Fleisch für Schabbat zu kaufen. Die Metzgersfrau sagte gerade zu einer Gruppe Hausfrauen, sogar das Wetter in Horodno zeigte sich von seiner schönsten Seite zu Ehren der frommen und gelehrten Männer, die an Schabbat kämen. Im Himmel wollte man den Stadt-Rav und seine Rebbezin trösten in ihrer schweren Zeit nach der Tochter, also schickte man ihnen erhabene Gäste.

Die Kundinnen scharten sich um Perele wie um die wichtigste Verwandte bei einer vornehmen Hochzeit. »Rebbezin, ist es wahr, dass die Horodner Rebbezin Sara-Rivka einen Kellner eingestellt hat, damit er den frommen Professoren und Rabbinern die Speisen reiche?« – »Ja, das ist wahr«, sagte Perele, obwohl sie allein davon noch nichts gehört hatte. »Rebbezin, ist es wahr, dass die jüngeren unter den Ausländern unserem Rav die Hand küssen, weil das bei ihnen üblich ist?« – »Ja, das ist wahr«, sagte Perele mit einer Stimme trocken wie Pfeffer. Auch die Metzgersfrau hatte eine Frage: Stimmte es, dass am Schabbat nach Mincha einer der Rabbiner in der Stadtsynagoge sprechen würde? Die Graipewer Rebbezin musste das ja wissen, da ihr Mann ja der Prediger in der anderen, der Gemauerten Synagoge war.

»Das weiß ich nicht. Mein Mann hat mir davon nichts gesagt. Können die Horodner Juden denn verstehen, was der Rabbiner sagen wird? Er spricht doch Deutsch«, sagte Perele spitz und bat die Metzgersfrau, ihre Portion Fleisch abzuwiegen. Der Geruch in der Metzgerei machte sie krank. Sie fühlte Brechreiz. »Und mein Mann ist auch nicht der Prediger in der Gemauerten Synagoge. Mein Mann ist der Rav der Synagoge. Eine Metzgersfrau, die Fleisch mit dem Koscherzertifikat der Rabbiner verkauft, müsste den Unterschied kennen zwischen einem Prediger und einem Rav.«

Während ihr Hackmesser über dem Fleischstück schwebte, rechtfertigte sich die Metzgersfrau. Soviel sie wüsste, sei der Mann der Rebbezin Rav in Graipewo gewesen. In Horodno aber sei R. Mosche-Mordechai Eisenstadt der Rav. Während sie ihren vollen Korb nach Hause trug, machte Perele ihrer tiefen Frustration Luft in einem feinen, spitzen und scharfen Lachen, das rieselte wie zerstoßene Steinchen: »Gut gemacht!« In Graipewo schickte man ihr das schönste Stück Fleisch ins Haus. Hier musste sie mit all den Plappermäulern in der Metzgerei stehen. Als sie in die Wohnung kam, teilte sie die Neuigkeit gleich ihrem Mann mit. »Hast du's gehört? Die Horodner Rebbezin Sara-Rivka hat einen Kellner bestellt, damit er ihnen Marzipan serviert. Es ist kaum ein Jahr her, dass die Tochter gestorben ist, und sie geben bereits ein Fest.« Perele befühlte ihre Hüften, als sei sie nicht sicher, dass die Polster noch saßen. »Meint der Horodner Rav wirklich und in vollem Ernst, er sei der jüdische Papst, wenn er sich die Hand von den deutschen Gelehrten küssen lässt?« Und plötzlich brüllte sie ihren Mann an:

»Aber dich hat man zum Empfang der Gäste nicht eingeladen?«

»Wie hätte R. Mosche-Mordechai mich einladen können, nachdem du das Unterste zuoberst gekehrt hast, um zu bewerkstelligen, dass ich nicht mehr in sein Haus und nicht mehr zum Gericht gehe?«, schrie R. Uri-Zwi zurück. Sein Geschrei machte Perele klar, wie tief es ihn kränkte, dass er aus dem Kreis der Talmudgelehrten in Horodno ausgeschlossen war. »Am kommenden Schabbat werde ich nicht predigen. Die ganze Gemeinde geht in die Stadtsynagoge, um den Rabbiner zu hören, und ich werde auch hingehen.«

Die kleine Rebbezin schrie nicht mehr. Kerzengerade und mit geballten Fäusten stand sie vor ihm und zischte kaum vernehmbar durch die zusammengebissenen Zähne: Er sollte nicht einmal erwägen, da hinzugehen. Jetzt dachten die Leute noch, der Stadt-Rav und die Richter hätten ihn nicht eingeladen, weil er ein zu wichtiges Mitglied der Opposition war. Wenn er sich aber auf Augenhöhe zu all den Horodner Juden setzte, um den Rabbiner zu hören, verwandelte er sich augenblicklich in eine Null. R. Uri-Zwi seufzte und sagte nichts. Er war immer noch der Ansicht, dass Perele klüger war und besser wusste als er, wie seine Würde gewahrt werden konnte. Am Samstagabend begriff er, dass er durch Abwesenheit Beschämung und Demütigung vermieden hatte.

Er hatte den letzten Unterscheidungssegen der Hawdala noch nicht zu Ende gesprochen, als die Tür aufflog und die drei Vorstände der Gemauerten Synagoge in sein Wohnzimmer rannten. »Eine gute Woche, Rabbi! Wir dürfen nicht schweigen!« Sie machten Licht, setzten sich um den Tisch, und Meir-Michel Joffe, Besitzer der Goldzähne, erzählte, was sich in der überfüllten Stadtsynagoge zugetragen hatte. Ganz vorn stand der Stadt-Rav R. Mosche-Mordechai mit seinen Anhängern und den frommen Ausländern. Vor dem Aaron-Kodesch stand wie eine langgezogene Saite ihr Rabbiner und predigte. Er sprach aber nicht auf Deutsch, sondern in einem krausen, verqueren Jiddisch. Vielleicht war er ein Galizier oder einer der fanatischen Ungarn. Pech und Schwefel spie sein Mund gegen die gläubigen Juden, die es mit den Chalutzim hielten, die Eretz Israel aufbauten. Die Juden unserer orthodoxen Gemeinde »Adass Jeschurun«, sagte er, »haben nichts zu tun mit den Reformtempeln, obwohl auch die Reformierten an Gott glauben. Doch ihr Gebetbuch ist eine Kurzfassung, und ihre Männer und Frauen sitzen zusammen. Selbst in Horodno, dessen Rav auch der Führer des religiösen Weltjudentums ist – genau diese Worte hat er verwendet! – Selbst in Horodno, dessen Rav auch der Führer des religiösen Weltjudentums ist, in der Stadt des Gaons R. Mosche-Mordechai Halevi Eisenstadt, gibt es Juden, die wollen Eretz Israel zusammen mit den ungläubigen Zionisten aufbauen. Aus der Torah und aus den Propheten wissen wir, dass Eretz Israel die Sünder ausspuckt. Dann nahm dieser Redner sich die Prophetenlesung zum gegenwärtigen Wochenabschnitt vor. Wie sehr wurde der Prophet Jeremia vom Volk, vom König und von den Prinzen gepeinigt, weil er den Juden von Jerusalem befahl, sich dem babylonischen König Nebukadnezar nicht entgegenzustellen, und weil er an die Juden in Babylon schrieb, sie sollten dort Häuser bauen, Weingärten pflanzen und warten, bis der Gott ihrer Väter sie in ihr Land zurückführte. Dafür schlug man den Propheten Jeremia, warf ihn ins Gefängnis, bespuckte ihn und nannte ihn einen Verräter. Und wer hatte recht?«, rief der Rabbiner und richtete sich in voller Länge auf. »Wer hatte recht? Der Prophet Jeremia oder die falschen Propheten?

»Euch, Rabbi, hat der Rabbiner mit den falschen Propheten gemeint!«, sagte Meir-Michel Joffe und zeigte mit dem Finger auf den Rav Königsberg. »Er hörte wahrscheinlich von den Anhängern unseres Ravs und vielleicht sogar von ihm selbst, dass Ihr ständig über die Haftarot sprecht, die Eretz Israel preisen. Also wählte er eine Stelle aus den Prophetenlesungen, die gegen Eretz Israel spricht.«

»Außer dem Rabbiner waren alle in dieser deutschen Gesellschaft rasiert. Man sagt, dass sie eine Art Salbe benutzen, die die Haare ausgehen lässt, und dass sie darum nicht gegen das Gesetz verstoßen«, rief R. David Gans mit dem langen weißen Bart und den schwarzen hervortretenden Augen.

Der dritte Vorstand, Mosche Moskowitz, der mit religiösen Gegenständen handelte und ein ausgekochter Heiratsvermittler in der rabbinischen Welt war, winkte schon lange ungeduldig mit den Händen.

»Juden, kommt zum Punkt! *Nimnu wegamru*, Rabbi, wir haben beraten und beschlossen: Am kommenden Schabbat werdet Ihr nach Mincha nicht wie immer in unserer Synagoge predigen, sondern in der Stadtsynagoge. Messerscharf müsst Ihr sprechen. Ihr sollt sagen, dass das Gebot der Besiedlung von Eretz Israel das größte Gebot in der Torah ist und dass die Chalutzim unsere leiblichen Kinder sind, auch wenn sie nicht alle Gebote einhalten. Das müsst Ihr ihnen sagen. Wenn dann die Agudahniks, die Richter und die jungen Ehemänner, die ihren Schwiegervätern auf der Tasche liegen, auch nur ein Wort dagegen sagen, bricht die Hölle los.«

»Ich habe immer gesagt, R. Mosche-Mordechai Eisenstadt ist der Rav der hiesigen Agudah und nicht der Rav aller Juden in Horodno, wie die Welt glaubt«, kam es langsam und steif von David Gans.

»Ich habe das schon vor Euch gesagt!«, schnitt ihm der kleine Mosche Moskowitz das Wort ab. »Genau meine Rede: R. Mosche Mordechai Eisenstadt soll offen und ehrlich sagen, dass er die Agudah unterstützt. Dann wird er der Horodner Rav der Agudah sein und R. Uri-Zwi Königsberg, der frühere Graipewer Rav, der Rav der Misrachi.«

»Wir werden einen Religionskrieg führen und Euch, Rabbi, zum Horodner Rav der Misrachi machen, wie R. Mosche-Mordechai der Rav der Agudah-Leute ist«, schrie nun auch Meir-Michel Joffe und ließ seiner Empörung freien Lauf: Woher nimmt so ein Rabbinerlein die Frechheit, sich in einer großen Synagoge vor den Aaron-Kodesch zu stellen und alle Juden einer Stadt zu beleidigen, weil sie nicht im Horodner Exil vergammeln wollen, während sie auf den Messias warten? Und sein deutscher Klüngel, die Jeckes, nicken dazu wie Schafe.

»Ich verstehe nicht, warum das eine Überraschung war«, sang plötzlich die Rebbezin Perele mit junger Stimme und erschien vor ihnen mit rosig-frischem Gesicht. »Wie ich gehört habe, ist der Rabbiner aus Brüssel. Dort sind die Juden Diamantenhändler und werden nicht von den Feinden Israels geplagt. Dort kann er in Ruhe auf den Messias warten. Ihr seid doch gewiss hungrig, meine Herren? Geht die Hände waschen, wir wollen essen.«

Die Männer antworteten fröhlich und lautstark: Natürlich hätten sie Hunger. Seit dem frühen Nachmittag seien sie in der Stadtsynagoge gewesen. Perele trug reichlich auf: kalten Fisch, kaltes Aspik aus Kalbsfüßen, Nudelauflauf, Pflaumenkompott, und verschwand wieder in die Küche, um Tee zu kochen. Die Vorstände kauten mit vollen Backen und erzählten, die Jeckes führen am nächsten Morgen wieder ab. Im Verlauf der Woche würden sie in ganz Horodno ausposaunen, dass am kommenden *Schabbat Schira* der Graipewer Rav über den Wochenabschnitt *Beschallach* in der Stadtsynagoge predigen wolle. Es werde sicher gesteckt voll und die Agudahniks werden sich maßlos aufregen. Die Vorstände wetzten die Zungen wie Messer und machten einander scharf auf den bevorstehenden Krieg. Immer wieder erinnerten sie einander daran, der Rabbiner habe mit dem falschen Propheten niemand anderen gemeint als R. Uri-Zwi Hakohen Königsberg. Gleichzeitig lobten die Vorstände die Rebbezin für ihre Klugheit und Gastfreundschaft, verschlangen die kalten Speisen, schlürften den heißen Tee und brachen plötzlich wirbelsturmartig auf und verschwanden so schnell, wie sie gekommen waren.

Erst jetzt sah R. Uri-Zwi verzweifelt zu seiner Frau hinüber und lamentierte: Wie konnte er vor dem Aaron-Kodesch der Stadtsynagoge stehen und sagen, die Besiedlung von Eretz Israel sei das wichtigste Gebot in der Torah? »Du kannst es sagen und du musst es sagen.« Die Hände in die Hüften gestemmt, stand Perele ihrem Mann gegenüber. Warte mal, sagte sie, was wird in der Torah öfter erwähnt: Gebetsriemen legen oder Eretz Israel? Gebetsriemen sind wichtig. Dieses Gebot wird aber nur ein paar Mal erwähnt. Eretz Israel aber wird auf Schritt und Tritt genannt und nicht nur in der Torah, sondern in der ganzen Bibel. Warum starrte er sie an mit offenem Mund? Wusste er keine Antwort? Natürlich wusste er keine Antwort!

Sie hatte diesen Vergleich aber nicht frei erfunden. In ihrer Jugend hatte ein Prediger ihn dem Vater mitgeteilt. Und da selbst ihr Vater darauf keine Antwort gewusst hatte, wird es auch den Lakaien des Horodner Ravs die Sprache verschlagen.

13

An Schabbat Schira nach Mincha, mitten in R. Uri-Zwis Predigt in der brechend vollen Stadtsynagoge, wurde Geschrei laut: »Der Graipewer Rav sollte sich schämen zu behaupten, Dr. Herzl und seine Zionisten seien durch die Torah legitimiert!« Der Prediger hielt verwirrt inne und die Zuhörer drehten sich um und suchten den Schreier. Sofort erschallte eine weitere Stimme: »Die Gemara erzählt von einem Hohepriester, der im Greisenalter ein Sadduzäer wurde.« Eine dritte Stimme rief: »Es ist unerhört, dass ein Talmud-Gelehrter gegen den Rat der Großen Torah-Gelehrten predigt.« Die Zwischenrufe kamen von einer Gruppe junger Männer, die in der Absicht gekommen waren, die Predigt Rav Königsbergs zu stören. Dass die Misrachi-Leute ihn als Prediger in der Stadtsynagoge aufgestellt hatten, nur eine Woche, nachdem dort der ausländische orthodoxe Rabbiner aufgetreten war, hatten die Agudahniks als Kriegserklärung aufgefasst. Die Misrachi-Anhänger hielten sich nicht zurück. »Intriganten! Brandstifter!«, röhrte Meir-Michel Joffe. »Legt sie in Bann wie eine Missgeburt in ein Essigglas!«, knarrte mit verjüngter Stimme David Gans, während ihm der Kopf wackelte. »Die Agudahniks werden angestiftet von ihrem Führer und Rav, dem jüdischen Papst!«, schrillte Mosche Moskowitz. Kaum hatte die Beleidigung R. Mosche-Mordechai Eisenstadts die Ohren seiner Anhänger erreicht, warfen sich alle auf den kleinen Mosche Moskowitz und drohten ihm mit den Fäusten. »Verführer zur Sünde! Jerobeam Weißt du, wen du beleidigst? Den Lehrer aller Juden im Exil! Reißt ihn in Stücke! Zertretet ihn wie einen Wurm, egal ob Schabbat ist oder nicht!« Die Parteigänger brüllten einander an, aber die Streithähne schafften es nicht, sich durch die dichte Menge zu arbeiten, die wie ein tiefer Fluss mit reißender Strömung zwischen ihnen wogte.

Die Masse der Zuhörer, die keiner Seite angehörten, schaute den Schreiern zunächst neugierig zu. Allmählich wurde sie ungehalten. Sie fühlten mit dem Graipewer Rav. Schweigend stand er vor dem Aaron-Kodesch mit gelbem Gesicht und einem zerwühlten Bart von tödlich weißer Farbe. Mitleid machte die Menge wütend auf die Eiferer, Nichtsnutze, die ihre Schwiegerväter ausnahmen, Jünglinge mit dicken Backen. Die Männer an der Ostwand zu beiden Seiten des Aaron-Kodeschs, alte Herren mit seidenen Bärten und harten Hüten, riefen empört, sie hätten die Meinungen fremder Leute nicht nötig. Kleinkrämer und Markthändler, die in den mittleren Bänken saßen in Pelzmützen und halblangen Winterjacken, mit zerfurchten Gesichtern, die der Frost wie Stein gemeißelt hatte, beschwerten sich noch lauter, dass sie die ganze Woche über genug Streitereien hatten. Am Schabbat wollten sie in Ruhe einen Maggid hören. Auf den hintersten Bänken und entlang der Westwand saßen die Handwerker und Arbeiter mit krummen Schultern und knorrigen Händen. Sie überschrien den Lärm:

»Das hat man euch in der Jeschiwa beigebracht? So zeigt ihr einem alten Rav Respekt? Fromm nennt ihr das? Ihr seid fromm wie die Krätze!«

Unter den Agudahniks tat sich ein junger Mann besonders hervor, der den Hut kess zur Seite gerückt trug. In pelzgefütterten braunen Handschuhen, einen weißen Schal im pelzbesetzten schwarzen Kragen, sah er aus wie ein Bräutigam in den Flitterwochen. Zwischen seinen dicken Lippen funkelte ein volles Gebiss scharfer, spitzer Zähne, die desto spitzer wurden, je stärker er sich im Gefecht engagierte, genau wie seine Augen, die, spitz und scharf wie seine Zähne, sich in Lachen versprühten. Die Menge hasste ihn sofort und schrie von allen Seiten: »Seht den Frömmler in den Pelzhandschuhen! Nehmt ihn in den Schwitzkasten und werft ihn raus!« Zieht ihn an den Ohren hinaus! Die Leute begannen ihn in die Seite zu knuffen und drückten ihn zum Ausgang. Seine Freunde kämpften sich mit den Ellenbogen zur Tür. Als die Agudahniks schon an der Treppe zum Ausgang standen, drehten sie sich noch einmal um und riefen im Chor zur Menge in der Stadtsynagoge: »Horodno ist dem Untergang geweiht.«

Ein Teil der Menge hatte das nicht gehört, ein anderer nicht verstanden. Wer den Ausruf gehört und verstanden hatte, hob die Achseln und schürzte die Lippen: »Ein Skandal! Ein Skandal! Eine jüdische Stadt und eine jüdische Gemeinschaft so zu verurteilen!« Die Menge wandte ihre Aufmerksamkeit wieder dem Prediger zu, der noch immer wie in Trance vor dem Aaron-Kodesch stand. Sie rüttelten ihn wach: »Redet weiter, Rabbi, redet, wir hören zu. Ihr seid unser Stadt-Maggid.«

R. Uri-Zwi kämpfte mit den Tränen. Er war nahe daran, vor der ganzen Gemeinde zu weinen. Niemals war ihm auch nur ein einziges schlechtes Wort gegen die Torah, ihre Lehrer und die rabbinischen Weisen, möge ihre Erinnerung zum Segen werden, über die Lippen gekommen; niemals hatte er auch nur entfernt einen kritischen Gedanken gefasst. Womit hatte er verdient, dass man ihn vor allen Leuten so erniedrigte und ihn als Sadduzäer beschimpfte? Er wollte seine Predigt abbrechen. Aber er wusste, Perele würde ihm das nie verzeihen, und dieses Mal hätte sie recht. Möglicherweise hatten die Richter die wilden Fanatiker geschickt, vielleicht sogar mit dem Wissen des Stadt-Ravs. Wenn es so wäre, durfte er jetzt auf keinen Fall abtreten, sondern musste beweisen, dass auch er ein Rav war. Er riss sich zusammen und setzte seine Predigt fort. Er verhedderte sich, aber die Menge hörte ohnehin nicht zu. Die Leute redeten miteinander. Sie machten ihrem Ärger Luft und schimpften auf die Rabbiner: Letzte Woche waren der Stadt-Rav und alle Richter des Bet-Din gekommen, um den ausländischen Rabbiner zu hören. Aber zum Graipewer Rav kamen sie nicht, weil er ihnen wie eine Gräte im Hals steckte.

Der Streit weitete sich aus und machte sich auch in einer Versammlung der Kehilla bemerkbar, die aus anderen Gründen einberufen worden war.

Seit langem schon schlug man sich in der Kehilla mit dem Problem herum, ob zwei Waisenhäuser notwendig waren, eines für Jungen und eines für Mädchen. Ein Teil der Räte war dafür, die Waisen in einem Gebäude unterzubringen. Aber die strenggläubigen Mitglieder wollten das nicht zulassen. Der Stadt-Rav und sein Bet-Din waren bereit, ein absolutes Verbot gegen eine gemeinsame Unterbringung auszusprechen.

In der Versammlung der Kehilla sprach zuerst ein Vertreter der Horodner Chalutzim, ein junger Mann mit dichtem schwarzem Haar. Sein Gesicht war gebräunt, als hätte er bereits in der Sonne des Heiligen Landes gebraten. Er sprach mit tiefer Stimme und halb singend, als führte er einen Volkstanz der Chalutzim an. In Eretz Israel, sagte er, lebten Jungen und Mädchen im selben Kibbutz. In Horodno aber herrsche noch finsteres Mittelalter. Hier regiere noch das Schwarze Bureau. Wir müssen die junge Generation an das gemeinschaftliche Zusammenleben gewöhnen und sie darauf vorbereiten, Einwanderer zu werden. Darum sei er, der Vorsitzende der Siedler in der Horodner Zionistischen Fraktion, durchaus der Ansicht, dass die Populationen der beiden Waisenhäuser zusammengeführt werden sollten.

Obwohl der schwarzgelockte Rat tief und melodiös sprach, bohrten seine bärtigen Kollegen ihre Augen in ihn wie in einen leibhaftigen Satan, der tödliches Gift verspritzte. Sie, die alten politischen Führer, beherrschten das moderne Hebräisch nicht wie die Jungen von den fortschrittlichen Parteien, die von rechten und linken Flügeln plapperten, von Blöcken, Fronten und strategischen Positionen. Also hörten sie, die alten Politiker, mit einem halb verlegenen, halb spöttischen

Lächeln zu und dachten an die Zeit zurück, in der sie die Waisenhäuser bauten und selbst die Strohmatratzen für die Betten hineinschleppten, bei den Bürgern der Stadt Fisch und Weißbrote für den Schabbat erbettelten, Lehrer anstellten und bezahlten, die den Jungen Hebräisch beibringen sollten, und wie sie später die Waisenknaben bei Handwerkern in die Lehre gaben. Jetzt kamen solche Parteileute und verlangten, man solle die Waisen zusammenlegen. Man war im Leben vor keiner Überraschung sicher!

Meir-Michel Joffe, Vorstand der Gemauerten Synagoge und Rat in der Kehilla, bat um das Wort. Er fühlte sich sicher, weil im Saal sowohl Gemeindemitglieder als auch Parteifreunde saßen, die gekommen waren, um ihn zu hören und gegen die Opposition zu unterstützen. »Es ist kein Wunder«, rief Meir-Michel Joffe, »dass der Horodner Rav die Nöte der Kehilla nicht versteht, nämlich dass für zwei Waisenhäuser kein Geld da ist, denn der Horodner Rav ist ständig mit Rabbinern aus ganz Polen und aus dem Ausland beschäftigt. Darum weiß er nicht oder es interessiert ihn vielleicht auch einfach nicht, was sich in Horodno selbst abspielt. Darum fordert Misrachi und fordern alle unparteiischen Juden mit Gemeinschaftssinn, dass der frühere Graipewer Rav, R. Uri-Zwi Hakohen Königsberg, zu ihrem Rav ernannt wird und R. Mosche-Mordechai Eisenstadt der Rav der Horodner Agudah bleibt.«

»Ist Eure Fraktion für oder gegen die Zusammenlegung der Waisenhäuser? Äußert Euch zu diesem Punkt!«, schrie es von allen Seiten.

»Misrachi ist gegen die Zusammenlegung der Waisenhäuser, aber für die Teilung des Horodner Rabbinats«, antwortete Meir-Michel Joffe.

»Und wenn man die Waisenhäuser zusammenlegt, Herr Joffe, könnt Ihr dann nicht mehr nächtelang Karten spielen?«, stichelte ein Bundist mit grauen Locken, verzogenen Schultern und tiefliegenden, böse funkelnden Augen. In seiner heiseren Stimme lag das Fauchen eines Löwen. »Die

Reaktion triumphiert in der jüdischen Welt!« Und er zählte an den Fingern die Wohltaten auf, die die Horodner Bürger den Waisen bislang hatten zuteilwerden lassen: Jeden Donnerstag müssen zwei Waisen den Synagogendiener zu allen Metzgereien begleiten, um für den Mittagstisch an Schabbat Lungen und Kalbsfüße zu erbetteln. Bei der Beerdigung eines reichen Blutsaugers müssen die Waisen vor dem Sarg gehen und rufen: *Zedek lefanav jehalejch* – Gerechtigkeit geht ihm voraus. Alle Waisen müssen dunkelbraune Mäntelchen tragen und grüne Bändchen an den Kappen, damit man sie nicht mit den anderen Kindern verwechselte. Wenn ein Kind einen Fehler macht oder bei einem dieser Rituale nicht erscheint, schlägt man es windelweich. Bei den Meistern in der Lehre müssen die Waisen die schmutzige und staubige Arbeit tun und achtzehn Stunden am Tag schuften. Der Bundist wetterte noch lange gegen die Horodner Wohltäter, die getrennte Rabbinate und getrennte Waisenhäuser brauchten. Er schloss mit einem Antrag:

»Der Bund ist die einzige Partei der Juden in Horodno, die die Armen im Winter mit Holz versorgt. Im Namen der Bundistischen Fraktion stelle ich folgenden Antrag. Er enthält zwei Punkte. Erstens: Alle Horodner Rabbiner werden aus ihren bezahlten Stellen entlassen. Sie sollen arbeiten gehen, diese unnützen Fresser. Zweitens: Die beiden Kinderheime werden zusammengelegt und die Kinder bekommen eine jüdisch-säkulare sowie eine bundistisch-sozialistische Erziehung.«

Die konservativen Juden konnten nicht länger an sich halten und sprangen lautstark von ihren Sitzen. »Blut wird fließen, wenn man sie zusammenlegt!« Ein Rat im Frack mit einer silbernen Kette über der Weste und im Hut der polnischen Chassidim drohte dem Bundisten mit seinem Gehstock. »Unverschämter Lümmel! Dir zum Trotz werden die Waisen Gebetsfransen tragen und nicht eure roten Schlipse!« Der Bundist lachte ihm ins Gesicht. Er fürchtete sich weder vor der Peitsche der Kosaken noch vor den sibirischen Lagern des Zaren. Sollte er sich da vor einem polnischen Jüdlein ducken? Eine Lachnummer. Am heftigsten und erbittertsten aber stritten die orthodoxen Mitglieder der Kehilla. Die Agudahniks beschuldigten die Misrachi der Blasphemie. Wer sich so gegen den Horodner Rav, den Vorsitzenden des »Rates der Großen Torah-Gelehrten« stellte, war nur einen Schritt vom Götzendienst entfernt. Die Misrachi-Leute schrien zurück, egal wie unvergleichlich die Gelehrtheit des Horodner Ravs war, er hatte kein Monopol auf die Torah. Die Torah gehörte allen Juden. Die Versammlung zerfiel und die Mitglieder nahmen den Streit mit nach draußen. Es war dunkel. Schnee peitschte ihre entflammten Gesichter und der Wind fuhr in ihre schreienden Münder. Noch auf der Straße hieben die zerstrittenen Juden aufeinander ein, bis endlich ihre Schatten sich entflochten und schütterer wurden. Die Juden verschwanden in ihre kleinen Gassen, duckten sich, um in ihre niedrigen Wohnungen zu kriechen. Der Schneesturm heulte weiter durch die finstere Stadt.

14

Der Streit, der von der Stadtsynagoge ausgehend die Kehilla erfasste, rollte von dort wie ein Schneeball in alle anderen Synagogen. Man haderte und polemisierte auch in Wohnungen und Geschäften.

Ein Eisenwarenhändler ohne Kundschaft fühlte, wie der Rost seiner Waren ihm in den Leib kroch – Rollen, Ballen, Kästen, Nägel, Schlüssel, Schlösser, Türriegel. Er stellte den Kragen seiner Lammfelljacke hoch, zog den Hals ein und kämpfte sich durch den Schneesturm über die Straße zum Tuchhändler Esra Edelmann. Auch dort waren keine Kunden. Kein Mensch kam bei solchem Wetter, um Stoff zu kaufen. Nur die Besitzer der umliegenden Geschäfte standen herum und feilschten um das Horodner Rabbinat. Obwohl Esra Edelmann der Schwiegersohn des Graipewer Ravs war, focht es ihn nicht an, oder er gab vor, dass es ihn nicht anfocht, was man über seinen Schwiegervater sagte. Die Nachbarn sprachen gemütlich und in Gleichnissen. Einer tönte: »Unser Stadt-Rav ist wie ein großes Ladenschild, das von überall her die Leute anzieht. Aber Horodno selbst hat nichts von ihm.« Ein anderer antwortete, wer den Rav mit jemand anderem vergleiche, hielte einen fleckigen Bettelsack neben den Mond. Der Erste ließ nicht locker: »Unser Stadt-Rav ist wie eine Schwiegertochter mit einem Puppengesicht. Es ist eine Freude, sich mit ihr unter Leuten zu zeigen. Aber zuhause bringt sie es nicht fertig, Wasser zu kochen«. Der gerade eingetretene Eisenhändler mischte sich ein: »Und was würdet Ihr tun, wenn Gott Euch eine Schlampe von der Schönheit einer Äffin als Schwiegertochter schickte?« Esra Edelmann lachte laut auf, um zu zeigen, dass ihn das Gerede wegen des Schwiegervaters nicht berührte und dass er wusste, seine Frau war nicht gemeint. Als er aber zum Mittagessen nach Hause kam, stand Serel mitten im Zimmer, die Zwillinge am Schürzenbändel und den Säugling an der Brust, und schrie wie eine Furie:

»Ich will nicht, dass meine Mutter die Horodner Rebbezin wird, hörst du? Ich will es nicht!«

Esra hatte es immer besonderes Vergnügen bereitet zu beobachten, dass seine Frau umso freudiger auf ihn hörte, je heftiger sie mit ihrer Mutter stritt. Aber diesmal hatte sie nichts zu Mittag gekocht, und auch das Gerede wegen des Rabbinats drückte ihn im Magen wie eine bittere Zwiebel. Auf seiner niedrigen Stirn erschienen dicke, tiefe Falten. Er vergrub seine schweren, groben Hände in den Taschen, als wollte er sicherstellen, dass er sie nicht gegen eine Frau erhob, die ein Kind an der Brust hatte, und knurrte:

»Hör zu, Serel, ich habe dir schon sehr oft gesagt, je mehr du mit deiner Mutter streitest, desto klarer erweist sich, wie ähnlich ihr einander seid. Und ich hasse eine garstige Frau.

Was drückt es dich, ob deine Mutter eine Horodner Rebbezin ist?«

Wenn es nötig war, konnte die Tochter schweigen wie die Mutter. Mit dem Kind auf dem Arm marschierte Serel abrupt in die Küche und kochte ein warmes Essen für ihren Mann, während die Zwillinge sich auf dem Boden balgten. Esra ließ sich in einen Sessel sinken, um die Zeitung zu lesen. Er seufzte. Der Nachbar von der Eisenwarenhandlung hatte ihm mit dem Beispiel der Schlampe einen Schlag versetzt.

Serel konnte es kaum erwarten, dass ihr Mann seine Mahlzeit beendete und in sein Geschäft zurückkehrte. Sie ließ das schmutzige Geschirr auf dem Tisch stehen, rief eine lange, dünne Nachbarstochter, damit sie auf die Kinder aufpasse, warf sich einen weiten Mantel um, stülpte eine Mütze über ihr ungekämmtes Haar, schlüpfte in ihre Stiefel und rannte, ohne die Schnallen zu schließen, aus der Wohnung zum Schuhgeschäft ihrer Brüder.

Der Schneesturm hatte wie üblich eine ganze Reihe von Kunden in das Schuhgeschäft getrieben. Sie wollten Galoschen, warme Stiefel, Wintersportschuhe. Die Angestellten waren vom Andrang überwältigt, aber die Brüder Königsberg wagten sich nicht hinter der Theke hervor. Jedes Mal, wenn sich die Tür öffnete und ein Mann hereinkam, zitterten Jankel-David und Gedalja und dankten Gott, wenn der Eintretende keiner ihrer Freunde aus der Anhängerschaft des Horodner Ravs war. Schon in aller Frühe erschienen sie und plagten die Brüder; sie erschienen beim Morgengebet in der Synagoge, mittags im Geschäft, abends in der Wohnung. Sie erschienen immer mit derselben Frage: Wie konnten sie es zulassen, dass ihr Vater in den Angriff auf den Gaon R. Mosche-Mordechai hineingezogen wurde? Die Brüder Königsberg waren ja selbst Jeschiwa-Absolventen, sie mussten doch wissen, dass die Leute, die den Streit vom Zaun gebrochen hatten, keinen Deut auf die Ehre der Torah gaben und dass die Regel galt: Wer einen Schüler der Weisen beleidigt, beleidigt alle anderen mit. Warum sprachen sie nicht mit ihrem Vater? Jankel-David und Gedalja wussten, dass man mit der Mutter sprechen musste. So standen sie verzagt in ihrem Geschäft, denn die bittere Auseinandersetzung mit der Mutter stand unmittelbar bevor. Da ging die Tür auf und mit dem Schneesturm kam die Schwester herein mit offenem Mund und bereit loszuschreien. Doch beim Anblick der vielen Kunden dämpfte sie ihre Stimme. Im nächsten Augenblick stand sie schon hinter der Theke bei den Brüdern.

»Der Vater hat sich schlecht verheiratet ... Was starrt ihr mich so an? Kapiert ihr denn nicht, warum die Mutter den Vater antreibt, Rav von Horodno zu werden? Sie will sich am Horodner Rav rächen, weil er einmal ihr Bräutigam war und sie sitzen ließ.«

Serel hatte ihrem Mann immer geklagt, dass ihre Brüder Schafe waren, nasse Waschlappen, Holzpuppen, die willig nach der Pfeife der Mutter tanzten. Darum war sie völlig unvorbereitet, als plötzlich zwei zornentbrannte Gesichter vor ihr standen. Die beiden Männer waren außer sich vor Wut. Bevor sie sprachen, sahen sie sich um, ob niemand sie hören konnte.

»Halt sofort den Mund! Dein großes Mundwerk wird uns noch um Kopf und Kragen bringen. Das fehlte uns gerade noch, dass die Leute erfahren, was die Tochter des Graipewer Ravs über ihre Mutter sagt.«

Serel fuhr zusammen, tiefer erschrocken vor den Brüdern, als sie es je vor ihrem Mann gewesen war. Kleinlaut sagte sie: »Ich habe es doch niemandem gesagt, nicht einmal Esra!« Aber Jankel-David atmete schwer und Gedalja trocknete sich mit einem Taschentuch den Schweiß unter seinem Bart. »Bring das nie wieder über deine Lippen!«, warnten sie die Unbedachte und verrieten ihr nicht, dass sie am Abend zur Mutter gehen würden.

Perele erkannte ihre Söhne nicht wieder. Sie erzählten ihr nichts von den Enkeln und wollten nicht einmal ein Glas Tee trinken. Sie kamen absichtlich zu einer Zeit, als der Vater beim Talmud-Unterricht in der Synagoge war, damit sie mit der Mutter Klartext reden konnten. Sie zählten ihr alle Sünden auf, die sie begangen hatte, seit sie den Vater nach Horodno gebracht und zum Richter gemacht hatte. Jetzt drängte sie ihn schon wieder, etwas zu werden, was er sich auch in seiner kühnsten, ausschweifendsten Fantasie nie vorgestellt hatte, nämlich Rav der Horodner Misrachi. Mittlerweile wurde er für die Gegner zur Zielscheibe von Spott und Hass, während seine vermeintlichen Anhänger in seinem Namen einen Gaon beleidigen, einen gebrochenen Juden, der seine einzige Tochter verloren hatte. Dabei war es gerade der Horodner Rav gewesen, der befürwortet hatte, dass man den Vater in das Rabbinische Gericht aufnahm, obwohl die anderen Mitglieder vehement dagegen gewesen waren. Was wollte die Mutter von der Familie? Worauf war sie aus?

Perele saß an einem kleinen Tischchen. Ihre rechte Hand ruhte auf einem dicken Gebetbuch für Frauen. Sie lächelte gezwungen. Je länger und schärfer die Söhne ihr die Leviten lasen, desto unruhiger schabten ihre kleinen trockenen Finger am Einband des Gebetbuchs. Sie ließ die Kinder aber aussprechen und antwortete erst danach: Sie habe den Krieg zwischen Misrachi- und Agudah-Anhängern nicht ausgerufen; sie habe auch den Aufruhr während der Predigt in der Stadtsynagoge nicht ausgelöst, und sie habe auch keineswegs die Horodner Juden gegen Rav Eisenstadt und seine Anhänger aufgestachelt. Außerdem dürften Jankel-David und Gedalja sich daran erinnern, was sie zu ihr sagten, als sie sie im Schuhgeschäft auf den Knien herumrutschen sah, um den Kunden bei der Schuhprobe zu helfen, und sie gefragt hatte, warum denn ihre Frauen nicht ins Geschäft kämen, um ihnen zu helfen. Da hatten ihre leiblichen Söhne ihr geantwortet, wie man nicht einmal einer Stiefmutter antworten würde, dass sie sich nicht in ihr Leben mischen sollte. Aber sie beide mischten sich sehr wohl in ihr Leben und seien darüber hinaus noch bei ihr erschienen, um sie zurechtzuweisen.

Mit verzerrtem Gesicht, als fühle sie einen starken Schmerz im Rücken, erhob sich Perele von ihrem Stuhl am runden Tischchen und schleppte sich zum Sofa. Die Söhne wollten sie zu ihrem Lager führen, aber die Mutter stieß sie mit den Ellenbogen weg und schauderte mit dem ganzen Körper, als seien sie zwei Teufel, die gekommen waren, um ihr die Seele zu entreißen. Perele streckte sich auf dem Sofa aus, die beiden Söhne standen daneben, als habe man sie für schuldig befunden und verurteilt. Auf dem Rücken liegend, erschien ihr Gesicht noch kleiner, eingefallener und vertrockneter. Nur die Augen leuchteten doppelt so groß und schwammen im Glanz der Tränen. Ihre Stimme war heiser vor Verbitterung und Schmerz. Beim Reden schaute sie an die Decke, als seien die Kinder nicht da, und sie formulierte nur ihre Gedanken laut für sich selbst.

Jeder große Talmud-Gelehrte wünscht sich, seine Söhne mögen werden wie er oder größer als er. Jeder in der Torah Beschlagene will einen gelehrten Schwiegersohn. Und genau so hätten die Söhne des Graipewer Ravs und Enkel des Staripoler Gaons große rabbinische Positionen in großen Gemeinden einnehmen sollen. Aber sie wollten lieber Schuhverkäufer werden. Sie halten von sich noch weniger, als die Welt von ihnen hält. Über den Schwiegersohn gäbe es nichts zu sagen. Serels Mann war ein ungebildeter Klotz und Grobian. Statt dass die Kinder nun danach streben, dass ihrem alten Vater das Ansehen zuteilwerde, das er verdient, wollen sie, dass auch der Vater ein Mensch bleibt, der für niemanden zählt. Jankel-David und Gedalja hätten als angesehene Bürger Horodnos die die Sache des Vaters stärken können. Ihnen zuliebe wären auch ihre guten Freunde für den Graipewer Rav eingetreten. Warum sollten fremde Juden es tun, wenn die eigenen Söhne jeden anderen Rav für größer halten als den eigenen Vater? Es hatte sie überhaupt nicht berührt, als seine Predigt in der Stadtsynagoge von gemeinen Provokateuren unterbrochen wurde, die man wohl nur zu diesem Zweck entsandt hatte. Und dann kommen sie noch zur Mutter und beschweren sich, dass ihr die Ehre des Vaters teuer ist.

Die Rebbezin starrte noch immer an die Decke. Tränen liefen ihr aus den Augen. Die Söhne wussten, dass die Mutter nie weinte und Weinerei hasste. Hatte man sie aber zum Weinen gebracht, wurde sie sehr böse und man durfte auf keinen Fall versuchen, sie zu trösten. Die beiden Söhne standen am Sofa und schwiegen so lange, bis die Mutter sich zu ihnen drehte und sie nach Hause gehen hieß zu ihren Frauen und Kindern. Sie wollte nicht, dass der Vater sie antraf, wenn er aus der Synagoge kam, und erfuhr, dass sie sie krank gemacht hatten. Das würde er ihnen nicht verzeihen. Jankel-David und Gedalja könnten sicher sein, dass sie dem Vater nicht erzählen werde, welcher Respektlosigkeit sie sich ihr gegenüber schuldig gemacht hatten.

15

Der bewölkte Himmel am Vorabend des Purim-Festes sah aus wie in Rauch gehüllt. Der Frost löste seinen Griff. Der Schnee wurde grau. Ein Baum raschelte mit den letzten welken Blättern des Herbstes. Der Wind zupfte sie lachend ab, als mache er sich lustig über einen Baum, der sich noch mit der vergilbten Krone des Vorjahres schmückte, da doch schon fast der ganze Winter vergangen und es wieder Vorfrühling geworden war. Der Streit um den Graipewer Rav hatte sich nicht gelegt, sondern sogar noch weiter erhitzt. Am Vorabend von Purim fanden sich beim Stadt-Rav die Richter ein sowie seine Anhänger, die Agudahniks, um mit ihm offen zu sprechen: Bei allem Respekt – der verehrte Meister möge es nicht übelnehmen –, er trägt die Schuld! Wenn er nicht darauf bestanden hätte, den Graipewer Rav in das Rabbinische Gericht aufzunehmen, hätten dessen Parteigänger nicht die skandalöse Kampagne in Bewegung setzen können, ihn zum Stadt-Maggid und Rav der Misrachi zu ernennen. Wenn man auch dieser Forderung nachgäbe, würden diese Leute sich mit ihren Vorstellungen noch stärker in die religiösen Angelegenheiten einmischen. Wenn man der Forderung nicht nachgäbe, bestünde die Möglichkeit, dass der Streit sich langsam legte. Die Wut sei schon am Abklingen. Die weniger wichtigen Bürger und das einfache Volk hielten nicht mehr zum Graipewer.

»Ihr dürft die Achtung, die uns gebührt, nicht gefährden. Selbst wenn vereinbart wird, dass R. Uri-Zwi Hakohen Königsberg Euch unterstellt ist, wird er es doch schaffen, über uns zu stehen«, sagte der pingelige Richter aus der Wolkowisker Straße stellvertretend für seine Kollegen.

Weil es sein Fastentag war, hatten die alten Richter finstere Gesichter. Die jungen Agudah-Anhänger aber waren lebhaft und von rosiger Gesichtsfarbe und hatten offenkundig nicht gefastet. Sie nahmen für sich eine rabbinische Ausnahmeregelung in Anspruch, die andere Gelehrte in litauischen Jeschiwot ausgesprochen hatten, denn sie waren der Ansicht, dass Kasteiungen dem ungebildeten Volk nutzten, die Schüler großer Meister aber aufgrund ihres Studiums zu den richtigen Einsichten kämen. In ihren wohlgenährten Gesichtern brannte der Eifer, in ihren Augen blitzte der Zorn. R. Mosche-Mordechai verstand, dass die vorgebrachten Beschwerden und Bitten sich im Kern gegen die Rebbezin richteten. In der Stadt wurde erzählt, sie habe von ihm verlangt, er solle in allem nachgeben. Die Anhänger waren der Ansicht, die Trauer um die verstorbene Tochter habe den klaren Verstand der Rebbezin getrübt und der Rav dürfe deshalb nicht auf sie hören. R. Mosche-Mordechai hörte sich die Beschwerden geduldig an und ging danach wieder in das Schlafzimmer seiner Frau, um mit ihr zu sprechen.

Sara-Rivka saß wie immer auf dem Rand ihres Bettes und hielt das Bild der Tochter in den Händen. Dieses Mal versteckte sie die Fotografie nicht unter dem Kissen, als sie die Schritte ihres Mannes hörte. Sie wusste von den Besuchern im Gerichtszimmer und auch, warum sie gekommen waren.

Kaum hatte ihr Mann das Zimmer betreten, sagte sie hart und streng: Er habe nicht gewagt zu unterbinden, dass die Horodner Richter den Graipewer Rav auf übelste Weise behandelten, ihn ständig stichelten, bis er die Gesellschaft der feindseligen Menschen nicht mehr ertrug und wegblieb. Die jungen Leute, die den Graipewer Rav in der Stadtsynagoge nicht hatten aussprechen lassen, sollte R. Mosche-Mordechai aus seiner Gegenwart verbannen. Den Graipewer Rav sollte er um Verzeihung bitten und ihm helfen, Stadtprediger zu werden, Horodner Rav – was immer er wolle!

R. Mosche-Mordechai hatte das schon sehr oft von seiner Frau gehört und jedes Mal kam in ihm so stark die Wut hoch, dass sein Schnurrbart, seine Nasenflügel und die Hände zitterten. Als sie dieses Mal noch hinzufügte, er solle den Graipewer Rav um Verzeihung bitten, musste er lachen. Er sollte sich bei jemandem entschuldigen, der sich in die Stadt gedrängt und einen Streit angezettelt hatte? Sara-Rivka hielt das Bild der Tochter mit den Fingerspitzen und staunte: Ihr Blimele sah überhaupt nicht krank aus. Sie hatte so frisches Haar, ein süßes Lächeln um den kleinen, runden Mund und einen langen Hals. Die Rebbezin hob ihr fahles, knochiges Gesicht. In den schwarzen Augen loderte Hass auf ihren Mann, weil er an etwas anderes denken konnte als an ihr verstorbenes Kind. Sie schaute wieder auf die Fotografie, bis ihre Augen verglasten. Sie sprach eintönig. Ihre Stimme glich einem zugeschraubten Wasserhahn, aus dem sich noch einzelne schwere Tropfen lösten: Ihr Urgroßvater, der Zaddik R. Alexander-Siskind, schrieb in seinem Testament, seine Kinder und Kindeskinder sollten in der Kahal keine hohen Ämter bekleiden, weil das zu Stolz und zu Streit um Ehren führte. Wenn seine Nachkommen ihm darin nicht gehorchten, so schrieb der Urgroßvater in seinem Testament, werde er für sie in der jenseitigen Welt nicht als Fürsprecher tätig werden und sich an ihnen mit großer Brutalität rächen. Er hatte sich in der Tat an seiner Ururenkelin gerächt.

R. Mosche-Mordechai hatte die Hände auf den Rücken gelegt, blickte mit hochgezogenen, spitzen Brauen auf seine Frau und sagte ungeduldig, er müsse sich nach der Tradition seiner eigenen Familie richten. Ihr Urgroßvater hätte angeordnet, ihn nach dem Tod zu erniedrigen und ihm die vier Todesstrafen zuzufügen. Die Vorfahren der Familie Eisenstadt hingegen waren der Ansicht, dass ein Talmud-Gelehrter sich nicht erniedrigen lassen darf, weder im Leben noch im Tod. Er werde die Horodner Juden jetzt Achtung lehren! Sara-Rivka wisse ja, wie oft er Briefe von der ultraorthodoxen Gemeinde in Jerusalem bekomme, in denen man ihn bitte, er möge der Vorsitzende ihres Bet-Din werden. Jedes Mal hatte er abgelehnt. Jetzt werde er schreiben und das Angebot annehmen.

»Da wirst du alleine hinfahren müssen, Mosche-Mordechai.« In Sara-Rivkas Gesicht stand das todmüde Lächeln eines Menschen, der weiß, dass er trotz der schon vergossenen Tränenströme, seine Trauer niemals ausweinen kann und mit ihr immer leben muss. »Ich will Blimeles Grab nicht verlassen. Alle heiligen Gräber Jerusalems können mir ihren kleinen Erdhügel in Horodno nicht ersetzen.«

Der Rav schaute noch einmal auf seine Frau, verließ mit einer hastigen Kehre das Schlafzimmer und trat wieder in das Gerichtszimmer. Einige der Versammelten sprachen miteinander. Andere fühlten wegen des Fasttags Trockenheit im Mund und ein Ziehen im Gedärm. Die jungen Anhänger waren verärgert: Warum war er so um seine Rebbezin bemüht? Natürlich war sie die Tochter von Talmud-Gelehrten und die Frau eines Talmud-Gelehrten und eine Mutter, die ihr einziges Kind verloren hatte. Doch in der Frage des Streits handelte es sich um die Achtung, die der Torah geschuldet war, und da fragte man nicht bei einer Frau. Als sie den Rav hereinkommen sahen, standen alle auf. R. Mosche-Mordechai hielt sich mit beiden Händen am Tisch fest.

»Meine Herren, ich bekam das Horodner Rabbinat von meinem Schwiegervater, er ruhe in Frieden. Darum werde ich mich nicht mit seiner Tochter entzweien wegen des Horodner Rabbinats. Und noch etwas: Wenn die hiesigen Juden eine weitere rabbinische Autorität an ihrer Spitze sehen möchten, steht es mir nicht zu, dagegen zu sein. Und wenn Ihr Eurerseits darauf besteht, den Streit weiterzuführen, werde ich das Horodner Rabbinat aufgeben. Ich ziehe den häuslichen Frieden vor. Geht, meine Herren, man soll in euren Synagogen mit dem Verlesen der Esther-Rolle nicht auf euch warten müssen.«

Sein Gesicht zuckte vor Schmerz und Anstrengung. Die Anwesenden sahen, seine Entscheidung in dieser Angelegenheit war endgültig. Die Richter hatten nicht vergessen, dass der Vorsitzende des Gerichts ihnen, außer im Fall des Graipewer Ravs, niemals seine Meinung aufgezwungen hatte. Und den fanatischen Anhängern ging auf, dass der Rav in seinem ganzen Wesen ein ungemein vornehmer Mensch war und jedem, der Sorgen hatte, ein treuer Freund. Niemand wollte ihm durch Widerspruch noch mehr Leid zufügen und so gingen alle schweigend hinaus. Im Freien aber legten sie los: R. Mosche-Mordechai bewies seiner Rebbezin gegenüber nicht dieselbe Stärke wie der Zaddik Mordechai gegenüber Königin Esther. Als Esther ihm mitteilen ließ, sie könnte gegen den Erlass des Königs nichts ausrichten, warnte er sie: *al-tadmi benafschech lehimalet bet-hamelech* – glaube nicht, dass du im Haus des Königs entkommst. Obwohl R. Mosche-Mordechais Richter und Anhänger gegen ihn überhaupt nichts einzuwenden hatten, erzählten sie noch am selben Abend in all ihren Synagogen, der Stadt-Rav trete zugunsten des Graipewers zurück, um den Frieden zu wahren. Horodno aber müsse aus Scham in die Erde sinken, weil es einen Gaon von Weltruf gegen einen Maggid eintauschte. Da und dort fragte jemand, warum Horodno sich eigentlich nicht zwei Stadtrabbiner gönnte. Aber die Mehrheit streifte die Sache von sich ab und kam nicht auf die Idee, dass man der lokalen rabbinischen Autorität einen weiteren Rabbiner an die Seite stellen könnte.

Auch die Vorstände und Mitglieder der Gemauerten Synagoge konnten sich über die gute Nachricht ihres Sieges nicht freuen. »Schschsch!«, zischten sie die Kinder an, die trommelten und schossen, wenn der Name Haman in der Megilla auftauchte. Auch ohne diesen Lärm dröhnte und rauschte es in den Ohren der Vorstände, dass sie einen großen Gelehrten beschämt hatten. Sie hatten nicht damit gerechnet, dass R. Mosche-Mordechai so schnell klein beigab und auch noch seine Anhänger warnte, er werde das Horodner Rabbinat ganz aufgeben, sollten sie den Streit weiterführen. Sie beglückwünschten den Graipewer Rav mit so bedrückten und bekümmerten Mienen, als habe er sie, um seine Achtung durchzusetzen, dazu gebracht, die größte Sünde zu begehen. Die Brüder Königsberg gratulierten dem Vater nicht. Während die Megilla verlesen wurde, standen sie stumm neben ihm wie Trauernde. R. Uri-Zwi kam mit brennendem Gesicht nach Hause. Tränen standen in seinen Augen, sein Hals war zugeschnürt. Mit lang ausgestrecktem Finger zeigte er auf Perele: »Du bist an allem schuld! Du! R. Mosche-Mordechai hat in allem nachgegeben und durch sein Nachgeben hat er mich noch mehr beschämt und erniedrigt als seine jungen Anhänger mit ihrem Geschrei während meiner Predigt in der Stadtsynagoge. Jetzt weiß die ganze Stadt, dass R. Mosche-Mordechai die Randalierer nicht geschickt hat, wie du mir und allen eingeredet hast.« Tief gepeinigt schrie er, alle Talmud-Gelehrten würden ihn nun meiden. Selbst die Vorstände der Gemauerten Synagoge zeigten schon Reue und die eigenen Söhne hätten im Gottesdienst stumm neben ihm gestanden, niedergeschmettert von der Nachricht, dass der Horodner Rav so gekränkt worden war.

Perele war auf den Sieg vorbereitet. Es war zu ihr gedrungen, dass die Horodner Rebbezin von ihrem Mann verlangt hatte nachzugeben. Als Perele Mitte der Woche ein Geschäft betrat, beschrieben ihr die Frauen mit fromm gespitzten Mündchen die Heiligkeit der Horodner Rebbezin Sara-Rivka, die niemals auf irgendwelche Ehrungen Anspruch erhoben hatte und es natürlich jetzt umso weniger tat, da sie um ihr einziges Kind trauerte. Damit wollten die Hausfrauen sagen, die Graipewer Rebbezin habe zwar Freude an ihren Kindern und Enkeln, war aber darauf aus, dass man sich vor ihr bückte. Die Graipewer Rebbezin hörte alles mit süßem Lächeln und ging mit feierlich zierlichen Schritten nach Hause. Am Schabbat ging sie in die Frauenabteilung zum Beten, wie immer angetan mit einem langen, taillierten Kleid, das über einem Reifrock glockig nach unten fiel. Auf dem Kopf trug sie ein Stirntuch mit aufgenähten Perlen. Sie betete mit solchem Selbstrespekt aus einem kleinen Gebetbuch mit Goldschnitt, als wollte sie allen vorführen, wie eine Muster-Rebbezin sich zu benehmen hatte. Mit derselben Selbstachtung und Würde fragte sie ihren Mann verächtlich von oben herab, warum er wie ein hysterisches Weib ins Haus falle, anstatt mit *gut-jontef* und *gut-Purim* einzutreten.

»Nimm den Titel, den Horodno dir verleiht, wie etwas, das dir zusteht. Mische dich in die Angelegenheiten der Gemeinde und lade die wichtigsten Leute nach Hause ein. Veröffentliche dein Buch und verteile Exemplare unter den Gelehrten. Allmählich gerät dein Streit mit R. Mosche-Mordechai Eisenstadt in Vergessenheit. Sag, was du willst, er war schon immer sehr klug.« Als ihm klar wurde, dass er keine andere Wahl hatte, gab er sofort nach.

16

Ganz Horodno erschauderte. Man erzählte, beim Festessen an Purim habe R. Mosche-Mordechai Eisenstadt einen Druck in der Herzgegend gefühlt und starke Schmerzen in der linken Schulter und im linken Arm. Ihm brach der kalte Schweiß aus, ihm wurde schwindlig und er musste nach Luft ringen. Die Rebbezin Sara-Rivka schrie um Hilfe, Nachbarn kamen gelaufen und brachten einen Arzt. Er horchte ihn ab, fühlte den Puls, maß den Blutdruck und sagte, der Rabbi habe einen leichten Herzinfarkt erlitten. Er müsse ruhen und dürfe sich nicht aufregen. Als die Leute das hörten, schüttelten sie den Kopf. »Das war ja auch ganz schön hart, wie der Graipewer und seine Anhänger unserem Rav ans Leder gingen. Und seine Rebbezin verlangte auch noch, er solle nachgeben. Jetzt hat er nachgegeben und es hat ihn fertig gemacht.« R. Uri-Zwi Königsberg erschrak zutiefst über diese Nachricht. Als er sie später Perele mitteilte, wurde sie blass und blieb wie angewurzelt stehen. In ihren Augen erglühte der geheime Widerschein einer Erinnerung aus ihrer fernen Mädchenzeit, wie auf geschlossenen Fenstern der rötliche Glanz des Sonnenuntergangs sich spiegelt. Schließlich schüttelte die Graipewer Rebbezin sich wach und sagte mit einem bösen Husten:

»Er war schon als Jüngling kränklich und nervös. Für einen Mann mit einem schwachen Herzen ist er viel zu ehrgeizig. Er will alles an sich reißen.«

Am Vorabend des Pessach-Festes leuchteten die Bäume in zarter Blütenpracht, als seien sie in einen durchsichtigen rosigen Nebel gehüllt. Halb war der Himmel noch mit Wolken bedeckt, während die andere Hälfte schon im tiefen, klaren Blau erstrahlte. In den Ecken, die die Sonne nicht erreichte, lagen noch schmutziggelbe Schneereste. Ein feuchtes, lindes Frühlingslüftchen streichelte die Gesichter der Menschen. In den Weingeschäften beim Einkaufen für die vier Gläser Wein und vor den Gemeinschaftsöfen beim Backen der Matzen sprachen die Leute über den Rav: Es ginge ihm schon viel besser und er verwirkliche jetzt, was er schon sehr lange vorgehabt hatte. Er gründete einen Kollel, eine Talmud-Akademie für verheiratete Männer. Dort würde er Vorträge halten und die Studierenden aus seiner persönlichen Kasse unterstützen. R. Mosche-Mordechai hatte schon lange von einer eigenen Jeschiwa geträumt, war aber immer zu stark mit Gemeindeangelegenheiten beschäftigt gewesen. Doch jetzt, da er durch ein Wunder seine Gesundheit wiedererlangt hatte, wollte er sich ganz und gar der Lehre widmen. Da er keine Kinder hatte, wollte er Schüler.

Die ersten Studenten im Kollel waren natürlich die Anhänger des Ravs, junge Männer aus Horodno und Schwiegersöhne, deren Studium in den ersten Ehejahren von den Schwiegervätern finanziert wurde. In der Pessach-Woche kursierte die Neuigkeit schon in den umliegenden Dörfern, und gleich nach dem Feiertag trafen weitere junge Männer ein: Junge Gelehrte, die noch kein Rabbinat bekommen konnten, und Intellektuelle, die nicht Rabbiner werden, aber auch nicht ins Geschäftsleben einsteigen wollten. Alle kamen beflügelt vom Verlangen, vom Horodner Gaon tief in die Torah geführt zu werden, und getrieben von der Sehnsucht nach einer schützenden Umgebung und kameradschaftlichem Lernen. Obwohl sie noch keine passenden Unterkünfte gefunden hatten, saßen sie schon alle in der Betstube des Ravs und lernten mit Hingabe. R. Mosche-Mordechai schickte eine offizielle Anzeige in die jüdische Welt und lud ein, seinen Kollel zu unterstützen. Niemand zweifelte daran, dass die Reaktionen darauf sehr großzügig sein würden. Zufrieden, dass in ihrer Stadt eine Jeschiwa heranwuchs, sagten die Leute: »Aus der Stärke kam Süße. Aus dem Streit entstand etwas Gutes für das Judentum. Der Rav hat eingesehen, dass er vom Volk nur Missachtung zu gewärtigen hat. Darum umgibt er sich jetzt mit jungen Gelehrten. Dieses Kunststück soll der Graipewer Rav erst einmal nachmachen. Aber wer würde schon bei ihm studieren wollen und wer würde ihm Geld schicken, um die Studierenden zu unterstützen?«

»Verstehst du jetzt endlich, mit wem du es hier zu tun hast? Ruckzuck wurde er wieder gesund und hat sich etwas Neues ausgedacht, um seinen Ruhm zu mehren: Er will eine Jeschiwa leiten,« sagte Perele zu ihrem Mann und biss sich auf die Unterlippe. »Sogar deine Söhne wollen hingehen, um R. Mosche-Mordechais Vorträge hören. Das haben sie mir gesagt. Du aber musst ihnen sagen, dass sie da nicht hingehen sollen. Man soll in der Stadt nicht sagen können, dass es beim eigenen Vater nichts zu lernen gibt.«

»Ich danke und preise den Ewigen, dass R. Mosche-Mordechai gesund wurde. Mir ist ein Stein vom Herzen gefallen. Ich danke dem Ewigen auch dafür, dass Jankel-David und Gedalja sich für ein paar Stunden vom Geschäft losmachen wollen, um im Kollel zu studieren«, antwortete R. Uri-Zwi. Er wollte sich von seiner Frau nicht mehr hetzen lassen.

R. Uri-Zwi war inzwischen auch bewusst geworden, welch schwere Bürde er auf sich geladen hatte, als er Horodner Stadtprediger wurde. Perele war noch sehr viel weniger als ihr Mann auf die neue Situation vorbereitet. In ihre Wohnung kamen nicht etwa gut betuchte, angesehene Leute, um sich Rat zu holen oder den Schabbatnachmittag mit dem Rav zu verbringen, sondern arme Leute und unverschämte Bettler.

Ein Jude mit einer Hasenscharte kam herein, als ob er da zuhause wäre, und rieb sich zufrieden die Hände. »Ein Vergelt's-Gott Euch, Rabbi. Wo wäscht man sich bei Euch die Hände vor dem Essen? Ich habe heute noch nichts gegessen.« Perele sah gleich, dass sie einen frechen Berufsbettler vor sich hatte, gab ihm aber trotzdem eine kleine Mahlzeit. R. Uri-Zwi saß mit am Tisch und fragte den Gast, was er sonst noch brauche. Alles, sagte der Gast durch seinen mit Krümeln gespickten Bart, mehr Glück, bessere Gesundheit, ein Einkommen und eine Mitgift, um die älteste Tochter zu verheiraten. Perele gab ihm etwas Geld und begleitete ihn hinaus. Danach wies sie ihren Mann zurecht, weil er mit einem Schnorrer wie mit seinesgleichen sprach.

Am selben Tag kam eine kleine Frau in einem großen Schal herein, die Witwe eines Poruschs. Jeder in Horodno wusste, dass sie alle paar Tage zum Stadt-Rav ging und ihm mit ihrem Schicksal in den Ohren lag, damit er ihr eine weitere Bescheinigung ausstellte. Mit diesen Zetteln ging sie dann zu allen Wohltätigkeitseinrichtungen und forderte, dass man ihr helfe. In letzter Zeit aber fing die Rebbezin sie ab und bat sie, den

Rav nicht zu quälen, da er noch nicht wieder völlig gesund sei. So ging die Witwe denn zum neuen Stadt-Maggid, damit er ihr einen Zettel für die Brotkammer und einen Zettel für die Kleiderkammer gebe. Sie habe Hunger und keine Kleider am Leib. Sogar im Sommer müsse sie in einem Winterschal über Kopf und Schultern herumgehen.

»Ich gebe Euch so viele Zettel, wie Ihr wollt«, sagte R. Uri-Zwi, »aber ich kenne die Leute nicht, die diese Kammern verwalten, und weiß darum nicht, ob es etwas nützt, wenn ich sie für Euch um etwas bitte.«

»Wohltätigkeit wälzt man nicht auf andere ab. Das ist nicht unsere Art. Wir geben aus der eigenen Tasche«, unterbrach Perele, drückte der Frau eine Münze in die Hand und bugsierte sie hinaus. Später zerlegte sie ihren naiven, gutmütigen Mann, als seien ihre Lippen ein zweischneidiges Filetiermesser. Sie fragte ihn, warum er vor der Frau auch nur angedeutet habe, er wüsste nicht, ob die Almosenverwalter seine Autorität anerkennen würden. Wenn er nicht helfen konnte, war es besser, sich hartherzig zu geben und zu sagen, er wolle nicht helfen, oder zu sagen, er habe keine Zeit, als sich den Ruf zu erwerben, nicht in der Lage zu sein, jemandem die nötige Hilfe zu verschaffen.

Am nächsten Morgen kam ein großer, gebeugter Mann, mächtig wie eine krumme Eiche, mit einer riesigen Mähne aus weißem wirrem Haar und einem zottigen Bart. In einem Auge lag ein klarer schwarzer Augapfel, das andere Auge war von einem blutig-roten Film überzogen. In seinen Lumpen glich er einem vertriebenen Propheten. Beim Eintreten sah er sich misstrauisch um, als trüge er ein großes Geheimnis bei sich und fürchtete, in die Hände von Feinden zu fallen. Dann wankte er, als sei er endlos ohne Essen und Trinken durch Wüsten gewandert. Aber er fiel nicht um, sondern setzte sich langsam und betrachtete mit seinem großen, klaren Auge forschend den Rav. R. Uri-Zwi erhob sich mit zitternden Händen und Knien, als erwartete er, dass der Fremde seine Hand ausstreckte, mit dem Finger auf ihn wies und schrie: »*Ata ha-ish!* – Du bist der Mann! Du hast gesündigt.« Der gebeugte Mann flüsterte nur wenige Worte, die den Rav aber nur noch mehr zum Zittern brachten.

»Rabbi, ich bin gekommen, weil ich eine Antwort von Euch brauche.«

Dem Rav verschlug es die Sprache. Die Rebbezin stand etwas zur Seite und musterte den Fremden. Plötzlich schrie sie: »Säufer! Komödiant! Raus! Verschwinde sofort aus unserer Wohnung. Sonst rufe ich die Polizei!« Der Mann wurde nicht wütend; er schien sich auch nicht zu fürchten. Er versuchte nicht einmal zu antworten, sondern sah die Hausfrau nur an mit dem schrägen, dümmlich-schalkhaften Lächeln eines ertappten Diebs, der weiß, man wird ihn laufen lassen. Er schlurfte auf unsicheren Beinen aus der Wohnung.

»Zu R. Mosche-Mordechai Eisenstadt kommen Gelehrte, um im Kollel Torah zu lernen, und zu dir kommen Vagabunden und Komödianten«, schrie Perele. »Dem letzten war Gauner über das ganze Gesicht geschrieben, und du stehst vor ihm auf wie vor Moses Montefiore. Hast du denn nicht sofort erkannt, dass das ein Säufer war? Mit seiner glatten Zunge wollte er dich um ein Fläschchen Schnaps erleichtern.« Ehrfürchtig bestaunte R. Uri-Zwi seine Frau. Sie war klug und weise wie die Königin von Saba. Der Besucher hatte doch genau ausgesehen wie ein heiliger Einsiedler in der Wüste zur Zeit König Davids. Doch seine *Ejsches chajil* hatte sich davon nicht beeindrucken lassen und hatte unter der Maske den Scharlatan erkannt.

Ein anderes Mal kamen zwei Gesandte, die für die Etz-Chaim Jeschiwa in der heiligen Stadt Jerusalem Geld sammelten. »Ihr seid wirklich aus Eretz Israel?«, fragte Perele. »Wir sind aus Baranowitsch, aber wir haben ein Schreiben von den Jerusalemer Rabbinern, das uns autorisiert, für ihre Jeschiwa zu sammeln«, sagte der Größere der beiden. Seine dünne Gestalt war in einen langen rabbinischen Mantel gehüllt, in dem er sich mit großer Wichtigkeit bewegte. Sein ehrliches Gesicht war umrahmt vom würdevollen grauen Bart eines oberen Synagogendieners in einer größeren städtischen Gemeinde. Sein Kompagnon war klein und dick. Er trug ein verknittertes Hemd und eine kleine Krawatte, darüber einen Mantel mit Samtkragen. Seine langen Hände schienen zum Greifen und Reißen geschaffen. Seine breiten Lippen säumte ebenfalls ein grauer Bart, der in einer scharf getrimmten Spitze auslief. In seinen Augen spielte das Lächeln eines Mannes, der sich von einer Verweigerung nicht einschüchtern ließ. Perele hasste ihn sofort aufgrund seiner gedrechselten Sätze, die seine ätzende Scharfzüngigkeit nur notdürftig maskierten. »Erkennt ihr mich nicht mehr, Rebbezin? Ich hatte schon die Ehre, Euch in Graipewo zu besuchen, Rebbezin. Jetzt aber seid Ihr die Horodner Rebbezin, darum ist es nur angemessen, dass Ihr der Jeschiwa Etz-Chaim in Jerusalem reichlich spendet. Die zweite Horodner Rebbezin und ihr Mann, R. Mosch-Mordechai Eisenstadt, geben immer ein großzügiges Almosen. Fragt ihn nur«, und er zeigte auf das mitgebrachte Spendenbuch mit dem ehrlichen Gesicht eines Obersynagogendieners. Perele gab nur ein kleines Almosen und sagte säuerlich:

»Der Stadt-Maggid bekommt keine Dollars von den Amerikanern, um sie hier als milde Gaben zu verteilen wie R. Mosche-Mordechai Eisenstadt. Wir geben unser eigenes Geld. Geht jetzt mit allen guten Wünschen.«

Als die zwei gegangen waren, verzog Perele ihr Gesicht, als hätte sie heftige Bauchschmerzen, und sagte zu ihrem Mann, er dürfe sie beglückwünschen, sie sei gerade zum ersten Mal Horodner Rebbezin genannt worden, auch wenn die Quelle nur ein Stiefellecker gewesen sei, dem man eine krepierte Katze in die Visage schleudern müsste. Aber es wurde ihr eben nicht einmal der Respekt gezollt, dass anständige arme Leute oder hilfsbedürftige Bürger zu ihr kämen. »Und genauso wie man zu dir nicht zu Gast kommt, kommt man auch nicht zu dir, wenn man eine rabbinische Vermittlung oder Entscheidung braucht«, schrie Perele mit einer Stimme so trocken und rau wie ein gesprungener, heißer Topf, aus dem schon lange das Wasser verkocht war. R. Uri-Zwi versuchte, seine Gedanken zu sammeln: Was wollte sie von ihm? Wenn man eine Vermittlung oder Entscheidung brauchte, ging man damit zum Bet-Din, und sie hatte ihm verboten, an dessen Sitzungen teilzunehmen.

»Du bist jetzt kein Richter mehr wie die anderen Richter. Du bist jetzt der Stadt-Maggid und ein Horodner Rav genauso wie R. Mosche-Mordechai Eisenstadt. Jetzt kannst du sehr gut an den Sitzungen des Gerichts teilnehmen und dort deine Meinung sagen«, schrie Perele außer sich vor Zorn, und R. Uri-Zwi wunderte sich erneut: Eine so kleine und keineswegs mehr junge Frau, die vom kleinsten Luftzug umgeworfen wird, sodass sie vor Kopfschmerzen stöhnend auf dem Sofa liegt, hatte mehr Energie als er und seine Kinder zusammen, möge sie vom bösen Auge verschont bleiben. Und was für eine Strategin – ein General! Zuerst zwang sie ihn dem Gericht auf, dann befahl sie ihm, nicht hinzugehen, und jetzt kommandierte sie ihn, dort zu erscheinen.

17

R. Uri-Zwi kam von der Sitzung des Bet-Din nach Hause und berichte von Wundern: Man hatte ihn mit Respekt aufgenommen und ans obere Ende des Tisches gesetzt. Bei jeder Entscheidung fragte R. Mosche-Mordechai nach seiner Meinung. Perele hörte ihr Herz jauchzen: Dein ehemaliger Bräutigam tut es deinetwegen. Sie glaubte es, obwohl der kühle Verstand ihr sagte, dass der Stadt-Rav es klugerweise vermied, sich weiteren Ärger aufzuhalsen, indem er dem Stadt-Maggid das Leben schwer machte. Auch das nächste Mal kam R. Uri-Zwi aufgeregt nach Hause und erzählte, in einem schwierigen Fall, der zwei große Kaufleute betraf, habe R. Mosche-Mordechai sich an ihn gewandt: »Wir wollen den Rosch-Bet-Din fragen!« Wieder hörte Perele ihr so Herz laut jubeln, dass es schier zersprang: Dein ehemaliger Bräutigam tut es für dich. Aber sehr schnell ging ihr auf, dass man die Sache auch anders sehen konnte: Allein schaffte ihr Mann es nicht. Man musste ihn ständig drängen und unterstützen. Jetzt unterstützte ihn sogar schon sein früherer Gegner. In kaltem Schweigen und mit gesenkten Augenlidern hörte sie zu, wie ihr Mann R. Mosche-Mordechais Verhalten auslegte:

»Verstehst du, er ist der Av-Bet-Din, der Präsident des Gerichts, und mich macht er zum Rosch, zum Vorsitzenden Richter.«

Ein drittes Mal erzählte R. Uri-Zwi, R. Mosche-Mordechai habe ihn daran erinnert, dass er der Stadt-Maggid sei; er müsse öfter über die Speisegesetze, das Einhalten der Schabbatruhe und die Zügellosigkeit der jüdischen Töchter sprechen. Der Sommer stünde bevor und die jungen Männer und Mädchen würden am Schabbat zusammen auf dem Fluss vor der Stadt rudern gehen. Diesmal jubelte Pereles Herz nicht. Sie dachte, der kluge R. Mosche-Mordechai überhäufte ihren Mann mit Ehren, um ihn seinen Anhängern zu entfremden und zu einem seiner Geschöpfe zu machen. Ihr Sieg bereitete ihr keine Genugtuung mehr. Vor den Leuten aber paradierte sie strikt ihren Status als Frau des Stadt-Maggids. Gelegentlich verließ sie das Haus sogar mitten in der Woche in einem langen altmodischen Rock und einem flachen Hut mit drei verblassten lila Blumen. Zum Einkaufen in den Geschäften und beim Metzger nahm sie keinen Korb mehr mit, sondern ließ alles in ihre Wohnung liefern.

Es war schon nach Lag baOmer. In den Nächten leuchtete der Himmel dunkelblau. Die Tage waren von einem lichten Glanz erfüllt, der blendete, aber noch nicht brannte. Die voll belaubten Baumkronen flitterten mit ihrem feuchten, frischen Grün, noch ganz unberührt vom Staub der Sommerhitze, und vor den Türen saßen Nachbarn, wärmten sich in der

Sonne und schauten Perele zu, die ihre Wohnung mit kleinen Schabbat-Schritten und einem leutseligen Lächeln verließ, als sei sie gerade einem alten Porträt entstiegen. Sie hatte schon gehört, dass die Frauen sie untereinander die Horodner Rebbezin nannten. Je häufiger sie es hörte, desto stärker wurde in ihr die Lust, Sara-Rivka Eisenstadt kennenzulernen. Aber sie verließ nie das Haus. Perele war überzeugt, dass R. Mosche-Mordechai ihren Mann nicht zum Abendessen einlud, weil er ihr, seiner ersten Braut, nicht begegnen wollte. Sie lachte in sich hinein. »Warum will er mir nicht begegnen? Ich bin doch schon eine Großmutter.« Wenig später ergab sich plötzlich eine Gelegenheit: R. Uri-Zwi berichtete, der Richter aus der Schloss-Straße habe ihn zur Bar Mitzwa seines jüngsten Sohnes eingeladen und ihn ermahnt, ja auch seine Frau mitzubringen. Kurz darauf erschien die Richtersfrau Baschka selbst, um sie persönlich einzuladen.

»Die Rebbezin Sara-Rivka wird auch da sein. Sie sagte mir, dass sie Euch kennenlernen möchte«, sagte die Richtersfrau und Perele verdeckte unter einem süßen Lächeln ihre bittere Enttäuschung. Just als sie die Frau kennenlernen wollte, die sich ihr erster Verlobter ausgesucht hatte, wollte jene die erste Braut in Augenschein nehmen, die ihr Mann ausgeschlagen hatte. Das Fest beim Richter aus der Schloss-Straße fand nach Schabbatausgang eine Woche vor Schawuot statt. Zwei große Zimmer waren für die Männer bestimmt, ein drittes Zimmer für die Frauen. Der Bar Mitzwa-Knabe war ein gelehrter Kopf mit fleischiger Stupsnase und niedriger Stirn, die ihn stur wirken ließ, aber er hatte volle Bäckchen und lachende, gute Augen wie seine Mutter. Mit Feuereifer hielt er seine Rede, legte dabei die Stirn in Falten und drehte beide Daumen wie ein alter Talmud-Gelehrter: *Or le'arba eser bodkin et hachamez le'or haner* – »Am Abend des vierzehnten Nisan sucht man Gesäuertes im Lichtschein einer Kerze.« Im vierzehnten Jahr wird man volljährig und man muss sein Herz im Licht der Torah und ihrer Gebote durchsuchen, wie es im Vers heißt: *kiner mizwa we Torah or* – das Gebot ist eine Lampe und die Torah ein Licht. Die Frage ist: Auf wem ruht die Pflicht, dem Sohn die Gebetsriemen anzulegen? Auf dem Vater oder auf dem Sohn selbst? Der Autor des Buches *Ittur* entschied, dass die Weisen im Talmud bestimmten, dass ein Junge bis zum dreizehnten Lebensjahr keine Gebetsriemen tragen muss. Aber in einer Gemara im Traktat *Sukkah* heißt es ... Die Juden hörten aufmerksam zu. Einer legte die Hand ans Ohr, ein anderer kaute an einer Bartsträhne, ein Dritter schmatzte mit den Lippen vor Enthusiasmus: Ein Talent! Nach dem Vortrag herrschte sofort Getümmel und die Gläser klirrten. Die Gäste tranken zu Ehren des Bar Mitzwa-Jungen. Baschka, die Frau des Richters, erschien, groß und beleibt, mit noch weiß-rosigen Backen und Augen, aus denen die Freude leuchtete. Sie war einfach angezogen mit einem Rock und weißer Bluse, und anstelle von Perücke und Kopftuch trug sie ein Netz über ihrem glattgekämmten kastanienbraunen Haar. Mit mehreren Helferinnen brachte sie Platten mit kaltem süß-saurem Fisch, gekochtem Rinderfleisch, gebratenen Hühnchen, Krüge mit Limonade, Körbe mit Roggenbrot und weiße, harte Bretzeln, Schüsseln mit Sauerkraut, auf das Zucker gestreut worden war, und Teller mit eiskalten halb-sauren Gurken. »Juden, wascht die Hände«, rief die schöne Richtersfrau und die Gäste standen auf, streckten sich und drängten in die Küche, um den Waschsegen vor dem Essen zu verrichten.

Am oberen Ende des Tischs saß der Stadt-Maggid R. Uri-Zwi Königsberg in flachem Samtkäppchen und einer Kapote aus Atlas mit breiten Aufschlägen, darunter sah man seinen *Tallit-Katan* über einem sauberen weißen Hemd. Er saß allein am oberen Ende, denn obgleich R. Mosche-Mordechai zugesagt hatte, fühlte er sich dann doch zu erschöpft und kam nicht. Aber er schickte seine Rebbezin, und Sara-Rivka kam in der Tat. Zu beiden Seiten des Stadt-Maggids saßen zwei ältere Richter und würgten schweigend einen harten Bissen hinunter. Es war ihre Wut, dass der Graipewer Rav, ein Provinzjockel, nicht nur die große Leuchte der Stadtsynagoge und im Gerichtszimmer geworden war, sondern jetzt auch noch auf dem Fest ihres Kollegen den Ehrenplatz einnahm. Etwas weiter unten am Tisch saßen die jungen Leute aus dem Horodner Kollel in weichen Hüten und Mänteln. Ihre blonden und schwarzen Bärte, runde und spitze, rochen noch nach männlicher Frische und Kraft, wie eine Blockhütte aus ungefirnisstem Holz noch nach Wald riecht. Heldenhaft bewegten sich ihre überwucherten Backen beim Kauen und Trinken und ihre Schnurrbärte bebten vor Lust und Leidenschaft. Aber hinter ihren faltigen Stirnen lagen eingeätzt in ihre Hirne die großen Seiten des Wilnaer Talmuds, Mischna und Gemara mit den sie umgebenden kleingedruckten kanonischen Kommentaren, dazu aus zerlesenen Büchern eintausend Jahre großer Interpretationen durch rabbinische Gelehrte von Kairo bis Köln. Die jungen Leute verwickelten den Stadt-Maggid in ein rabbinisches Gespräch und setzten ihm freundlich zu.

Sie scheuten sich, ihn schärfer zu kritisieren oder offen zu verspotten, da sie fürchteten, der Horodner Rav werde sie später zurechtweisen wie damals, als sie seine Rede in der Stadtsynagoge unterbrochen hatten. Die jungen Männer wussten, dass R. Mosche-Mordechai mehr Zeit dem Kollel widmen und sein Engagement in städtischen Angelegenheiten stark einschränken wollte. Er reichte die Ehren an den Stadt-Maggid weiter, damit er sich mit der Gemeinde, der Kahal, auseinandersetzte. Trotzdem konnten die jungen Leute dem Graipewer Rav nicht verzeihen, ein solcher Trottel zu sein, dass er es annahm, von einem anderen auf den Ehrenplatz gehievt zu werden. Sie ließen ein Gewitter von Fragen zu Maimonides auf ihn niedergehen, und egal, was er antwortete, sie verzogen die Gesichter und verwarfen seine Auslegungen als unintellektuell. Rav Königbergs Gesicht und Bart waren schweißüberströmt. Er riss verdattert die hellblauen Augen auf: »Aber genau das sagt Maharam. Und genau so steht es in *Kreti upleti.*« Aber die jungen Männer rümpften die Nasen, zuckten die Achseln und sagten: »Man weiß doch, Maharam ist manchmal etwas einfach gestrickt.« Oder: »Der Autor von *Kreti upleti* wurde zwar ein berühmter Gaon, aber vom Talmud versteht er eigentlich nichts. Das heißt, er wurde natürlich wirklich ein Gaon, aber nur über den krummen Weg der Kasuistik.« R. Uri-Zwi versuchte sich durch ein Zitat aus *Pene Jehoschua* zu retten. Die jungen Gelehrten sahen zuerst sich und danach Rav Königsberg so fassungslos an, als habe er gerade eine Torah-Weisheit von sich gegeben, die man höchstens dem Bar Mitzwa-Knaben des Richters durchgehen lassen durfte.

Auch Perele saß im Frauenzimmer am oberen Ende des Tisches, angetan mit ihrem dunkelroten Paradekleid mit den Hüftpolstern. Auf einer Seite saß die Richtersfrau aus der Wolkowisker Straße mit dem vollen Busen und der männlichen Stimme. Aber dieses Mal machte die mannsbildhafte Richtersfrau den Mund nicht auf, obwohl ihr Herz vor Wut tobte wie eine dicke Fliege im Netz einer zierlichen Spinne. Auf der anderen Seite saß die geschrumpfte Richtersfrau vom Alten Markt. Eingewickelt in verblichene grüne Schals, nickte sie, wie es ihre Art war, die ganze Zeit wie ein Huhn mit dem Kopf. An den Längsseiten saßen Frauen mit frommen Gesichtern, als läsen sie in der Frauenbibel unter neumodischen Hüten mit vielen Federn. An der unteren Schmalseite des Tisches saß in schwarzem Kleid und schwarzem Hut die Rebbezin Sara-Rivka Eisenstadt. Im Schein der Lampen, die man inzwischen angezündet hatte, traten die Blässe und Magerkeit ihres Gesichts scharf hervor; ebenso der lange, dünne Hals und die schmalen, knochigen Hände.

Perele verzehrte gelassen ein Hühnerflügelchen und trank etwas Sodawasser aus einem hohen, engen Kelch aus dickem grünlichem Glas. Beim Trinken reckte die Frau des Stadt-Maggids ihren Hals weit nach vorne und schürzte die Lippen, die indes den Rand des Glases kaum berührten; sie nippte wie eine liebliche Taube an einer frischen Quelle. So behutsam und vornehm, wie sie aß, wechselte sie auch ein paar Worte mit dieser oder jener Frau am Tisch und dachte indessen die ganze Zeit darüber nach, wie Sara-Rivka Eisenstadt wohl als Mädchen ausgesehen haben mochte. War sie vielleicht schon damals ein ausgetrockneter Palmwedel, und R. Mosche-Mordechai nahm sie wegen ihrer Mitgift, dem Rabbinat von Horodno? Ihr Schweigen und Lächeln ließen sie klug wirken, aber sie schien nicht so gütig, wie man sich erzählte. Sie hatte trockene, kalte und weiße Gliedmaßen. Melancholie ging von ihr aus. Frost blies von ihr herüber. War ihr Mann nicht gekommen, weil er erschöpft und nicht ganz gesund war, wie sie erzählte? Oder war er nicht gekommen, weil er mir nicht begegnen wollte? Eine der Frauen am Tisch machte eine Bemerkung über die heutige Mode und Perele packte die Gelegenheit beim Schopf und sprach aalglatt, wie es zur Frau des Stadt-Maggids passte, und so, dass alle sie hören konnten:

Wenn sie die heutige Jugend betrachte, scheine es ihr, als schaue sie in einen Fluss, in dem man alles verkehrt sieht: Die Mädchen trügen kurze Haare, die jungen Männer lange Locken. Ihrem Haus gegenüber wohne eine junge Frau, sie sei schön und vermögend, aber eine hohle Nuss. Dreimal am Tag wechsle sie die Toilette. Morgens laufe sie so schmuddelig und unordentlich herum, dass einem schlecht würde. Tagsüber trage sie ein Kleid mit einem hohen Kragen bis zum Kinn und Ärmeln, die über die Handgelenke reichen. Man könnte meinen, sie sei die Schamhaftigkeit selbst. Aber die Schamhaftigkeit ende über dem Knie. Ab dort führe sie der ganzen Welt schamlos ihre Beine vor. Am Abend gehe sie aus in einem bauschig-wogenden Kleid, breit wie ein Schirm und lang bis zu den Fußsohlen. Aber die obere Hälfte sei praktisch nackt unter dem durchsichtigen rosa Schal, den sie sich über die Schultern geworfen habe. Wo habe man je gehört, dass eine junge Ehefrau sich so verrückt macht? Dafür habe sie Zeit. Wenn es aber darum gehe, verschiedenes Geschirr für Fleisch- und Milchgerichte zu haben und separates Geschirr für Pessach, sage so eine Frau doch glatt, das wäre zu viel Arbeit. »Was sagt Ihr dazu, Horodner Rebbezin?«, rief Perele über den langen Tisch. Sara-Rivka antwortete mit einem milden Lächeln, als stimmte sie zu. Aber sie sagte nichts und der neugierige Glanz in ihren Augen erlosch.

Seit R. Mosche-Mordechai den Herzinfarkt erlitten hatte, bewegte sich Sara-Rivka auf Zehenspitzen und mit angehaltenem Atem, aus Furcht, es könnte ihm wieder etwas zustoßen. R. Mosche-Mordechai beschäftigte sich nun erheblich weniger mit den städtischen Angelegenheiten, doch mit den jungen Leuten im Kollel führte er lebhafte Gespräche und er kümmerte sich persönlich um ihre Unterbringung. Er rief Bürger der Stadt zu sich und drängte sie, gute Unterkünfte für die Studenten zu finden. Leute, die scharf darauf waren, sich durch Vermietung etwas zu verdienen, mussten vor dem Rav erscheinen und seine Fragen beantworten: Wie war das Zimmer? Was bekam der Student zum Frühstück und Mittagessen? Wie groß war der Lärm in der Wohnung? Einige Male ließ der Rav den Schneider kommen und bestellte Kleidung für die Studenten aus armen Familien. Wenn er sich auf die Vorträge vorbereitete, blätterte R. Mosche-Mordechai in vielen Büchern und arbeitete bis in die frühen Morgenstunden. Sara-Rivka sah, dass die Leitung der Jeschiwa ihm große Freude machte. Auch die Einladung zum Fest des Richters in der Schloss-Straße nahm er gerne an. Er liebte kluge Kinder, die gut lernten, noch mehr als seine erwachsenen Studenten. Er liebkoste und umarmte sie, als seien sie seine eigenen Kinder. Doch am Schabbat der Bar Mitzwa fühlte er wieder einen stechenden Schmerz im Herzen. Er wurde blass und seufzte in einer schwermütigen Melodie: »Es taugt nichts. Es wird nicht gehen.« Seine Frau wollte zum Arzt laufen, aber er sagte, es bestünde keine Lebensgefahr und er wollte nicht, dass der Arzt ihm zuliebe die Schabbatruhe verletzte. Nach Schabbatausgang fühlte er sich besser, sagte er, und bat Sara-Rivka, zum Fest des Richters zu gehen. Als sie sich weigerte, stand er zornig von seinem Bett auf und sagte, dann ginge er eben selbst. Erst seit seiner Erkrankung verlangte R. Mosche-Mordechai von seiner Frau so unerbittlich, dass sie ihm gehorchte. Sara-Rivka ging erschrocken, um zu verhindern, dass der Kranke erneut aufstand. Ohne sein Wissen ging sie aber zu einer Nachbarin und bat sie, im Verlauf des Abends mehrmals nachzusehen, wie es dem Rav gehe.

Ihr Interesse an der Graipewer Rebbezin hatte sich unter dem Druck der Sorge um den Mann verflüchtigt. Doch sie zwang sich zu lächeln und der Rebbezin Perele Königsberg zuzuhören. Nachdem jene die neue Damenmode ausreichend abgehandelt hatte, wetzte sie ihre sarkastische Zunge an neumodischen Möbeln. Die Richtersfrau Baschka liebte es mehr als viele andere Frauen, sich flott und weltlich zu kleiden, kleine Jacketts mit geraden Schultern und eckigen Aufschlägen, Kleider mit einfachen Silhouetten ohne Falten und Rüschen, ein Mantel mit breiten Taschen und ohne falsche Knöpfe. In ihrer Wohnung hatte sie Tische, Schränke, Sofas und Sessel, die diesem Geschmack entsprachen: schnörkellos, geradlinig mit scharfen Kanten, ohne Krimskrams, Polster und Putz. Tische und Stühle standen auf hohen, schlanken Beinen, die Schubladen der Schränke waren klein und beweglich. Überall war weniger Holz, alles wirkte luftig und zierlich. Man saß auf den Stühlen, ohne in ihnen zu versinken. Selbst die Vorhänge und Gardinen waren aus leichtem, zartem Stoff und erlaubten Ausblick auf die Welt vor den Fenstern. Perele nahm jedes Detail in sich auf und wollte fragen: Wenn die Richtersfrau aus der Schloss-Straße so stark darauf aus war, alles ab- und aufzudecken, warum trug sie ein Haarnetz und ihr Mann einen so breiten Hut? Aber das konnte sie die Gastgeberin nun wirklich nicht fragen, also lobte Perele die Möbel der Vergangenheit. Eine Kommode war eine Kommode für Kinder und Kindeskinder. Ein Tisch hatte massive, gedrechselte Beine und stand auf ihnen für die Ewigkeit. Auf der Anrichte funkelte geschliffenes Glas. Sie selbst war mit

Schnitzereien verziert und hatte Türmchen und Türchen wie ein Palast. Eine Truhe war mit Eisen beschlagen und bewegte sich auf kleinen Rollen; sie konnte leicht die Garderobe dreier Bräute aufnehmen. Ein Haus hatte eine hohe Decke und große Räume. Die Haustür war groß und schwer, besonders wenn vor ihr noch ein schmiedeeisernes Gitter angebracht war. Noch bevor man ein solches Haus betrat, wusste man schon: Hier wohnen gut etablierte, gediegene Menschen.

»Und heute?«, schloss Perele, »heute gleichen die Leute und ihre Einrichtungen hastig abgespulten Gebeten. Man überspringt den Anfang, begnügt sich mit einem Stück in der Mitte und verschluckt das Ende. Man macht sich das Leben leicht. Heute soll das Leben leicht sein. Ist es nicht so, Horodner Rebbezin?«

Sara-Rivka nickte wieder zustimmend und dachte, dass die Graipewer Rebbezin sehr gern kommandierte und vor allem beachtet werden wollte. Zweifellos war der ganze Streit mit dem Graipewer Rav von ihr ausgegangen. Wenn Mosche-Mordechai sie geheiratet hätte, wäre er glücklicher geworden als mit mir. Sie hätte von ihm nicht verlangt, dass er auf die ihm gebührenden Ehren verzichtete. Sara-Rivka hing ihren Gedanken nach und fuhr sich über die Stirn, als wollte sie die unwillkommenen Gäste verjagen. Es kam ihr seltsam vor, es ärgerte sie sogar ein wenig, dass die anderen Frauen am Tisch der Graipewer Rebbezin mit so frommen Gesichtern zuhörten und nicht wagten, ihren Redestrom zu unterbrechen.

Nach ihrer Kritik an neumodischen Kleidern und Möbeln kam Perele auf das ungebildete Volk der Vergangenheit und Gegenwart zu sprechen. Als sie noch ein Mädchen war, wunderte sie sich immer, warum ihr Vater, er ruhe in Frieden, der Staripoler Rav, jedes Mal aufstand, wenn ein junger Gelehrter sein Zimmer betrat. Als Kind meinte sie, ein einfacher Jude sollte natürlich für einen Gelehrten aufstehen, aber nicht der Rav der Stadt für einen eintretenden Gast, dem er entweder an Jahren oder an Weisheit voraus war. Erst im Alter verstand sie, dass nur ein echter Gelehrter einen anderen Gelehrten zu schätzen wusste und ihm deshalb den richtigen Respekt erwies. Wer sonst wüsste einen Gelehrten zu schätzen, nicht wahr? Ein Kutscher vielleicht? Auch diesen Kommentar schickte Perele laut an das andere Ende des Tisches zur Horodner Rebbezin. Unerwartet wandte jene sich zur Seite und sagte unfreundlich:

»Ich würde das nicht so sagen. Rabbiner streiten untereinander häufiger und heftiger als andere Menschen. Und wenn der Rav einen einfachen Juden liebt, dann liebt der einfache Jude den Rav noch sehr viel mehr und steht zehn Mal am Tag für ihn auf.«

Perele wirkte überrascht. Sie schwieg eine Weile. Auf eine so offene und scharfe Antwort war sie nicht vorbereitet. Ihr Gesicht verriet, wie angestrengt sie über eine Retourkutsche nachdachte. Aber Sara-Rivka lächelte schon wieder mild und traurig. Ihr stand der Sinn nicht nach rabbinischen Stammbäumen, Ehren und Streitereien. Plötzlich entstand im großen Zimmer nebenan gespannte Stille. Alle schauten zur Tür. Auch Sara-Rivka drehte sich um und sah das blasse Gesicht des Hausherrn. Neben ihm stand noch erschrockener seine Frau Baschka. Hinter ihnen drängten sich die Menschen. Eine schlechte Nachricht hing in der Luft, die keiner überbringen wollte. Sara-Rivka fühlte, dass ein Unglück geschehen war.

»Erschreckt nicht, Rebbezin, Euer Mann lebt.« Baschka flog auf sie zu. »Die Nachbarin ließ den Arzt rufen und lässt Euch sagen, Ihr sollt kommen«, sagte der Hausherr und fuchtelte mit beiden Händen, um sie zu beruhigen. Sara-Rivka konnte kein Wort herausbringen. Sie wurde noch blasser; vor ihren Augen stand die blendende Dunkelheit abgrundtiefer Angst. Man musste ihr aus dem Zimmer helfen.

18

In den Synagogen und Wohnungen redete man darüber, dass R. Mosche-Mordechai einen weiteren Herzinfarkt erlitten hatte, sich aber bereits besser fühle. Das Problem war seine Rebbezin. Sie war völlig versteinert. Der Rav wollte nicht ins Krankenhaus. Er befürchtete, dass sein Zustand sich dort verschlechterte. Er lag zu Hause, war dort aber von ständigem Getümmel umgeben. Einerseits bestand der Rav darauf, dass die jungen Leute vom Kollel an seinem Bett säßen, denn sie höben seine Stimmung und das Verdienst des Torah-Studiums würde ihm im Jenseits beistehen. Und er erbat sich von jedem, der hereinkam, auch von den ganz einfachen Menschen, einen Segen. Andererseits hatte der Arzt befohlen, alle überflüssigen Menschen aus der Wohnung zu verbannen. Die Rebbezin Sara-Rivka stand völlig verloren mitten im Tumult, stumm und reglos wie festgefroren. Oder sie riss sich die Haare aus und lief auf den Friedhof, um an den Gräbern der Tochter, der Eltern und des Urgroßvaters für die Gesundheit des Mannes zu beten.

Mit steifen Fingern und zitternden Knien kochte Perele für Schawuot. Sie wollte auf dem Sofa liegen und über den kranken R. Mosche-Mordechai Eisenstadt nachdenken. Aber sie gab dem Verlangen nicht nach, denn sie hasste Unordnung in der Wohnung, wie sie bei ihrer Tochter herrschte. Dreimal am Tag wartete sie ungeduldig darauf, dass ihr Mann zurückkehrte – morgens vom Gebet, mittags vom Gericht und abends aus der Synagoge – und berichtete, wie der Kranke sich fühlte. R. Uri-Zwi litt sehr. Dass Perele ihn dreimal am Tag intensiv nach dem Kranken fragte, ließ in ihm den Gedanken entstehen, sie durchlebe dasselbe wie er: schmerzhafte Schuldgefühle und Reue, sich mit dem Horodner Rav gestritten zu haben. Am Tag vor Schawuot kam R. Uri-Zwi gegen Mittag nach Hause und berichtete von einem neuen Problem: Seit Jahren schon kam zu R. Mosche-Mordechai eine wahnsinnige

Frau, deren Mann sie verlassen hatte. Sie setzte dem Rav unablässig zu, er solle ihr den Mann zurückbringen, der irgendwo einer kleinen Jeschiwa vorstand oder dort Lehrer war. Ein Jahr lang war diese Frau fortgeblieben. Sie war zu ihrem Mann gefahren, um in seinem Ort einen Skandal anzuzetteln. Jetzt war diese Pest zurückgekehrt und quälte den Kranken. Wenn jemand sie hinauswerfen wollte, begann sie, den Rav und die Rebbezin bösartig zu verfluchen. Beide fürchteten ihre Flüche wie Feuer. Sie flehten um Mitleid, beschworen die Frau aufzuhören, und erlaubten nicht, dass man sie anrührte.

Perele war baff. Ungläubig sah sie ihren Mann an, als bezweifle sie, dass so etwas möglich war. Sie schwieg lange, verharrte mitten im Raum. Dann ging sie in ihr Schlafzimmer und verweilte dort einige Zeit. Als sie wieder herauskam, trug sie eines ihrer langen, faltenreichen Kleider, eine halblange Pelzjacke mit weiten Ärmeln und den Hut mit den drei verblassten lila Blumen. In der Hand hielt sie einen Schirm, obwohl draußen nirgends Regen in Sicht war. Ihr Mann rief: Wo gehst du denn hin so kurz vor dem Feiertag und so herausgeputzt? Vor dem Spiegel über der Kommode strich sie mit dem Finger die Augenbrauen und die Fältchen auf ihren Wangen glatt.

»Ich gehe zum Horodner Rav und mache dort Ordnung. Ich sehe jetzt, dass man sich auf seine Rebbezin nicht verlassen kann.«

Völlig perplex stammelte R. Uri-Zwi, es schicke sich nicht für sie, in die Wohnung des Horodner Ravs zu gehen. Aber Perele schaute ihn nur aus kalten, geschliffenen Augen an, die ihn wissen ließen, dass sie ihn nicht um Erlaubnis frage und dass er sich schämen sollte, jetzt ins Spiel zu bringen, dass sie und der Kranke einmal miteinander verlobt gewesen waren. R. Uri-Zwi schreckte zurück, als hätte er sich verbrannt, und murmelte, er hätte damit nichts gemeint und hätte nur sagen wollen, sie könnte sich möglicherweise zum Lichtanzünden verspäten. Es könnte doch sein, dass sie dort aufgehalten würde, und wenn er dann vom Abendgebet aus der Synagoge käme, wäre niemand da, für den er den Segen über Wein und Brot sprechen könnte. Und wer würde ihm das Abendessen geben?

»Bis zum Lichtanzünden hoffe ich zurück zu sein. Sollte ich dort aber aufgehalten werden, musst du dir das Abendessen selbst holen«, antwortete die Hausfrau. Als sie über die Schwelle trat, hob sie ihr Kleid etwas an, als befände sich dort eine Pfütze.

In der Wohnung des Ravs saßen im Vorzimmer die Kollel-Studenten und tranken Tee. Als die Graipewer Rebbezin eintrat, schauten die jungen Leute sie wegen ihrer sonderbaren Kleidung etwas verwundert an. Aber niemand fragte, wen sie suche, als ob das Haus eine Dorfschenke wäre. Sie ging in das nächste Zimmer. Es war das große Gerichtszimmer, und ihr Blick traf sich sofort mit dem verblüfften Blick der Horodner Rebbezin. Sara-Rivka saß auf der langen Bank am Gerichtstisch, die Hände im Schoß, und hörte einer Frau zu, die auf der Bank ihr gegenüber an sie hinredete. Perele sah eine Frau in den Fünfzigern, mit faltigem Gesicht und Tränensäcken unter den Augen, rot gefärbten Wangen und geschminkten Lippen. Sie trug eine verfilzte Perücke, hochhackige schwarze Schuhe und schwarze Strümpfe, ein enges Kleid, das ihre Hüften betonte, und eine gestrickte braune Wolljacke. Perele schloss, dass dies die Aguna war, die verlassene Flucherin, die den Rav seit Jahren quälte. Die gepuderte Aguna musterte den neuen zierlichen Gast in ihrem langen Kleid und dem Hütchen mit den Blumen und wollte in wieherndes Gelächter ausbrechen. Aber in diesem Augenblick erschallte laut und im feierlichen Kommandoton Pereles Stimme:

»Horodner Rebbezin, ich bin gekommen, um den kranken Rav zu besuchen und Euch bei den Vorbereitungen für den Feiertag zu helfen. Seid so gut und geht zu Eurem Mann und sagt ihm, dass die Rebbezin des Horodner Stadt-Maggids ihn zu sehen wünscht.«

Sara-Rivka sah sie verloren an. Schweigend stand sie auf und ging zum Kranken. Der Redeschwall der Frau ergoss sich jetzt über Perele: Sie sei froh, so überraschend die Rebbezin des Horodner Stadt-Maggids kennenzulernen. Sie habe geplant, ihre Sorgen auch dem Horodner Stadt-Maggid zu erzählen. Sie hieße Manzia Repnik. Jeder in Horodno kenne sie. Seit Jahren habe der hiesige Rav ihr versprochen, ihren Mann zurückzubringen. Aber jetzt wäre sehr bald keiner mehr da, mit dem sie über ihr Unglück reden konnte, denn er stünde ja schon mit einem Bein im Grab, und Manzia Repnik zwinkerte mit einem Auge in Richtung Krankenzimmer und lachte vulgär. Die Frau redete ununterbrochen im schnellen Wechsel zwischen trunkener Heiserkeit und dem schrillen Geschrei eines Nachtvogels. Sie erzählte offen, als wisse die Frau des Stadtpredigers bereits die Hälfte. Gleich nach ihrer Ankunft in Głębokie habe sie erfahren, dass ihr flüchtiger Mann in dieser Stadt eine Jeschiwa leitete. Sie rannte in die Synagoge und sah ihn dort sitzen inmitten eines kleinen Häufchens von Bankdrückern, schwarze Mistkäfer wie er, nur eben sehr viel jünger und kleiner. Ihr Mann war ein Zwerg, nicht größer als eine Feige. Nur sein Bart war mächtig; darunter hatte er eine große, kalte Visage. Aber als er sie erblickte, wurde seine kalte Visage gelb wie Wachs. Man hat schon besser aussehende Menschen in die Grube gelegt. Und genau dort gehört er hin bis zur Auferstehung der Toten.

Sara-Rivka kam aus dem Schlafzimmer zurück. Ihr Gesicht hatte sich etwas belebt. »Es ist bei uns heute nicht aufgeräumt, wie es sich für einen Feiertag gehört«, sagte sie mit Bedauern. Perele ging auf das Schlafzimmer zu und sah, dass die Frau ihr folgte. In scharfem Ton sagte sie: »Da könnt Ihr jetzt nicht hinein. Ich muss mit dem Rav etwas besprechen.« Der Manzia Repnik verschlug es die Sprache. Das hatte es noch nie gegeben, dass man sie in der Wohnung des Horodner Ravs nicht tun ließ, was sie wollte.

Mit festgezurrter Miene betrat die Graipewer Rebbezin

das Schlafzimmer, nur ihre Lippen bebten und sie fühlte ihr Herz hämmern wie selten in ihrem Leben. R. Mosche-Mordechai lag auf hohe Kissen gebettet. Er hatte die Decke bis unters Kinn gezogen. Sein Bart war noch weißer geworden, seine Wangen wirkten gedunsen, die Haut war grau, die Nasenlöcher sehr groß; aber von den Falten in seinem Gesicht ging Güte aus.

»Wie geht es dem Horodner Rav?« Perele brachte die Worte kaum heraus. Ihre Knie drohten den Dienst zu versagen und sie musste sich rasch auf einen der Stühle setzen.

Der Rav sprach sehr leise: Dem Herrn sei gedankt. Er fühle sich besser. Er sprach mit seltsamer Hast, er hielt die Augenlider gesenkt und den Blick auf die Bettdecke gerichtet. Es schien, als ob auch für ihn die Begegnung mit der ersten Braut nicht einfach war.

»Auf Eurem Mann, unserem Stadt-Maggid, liegt jetzt die ganze Last, dem Bet-Din vorzustehen und in vielen anderen städtischen Angelegenheiten die Richtung zu weisen. Ich verstehe, dass er in der Woche vor dem Feiertag keine Zeit hatte, hierherzukommen. Er muss seine Predigten für Schawuot vorbereiten. Aber ich hoffe, dass er mich nach dem Feiertag besuchen wird. Sagt ihm, dass ich ihn sehr darum bitte. Wir müssen über wichtige städtische Angelegenheiten sprechen.«

Perele konnte ihre Augen nicht von ihm abwenden. Sie fühlte, er war wirklich damit einverstanden, dass ihr Mann seine Geschäfte übernahm. Seine Worte und sein Aussehen aber gaben ihr zu verstehen, dass sein Zustand schlecht war und dass er das besser wusste als die Menschen um ihn herum. Sie hatte die immense Gelehrtheit und Weisheit R. Mosche-Mordechais immer besser zu schätzen gewusst als alle anderen Menschen. Und sie erkannte seine Größe erneut und noch klarer in der Art, wie er abtreten konnte. Früher hatte er nachgegeben, um Streit zu vermeiden. Seit seiner Erkrankung aber wollte er ihren Mann aus ganzem Herzen erheben. Obwohl er sehr alt aussah und todkrank darniederlag, wurde

Perele den Gedanken nicht los, dass sie es nicht wert gewesen war, mit einem so großen Mann verheiratet zu sein. Sie wollte nicht daran denken, dass sie sich erst vor kurzem mit ihrem Mann gestritten hatte, weil er den Söhnen nicht verbieten wollte, die Vorträge des Horodner Ravs zu besuchen. Sie hatte verhindern wollen, dass die Leute sagten, die Söhne könnten beim eigenen Vater wohl nichts lernen. Jetzt drängte sich ihr das genaue Gegenteil auf: R. Mosche-Mordechai stand ihren Kindern nicht nahe genug. Aber als sie den Mund aufmachte, um zu sprechen, hielt sie sich im Zaum und sagte etwas anderes.

»Ich danke Euch, dass Ihr meinem Jankel-David und Gedalja nahesteht. Unsere Söhne haben jahrelang in einer Jeschiwa gelernt, aber dem Geschäft zuliebe haben sie das Studium vernachlässigt. Erst seit Ihr den Kollel gegründet habt und sie zu Euren Vorträgen gehen, lernen sie wieder ein paar Stunden am Tag.«

R. Mosche-Mordechai nickte nur resigniert mit dem Kopf, als dächte er, nur der Ewige wisse, ob er noch einen Lehrvortrag für die Studenten werde halten können. Perele wandte sich an Sara-Rivka, die die ganze Zeit im Hintergrund gestanden hatte, ein trauriges Lächeln um die Lippen und ein wenig wie eine Fremde im eigenen Haus.

»Horodner Rebbezin, ich habe gehört, dass Euer Hausarzt nicht zu den ganz großen Kapazitäten der Stadt gehört. Man muss einen Rat von Professoren einberufen. Mehrere Professoren zusammen können bessere Ideen entwickeln, was zu tun ist, damit der Rav schneller gesund wird. Ich werde Euch dabei helfen.«

Manzia Repkin stürzte ins Zimmer und baute sich mit den Händen in den Hüften vor Perele auf. »Da habe ich doch wirklich geglaubt, dass Ihr mit dem Rav etwas Privates zu besprechen hättet, wie Ihr behauptet habt. Aber ich habe an der Tür gelauscht und sehe jetzt, dass Ihr eine ganz gewöhnliche Plaudertasche seid und dazu noch eine herausgeputzte

Puppe. Hier bin ich genauso Prinzessin wie Ihr. Ich bin schon hierhergekommen, da habt Ihr noch nicht einmal davon geträumt, Horodner Rebbezin zu sein.« Um zu zeigen, wie sehr sie hier zu Hause war, legte sie wieder los und erzählte dem Rav erneut, wie sie nach Głębokie gefahren war und ihren Mann an den Ohren gepackt hatte. Ganz Głębokie sei zusammengelaufen, um das zu erleben: Wie konnte ein Lehrer die eigene Frau zur Aguna machen? Ihr Mann, der Zwerg mit dem langen Bart und dem kalten Gesicht, schrie laut, er willige ja in die Scheidung ein und werde ihr den Scheidebrief geben. Oh nein, bevor sie den Scheidebrief annähme, würde er von der Krätze befallen und vom Aussatz heimgesucht, Eiterbeulen erblühten in seinen Achselhöhlen, die Gicht führe ihm in die Knochen, der Schmerz ins Herz und die Cholera ins Gedärm. Monatelang verbreitete sie ihre lustigen Geschichten in der Stadt, bis sie seinen Ruf geschwärzt hatte wie einen verkohlten Topf. Seine Jeschiwa fiel auseinander wie ein Kartenhaus. Zuerst hielt Głębokie zu ihr; aber dann stellten die Leute sich plötzlich auf seine Seite. Er hatte sie natürlich alle gekauft. Nehmt den Scheidebrief, sagten die Głębokier, ihr passt nicht zueinander. Ihre Antwort war nur, sie sollten alle in die Grube fahren. Das Einzige, was zu ihnen passte, war der Engel des Todes.

Der Rav lag mit geschlossenen Augen und stöhnte. Sara-Rivka wurde totenbleich. Ihre Hände zitterten. Es war offenkundig, dass der Rav und die Rebbezin mit der Gossensprache der keifenden Harpyie bestens vertraut waren. Jedes Mal, wenn Flüche ihrem fauligen Mund entströmten, erschauerten beide, als bestriche sie ein Luftzug aus den Schwingen des Todes. Perele stand auf und sagte: »Haltet jetzt sofort Euer madiges Maul und zieht ab! Und zwar in dieser Minute!« Manzia Repnik lachte schrill und baute sich wieder mit den Händen in den Hüften vor Perele auf. »Bevor man mich hier hinauswirft, wird man erst jemand anderen auf einer schwarzen Bahre hinaustragen!« Der Rav zuckte zusammen und flehte:

»Flucht nicht, habt Mitleid, flucht nicht!« Sara-Rivka rang die Hände und sagte fast weinend: »Lasst sie in Ruhe. Wir ertragen sie schon sehr lange und schweigen.« Perele stampfte mit dem Fuß auf und schrie:

»Schämt Euch, Horodner Rebbezin! Ihr solltet dieser Kriminellen die Zunge ausreißen und sofort die Polizei rufen wollen. Habt ihr etwa Angst vor ihren Flüchen? Sie ist keine Witwe. Sie ist keine Waise! Gott hört nicht auf ihr Geschrei. Sie ist eine gemeine Kriminelle, eine sadistische Tyrannin. Sie gibt vor, wahnsinnig zu sein, um Euch zu erschrecken!«

Panische Angst schüttelte Sara-Rivka. Perele richtete die Spitze ihres Schirms wie einen Spieß gegen die widerliche Frau und ging auf sie los. Manzia wich langsam vor ihr zurück, bis beide über die Schwelle getreten und in das Gerichtszimmer gelangt waren. Im Vorraum standen die Kollel-Studenten und stierten idiotisch. Perele hob den Schirm und zielte höher, als wollte sie der verkommenen Frau die Augen ausstechen, und rief aufgebracht zu den Studenten: »Ihr wollt Männer sein? Torah-Helden? Ein schlaues Biest quälte den Rav und die Rebbezin, und ihr lasst es geschehen?« Die jungen Männer schauten sich an und grummelten, die Rebbezin habe befohlen, die Frau nicht anzufassen. Manzia Repkin heulte. »Jüdische Kinder, habt Mitleid. Ich bin eine unglückliche Aguna.« Aber Perele überschrie sie:

»Werft sie die Treppe hinunter, sage ich euch! Ich nehme diese Sünde auf mich vor Gott und den Leuten. Wenn ihr es nicht sofort tut, schlage ich ihr mit diesem Schirm den Kopf ein!«

Manzia Repkin stürzte mit einem Fluch hinaus und schlug die Tür ins Schloss, damit niemand ihr nachrannte. Einer der Männer lachte. »Die Frau ist eine Kosakin.« Es war nicht klar, welche der beiden Frauen er meinte. Perele war abgekämpft und holte Luft. Wütend musterte sie die Studenten. Sie wollte erraten, ob einer dieser sogenannten Männer sich in der Meute befunden hatte, die ihren Mann damals in der Stadtsynagoge nicht hatte reden lassen. Aber sie sahen eigentlich nicht aus wie die rebellischen Horodner Agudahniks. Wahrscheinlich gehörten sie zu den hergelaufenen Fremden, die im Kollel studierten, weil sie sonst für nichts taugten, weder zum Rabbinat noch zum Geschäftsleben. Die Talmud-Studenten staunten, dass die Frau in dem eigenartigen Aufzug auch gegen sie den Mund aufmachte, als wäre sie R. Mosche-Mordechais nächste Verwandte.

»Geht jetzt mit allen guten Wünschen in eure Unterkünfte und bereitet euch auf den Feiertag vor. Oder geht ins Lehrhaus und studiert. Das hier ist keine Teestube, wo man Tee in sich hineingießt. Den Rav betreuen seine Rebbezin und ich.«

Sie wartete, bis die jungen Leute durch die Tür waren. Einer der Kollel-Studenten sagte, er wolle zum Rav, um sich zu verabschieden. Perele sagte kühl, sie werde dem Rabbiner einen Gruß von all seinen Schülern überbringen. Sie ging ins Schlafzimmer zurück und fand dort eine veränderte Lage: R. Mosche-Mordechai bat seine Frau inständig, mit dem Weinen aufzuhören. Aber Sara-Rivka stand in einer Ecke und schluchzte so kindisch, als hätten die Tränen ihre Lebensjahre weggespült und sie wieder in ein kleines Mädchen verwandelt, das beleidigt war, weil alle gegen sie waren, der Vater, die Mutter und sogar die Puppe. Glühender Zorn stieg in Perele auf. Sie biss sich auf die Lippen, um nicht zu brüllen, die Horodner Rebbezin gehöre in eine Anstalt für nicht ganz gebackene oder alterstäppische Leute. Auch den Rav betrachte Perele mit Bitterkeit. Der Welt-Gaon, die höchste rabbinische Autorität in Horodno, hatte Angst vor den Flüchen einer einfachen kleinen Halunkin wie vor dem Angriff einer Dämonin. Dass aber die Tochter des Staripoler Ravs und seine erste Braut einen tiefen Groll gegen ihn hegte, daran hatte er offensichtlich überhaupt nicht gedacht.

»Horodner Rebbezin, ich bin gekommen, um Euch bei den Vorbereitungen für den Feiertag zu helfen, und ich muss vor dem Lichtanzünden wieder zu Hause sein. Mein Mann braucht jemanden, für den er den Segen über den Wein sprechen kann«, sagte Perele und befahl Sara-Rivka, ihr jetzt in die Küche zu folgen.

R. Mosche-Mordechai hörte, sah und staunte. Seine Sara-Rivka stellte das Weinen ein, und mit der Gehorsamkeit eines Stubenmädchens folgte sie der Graipewer Rebbezin, die ihre Pelzjacke mit den weiten Ärmeln auszog und als Erste die halbdunkle, unaufgeräumte Küche betrat.

19

Die Frau des Stadt-Maggids übernahm so vollständig die Haushaltsführung in der Wohnung des Kranken, dass sie es auch war, die die Gruppe von Ärzten zusammenrief und instruierte: Wie immer sie den Kranken fänden, sie sollten dem Rav auch sagen, dass er auf dem Weg der Besserung sei. Die heutigen Juden führten sich auch in dieser Hinsicht schon auf wie die Christen, wenn sie dem Kranken seinen Zustand mitteilten. »Bei frommen Juden aber ist es Gepflogenheit, das Gottvertrauen des Kranken nicht zu erschüttern«, sagte sie laut und scharf zu den Ärzten. Sie und R. Mosche-Mordechais Frau warteten vor dem Krankenzimmer. Als die Ärzte wieder herauskamen, wollten sie auch den beiden Frauen nicht die ganze Wahrheit sagen. Auf ihren Gesichtern aber konnte man lesen, dass sie den Rav für verloren hielten. Sara-Rivka löste sich sofort wieder in Tränen auf, aber Perele zischte böse: »Heult nicht so, Horodner Rebbezin, das bringt Euren Mann, behüte, noch ins Grab.« Beide gingen zum Kranken hinein und die verstummte Sara-Rivka hörte die Graipewer Rebbezin ruhig und streng sprechen: »Der Horodner Rav wird noch mit Gottes Hilfe viele Lehrvorträge für seine Studenten halten. Jetzt aber braucht Ihr Ruhe, und Ihr solltet weniger sprechen. Das sagten die Ärzte.« R. Mosche-Mordechai hörte mit abgewendetem Gesicht zu, als wisse er, dass man ihm nicht die

Wahrheit sagte. Danach flüsterte er, dass er nicht wie in einem Gefängnis liegen wollte, von allen Menschen abgeschnitten. Wenn ein Schüler käme, sollte man ihn hereinführen.

Seit Perele am Vorabend von Schawuot die Kollel-Studenten verjagt hatte, waren sie nicht wiedergekommen. Als man in der Stadt vom Besuch der Ärzte erfuhr, begann man in den Synagogen und Betstuben vor dem offenen Aaron-Kodesch Psalmen für den Rav zu lesen und auf ein Wunder zu warten. Zu dieser Zeit kam ein junger Student durch Horodno. Er war auf der Durchreise, wusste von nichts und ging auf gut Glück zum Rav, um ihn in ein Lehrgespräch zu verwickeln. Perele empfing ihn im Vorzimmer und fragte, was er wolle. Er hatte ein jungenhaftes rundes Gesicht, flatternde blonde Schläfenlocken und den ersten Flaum auf den Wangen. Der Student sagte, er wolle nichts. Er wolle nur mit dem Horodner Gaon reden und lernen.

»Der Rabbi ist nicht gesund und darf nicht viel sprechen, setzt ihn also nicht zu stark unter Druck«, warnte ihn Perele und führte ihn zum Rav.

Sara-Rivka, die am Bett des Kranken saß, schaute den fremden Jüngling an, als wäre gerade der Bräutigam ihrer verstorbenen Tochter erschienen. Als der Jüngling den Rav im Bett liegen sah, wurde er unsicher. R. Mosche-Mordechai fragte ihn, wie er heiße, woher er komme und welchen Traktat er gerade lerne. Mit melodiöser Stimme legte der Jüngling seine Einsichten dar, gestikulierte und geriet in Fahrt. Der Kranke hörte mit halbgeschlossenen Augen zu. Von Zeit zu Zeit zog er die linke oder rechte Augenbraue hoch. Über sein gelbes Gesicht huschte ein leichtes Zittern wie ein Lichtstreifen über ein dunkles Gewässer. Perele beobachtete, wie R. Mosche-Mordechai den jungen Burschen näher zu sich rief, ihm mit zittrigen Fingern über die Wange strich und ihn noch näher an sich zog wie einen spätgeborenen Sohn. »Deine Einsichten sind klar und deine Analysen scharfsinnig. Sogar sehr scharfsinnig. Aber du bist auch ziemlich unverfroren«, lachte der Rav. »Hast du keine Angst, dich mit den älteren Kommentatoren anzulegen?« Und er fragte den hitzigen Neuerer, warum er denn in Radun nicht weiter lernen wollte. Der Jüngling mit den flatternden blonden Schläfenlocken antwortete, seit dem Tod des alten Rektors der Jeschiwa hätte der Schwiegersohn den Unterricht übernommen, also gäbe es für ihn selbst dort nichts mehr zu lernen. »Ich kenne mich in Torah und Talmud besser aus als er«, sagte er kühl und zuckte die Achseln. In der Jeschiwa von Mir könnte er mit älteren Studenten auf seinem Niveau lernen. »So, so, Radun ist für dich schon zu klein?« R. Mosche-Mordechai lächelte. Alle Fältchen in seinem verwelkten Gesicht kräuselten sich und in den Augen funkelte tiefe Freude. »Hast du Reisegeld? Brauchst du vielleicht Kleidung?« Der Student antwortete, er habe beides, Reisegeld und einen Koffer mit Kleidung.

»Dann reise mit allen guten Wünschen. Sei erfolgreich in deinen Studien. An Sommerabenden geh spazieren, die heutige Generation ist schwach und muss sich schonen. Heirate nicht zu spät. Grüße von mir den Rektor der Mirrer Jeschiwa.« R. Mosche-Mordechai küsste den Jüngling auf beide Schläfen und sank erschöpft auf sein Kissen zurück. »Bitte die Studenten in der Jeschiwa, für mich zu beten. Auch du sollst für mich beten. Gib mir einen Segen.«

R. Mosche-Mordechai rannen die Tränen aus den Augen und verirrten sich in seinen zerzausten Bart. Furcht kroch in den Jüngling und er schaute die beiden Frauen an. Erst jetzt begriff er den Zustand des Ravs und wie schwer krank er war. Perele gab ihm ein Zeichen, sich zu verabschieden und zu gehen. »Ich werde für Euch beten, als wärt Ihr mein eigener Vater, damit der Rabbi gesund werde«, stammelte der junge Gelehrte und ging sehr blass leise hinaus. Traurige Stille schwebte im Raum. Der Kranke fiel in einen leichten Schlaf. Pereles Augen ruhten auf ihm und füllten sich langsam mit Tränen. Sie hatte sich früher nie vorstellen können, dass der Gaon und kalte Analytiker einen fremden jungen Mann so lieben und zu ihm so zärtlich sein konnte. Jetzt verstand sie, warum seine Anhänger und Schüler ihm so innig verbunden waren. Als hätte er ihre Gedanken gehört, wurde R. Mosche-Mordechai unruhig und erwachte gequält.

»Was wird aus dem Kollel«, sagte er sehr leise. »Die jungen Leute haben alle ihre geordneten Wohnverhältnisse und Familien verlassen, um hier zu studieren. Ohne Aufsicht und Führung aber wird der Kollel auseinanderfallen. O, Herr der Welt!« Er seufzte tief und versank wieder in einen von unruhigen Träumen durchzogenen Halbschlaf.

Perele verließ lautlos das Zimmer. Sara-Rivka folgte ihr; sie hatte Angst, mit dem Kranken allein zu sein. »Wann kommt Ihr wieder?«, fragte sie bebend. Perele antwortete trocken, sie käme, wenn sie Zeit hätte. Ihr Mann sei ja auch schon etwas älter und hätte ein Recht auf ihre Fürsorge. Die Frau des Stadt-Maggids ging durch die Straßen und lachte gallig in sich hinein im Gedanken an die Rolle, die sie jetzt in R. Mosche-Mordechais Leben spielte. Sie blieb stehen und schaute einem Jungen zu, der einen Fassreifen durch die Straße trieb und ihm nachjagte, und fragte sich dann, warum sie das interessierte. Noch leuchteten die Bäume hellgrün und frisch, aber die Zweige begannen sich schon zu senken unter der Blätterlast. Die im Nordwesten untergehende Sonne erinnerte Perele an das gelbliche Flämmchen einer fast abgebrannten Jahrzeitkerze.Bald wird die Sonne unter den Horizont sinken und morgen wird sie wieder aufsteigen. Und so immerfort. Aber ein Mensch wird nicht wieder jung. Auch sie konnte das Rad ihres Schicksals nicht zurückdrehen. Sie musste Sorge tragen, dass ihr Mann gesund blieb und ihm in Horodno die Anerkennung zuteilwurde, die ihm in all den Jahren zuvor verwehrt geblieben war, weil er sich in einem winzigen Ort vergraben hatte. Auch für ihre Söhne, die Jeschiwa-Absolventen, musste sie etwas tun. Sie sollten nicht ihr Leben lang Schuhverkäufer bleiben. Für den Schwiegersohn konnte sie nichts tun. Er war ein hoffnungsloser Fall. Serel wollte einen Flegel zum Mann, um ihre Mutter zu verhöhnen, und sie hatte ihren Plan ausgeführt.

Seit Perele beim kranken Stadt-Rav aus und ein ging, war ihrem Mann ihr Verhalten noch rätselhafter als früher. Auf der einen Seite sagte sie zu ihm, er solle gut essen, beizeiten zu Bett gehen, sich auf dem Gericht nicht überarbeiten, keine allzu langen Predigten halten und kein kaltes Wasser trinken, wenn er schwitzte. Sie hatte ihn sogar zu einer Untersuchung bei einem von R. Mosche-Mordechais Herzspezialisten gebracht. Als R. Uri-Zwi sehr zufrieden aus dem Untersuchungszimmer kam, weil man ihn, Gott sei Dank, bei bester Gesundheit gefunden hatte, sah Perele zur Decke und dankte dem Ewigen. Auf der anderen Seite bestand sie eiserner als früher darauf, dass er endlich sein Buch zu Ende schreibe und veröffentliche. Sogar der todkranke R. Mosche-Mordechai, klagte sie, arbeitete an seinen Schriften, sobald er sich auch nur ein Haar besser fühlte, und plante die Drucklegung eines weiteren Bandes seiner Responsen. Aber wenn Leute zu ihm, ihrem Mann, dem Horodner Stadt-Maggid kamen, um sich von ihm in städtischen Angelegenheiten Rat zu holen, krächzte er nur müde: »Und was meint Ihr? Und was denkt Ihr?« R. Mosche-Mordechai fragte niemanden nach seiner Meinung. Er urteilte allein. »Ich kann es nicht ändern, dass ich nicht R. Mosche-Mordechai bin. Reut es dich vielleicht, dass du mich geheiratet hast?«, gab R. Uri-Zwi zurück und seine schweren Hände verknoteten sich vor Aufregung. Und nun war seine *Ejsches chajil* mit einer neuen Idee nach Hause gekommen.

»Warum gehst du nicht in den Kollel und hältst die Lehrvorträge für die jungen Leute? R. Mosche-Mordechai klagte, dass der Kollel zerfällt.«

»Bist du wahnsinnig?« R. Uri-Zwi starrte seine Frau entgeistert an, bestürzt von der Vorstellung der neuen Bürde, die sie ihm aufladen wollte. »Weder wollen die jungen Leute in meinen Unterricht kommen, noch wäre R. Mosche-Mordechai damit einverstanden. Diesen Gedanken darfst du überhaupt nie und nirgends laut aussprechen. Wenn die Leute davon Wind bekommen, werden sie sagen, dass ich darauf aus bin, R. Mosche-Mordechai noch zu Lebzeiten zu beerben.«

»Dann statte ihm eben wieder einen Krankenbesuch ab und sprich mit ihm über städtische Angelegenheiten. Er wird dich dann selbst bitten, dich um die jungen Leute im Kollel zu kümmern. Was die Versorgung der jungen Leute betrifft, kann ich dir darin besser zur Hand gehen als Sara-Rivka ihrem Mann. Und wenn du es bist, der den Kollel zusammenhält, wirst du früher oder später dort auch einen Lehrvortrag halten. Warum sollten deine Talmud-Kenntnisse in den beschriebenen Papierbögen gefangen bleiben?«

R. Uri-Zwi musste wieder einmal seine Rebbezin bewundern, die ständig neue Pläne schmiedete. Sie gab ihm noch den Rat, wenn es wirklich dazu käme und er für die Kollel-Studenten einen Lehrvortrag vorbereiten müsste, dies gemeinsam mit seinen Söhnen zu tun. Wenn er den Vortrag dann hielte, sollten Jankel-David und Gedalja rechts und links von ihm stehen und ihm helfen, die Fragen zu beantworten, die ihm zugeworfen würden, um sein Wissen abzuwerten und Kleinholz aus ihm zu machen. Er müsse darauf bestehen, dass die Söhne intensiver studierten. Ihre Frauen und die Angestellten des Geschäfts sollten die Bedienung der Kunden übernehmen. In rabbinischen Familien halfen Väter und Kinder einander. Nur ihre Familie erdulde die ganze Liste der biblischen Strafen.

20

R. Mosche-Mordechai flackerte langsam aus wie eine Kerze. Er verlosch am Vorabend des Trauertags Tischa be'Av. Die Studenten und die alten Juden waren erschöpft vom Psalmenlesen für den Kranken und vom Warten auf ein Wunder. So sagten sie zueinander nur: »Es ist vorbei«, und schwiegen. In der Nacht, als die Menschen in den Synagogen und kleinen

Betstuben auf den umgeworfenen Bänken saßen und die Bußgebete sprachen, bedrückte die Dunkelheit sie mehr als sonst und sie ließen die Köpfe tiefer hängen. Kleine flackernde Kerzen warfen unruhige Schatten und die Menschen beweinten den zerstörten Tempel und das Exil der Schechina und trauerten um ihren Rav.

Die Beerdigung wurde auf den Tag nach Tischa be'Av verschoben, um Rabbinern und Leitern von Talmud-Akademien in ganz Litauen die Möglichkeit zu geben, nach Horodno zu reisen, um den Toten zu ehren. An Tischa be'Av war es Brauch in Horodno, im hohen Gras des Friedhofs zwischen dornigem Gestrüpp und kleinen wilden Apfelbäumen spazieren zu gehen. Man besuchte die Gräber der Gerechten und betrachtete auch den Ort, der für die Aufnahme von R. Mosche-Mordechai Halevi Eisenstadt vorbereitet worden war, als stünde dort bereits das Grabmal eines großen Gaons der Vergangenheit. Die Juden sprachen über die Gelehrtheit des Verstorbenen, über seine Weisheit und seinen Ruf in der Welt, als sei er schon sehr lange im Jenseits und lebe nur noch in der Erinnerung und in seinen Büchern. Auf dem Rückweg vom Friedhof sahen sie an den Wänden die schwarz umrandeten Anzeigen des Horodner Bet-Din, die den großen Verlust verkündeten und dass Studenten des Ravs die Bahre tragen würden. Die Trauer in der Stadt wuchs und verdichtete sich. Man brach das lange Fasten des Gedenktags ohne Freude und legte sich zu Bett mit schweren Steinen auf den Herzen.

Am Morgen der Beerdigung war Horodno voll von Rabbinern und Leitern großer Talmud-Akademien, die mit ihren Söhnen, Schwiegersöhnen und Studenten gekommen waren. Die schwarzen Schirme, auf die die älteren Männer sich stützten, die breitkrempigen schwarzen Hüte und Kapoten, die langen Bärte und gedrehten Schläfenlocken, die samtene Trauer in den Augen – sie alle bekämpften die blendende Sonne und verdunkelten das Grün der Bäume und das Blau des Himmels. Horodno hatte selten so viele Gelehrte beherbergt. Ihre imposanten Erscheinungen verbreiteten Gottesfurcht und ließen die Menschen erbeben und empfänglich werden für die Melancholie der verhangenen Spiegel im Trauerhaus. Nur im Gebäude der Kehilla herrschte Missstimmung und Streit. Die Söhne eines jeden Ravs, der nach Horodno gekommen war, forderten für den eigenen Vater die Ehre, eine Trauerrede halten zu dürfen. Die Studenten jeder Jeschiwa machten sich für ihren Rektor stark. Die Funktionäre der Kehilla aber bestimmten, dass ihr Stadt-Rav von den Juden Horodnos gepriesen werden sollte. Das Gefolge der angereisten rabbinischen Größen und die Anhänger des Toten in der Agudah stürmten entrüstet aus dem Gebäude. Wut gesellte sich zum Schmerz.

»Da hört sich wirklich alles auf! All die Jahre saß der größte Gelehrte der Diaspora in Horodno, und was habt ihr für ihn getan? Ihr habt ihn durch eure Streiterei erschöpft und ausgezehrt. Barfuß müsstet ihr als Allerletzte hinter seiner Bahre hergehen und ihn endlos um Verzeihung bitten, statt euch jetzt in die erste Reihe zu stellen!«

Schon am Vorabend von Tischa be'Av, gleich nachdem R. Mosche-Mordechai gestorben war, wurde Perele klar, dass die Beerdigung einen massiven Streit auslösen würde. Jeder Rabbiner würde das Privileg eines Nachrufs mit derselben Heftigkeit für sich beanspruchen wie das Rezitieren eines Segens unter dem Traubaldachin bei einer großen Hochzeit. Perele überlegte nicht lange und ging zu den Söhnen, um ihnen zu sagen, sie sollten sich für den Vater einsetzen. Das Privileg des ersten Nachrufs gebührte ihm. Die Söhne waren ihrer Meinung. So befanden sich Jankel-David und Gedalja denn in der Kehilla, als die Nachrufe verhandelt wurden, und argumentierten, dass der Horodner Stadt-Maggid und Rosch-Bet-Din zuerst sprechen sollte. Sie wurden unterstützt von den Vorständen der Gemauerten Synagoge und den Räten der Kehilla. Die Gefolgschaften der angereisten Rabbiner stimmten schließlich zu. Da die erste Trauerrede einem Horodner gebührte, mochte der Stadt-Maggid sie eben halten.

So sprach denn R. Uri-Zwi als Erster im Hof der Synagoge. Allerdings weinte er mehr, als er sprach: »*Nafla ateret roschejnu, oi-na lanu ki chatanu* – »Die Krone fiel von unserem Haupt. Wehe uns, die wir gesündigt haben.« Alle Horodner weinten mit. Aber durch die versammelten Anhänger des Toten und die Agudahniks lief ein böses Murren: Der frühere Graipewer Rav hatte in der Tat einiges zu beweinen, nachdem er selbst dem größten Gaon seiner Generation einiges an Herzblut abgezapft hatte. Er glaubte wohl, seine Rebbezin werde ihm jetzt die Torah-Krone R. Mosche-Mordechais aufsetzen und er werde die rabbinische Autorität in Horodno. Das werden wir noch sehen!

Nach der Rede des Stadtpredigers trug man die Bahre mit dem Toten in die Stadtsynagoge, die Stufen der Bima hinauf, und platzierte sie auf dem großen Pult, auf das man sonst die Torah legte. Greisgraue Rabbiner und Leiter bedeutender Jeschiwot bestiegen einer nach dem anderen die Bima. Ihre Hände und Stimmen zitterten, ihre Rücken waren krumm, ihre Augen halb blind, ihre Stirnen zerfurcht. Sie hatten sich abgerackert unter dem Joch der Torah. Sie jammerten und lamentierten, zürnten und tadelten. Einer beklagte den Niedergang des Respekts für die Torah; er sprach über hungernde Studenten und verlassene Synagogen. Ein anderer kritisierte die Zersplitterung in Parteien, von denen einige die dreizehn Glaubensartikel des Maimonides durch eigene Dogmen ersetzten und die Gesetzessammlungen der Väter, wie den *Schulchan aruch*, gegen christianisierende Vorschriften eintauschten. Ein Dritter beschäftigte sich mit antisemitischen Erlassen. Sie alle begannen und schlossen mit der Leuchte des Exils, R. Mosche-Mordechai Halevi. Als sein Licht erlosch, verdunkelte sich die Welt mitten am Tag. »Torah, Torah, was wird aus dir werden?«, schluchzten die alten Rabbiner, und die Vorsteher der Jeschiwot und die brechend volle Stadtsynagoge schluchzte mit. Man hatte die Lampen angezündet. Ihr rötliches Licht schmerzte in den tränenverquollenen Augen. Die triefenden Gesichter und Bärte glänzten wie nasse Steine in einer Höhle. Selbst die Wände waren inzwischen von Feuchtigkeit überzogen, die langsam verdunstete und die Lampen gelblich vernebelte. Nach den Trauerreden hoben die Studenten des Toten die schwarz abgedeckte Bahre auf ihre Schultern. Eine Stimme gellte so durchdringend, dass sie die Decke zu spalten schien: »*Wajehi binsoa ha'aron, wajomer Mosche, kuma haschem* – Immer wenn die Bundeslade auszog, rief Moses: Stehe auf, o Herr.« Wieder brach die Menge in Weinen aus, das hinaufwallte bis zu den hohen Fenstern über der voll besetzten Frauenabteilung. Erst nachdem sie die Synagoge verlassen hatten, schöpften die Trauernden Atem, wischten sich die nassen Gesichter ab und redeten miteinander.

»Wir haben immer gewusst, gewusst – und doch nicht gewusst, wer unser Rav war. Die Rabbiner aus den anderen Städten mussten es uns heute sagen. Horodno wird niemals wieder eine solche Zierde besitzen.«

In den Straßen um die Synagoge wogte die Menschenmenge. Man schob und drängte sich dicht an dicht. Immer wenn die Studenten mit dem Sarg auf den Achseln an eine Straßenecke kamen, schlossen die Händler eilig ihre Geschäfte. Der Weg bis zum Friedhof war weit, und auf dem Friedhof wollten noch weitere Rabbiner vor und nach der rituellen Reinigung des Körpers Reden halten. Mit jedem Straßenzug schwoll die Menge wie ein Gewässer, das auf dem Weg zur Mündung mächtiger wird. Die alten Rabbiner schritten langsam inmitten ihres Gefolges, ihrer Kinder und Studenten. Hinter ihnen gingen in breiten Reihen die Bürger der Stadt. Um den leeren Wagen, der von zwei Pferden gezogen der Prozession hinterherfuhr, scharten sich stumm die kleinen Ladenbesitzer und Arbeiter. Sie wirkten besorgt, als hätten sie Angst, ohne den Rav allein auf der Welt zurückzubleiben. Auf den Bürgersteigen standen junge Männer in Hüten und junge Frauen in leichten, sommerlichen Kopftüchern. Selbst die nichtreligiösen jungen Leute bedeckten die Köpfe, bis der Trauerzug vorüber war.

Die Horodner Rebbezin Sara-Rivka ging hinter der Bahre, flankiert von den Frauen der Richter. Sie war in einen schwarzen Schal gehüllt, der ihre Totenblässe ins Geisterhafte steigerte. Während der Trauerreden hatte man von ihr kein Schluchzen gehört. Kein Ton entkam ihren abgestorbenen Lippen. Für die Frauen um sie herum war das ein schlechtes Zeichen: Sie würde später weinen und nur Gott allein wusste, wann sie wieder aufhören würde. Sara-Rivka wartete in der Tat darauf, dass das Martyrium der Beerdigung mit den vielen Trauerreden zu Ende sein würde und sie allein wäre, ganz allein. Dann würde sie in ihrem Zimmer sitzen können und weinen, zum frischen Grab des Mannes gehen können und weinen, und zu dem mit Wildgras bewachsenen Grabhügel ihres Töchterchens gehen können und weinen. Sie würde auf die Gräber ihrer Eltern fallen und auf die Gräber ihrer Großeltern und Urgroßeltern. Der halbe Friedhof gehörte schon ihr. Und wenn sie keine Tränen mehr hätte, würde sie schweigen. Als ihr Mann noch lebte, gehörte er auch ihr. Jetzt gehörte er der Stadt und der ganzen Welt, aber nicht mehr ihr. Die Trauerredner sprachen über die Brillanz ihres Mosche-Mordechai, über seine genialen Einsichten in die Torah und wie verwaist die Welt ohne ihn zurückblieb. Aber dass er selbst wie ein kleines Waisenkind aussah, als seine einzige Tochter starb, das erwähnte niemand, und niemand erinnerte sich daran. Wenn ihr Mann gewesen wäre, was ihr Vater zu sein träumte, ein einfacher Tischler, hätte er nur ihr und ihrem Kind gehört im Leben wie im Tod.

In der Traube der Frauen ging auch die Frau des Stadt-Maggids, eng umringt von lobenden Mündern, die die Fürsorge priesen, mit der sie die letzten Wochen des Horodner Ravs erleichtert hatte. Aber wie die Witwe Sara-Rivka blieb auch Perele stumm. Ihre Lippen waren Sandpapier, ihre Gurgel trocken, in der Brust fühlte sie qualvolle Enge. Groteske Gedanken durchbohrten ihr Gehirn wie schwarze Vögel mit spitzen Schnäbeln. All die Jahre hindurch hatte sie ständig

Kunde von der Größe R. Mosche-Mordechais erhalten, aber erst heute wurde ihr seine Bedeutung in ihrem ganzen Ausmaß vor Augen geführt in der großen Zahl der angereisten Rabbiner, in den Trauerreden und im Gejammer der ganzen jüdischen Bevölkerung der Stadt. Sogar ihr Vater, der Staripoler Rav, war weder im Leben noch im Tod so geehrt worden. Und mit jedem Tag würde der Ruf R. Mosche-Mordechais wachsen. Noch Generationen später würde man von ihm sprechen und seine Bücher lesen. Ihr Mann, lange Jahre seien ihm beschieden, würde nie auch nur ein Drittel dieser Bewunderung und Achtung auf sich ziehen können, nicht einmal ein Fünftel. Gegen ihren Willen musste Perele auch an R. Mosche-Mordechais Verhalten ihr gegenüber denken. Früher hatte sie geglaubt, dass er ihr zuliebe nachgegeben und die Ernennung ihres Mannes zum Horodner Stadt-Maggid unterstützt hatte. Aber in der Zeit, in der sie bei ihm ein und aus ging, wurde ihr klar, dass seine Frau ihn zum Nachgeben bewegt hatte. Wenn er sich besser fühlte, betrachtete er seine Sara-Rivka liebevoll und mitleidig. Ihr aber, Perele, dankte er nur, schenkte ihr aber nie auch nur einen warmen Blick, als hätte er völlig vergessen, dass sie einmal seine Braut gewesen war.

Perele kam mit Kopfschmerzen von der Beerdigung nach Hause. Sie legte sich mit einem nassen Tuch auf den Schläfen aufs Sofa. In den harten Härchen über ihrer Oberlippe perlten Schweißtröpfchen und unter ihren gesenkten Lidern sammelten sich Tränen, hingen in den Augenwimpern und stachen wie Nadeln, wollten aber nicht fallen. Sie suchte einen Schuldigen, der für die Bitterkeit ihres Lebens verantwortlich war. Sie entschied sich schließlich für ihren Vater, er ruhe in Frieden. Er war schuld. Von klein auf hatte sie zu Hause gehört, die Welt bestehe aus einfachen und gebildeten Juden. Die Gebildeten wiederum zerfielen in drei Gruppen: Studenten, große Gelehrte und Genies. Nichts begeisterte ihren Vater mehr, als wenn er von jemandem sagen konnte: Ein Gaon! Ein Genie! So wuchs sie mit dem Gedanken auf, der zum inneren

Verlangen wurde, dass ihr Mann ein Gaon sein musste. Selbst jetzt, da sie schon eine Großmutter war und R. Mosche-Mordechai Eisenstadt in der anderen Welt weilte, konnte sie es nicht verwinden, dass er ihr Mann hätte sein sollen und es nicht geworden war.

21

Der Sommer war heiß und schwül. Klebrige Nässe lag auf Wänden und Gesichtern. Wolken zogen auf, dicht und dunkel wie grauer Rauch, aber es regnete nicht. Perele konnte nachts nicht schlafen. Rheumatische Schmerzen plagten sie in den Handgelenken, Schultern und Knien. Wenn es hell wurde, zwitscherten sogar die Vögel heiser und wie halb verdurstet. In den Wochen ihrer häufigen Besuche beim Kranken hatte sie ihren eigenen Haushalt sehr vernachlässigt, was für sie ganz ungewöhnlich war. Sie erhob sich mühsam, um die Wohnung aufzuräumen; aber es wurde ihr schwindlig wie einer Wöchnerin, die zu früh aufgestanden war. Sie biss die Zähne zusammen und zog sich an, musste sich aber wieder auf ihr Sofa legen. Der Mann musste ihr ein Glas Tee bringen. Die Frauen in der Stadt sagten, die Frau des Stadt-Maggids habe sich in der Pflege des Horodner Ravs so verausgabt, dass sie darüber selbst krank geworden war. Eine Frau von der Gemauerten Synagoge und Baschka, die Richtersfrau aus der Schloss- Straße, kamen zu Besuch. Die beiden Gäste saßen auf Stühlen neben dem Sofa und Baschka erzählte, sie hätte der Rebbezin Sara-Rivka einen Kondolenzbesuch abgestattet. Sie saß Schiwa auf einem winzigen Fußschemel; ihr Gesicht war blutleer und sie redete wirres Zeug.

»Ich hatte auch vor, sie heute zu besuchen. Aber sobald ich aufstehe, dreht sich das Zimmer wie ein Kreisel«, stöhnte Perele. »Was für wirres Zeug spricht sie denn?«

Wie ja alle wissen, erzählte Baschka, hatte Sara-Rivka es

nie gemocht, wenn man sie Horodner Rebbezin nannte. Früher hatte sie mit einem Lächeln darüber hinweggesehen. Jetzt aber zitterte sie am ganzen Körper und brach in Tränen aus: »Nennt mich nicht Horodner Rebbezin. Für diesen Titel habe ich zu viel bezahlt.« Es gab nur ein Thema, über das sie wirklich sprechen wollte: ihre glückliche Ehe. Selbst als ihr Mann schon sterbenskrank war, hätte er ihr immer wieder gesagt, dass er keine passendere Frau hätte finden können. Bei diesen Sätzen bekam sie eine frischere Farbe. Aber sie sprach doch so, als hätte sich jemand bei ihr beklagt oder sie beschuldigt.

»Ehen werden im Himmel geschlossen. Was gibt's dazu schon zu sagen?«, sagte Perele mit geschlossenen Augen, als hätte sie Angst, in Baschkas Gesicht zu lesen, dass sie mehr wusste, als sie erzählte. »Sobald ich wieder bei Kräften bin, werde ich sie besuchen.«

»Ich weiß nicht, ob sie überhaupt besucht werden will«, mischte sich die Nachbarin von der Gemauerten Synagoge offensichtlich verärgert ins Gespräch. »Als ich bei ihr war, schwieg die Rebbezin Sara-Rivka die ganze Zeit geradezu feindselig, während sie zur wahnsinnigen Aguna Manzia Repnik, die so selbstbewusst durch die Wohnung spazierte, als sei sie dort zu Hause, äußerst freundlich war. Mit ihr steht sie auf vertrautestem Fuß.«

Perele riss überrascht die Augen auf und starrte ihre Nachbarin aus der Synagoge an. »Ist das dieselbe Kanaille, die dem kranken Rav das Leben vergällte? Ich habe sie doch hinausgeworfen!« Die Nachbarin nickte. »Ja, dieselbe. Aus ihrem Mund strömen die widerwärtigsten Flüche. Mögen sie im tiefsten Meer verschwinden.« Wahrscheinlich ist die Agune mit ihrem madigen Maul über mich hergefallen, dachte Perele. Aber laut sagte sie im überraschten Ton: »Die Rebbezin Sara-Rivka erzählt doch, wie glücklich R. Mosche-Mordechai mit ihr war. Warum hat sie dann so wenig Selbstachtung, dass sie sich mit einer so vulgären Frau befreundet wie Manzia Repnik? Man sagt ja, ihr Mann sei ein guter Mensch, und doch hat er sie sitzen lassen. Er musste von ihr weg.« Perele schaffte es, gelassen zu erscheinen, bis die beiden Besucherinnen gegangen waren. Dann ließ sie ihrer Anspannung freien Lauf. Ihre trockenen Finger trommelten auf das Fensterbrett neben dem Sofa, als schrieben sie wild ihre Gedanken ins Holz: Sara-Rivka hasst mich und will mich nicht mehr sehen, genauso wie sie früher, als ihr Mann krank war, nicht ohne mich auskommen konnte. Sie hängt sich an die wahnsinnige Aguna, die ich vertrieben habe, um zu verhüten, dass ich sie besuche. Schon früher, als ihr Mann noch lebte, sah sie mit Hass, wie ruhig und fein ich ihre Wohnung in Ordnung brachte, weil dieses Unglücksweib dazu völlig unfähig ist. Nun hat sie sich ausgedacht, ihr Mann hätte ihr gesagt, wie glücklich sie beide miteinander gelebt hätten, denn sie will, dass mir das hinterbracht wird. Aber sie lügt ... Vielleicht lügt sie auch nicht und ihr Mann sagte das wirklich, damit sie nicht Verdacht schöpfte, dass er bereute, nicht mich geheiratet zu haben. Aber ich habe eigentlich nie gesehen, dass er es bereute, die Verlobung gelöst zu haben. Na gut, soll die frühere Horodner Rebbezin sich an die Kanaille Manzia Repkin halten. Ich werde sie nicht besuchen.

Der Stadt-Maggid empfing nun deutlich mehr Besucher als früher. Man kam mit städtischen Angelegenheiten und persönlichen Problemen zu ihm. R. Uri-Zwi war aber nicht, wie der verstorbene Rav, fähig, ein Problem augenblicklich zu erfassen und im Handumdrehen zu lösen. Außerdem hatte er Angst vor seiner Rebbezin. Wenn er einmal etwas selbstständig entschied, machte sie ihn später zur Schnecke, weil er sich wieder einmal wie ein Esel verhalten hatte. Also ging er ständig zu ihr hinaus, um sich Rat zu holen. Als die Leute das mitbekamen, gingen sie gleich zu ihr. »Was meint die Rebbezin?« Die drei Vorstände der Gemauerten Synagoge konsultierten Perele mit der Vertrautheit naher Verwandter. Die drei hatten schließlich den Graipewer Rav zum Prediger in ihrer Synagoge ernannt und ihn später in den Bet-Din gehievt.

Meir-Michel Joffe sprach zuerst: Horodno trauerte um den Rav. Aber in zwei Tagen sei Schabbat Nachamu und der Rabbi sollte bei dieser Gelegenheit über Eretz Israel predigen, genau wie vor einem Jahr. Mosche Moskowitz hielt mit seiner Unzufriedenheit nicht hinterm Berg, dass der Rav Königsberg sich von der Gemauerten Synagoge etwas zurückgezogen habe, seit er Stadt-Maggid und Rosch-Bet-Din geworden war. Er hoffte aber, er käme jetzt zurück. R. David Gans kaute auf seine Art die Wörter wie ein zahnloser Alter eine harte Brotkruste: Die Agudah-Leute hätten den Tod des Ravs und die Trauerreden genutzt, um ihre Partei zu stärken. Darum müsse der Stadtprediger über die Rückkehr nach Zion sprechen, damit die Stadt sah, dass Misrachi noch lebte.

»Natürlich werde ich, mit Gottes Hilfe, über das Gebot der Besiedlung des Landes Israel predigen, warum sollte ich es nicht tun?«, antwortete R. Uri-Zwi und schaute nervös auf seine Frau, die ärgerlich die Stirn runzelte.

»Der Rav wird in der Stadtsynagoge sprechen, die von allen Juden in Horodno besucht wird, und nicht in der Gemauerten Synagoge, in die nur Juden aus der Nachbarschaft gehen. Er wird über die Notwendigkeit sprechen, alle Gebote der Torah einzuhalten, nicht nur die, die Eretz-Israel betreffen. Es ist ein Unrecht, dass die Vorstände den alten Streit wiederbeleben und darüber hinaus noch den Rav in die Auseinandersetzungen zwischen Agudah und Misrachi hineinziehen wollen«, verkündete Perele mit schriller Stimme, ließ ihre Rede aber einem Seufzer enden: Sie sei nur eine schwache Frau und auch nicht bei bester Gesundheit.

Die Vorstände verstanden, dass die Rebbezin sie zum Gehen aufforderte. Stumm schauten sie sich an. Sie dampften vor Wut. Meir-Michel Joffe wollte brüllen: Die Rebbezin habe es ja sehr eilig damit, ihren Mann ›den Rav‹ zu nennen. Allerdings sei er derzeit noch nicht der Horodner Rav. Mosche Moskowitz wollte sagen, dass die Gemauerte Synagoge ihren Mann zum Stadt-Maggid ernannt hatte und ihn auch sehr schnell wieder absetzen könnte, und das gälte auch für seinen Vorsitz im Bet-Din. R. David Gans musste sich auf die Zunge beißen, um nicht zu sagen, er wüsste jetzt, was die Redensart bedeutet: Wenn eine Spinne in den Dreck kriecht, weiß sie nicht, wo es besser ist. Aber gesagt haben die drei Vorstände nichts. Sie standen nur da, bass erstaunt. Sie wussten, wie man mit einem Mann stritt, selbst wenn er wie R. Mosche-Mordechai Eisenstadt der Gaon seiner Generation war. Aber dass eine jüdische Frau, die den ganzen Tag über ihre Schmerzen klagte, sie so kühl austrickste, darauf waren sie nicht gefasst gewesen.

Am Abend kamen die beiden Söhne und auch Serel mit ihrem Mann, um nach der Mutter zu sehen. Sie fragten, wie es ihr ginge und ob man einen Arzt rufen sollte. Perele winkte ab. Beim kranken R. Mosche-Mordechai hatte sie schon gesehen, wie wenig Ärzte wussten. Sie seufzte und fragte ihren Mann, ob er schon den Lehrvortrag für den Kollel vorbereitet hatte. Da die Kinder bei ihnen waren, fühlte R. Uri-Zwi, dass er Rückendeckung hatte, und sagte, Perele hätte am Nachmittag nicht so zu den Vorständen der Gemauerten Synagoge sprechen dürfen, denn sie könnten jederzeit einen Streit vom Zaun brechen und ihn angreifen. Was den Lehrvortrag für den Kollel beträfe, ihn würde er nicht halten, denn die Schüler R. Mosche-Mordechais würden bei ihm nicht lernen wollen. Serel schaute die Mutter scharf an, bereit, sich sofort auf die Seite des Vaters zu schlagen. Perele sah es, und um einen Streit mit der Tochter zu vermeiden, sagte sie mild und gelassen zu ihrem Mann: Der Horodner Rav, er ruhe in Frieden, hatte ihn doch gebeten, für den Kollel zu sorgen. »R. Mosche-Mordechai, er ruhe in Frieden, bat mich für den Kollel materiell zu sorgen. Er bat mich nicht darum, Lehrvorträge zu halten.« Und der Vater begann seinen Kindern zu klagen, dass die Mutter ihm mehr auflud, als er bewältigen konnte. Er konnte nicht Stadt-Maggid und Rosch-Bet-Din sein und Lehrvorträge für Studenten vorbereiten, die so kenntnisreich waren wie die jungen Leute im Kollel. Ein Sturm der Entrüstung bräche über ihn herein; die jungen Leute würden es niemals zulassen, dass er die Leitung der Jeschiwa übernahm.

Serel hatte schon den Mund aufgemacht, um ihrer Mutter die Meinung zu sagen, als die eisernen Finger ihres Mannes sich um ihren Arm legten, damit sie sich nicht einmischte. Perele lächelte beleidigt und wandte sich an die Söhne: Wie der Vater wolle. Wenn es im Kollel keine Lehrvorträge gebe, wird er auseinanderfallen, und die Leute würden sagen, der verstorbene Rav habe keinen geeigneten Nachfolger hinterlassen. Der Annahme des Vaters, die Studenten würden ihn nicht als Leiter der Jeschiwa anerkennen wollen, liege ein Denkfehler zugrunde. Die jungen Leute hätten nämlich jetzt Angst, sie müssten jetzt in ihre Städtchen zurückkehren und ihren Schwiegervätern wieder im Nacken sitzen. Darum würden sie sich sogar sehr glücklich schätzen, wenn der Horodner Stadt-Maggid und Rosch-Bet-Din auch ihr Rosch-Jeschiwa würde. Perele wandte sich wieder zu ihrem Mann.

»Warum sollten deine Söhne dir nicht im Rabbinat und im Kollel helfen? Du hast mir doch immer gesagt, Jankel-David und Gedalja seien nicht weniger gelehrt als ihre Kollegen, die als Rabbiner eingestellt wurden. Warum sollten sie ihr Leben lang Schuhverkäufer bleiben?«

Die Tochter warf einen Blick auf ihre beiden Brüder. Seit sie sich neben die Mutter gesetzt hatten, schienen ihre kurzen kaufmännischen Bärte sich in lange rabbinische verwandelt zu haben. Draußen setzte mit Blitzen und Donnerschlägen das Gewitter ein. Serel schlug die Hände zusammen und fuhr ihren Mann an: »Esra, wir müssen nach Hause! Die Kinder haben Angst. Das Mädchen, das auf sie aufpasst, ist selbst noch ein halbes Kind und wird genauso Angst haben.« Ihr Mann verstand sofort, dass seine Frau weg wollte, weil sie das Gerede der Mutter nicht mehr ertragen konnte. Auch sein Widerwille gegen die Schwiegermutter war gewachsen. »Wenn du nichts dagegen hast, klatschnass zu werden, gehen wir jetzt«, sagte er einfach. Der Vater und die Brüder bestürmten Serel abzuwarten, bis das Gewitter vorüber war, aber sie schrie: »Meine Kinder haben Angst. Vater, gib Esra deinen Schirm.« Perele befriedete den Tumult. Serel habe recht. Sie musste nach Hause zu den Kindern. Der Regen werde sie nicht auflösen, sie sei ja nicht aus Zucker.

»Wie könnte ich aus Zucker sein, da ich ja deine Tochter bin? Aber Gott sei Dank bin ich kein so harter, bitterer Rettich wie Du«, schrie Serel der Mutter ins Gesicht und stürmte aus der Wohnung.

Draußen ätzten grüne Blitze feurige Bäume in den Himmel mit den Zweigen nach unten und den Wurzeln nach oben. Die Wolkendecke brach gewaltsam auf wie Flusseis; Donnerschläge krachten, als stürzten Berge ein. Der Sturm riss an Dächern und rüttelte an Fensterläden. Aber es regnete noch nicht. Serel packte ihren Mann am Arm und zog ihn vorwärts. Den Sturm übertönend schrie sie: »Die Horodner Rebbezin trauert um ihren Mann und meine Mutter liegt elend daheim, weil sie die Kränkung nicht verwinden kann, dass der Horodner Rav sie damals nicht geheiratet hat.« Esra blieb stehen und sah seine Frau an, als hätte sie den Verstand verloren. Wie oft sie auch die Mutter früher schon kritisiert hatte, das hatte sie noch nie gesagt. Serel zog ihn weiter. »Komm schon, die Kinder sind allein. Du wirst sehen, sie wird auch Jankel-David und Gedalja zu Horodner Richtern machen. Ich habe in ihren Gesichtern gesehen, dass sie sich darauf einstellen und damit einverstanden sind. Der Vater braucht diese ganze Rabbinerei wie ein Loch im Kopf. Aber sie will die Horodner Rebbezin werden. Der Vater hat schlecht geheiratet. Oh je, er hat wirklich schlecht geheiratet!« Esra lachte und antwortete, dass ihre Mutter den Vater gewiss leicht nach ihrer Pfeife tanzen lassen konnte, aber nicht ganz Horodno. Meinst du etwa, die Horodner Funktionäre werden es zulassen, dass R. Uri-Zwi Königsberg Stadt-Rav und Leiter der Jeschiwa wird und seine Söhne, die Schuhkrämer, Richter in städtischen Angelegenheiten? Dieses Ansinnen würde einen solchen Krieg, einen solchen Feuersturm auslösen, dass keine Sintflut ihn löschen könnte.

»Dann kennst du meine liebe kleine Mutter nicht«, schrie Serel, außer sich und ungestüm wie das Gewitter. »Sie wird alle austricksen und alle besiegen. Alle.«

Ein Blitz zerriss die Wolken, die ersten schweren, kalten Tropfen fielen, und unmittelbar danach prasselte dichter Regen nieder. Mann und Frau waren sofort durchgeweicht. Esra Edelmann hielt den Schirm des Vaters über Serel. Sie aber steckte den Kopf ins Freie und ließ den Regen auf ihr zerzaustes Haar niedergehen, um sich abzukühlen. Ihr Hirn glühte. Ihr Herz wollte vor Aufregung zerspringen. Sie schrie weiter in die Nacht, in den Sturm und in die Sturzflut, ihre Mutter werde alle besiegen. Alle!

In den Anmerkungen werden die Textzitate aus dem jiddischen Original in der jiddischen Standardaussprache und nach den Regeln des YIVO (*yidisher visnshaftlekher institut*, Institute for Jewish Research) in New York transliteriert. Dabei ist zu beachten: **kh** = ch; **z** = stimmhaftes s; **ay** = ei; **ey** = wie englisch pl*ay*; **zh** = wie Journal. Im Jiddischen gibt es keine Großschreibung. Hebräische Zitate werden nach den Regeln der Library of Congress (Washington, D. C.) transliteriert: **ḥ** = leichtes ch wie in i*ch*.

→ **S. 7**

Graipewo: (jidd. *graypeve*). Erfundener Ort, vielleicht in Anlehnung an Grajewo, 130 km östlich von Grodno.

Horodno: (jidd. *horodne*). Gemeint ist Grodno (bzw. Hrodna). Die Stadt gehörte von 1919 bis 1939 zu Polen. Im Jahr 1921 wohnten dort 18 697 Juden (53,9 % der Bevölkerung); im Jahr 1931 waren es 21 159 (42,6 % der Bevölkerung).

R.: (hebr. *rav*, jidd. *reb*). Ehrenbezeichnung, die dem Namen eines gelehrten oder angesehenen Mannes vorangestellt wird.

Prediger: (jidd. *bal-darshn*). Es gab zwei klassische Formen der jüdischen Predigt: Die gelehrte Auslegung der Gesetze durch einen (hebr.) *ba'al darshan* und die auf erzählendem (aggadischem) Material beruhende Homiletik durch einen (hebr.) *magid*.

→ **S. 8**

Mischna: (jidd. *mishne*). Ein jüdisches Gesetzbuch, das die zuerst nur mündlich tradierten Gesetze versammelte. Es wurde zwischen 200 und 220 n. d. Z. von Jehuda ha-Nasi zusammengestellt. Die Mischna ist der älteste Bestandteil des Talmuds.

→ **S. 9**

Gaon: Genie auf dem Gebiet der Torah- und Talmudinterpretation.

Gemara: (jidd. *gemore*). Rabbinische Auslegung der Mischna und Kommentar, und der eigentliche Talmud. Eine Gemara kann auch ein einzelner Lehrsatz sein.

den Monatsbeginn segnete: (jidd. *ven men bentsht rosh-khoydesh*]. Am Schabbat vor dem Beginn eines neuen Monats wurde dieser in der Synagoge angekündigt. Der erste Tag des neuen Monats (Rosch Chodesch) wurde allmählich zum besonderen Tag für Frauen.

→ **S. 10**

Berurja: (jidd. *Bruria dos vayb fun tana R. Meir*). Die gelehrte und ungemein willensstarke Berurja gehört zu den wenigen Frauen, die im Talmud mit Hochachtung als aktiv in die Diskussion der Religionsgesetze involviert beschrieben werden. Ihr Mann, Rabbi Meir (139–163 n. d. Z.), war einer der bedeutendsten Gelehrten seiner Generation.

Oberrabbiner: (jidd. *more de'asre*). Der ursprünglich aramäische Begriff wird im Jiddischen für eine lokale rabbinische Autorität verwendet.

→ **S. 12**

Schetler Ilui: Ein *ilui* ist ein Wunderkind im Talmud-Studium, ein junges Genie. Das Städtchen Schetl (jidd. Zhetl, mit weichem Sch wie Journal, poln. Zdzięcioł, weißruss. Dyzatlava) in der Region Grodno ist der Geburtsort Israel Meir Kagans, auch Chafetz (bzw. Chofetz) Chaim genannt, ein Vorbild für die Figur Eisenstadts.

→ **S. 13**

der zuhörte mit unruhigen, wässrigen Äuglein: (jidd. *der tate hot zikh tsugehert mit a por umruike voserdike oygelekh*). Die ist ein Beispiel für die verkürzende Schreibweise Grades. Man kann nicht mit den Augen hören; die Verkürzung zeigt die Wirkung der Worte auf den Vater.

Kejdaner Student: (jidd. *keydaner lerner*). Uri-Zwi kommt aus dem litauischwen Kėdainiai (poln. Kiejdany, jidd. Keydan, dt. Kedahnen), 51 km nördlich von Kaunas.

auf Kost im Haus des Schwiegervaters: (jidd. *nokhn sitsn a por yor oyf kest*). Es war Usus und Teil des Heiratsvertrags, dass Neuvermählte zunächst bei den Eltern der Braut wohnten und der Bräutigam nicht arbeitete, sondern den Talmud studierte.

→ **S. 14**

Vorsitzender Richter des Bet-Din: (jidd. *rosh-bezdn*). Ein Rabbinisches Gericht (Bet-Din) besteht aus den Richtern, dem Vorsitzenden Richter (Rosch-Bet-Din) und dem Präsidenten (Av-Bet-Din). Rosch bedeutet Kopf, Av bedeutet Vater.

zu den großen Gelehrten seiner Generation: (jidd. *godl hador*). Etablierter Ehrentitel für herausragende Rabbiner nach dem Ersten Weltkrieg.

religionsgesetzliche Fragen: (jidd. *men vendt zikh tsu im mit shayles*). Diese Fragen (hebr. *shealot*, jidd. *shayles*) erfordern Antworten (hebr. *teshuvot, jidd. tshuves*), in denen oft praktische Entscheidungen gefällt werden, wie ein Gesetz angewendet werden kann. Die Responsa (hebr. *shealot uteshuvot*) schaffen Präzedenzfälle und sind eine eigene Kategorie der rabbinischen Literatur.

→ **S. 16**

Chuppa: (jidd. *khupe*). Traubaldachin.

→ **S. 18**

Gelobt sei der wahre Richter: (jidd. *borekh dayen emes*). Die Formel, ein verkürzter Segen Gottes, wird gesprochen als erste Reaktion auf eine schlechte Nachricht.

Aaron-Kodesch: (jidd. *arn-koydesh*). Schrank für die Torah-Rollen, nachgestaltet der biblischen Bundeslade, in der das Wort Gottes ruhte (2. Mose 25, 10–22).

→ S. 19

Ejsches chajil: (jidd. *eyshes khayil*). Am Freitagabend bringt der aus der Synagoge zurückgekehrte Ehemann noch vor dem Kiddusch (dem Segen über den Wein) ein Lob auf seine »tugendhafte Frau« (hebr. *eshet ḥayil*) aus. Das Lobgedicht ist ein Zitat aus dem biblischen Buch der Sprüche (Kap. 31, 10–31) und beginnt mit den Worten *eshet ḥayil mi yimtsa* – »Eine starke (fähige/vorbildliche/perfekte/tugendhafte) Frau findet man selten.« Die ersten beiden Wörter wurden dann oft (auch ironisch) als Synonym für die Ehefrau verwendet.

den Segen sprach, der den Schabbat von den Wochentagen unterschied: (jidd. *vi der man makht havdole*). Nach Sonnenuntergang am Samstag wird der Schabbat mit einem kurzen Unterscheidungsritual (Hawdala) verabschiedet.

→ S. 20

Niemand verletzt sich … nicht so bestimmt wurde: Zitat aus dem Talmud Traktat *Chullin* 7 b. »Ferner sagte R. Chanina: Niemand verletzt sich den Finger hienieden, ohne dass dies droben verhängt worden ist, denn es heißt: *vom Herrn werden die Schritte des Menschen gerichtet* [Psalm 37,23].«

→ S. 22

wie die religiösen Asketen und Nichtstuer: (jidd. *mayse porush un batlen*). Ein *porush* ist ein Mann, der sich ins Torah-Studium zurückgezogen hat. Ein *batlen* ist ein Faulpelz, aber auch ein unpraktischer, weltfremder Mensch, der nichts auf die Reihe bekommt, eine Null. Für Perele besteht zwischen *porush* und *batlen* kein Unterschied.

→ S. 23

Geh, wasch dich vor dem Essen: (jidd. *gey vash zikh tsum esn*). Perele fordert ihn nicht auf, sich die Hände zu reinigen, sondern sie rituell zu waschen und den nötigen Segen zu sprechen, damit er eine Mahlzeit beginnen kann.

→ S. 24

Gästehaus: (jidd. *hakhnoses orkhim*). Zu den wichtigsten Geboten gehört die Gastfreundschaft. Darum unterhielten viele Gemeinden ein meist sehr bescheidenes Gästehaus für Reisende und arme Leute.

Pessach: (jidd. *peysekh*). Ein achttägiges Fest, an dem des Auszugs der Israeliten aus Ägypten gedacht wird. Die Juden feiern das Ende der Fremdbestimmung und den Beginn der nationalen Selbstbestimmung. Für R. Uri-Zwi wird es umgekehrt kommen.

→ S. 29

Bima: (jidd. *bime*). Ein etwas erhöhtes Podium meist in der Mitte des Betraums, auf dem ein großer Tisch steht. Auf ihm ruht die offene Torah-Rolle während des Verlesens.

es sei zwischen ihnen wohl unterschieden: (jidd. *lehavdil*). Um etwas Heiliges nicht durch einen abschätzigen Vergleich zu profanieren, wird das hebräische Wort *lehavdil* (»es sei unterschieden«) eingeschoben.

am Vorhang der Frauenabteilung: (jidd. *baym forhang fun ezres-noshim*). Männer und Frauen beteten durch eine physische Barriere (*meḥitsa*) getrennt. Der »Frauenhof« (*ezrat nashim*) durfte von der Männerseite aus nicht einsehbar sein. Viele Synagogen hatten eine Empore für die Frauen, andere hatten ebenerdig eine eigene Abteilung.

wie er und die Söhne den Aaronitischen Segen über die Gemeinde sprachen: (jidd. *vi er un di zin zikh dukhenen)*. Uri-Zwis Nachname (Hakohen) weist ihn als Nachfahre Aarons aus, den Moses zum Hohepriester (Kohen) ernannte, darum sprechen er und seine Söhne zusammen mit den anderen Kohanim der Gemeinde mehrmals im Jahr den Aaronitischen Segen (hebr. *birkat kohanim*). Sie stehen dabei auf der Bima, Kopf und Hände sind mit ihren Gebetsmänteln bedeckt. Es ist darum etwas ironisch, dass Perele sie sehen will. Das jiddische Wort für das Ausbringen dieses Segens ist *dukhenen* (דוכנען), abgeleitet vom slawischen Wort für Geist (pol. duch, russ. дух), geistlich (pol. duchowy, russ. духовный).

→ S. 30

Torah-Studium und Gebet: (jidd. *zitsn al hatoyre ve-al hoavoyde*). Das hebräische Wort für Gebet ist *avoda*, ursprünglich bezeichnete es die Opferarbeiten, die die Priester im Jerusalemer Tempel erbrachten. Nach der Zerstörung des Tempels wurden die Tieropfer durch Wortopfer (Gebete) ersetzt. *Avoda* bedeutete danach sowohl Arbeit als auch Gebet. Die Ironie, dass einer herumsitzend »arbeitet«, wird nachfolgend ausgebeutet.

ansässiges Mitglied: (jidd. *a yoyshev-oyel*). Wörtlich: einer, der wie der Patriarch Jakob ständig im Zelt (*ohel*) sitzt (*yoshev*), also ein Stubenhocker. Ein *yoyshev-oyel* ist einer, der seine ganze Zeit aufs Studium verwendet. Das beste Äquivalent für das, was die Vorstände im Sinn haben, wäre das englische »resident scholar«.

Torah-Vorleser: (jidd. *bal-koyre*). Der *Ba'al kore* (auch: *Ba'al keriah*), wörtlich: Meister des Lesens, beherrscht das öffentliche Vorlesen bzw. Vorsingen der Torah.

liebte es, am Vorbeterpult zu stehen: (jidd. *hot lib gehat dem omed ven der khozn hot nit gedavnt*). Der Kantor leitet die Gebete nicht von der Bima aus, sondern stand dazu an einem eigenen Pult, dem Amud (jidd. *omed*). Die Gebetsleitung kann von jedem fähigen Gemeindemitglied übernommen werden.

Matzen ... Sukkot ... Zitronen: Matzen sind die ungesäuerten flachen Brotfladen, die statt Brot in der Pessach-Woche gegessen werden; eine besondere Art von Zitronen (*etrogim*) braucht man für das Laubhüttenfest (Sukkot).

→ S. 31

an einem blauen Abend zwischen Pessach und Schawuot: (jidd. *in a bloyen sfire-farnakht*). Die fünfzig Tage zwischen Pessach und Schawuot (Wochenfest) werden gezählt (*sefirat ha-omer*), der Usus geht auf die Weizenopfer zurück, die die gesamte Getreideerntezeit zwischen Pessach und Schawuot begleiteten. Etwa eine halbe Stunde nach Sonnenuntergang wird der kurze Segen ausgebracht und damit symbolisch die Garbe (*omer*) gezählt.

Wir zählten und entschieden: (hebr. *nimnu vegamru*). Diese stehende Wendung aus dem Talmud (z. B. in Traktat *Niddah* 51 b) bedeutet, dass ein Gesetz (*psak*) durch einen Mehrheitsbeschluss festgelegt wurde. So bringen die Vorstände ihre Einladung als etwas vor, das Uri-Zwi nicht tun kann, sondern tun muss.

Schawuot: (jidd. *shvues*). Das Fest markierte ursprünglich das Ende der Getreideernte in Palästina und feiert die Übergabe der Torah (verkörpert in den Tafeln des Gesetzes) an Moses auf dem Berg Sinai.

Ho kol-zame lechu lamajim: Jesaja 55,1.

Prediger: hier noch *bal-darshn*.

→ S. 33

die Schechina ruht auf ihm: (jidd. *di shekhine rut oyf im*). Schechina ist die Präsenz Gottes.

→ S. 34

gut yontef: Grußformel für Festtage (yom tov).

Morgen gedenkt man der Toten: (jidd. *morgn zogt men yizker*). Jiskor ist ein Nachmittagsgottesdienst, in dem der Toten gedacht wird und die Betenden sich zu Almosen verpflichten. Ursprünglich Teil von Jom Kippur, wurde Jiskor später auch drei weiteren Festtagen, darunter dem zweiten Tag von Schawuot, hinzugefügt.

→ S. 35

sollt ihr Gott auf dem Berg dienen: 2. Mose 3, 12. Uri-Zwi schließt eine berühmte erzählende Interpretation (Midrasch) aus der Sammlung *Midrasch Rabbah* zum 2. Buch Mose an. Die hebräischen Buchstaben dienen auch als Ziffern. Der Buchstabe *nun* (n) steht für die Zahl fünfzig.

Womit ist dies vergleichbar: (hebr. *Mashal lema hadavar domeh*?). Diese Phrase wird in klassischen Midraschim (Auslegungen biblischer Texte) benutzt, um nach dem Bibelzitat das *mashal* (jidd. *moshl*, erzählendes Beispiel) einzuführen.

Ger Zedek: Wörtlich: der rechtschaffene Konvertit. Gemeint ist Graf Valentin Potocki (1700–1749). Seine Verbrennung durch die katholische Kirche wird auf den 23. Mai 1749 datiert, was dem 6. Siwan 5509 und dem zweiten Tag von Schawuot entspricht. Als Konvertit erhielt er den Namen ben Avraham (Sohn Abrahams).

Keines der Völker wollte das Joch der 613 Gebote auf sich nehmen: Diese berühmte Auslegung findet sich in *Sifrei Devarim*, Abschnitt 343.

→ S. 36

Seine Predigt war läppisch: (jidd. *er zogt a vay bershe droshe*). Perele kritisiert Uri-Zwis Predigt wörtlich als »weibisch« und meint damit nicht feminin, sondern unintellektuell, ungelehrt, in der rabbinischen Literatur nicht beschlagen. Dieser Gebrauch des Wortes geht ins 16. Jahrhundert zurück, als erstmals jiddische Gebrauchsanweisungen zur religiösen Lebensführung gedruckt wurden. Sie waren bestimmt »für Frauen und für Männer, die wie Frauen sind«, weil sie keine Zeit oder Gelegenheit zum Lernen hatten (Moses Henochs Altschul-Jeruschalmi, *Seyfer brant shpigl*, Krakau 1595).

→ S. 37

Halacha: Religionsgesetz.

heilige sie heute und morgen: (hebr. ve-kidashtem hayom u-maḥar). 2. Mose 19, 10.

noge'a halacha lema'aseh: Relevant für die praktische Umsetzung der Halacha.

Inyoney nashim: (hebr. inyoney nashim) Dinge oder Themen, die Frauen betreffen.

***Zeman klitat hassera*:** Zeit des Samenergusses.

→ S. 39

Geschichten aus dem *Sefer Josippon* über die Hasmonäer: (jidd. *zol er zey dertseyln fun seyfer yosifon vegn di khashmenoim*). Der *Josippon* ist eine Geschichte der Juden von Adam bis Titus, die im 10. Jahrhundert in Süditalien entstand und bis ins 16. Jahrhundert als authentische Quelle gelesen wurde. Die erste jiddische Übersetzung erschien 1546 in Zürich. Die Hasmonäer waren Kohanim, die als Priesterkönige ein Jahrhundert lang in Judäa einen unabhängigen jüdischen Staat führten und sich gegen die Hellenisierung der Region durch die Seleukiden auflehnten. Pereles Vorschlag zielt darauf ab, Uri-Zwi solle die Vorrangstellung der Kohanim unterstreichen.

um hier Prediger zu werden: (jidd. *do tsu vern a magid*). Uri-Zwi benutzt hier das Wort Maggid statt *ba'al darshan* und wertet damit Pereles Ansinnen ab, er solle die Gemeinde mit Predigen bedienen. Er will ein Intellektueller bleiben. Perele aber sieht jetzt in populären Predigten den ersten Schritt im Aufbau einer neuen Machtbasis.

→ S. 43

Masel tov: Viel Glück!

→ S. 44

ohne eine offizielle Vermittlung: (jidd. *oyf a din-toyre tsum rav veln mir nit geyn*). Damit sprechen sie dem Horodner Rav die Entscheidungshoheit über ihre Synagoge ab, verwehren aber auch Uri-Zwi möglichen Schutz durch den Horodner Rav.

→ S. 45

Jagdil torah wejadir: (hebr. yagdil torah ve-yadir) Jesaja 42,21; auch zitiert im Traktat *Niddah* 51 b.

→ S. 46

Nachamu, nachamu ami: Jesaja 40,1.

→ S. 47

Haftara: ist Lesung aus den Propheten. Sie folgt auf die Lesung aus der Torah. Die Haftara wird in einer anderen Melodie als die Lesung aus der Torah vorgetragen. Der Schabbat, der unmittelbar auf den 9. Ab (Tischa be'Av) folgt, heißt Schabbat Nachamu nach der ersten Zeile der zum Wochenabschnitt *Vaetḥanan* gehörigen Haftara (Jesaja 40,1–26): *Nachamu, nachamu ami* – tröste, tröste mein Volk.

Gaon Malbim: Meir Leibush ben Jechiel Michel Wisser (1809–1879), Talmud-Gelehrter und Prediger, Verfasser vieler populärer Bibelkommentare.

die Organisation Misrachi: *Misrachi,* ein Akronym für *Merkas Ruchani* (Religiöses Zentrum), ist der Name einer 1902 in Wilna durch den orthodoxen Rabbiner Isaak Jakob Reines gegründeten religiös-zionistischen Bewegung. *Misrach* bedeutet Osten.

Agudah: Die *Agudat Israel*-Bewegung, 1912 in Katowice gegründet, wurde von den bedeutendsten orthodoxen Rabbinern der Zeit unterstützt (so etwa vom Gerrer Rebbe und vom Chafetz Chaim). Ihr Ziel war es, religiös orthodoxe Einrichtungen außerhalb der zionistischen Bewegung und der Misrachi-Organisation zu stärken.

Watomer tsion: aswani hashhem, wehaschem schachtani: Jesaja 49, 14.

weil der Höchste sie nicht nur verließ, sondern vergaß: Hier kommen die religiöse, die politische und die persönliche Ebene zusammen. Denn dass »der Höchste sie nicht nur verließ, sondern vergaß«, ist der Kern von Pereles Unglück.

→ S. 48

Cheder: Elementarschule, meist im Haus des Lehrers.

Arme, Sturmbewegte! Ungetröstete!: Jesaja 54, 11. Erster Satz aus der Haftara zum Wochenabschnitt *Re'eh*. Mit der Zerstörung des Tempels in Jerusalem ist die Präsenz Gottes (Schechina) heimatlos geworden. »Tochter Zions« steht für Jerusalem. Der Wiederaufbau Jerusalems und des Tempels ermöglichte die erneute Einwohnung Gottes und damit die Rückführung der Juden aus dem Exil. Das Ende des Exils wäre die ersehnte »Tröstung« der Tochter Zions. Die Frage, die die religiösen Juden mit dem Aufkommen des säkularen Zionismus spaltete, war, ob die Juden den Wiederaufbau durch Besiedlung Palästinas selbst betreiben durften (Misrachi) oder ob sie damit unerlaubterweise dem Messias vorgriffen (Agudah), der die Erlösung aus dem Exil bringen sollte. Auch Perele ist auf ihre Weise eine »Ungetröstete«.

→ S. 49

glotzte verständnislos wie der Hahn auf seinen Schlächter: (jidd. *glotsn vi a hon oyf bney-odem*). Das ist eine stehende Redewendung: verständnislos dreinsehen. *Beney-adam* sind die ersten Worte des Gebets, mit dem die Kapparot-Zeremonie an Jom Kippur beginnt. Die Sünden werden auf ein Huhn oder einen Hahn übertragen, der am Ende des Rituals als Opfertier geschlachtet wird.

Lamnazeach binginot mismor schir: (hebr. lamnatseah binginot mizmor shir) Einleitungssatz zu Psalm 67.

Elokim, jehanenu wiwarchenu; jaer panaw itenu selah: (hebr. Elokim, yehanenu vivarkhenu; ya'er panav itanu selah). Psalm 67, 2: »Gott, sei gnädig mit uns und segne uns; lasse Dein Angesicht leuchten über uns. Sela.«

→ S. 50

Schon aus diesem Grund müsstest du ihn besuchen: (jidd. *dertzu nokh iz er an ovel nokh zayn tokhter, darfstu dokh gevis arayngeyn tsu im*). Das Gebot des Trauerbesuchs endet für Menschen, die um ein Kind trauern, nach dreißig Tagen. Es handelt sich also um einen Höflichkeitsbesuch und nicht um einen Besuch aus religiöser Pflicht.

→ S. 51

Ich, ich bin es, der euch tröstet: Jesaja 51, 12. Beginn der *Haftara* zum Wochenabschnitt *Shoftim*. Wir befinden uns also in der vierten Woche nach Tischa be'Av.

nach dem *Ascher-jotser:* (hebr. *asher yatzar*): »der du [den Menschen] geformt hast«, die ersten Worte des Segens, den man nach dem Verlassen der Toilette sagt.

→ S. 54

Der Chafetz Chaim von Radun: R. Israel Meir (Hakohen) Kagan (1838–1933), ein hoch angesehener und einflussreicher Rabbiner der Mussar-Bewegung (siehe Anmerkung zu Seite 12), veröffentlichte 1873 anonym sein erstes Werk, betitelt *Chafetz Chaim*, in dem er klare Vorschriften gegen üble Nachrede, Verleumdung und Klatsch (*lashon hara*; jidd, *loshn hore*) formulierte. Der Titel stammt aus Psalm 34, 13–14: »Wer ist der Mann, der Leben begehrt (*Ḥafets Ḥayyim*), der sich Tage wünscht, an denen er Gutes schaut? Hüte deine Zunge vor Bösem und deine Lippen, dass sie nicht betrügen.« Kagan legte großen Wert auf die Einhaltung dieser Vorschriften, deren moralische Wichtigkeit er in seinem zweiten Buch, *Shmirat ha-lashon* (Hüte die Zunge, 1876) darlegte. Kagan war ein entschiedener Gegner des politischen Zionismus und Mitbegründer der Agudat-Jisrael. Er kämpfte für den internationalen Zusammenhalt der jüdischen Orthodoxie. Auch: Chofetz Chaim.

→ S. 56

in irgendeiner Betstube einen Minjan suchen musste: (jidd. *Di mekurovim zaynen bloyz dray mol in tog aroyf davnen, er zol nit darfn geyn zukhn a minyen in a bezmedresh*). Zehn Juden sind nötig (Minjan), um das Totengebet (Kaddisch) und das Achtzehn-Bitten Gebet (Schemone esre, Amida) sagen zu können.

dass der Rav durch die Gebete hastete, das stumme Achtzehn-Bitten-Gebet als erster beendete und ebenso schnell das Totengebet murmelte: (jidd. *Vi der rov davnt baym omed gikh-gikh, shteyt oys shirnenesre der ershter un murmelt op punkt azoy gikh dem kadish-yosem*). Der Kern jedes Gottesdienstes ist das lange Achtzehn-Bitten-Gebet (hebr. *shemone-esre*), auch Amida genannt, weil es stehend (hebr. *omed*) gesprochen wird. Das Kaddisch (Heiligung) ist ein Preis Gottes in aramäischer Sprache, dessen Varianten verschiedene liturgische und religiöse Funktionen haben. Das *kadish yatom* (Kaddisch der Waisen) wurde traditionell nur vom ältesten Sohn gesagt, der die Stelle des verstorbenen Vaters einnahm, um den Preis Gottes auszubringen. Es soll dreimal am Tag gesprochen werden. Für ein Kind wird Kaddisch nur in den ersten dreißig Tagen nach dem Begräbnis gesagt. Die Tochter starb vor Chanukka (im Dezember), also vor wenigstens sechs Monaten. Exzessive Trauer ist im Judentum verpönt. Maimonides (in *Hilchot Avel* 13:11) schreibt, dass man den Tod als einen Teil des Wesens der Welt (*minhago shel olam*) akzeptieren muss.

Gerichtszimmer: (jidd. *bezdn shtub).*

→ S. 60

Rat der Großen Torah-Gelehrten: Der »Rat der Großen Torah-Gelehrten« (*Moetzes Gedolei HaTorah*) wurde gleichzeitig mit der Agudat-Jisrael (auch: Agudah) 1912 in Katowice gegründet. *Moetzes* ist die Rabbinerversammlung der Agudah und der Degel-HaTorah-Bewegung. Ihr gehörten die wichtigsten autoritativen Talmud-Gelehrten an. Der Rat entwickelte die intellektuellen und politischen Richtlinien der Bewegung. Als Vorsitzender *(rosh)* des Rates wäre R. Eisenstadt der mächtigste Rabbiner der orthodoxen jüdischen Welt.

Vater, der keine Fragen stellt: (jidd. *to zoln zey oyfklern dem tatn, dem sheeyne yedeye lishol az er krikht in fayer*) – »der nicht zu fragen weiß« – bezieht sich auf einen der vier Söhne in der Haggada. Neben dem weisen, dem einfachen und dem bösen Sohn gibt es auch einen, der »nicht zu fragen weiß«. Das Nicht-Wissen wird von den Rabbinern als selbstbezogenes Nicht-Wollen, als Verweigerung von Interesse und Empathie ausgelegt. Obgleich die Schüler den Graipewer Rav scheinbar als naiv bezeichnen, deuten sie durch diese Anspielung auch egoistische Motive an.

Es kursiert die Meinung: Der Sprecher benutzt die rabbinische Phrase *yesh omrim* und deutet damit an, dass dies die konträre Meinung einer Minderheit ist.

Prediger: (jidd. *zoger*). Neben dem gelehrten *ba'al darshan* und dem inspirierenden *Maggid* gibt es noch den *zoger* (Vorsager, Ansager). Das Wort bezeichnet meist einen einfachen Lehrer, der gelegentlich öffentlich spricht. Das Wort ist hier abwertend gemeint.

→ **S. 61**

einen Denkzettel verpassen: (jidd. *lernen mit im parsha Balak*). Im Wochenabschnitt (*parsha*) »Balak« (4. Mose 22,2–25,9) wird Balaam, der Gesandte des Königs von Moab, durch einen Esel belehrt, die Juden nicht zu verfluchen, sondern zu segnen.

→ **S. 62**

die Ansiedlung in Eretz Israel: (jidd. *yishuv erets-yisroel*). Eisenstadt wechselt subtil von der Rückkehr (*shivat-erets)* zur Besiedlung (*yishuv erets*) und übergeht, welche Motivation (religiös oder politisch) mit der Besiedlung verbunden ist.

→ **S. 63**

abtrünniger Rebell: (jidd. *zaken mamre*). Das ist ein schwerer Vorwurf der Häresie und der wissentlichen Missachtung rabbinischer Autorität.

→ **S. 66**

wurden nicht von der Sonne erquickt, und unter ihren Flügeln geheilt, wie es im Bibelvers heißt: (jidd. *hoben zikh nit gekvikt mit der zun vos heylt mit ire fligl, vi in posek shteyt*). Zitiert wird Malachi 3,20 (bzw. 4,2).

→ **S. 67**

Das geht überhaupt nicht: (hebr. *haya tehiye*). Hesekiel 20, 32.

Akiva Eger: (auch Eiger-Güns, 1761–1837), geboren in Eisenstadt, herausragender Talmudist und Posek (Dezisor, ein Gelehrter, der verbindliche religionsgesetzliche Entscheidungen fällt); Oberrabbiner in Posen.

→ **S. 68**

Der Weisheit der rabbinischen Autoritäten vertrauen: (jidd. *emunas khokhomim*). Das traditionelle Konzept der *emunat ḥakhamim* (Traktat *Pirke Avot* 6,6) bedeutet, dass man darauf vertrauen muss, dass ein erfahrener und angesehener Lehrer es besser weiß als man selbst.

Oberrabbiner: (jidd. *more de'asre*), gemeint ist Eisenstadt. Aus Höflichkeit werden Anwesende indirekt in der dritten Person angesprochen. Die Vorstände benutzen das Wort *ba'al darshan* für ihren Prediger.

→ **S. 72**

Nicht die Maus ist der Dieb – das Loch ist der Dieb: Traktat *Gittin* 45 a.

Schiwisi: (hebr. *shiviti*). Ein *shiviti* ist eine kunstvolle Darstellung der vier hebräischen Buchstaben, die Gott repräsentieren (Tetragrammaton). Es dient als Meditationshilfe. Das Wort *shiviti* entstammt dem Vers: *Shiviti JHWH lenegdi tamid* – »Ich habe den Herrn immer mir vor« (Psalm 16,8). Ein *shiviti* wurde oft in das Vorbeterpult geschnitzt.

→ **S. 73**

was ihr Vater ihnen als gehorsamen Söhnen aufgezwungen hatte: (jidd. *vos zeyer foter hot oyf zey aroyfgetsvungn b'gezeyres kibud-av*). Die jiddische Formulierung ist stärker, als das Wort ›gehorsam‹ heute noch ausdrücken kann. *B'gezeyres kibud-av* bedeutet wörtlich: durch das Dekret (*gezeyeres*) ›Du sollst Vater und Mutter ehren‹ (*kibud av*). Das fünfte Gebot galt so absolut wie die anderen neun Gebote des Dekalogs.

eine Frau kennt ihre Gäste besser als ein Mann: Traktat *Berachhot* 10 b.

→ S. 74

R. Alexander-Siskind von Grodno (um 1744–1794) veröffentlichte 1782 sein Werk *Yesod ve-shoresh ha-avodah* (Prinzipien und Grundlage des Gebets), eine detaillierte Anleitung zur ethischen Lebensführung für das ganze Jahr, das er als sein ethisches Testament verfasst hatte. Die wichtigsten Quellen seines Buches waren der Sohar (Hauptwerk der Kabbala) und die Schriften des Kabbalisten Isaak Lurias (1534–1572).

→ S. 75

die vier Todesstrafen ... die ein Bet-Din verhängen kann: Die vier Todesstrafen (*arba mitot*) sind Steinigung (*sekila*), Verbrennung (*serefa*), Köpfen (*hereg*), Erwürgen (*chenek*). Diese Strafen werden im Traktat *Sanhedrin* behandelt und von Maimonides in *Mishneh Torah* (*Hilchot Sanhedrin*, besonders in Kapitel 15) kommentiert. Das Verhängen der Todesstrafe war schon in der jüdischen Antike kontrovers und äußerst selten.

→ S. 77

R. Mordchele von Pokroj: Im litauischen Pakruojis wurde 1801 eine große hölzerne Synagoge gebaut. Ein R. Mordechai ist belegt; aber der künstlerisch geschnitzte Aaron-Kodesch stammte von einem Wandertischler.

Samut: Žemaitija (Samogitien), eine der fünf Kulturregionen des heutigen Litauens, auch Niederlitauen genannt. Pakruojis liegt im Norden dieser Region.

Gaon von Wilna: Elijah ben Solomon Salman (1720–1797), ein phänomenal gelehrter Mann, der dem litauischen Judentum seine rationale (antichassidische) Ausprägung gab.

liebe die Arbeit und hasse das Rabbinat: Traktat *Pirke Avot* 1,10.

→ S. 79

sehr anmaßend führen,« prophezeite R. Isaak-Aisikl: (jidd. »*Dayn Moyshe-Mordkhe vet firn Horodne beyad rama«, hot R. Yitskhok-Ayzikl nevies gezog der tokhter*). Der Satz kombiniert Warnung und Prophetie. Der Schlüssel liegt im Wort anmaßend (*beyad rama, mit erhobener Hand*). Es erscheint in 4. Mose 15,30: »*Vehanefesh asher ta'aseh beyad rama ... et-hashem hu megadef ...* – Eine Seele, die anmaßend handelt ... frevelt gegen den Herrn; diese Seele soll aus der Mitte des Volkes gerissen werden.«

Tallit-Katan des Ravs: (jidd. *dem ravs talis-kotn*). Neben dem großen Gebetsmantel (*tallit gadol*), der in Gottesdiensten getragen wird, gibt es noch den kleinen Gebetsmantel (*Tallit-Katan*), ein ponchoartiges viereckiges Tuch aus Wolle oder Baumwolle, das an den vier Ecken (*arba kanfot*) ebenfalls mit langen Gebetsfransen (*tsitsit*) versehen ist und ganztägig über oder unter der Kleidung getragen wird (nach 4. Mose 15, 38–39). Nur die Zizit (das wichtigste Element des Tallit) müssen jederzeit sichtbar sein. Obwohl die Bibel den *Tallit-Katan* nicht verlangt, wurde der rabbinische Brauch im Verlauf der Jahrhunderte zur Pflicht für Männer.

hochverehrte Rebbezin, mögen ihr lange, gesunde Jahre beschieden sein, Amen: (jidd. *un ruft zayn vayb di rebetsin shlit»e*). Das Akronym *shlit«a* (hebr. שליט״א) wird nur dem Namen sehr großer männlicher Persönlichkeiten nachgestellt Das aufgelöste hebräische Akronym enthält auch ein männliches Pronomen.

→ S. 82

Götzendienst: (jidd. *S'iz khukes hagoyim*). Die Nachahmung nichtjüdischer religiöser Praktiken gilt als verboten. Das basiert auf 3. Mose 18, 3: »Ihr sollt nicht nach ihren Gesetzen leben.«

→ S. 88

Milchiges … Fleischiges: Die jüdischen Speisevorschriften verlangen strikte Trennung von milchigen und fleischigen Speisen (u. a. nach 2. Mose 23, 19).

→ S. 93

Wo Gelehrtheit ist, ist Weisheit: (jidd. *vu toyre dort iz khokhme*). Redensart.

→ S. 94

nichts weiter erreicht zu haben, als Maggid in einer winzigen Synagoge zu sein: (jidd. *vos fun ale glikn iz er geblibn a magid in a kloyz*). Von den vielen Ausdrücken für einen Ort des Gebets bezeichnet *kloyz* (Klause) den zweitkleinsten. Noch kleiner ist nur noch das *shtibl* (Betstube)

→ S. 95

Prediger: (jidd. *bal-darshn*).

Schewat: Januar/Februar.

dass Schabbat war und sie die Seiten nicht einreißen durfte: Ausradieren (*moḥek*) ist eine der neununddreißig am Schabbat verbotenen Arbeiten. Das Einreißen des Zeitungspapiers kann Buchstaben auslöschen.

→ S. 96

Prediger: (jidd. *zoger*). Die Metzgersfrau benutzt das am wenigsten prestigeträchtige Wort für Prediger. Perele lehnt gegen diese Charakterisierung ihres Mannes auf, korrigiert *zoger* aber nicht zu *ba'al darshan*, sondern gleich schon zu Rav.

→ S. 98

Chalutzim: Landwirtschaftliche Siedler im vorstaatlichen Israel.

Adass Jeschurun: (auch Adass Jisroel) bezeichnet meist eine Gemeinde, die zur »Israelitischen Religionsgesellschaft« gehört, ein Zusammenschluss von orthodoxen Gemeinden, die sich ab den 1860er-Jahren in Deutschland gegen das Reformjudentum stellten. Das Modell für den rabbinischen Besucher ist Esriel Hildesheimer, einer der Begründer der westeuropäischen Neoorthodoxie, der allerdings anders als der Besucher in Horodno die Auswanderung nach Palästina befürwortete.

→ S. 99

Und weil er an die Juden in Babylon schrieb: (jidd. *un vayl er hot tsu di yidn fun bovl geshribn*). Dieser Brief Jeremias ist Kapitel 29 im biblischen Buch »Jeremia«. Aus der Angabe des Wochenabschnitts *Beshalaḥ* etwas später im Text lässt sich erschließen, dass am Schabbat des Delegationsbesuchs der Wochenabschnitt *Bo* gelesen wird. Die Prophetenlesung (Haftara) für *Bo* ist aber Jeremia 46, 13–28. Sie enthält nur das Versprechen der Erlösung (Jer. 46, 18), aber kein Verbot, diese nicht selbst voranzutreiben.

deutschen Gesellschaft: (jidd. *daytshishe khevre*). Gemeint ist die von den Rabbinern Jakob Ettlinger, Esriel Hildesheimer und Samson Raphael Hirsch begründete moderne deutsche Orthodoxie, die von den östlichen Orthodoxen abgelehnt wurde.

→ S. 101

Schabbat Schira: An diesem Schabbat wird der Wochenabschnitt *Beshalaḥ* (2. Mose 13, 17 – 17, 16) gelesen, der das archaisierende »Lied am Schilfmeer« (*shirat hayam*) enthält, das den Auszug aus Ägypten beschreibt (2. Mose 15, 1–18).

→ S. 102

Gebetsriemen: In der Tat werden Gebetsriemen (*tefillin*) nur in vier Versen in der Bibel erwähnt. Das Wort für Prediger hier ist *ba'al darshan*.

im Greisenalter ein Sadduzäer wurde: Traktat *Berachot* 29 a. Der Hohepriester (*kohen gadol*) Jochanan wurde nach achtzig Jahren Dienst im Tempel ein Sadduzäer, schloss sich also einer Gruppe an, die die mündliche Lehre ablehnte. In *Berachot* 29 a dient Jochanan als Beispiel dafür, dass auch ein verdienstvoller Mann im Alter noch zum Häretiker werden kann.

Jerobeam: Jeroboam ben Nebat erhob sich gegen König Salomo, wurde der erste König des Nordreichs Israel (926–907 v. d. Z.), ließ in den von ihm erbauten Heiligtümern goldene Kälber aufstellen und galt deshalb als Abtrünniger, der den Untergang Israels verursachte.

→ S. 104

Horodno ist dem Untergang geweiht: (jidd. *Horodne iz an ir-hanidakhes*), im Jiddischen wörtlich: Eine Stadt, die sich dem Götzendienst ergeben hat und darum zur Zerstörung freigegeben ist (nach Deut. 13, 13–18). Die Agudahniks stehen an einer Treppe zum Ausgang, weil das Erdgeschoss der Großen Synagoge in Wilna, die hier Modell steht, unter dem Straßenniveau liegt, da im 17. Jahrhundert Synagogen nicht höher gebaut werden durften als Kirchen.

→ S. 105

Das Schwarze Bureau: (jidd. *lishkah hashkhoyre*): Jakob Halevi Lipschitz (1838–1921), der mächtige, langjährige Sekretär des Kovner Ravs,

R. Isaak-Elchanan Spektor (1817–1896), war ein Gegner aller neuen Bewegungen und bekämpfte zusammen mit anderen ultraorthodoxen Rabbinern unter anderem auch die Zionisten. Sein Büro in Kovno (Kaunas) erhielt um 1900 den Namen »Schwarzes Büro von Kovno«.

Sie, die alten politischen Führer: (jidd. *zey, di alte askonim*), wörtlich: Strippenzieher; politischer Aktivist oder Führer. Jakob Lipschitz war einer der berühmtesten *askonim* seiner Zeit.

→ S. 106

Bundist: Ein Mitglied oder Anhänger des 1897 in Wilna gegründeten Allgemeinen Jüdischen Arbeiterbundes.

→ S. 107

Gerechtigkeit geht ihm voraus: Psalm 85, 14. Das erste Wort (*tsedek*) bedeutet sowohl Gerechtigkeit als auch Almosen (nämlich ein Geldgeschenk, um soziale Gerechtigkeit herzustellen).

Gebetsfransen: (jidd. *arba kanfes).* Siehe Anmerkung zu Seite 79.

→ S. 108

den sibirischen Lagern des Zaren: (jidd. *tsarisher katorge*). Das datiert die Geschichte vor 1917.

→ S. 109

hielte einen fleckigen Bettelsack neben den Mond: (jidd. *vi tsu farglaykhn a torbe flekener tsu der levone*). Der Mond (*levone*) ist im Jiddischen (wie im Hebräischen) weiblich. Alle Vergleiche (*mesholim*) sind weiblich, obwohl das Sujet des Vergleichs der Rav ist. Möglicherweise spielt Grade hier mit dem in der jiddischen Literatur enorm präsenten Thema der Feminisierung der Gelehrten (und der Maskulinisierung ihrer hart arbeitenden Frauen).

bringt sie es nicht fertig, Wasser zu kochen: (jidd. *ken zi a kats an ek nit farbindn).* Wörtlich: Sie kann der Katze keinen Schwanz anhängen. Die Redensart entstand aus einem Kinderspiel und bezeichnet völlige Unfähigkeit.

→ S. 112

Gebetbuch für Frauen: (jidd. *korbn minkhe sider*). Der *Siddur Korban Mincha* (Gebetbuch für den Nachmittag) war spezifisch für Frauen konzipiert und wurde ein populäres Geschenk für junge Bräute.

→ S. 115

Fastentag: (jidd. *tones ester*). Der Tag vor dem Purim-Fest ist ein Fastentag (Ta'anit Esther).

→ S. 117

Warum war er so um seine Rebbezin bemüht: (jidd. *far vos tsitert azoy der rov iber zayn rebetsin*). Das ist die entscheidende Frage. Stellt er damit das persönliche Wohl über das Gemeinwohl? Oder ist die persönliche Loyalität ein essentieller Baustein des Gemeinwohls?

die Tochter von Talmud-Gelehrten und die Frau eines Talmud-Gelehrten: (jidd. *take a bas talmid-khokhem, an eyshes-khaver*). Die Überlegung, welche Form des Respekts Sara-Rivka gebührt, ist nicht trivial, denn respektvolles Verhalten einem Talmud-Gelehrten gegenüber gilt als *Mitzwa* (positives Gebot). Es kann erfüllt werden, indem man der Frau des Gelehrten denselben Respekt zollt wie dem Gelehrten selbst. Die Überlegungen der jungen Anhänger sind also despektierlich nicht nur Sara-Rivka, sondern auch ihrem Mann gegenüber, zeigen den Beginn seines Machtverlusts und zwingen ihn, sich zu entscheiden.

→ S. 118

häuslichen Frieden: (jidd. *sholem-bayis*). Der Hausfrieden, das positive, konstruktive Zusammenleben eines Ehepaars, gilt im Judentum als elementarer Baustein einer kultivierten, moralischen Gesellschaft und des persönlichen Gottesdienstes.

glaube nicht, dass du im Haus des Königs entkommst: Buch Esther 4,13.

→ S. 119

Megilla: (jidd. *megile*). Rolle. Fünf biblische Bücher werden als Rollen (*megilot*) bezeichnet: Esther, Ruth, Klagelieder, Hohelied, Prediger (Ecclesiastes). An Purim wird die Esther-Rolle (*megilat ester*) verlesen.

→ S. 120

Sie betete mit solchem Selbstrespekt aus einem kleinen Gebetbuch mit Goldschnitt: (jidd. *gedavnt hot zi fun ir gold-gelayshtn siderl mit aza derekh-erets tsu zikh gufe*). Wörtlich: mit solcher Selbstachtung vor der eigenen Person.

→ S. 121

für die vier Gläser Wein: (jidd. *arbe koyses*). Während des Festmahls (*seder*) am ersten Abend des Pessach-Festes müssen vier Gläser Wein getrunken werden.

→ S. 122

Aus der Stärke kam Süße: (hebr. *umeaz yatsa matok*). Richter 14, 14. Samson gibt dieses Rätsel den Philistern auf. Um es zu lösen, erpressen die Philister Samsons Frau, die ihren Mann wiederum so unter Druck setzt, dass er nachgibt und die Lösung verrät.

→ S. 123

Porusch: siehe Anmerkung zu Seite 22.

→ S. 125

Ata ha-ish: Mit diesen Worten kritisiert der Prophet Nathan König David für sein Verbrechen an Uriah (2. Samuel 12, 7).

Baranowitsch: eine wirkliche Stadt (poln. Baranowicze), aber auch ein Ulk (poln. *baran* heißt Widder, also Ziegenstadt).

→ S. 128

Lag baOmer: Der 33. Tag nach Pessach (etwa Mitte Mai), ist ein fröhlicher Tag, der meist im Freien verbracht wird. Die Einschränkungen, die für die leichte Trauerzeit zwischen Pessach und Schawuot gelten, sind an diesem Tag aufgehoben.

→ S. 129

Am Abend des vierzehnten Nisan sucht man Gesäuertes im Lichtschein einer Kerze: Traktat *Pesachim* 2 a.

→ S. 130

das Gebot ist eine Lampe und die Torah ein Licht: Sprüche 6,23.

Der Autor des Buches Ittur: Isaac ben Abba Mari (1122–1193), meist Ba'al ha-Ittur nach seinem Hauptwerk *Ittur Soferim* genannt, lebte in der Provence. Sein magnum opus war ein Gesetzeskodex, an dem er von 1170 bis 1193 arbeitete. Das Werk wurde ab der Mitte des 14. Jahrhunderts von Jakob ben Aschers Kodex *Arba'ah turim* abgelöst und geriet fast völlig in Vergessenheit. Ein Teildruck erschien 1608 in Venedig, eine vollständige Ausgabe erst 1860 in Lemberg. Der Junge zeigt, dass er entlegenes Material kennt.

→ S. 131

Maharam: Akronym aus Morenu Ha-Rav Rabi M ... unser Lehrer der Rav und Rabbi M ... Mehrere Gelehrte tragen diesen Titel, unter ihnen R. Meir von Rothenburg (um 1215–1293) und R. Meir Eisenstadt (1670–1744).

Kreti upleti: (auch: *Kreisi upleisi*) ist ein Werk von R. Jonathan Eybeschütz (Erstausgabe Altona 1763). Es kommentiert den Band *Yoreh de'ah* des *Shulḥan arukh*. Eybeschütz (um 1690–1764) war ein bedeutender Talmud-Gelehrter und Prediger. Er geriet 1750 als Rabbiner in Altona in einen erbitterten Konflikt mit R. Jakob Emden.

→ S. 132

Pene Jehoschua: ein Standardwerk zum Talmud, verfasst von dem bedeutenden Gelehrten Jakob Jehoschua Falk (1680–1756). Im Streit zwischen Eybeschütz und Emden ergriff Falk für Eybeschütz Partei. Seine Widersacher hielten ihn von einer Predigt in der Frankfurter Synagoge ab.

→ S. 133

Palmwedel: (jidd. *lulov*). Der Lulav besteht aus dem langen Blatt einer Dattelpalme, einem Myrten- und einem Weidenzweig. Der Lulav wird am Laubhüttenfest gebraucht.

sprach aalglatt: (jidd. *mayne-loshn*). *Maane lashon* ist ein Buch mit traditionellen Gebeten, die auf dem Friedhof gesprochen werden; der davon sarkastisch abgeleitete jiddische Ausdruck *mayne-loshn* bedeutet eloquent, scharfzüngig, oft negativ konnotiert (mit einem Stich ins Vulgäre).

→ S. 139

zum Lichtanzünden verspäten: (jidd. *az zi ken farshpetikn likht-bentshn*). Für Juden beginnt der Tag nach Sonnenuntergang. Feiertage und Schabbat werden mit einem Lichtersegen (*likht-bentshn*) eingeleitet; die Kerzen müssen achtzehn bis zwanzig Minuten vor Sonnenuntergang (komplettes Verschwinden der Sonne unter dem Horizont) angezündet werden. Das ist die Aufgabe der Frau.

→ S. 140

Aguna: (jidd. *agune*). Eine Frau, deren Mann sie verlassen hat, ohne ihr den Scheidebrief zu geben, den sie vor Zeugen freiwillig annehmen muss, kann sich nicht wiederverheiraten.

→ S. 144

Gossensprache: (jidd. *mayne loshn*). Grade verwendet hier denselben Ausdruck wie für Pereles Rede während der Bar-Mitzwa-Feier. Locus classicus für die *mayne loshn* als Strom von Flüchen ist in der Autobiographie Scholem Alejchems, *Funem yarid* (Zurück vom Markt), die *mayne loshn* der Stiefmutter aus Berditschew.

→ S. 149

Radun: Dort befand sich eine der berühmtesten Jeschiwot in Litauen, gegründet 1869 durch den Chafetz Chaim (siehe Anmerkung zu Seite 54). Der Niedergang der Jeschiwa begann 1928 mit der Ernennung des jungen Mendel Zaks (1898–1974), Schwiegersohn des Chafetz Chaim, als Rosch Jeschiwa.

Jeschiwa von Mir: Die Jeschiwa wurde um 1815 im weißrussischen Mir gegründet. Das Vorrücken der Wehrmacht und der Roten Armee bewog den Leiter der Jeschiwa, die Schule 1940 ins litauische Kėdainiai zu verlagern. Dort hatten die Jeschiwa-Studenten das Glück, vom japanischen Generalkonsul Chiune Sugihara in Kaunas Transitvisen zu bekommen, mit denen sie nach Shanghai reisen konnten, wo sie den Krieg überlebten. Deshalb steht die Jeschiwa von Mir hier nicht nur für eine bestimmte religiöse Ausrichtung (es gibt intensive persönliche spirituelle Verbindungen zwischen den Jeschiwot in Radun und Mir), sondern auch für ein Schlupfloch in die Zukunft.

→ S. 150

Jahrzeitkerze: (jidd. *a gelblekhe opgebrente yortsaytlikht*). Jedes Jahr an der Wiederkehr des Todestages (*yortsayt*) wird für den Toten eine Kerze (*likht*) angezündet, die vierundzwanzig Stunden lang brennt.

→ S. 151

Responsen: (jidd. *shayles-utshuves*). Siehe Anmerkung zu Seite 12.

→ S. 152

kann ich dir darin besser zur Hand gehen: In der Jeschiwa von Radun übernahm die Frau des Chafetz Chaim für eine Zeit die Versorgung der Studenten.

→ **S. 155**

Die Krone ... gesündigt haben: Klagelieder 5, 16.

→ **S. 156**

Immer wenn ... Stehe auf, o Herr: Dieser Vers (4. Mose 10:35) wird immer rezitiert, wenn der Aaron-Kodesch geöffnet wird, um die Torah-Rolle zur Verlesung herauszunehmen. Der Vers signalisiert Aufbruch zu einer Reise, dessen Ziel die Erfüllung des göttlichen Willens ist.

→ **S. 159**

Schiwa: (jidd. *shive*). Die ersten sieben Tage sind eine Zeit der intensiven Trauer, die die engsten Hinterbliebenen auf niedrigen Schemeln sitzend verbringen. Es ist eine Mitzwa, den Trauernden in dieser Zeit zu besuchen.

→ **S. 161**

Prediger: (jidd. *bal darshn*).

→ **S. 163**

Wenn eine Spinne in den Dreck kriecht, weiß sie nicht, wo es besser ist: (jidd. *ven a shpin krikht arayn in a parkh, veys er nit vu fri'er zikh tsu leygn*). Das ist eine erfundene Redensart, die sagen soll, dass Perele nicht abschätzen kann, wo es ihr am besten geht, und darum einen schlechten Ort (den Dreck, die Stadtsynagoge) vorzieht. Damit liegt David Gans auf mehreren Ebenen falsch. Das Wort פאַרך (*parkh*) ist ein Problem. Es bedeutet tinea capitis (Scherzpilzflechte); dieses Wort gibt es auch in der Variante פאָרעך (*porekh*, aus dem Russischen порох) und war darum homophon mit dem Wort für Staub (פּאָרעך; *porekh*). Es ist möglich, dass in Litauen das Wort *porekh* (Staub) in der Variante *parkh* existierte. Beide Wörter bezeichnen einen unreinen Ort.

LEJBE-LEJSERS HOF

1

Im Sommer um die Mittagszeit ist es laut in Lejbe-Lejsers Hof. Kinder lärmen, Erwachsene schreien, Türen schlagen, die Sonne blendet. Doch im Beit-Midrasch, das sich in diesem Hof befindet, ist es still, kühl und dämmrig. Auf dem Fußboden zwischen den dicht gestellten Bänken und Stehpulten ruhen starre Schatten und lassen die Durchgänge enger erscheinen, als sie sind. Ein Fleckchen Sonne spielt und tanzt auf einem harten, schwarzen rabbinischen Hut, der auf einer Bank an der Ostwand liegt. Der Sonnenfleck vollführt einen kunstvollen Sprung vom Hut auf ein Stehpult und verliert sich zwischen den Blättern eines offenen Talmuds wie der buschige Schwanz eines Eichhörnchens zwischen belaubten Zweigen. Eine Minute später erscheint der Sonnenfleck schon wieder und springt auf die Schulter des Poruschs R. Joel Weintraub, der in eine rabbinische Schrift vertieft vor dem Bücherschrank steht.

R. Joel Weintraub ist ein wuchtiger Mann, groß und breitschultrig, mit einer Stirn wie ein Felsen, der in einen unbehaarten Schädel übergeht, auf dem er die Jarmulka weit zurückgeschoben hat. Sein breiter grauer Bart ist unter dem Kinn noch dunkelbraun. Die Schultern sind leicht verzogen. In der linken Hand hält er ein Buch, mit der rechten Hand stopft er sich eine Bartsträhne in den Mund, während seine zusammengekniffenen Augen einen Kommentar in Raschi-Schrift durchforsten. Von Zeit zu Zeit brummt er nachdenklich, dann melancholisch, schließlich mündet sein Brummen in ein gedankenverlorenes Schweigen und über der Nasenwurzel entsteht ein Geäst aus tiefen Falten. Der Sonnenstrahl auf seiner Schulter hat sich schon wieder verflüchtigt und tänzelt nun in den Falten des verblichenen Samtvorhangs vor dem Aaron-Kodesch.

Von seiner imposanten Erscheinung und Gelehrtheit her hätte R. Joel Weintraub der Rav einer großen Stadt sein können. Aber er hatte es nicht einmal in Zaskowicz ausgehalten, einer winzigen Ortschaft in der Nähe von Oszmiana. Er verließ seinen Posten, weil er einen tiefen Widerwillen gegen das Rabbinat insgesamt entwickelt hatte. »Ein Rav«, erklärte er seufzend seiner Rebbezin, »muss verbieten können, was verboten werden muss. Er muss sagen können: Dies und das ist unrein, untauglich, unzulässig. Aber ich habe nicht das Herz, so viele Dinge zu verbieten.«

R. Joel Weintraubs Frau ist im Gegensatz zu ihm klein, dünn und sehr scheu. Nur wenn sie allein ist, lacht sie leise und fühlt sich merkwürdig glücklich. Sie heißt Hindele und sieht auch wirklich aus wie ein kleines Hühnchen, das sich über ein Körnchen freut oder eine Kruste Brot. Als junges Mädchen erschrak sie gewaltig, als der Vater ihr aus der Jeschiwa einen Bräutigam mitbrachte, einen langen, wohlgebauten und gelehrten jungen Mann. Sie erschrak noch mehr, als ihr Mann schließlich Kost und Logis bei ihrem Vater verließ, und sie musste die Rebbezin in einem fremden Städtchen werden. Anfangs erwarteten die Frauen von Zaskowicz kluge und fromme Sätze von der neuen Rebbezin. Doch sie erkannten schnell, dass da nichts zu erwarten war. Danach durchlebte Hindele eine dunkle, beklemmende Zeit, weil sie keine Kinder bekam. Obwohl man nicht wusste, wer von beiden daran Schuld hatte, fühlte sie sich schuldig und zitterte darum innerlich vor Freude, wenn ihr Joel liebevoll mit ihr sprach. Manchmal schaute sie ihn mit großen Augen an, ob er daran auch recht tat. Im Winter führte ihr Mann sie an den Schabbaten vor Neumond morgens am Arm untergehakt in die Synagoge, damit sie nicht auf dem Eis ausrutsche oder im tiefen Schnee versank. Sie schaute ihn dann fragend an, ob es schicklich war, dass der Rav seine Frau unterhakte. Doch nie hatte sich Hindele so erschrocken und gleichzeitig so tief gefreut wie an jenem Tag, da ihr Mann sagte, er werde das Rabbinat aufgeben.

»Und wovon sollen wir leben?«, fragte sie. Das wüsste er nicht, seufzte R. Joel. Er wüsste nur, dass er nicht mehr Rav sein könne, da er ständig Entscheidungen treffen müsse, die alles verböten. Sogar die winzigen Häuser des Dorfes mit ihren krummen Fenstern und eingefallenen Strohdächern verursachten ihm Schuldgefühle. Er war so bärenhaft und ungeschickt, und in den niedrigen Häuschen des Dorfes wohnten ganze Familien sehr beengt beieinander. Es kam ihm vor, als missbilligten sogar die Bäume, die den Hof der Synagoge umstanden, dass er so dick und sie selbst so dürr und verhutzelt waren.

Die Zaskowiczer Juden verstanden überhaupt nicht, warum ihr Rav sie verlassen wollte. Er hatte mit niemandem Streit und er sagte, er wollte kein höheres Gehalt. Warum passte ihm Zaskowicz nicht mehr? Bei den Juden nistete sich der Gedanke ein, der Rav suche eine größere Stadt. Sie trösteten sich damit, dass auch für ihr Schtetl sich ein feiner junger Mann finden würde, der in Glaubensdingen vielleicht sogar etwas strenger wäre als R. Joel Weintraub, der wie eine Kreißende stöhnte, wenn er etwas verbieten musste.

Der Rav und seine Frau zogen nach Wilna und ließen sich in Lejbe-Lejsers Hof nieder. Hindele begann, die wohlhabenden Frauen der Stadt täglich mit frischen Eiern zu beliefern, und R. Joel wurde ein Porusch. Er hätte sich darum bemühen können, in das Quorum der Gelehrten in der Synagoge des Gaons aufgenommen zu werden. Aber zum einen wollte er nicht durch Beziehungen oder Bestechung auf diesen Posten kommen und zum anderen ging ihm in der Synagoge des Gaons das Gewusel der Frauen gegen den Strich, die ständig kamen, weil sie jemanden brauchten, der ein Unglück abwendete, das Totengebet sprach oder zur Wiederkehr eines Todestages ein Kapitel in der Mischna studierte. Von da an saß R. Joel

Weintraub allein im Beit-Midrasch, das sich in Lejbe-Lejsers Hof befand, und hatte keinen Kontakt mit anderen Gelehrten. Hindele verdiente mit ihrem Eierkorb den Lebensunterhalt.

R. Joel steht noch immer vor dem Bücherschrank und sucht bei einem lang entschwundenen Gaon eine Antwort auf eine knifflige Frage im Traktat *Bava Batra*. Aber anstatt sich mit der schwierigen Passage in *Bava Batra* zu befassen, steht ihm sein Rabbinat vor Auge: Wenn er Rav in einer Stadt mit betuchter Bevölkerung gewesen wäre, hätte er keineswegs gezögert, eine Kuh für rituell unrein zu erklären oder eine Metzgerei zu verbieten. Er hätte Fuhrleute getadelt, die noch spät am Schabbat ins Städtchen fuhren. Aber er war Rav in Zaskowicz gewesen, das auch in guten Zeiten vom Wohlstand nur träumen konnte. Die Leute lebten vom Tauschhandel mit den umliegenden Dörfern: Sie brachten den Bauern Seife, Zwirn und Töpfe und erhielten dafür Schweinsborsten, Lumpen und lebende Hühner. Als die polnische Regierung auch dieses ärmliche Tauschgeschäft verbot, öffnete sich der Abgrund unter Zaskowicz. Die Arbeiter saßen untätig herum, die Krämer sahen sich nach Kunden die Augen aus dem Kopf, die Hausierer trieben sich zwecklos auf dem Markt herum wie sündige Seelen in der Unterwelt, denn sie durften die polnischen Dörfer nicht mehr betreten. Und dann kam so ein elender Jude mit einer rituellen Frage zum Rav: Darf man, Rabbi, darf man? Und einem solchen Juden sollte der Rav antworten: Nein, man darf nicht! R. Joel Weintraub ist weit davon entfernt, sich beim Herrn der Welt über Seine Gesetze in der Torah beschweren zu wollen. Aber Nein sagen muss ein anderer. Nicht er.

Außer dem Porusch R. Joel befindet sich im leeren Beit-Midrasch noch ein anderer Jude. Er sitzt an der Westwand zwischen dem Ofen und dem Fenster. Der Schlosser R. Heskia Teitelbaum ist tief vertraut mit dem Band *Orach Chajim* des *Schulchan Aruchs*. Manche sagen, er könne ihn auswendig. Außerdem ist er ein Meister seines Faches. Unentwegt setzen die

Krämer ihm zu, er solle kunstvolle Schlösser für sie machen, Schlüssel mit vielen Zähnen, Einbauschlösser und Türriegel. Sie wollen erstklassige Arbeiten von einem Meister, der sie nicht über den Tisch zieht. Wenn man nach dem Preis fragt, rechnet R. Heskia sehr lange, bevor er antwortet. Er kalkuliert langsam, wie viel ihn das Material kostet und wie viel Zeit die Arbeit beanspruchen wird und wie viel er verdienen darf. Die Besteller vertrauen ihm völlig. Aber der Schlosser ist nicht auf Arbeit und Verdienst aus. Er sitzt bis mittags im Beit-Midrasch, und wenn er zum Nachmittagsgebet kommt, bleibt er oft bis in die Nacht. Es war schon mehr als einmal vorgekommen, dass R. Heskia auf dem Rückweg von der Arbeit in einem Geschäft mit seiner Werkzeugkiste unterm Arm und einem schweren Hammer ins Beit-Midrasch wanderte. Dann stellt er seine Werkzeugkiste ab, legt den Hammer daneben, vertieft sich in ein religiöses Buch und vergisst, in die Werkstatt zurückzugehen.

Wenn der Schlosser durch die Straßen geht, sieht er nur auf seine Füße, als wolle er verhindern, dass sie vom rechten Weg abwichen. Die fromm gebeugten Schultern und der Kalkfleck auf dem Rücken bezeugen, dass er viele Stunden und Tage an die Wand gelehnt im Beit-Midrasch verbringt. Ehrfurcht befällt die Juden, wenn sie sein abgestorbenes Gesicht sehen, und sie halten ihn für einen Zaddik, allerdings auch für um einiges zu fromm und zu stur.

Ein Ladenbesitzer kommt frühmorgens rasch ins Beit-Midrasch gelaufen und sagt dem Schlosser, er habe den Schlüssel zu seinem Geschäft verloren oder das Türschloss bewege sich nicht. Es ist Markttag. Er verliert Geld. Wenn der Meister jetzt gleich mit ihm zum Geschäft ginge und die Tür öffnete, werde er es ihm gut vergelten. R. Heskia hat sein Morgengebet schon beendet, aber er will sein Studium nicht unterbrechen und rührt sich nicht von der Stelle. Egal wie flehentlich der Ladenbesitzer ihn bittet, er lässt sich nicht bewegen. »Wenn er Nein sagt, bleibt's dabei«, sagt sein Mitarbeiter in der Schlosserei.

Da R. Heskia zunehmend mehr Zeit im Beit-Midrasch als in der Werkstatt verbrachte, holte er einen Teilhaber in die Werkstatt, einen Arbeiter, der selbst weder Werkstatt noch Werkzeuge besaß und auch kein Meister seines Faches war, der aber jeden Tag kam und schuftete. Dafür zahlt R. Heskia die Miete für die Werkstatt und verlangt auch keinen größeren Anteil am Verdienst für die Nutzung seiner Schraubstöcke, Bohrmaschinen, Sägen und Meißel. Er teilt alles hälftig mit seinem Kompagnon. Manchmal allerdings kann der zweite Schlosser eine Arbeit nicht allein bewältigen und läuft zum Beit-Midrasch, um R. Heskia zu bitten, ihm beim Schweißen eines großen Türriegels zu helfen. Der Partner ist sehr groß und hat große Hände. Gesicht und Kleidung sind mit Maschinenöl beschmiert. Wenn er spricht, spuckt er Rauch und Asche, die er den ganzen Tag über am Blasebalg in der Schmiede einatmet. Wegen seiner groben Arbeitskleidung und schmutzigen Erscheinung fühlt er sich unwohl im Beit-Midrasch. Außerdem hat er großen Respekt vor R. Heskia Teitelbaum, denn er ist ungemein fromm und gelehrt und Herr und Meister in der Werkstatt. Darum wird er auch nicht zornig, sondern bittet nur dringlich:

»Ich schaffe es nicht, den glühenden Riegel mit der Zange zu halten und gleichzeitig mit dem schweren Hammer auf ihn einzuschlagen.«

»Gut, dann hole dir jemanden, der dir hilft, und teile den Verdienst mit ihm«, antwortet R. Heskia.

Der Teilhaber verharrt regungslos mit hängenden Armen und sieht aus wie ein Baum mit verkohlter Borke nach einem Waldbrand. Wo sollte er mitten am Tag einen Helfer suchen und finden? Außerdem weiß er, dass R. Heskias Frau mit ihrem kleinen Laden nicht genug für den Lebensunterhalt verdient und darauf wartet, dass ihr aus der Werkstatt etwas zufließt. Aber R. Heskia macht sich keine Gedanken über den Lebensunterhalt und der Teilhaber weiß, dass er hier nur seine Zeit vertut und nichts erreichen wird. Er zuckt die Achseln und geht zur Tür.

»Zum ersten Mal im Leben begegnet mir ein Meister, der es hasst, Geld zu verdienen.«

R. Heskia tut, als höre er das nicht. Auf seinem ausgedorrten Gesicht erscheint ein verbissenes Lächeln. In seinem Herzen verachtete er seinen Teilhaber als ungebildeten Klotz. An der Westwand sitzend, wiegt er sich wieder über seinem Buch, und der Porusch R. Joel an der Ostwand schockelt über der Gemara – beide wie verloren im dichten Gehölz des langgestreckten, sich windenden Beit-Midrasch und im Gewirr seiner heiligen Gegenstände.

Die Decke in Lejbe-Lejsers Beit-Midrasch hat drei Wölbungen. Unter der hintersten Wölbung entlang der Westwand stehen Tische und Bänke für Beter, die kein Geld für einen festen Sitzplatz aufbringen können, zu der auch ein abschließbarer kleiner Bücherkasten gehört. Unter der mittleren Wölbung steht die Bima, zu der im Norden und Süden Stufen hinaufführen. Die Bima umgibt ein Dickicht von Stühlen und Stehpulten für die wohlhabenderen Juden, die ihre Plätze entweder erbten oder sie jedes Jahr am Vorabend von Jom Kippur bezahlen. Die Stühle entlang der Ostwand mit ihren geschnitzten Rückenlehnen sind für prominente Juden und die Vorstände bestimmt. Das Stehpult des Vorbeters und der Aaron-Kodesch sind überreicht verziert mit geschnitzten Löwen und kleinen Säulchen. Am oberen Rand des Aaron-Kodeschs, noch über dem Volant, der den Samtvorhang etwas überlappt, sieht man die zum Segen erhobenen Hände der Kohanim. Die dichte Bestuhlung, der Wald aus Stehpulten, die über Tische verstreuten aufgeblätterten Bücher, die rituellen Waschbecken, die Hängelampen – all das hindert unter der Woche die wenigen Betenden daran, einander zu sehen. Jeder Beter sitzt in seiner Ecke und strengt sich an, den Vorbeter zu hören, der irgendwo weit weg an seinem speziellen Pult steht. Wenn der Minjan sich dann verläuft, bleibt im leeren Gotteshaus eine geheimnisvolle Stille hängen, als verströme das gehobelte und polierte harte Gehölz der Möbel noch die rätselhafte Tiefe dichter Wälder.

2

Der Schlosser R. Heskia Teitelbaum fastet nicht nur an den dafür festgesetzten Tagen, sondern auch an jedem Montag und Donnerstag, wenn die Torah verlesen wird. Sogar an einem gewöhnlichen Mittwoch fastet er bis kurz nach Mittag. Vom übermäßigen Fasten wurde er krank. Der herbeigerufene Arzt warnte, er bringe sich um. Doch selbst im Bett liegend, aß er nur kümmerlich, damit er sich nicht zu sehr an der materiellen Welt erfreute. R. Heskias Frau und seine Töchter liefen in Angst und Sorge zu gelehrten Männern. Diese kamen zu R. Heskia und warfen ihm vor, er praktiziere eine christliche Form der Askese. *Wechai bahem,* nach ihnen sollst du leben, hieße es über die Gesetzesvorschriften in der Torah, und die Gemara füge hinzu *welo schejamut bahem* und nicht an ihnen sterben. Der Schlosser aber blieb bei seiner Einstellung. Die Besucher gerieten darüber so in Wut, dass sie ihn vor ihrem Aufbruch nicht segneten, damit er gesund werde, sondern ihm sagten: *Welo am-ha-arez chasid* – Ein Hohlkopf kann nicht fromm sein

Den Schlosser beirrte das nicht. Er lächelte in sein Bärtchen und dachte, dass er selbst für sich die besten Entscheidungen treffe. Auch er kenne, Gott sei Dank, die Gesetze im *Schulchan Aruch.* Und er wurde denn auch wirklich gesund ohne den Segen der Leute, die gekommen waren, um ihn zu maßregeln. Als seine Frau sah, dass er wieder mit dem Fasten begonnen hatte, wurde sie so wütend, dass sie es ihm nachmachte und nicht aß, bevor er etwas zu sich nahm. R. Heskias Töchter hatten Angst, dass nun auch die Mutter erkranken könnte. Malka, die älteste der drei Töchter, ging hinüber ins Beit-Midrasch und beschwor den Vater, sich und die Mutter nicht umzubringen.

Malka kränkelt. Sie leidet ständig an Kopfschmerzen. Sie hat einen Weichselzopf, weil ihr Vater, so wird gesagt, ihr als Kind verbot, die langen schwarzen Haare zu kämmen. Malka ist eine Geschiedene. Auch das ging auf das Konto des Vaters. Malkas Mann hatte nicht hinnehmen wollen, dass der Schwiegervater ihm vorschrieb, in welcher Metzgerei er sein Fleisch kaufen dürfe und wann er am Freitagnachmittag mit der Arbeit aufhören müsse. Er hatte nicht ertragen können, dass der Schwiegervater ihn wütend zurechtwies wie ein Kleinkind, wenn er während des Gebets mit jemandem sprach. R. Heskia war es auch keineswegs peinlich gewesen, die Tochter auszufragen, ob sie alle ehelichen Reinheitsgebote beachtete. Als Malkas Mann schrie: »Ich kann es nicht mehr aushalten,« sagte sie: »Was macht es dir aus? Tue es für meinen Vater.« Der Schwiegersohn war einmal recht fromm gewesen. Nun wurde er, um den Schwiegervater zu ärgern, mit jedem Tag freisinniger. R. Heskia quälte die Tochter so lange, sich von ihrem Mann zu trennen, bis sie sich scheiden ließ. Gerade weil Malka ihr Familienleben dem Vater zuliebe zerstörte, ist sie ihm mehr zugetan als ihre beiden jüngeren Schwestern. Aber sie hatte zu viel für ihn erlitten und den Respekt vor ihm verloren. Als sie ins Bethaus kommt, spricht sie forsch und unverfroren:

»Vater, komm jetzt essen. Wie kann ein Mensch das aushalten, jeden Tag mit dem ersten Bissen bis ein oder zwei Uhr zu warten?«

R. Heskia zieht eine Schulter hoch: Juden essen, wozu die Aufregung? Er fastet am 17. Tammus und am 9. Av, beides lange Sommertage, und fühlt nie den geringsten Hunger. Welchen Wert hatte da für ihn schon ein halber Fastentag? Ihm missfällt, dass die Tochter kühn und dreist zu ihm spricht. Darum hustet er nur und heißt sie gehen. Es sei nicht schicklich, dass eine Frau im Beit-Midrasch der Männer stehe.

Die Tochter schreit: »Wenn du jetzt nicht zum Essen kommst, wird die Mutter auch nicht essen.« R. Heskia läßt sich davon nicht beeindrucken. »Geh und sag ihr, sie soll essen«, erwidert er kurz. »Und du?«, fragt Malka. »Ich will nicht«, sagt er und steckt die bebrillte Nase wieder ins Buch.

Malka fühlt, wie der Kopfschmerz sie eisern in den Griff nimmt. Sie weiß, dass beim Vater niemand etwas ausrichten kann, trotzdem schreit sie noch lauter, denn der Porusch R. Joel und der Bücherschrank und der Aaron-Kodesch sollen es hören.

»Starrkopf! Wenn die Mutter nicht isst, werde ich auch nicht essen und du kannst für uns beide Kaddisch sagen!« Tränen kommen ihr und sie läuft aus dem Beit-Midrasch.

R. Joel Weintraub weiß, dass der Schlosser starr und unbeweglich ist wie die Wand, vor der er sitzt und schockelt. Der Porusch fühlt mit der jungen geschiedenen Frau und ihrer Mutter und verlässt seinen Winkel an der Ostwand, um mit dem Schlosser zu reden: *Wenischmartem lenafschotechem* – schützt Euer Leben, stehe in der Torah geschrieben. Das Gesetz verpflichte die Juden, ihre Gesundheit zu schützen. Auch die Propheten hätten ständig darauf hingewiesen, das wichtigste Element der Reue und Umkehr sei ein gebrochenes Herz und nicht Peinigung und Kasteiung. Wie könne man seiner Frau und Tochter so viel Schmerz zufügen? R. Heskia rührt das nicht. Er habe sich am Morgen ganz in der Frühe einen persönlichen Fastentag auferlegt, sagt er. Seiner Frau und Tochter zuliebe werde er keinen Eid brechen. Er predige niemandem, wie er leben solle, und umgekehrt gälte, dass man ihm ebenfalls nicht zu predigen habe. Auch er kenne, Gott sei Dank, die Gesetze im *Schulchan Aruch*.

Eine Minute lang steht der Porusch mit ausgestreckten Händen da und denkt, der Schlosser verwandelt Gottes Torah der Barmherzigkeit in eine Torah der Grausamkeit, sowohl für sich selbst als auch für seine Frau und seine Kinder. Und dann behauptet er auch noch, er kenne das Gesetz! Man muss ihm nahe bringen, dass er vom Gesetz keine Ahnung hat. R. Joel beginnt auswendig aus der *Mischneh Torah* des Maimonides zu zitieren: »*Schma jomer adam*, Ein Mensch wird vielleicht sagen, wenn Neid und Lust schlechte Wege sind, werde er kein Fleisch essen und keinen Wein trinken, nicht in einer schönen Wohnung wohnen und keine schöne Kleidung tragen. Aber das taugt nichts, sagt Maimonides. Man darf und soll Fleisch essen und Wein trinken, sagt Maimonides. Man darf!«

»Ich will von Maimonides nur wissen, was verboten, nicht was erlaubt ist«, antwortet der Schlosser.

Der Porusch bleibt noch eine Weile stehen, die schweren Hände mit ihren großen Handflächen ausgestreckt. Dann geht er zurück in seine Ecke an der Ostwand und auch der Schlosser schockelt weiter über seinem Buch. In seinem Herzen mokiert er sich über den früheren Zaskowiczer Rav, weil er ihn dazu bringen wollte, anzuerkennen, was erlaubt ist. R. Heskia weiß aber, dass es neben den sechs großen Fastentagen, die allen auferlegt sind, für eine kleine Elite Gott sei Dank nach Pessach und Sukkot noch weitere Fasttage gibt. Außerdem ist es das ganze Jahr über eine gute Tat, einen einzelnen Fastentag auf sich zu nehmen. Und da erzählt man ihm, bei Maimonides stehe: Man darf!

Seit R. Joel sich in Lejbe-Lejsers Hof niedergelassen hat, kommen die Nachbarinnen zu ihm. Sie bringen rituelle Fragen oder wollen einen Rat und einen Segen. Sie kommen zu ihm wie zu einem chassidischen Rebben. Wenn er die Frauen zu den Rabbinern von Wilna schickt, zu den Peruschim in der Synagoge des Gaons, sagen sie, sie gingen lieber zu ihm, dem Rabbiner ihres eigenen Hofes, denn er kenne ihre Sorgen aus nächster Nähe.

Vor kurzem kam nach Einbruch der Dunkelheit die Frau des Schlossers zu ihm, um sich ihre Sorgen wegen der beiden jüngeren Töchter vom Herzen zu reden: Die mittlere, Serel, war eine stille Taube, ihre rechte Hand im Laden und schon eine wunderbare kleine Hausfrau. Sogar der Vater, der an den anderen Töchtern ständig etwas auszusetzen hatte, fand an ihr nichts zu bemäkeln, außer dass sie schon seit ihrer Kindheit mit einem Jungen aus Ramailes Hof befreundet war. Alle in der Straße kannten ihn und hatten auch seine Eltern gekannt. Jechiel-Michel Hennes war nun Vergolder von Beruf, verdiente gut und war insgesamt ein feiner junger Mann, der nach den jüdischen Gesetzen lebte. Aber Serels Vater war gegen die Partie. Ein Junge und ein Mädchen, sagte er, dürften nicht ihre eigene Heirat arrangieren. Außerdem gefiel ihm nicht, dass der Vergolder in einer Gruppe betete, die junge Zionisten anzog. »Vielleicht könnt Ihr, Rabbi, meinen alten Starrkopf dazu bewegen, nicht gegen die Partie zu sein?« Die Frau des Schlossers erzählte ihm auch von der jüngsten Tochter: Itka war ein lebendiges und kluges Mädchen; die Leute sagten auch, sie sei sehr schön. Also lässt der Vater sie nicht vor dem Spiegel stehen, um sich das Haar zu kämmen, nicht einmal mitten in der Woche.

Der Porusch will sich nicht zwischen einen Vater und seine Kinder stellen. Aber er weiß, dass am nächsten Morgen die bedrückte Frau des Schlossers wiederkommen wird, um ihn zu fragen, ob er schon mit ihrem alten Starrkopf geredet habe. Er ist ja nun wirklich ein Jude, der sich in eine enge Frömmigkeit verkrochen hat wie eine Schildkröte in ihren Panzer. Trotzdem muss man es versuchen, seufzt R. Joel und macht sich wieder einmal auf den Weg zum Schlosser.

»Ihr wisst, Reb Heskia, warum die junge Generation sich von uns abgewendet hat? Sie hat uns verlassen, weil man ihr verwehrt hat, was erlaubt ist, und sie hat sich dann gleich noch die Erlaubnis zu dem ausgestellt, was ausdrücklich verboten ist.«

R. Heskia hört auf zu schockeln, aber er hebt nicht den Kopf, sondern sieht auch weiterhin in sein Buch. Er denkt eine Weile nach und sagt dann sehr langsam, als läse er seine Antwort aus dem *Schulchan Aruch* vor:

»Die junge Generation hat sich von uns abgewendet, weil wir sie verwöhnt haben. Wenn wir unsere Kinder ständig ermahnt und mit dem Stock geschlagen hätten, um klarzumachen, was verboten ist, wären sie nicht von uns abgefallen. Schuld daran sind die weichherzigen Eltern und unsere Lehrer.«

Der Porusch weiß, dass der Schlosser ihn verachtet, weil er aus Weichherzigkeit das Rabbinat in Zaskowicz aufgegeben hat. Aber er ist nicht darauf aus, die Achtung des Schlossers zu gewinnen. Er will nur erreichen, dass jener sich nicht wie ein frommer Idiot verhält und für die eigenen Kinder zum Ungeheuer wird. »Früher war alles anders«, sagt er traurig. In seiner Stimme liegt die süße Melancholie langer Schabbatabende, obwohl draußen der Tumult eines sommerlichen Wochentags herrscht. »Früher wurden jüdische Ehen durch beredte Heiratsvermittler und Verhandlungen zwischen den Eltern geschlossen. Braut und Bräutigam sahen sich oft zum ersten Mal unter dem Traubaldachin. Damals fand man es schändlich, wenn ein Pärchen ohne Heiratsvermittlung zusammenfand. Da unsere rabbinischen Weisen es aber nicht ausdrücklich verboten haben, und der Vergolder und Eure Tochter sich schon seit ihrer Kindheit kennen, könntet Ihr auf die Hochzeit gehen.«

»Ich gehe nicht auf die Hochzeit«, sagt R. Heskia. Er zieht den Kopf zwischen die Schultern und kichert in sich hinein. »Auch wenn meine Serel und der Vergolder sich seit der Kindheit kennen, warum sollte das bedeuten, dass sie heiraten dürfen? Wenn der junge Mann nach der heutigen Mode auf eigene Faust um Serel wirbt, wird er auch in anderen Dingen die modernen Flegel nachmachen. Zum Beispiel ist der Vergolder befreundet mit der Gruppe, die noch vor der Ankunft des Messias einen jüdischen Staat in Eretz Israel aufbauen will.«

»Das ist doch keine Sünde. Es ist sogar ein Gebot, ins Land Israel zu fahren und damit nicht auf den Messias zu warten«, sagt der Porusch.

Dem Schlosser kommt in den Sinn, dass R. Joel Weintraub vielleicht gar nicht freiwillig aus dem Rabbinat geschieden war, sondern daraus vertrieben wurde, weil er es mit den zionistischen Freidenkern hielt. Aber laut sagt er: »Wenn der Vergolder Jechiel-Michel den Dr. Herzl mit Serubbabel ben Schealtiel gleichsetzt, das ist auch erlaubt, ja?«

R. Joel antwortet, er wisse nicht, ob man Dr. Herzl mit Serubbabel ben Schealtiel vergleichen könne, aber eine Sünde sei das nicht. Es sei erlaubt. Außerdem dürfe die jüngere Tochter des Schlossers durchaus vor dem Spiegel stehen und sich die Haare kämmen. Sie wasche und kämme ihr Haar ja nicht am Schabbat, und an Wochentagen sei es nicht verboten.

»Bei uns Juden ist so: Entweder man muss oder man darf nicht.« Heiser kommen die Worte aus R. Heskia. Seine Augen tränen und in ihnen brennt eine rote Glut. Über die Töchter wolle er keine weitere Unterhaltung. Er sei der Vater und wisse, was er tue. R. Heskia steht auf; sein Rücken ist krumm. Er küsst den Einband des geschlossenen *Schulchan Aruchs*. Es sei Zeit, zum Essen nach Hause zu gehen und danach in die Schlosserei.

Da der Porusch gleich nach dem Morgengebet gegessen hat, bleibt er zum Lernen im Beit-Midrasch. Wegen Eiferern wie diesem Schlosser, die ein radikales Alles oder nichts betonen, entleeren sich heute die Synagogen, murmelt R. Joel und setzt sich wieder an die Gemara.

3

Paltiel Schklar stammt aus einer Familie von Gärtnern in Zaskowicz. Nach dem Tod des Vaters stritt er mit den älteren Brüdern um das Erbe. Er schlug einen Kompromiss aus und lehnte einen Vergleich ab. Er bestand auf einem Din-Torah, einer Entscheidung durch ein rabbinisches Gericht. Für den Zaskowiczer Rav aber war der Fall zu komplex, denn er involvierte viele Käufe und Verkäufe sowie geerbte und von benachbarten Aristokraten gepachtete Gärten. Je länger das Verfahren lief, desto klarer erkannte R. Joel Weintraub, dass es Paltiel Schklar gar nicht um das Resultat, sondern um den Prozess selbst ging. Er nahm es den älteren Brüdern übel, dass sie im Städtchen höher angesehen waren als er. Um diese Zeit gab R. Joel seine Stelle in Zaskowicz auf, ohne eine Entscheidung zu treffen, und hinterließ seinem Nachfolger den langgezogenen Rechtsstreit zwischen den Brüdern. Im Herbst, kurz nach Sukkot, verließ er das Städtchen und mietete in Wilna eine Wohnung. Im Winter traf in Lejbe-Lejsers Hof: ein neuer Mitbewohner ein: der Zaskowiczer Gärtner Paltiel Schklar. Von Hindele erfuhr R. Joel, dass den Gärtner inzwischen ein großes Unglück getroffen hatte – sein einziger Sohn war gestorben. Hindele erfuhr es von Paltiels Frau Grazia. Als R. Joel diese Nachricht vernahm, änderte sich sein Gesichtsausdruck auf eine Weise, als würde das Gehörte sein ganzes restliches Leben bestimmen. Er bat seine Rebbezin, die Frau des Gärtners einzuladen, und sie kam an einem Abend, an dem ihr Mann nicht zu Hause war.

Grazia war sehr groß. Ihre Schultern waren schmal und ein wenig nach vorn gebeugt. Ihre hohe, gewölbte Stirn war durchfurcht. Ihre großen Augen glänzten rötlich, als ginge in ihnen die Sonne unter. Mondblass leuchteten ihr langes zartes Gesicht und ihre vornehmen Hände. Im Gegensatz zu ihrem Mann, der in Zaskowicz Palti Miesepeter genannt wurde, hielt Grazia immer ein Lächeln bereit. Die Leute staunten, dass zwei so verschiedene Menschen zusammenlebten. Die Wahrheit war, dass Paltiel sie schon in der Verlobungszeit angeschrien hatte: »Warum lächelst du ständig? Warum bist du immer so froh?« Aber in dieser Zeit beschäftigte sich Grazia noch nicht mit seinem Charakter und suchte für ihn noch keine Erklärungen. Selbst wenn es ihr damals gelungen wäre zu verstehen, was für ein Mensch Paltiel war, hätte sie nicht das Herz gehabt, ihn abzuweisen und nicht mit ihm unter dem Traubaldachin zu stehen. Sie hörte auch nicht auf zu lächeln, als ihr Mann sich bis aufs Blut mit seinen älteren Brüdern zerstritt und der einzige Sohn verstarb. Aber es war dann schon das Lächeln eines Menschen, der nicht mehr wusste, wohin er gehen sollte, es sei denn in den Tod. Ihre Augen wurden größer und röter. Es war aber nicht mehr der rote Glanz eines Sonnenuntergangs über einem Gewässer, sondern die trockene Röte versiegter Tränen. Ihre melodiöse Stimme aber war noch immer frisch wie die eines Kindes. Ihre vornehmen weißen Hände legte sie auf der Brust zusammen. So stand Grazia im Wohnzimmer des Poruschs R. Joel und erzählte ihm, was sich zutrug, nachdem er Zaskowicz verlassen hatte.

Ihr Mann verklagte seine Brüder beim Kreisgericht von Oszmiana und gab sein ganzes Vermögen für Rechtsanwälte aus. Man sagte ihm deutlich, dass das Urteil nicht sehr schnell gefällt würde. In der Tat verschleppte sich der Prozess. Niemand konnte sein Ende absehen. Während ihr Mann die Brüder verklagte, erkrankte der einzige Sohn. Der Zaskowiczer Arzt sagte, es bestünde keine Gefahr. Gute Freunde rieten, einen Arzt aus Oszmiana kommen zu lassen. Die Brüder wollten helfen und schickten Geld durch ihre Frauen. Paltiel warf die Schwägerinnen aus dem Haus. Er wollte von seiner Familie keine Wohltaten annehmen, um so weniger, als der Zaskowiczer Arzt noch immer sagte, es bestünde keine Gefahr. Aber bevor man noch recht wusste, was geschah, starb der Junge an einer Lungenentzündung. Gleich nach den sieben Trauertagen warf sich Paltiel noch eifriger in den Rechtsstreit mit den Brüdern. Plötzlich kam er auf die Idee, nach Wilna zu fahren. In Zaskowicz, sagte er, hätten seine Brüder alle gekauft und alle seien seine Todfeinde. In Wilna aber hätte er gute Freunde, mit denen er sich beraten konnte, wie der Prozess in Oszmiana zu führen wäre. Außerdem rechnete er damit, dort Investoren für ein neues Unternehmen im Obstanbau zu finden. Inzwischen lebten sie von einem Feld, das er verkauft hatte. Bald würden sie auch das große Haus in Zaskowicz verkaufen müssen, das sie im Augenblick noch vermieteten.

R. Joel hörte zu, schweigend und mit gesenktem Kopf. Nur einmal drehte er sich um und sah Hindele an, die hinter seinem Stuhl stand, als hielte sie Wache. Ihre Blicke trafen sich und sie verstanden, dass beide sich fragten, ob der Zaskowiczer Gärtner zufällig oder absichtlich just den Hof gewählt hatte, in dem auch sie wohnten. Hindele verteidigte erschrocken ihren Mann: »Den Rav trifft keine Schuld. Hätte Euer Paltiel denn mit seinen Brüdern Frieden geschlossen, wenn der Rav in Zaskowicz geblieben wäre?«

»Ich sage doch nicht, dass den Rav irgendeine Schuld trifft«, verteidigte sich Grazia ihrerseits und trat in die Schatten zurück, die langsam Wände, Boden und Decke der Stube verschlangen.

Der Porusch glättete stumm den Saum seines langen wollenen *Tallit-Katan*, der auf seinen Knien ruhte, und dachte nach. Er hatte Zaskowicz verlassen, weil er es nicht fertiggebracht hatte, den Juden ein Leben nach den Buchstaben des Gesetzes aufzuzwingen. Jetzt sah er, dass es Leute wie den Schlosser und den Gärtner gab, die in der Welt der Vorschriften und Gesetze lebten. Sie liebten es, alles auf die scharfe Schneide eines Messers zu reduzieren: Alles oder nichts!

Die Bewohner von Lejbe-Lejsers Hof liebten Grazias gutes, trauriges Gesicht und ihr ruhiges Wesen. Sie waren der neuen Nachbarin gleich so herzlich zugetan, wie sie ihren Mann zu hassen begannen. Obwohl sie sich nie über ihn beklagte, kamen alle Nachbarn unabhängig voneinander zu der Überzeugung, der Miesepeter habe die Jugend und Schönheit seiner Frau ruiniert.

Paltiel Schklar war kleiner als Grazia, hatte aber einen großen Kopf und ein langes Gesicht, in dem eine fleischige Nase saß, deren Haut sich ablöste. Die vorstehende Unterlippe schien hart wie eine Schuhsohle. Die tiefliegenden braunen Augen schauten flink umher. Sommers und winters trug er schwere Stiefel mit Hufeisen unter den Absätzen, die auf das Kopfsteinpflaster knallten. Er hatte immer einen groben Stock bei sich wie ein ländlicher Hausierer. Wenn er durch den Hof und die benachbarten Straßen schritt, schaute er sich nicht um, wünschte niemandem einen guten Morgen und erwiderte keinen Gruß. Sein Gesicht war angespannt, und er schwitzte stark, als ginge er durch dichtes Gedränge, obwohl ihm niemand den Weg verstellte. Wenn er nicht wegen seines Rechtsstreits nach Oszmiana unterwegs war, saß er oft ganze Tage in Lejbe-Lejsers Bethaus, ohne mit den Betenden ein Wort zu wechseln, genau wie er sich auch nicht mit den Bewohnern des Hofes anfreundete.

Die Betenden im Beit-Midrasch nahmen wahr, dass der Gärtner beim Achtzehn-Bitten-Gebet manchmal sitzen blieb, ja dass er nicht einmal für die Keduscha aufstand, als hörte und sähe er nicht, was um ihn herum vorging. Er saß oft stundenlang vor einer offenen Mischna, ohne je umzublättern. Da die Betenden wussten, dass dem Gärtner das einzige Kind gestorben war, hatten sie Mitleid mit dem unglücklichen Vater und wollten etwas Gutes sagen. Aber sein entmutigtes und böses Schweigen war hart und abweisend und teilte mit, dass man nicht versuchen sollte, den Trauernden zu trösten.

Am schlimmsten fühlte sich der Porusch R. Joel, wenn die Betenden sich verliefen und er mit dem niedergeschlagenen Mann allein im Beit-Midrasch verblieb. Paltiel Schklar saß in einer Ecke bei der Bima nicht weit vom Ausgang, als wolle er achtgeben, dass der frühere Zaskowiczer Rav der stillen Hölle des Betraums nicht entfloh. R. Joel fühlte, dass der Gärtner ihn mit seinem Schweigen ermordete. In seiner Ecke an der Ostwand versteckte sich der Porusch hinter einer großen Gemara und betrachte den anderen aus der Ferne. In Zaskowicz hatte Paltiel Schklar keinen Bart getragen und sehr viel jünger ausgesehen. Jetzt war sein langes Gesicht von einem schütteren grauen Haarwuchs beschattet, als seien Spinnweben vom Dachboden herabgeschwebt und auf seinen Wangen hängen geblieben. Bewegungslos saß er da; kein Laut entkam seinem Mund. Wenn man ihn aber genau beobachtete, sah man, dass seine Miene sich änderte.

Von seiner Warte hinter dem Stehpult sieht R. Joel, wie der Gärtner böse die Augenbrauen zusammenzieht und seine hervorspringende Unterlippe noch weiter herausragt, als plane er den nächsten Schritt im furchtbaren, tödlichen Streit mit den

Brüdern. Langsam aber weicht die Wut einem Ausdruck der Verwunderung, als könne er nicht glauben, dass er und seine Brüder zu Todfeinden geworden sind. Das Erstaunen geht über in eine tiefe Röte, vielleicht ist es eine Röte der Scham über den Streit in der Familie. Schließlich zieht dichte Finsternis auf und bedeckt sein Gesicht. Er sitzt da wie eine Figur aus Lehm, in der alle Gedanken erloschen sind. R. Joel fühlt, wie seine Hände und Knie zittern. Herr der Welt! Es war mehr als nur möglich, dass etwas Geld und ein klarer Kopf den Jungen des Gärtners hätten retten können. R. Joel kann es nicht länger ertragen, dass der bittere Mann nicht mit ihm spricht. Es wäre ihm geradezu lieb, wenn jener wütend würde. Er geht hinüber zu ihm und sagt in munterem Ton, der Lockerheit vorgibt:

»Habt Ihr mir denn gar nichts aus Zaskowicz zu erzählen, Reb Paltiel?« Der Gärtner blinzelt nicht einmal. Und schon fleht der Porusch mit gebrochener Stimme: »Sagt etwas, Reb Paltiel. Ich verstehe, dass Ihr sehr böse mit mir seid, weil ich den Disput zwischen Euch und den Brüdern nicht entschieden habe. Aber unser Din Torah zog sich in die Länge und ich habe Zaskowicz verlassen. Wo liegt meine Schuld?«

Paltiel Schklar antwortet wieder nicht und R. Joel Weintraub ist gezwungen wegzugehen. Dann kommt ihm eine merkwürdige Idee, wie er den Gärtner versöhnen könnte: Er würde ihn fragen, ob er nicht mit ihm zusammen Mischna oder Midrasch studieren wollte. Als er ihm das aber wirklich vorschlägt, betrachtet jener ihn mit einer so animalisch-mörderischen Wut, dass R. Joel zitternd vor Angst vor ihm zurückweicht. Lange noch klingt der stumme Aufschrei des Gärtners in seinen Ohren, er wolle sich mit einem Kapitel Mischna von der schweren Sünde loskaufen, die er an ihm begangen hat.

So wurde R. Paltiel Schklar zu R. Joels Albtraum und Krankheit. Je intensiver jener ihn mit seinem bitteren, schwermütigen Schweigen abwies, desto stärker zog es ihn zu jenem hin. Einige Tage später ging er wieder zu dem Gärtner und fragte ihn, wie es um seinen Prozess in Oszmiana stehe. »Gut steht es, sehr gut!«, antwortete Paltiel Schklar ganz leise mit einem gespenstischen Lächeln. Seine Augenbrauen, Nasenflügel und Lippen bebten so stark, dass der Porusch sich vornahm, den erbitterten Mann nicht mehr zu plagen und nicht mehr an die Wunden in seiner Seele zu rühren.

4

Im Vorraum des Betsaals stand jeden Morgen ein Träger und betete. Seine zerfallende Jacke, deren Ellbogen mit Flicken besetzt waren, hatte er sich mit einem Strick um den Leib gebunden. Ein pechschwarzes Bärtchen umkränzte sein frommes Gesicht. In seinen trüben Augen nisteten die Furcht und Demut eines Menschen, der wußte, dass er nur ein Gast auf dieser Welt war. Er hielt ein zerfleddertes, aber geflicktes Gebetbuch und hörte durch die offene Tür, an welcher Stelle die Betenden waren. Immer wenn der Porusch an ihm vorbeiging, versetzte dessen Ausdünstung seiner Nase einen so heftigen Schlag, dass ihm übel wurde. Der Träger verströmte einen Geruch von verfaulendem Sauerkraut und leeren Heringsfässern, die man ungesäubert zum Trocknen in die Sonne gestellt hatte. R. Joel fragte ihn, warum er im Vorraum und nicht im Beit-Midrasch bete.

»Die Leute sagen, man halte es neben mir nicht aus«, antwortete der Träger, und aus seinen Augen sah die Dunkelheit der Keller, wo er zwischen den Krautfässern arbeitete und die Salzlake der Heringsfässer ihn durchnässte. »Habt Ihr keine anderen Kleider?«, fragte R. Joel. Der Träger schüttelte den Kopf. Andere Kleider habe er nicht, und er versteckte das geflickte Gebetbuch unter seiner zusammengeschnürten Jacke.

Als R. Joel einmal durch den Vorraum ging, stand neben dem Träger eine Frau mit runzligem Gesicht und zahnlosem

Mund. Dem Aussehen nach hätte sie seine Mutter sein können; aber sie war seine Frau. Sie klagte ihrem Mann, sie habe keine Schuhe und er keine Kleidung und sie lebten in einem Verschlag. Der Kaufmann werde ihn entlassen und einen anderen Mann für die Heringsfässer einstellen, wenn er den ganzen Tag im Bethaus stehe. Mit besorgtem Gesicht wartete der Träger, bis seine Frau mit Schimpfen zu Ende war. Als er sah, dass sie nicht aufhören würde, begann er sie zu bitten:

»Lass mich beten wie ein Jude.«

»Unglücksmensch,« rief die Frau »dann geh auch hinein.« Sie schubste ihn. »Warum stehst du vor der Tür wie ein Armer? Du bist ein guter Mensch wie die anderen hier und verdienst ehrlich dein Brot.« Der Träger litt unter den scharfen Worten seiner Frau und wehrte sich: »Lass mich in Ruhe. Was willst du von mir? Ich habe dir schon so oft gesagt, dass man an einem heiligen Ort nicht in stinkenden Kleidern stehen darf.«

»Man darf nicht, man darf nicht«, äffte sie ihn nach. »Zu allem sagst du, man darf nicht.« Sie erblickte den Porusch R. Joel, der hinter ihnen im Vorraum stand und darauf wartete, dass sie ihn ins Beit-Midrasch eintreten ließen. »Sagt mir, Rabbi, darf mein Mann zusammen mit den anderen Juden beten oder darf er es wirklich nicht?«

»Er darf«, rief R. Joel dem Träger zu, der ihn mit offenem Mund anstarrte. »Man darf nicht neben einem Gewässer beten, in dem Flachs und Hanf rösten. Denn für ein solches Gewässer gelten dieselben Regeln wie für einen Misthaufen. Es gibt aber keine Regel, die es verbietet, neben einem Juden zu beten, dessen Kleidung nach Hering riecht.«

Trotzdem betete der Träger auch weiterhin im Vorraum. Eines Morgens aber stand am Vorbeterpult ein Jude mit leiser Stimme, die man im Vorraum nicht vernehmen konnte. Um zu hören, an welcher Stelle die Gemeinde war, steckte der Träger zuerst seinen Kopf durch die offene Tür, danach die Schultern, und so schob er sich nach und nach ins Beit-Midrasch, bis er mit dem ganzen Körper eingedrungen war.

Der Minjan stand mit geschlossenen Augen im *Schma jisrael.* Der Schlosser R. Heskia sprach jedes Wort klarer aus als alle anderen Beter. Das Wort *echad* zog er endlos in die Länge mit einer merkwürdig kalten und sturen Ekstase. Danach kämpfte er mit dem Wort *weschinantam.* Ihm gefiel nicht, wie er das »sch« aussprach. Bei ihm klang es wie »s«. Als er *wedibarta bam* erreichte, gefiel ihm nicht, wie er das »m« aussprach. R. Heskia verstummte einen Augenblick und durchblätterte im Kopf den *Schulchan Aruch,* um sich zu vergewissern, was er jetzt zu tun habe. Er begann, das *wedibarta bam* zu wiederholen, und zog das »m« in die Länge, bis es wie eine Glocke hallte und vibrierte: Bam! Bam! Bam! Plötzlich erhob sich Geschrei. Die Betenden wandten die Köpfe und sahen den Träger, der sonst immer im Vorraum betete, neben der Bima stehen, wo der bittere Gärtner ihn wie ein Irrer anbrüllte:

»Raus! Weg hier! Ihr stinkt! Raus!«

Der fromme Träger steckte wie alle anderen Beter mitten in der Rezitation des »Höre, Israel.« Er wusste, dass man das *Schma* auf keinen Fall unterbrechen darf. Doch zu Tode erschrocken, weil er entdeckt worden war, und völlig verwirrt durch das Gebrüll des Gärtners, unterbrach der Träger sein Gebet und flehte den Brüllenden an, ihn nicht zu vertreiben. Er bettelte und plärrte wie ein Kind: Der Schlosser Reb Heskia hätte ihm kürzlich gesagt, wenn er vor der Tür bete, wäre es, als bete er ohne Minjan. Außerdem spreche der heutige Vorbeter so leise, dass er im Vorraum nicht mitbekam, wann er »Amen« antworten musste.

»Das interessiert mich nicht. Ihr stinkt wie ein Misthaufen. Raus jetzt! Raus!« Paltiel Schklar stieß den Träger mit beiden Händen. Aber statt durch die Tür zu verschwinden, drang der Träger in seiner großen Angst weiter nach vorne Richtung Osten vor. Mit einer Hand hielt er die Gebetskapsel auf dem Kopf fest, damit sie nicht herunterrutschte, mit der anderen Hand hielt er sich fuchtelnd den Gärtner vom Leib.

Die Betenden wollten ihre Rezitation des *Schma* nicht unterbrechen. Sie standen in einer Gruppe zusammen und zuckten die Achseln. Obwohl auch ihnen vom Geruch des Trägers übel wurde, stieß ihnen noch übler auf, dass der Gärtner einen Menschen demütigte. Einem älteren Metzger platzte schließlich der Kragen und er schrie den Brüller an: »Füllt Euch noch mal die Nase und dann lasst es gut sein! Ich stehe den ganzen Tag in der Metzgerei, wollt Ihr vielleicht auch mit mir nicht beten? Dieser Mann hier verdient sein bitteres Brot mit dem Eintauchen in die Lake der Heringsfässer. Macht ihn das auch nur einen Deut weniger zum Menschen?«

»Das interessiert mich nicht!«, schrie Paltiel zurück und erhob die Fäuste gegen den Metzger, der erschrocken vor dem tobenden Gärtner zurückwich, obwohl er durchaus kein schmächtiges Männchen war. »Auch ich rackere mich ab unter einer Last von Sorgen, die ich wie Felsbrocken mit mir herumschleppe. Und keiner hilft mir. Darum interessiert mich nicht, warum er stinkt. Man darf mit ihm nicht beten. Punkt.«

»Man darf«, blökte der Träger und wies auf den Porusch. »Der Rav sagte mir, man darf nicht neben einem Gewässer beten, in dem Flachs und Hanf rösten, aber neben einem Juden, der nach Hering riecht, darf man beten. Man darf!«

Einen Augenblick lang verschlug es R. Paltiel Schklar die Sprache, als sei er plötzlich versteinert. Dann lief er rot an und explodierte in hochlodernder Wut. Er drehte sich zum Porusch um und fauchte: »Eurem Hirn ist es also entsprungen, dass dieser Volldepp das Beit-Midrasch verstinken darf? Jetzt ist alles klar, denn Ihr habt nicht das Herz, etwas zu verbieten. Ihr hattet auch in Zaskowicz nicht das Herz, meinen älteren Brüdern zu sagen, dass sie ihren jüngeren Bruder nicht bestehlen dürfen.«

Neugierig und mitleidig sahen die Betenden auf den Porusch, der mit dem Gebetsmantel über dem Kopf auf seiner Bank saß und schwieg. Der Gärtner brüllte nur noch lauter: »Ihr seid schuld, dass ich ein armer Mann geblieben bin! Ihr seid schuld, dass mein Kind gestorben ist! Auf Kosten meines Kindes habt Ihr Erbarmen gehabt mit meinen diebischen Brüdern.«

R. Joels Hände auf seinen Knien zitterten. Er ächzte wie ein zerbrechender Balken in der Decke eines Hauses; flehend sah er auf und beschwor stumm die Mitglieder des Minjans, den Verleumdungen nicht zu glauben. Der Träger war tief verstört von den Vorwürfen, die der zornige Mann dem Rabbiner entgegenschrie, und stahl sich rückwärts gehend Richtung Tür. Paltiel Schklar rannte in seine Ecke, riss sich die Gebetsriemen von Kopf und Arm, warf den Gebetsmantel ab und schrie durch das ganze Beit-Midrasch zum Porusch:

»Meine Brüder haben noch nicht gewonnen. Das polnische Gericht ist ehrlicher und standhafter als der Zaskowiczer Rav. Das werde ich euch allen noch beweisen!« Und damit stürzte er aus dem Beit-Midrasch mitten im Morgengebet, mitten im *Schma*, um den Zug nach Oszmiana nicht zu versäumen, wo sein Fall verhandelt wurde.

Der Schlosser hörte dem Streit von weitem zu und dankte dem Ewigen, dass er keinen Geruchssinn hatte, sodass die rituelle Frage, die der Geruch des Trägers aufwarf, für ihn nicht relevant war. R. Heskia Teitelbaum durchkämmte schon wieder sein Gedächtnis und wägte ab, nach welchen Regeln er das unterbrochene Gebet wiederaufnehmen und welche Verse er wiederholen musste. Doch bevor er mit dem Plappern und Murmeln erneut begann, zog er noch Bilanz aus dem, was er gesehen und gehört hatte: Das also war nun die Folge, wenn ein Rav nicht das Herz hatte, etwas zu verbieten. Erst hatte er nicht die Festigkeit gehabt, darauf zu bestehen, dass die Gesetze zwischen Mensch und Gott nicht übertreten wurden. Und dann hatte er Angst gehabt, in einer Angelegenheit zwischen Mensch und Mensch durchzugreifen und dafür zu sorgen, dass man sich gegen einen Bruder nicht versündigte.

5

Auf der anderen Seite der Brücke über die Wilenka wohnen die Brüder Munvas, Fischhändler, die im Ruf stehen, ehrliche, aber unkultivierte Leute zu sein. Die ganze Woche über erschallen ihre Stimmen über den Fischmarkt neben Bottichen mit lebenden Hechten, Karpfen und Schleien. Am Schabbat sind sie ruhige Juden und gehen mit allen Kindern zum Beten ins Paplawer Beit-Midrasch. Der einzige der Brüder Munvas, der ein Zigeuner wurde – so nennt ihn die Familie –, ist Moischele, der jüngste Bruder. Als Kind hatte er keine Lust zu lernen, später wollte er nicht arbeiten, und schon gar nicht als Fischhändler. Moischele wohnte beim ältesten Bruder, aß dort und schlief dort bis mittags, nachdem er bis spät in die Nacht mit Mädchen herumgezogen war. Die Familie wollte ihn verheiraten, damit er anständig würde. Er tat der Familie den Gefallen und brachte eine Braut ins Haus: Berta Sapir, eine Modistin und Hutmacherin von äußerst schlechtem Ruf in der Bakszt-Straße, wo sie wohnte. Als sie zu Gast kam, schwieg die Familie Munvas und wandte die Augen nicht ab von ihren rot lackierten Fingernägeln, als bewiesen sie, dass alles, was sie über die Putzmacherin gehört hatten, der Wahrheit entsprach. Nachdem sie gegangen war, sagten die Brüder zu Moischele, wenn er die Dirne heiratete, würden sie ihm den Kopf abdrehen wie einem Hering.

Moischele hatte Angst vor den Brüdern. Verbittert wanderte er durch die litauischen Schtetlech. Er hängte sich an Orgeldreher und Hausierer, die bei den Bäuerinnen billigen Kram gegen Rohleder, Eier und lebende Hühner eintauschten. Man erzählte, er sei in Głębokie in einer Gruppe von Schnorrern gesehen worden, die von Haus zu Haus betteln gingen. Als er vom Wandern genug hatte, kam er in so beklagenswerten Fetzen zurück, dass die Schwägerinnen später erzählten, seine abgelegten Lumpen hätten sich auf dem Boden vor Ungeziefer bewegt. Die Familie kam zusammen und las ihm die Leviten, bis er einwilligte, sich von nun an zivilisiert zu verhalten. Da er schon über zwanzig war, konnte er in einem guten Handwerk nicht mehr als Lehrling unterkommen. Die Familie beschloss darum, er sollte Polsterer werden. Sofas und weiche Stühle neu zu beziehen war ja kein großes Kunststück und schnell gelernt. Außerdem brauchte man dafür kein eigenes Werkzeug und auch keine Werkstatt, da man die Arbeit in der Wohnung des Auftraggebers erledigen konnte. Die Brüder bezahlten einen Meister und Moischele lernte schnell und gründlich. Er wurde sehr gut in seinem Fach, blieb aber bei seinem Meister. Doch statt ihn zu bezahlen, wurde er nun selbst bezahlt.

Er wohnte wieder beim ältesten Bruder und gab sein ganzes Geld für schöne Kleidung aus, um sich herauszuputzen, als wollte er nachholen, was er versäumt hatte, als er abgerissen und zerlumpt als Bettler durch die Dörfer gezogen war. Bevor er abends ausging, knotete er sich vor dem Spiegel zehn Mal die Krawatte und polierte seine schwarzen Lackschuhe. Wie früher kam er erst nach Mitternacht nach Hause. Endlich bekam die Familie mit, dass Moischele die Modistin mit den rot lackierten Fingernägeln keineswegs in sich ausgemerzt hatte, sondern ihr verfallen war. Seine Schwägerinnen rauften sich die Haare: Was sah er nur in diesem dümmlichen Gesicht? Die Brüder gaben ihm erneut zu verstehen, dass sie eine Heirat nicht zuließen. Moischele schwor, Berta Sapir sei rein wie eine Taube. Er liebe sie bis zum Verrücktwerden und aus Verzweiflung würde er wieder zum Wanderbettler. Die Brüder antworteten ihm, wenn er die Putzmacherin heirate, könne er auch gleich ins Taufbecken springen oder zur Hölle fahren, das sei alles eins. Die Hochzeit fände nicht statt. Wenn er sich dieser Anordnung widersetze, bliebe von ihm nur ein nasser Fleck auf dem Fußboden.

Moischele wusste, dass die Brüder mit ihren bärenhaften Pranken ihn bis zur Bewusstlosigkeit vermöbeln, ja totschlagen konnten. Bei der Modistin redete er sich heraus. Die ganze Familie Munvas hätte sich gegen ihn gestellt. Berta Sapir strafte ihn mit Verachtung. »Du willst ein Mann sein? Ein Waschlappen bist du!« Obwohl diese Worte ihn bis aufs Blut reizten, ließ er die Schwägerinnen eine Partie mit der Schneiderin Nechama Glas aus der Kopanica-Straße arrangieren.

Die zierliche Nechama trug eine hohe Perücke, sah aus wie ein Kind, wenn sie lächelte, und wie eine böse Alte, wenn sie ihre Stirn in Falten legte. Für ihre Kunden nähte sie Kleidung nach der neusten Mode. Sie selbst aber trug lange Kleider mit Ärmeln bis zu den Handgelenken und mit umgeschlagenen weißen Krägelchen, die sie am Hals mit einem Knopf verschloss. Ihre goldenen Ohrringe stammten von ihrer verstorbenen Mutter. Die Brosche war ein Erbstück der Tante. Und von wem hatte Nechama die Perlen? »Von der Tante Gite väterlicherseits«, antwortete Nechama und in ihren Augen standen die Tränen eines Waisenmädchens, das keine Familie mehr hatte.

An sommerlichen Schabbatnachmittagen ging die Schneiderin auf der Kopanica bis zur Popławsker Brücke spazieren und von dort wieder zurück durch dieselbe Straße. Auf der einen Seite der Kopanica lagen die Hinterhausgärten. Auf der anderen Seite lag das Trottoir. Es führte an den hölzernen Toren der stillen Höfe vorbei, die sich am Ufer der Wilenka entlangzogen. Kleine Gruppen von Frauen saßen an Schabbatnachmittagen vor den Toren und schauten Nechama nach, wie sie ganz allein spazieren ging und einen kleinen Beutel mit der linken Hand umklammerte. Die Frauen bestätigten einander, dass Nechama gut verdiente und sympathisch war. Die Frauen, die bei ihr nähen ließen, hätten sie sehr ins Herz geschlossen. Trotzdem konnte sie keinen jungen Mann für sich gewinnen und hatte auch keine Freundin. Die Schwermut des Waisenkindes lag auf ihr und hielt die jungen Männer und Mädchen davon ab, sich näher mit ihr zu befreunden. Als die Schwägerinnen Munvas sie zu Hause besuchten, sprachen sie zu ihr wie nette Schwestern. »Du brauchst dich unserer Familie nicht zu schämen. Unsere Männer sind zwar Fischhändler, aber gute Menschen. Kennst du ihn, unseren Moischele?« Nechama wurde rot und schwieg. Sie hatte ihn schon öfter auf der Straße gesehen, wie er, die Hände in den Hosentaschen, mit einer Schulter an ein Tor gelehnt stand, ein Bein über das andere gekreuzt. Moischele gähnte vor Langeweile und bemerkte Nechama nicht oder schaute sie nur kalt an wie einen Menschen, den man zum ersten Mal sieht, obwohl die Schneiderin schon hundert Mal hin und her an ihm vorbeispaziert war. Nechamas Schweigen entnahmen die Schwestern, dass sie sich würde überreden lassen. Die Frauen erzählten es ihren Männern und diese knöpften sich ihren Bruder, den Zigeuner, vor.

»Hammel! Wenn ihre Eltern lebten, glaubst du, sie würde dich auch nur eines Blickes würdigen? Es ist dein unverschämtes Glück, dass sie Vollwaise ist!«

Moischele konnte sich überhaupt nicht vorstellen, wie sie aussah, diese Schneiderin. Aber er war neugierig, ein Mädchen kennenzulernen, das zu einer arrangierten Heirat bereit war. Als die Schwägerinnen Nechama hereinführten und sie vor ihm stand, fällte er augenblicklich ein Urteil: eine Rebbezin. Obwohl er kein Wort sagte, reagierte Nechama sofort auf den spöttischen Zug um seine Mundwinkel. Sie legte ihre Stirn in Falten, ihre Augen blitzten vor Zorn und sie knirschte so stark mit ihren strahlend weißen Zähnen, dass Moischele überrascht die Hände aus den Hosentaschen nahm: »Sieh an! Ein formidabler kleiner Giftpilz ...«, und sie gefiel ihm.

An diesem Abend der ersten Begegnung sang Moischele Lieder und erzählte Geschichten von seinen Wanderungen. Nechama hörte mit brennenden Ohren zu und war verzaubert. Die Familie Munvas war hingerissen von ihrem züchtigen Erröten und Moischele von der prompten Rache an der Modistin. Aha! Wenn Berta Sapir hörte, dass er sich verheiratet hatte, würde sie nicht mehr sagen, er sei ein Waschlappen und kein Mann.

Nach der Hochzeit suchten die Brüder Munvas in Lejbe-Lejsers Hof eine kleine Wohnung für das junge Paar. Die Familie wollte sich Moischele aus den Augen schaffen, als ahnten sie, dass ihnen von ihm noch einiges an Scham und Schande bevorstünde. Nechama wollte eigentlich nicht aus der Gegend fort, wo die Kundinnen wohnten, die bei ihr nähen ließen. Aber Moischele bestand darauf, dass bei ihm eine Frau nicht arbeitete. Er sei Manns genug, der alleinige Ernährer zu sein. »Gib mir deine Ersparnisse, Nechama. Ich will die Wohnung einrichten und werde auch dem Meister, diesem Ausbeuter, kündigen. Ich kann mich als Polsterer selbständig machen und dreimal so viel verdienen.«

Verzückt sah Nechama zu ihm auf. Er hatte sie noch nie gefragt, ob sie zusätzlich zu ihrem Koffer mit der Aussteuer auch noch Geld besaß. Nechama hatte ihm ihrerseits nicht gesagt, dass sie eine hübsche Summe zusammengespart hatte, damit er sie nicht wegen der Mitgift heiratete. Er war wohl von selbst darauf gekommen, hatte das Thema aber nicht angeschnitten, bis er das Geld brauchte, um sie beide für das neue Leben einzurichten. Gerührt von seinem Edelmut, gab Nechama ihm alles, was sie hatte, und schaute ihm vertrauensvoll in die Augen.

Obwohl Moischele gewöhnlich ein Plappermaul war, hatte er Nechama klugerweise nichts von seiner früheren Liebschaft erzählt. Ein paar Monate nach der Hochzeit, als das Paar schon in der Wohnung in Lejbe-Lejsers Hof wohnte, sehnte sich der Polsterer nach der Modistin und ging mit einem Haufen Geschenken unter dem Arm zu ihr. Statt ihm um den Hals zu fallen wie eine Verschmachtete, die aus ihrer Erfahrung gelernt hatte, ihn nicht mehr zu beleidigen, empfing sie ihn mit dem Keifen einer Marktfrau.

»Da hast du dich also mit einem Stinkfischlein verheiratet und willst mich jetzt als Geliebte! Die Cholera soll dich holen!«

Berta Sapir trug immer Röcke, dazu offene Blusen und ärmellose Jacken, die sie nicht zuknöpfte. Sie trug auch keine

Strümpfe, wie es sich eigentlich gehörte. Alle sollten ihre Figur sehen – und platzen! Korsette, harte Mieder und teure Kleider waren für dicke, hässliche Frauen. Sie brauchte das alles nicht. Berta konnte sich in ihrer lockeren, losen Kleidung beugen und bücken, ihr Köper blieb immer straff gespannt wie eine Sprungfeder aus Stahl. Aber in ihrem Charakter war nichts aus Stahl und Eisen. Sie saß gern zu Hause im Warmen und ergab sich romantischen Phantasien. Ihr erster Liebhaber bekam sofort mit, dass man ihr ewige Liebe schwören musste. Aber seine ewige Liebe dauerte nur drei Monate. Danach begann sie eine Affäre mit einem verheirateten Mann, der ihr erzählte, wie unglücklich er mit seiner Furie war. So geriet Berta Sapir in den Ruf, verheiratete Männer zu verführen. Sie litt unter ihrem schlechten Ruf und vermied die männlichen Hundsfötte wie die Pest, bis sie Moischele Munvas kennenlernte. Er war Junggeselle und wollte sie unbedingt heiraten. Doch seine Brüder verwehrten es ihm. Verbittert zog er in die Welt, doch Berta blieb ihm treu. Sobald er zurückkam, würde sie wie eine Ertrinkende zu ihm laufen. Sie zweifelte nie daran, dass ihr Liebhaber ein Handwerk erlernen und auf eigenen Füßen stehen würde. Dann würde er sich von den Brüdern trennen und sie heiraten. Nun stellte sich also heraus, auch er suchte eine Braut mit Geld und gutem Ruf.

»Ich verstehe dich«, sagte die Hutmacherin und fuhr scheinbar gelassen in ihrer Arbeit fort, stach aber nicht in den Hutrand, sondern in ihren Finger. »Du hast ein Frauchen genommen, das alle bemitleiden, eine unterdrückte, in ihrer Lebensweise beengte Person, die Angst hat, wenn du auf den Tisch haust, und mich willst du als Geliebte so nebenher. Das wirst du nicht erleben!«

Moischele Munvas antwortete, seine Brüder, die Mörder, hätten ihn bedroht. Er hätte geschworen, dass er ohne sie nicht leben könnte, aber es hätte nichts genützt. Berta Sapir befahl ihm zu gehen und ihr nicht mehr unter die Augen zu kommen, bis er geschieden sei von seinem züchtigen Frauchen, dieser ausgequetschten Zitrone. »Du sauertöpfische Visage«, schrie er dampfend vor Wut und schlug die Tür hinter sich zu, wie um Bertas Retourkutsche »Zigeuner, Betrüger!« zu zerschmettern. Noch Tage später kitzelte ihn ihr Eau de Cologne in der Nase. Es zog ihn zu ihrem warmen, geschmeidigen Körper. Er fühlte, wie ihm das Mark aus den Knochen lief.

Jetzt erzählte er seiner Frau alles, was er ihr bislang so gut verschwiegen hatte: Er hatte sie geheiratet, weil die Brüder ihm ständig zugesetzt hatten. Aber er liebte Berta Sapir, die Modistin. Nechama fühlte, wie ihr das Blut in den Adern gefror. Sie sah ihn an, als erkannte sie plötzlich, dass ein Teufel hinter dem pechschwarzen Schnurrbart lauerte. Dann weinte sie tagelang. Ihr Mann ließ sie heulen und fragte dann mit brutaler, mörderischer Ruhe:

»Wirst du den Scheidebrief annehmen?«

»Nein«, zischte Nechama durch zusammengepresste Lippen und drohte, alles seinen Brüdern zu erzählen. Moischele hatte auf diese Drohung nur gewartet und reagierte mit hartem, quiekendem Gelächter. Ihm war klar geworden, dass er seine Geliebte auf ewig verspielt hatte, und damit hatte er auch seine frühere Angst und den Respekt vor seinen Brüdern verloren.

»Ja, bitte, geh nur zu meinen Brüdern. Und komm nicht wieder nach Hause, bis du bei ihnen gewesen bist. Hörst du?« Er stieß sie zur Tür und schob sie nach draußen.

6

Mit verglasten Augen irrte Nechama durch die Stadt. Erst als sie die Brücke über die Wilenka erreichte und die Popławska hinaufging, klarte ihr Blick auf. Verwundert und mit kindischer Freude nahm sie die belaubten Bäume wahr. In Lejbe-Lejsers Hof, der halb aus Stein und halb aus Holz gebaut war, wuchs kein Bäumchen und kein Grashalm. Man konnte dort vergessen, dass es Frühling war. Die weißen Blüten schneiten sogar schon von den Bäumen. Nechama betrachtete die hellgrünen Kletterpflanzen über den Toren der Kopanica. Als sie noch hier wohnte, dachte sie, hatte sie gar nicht gewusst, wie gut sie es hatte. Jedes Häuschen und jedes Fenster entlang der Wilenka winkten ihr vertraut und fröhlich zu. Im Sommer umrauschten sie die grünen Zweige; im Winter, wenn sie frühmorgens auf die Straße trat, dachte sie, die verschneiten Bäume wüssten, wovon sie die ganze Nacht geträumt hatte. Ihre Kunden liebten sie und hatten nie mit ihr gefeilscht. Wäre sie hier eine alte Jungfer geblieben, hätte sie ein ganzes Leben lang davon träumen können, dass das Glück noch käme.

Auf ihre harten Ellbogen gestützt, saßen die Brüder Munvas um den Tisch. Hinter ihnen standen ihre Frauen. Aufmerksam hörten alle, wie ihre jüngste Schwägerin beschrieb, was sie von ihrem Mann alles auszuhalten gehabt hatte. Die Schatten wuchsen und legten sich zwischen die unbeweglichen Körper, als gehörten auch sie mit zur Familie. Keiner machte Licht, als schämten sich die Anwesenden, Nechama in die Augen zu sehen. Schließlich sagte der älteste Bruder: »Nach dem, was du selbst berichtest, sagt der Bastard, er hätte vor uns keine Angst mehr. Was können wir da noch tun? Geh nach Hause und kümmere dich nicht um sein Geschwätz.«

»Seine Verflossene, die Modistin, rühmt sich doch, sie lasse ihn erst nach der Scheidung von dir ins Haus. Willige also nicht in die Scheidung ein und seine Tollheit wird sich legen«, sagte die älteste Schwägerin, um ihren Mann zu unterstützen. Die übrigen Schwägerinnen pflichteten ihr bei. »Nechamele, wer einen Mann hat, muss Leiden ertragen.«

Als ihre Mutter gestorben war und Nechama allein in der Wohnung zurückblieb, fühlte sie sich nicht elender als jetzt, da ihr klar wurde, dass die Brüder sich nicht einmischen wollten. Es ist eine brutale, mörderische Familie, dachte sie. Die Munvases hielten es für unter ihrer Würde, dass ein Spross der Familie die verrufene Modistin heiratete, aber es interessierte sie nicht, dass er sie um ihre Ersparnisse geprellt hatte und sie quälte. In einem Punkt aber hatte seine Bande recht: Sie durfte nicht nachgeben und seinen Scheidebrief nicht annehmen.

Für die Schneiderin begann jetzt die Hölle. Moischele rief sie nie anders als »ausgequetschte Zitrone« und »dürres Brett«. Diese Namen verletzten Nechama. Aber sie hatte noch mehr Angst vor dem Beinamen »die Geschiedene«, den sie bekommen würde, sobald sie sich von ihm scheiden lassen würde. Sie litt und schwieg. Sie hielt die Wohnung tadellos in Ordnung. Sie kaufte ein, kochte und stellte schweigend das Essen auf den Tisch. Sie scheute sich, zu ihrem Peiniger hinüberzusehen, um den pechschwarzen Schnurrbart über den dicken Lippen nicht sehen zu müssen. Es kam ihr vor, als ob sich all seine Bosheit und Vulgarität in diesem geschniegelten Schnurrbart konzentrierte, der sie früher so angezogen hatte. Ihr Mann hingegen schaute ihr unentwegt verwundert nach. Er hatte sich nicht vorstellen können, dass eine so zierliche und ängstliche Frau so stur sein konnte. Wenn sie getobt hätte, hätte er über sie gelacht. Weil sie litt und schwieg, fühlte er manchmal Mitleid mit ihr, denn sie war wieder eine einsame Waise. Doch sein Hass auf Nechama wuchs, je klarer er sah, dass für sie die Heirat tiefer Ernst war und sie an ihr festhalten würde.

Schwermut überfiel ihn. Düster und verkatert ging er durch die Straßen wie einer, der nach einer nächtlichen Sauferei am Morgen mit Kopfschmerzen aufgestanden war. Unrasiert ging er zur Arbeit. Wenn er von der Arbeit nach Hause kam, wusch er sich nicht, klopfte sich nicht einmal den Staub und das Sägemehl aus den Kleidern. Er setzte sich an den Tisch und verschlang das warme Essen. Er zerriss das Fleisch mit schmutzigen Fingernägeln, spülte es hinunter mit Selterswasser, Bier oder einem großen Krug kaltes Wasser. Danach saß er am Fenster und sah auf Lejbe-Lejsers Hof hinunter. Ihm war hundeelend an diesen blauen Sommerabenden. Schließlich konnte er das Schweigen nicht mehr aushalten und drehte den Kopf zu seiner Frau, die damit beschäftigt war, das gespülte Geschirr wegzuräumen:

»Hast du etwa erwartet, dass ein so ausgedörrtes Frauchen wie du Berta in mir auslöschen kann? Sie hat einen Körper wie eine Sprungfeder und du bist ein Brett.«

Nechama hielt inne, die Arme zum oberen Regal des Geschirrschranks gestreckt. Sie verharrte so, ohne ein Wort zu sagen. Erst als ihr Mann sich wieder zum Fenster wandte und trübsinnig auf Lejbe-Lejsers Hof starrte, ließ sie die Arme langsam sinken und ging noch langsamer in das zweite Zimmer. Zwischen den beiden Betten blieb sie stehen, biss in ein zerknülltes Taschentuch und zog so lange an einem der Zipfel, bis der Stoff zerriss. So unterdrückte Nechama Wut und Schmerz und verhinderte, dass sie in lautes Weinen ausbrach. Sie litt weiter und gab nicht nach.

Ganz allmählich änderte sich der Polsterer. Er lebte auf. Das Liedchen, das er schon am frühen Morgen beim Aufstehen vor sich hin summte, hatte er auch noch auf den Lippen, wenn er abends nach Hause kam. Nach dem Essen wusch und rasierte er sich, putzte sich fein heraus und verschwand bis Mitternacht. Jeden Tag wurde er aufgeräumter und fröhlicher und begann, mit Nechama freundlicher zu sprechen. Er lobte ihr Kochen und zeigte sich besorgt, weil sie so wenig aß. Er erwähnte die Scheidung und die Modistin nicht mehr, aber er sagte auch nicht, wo er sich bis in die frühen Morgenstunden aufhielt.

Die Bewohner von Lejbe-Lejsers Hof und die jungen Leute im jüdischen Viertel kannten Moischeles Familie, wussten von seiner Affäre mit der Modistin und auch, dass er seiner kleinen Frau mit den großen Augen spinnefeind war. Als er abends noch in seiner Wohnung saß und aus dem Fenster in den Hof starrte, witzelten die jungen Leute, er sehe aus wie ein Schwindsüchtiger, der weiß, seine Tage sind gezählt. Jetzt schauten sie ihm neugierig nach, wenn er abends so geschniegelt und gestriegelt ausging und seine Frau zu Hause sitzen ließ. Anfangs sagten sie nichts. Sie standen in den engen Gassen, lehnten sich breitschultrig an die geschlossenen Fensterläden der kleinen Geschäfte und folgten dem Polsterer spöttisch mit den Augen. Doch schon bald riefen sie ihm hie und da ein paar Worte zu: »Man lebt nur einmal, was?« Und der junge Lebemann antwortete kaltblütig: »Wer weiß? Gelegenheit macht Diebe.«

Aus Moischeles hingeworfenen Sätzen und seiner gerissenen Miene zogen die jungen Gassensteher den Schluss, dass er nicht nur seine Frau wie einen Hund behandelte, sondern auch seine Geliebte zu den abgelegten Lumpen geworfen hatte. Als Polsterer arbeitete er tagsüber in reichen Häusern, wenn die Männer in den Geschäften waren; da ging es ihm gut. Da trällerte er ein Liedchen für die Dame des Hauses, verdrehte ihr den Kopf mit seinen Geschichten – und packte die Gelegenheit beim Schopf. Je länger Moischele Munvas sich ausschwieg, desto lebhafter spekulierten die jungen Leute, wohin er wohl ginge und mit wem er sich träfe. Da er jeden Abend anders angezogen war, musste er über eine Unmenge von Kleidern verfügen, und die Klugschwätzer schlossen von seiner Kleidung auf sein Glück.

Eines Abends verließ er den Hof in einem dunkelgrauen Anzug mit weißen Nadelstreifen. Dazu trug er ein weiches Hemd mit Krawatte. Über dem linken Arm hielt er einen schweren Mantel und seinen Hut. Da im klaren Himmel nichts auf Regen hinwies, fragten sich die jungen Leute, warum er einen Mantel mitnahm. Die Antwort lag klar auf der Hand: Er ging zu einer Witwe, die nicht flirten, sondern sich verheiraten wollte. Darum musste der diebische Blender seriös aussehen wie ein Buchhalter. Wahrscheinlich hatte er nicht erzählt, dass er schon eine Frau hatte, oder er hatte erzählt, dass sie nicht mehr zusammenwohnten und in der Scheidung waren. Sogar seinen Kosaken-Schnurrbart hatte er diesmal nicht wie sonst nach oben gezwirbelt, sondern er hing herab, was bedeuten sollte, dass ihm das Herz schwer war.

Ein anderes Mal war Moischele als Sportler ausstaffiert. Er trug breite Kniebundhosen, gestreifte Strümpfe aus dicker Wolle und schwere Schuhe mit doppelten Sohlen. Auf seiner hellbeigen Jacke waren zwei große Seitentaschen aufgenäht. Unter dem linken Revers befand sich eine dritte Tasche, die aber eher wie ein Flicken wirkte. Er hielt den Hut in der Hand und eilte hocherhobenen Hauptes vorüber. Die Jacke klaffte auf und die Krawatte flatterte im Wind. Die jungen Leute stießen sich mit den Ellbogen: Wo geht er wohl hin und mit wem trifft er sich heute? Er geht zur Wilia, zum Sportstadion der Makkabi. Dort wird er mit einem Fräulein, das Polnisch schnattert, im Restaurant sitzen und seinen Schnurrbart zwirbeln. Weiß er denn, was man mit so einer *Panienka* redet? Sie wird den piekfeinen Esel auslachen. Es wird ihn genug kosten.

Ein drittes Mal versetzte er die Straße durch einen junkerhaften Aufzug in Erstaunen. Er trug die hohen, engen Stiefel eines Aristokraten auf der Jagd, dazu eine gestickte Bauerntunika, die am Hals offen war, und eine Schirmmütze, die er weit zurückgeschoben hatte, sodass ihm die dichten Locken in die Augen fielen. Er war nur mit einem Arm in die Jacke gefahren. Der Rest der Jacke und der leere Ärmel baumelte von seiner Schulter. So gingen die kriminellen Jungs spazieren. Moischele setzte ein gelangweiltes Gesicht auf, steckte die Hände in die Hosentaschen und schlenderte vorbei. »Bah! Er geht zu einer Landpomeranze«, lachte einer der jungen Leute. Ein anderer aber schlug sich plötzlich mit der flachen Hand auf die Stirn und sagte: »Wisst ihr was? Ich glaube, er geht überhaupt nirgends hin! Er spielt uns etwas vor, damit wir ihn beneiden und seiner Frau das Herz vor Elend zerspringt. Bei ihm wird sie verkohlen wie ein Topf.«

Die jungen Leute plauderten noch ein wenig über den Polsterer, schworen, dass sie ihm sein Glück gönnten, und lachten schon bald über etwas anderes, bis auch das andere nichts mehr hergab und das Gespräch versiegte.

Im Durchgangshof der Altwarenhändler hingen der Staub und der saure Gestank der alten Kleider noch dick in der Luft, obwohl die Läden schon geschlossen waren und wie Blinde glotzten. Der Weg zu Ramailes Hof war schwarz von zertretenen Kohlen; zerrissene strohgeflochtene Stricke lagen herum, die das Holz bündelten, das hier verkauft wurde. In der Żydowska, der Jüdischen Straße, lärmten barfüßige Kinder, die in den ausgetrockneten Rinnsteinen spielten. Obsthändlerinnen standen bei ihren Körben mit vertrockneten Äpfeln vom letzten Jahr. Durch das eiserne Tor, das in den Hof der Großen Synagoge führte, und von dort aus in die verschiedenen kleinen Betstuben eilten bärtige Juden, aber auch glattrasierte, die Kaddisch sagen mussten.

In Lejbe-Lejsers Hof saßen Nachbarn, Männer und Frauen auf den ausgetretenen Treppen, auf Türschwellen und Balkonen, oder sie streckten die Köpfe aus den Fenstern, um frische Luft zu schnappen. Wenn ihre Augen ermüdet waren vom gebuckelten und spitzen Kopfsteinpflaster, von den abblätternden Wänden, vom dichten Gewirr der Türen, Stiegen und Fenster über Fenster, legten sie die Köpfe in den Nacken und ihre Augen badeten in der klaren, stillen Bläue des Himmels. Dann kehrten die Blicke zurück und wanderten über den Hof, bis sie zur Wohnung des Polsterers kamen. Kein Licht erhellte die Fenster. Die Tür war geschlossen. Tagsüber sah man Nechama in den Geschäften Lebensmittel einkaufen, aus denen sie das Essen für ihren Mann zubereiten würde. Sie ging immer mit gesenktem Kopf durch den Hof. Auch beim Einkaufen in den Läden senkte sie die Augen. Man schaute ihr nach, denn sie bewegte sich wie eine Waise, die vom Friedhof zurückkehrte. Abends, nachdem der herausgeputzte Polsterer weggegangen war, sah man nichts mehr von ihr. Die Bewohner verstanden, dass sie sich schämte, und nahmen an, dass sie ihren Kopf in ein Kissen vergrub oder in einer Ecke saß und ihr bitteres Los beweinte.

7

»Lejbe-Lejsers Hof ist nicht Sodom. Wir dürfen nicht zulassen, dass ein rücksichtsloser Weiberheld seine Frau quält. Sie ist eine Waise und hat niemanden, der sich für sie einsetzt.«

Das sagten die älteren Nachbarinnen zueinander. Dann lagen sie ihren Männern in den Ohren, diesen Skandal nicht hinzunehmen. Wenn der lose Junge schon seine eigene Frau so abschätzig behandelte, würde es ihn kaum beeindrucken, wenn fremde Frauen ihm ins Gewissen redeten. Aber vor den Männern würde er sich ja wohl schämen. Die Bewohner des Hofes sind Arbeiter und Handwerker mit grauen schütteren Bärtchen und Fingern, die steif geworden sind vom Schuften. Ihre Körper sind verzogen und krumm wie alte, verrostete Eisenstäbe. Sie verwenden alle Energie darauf, bei der Arbeit in der Werkstatt und beim Gebet im Beit-Midrasch nicht einzuschlafen vor Müdigkeit. Sie sehen und hören alles nur noch mit trüben Augen und tauben Ohren. Da die Frauen aber nicht lockerließen, stellten sie den Polsterer schließlich zur Rede: Für einen Juden schickte sich diese Lebensweise nicht. Moischele Munvas sah sie frech an: »Ihr seid wohl neidisch? Ihr wollt wohl, aber könnt nicht mehr, was?«

Die älteren Juden spuckten dreimal aus, weil sie sich mit diesem Zigeuner eingelassen hatten. Danach mischten sich die jüngeren Frauen ein. Sie konnten nicht ertragen, dass eine ihrer Schwestern von so einem Auswurf wie ein Putzlappen behandelt wurde. Obwohl Nechama mit keiner der Frauen im Hof befreundet war, hielten die jungen Nachbarinnen sie an und begannen ein Gespräch über ihren Mann: Sie sollte ihm den hochgezwirbelten Schnurrbart absengen, Karbolsäure in seine schmutzige Visage schütten, seinen Geliebten die Augen auskratzen. Mit gesenktem Kopf hörte Nechama zu und schwieg. Die jungen Nachbarinnen schlossen daraus, dass sie es mit einer Frau zu tun hatten, die Angst hatte, ihre Stimme zu erheben. Ihr Mitleid wuchs und sie hetzten ihre Männer auf.

Die mittelalten Männer in Lejbe-Lejsers Hof sind meist Fuhrleute. Sie tragen flache Kappen mit zerdrückten Schirmen. In ihren zottigen Bärten hängen der Sand und Schmutz ihrer Wege durch die Vorstädte. Einige sind Metzger mit flammend roten Gesichtern, breiten Schultern und gestählten Händen, die einen Ochsen bei den Hörnern packen und ihn mit solcher Kraft drehen können, dass er auf den Rücken fällt. Außerdem wohnen im Hof Markthändler mit tiefen, dröhnenden Stimmen, eine Bande in hohen Stiefeln, die einen Markt voller Bauern in Furcht versetzen kann. Wenn sie nach einem vollen Arbeitstag mit schwirrenden Köpfen nach Hause kommen, wollen sie in Ruhe essen. Ihre tugendhaften Frauen mit den aufgeschwemmten Leibern brachten ihren Brotgebern Schüsseln mit heißen Kartoffeln und Platten mit gekochtem Fleisch, würzten das Essen aber mit ihrem Geschrei:

»Warum sagt ihr nichts? Ihr seid doch auch Väter kleiner Kinder?«

Die Männer verbrannten sich die Lippen beim Verschlingen der Dampfkartoffeln, Fleisch verstopfte ihnen die Zahnspalten und Brot blieben ihnen im Hals stecken. Sie glotzten ihre Frauen an wie die Ochsen beim Wiederkäuen. Was hatten ihre kleinen Kinder mit der Hurerei des Polsterers zu tun? Die Frauen antworteten: Alles! Das Verhalten des Polsterers gefährde die Kinder. Denn seine Frau sei eine verlorene Waise, und Gott sähe nicht schweigend zu, wenn man eine Verfehlung gegen eine Waise nicht ahndet. Nach dem Essen gingen die Männer in den Hof und warteten, bis der junge Lebemann auf dem Weg zum Rendezvous an ihnen vorbeihastete.

»Hör mal, Freundchen, wir wollen für deine Sünden nicht bezahlen. Das hier ist ein jüdischer Hof und dein oberfaules Verhalten sticht uns gewaltig in die Augen.«

Moischele sah sich von Männern in den Vierzigern umzingelt, jeder schon mit einem kleinen Bäuchlein; aber ihre Schultern waren meterbreit und in Hochform. Wenn auch nur einer von ihnen seine Pranke auf einen wütenden Bauern fallen ließ, hatte der noch Glück, wenn er mit dem Leben davonkam. Jetzt standen sie Schulter an Schulter um den Polsterer, damit er ihnen nicht entkam, und musterten ihn mit ihren kalten, wässrigen Augen. Moischele verstand, dass er sich artig geben musste. Er zwirbelte ein Ende seines Schnurrbarts und antwortete:

»Ihr habt recht. Unsere Ehe ist für uns beide ein Unglück. Darum bin ich jederzeit bereit, meiner Frau den Scheidebrief zu geben. Ihr seid meine Zeugen. Lasst mich jetzt durch.«

Was er sagte, klang vernünftig und redlich. Die Nachbarn ließen ihn sofort durch, um seine Mannesehre nicht zu verletzen. »Lasst uns jetzt in Ruhe mit diesem konfusen Zeug. Er will sie ja freilassen«, sagten die Männer und schickten die Frauen weg. Am nächsten Tag überbrachten sie Nechama die frohe Botschaft. Diesmal verharrte sie nicht zitternd mit gesenktem Kopf wie während des ersten Gesprächs, sondern schlug die Hände vors Gesicht und weinte hysterisch: Sie wolle keine Scheidung. Nein! Nein!

»Nein ist Nein.« Die Nachbarinnen traten etwas verwirrt zurück und gaben Nechama einen anderen Rat: Man sagte, sie sei eine gute Schneiderin. Warum sollte sie nicht arbeiten? Wenn sie wieder Geld verdiente, wäre sie nicht auf ihren Mann angewiesen und hätte keine Angst vor der Scheidung. »Nein! Nein!« Die Schneiderin weinte noch heftiger. Die Nachbarinnen wunderten sich: Liebt sie ihn so oder hat sie Angst vor dem Alleinsein? Plötzlich fiel einer von ihnen ein, dass es jemanden gab, der helfen könnte: der Porusch, R. Joel Weintraub. Auch er war ein neuer Nachbar. Er hatte Ansehen und Freude in Lejbe-Lejsers Hof gebracht. Vor ihm würde sogar dieser Nichtsnutz Moischele Munvas Respekt haben. Man musste mit der Rebbezin sprechen. Sie musste ihren Mann dazu bewegen, sich einzumischen.

Niemand im Hof hatte sich vorstellen können, dass die Rebbezin Hindele, die ja in der Tat wie ein kleines Hühnchen aussah, so in Rage kommen und mit ihrem dünnen quietschenden Stimmchen so laut schreien konnte. Der Eierkorb hing an ihrem Arm, während sie mit den Händeln fuchtelte: Ihr Zaddik und Gelehrter sollte sich in eine solche Schweinerei mischen? Sie sei Eierhändlerin geworden, weil ihr Mann, er möge leben und gesund sein, nicht Rav sein und nichts mit Leuten zu tun haben wollte. Und jetzt sollte er sich mit einem Polygamisten befassen?

Der Porusch R. Joel mischte sich dann aber ganz unerwartet doch ein und durchaus nicht freiwillig.

Zwischen dem Nachmittags- und dem Abendgebet studierte er zusammen mit einem halben Minjan das Buch *Ein Yaacov*. Seine Schüler waren alte Männer mit gebeugten Rücken, die den schönen Erzählungen über die rabbinischen Weisen aufmerksam zuhörten und fromm vor sich hin stöhnten, wie sündig sie seien. Auch der Schlosser R. Heskia saß in seiner Ecke und schockelte über dem *Schulchan Aruch*. Als einer der Alten sah, dass es spät wurde und für das Abendgebet noch drei Männer fehlten, glitt er etwas beschwerlich aus der Bank am Tisch und ging auf den Hof, um einige Juden zum Gebet zu rufen. Zwei halb entkleidet auf ihren Balkonen sitzende Männer zogen sich Jacken an und gingen ins Beit-Midrasch. In diesem Moment erschien der Polsterer in einem breiten Strohhut. Der fromme Alte fragte ihn, ob er sich nicht eine gute Tat verdienen wollte, indem er als zehnter Mann den Minjan vervollständigte. Moischele gefiel der Großvater, der ihn zum Verdienen einer guten Tat einlud, und ihm gefiel noch sehr viel mehr die Idee, der zehnte Mann zum Minjan zu sein. Er sagte sich: Sie kann warten! und ging ins Beit-Midrasch. Doch einige Männer an R. Joels Tisch schauten ihn unfreundlich an und einer der beiden Männer vom Balkon zeigte buchstäblich mit dem Finger auf ihn:

»Ein Wüstling ist im Minjan verboten. Ist es nicht so, R. Heskia?«

Der Schlosser wollte sich vielleicht nicht mit Moischele Munvas anlegen, oder er wollte keine religionsgesetzliche

Entscheidung fällen, da ein Rav am Tisch saß, oder er wollte sich einfach überhaupt nicht in die Angelegenheiten anderer Leute mischen, wie es generell seine Art war, jedenfalls antwortete er nicht und schockelte weiter über dem *Schulchan Aruch*. Das stumme, dunkle Himmelsblau in den Fenstern, die Versammlung verschatteter Juden unter der einzigen Lampe über dem Tisch und der heilige Raum mit seinem Dickicht aus Bänken, Stehpulten, Tischen, der Bima und dem Aaron-Kodesch – all das wirkte einschüchternd und beschämend auf den Polsterer. Statt zu lachen oder wütend zu werden, näherte er sich dem Porusch und sagte in bittendem Ton:

»Man darf mich nicht zum Minjan rechnen? Bin ich denn kein Jude?«

»Jeden Juden darf man zum Minjan rechnen«, antwortete R. Joel.

Der Schlosser R. Heskia schockelte jetzt schneller über seinem Buch und brummte lauter, als wollte er den Impuls niederringen, sich mit Lust einzumischen. Die anderen Juden schwiegen aus Respekt vor dem Rabbiner. Nur der Mann, der zuerst die Frage aufgeworfen hatte, ob Moischele Munvas zum Minjan gerechnet werden durfte, rief erbost:

»Steht es in der Torah geschrieben, dass man so einen zum Minjan rechnen darf? Und die eigene Frau, eine verlassene Waise, demütigen darf man auch, ja?«

Der Schlosser R. Heskia hörte auf zu schockeln und heftete seine Augen auf den Porusch. Hatte der frühere Zaskowiczer Rav jetzt den Mut, etwas zu verbieten? R. Joel Weintraub stützte sich auf seine schweren Hände und erhob sich langsam vom Tisch. Seufzend sagte er:

»Eine Frau zu demütigen und dazu noch eine Frau ohne Beschützer und Verwandten ist eine Sünde, eine sehr große Sünde. Aber dieser Sachverhalt ist ohne Bedeutung für die Frage, ob jemand zum Minjan gerechnet werden kann. Kommt jetzt und lasst uns beten.«

Der Schlosser lachte in sich hinein: Der Porusch schaffte

es nicht einmal, einen ausgesprochenen Flegel zu rügen. Es fiel ihm schwer wie die Teilung des Roten Meeres. Aber beim Erlauben stöhnte er nicht. Der Schlosser stand auf, um mit den anderen das Abendgebet zu beginnen. Jeder ging an seinen angestammten Platz und Moischele Munvas in seinem breiten Strohhut blieb verwirrt und verloren stehen. Er betete ohne innere Anteilnahme und hatte auch keine Lust mehr, zu seinem Rendezvous zu gehen.

R. Joel aber musste sich danach noch die Vorwürfe Hindeles anhören. Abends studierte er in der Wohnung, damit seine Frau nicht allein war. Er saß am Tisch im Lichtkegel einer kleinen Petroleumlampe über einem dicken Werk von Maimonides. Hindele hatte sich über ihn gebeugt und deutete mit ihrem kleinen Zeigefinger in das offene Buch, als ob auch dort stünde, dass es einem Gelehrten nicht zur Ehre gereiche, sich in eine so unsaubere Angelegenheit zu mischen. R. Joel lächelte.

»O Hindele, Hindele, Maimonides hat sich sehr wohl eingemischt, obwohl auch er das Rabbinat verließ, und es war ein sehr viel bedeutenderes Rabbinat als meines in Zaskowicz.«

Hindele blieb ratlos am Tisch stehen und R. Joel lächelte nicht mehr, sondern seufzte wieder wie vorher im Beit-Midrasch. Er hatte tiefes Mitleid mit einer jungen Frau, die durch ihren Mann gedemütigt wurde. Aber er hatte auch Mitleid mit einem jungen Mann, der von seinem Verlangen verführt wurde.

8

Die drei Töchter R. Heskia Teitelbaums gleichen einander nicht. Jede hat auch eine andere Haarfarbe.

Malka die Geschiedene ist die älteste. Sie wirkt düster und niedergeschlagen wie ihre Mutter. Von ihrem früher so dichten Haar und dem schwarzen Funkeln in den Augen ist ihr ein Weichselzopf geblieben und ein erloschener Blick. Die ihr nächste Schwester, Serel die Krämerin, trägt ihr kastanienbraunes Haar sehr einfach in der Mitte gescheitelt; in ihrem blassen Gesicht ruhen dunkle, melancholische Augen. Ihr ganzes Wesen verströmt eine stille, graue Tugendhaftigkeit wie der Schabbat eines Armen. Nur Itka, die jüngste, ist füllig. Über ihren Brüsten spannen die Blusen und Jacken. Wegen ihrer vollen Hüften sind ihr alle Kleider zu eng und lassen sie kleiner erscheinen, als sie ist. Auch ihre Arme wirken zu kurz und an der Schulter zu weit unten angewachsen. Ihre Haut aber ist im Gesicht wie am ganzen Körper milchweiß; ihre Augen leuchten hellblau und ihre Lippen sind klein und frisch. Gesten und Mienenspiel sind voll Leben, Neugier und Lust. Sie spricht laut und lacht noch lauter und aus vollem Hals. Dann zeigt sie alle Zähne und ihre Mundwinkel schieben sich nach oben in die dicken Backen. Doch es sind ihre Zöpfe, die jedem sofort auffallen. Sie ruhen zusammengesteckt in ihrem Nacken und glühen wie das Schmiedefeuer in der Schlosserei ihres Vaters. Darum nennt man sie auch in Lejbe-Lejsers Hof und in allen umliegenden Straßen »die Schlosser-Itka mit den kupfernen Zöpfen«.

Ihre Stimme, ihr Lachen, ihr Gehen und Stehen sind wie geschaffen, um den fromm gebeugten Vater, dem das lange Fasten den letzten Blutstropfen aus dem Gesicht getrieben hat, auf Höchste zu irritieren. Der Schlosser kann sich um alles in der Welt nicht vorstellen, von welchem Familienmitglied die jüngste Tochter diese roten Zöpfe geerbt haben soll. Wie kommt er zu einer Tochter, an der alles schamlos ist – jede ihrer Bewegungen ist lüstern und von Grund auf unrein. Obwohl R. Heskia auch an der mittleren Tochter Serel einiges auszusetzen hat, stehen sie in seinen Augen gegeneinander wie Tag und Nacht.

Wenn Itka auf den Vater gehört hätte, wäre sie wie ihre Schwester Serel eine Angestellte im Lebensmittelgeschäft ihrer Mutter geblieben. Aber Itka wollte Verkäuferin in einem Geschäft für Damenmoden in der Hauptstraße werden. R. Heskia fiel fast in Ohnmacht. Seine Tochter würde mit Menschen von der Straße Umgang haben? Aber die ganze Familie stand gegen ihn. Seine Frau nannte ihn einen verrückten religiösen Fanatiker. Die geschiedene älteste Tochter schrie ihn an: »Willst du die Wilia mit einem Zahnstocher eindämmen?« Malka hatte ihrem Vater nicht verziehen, dass er auf ihrer Scheidung bestanden hatte. Sogar die stille Serel mischte sich ein. »Vater, das Geschäft führt nur Kleidung für Frauen, keine für Männer.«

»Das ist noch schlimmer«, antwortete der Schlosser. »Itka wird dort unerbittlich mit der Schamlosigkeit der heutigen Mode konfrontiert.«

R. Heskia bestand aber letzten Endes doch nicht darauf, dass seine Jüngste zuhause saß oder bei der Mutter im Geschäft arbeitete. Er machte aus der Not eine Tugend und fand für Itka eine Stelle in der Eisenwarenhandlung von R. Scheftel Miklischanski, einem gottesfürchtigen und gelehrten Juden und Vorstand des Beit-Midraschs in Lejbe-Lejsers Hof. Nicht nur beteten beide unter einem Dach und der Schlosser kaufte bei ihm seinen Bedarf an Eisenwaren, sie waren sich auch einig, dass die heutige Generation rebellisch und zerstörerisch war. Wenn seine Tochter bei einem solchen Chef an der Kasse aushalf, wäre sie nicht in Gefahr. Blechstücke und Eisenteile, Türklinken aus Messing, Vorhangschlösser und Schachteln voller Nägel konnten Itka nicht verführen. Die Kunden waren Bauern aus den Dörfern und ältere Arbeiter aus der Stadt. Die Verkäufer waren R. Scheftel Miklischanskis Sohn und Schwiegersohn, die bereits die vierzig und fünfzig überschritten und erwachsene Kinder hatten.

Aber sobald Itka Geld verdiente, rückte sie mit ihrer Absicht heraus, ein Zimmer mieten zu wollen, weil es ihr in der elterlichen Wohnung zu eng war. R. Heskia regte sich darüber nicht einmal auf, denn solange er lebte, würde seine Jüngste diesen Plan nicht verwirklichen. Er antwortete ihr ruhig, sie werde erst nach der Hochzeit mit einem jungen Mann, den er für sie aussuche, in eine eigene Wohnung ziehen. Wenn er zuließe, dass sie für sich wohnte, könnte er nicht sicher sein, dass sie sich am Schabbat nicht das Haar kämmte und bürstete. »Du lässt es ja nicht einmal an einem Wochentag zu, dass ich vor dem Spiegel stehe und mir die Haare kämme«, sagte Itka. »An einem Wochentag ist es ebenfalls verboten. Eine jüdische Tochter darf sich nur für ihren Mann herausputzen«, antwortete der Vater. »In Zöpfen, wie du sie hast, sitzt der Böse. Junge Männer können sich in dich vergaffen und werden dadurch zu unreinen Gedanken verführt.«

»Wenn mehr junge Männer meine Tochter ansähen, wäre sie jetzt gut verheiratet. Hat man schon jemals gehört, dass ein Vater sich wünscht, seine Tochter wäre weniger attraktiv?«, sagte die besorgte Schlosserin und zuckte die Achseln. Zlata stellte sich immer auf die Seite ihrer Kinder, obwohl auch sie Itkas Idee, ein Zimmer zu mieten, für unausgegoren und gehässig hielt. Wenn man einen so frommen Vater über sich zu erdulden hatte, war es allerdings kein Wunder, dass man bis ans Ende der Welt entlaufen wollte.

Itka blieb beim Vater wohnen und arbeitete in Miklischanskis Eisenwarenhandlung. Von ihrem Lohn putzte sie sich heraus. Ihr Gelächter durchhallte Lejbe-Lejsers Hof. Sie befreundete sich mit Ladenmädchen und Arbeiterinnen, die sich frank und frei verhielten. Der Vater musste sich damit zufriedengeben, dass das Mädchen nicht in die Tanzsäle und Theater ging. Er war sicher, dass sie dort nicht hinging, weil sie schon um zehn Uhr abends zuhause sein musste. R. Heskia war klar: Der beste Schutz war, Itka mit einem frommen jungen Mann zu verheiraten. Wie aber konnte er das für seine Jüngste zuwege bringen, wenn er gleichzeitig mit hundert Augen aufpassen musste, dass Serel mit dem glatten, bescheiden gescheitelten Haar sich nicht mit dem Vergolder Jechiel-Michel Hennes traf? Die Feinde Israels würden es nicht erleben, dass er einen jungen Mann zum Schwiegersohn nähme, der seine Partie selbst arrangiert hatte!

Es ist ein früher Sonntagmorgen im Sommer. Die polnische Regierung hat verordnet, dass Läden und Werkstätten am Sonntag geschlossen bleiben müssen. Die Nachbarn schlafen länger und der Schlosser R. Heskia sitzt im Beit-Midrasch. Gerade jetzt, mitten im Kämmen ihrer dichten Locken, lockt es Itka hinaus auf den Balkon. Es ist so süß und angenehm, wenn die Sonnenstrahlen die feuchten Haare trocknen, wärmen, glätten und Hals und Gesicht kitzeln. Ihre Augen sind halb geschlossen. Durch die dichten Wimpern sieht sie, wie aus den goldenen Sonnenstrahlen blaue Feuer werden. Der Vater würde gewiss sagen, sie folge dem bösen Trieb, aber Itka sieht die schöne Welt, die sie ins Freie zieht. Alles interessiert sie, alles ruft in ihr ein fröhliches Lachen hervor. Am meisten gefällt ihr, wenn man sie bewundert. Aber die jungen Männer des Hofes schlafen noch. Nur einer, Moischele Munvas, sitzt schon in einem weißen Hemd am offenen Fenster. Er ist rasiert, sein Schnurrbart ist gezwirbelt und er sitzt im Zimmer am niedrigen offenen Fenster und sieht hinaus.

Itka lacht immer über den Polsterer mit dem gezwirbelten Schnurbart. »Was sehen die Frauen in ihm?«, fragt sie ihre Freundinnen. »Er kommt mir nicht vor wie ein Frauenheld, sondern wie ein Weichei!« Ihre Freundinnen staunen, woher die Schlosser-Itka sich plötzlich so mit Männern auskennt. Jetzt ruft sie über den leeren Hof einem Mädchen zu, das sie weder sieht noch hört.

»Jochewed, bist du schon fertig?« Inzwischen kämmt Itka mit einem braunen Kamm eine dunkelrote Strähne und wirft sie kokett über die Schulter. Nun nimmt sie eine Handvoll Haar von der anderen Seite, lässt es durch ihre Finger laufen und spielt auf den aufgefächerten Strähnen so leicht und geschickt wie eine Harfenspielerin auf den Saiten ihres Instruments. »Jochele, Jochele«, ruft Itka ihre Freundin irgendwo im Hof und fühlt, dass Moischele Munvas sie nicht aus seinen Zigeuneraugen lässt. Mit Lust und Genuss schüttelt die Schlossertochter ihre Haarpracht, als bade sie in einem kalten, klaren

Fluss, tauche alle Augenblicke mit dem Kopf aus dem frischen Wasser auf und wärme sich in den Sonnenstrahlen. Plötzlich wendet sie sich ängstlich zum Bet-Midrasch und nimmt wahr, was sie schon ahnte: Ihr Vater hat im Beit-Midrasch ihre forsche Stimme gehört. Er streckt den Kopf zum offenen Fenster hinaus; er ist in seinen Gebetsmantel gehüllt und schaut ihr nach. Er weiß, eine Tochter muss man scharf beobachten.

Itka verschwindet in der Wohnung und Moischele Munvas denkt: Eine Figur wie ein Fass. Ein Mädchen mit prallem Busen, weich wie ein Kissen, und rotem Haar wie eine Hexe. So wie sie die Augen verdrehte und so fröhlich, wie sie lachte, dürfte sie kaum ein allzu frommes Mädchen sein. Trotzdem konnte man nicht wissen, ob die Lacherin nicht doch zu der Sorte gehörte, die alles nur in der Phantasie erlaubte. Ihr Vater war immerhin der fanatischste Frömmler nicht nur in Lejbe-Lejsers Hof, sondern im ganzen jüdischen Viertel.

Seit die Juden im Beit-Midrasch ihn nicht zum Minjan zählen wollten, ist Moischele Munvas schlecht gelaunt. Er versteht nicht, warum die Nachbarn ihm so feindselig gegenüberstehen. Wenn sie mit Nechama so viel Mitleid hatten, warum hatten sie kein Mitleid mit ihm? Er liebte sie eben nicht! Wie konnte man eine so giftige Frau lieben? Eine Frau ohne einen Funken Stolz. Er hatte ihr schon hundertmal gesagt, dass er sie aus Angst vor den Brüdern geheiratet hatte und weil er Rache an der Modistin Berta Sapir nehmen wollte. »Nechama«, sagt er zu ihr, »ich kann dich nicht ertragen.« Aber sie beharrt auf ihrem Standpunkt: Einmal verheiratet, immer verheiratet. Sie hatte ihm ihre Ersparnisse und ihre Keuschheit geopfert. Oh, wie er die Keuschheit dieses vertrockneten Mädchens hasst! Aber noch mehr hasst er, dass sie es liebt, wenn man sie als Waise bedauert. Sie schlich absichtlich bedrückt herum, um die Nachbarn gegen ihn aufzuhetzen. Sie konnten ihm gestohlen bleiben. Auch seine Brüder und Berta konnten ihm auch gestohlen bleiben. Er hatte sich früher nie vorgestellt, wie viele Frauen an ihm interessiert waren.

Moischele gähnt, legt die Hände in den Nacken, dehnt und streckt sich. An einem Sonntagmorgen im Sommer kann er nirgends hingehen. Sehr gern hätte er Itka noch weiter zugesehen; aber die Schlossertochter mit den kupfernen Zöpfen blieb verschwunden. Moischele hört, wie hinter ihm Nechama schweigt. Aber er macht sich nicht die Mühe, sich umzudrehen. Was geht es ihn an, ob irgendwo in einem Loch eine Maus sitzt und ihn mit ihren Mausaugen beobachtet.

9

Am Vorabend von Schawuot fühlte der Schlosser R. Heskia, wie ein Freudenschauer seinen ausgemergelten Körper durchrieselte, als erlebte er wirklich noch einmal die Freude, die seine Seele empfand, als sie während der Verkündigung der Torah am Fuß des Berges Sinai stand. Die Schlosserin Zlata bereitete sich ihrerseits auf den Feiertag vor. Sie buk milchiges Gebäck und schmückte die Wohnung mit großen Bündeln von Gräsern und Farnen, die sie aus den Wagen der Bauern gezerrt, vom Markt nach Hause geschleppt und nun zu Ehren des Feiertags auf dem Fußboden ausgebreitet hatte. R. Heskia wollte das nicht dulden. »Der Gaon von Wilna hat das abgeschafft, weil die Christen das auch tun.« Zlata blieb unbeeindruckt. »Na und? Dann hat er es halt abgeschafft, der Gaon von Wilna. Man sagt, dass er einmal in Lejbe-Lejsers Hof wohnte, aber das ist schon hundert Jahre her. Jetzt ist der Porusch R. Joel unser Mitbewohner, und er sagt, es ist erlaubt.«

Auch die jüngste Tochter des Schlossers schmückte sich für den Feiertag mit einem neuen Hütchen, das sie bei der Modistin Berta Sapir in der unteren Bakszt-Straße gekauft hatte. Itka hätte natürlich eine Hutmacherin in der Nähe von Lejbe-Lejsers Hof finden können. Obwohl sie sich über Moischele Munvas und seinen aufgezwirbelten Schnurrbart lustig gemacht hatte, wollte sie doch die einstige Braut in Augenschein nehmen. Man sagte, er könnte sie nicht vergessen, und aus großer Sehnsucht nach ihr, wechselte er seine Geliebten wie Taschentücher.

Die Wände in Berta Sapirs Wohnung hängen voll mit Fotografien jüdischer Schauspielerinnen: Dicke Frauen mit großen schwarzen Augen, hoch aufgetürmten Frisuren aus gekräuseltem Haar und weißen Hälsen – alle gutmütig und einander ähnlich wie leibliche Schwestern. Die Schauspielerinnen bestellen Hüte bei der Modistin, darum schmückt sie die Wohnung mit ihren Bildern. Berta Sapir liebt Theatervorstellungen und singt zuhause auswendig die Theaterlieder von Mädchen mit gebrochenen Herzen. Ihr großer Tisch unter dem Fenster ist übersät mit kleinen Kissen für Stecknadeln und Pappschachteln für große Hutnadeln und Knöpfe. Fransen und Schleifen liegen seitlich aufgehäuft. Daneben stehen Kästchen und Körbchen mit Samtbändern und Seidenblumen an langen Drahtstielen. An einer vielarmigen hölzernen Puppe hängen Hüte, Barette und Mützen, große und kleine, runde und spitze, als säßen auf den ausladenden Zweigen eines Baumes lauter exotische Vögel.

Itka ließ sich Zeit mit dem Auswählen und Anprobieren. Sie saß, stand und drehte sich vor dem Spiegel und überlegte, ob ein Hut mit einem langen Schleier vorne ihr besser stand als ein Hut mit einem Haarnetz hinten. Schließlich wählte sie ein Hütchen aus dunkelrotem Plüsch, klein und rund wie ein Topf, das kaum ihre vordere Kopfhälfte bedeckte und den Nacken luftig frei ließ, wo der Haarknoten aus den kupfernen Zöpfen lag. Berta musste noch ein schwarzes Seidenband mit Fransen und eine Straußenfeder aufnähen. Während die Modistin arbeitete, betrachtete Itka die Bilder der jüdischen Schauspielerinnen an den Wänden, blätterte in einer Modezeitschrift, probierte einen Dressur-Zylinder für eine Reiterin und lachte über ihr komisches Aussehen, als sie sich im Spiegel erblickte. Die Modistin aber war schlecht gelaunt. Sie zitterte innerlich vor Wut.

»Ihr wohnt in Lejbe-Lejsers Hof in der Żydowska? Dort wohnt doch auch Moischele Munvas, mein früherer Verlobter, der Zigeuner und Betrüger. Was macht denn seine Frau, die ausgequetschte Zitrone? Ich weiß, ich weiß, sie kann ihm gestohlen bleiben.«

Berta war etwas kurzsichtig und wurde in ihrer Aufregung noch kurzsichtiger. Sie heftete ihre Augen auf eines der Nadelkissen und konnte lange die kleine Nadel nicht finden, die sie jetzt brauchte. Dann suchte sie endlos lange nach einer kleinen Schere und einer Spule Faden und erzählte derweil, wie Moischele Munvas ihr zu Füssen geweint und geschworen hatte, er könnte ohne sie nicht leben, aber sie hatte ihn hinausgejagt wie einen Hund. Jetzt verabreichte er seiner Frau die Qualen häppchenweise, und sie würde bei ihm verdorren wie ein Apfel aus dem Vorjahr, denn er hatte jetzt andere.

»Was gefällt denn den anderen an ihm?« Itka nahm eine große Schleife vom Tisch und hielt sie unter dem Hals an ihre Bluse. »In unserem Hof wissen alle, dass Euer alter Bräutigam mit anderen Frauen herumzieht. Aber was sie in ihm sehen, versteht keiner.«

Die Putzmacherin war schon halb blind vor Wut. Mit der Nase auf dem Tisch suchte sie nach kleinen Stecknadeln und wurde noch aufgeregter. Sie schien sich auszurechnen: Wenn Moischele Munvas von Frauen umringt war, hatte er sie entweder schon vergessen oder würde sie jetzt sehr schnell vergessen.

»Ich weiß nicht, womit er bei ihnen erfolgreich ist. Wahrscheinlich wollen sie sich amüsieren und ein bisschen flirten, und er verdreht ihnen die leeren Köpfe mit Komplimenten und Geschichten über seine Abenteuer, dieser Ausbeuter.« Berta biss die Zähne zusammen und blies die Luft durch die Nase. Bei ihr hätte er sich anders aufgeführt, sagte sie. Auf allen vieren war er ihr nachgekrochen, solange sie ihn bei sich duldete. Sobald man ihn aber aus den Augen ließ, vergaß er den Weg nach Hause, denn er war ein Mensch ohne

Charakter und unverschämt dazu. Berta schwieg plötzlich und musterte ihre Kundin mit offenem Misstrauen: »Wie kommt es, dass Ihr früher nie zu mir gekommen seid und heute seid Ihr hier?«

»Früher habe ich nicht gearbeitet und kein Geld verdient. Da konnte ich es mir nicht leisten, für Hüte so viel auszugeben, wie sie bei Euch kosten«, antwortete die Kundin ruhig. Der bestellte Hut war endlich fertig und Itka drehte sich wieder vor dem Spiegel. Schließlich zahlte sie und ging mit einer kleinen runden Schachtel unter dem Arm und einem breiten Lächeln um den Mund: Die Putzmacherin hat keine schlechte Figur und versteht sich ausgezeichnet auf ihre Arbeit. Aber sie ist eine schielende Krähe, eine durchweichte Katze, die man aus dem Wasser gezogen hat, eine Klatschbase mit scharfer Zunge und dem vulgären Ton des Fischmarkts.

Nach Mitternacht in der ersten Nacht von Schawuot brannten im Beit-Midrasch in Lejbe-Lejsers Hof alle Lampen und Hängeleuchter. Die Bänke waren dicht besetzt. Die Bewohner des Hofes und der Straße kamen zusammen, um eine Nacht lang zu lernen, wie es Brauch war.

An seinem angestammten Platz sitzt der Schlosser R. Heskia über einem *Tikkun-Schawuot*, der ihn die ganze Nacht beschäftigen würde. Am Tisch hinter der Bima sitzt der Porusch R. Joel und studiert mit den Anwesenden den Midrasch zum Buch Ruth. In dieser Nacht hat R. Joel eine klare Stimme und seine Augen sind ungetrübt. Sein breiter grauer Bart ist noch von Braun durchzogen, glänzt und ruht auf dem hohen Kragen seines *Tallit-Katan*. Es glänzen auch seine großen schweren Hände, die auf dem offenen *Midrasch Rabbah* ruhen. Der Porusch ist hingerissen vom Buch Ruth, in dem es weder Strafpredigten noch zornige Prophezeiungen gibt. Nur von Treue und Liebe ist die Rede. Obwohl er kein großer Prediger ist, findet er zu diesem Buch die Worte mit Leichtigkeit. Er feiert den Edelmut und die Vornehmheit der Moabiterin Ruth, ihrer Schwiegermutter Naomi und ihres Verwandten

Boas. Aufgrund ihres Charakters brachten die gottesfürchtige Fremde Ruth und ihr zweiter Mann Boas König David hervor. Wir lesen darum ihre Geschichte an Schawuot, denn es ist der Todestag König Davids, er ruhe in Frieden.

Um R. Joels Tisch sitzen und stehen Kleinkrämer in Stoffkappen, in abgeriebenen und zerschlissenen Jacken, die ihnen bis an die Knie reichen, Arbeiter mit dünnen Bärtchen und Beulen und Dellen in den stachligen, faltigen Gesichtern. Heute aber sind sogar diese Armen dem Feiertag zu Ehren hergerichtet. In ihren Augen leuchtet der rote Abglanz der daheim angezündeten und gesegneten Kerzen und der hellen Lampen im Beit-Midrasch. In ihren Gliedern steckt noch die bleierne Müdigkeit von der Schufterei bis kurz vor dem Feiertag. Ein klein wenig haben sie sich schon erholt, denn sie haben Wein aus dem Kiddusch-Becher getrunken, ein köstliches Abendessen verspeist und ein kurzes Nickerchen getan. Sie sitzen und stehen Kopf an Kopf um ihren Lehrer, den Porusch, wiegen sich leicht und summen in Gedanken schon die süße Melodie des Buches Ruth, das man erst übermorgen, am Vormittag des zweiten Tages von Schawuot, lesen wird.

Um die Bima, auf der Bank vor dem Aaron-Kodesch und auf den Bänken entlang der Ostwand sitzen Juden in mittleren Jahren mit gepflegten Bärten und sorgfältig gestutzten Schläfenlocken. Sie tragen weiche Hüte und sind Besitzer großer Läden und kleiner Fabriken. Jeder hat unter seinem Sitz im Beit-Midrasch ein verschließbares Kästchen. Sie lernen eine Weile, reden leise, fallen ins Schweigen und denken mit ernsten Mienen an das Buttergebäck und den heißen Kaffee, die sie am frühen Morgen zu Hause zu sich nehmen würden. Unter ihnen sitzen auch ältere Juden in schwarzen harten Hüten oder hohen Baretten. Durch ihre Brillen auf den Nasenspitzen sehen sie mürrisch in die heiligen Bücher, legen die Stirn in Falten, husten und keuchen, streiten sich über die wörtliche Bedeutung einer Mischna oder fallen zurück in einen alten Zwist.

Ganz vorne, zu beiden Seiten des Aaron-Kodeschs, sitzen vor Lesepulten aus Eiche milchweiße Greise. Das ganze Jahr über hält man sie für senil. Sie selbst halten sich auch für überflüssig und leiden unter Schuldgefühlen, weil sie in den Wohnungen Platz wegnehmen. Die Greise suchen Zuflucht im Beit-Midrasch und starren in die Bücher durch Vergrößerungsgläser in ihren zittrigen Händen oder setzen sich zwei Paar Brillen auf, um besser zu sehen. Nur am Seder-Abend von Pessach, während der letzten Mahlzeit vor Jom Kippur und in der Nacht von Tikkun Schawuot verhalten sich die Jüngeren den Greisen gegenüber liebevoll und schreien ihnen ins Ohr: »Großväterchen, ein gutes, gesundes Jahr!«

Durch die Fenster des Beit-Midrasch strahlt gelb-goldenes Licht. Der Hof schwimmt in blauer Dunkelheit, als hätte die Nacht ein Samttuch über die Dächer, Balkone und Torbögen gebreitet. Türen und Fenster stehen offen, um die stickige Hitze des Sommertags und die Glut der Herde und Öfen hinauszulassen, in denen den ganzen Tag gekocht, gesotten und gebraten wurde. Die älteren Hausfrauen sind erschöpft eingeschlafen. Die jüngeren aber gehen auf dem Hof umher, um Luft zu schöpfen. Junge Männer kommen nach und nach aus dem Beit-Midrasch; das Lernen langweilt sie. Man steht in Gruppen zusammen, redet und lacht. Man schlendert von Balkon zu Balkon und niemand beachtet Moischele Munvas und Itka die Schlossertochter, die sich etwas abgesondert haben.

Itka plappert unentwegt, fragt Moischele, warum er nicht zusammen mit den frommen Juden im Beit-Midrasch sitzt, und er antwortet, man habe ihm kürzlich mitgeteilt, er werde nicht mehr zum Minjan gerechnet, weil man ihn für den Teufel hielt. »Ja, das habe ich auch gehört, dass Ihr ein Teufel seid«, lächelt Itka ihn an. »Was sehen sie denn in Euch, die Frauen?« Obwohl sie es scheinbar spöttisch sagt, spürt Moischele in ihrer Stimme Neugier, Furcht und heißes Verlangen. »Ihr dürft mit mir nicht sprechen«, flüstert er und erinnert sie daran, dass ihr Vater, als ein Sofa in ihrer Wohnung repariert werden musste, Angst hatte, ihn, den Polsterer in seinem Hof, über die Schwelle zu lassen, und einen Polsterer aus einer anderen Straße holte. Itka sagt dazu nichts, sondern lacht nur fein und klug. Moischele entnimmt ihrem Lachen, wenn sie etwas wolle, könne der Vater sie nicht daran hindern.

10

Am zweiten Tag von Schawuot nach dem Mittagessen lag Lejbe-Lejsers Hof still und verlassen. Die Bewohner schliefen und ließen in ihren Träumen noch einmal die wunderbaren Gerichte an sich vorbeiziehen, die sie während der Feiertage verspeisten, doch in ihr Bewusstsein krochen schon die Sorgen der kommenden Woche. Sie drehten und wendeten sich, seufzten, schnarchten mit offenen Mündern und genossen die Ruhe in den Kissen so lange wie möglich.

Die jungen Leute aber hatten schon in aller Frühe die Stadt verlassen, ergingen sich am Ufer der Wilia, in den Wäldern von Antokol oder wanderten nach Troki mit seinen dreizehn Seen und verfallenden Schlössern ehemaliger litauischer Prinzen. Irgendwo im großen leeren Hof öffnete sich eine Tür. Ein Bewohner erschien auf der Schwelle, gähnte und sah nach oben. Im Himmel ballten sich grün schattierte graue Wolken. Der Wind fegte durch die Einfahrt zum Hof und schnappte sich ein Bündel Stroh. Er erstarkte, fuhr in die Wäscheleine, die zwischen zwei Speicherfenstern gespannt war, und zerzauste das farbige Band aus roten Bettbezügen, blauen Hemden und weißen Unterröcken. Der gelangweilte Nachbar wartete mit angehaltenem Atem, ob die Wäsche halten oder davonflattern würde. Es wird heute noch regnen, dachte er und brach plötzlich in lautes Gelächter aus, das hohl in der Leere des Hofes verhallte. Es freute ihn, dass die jungen Leute am Ufer der Wilia und in den Wäldern vom Regen durchweicht werden würden. Aber er verstand nicht, warum ihn das freute.

In der Tiefe des Hofes sitzt Itka auf dem Balkon vor ihrer Wohnung in ein Buch vertieft. Ihr gegenüber am offenen Fenster seiner Wohnung sitzt Moischele Munvas, ebenfalls in ein Buch vertieft. Itka sitzt in einer engen weißen Bluse, die ihren prallen Busen noch praller und fester erscheinen lässt, die Beine unter sich eingeschlagen, die Füße in Pantoffeln, und ist so in ihr Buch vertieft, dass ihr Hals zu brechen droht. Moischele seinerseits trägt Jackett, Hemd und Krawatte, als habe er vorgehabt auszugehen, war dann aber in einem Roman hängen geblieben und hatte darüber die ganze Welt vergessen. Von Zeit zu Zeit sieht das Mädchen allerdings auf und ihr Blick trifft in die schwarz-funkelnden Augen eines halb erhobenen Kopfes. Dann vertiefen sich beide noch mehr in ihre Lektüre, und nur ihr geheimes Lächeln dringt durch die gesenkten Wimpern und erhellt die Blätter ihrer Romane.

Zur selben Zeit steht Itkas ältere Schwester vor dem mit Läden verschlossenen Fenster des Lebensmittelgeschäfts ihrer Mutter in der Żydowska. Sie trägt ein schwarzes Kostüm und Schuhe mit hohen Absätzen. Ihr glattes, kastanienbraunes Haar hat sie in der Mitte gescheitelt und mit zwei Kämmen hinter den Ohren festgesteckt. Serel ist es gewohnt, die ganze Woche im Geschäft zu stehen. Sie geht auch an einem freien Tag dorthin, wenn das Geschäft geschlossen ist, und trifft sich mit dem Vergolder Jechiel-Michel Hennes. Wenn Serel ihn kommen sieht, überzieht ein rosa Hauch schamhafter Freude ihr blasses Gesicht.

Jechiel-Michel Hennes ist ein junger Bursche mit breitem Gesicht und etwas einfältigen Augen. Er trägt ungebügelte Hosen, eine altmodische Weste unter der Jacke und Gamaschen mit kleinen Schlaufen aus Gummi, um sie besser hochziehen zu können. Das frische Hemd, das er zu Ehren des Feiertages angezogen hat, ist schon verknittert, die Krawatte ist nicht richtig gebunden und er weiß nicht einmal, wie er den Hut tragen muss. Anstatt ihn leicht schräg aufzusetzen, den Rand an einer Seite kess gebogen und mit einer Falte im Filz der Krone, trägt er den Hut mit ebenem Rand, rund ausgebeult und tief in die Augen gezogen. Als religiöser Jude rasiert er sich nicht mit dem Messer, sondern benutzt einen mechanischen Apparat. Haarinselchen stehen noch unter seiner Nase und am Hals. Haarbüschel lugen aus den Ohren. Auch seine Stimme ist ein wenig verknittert und blökend wie die eines Schafs. Aber alle Juden lieben ihn, weil er ein so ehrlicher, stiller und guter Arbeiter ist. Wenn die älteren Frauen zu ihm kommen, um ihre Leuchter für die Schabbatkerzen neu versilbern zu lassen, hören sie mit Vergnügen zu, wenn er vom Land Israel erzählt, und denken dabei, wenn ihre Töchter Verstand hätten, würden sie sich einen jungen Mann wie diesen angeln. Aber die jüdischen Mädchen betrachten ihn als ihren älteren Bruder. Manche lachen ihn sogar aus, weil er so altmodisch ist. Nur Serel die Schlossertochter hat ihn so gern, dass sie bereit ist, ihn zu heiraten.

Serel zieht es nicht auf die Straße. Mit Mädchen ihres Alters und Standes zu spazieren bedeutet ihr nichts. Darum macht ihr die strenge Überwachung eines jeden Schritts durch ihren Vater auch weniger aus als Itka; sie macht sie nicht rebellisch. Serels älteste Schwester, Malka die Geschiedene, ärgert sich über diese Nachgiebigkeit, und sie schreit: »Warum zitterst du so vor dem Vater? Wenn du ihm gehorchst, wirst du sitzenbleiben, bis du ganz ergraut bist. Geh und triff dich mit deinem Jechiel-Michel!« In dieser Angelegenheit folgt Serel der Mutter und trifft sich am Schabbat und an Feiertagen mit dem Vergolder.

»Ich habe heute in der Großen Synagoge den Gedenkgottesdienst für den Ger Zedek, den heiligen Abraham ben Abraham, gehört. Heute, am zweiten Tag von Schawuot, ist sein Todestag«, erzählt Jechiel-Michel und fragt Serel, ob sie auf dem alten Friedhof von Wilna den Baum gesehen habe, der auf dem Grab des Ger Zedek wachse. Der Ger Zedek war ein Graf Potocki. Vor hundert Jahren habe man ihn verbrannt, weil er zum Judentum übergetreten war.

Ja, antwortet Serel, sie habe den Baum gesehen. Er sähe aus wie ein Mensch mit einem Kopf und zwei Armen. Sie will wissen, ob Jechiel-Michel auch am Feiertag bei seiner Vermieterin esse wie die ganze Woche über, oder ging er am Feiertag etwa in ein koscheres Restaurant? Und er will wissen, ob sie vor dem Feiertag gut verdient habe. Dann fragt Serel mit einen Quäntchen Verdruss, warum er bei den Tiferet Bachurim bete und nicht im Beit-Midrasch in Lejbe-Lejsers Hof. Jechiel-Michel weiß, dass Serel ihn dazu bewegen möchte, in Lejbe-Lejsers Hof zu beten, um ihren Vater zu gewinnen. Er sagt, bei den Tiferet Bachurim gehe es fröhlicher zu. Man sänge die Gebete gemeinsam, der Rabbi lege die Lesungen aus den Propheten auf moderne Weise aus, und wenn ein Bräutigam zur Torah gerufen werde, sei es für alle ein Fest, als sei er ein Bruder. »Außerdem will ich deinen Vater nicht hinters Licht führen.« Der Vergolder sah auf seine schweren Schuhe. »Ich gehe zu den Tiferet Bachurim, weil ich glaube, dass man jetzt nach Eretz Israel gehen muss und nicht warten darf, bis der Messias kommt, wie dein Vater es für richtig hält.«

Der junge Mann erschrickt, als er das sagt, als würde er gewahr, dass seinen Worten Zauberkraft innewohnte und durch seine Rede der Schlosser aus Lejbe-Lejsers Hof leibhaftig vor ihnen erschien. R. Heskia erwachte schlagartig aus seinem Nickerchen: Wo waren die Töchter? Itka hatte er auf dem Balkon gesehen mit einem Buch, wahrscheinlich unreiner verbotener Schund. Aber im Augenblick hatte er eine größere Sorge. Sein Herz sagte ihm, Serel stehe wieder mit dem Vergolder in der Żydowska. In Windeseile, ohne Jacke, nur in Hosen und Hosenträgern, eine kleine Jarmulka auf dem Kopf festkrallend, flog der Schlosser in die Żydowska.

»Du freche Schlampe, geh sofort nach Hause!« Er packt seine erwachsene Tochter beim Arm und schreit den Vergolder an: »Meine Tochter wird dich niemals heiraten. Ich traue dir nicht. Einem jungen Mann, der allein in der Stadt wohnt, kann man nicht trauen.«

Serel lässt sich vom Vater in den Hof zurückziehen und Jechiel-Michel folgt ihnen stolpernd und mit den Händen fuchtelnd. Er hat die Augen weit aufgerissen, findet aber nicht den Mut, sich dem Schlosser entgegenzustellen. Er hat aber auch nicht das Herz wegzugehen. So trottelt er ihnen nach und lallt etwas, das niemand versteht. Serel will nur noch schnell nach Hause. Vom Balkon her läuft ihnen schon die Mutter entgegen in ausgetretenen Pantoffeln und ohne Kopftuch. Sie packt Serel am freien Arm und zieht sie in die Gegenrichtung. »Warum scherst du dich um diesen verrückten Alten? Geh und rede, mit wem du willst!« Serel fleht beide an, sie loszulassen. Der Vater zieht Serel in die Wohnung und die Mutter zieht sie am anderen Arm zurück ins Freie.

In den Fenstern erscheinen Köpfe. Nachbarn treten aus ihren Wohnungen. Im Hof versammeln sich Leute. Frauen und Männer regen sich auf und schimpfen lautstark. Der Schlosser sei ein Barbar, die Schlosserin total meschugge. Kümmert es sie nicht, dass sie ihre Tochter zum Gespött der Leute machen? Auch Serels Haltung war ihnen völlig unverständlich. Sie war erwachsen, die Hauptverkäuferin in einem Geschäft, und da ließ sie sich ziehen wie ein kleines Mädchen?

Der Porusch R. Joel stand auf seiner Türschwelle und sah mit großen Augen zu. Moischele Munvas hingegen verließ seine Wohnung und ging zu Itkas Balkon. Er zeigte auf den Vergolder und verzog das Gesicht vor Verachtung. »Was für ein Esel! Und wenn es mein Tod wäre, ich würde nicht zulassen, dass meine Braut so gedemütigt wird.« Itka antwortete nicht. Ihre Brust hob sich und sie starrte außer sich vor Zorn auf ihre Eltern und die Schwester. Endlich konnte Serel sich von ihnen befreien und in die Wohnung entkommen. Itka ging ihr nach. Der Schlosser und die Schlosserin kamen zuletzt wie alte schwarze Vögel mit ausgebreiteten Schwingen, die ihren Kindern ins Nest folgen. Kurz darauf hörten die Nachbarn wildes Geschrei, Getobe und Gewein aus der Wohnung des Schlossers. Es herrschte Krieg.

Später saß R. Heskia im Beit-Midrasch an seinem Lesepult über einem Buch und schockelte schweigend. Sein Rücken war runder als sonst. Er atmete schwer. Halb erstickte Seufzer entfuhren ihm. Der Porusch R. Joel sah das Leiden des Schlossers. Aber es rührte ihn nicht. Aufgebracht ging er im Beit-Midrasch umher, schlug Bücher auf und schloss sie wieder. Er blieb am Pult des Vorbeters stehen und rieb sich die Stirn, als sei er nicht sicher, ob das, was er gesehen hatte, wirklich geschehen war. Nachbarn kamen zum Nachmittagsgebet herein und vermieden es, an R. Heskias Platz vorbeizugehen. Sie hatten nicht den Mut, ihn zurechtzuweisen, sie wollten aber auch nicht freundlich zu ihm sein. Als man sich schon zum Gebet bereitstellte, hielt der Porusch es nicht länger aus und ging zu dem Schlosser.

»Hört zu, Reb Heskia! Wenn selbst Ruth mitten in der Nacht zu Boas in die Scheune gehen durfte, darf Eure Tochter mitten am Tag mit einem jüdischen jungen Mann mitten auf der Żydowska sprechen. Eure Religiosität ist mörderisch. Denkt daran, was ich Euch gesagt habe: Wenn man Kindern verwehrt, was erlaubt ist, werden sie auch das tun, was nicht erlaubt ist. Denkt daran!« R. Joel Weintraub richtete einen Zeigefinger gegen R. Heskias blasses, abgestorbenes Gesicht. Um zu verhindern, dass er etwas Härteres hinzufügte, zog er sich in seine Ecke zurück und begann sofort mit dem Nachmittagsgebet: *Aschrej joschwej bejtecha* – glücklich ist, wer in Deinem Hause sitzt.

11

R. Scheftel Miklischanski, der Besitzer des großen Eisenwarengeschäfts, in dem Itka die Schlossertochter als Kassiererin arbeitet, ist weithin bekannt als leuchtendes Beispiel frommer Lebensführung und Demut. Wenn er das Beit-Midrasch betritt, verbeugt er sich schon von weitem vor dem Aaron-Kodesch. Beim Verlassen küsst er den Samtvorhang des heiligen Schranks und entfernt sich rückwärts, als verließe er einen Kaiser. Sein angestammter Platz im Beit-Midrasch ist genau hinter dem Pult des Vorbeters. Es ist der beste Platz an der Ostwand. Kommt aber ein Gast ins Beit-Midrasch, ein großer Rav oder prominenter Jude, überlässt R. Scheftel seinen Platz an der Ostwand gern dem wichtigen Gast. Obwohl er der *Gabbai rischon,* der erste Vorstand, der Synagoge ist, kann man ihn nicht dazu bewegen, am Schabbat auf der Bima zu stehen, um die Aufrufe zur Torah zu verteilen. Er steht in seiner Ecke an der Ostwand und sieht friedlich in seine Bibel, scheinbar ohne jegliches Interesse an den langen Beratungen des zweiten Gabbais mit dem Vorbeter und dem Synagogendiener, wem man die ehrenvollsten Aufrufe zur Torah, nämlich den dritten, den sechsten und Maftir, den letzten Aufruf, zuteilen sollte. Wenn die Funktionäre auf der Bima aber nicht wissen, wem sie den unbedeutendsten, nämlich den vorletzten Aufruf geben sollen, winkt R. Scheftel von weitem mit der Hand – er werde als Vorletzter gehen. Am Schabbat, wenn die *Tochecha,* die Liste der Strafen, verlesen wird und sich im Beit-Midrasch niemand findet, der zur *Tochecha* aufgerufen werden will, gibt R. Scheftel ein Zeichen, man solle ihn rufen. Der Vorleser liest diesen Abschnitt sehr leise, wie es Brauch ist, und R. Scheftel hört ihm zu, gebeugt und gebrochen, denn er weiß mit Sicherheit, dass Moses mit diesen Flüchen ihn und nur ihn gemeint hat. Wenn aber ein kluger Gelehrter in der Synagoge des Gaons einen witzigen Vortrag hält, weil er das Studium eines Talmud-Traktats beendet hat, oder wenn der Wilnaer Stadtprediger am Schabbat Gadol in der Großen Synagoge eine geniale Auslegung präsentiert und die Gelehrten ihn mit Fragen löchern, meldet sich R. Scheftel nie zu Wort, obwohl alle wissen, dass er ein großer Gelehrter ist. Am Schabbat und an den Feiertagen, wenn der Kantor warten will, bis R. Scheftel die stumme Amida beendet hat, bevor er mit der öffentlichen Wiederholung des Achtzehn-Bitten-Gebets beginnt, winkt

R. Scheftel ihm zu, nicht zu warten. Darum halten die Leute ihn für einen Zaddik von großer Demut, obwohl sie keineswegs seiner Ansicht sind, alles Frühere sei durchweg gut gewesen und alles Heutige sei durchweg schlecht. Nur der Schlosser ist hundertprozentig seiner Ansicht und kann ihm nicht genug danken, dass er Itka in sein Geschäft genommen hat.

Der Porusch R. Joel allerdings hält vom Eifer R. Scheftels genauso wenig wie von der Lebensführung R. Heskias. Schon ein paar Tage nach Schawuot erlebt R. Joel den scheinbar demütigen Vorsteher als einen Mann von brutaler Arroganz.

Kurz vor dem Abendgebet erscheint ein abgehetzter Mann im Beit-Midrasch. Er ist in der Trauerzeit und muss darum dreimal täglich sein Geschäft verlassen, um irgendwo Kaddisch zu sagen. Am Tisch hinter der Bima studiert R. Joel zusammen mit einem Minjan das Buch *Ein Yaacov.* Der Trauernde setzt sich für eine Minute dazu, um ein stärkendes jüdisches Wort zu hören. Doch der Porusch nimmt wahr, dass der arme Krämer schnell zur Arbeit zurückkehren will, und beendet seine Lektion einen Abschnitt früher als gewöhnlich. Als alle ihre Bücher geschlossen haben, rezitiert der Mann das Kaddisch d'Rabbanan und geht zum Pult des Vorbeters, um das gemeinsame Abendgebet zu beginnen. Erbost springt R. Scheftel Miklischanski von seinem Platz auf und eilt hinter dem Pult hervor.

»Seid Ihr älter als ich?«, schießt es aus ihm heraus, »oder seid Ihr vielleicht gelehrter als ich?«

»Ich, älter? Ich, gelehrter als Ihr?«, stammelt der Krämer verdutzt. »Das ist mir nie in den Sinn gekommen, Reb Scheftel.«

»Dann seid Ihr wahrscheinlich ein großzügigerer Mann als ich!«, sagt Miklischanski spöttisch. »Und vielleicht seid Ihr und nicht ich der erste Gabbai in diesem Beit-Midrasch?«

»Um Himmels willen!« Der Mann am Vorbeterpult erschauert. »Ihr besitzt Euer Haus, während ich hinausgeworfen werde, wenn ich die Miete nicht bezahle. Ihr habt ein Eisenwarengeschäft, eine Großhandlung, während ich im Einzelhandel eine Prise Salz verkaufe, ein Päckchen Zucker, ein Heringskopf. Aber warum sagt Ihr das, Reb Scheftel?«

»Weil Ihr an Euch reißt, was Euch nicht zusteht. Ich habe das Studium des Traktats *Pesachim* abgeschlossen und wollte das Kaddisch d'Rabbanan sagen, aber Ihr seid mir zuvorgekommen und habt es mir weggeschnappt. *Hedjot kofez berosch* – der Dumme läuft voraus.«

R. Scheftel dreht sich um und wendet sein Gesicht dem Osten zu. Der Trauernde steht sprachlos am Pult des Vorbeters. Das war nun also der R. Scheftel, den die Welt für einen Zaddik und einen Ausbund der Demut hielt. Auch der Porusch auf der anderen Seite des Aaron-Kodeschs hörte, wie der Gabbai R. Scheftel den Krämer zur Schnecke machte, und zuckt die Achseln: So behandelt er einen armen Mann wegen eines einzigen Kaddisch d'Rabbanan? Aber es liegt R. Joel nicht, jemanden zurechtzuweisen, es sei denn, der andere beginge eine große Sünde wie etwa R. Heskia gegenüber seiner Frau und seinen Töchtern. Und was hat er mit seiner Zurechtweisung des Schlossers erreicht? Gar nichts hat er erreicht!

R. Joel beendet das stumme Achtzehn-Bitten-Gebet und sieht, dass der Trauerende, der als Vorbeter dient, auf glühenden Kohlen steht. Er wagt es nicht, zum Kaddisch überzugehen, weil der Gabbai noch versunken sein Gebet flüstert. Die anderen Betenden stehen um den Krämer am Vorbeterpult und drängen ihn, nicht zu trödeln, sie hätten keine Zeit. Der Mann am Pult zeigt auf den Gabbai und sagt, er wolle nicht noch einmal zur Schnecke gemacht werden. Einer der Betenden bemerkt, bis der Gabbai fertig sei, seien sie schon alle weg, er könne dann so lange schreien, wie er wolle. Ein zweiter Betender beruhigt ihn, beim Gottesdienst mit der ganzen Gemeinde sei R. Scheftel nie böse, wenn man nicht warte, bis er mit dem Achtzehn-Bitten-Gebet fertig war. Der Vorbeter lässt sich überreden und beendet schnell das Abendgebet. Kaum hat er das Kaddisch der Trauernden gesprochen und will weg, macht R. Scheftel die drei vorgeschriebenen Schritte am Ende des Achtzehn-Bitten-Gebets und stellt sich ihm in den Weg.

»Ihr habt doch gesehen, dass ich noch stand. Ihr hättet warten müssen.«

»Ich habe gewartet, bis der Rabbi zu Ende war.« Der verwirrte Krämer zeigt nach der Seite, wo der Porusch seinen Platz hat.

»Der Rabbi?« R. Scheftel Miklischanski lacht verächtlich. »Was man weiß, wissen alle, was man nicht weiß, weiß auch kein anderer.«

Damit will er sagen, dass er nicht weniger scharfsinnig und talmudisch geschult ist als der Porusch R. Joel. Aber der Krämer versteht nicht viel von der Gelehrtenwelt und stöhnt: »Es ist ein Unglück, ein echtes Unglück! Jeder Jude hält sich für einen Königssohn. Man kann nicht auf alle warten.«

»Ich bin für Euch ›alle‹? Ich bin für Euch ›jeder‹?« R. Scheftel glüht vor Zorn. »Ich bin es, der hier das Beit-Midrasch erhält, indem ich den ganzen Winter die Heizung bezahle. Ihr dagegen habt noch nicht einmal Euren Beitrag für das letzte Jahr bezahlt, weder für Euren Sitzplatz noch für die Aufrufe zur Torah.«

Der Krämer sucht nach den richtigen Worten, aber umsonst bewegt er seine Lippen. Er kann sie nicht finden. Einen Moment lang steht er hilflos da, dann geht er gedemütigt zur Tür, wütend, sich selbst so niedrig und klein vorgekommen zu sein, dass ihm keine gute Antwort eingefallen war. Die anderen Betenden folgen ihm nach draußen. Überrascht besprechen sie den Vorfall: Am Schabbat und an den Feiertagen gibt R. Scheftel dem Kantor ein Zeichen, er solle nicht auf ihn warten. Und just mitten in der Woche attackiert er dafür einen armen Krämer?

Auf seinem Platz an der Ostwand hinter dem Pult des Vorbeters hat der Gabbai bereits mit dem Studium eines neuen Talmud-Traktats begonnen. Plötzlich steht der Porusch R. Joel über ihm, schüttelt traurig den Kopf und brummt mit seiner tiefen Stimme:

»Ihr, Reb Scheftel, seid ein Schabbat-und-Feiertagsjude. Am Schabbat und den Feiertagen, wenn die ganze Gemeinde Euch sieht, gebt Ihr Euch demütig, genau wie Ihr am Schabbat eine seidene Kapote anzieht und zu Ehren der Schabbat-Seele Tscholent esst. Hätte der Krämer auf Euch gewartet, hättet Ihr vielleicht einen Feiertag mitten in der Woche daraus gemacht und ihm zugewinkt, er solle nicht auf Euch warten. Da er sich aber bei Euch nicht die Erlaubnis abholte, weiterzubeten, fiel Eure aufgehängte Demut herunter wie ein krummer Schürhaken.«

R. Joel geht an seinen Platz auf der anderen Seite des Aaron-Kodeschs und will Licht machen, um weiterlernen zu können. Aber er ist innerlich so aufgerührt, dass er den Lichtschalter an der Wand nicht findet. Er bleibt im Dunkeln stehen und schreit zum Gabbai:

»Einen Juden vor anderen Menschen darauf hinzuweisen, dass er seine Beiträge nicht bezahlt hat, ist wie Blutvergießen, ist ein brutaler Mord.«

»Ich bin sicher, Ihr haltet es mit den Arbeitern und den Angestellten in den Geschäften, die gegen die Besitzer streiken«, schreit der Gabbai zurück, schlägt wütend den Talmud zu und hetzt zur Tür, als habe er Angst, der Porusch jage ihm nach.

Es war aber ein anderer, der ihm nachjagte. Der Schlosser R. Heskia hatte vor dem ersten Gabbai jetzt noch größere Ehrfurcht, weil er sich gegen den Porusch gestellt hatte. R. Scheftel, hochgewachsen und mit langem schmalem Bart, schritt rasch und aufrecht. Der Schlosser rannte mit krummem Rücken neben ihm her und erzählte ihm, wie er hatte verhindern wollen, dass seine Tochter Serel mit dem Vergolder Jechiel-Michel sprach, ein liederlicher Zionist, der den Tiferet Bachurim angehörte. Aber R. Joel hatte sich eingemischt und ihm gesagt, er dürfe es der Tochter nicht verbieten. R. Heskia brüllte wie ein Tauber durch die ganze Straße.

»Als Reb Joel noch Rav in Zaskowicz war, wollte er sich nicht einmischen, wo er sich hätte einmischen sollen. Aber seit er sich in unserm Beit-Midrasch als Porusch niedergelassen hat, mischt er sich in fremde Angelegenheiten.«

Sie gingen durch die Żydowska bis zur Gitke-Toibes-Gasse. Mit jedem Atemzug verströmte R. Scheftel schweigend seinen glühenden Zorn, während R. Heskia weiterschwätzte. Als er in seiner Jugend noch in einer Werkstatt angestellt war, sei er niemals mit den Arbeitern gegen die Eigentümer gezogen. Dann begann er davon, dass er außer dem Ärger mit der mittleren Tochter Serel auch noch Probleme mit der jüngsten Tochter hatte. Gestern Abend hätte ihm Itka mitgeteilt, sie werde eine Schule besuchen, um Polnisch und Rechnen zu lernen.

»Das ist gut.« Der Gabbai stand vor seinem Haustor und sagte tief verärgert zum Schlosser: »Obwohl ich die Abrechnung selbst mache und Eure Tochter mir nur helfen muss, sollte sie trotzdem etwas von Buchhaltung verstehen. Meine Kinder sagen mir, es sei heute nicht schwer, ein ausgebildetes Mädchen zu bekommen, das mit Geschäftsbüchern Erfahrung hat, aus einer guten Familie kommt und mit Arbeiterverbänden nichts zu tun hat.«

»Wenn Itka in diese Schule geht, wird sie wer weiß wen kennenlernen«, hielt R. Heskia dagegen.

»Da sie nicht in einer jüdischen, sondern in einer polnischen Schule lernen würde, wo die Lehrer Nichtjuden sind, steht nichts zu befürchten. Eure Tochter wird sich ja wohl nicht gleich taufen lassen«, antwortete R. Scheftel und ging ins Haus.

Nachdenklich und noch gebeugter machte R. Heskia sich auf den Heimweg. Langsam schlich er durch die Żydowska. Vor dem Tor zu Lejbe-Lejsers Hof blieb er stehen. Die Straßenlaternen verbreiteten gelbliches Licht. Schatten schaukelten auf den elektrischen Leitungen, glitten über die Wände der Häuser und das Kopfsteinpflaster. Irgendwo weit weg auf dem

»Kreuzberg« leuchteten wie aus reinem Kristall drei riesige Kruzifixe. In den engen Straßen, die zum Stadtgarten führen, rauschten im Abenddunkel die belaubten Bäume. In den Gassen und Durchgangshöfen drängten sich die Menschen. Krämer verharrten noch vor ihren geschlossenen Läden, Kinder tollten, junge Leute standen in Gruppen zusammen, witzelten und lachten, ältere Juden kamen und gingen durch das eiserne Tor, das den Hof der Großen Synagoge gegen die Żydowska abschloss. Aber der Schlosser R. Heskia sah und hörte nichts. Er stand noch immer vor Lejbe-Lejsers Hof und seufzte: Verloren, verloren, er hatte keine Wahl. Wenn er Itka nicht erlaubte, Polnisch und Buchhaltung zu lernen, verlöre sie die Stelle in R. Scheftel Miklischanskis Geschäft und würde wieder darauf bestehen, in einem Modegeschäft zu arbeiten. Doch Serel würde sich bei ihm nicht durchsetzen. Sie würde sich mit dem Vergolder Jechiel-Michel Hennes nicht mehr treffen! Egal, wie laut die Lippen des Poruschs und anderer Nachbarn in Verachtung zischten.

12

Die jungen Leute aus den armen Straßen stellten fest, dass der Polsterer weniger häufig seine Kleidung wechselte. Er wirkte angestrengt und schwermütig. Sie legten das so aus: Entweder hatte jemand dem Tunichtgut die Flügel gestutzt oder er hatte sich echt und tief verliebt.

Nechama bemerkte natürlich zuerst, dass ihr Mann besorgt und unruhig war. Er ging nicht mehr jeden Abend aus, nur noch zwei oder drei Mal in der Woche. Er saß zuhause und vermied es, ihr in die Augen zu sehen. Auch Nechama vermutete, dass er sich ernstlich verliebt hatte. Es machte sie unendlich traurig. In der Zeit, als er jede Nacht mit den verschiedensten Frauen herumgezogen war, konnte sie hoffen, dass die Worte ihrer Schwägerinnen sich bewahrheiten würden: Er wird sich die Hörner abstoßen und bei dir bleiben. Wenn er sich aber wirklich verliebt hatte, gab es nichts mehr zu hoffen. Zu wem zog es ihn so stark? War es wieder die Modistin? War er so bekümmert, weil er erneut plante, sie zu heiraten, und einen Weg suchte, auf dem er die Scheidung erreichen konnte? Dieser Gedanke setzte sich in ihr fest. Sie musste herausfinden, ob es so war. Früher hatte sie ihre Konkurrentinnen auf keinen Fall sehen wollen. Wie ein Büschel trockenes Gras in einem harten Klumpen Erde wuchs in ihrer Sturheit, niemals die Scheidung anzunehmen, ihr gekränkter Stolz, dass vor Gott und Menschen eine Ehefrau sich niemals mit den zügellosen Geliebten ihres Mannes vergleichen darf. Sie presste ihre kleinen Fäuste zusammen, als wollte sie ihr wild klopfendes Herz abdrücken. Auch wenn es sie später vergiftete, sie musste herausfinden, mit wem ihr Mann sich neuerdings traf.

Nechama entwickelte einen Plan, um zu vermeiden, dass die Nachbarn im Hof und die jungen Leute in der Straße auf die Idee kamen, sie spioniere Moischele nach. Sie wusste: An den Abenden, an denen Moischele ausging, kam er früher von der Arbeit. An einem solchen Abend, als Moischele zu Nacht aß und offenkundig war, dass er bald ausgehen würde, sagte sie, sie müsse dringend zu einer Nachbarin in der Glaser-Straße. Wenige Minuten später verließ sie die Wohnung mit einer kleinen Handtasche.

Nechama versteckte sich unweit einer Ecke, an der ihr Mann vorbeikäme, egal wohin er ginge. Moischele erschien sehr viel früher, als sie erwartet hatte, als hätte er sich beeilt, das Haus zu verlassen, bevor sie zurückkäme. Als sie ihn sah, war ihr erster Gedanke, er habe die Wohnungstür aufgelassen und sie müsste zurücklaufen, damit nichts gestohlen würde. Sie besann sich, dass ihr Mann vom zweiten Schlüssel in ihrer Handtasche wusste und darum wohl die Tür verschlossen haben würde. Nechama ärgerte sich über sich selbst, weil sie noch an die Wohnung dachte, während ihr Mann zu einer anderen ging.

Anstatt die Breite Straße zu überqueren und Richtung Bakszta zur Modistin Berta Sapir zu gehen, bog Moischele in die Rudnicka ein und folgte ihr. Er ging also nicht zur Hutmacherin. Einen Augenblick lang atmete Nechama leichter. Nun bekam sie Angst, er könnte sich umdrehen und entdecken, dass sie ihm folgte. Und wenn sie sah, dass die Frau, mit der er sich traf, hübscher war als sie? Das Herz schlug ihr plötzlich bis zum Hals. Sie treffen sich bestimmt in einer Wohnung und nicht auf der Straße, tröstete sich Nechama. Doch dann erschrak sie, denn das hieße, sie würde die Frau nicht sehen können, die ihn erwartete.

Moischele durchmaß die ganze Länge der Stefanska und ging rechts vorbei an einem aufgebrochenen Berg, von dem die ärmeren Bewohner der Vorstadt Schubkarren voller Lehm holten. Er ging am Altmöbel-Markt vorbei. Die Straßen wurden breiter, die Menschen weniger. Er bog in eine wohlhabende, stille Straße ein. Nechama folgte in großem Abstand. Sie schlüpfte von Tor zu Tor, verweilte jeweils ein paar Augenblicke, als ginge starker Regen nieder und sie suchte einen Unterstand, um nicht durchnäßt zu werden. Schließlich blieb Moischele stehen und schaute über die Straße auf einen stattlichen steinernen Treppenaufgang. Nechamas scharfe Augen entzifferten mit Leichtigkeit, was auf dem Gebäude stand: Szkola Handlowa. Auf wen wartete er?

Die vier- und fünfstöckigen Häuser in der Straße hatten große, helle, viereckige Fenster und reihenweise Balkone voller Blumentöpfe. Es war einer der längsten Tage des Jahres im Monat Tammus und die Sonne stand noch hoch im Westen. Auf der einen Straßenseite verstrahlten die Häuser glühendes Gold, auf der anderen Seite aber funkelten sie in bläulichem Weiß. Die kleine Frau versteckte sich in der Ecke einer Toreinfahrt, die nur dreiviertel geschlossen war. Die kleine, eingesetzte Tür über einer hohen Schwelle, durch die man gewöhnlich in den Hof gelangte, stand auf. Die Bäume, die den Bürgersteig säumten, erinnerten Nechama an die einsame, aber ruhige Mädchenzeit in ihrer Wohnung in der grünen Kopanicka auf der anderen Seite der Popławska-Brücke. Doch hier leuchteten die rein gewaschenen Bürgersteige. Sie waren mit großen Steinen gepflastert, die sehr gleichmäßig gelegt waren. Die Bäume wirkten gepflegt, gut geschnitten und ausgeputzt. In der kleinen Tür der Toreinfahrt erschien eine ältere Frau in langem Kleid und breitem Hut. Sie hielt einen seidenen Schirm in der Hand. Nechama drückte sich in die Mauerecke des Tors, als hätte sie gerade wahrgenommen, dass sie halbnackt war. Sie hatte ja die Absicht gehabt, nur eine Nachbarin zu besuchen, wie sie ihrem Mann sagte, und hatte darum die Wohnung in einem Hauskleid verlassen, dessen Ärmel nur bis zu den Ellenbogen reichten, und mit einer abgenutzten Handtasche.

Aus der polnischen Schule kamen nun die Studenten, erst einzeln, dann paarweise, dann in Gruppen. Alles erwachsene Männer und Frauen. Manche trugen eine Aktenmappe, andere hielten ihre Bücher unter dem Arm, alle gingen ruhig und gelassen. Ein älterer Herr mit Brille und Stock, wahrscheinlich ein Lehrer, hustete so laut, dass es in der Straße widerhallte, und spuckte aus – in ein Taschentuch. Moischele Munvas stand noch immer auf dem Bürgersteig der Schule gegenüber und schaute auf das Dach des Gebäudes, oder gab vor, dies zu tun, als wundere er sich, warum die Kamine nicht rauchten. Eine einzelne Frau verließ die Schule und schaute zu ihm hinüber. Eilig verließ er den Gehweg und stand schon auf dem Straßenpflaster, zog sich aber gleich wieder zurück, als befolge er einen Wink der Frau. Moischele bewegte sich nun in Richtung Pohulanka-Straße. Auch die Frau auf dem gegenüberliegenden Bürgersteig ging in diese Richtung. Nechama wurde schwindlig; die Welt drehte sich vor ihren Augen. Ihr Herz stand still und dann hämmerte es wie wild. Nein, es konnte nicht sein. Es war eine Täuschung. Doch alles an jener Frau – die Figur, die Kleidung und der Gang – stimmte. Sie war es! Sie war es!

Die Schlosser-Itka mit den kupfernen Zöpfen.

Jeder im Hof wusste, dass die Tochter des Schlossers Abendkurse besuchte, um Buchhaltung zu lernen. Die Nachbarn sagten, der Messias müsse gekommen sein, dass der Schlosser damit einverstanden war. Auch Nechama hatte durch die Fenster ihrer Wohnung schon öfter gesehen, wie Itka mit Büchern unterm Arm von der Schule nach Hause kam. Jetzt ging das Mädchen mit den Büchern unterm Arm auf der Pohulanka. Kurz darauf wechselte Moischele auf ihre Seite und ging ihr nach.

Später verstand Nechama nicht, dass sie damals nicht an einem Herzschlag gestorben war. Bei der Russisch-Orthodoxen Kirche verlangsamte Itka ihren Gang zu einem gemütlichen Schlendern. Moischele beschleunigte seinen Schritt und holte Itka ein. Sie gingen eine Weile nebeneinander her und redeten. Dann fiel Moischele wieder zurück, damit kein Vorübergehender wahrnähme, dass zwischen ihnen eine Beziehung bestand. Nechama begriff, dass die beiden in der kurzen Zeit, in der sie nebeneinander gingen, vereinbart hatten, wo sie sich später heimlich treffen würden.

Bei den beiden Steinsäulen am Ende der Pohulanka, wo einmal die Stadt zu Ende gewesen war, hielt Nechama inne. Sie hatte Angst sehen zu müssen, wie die beiden in den Zakreter Wald eintauchten oder in einem Haus verschwanden. Sie drehte um und ging die Pohulanka entlang nach Hause. Es kam ihr nicht einen Augenblick lang in den Sinn, einen Skandal auszulösen oder sich jemandem anzuvertrauen. Sie war zu Tode erschrocken, dass ihr Mann mit der Tochter des frömmsten Juden des Hofes und der Straße ein Verhältnis hatte. Dieses Geheimnis ließ sie in tiefer Furcht erschaudern. Wenn es bekannt wurde, dachte sie, geht die Welt unter. Es war ihr klar, dass auch ihr Mann Angst vor der Entdeckung hatte, deshalb war er in letzter Zeit so besorgt und unruhig gewesen.

Als Moischele an diesem Abend nach Hause kam, hatte Nechama Angst, ihn anzusehen. Nach der Arbeit am nächsten Tag ging der Polsterer nirgends hin. Mit gesenktem Kopf saß er am Tisch und nahm sein Abendessen ein. Seine Frau stand hinter ihm und sah aus dem Fenster. Sie wusste, Itka arbeitete bis um vier Uhr im Eisenwarengeschäft, danach war nicht mehr viel los. Es war aber schon sechs Uhr und Itka war noch nicht zurück. Endlich kam sie, ohne ihre Bücher unterm Arm, denn an diesem Tag ging sie nicht in die Handelsschule. Sie trug zwei große rechteckige Pappschachteln.

Versteinert sah Nechama zu, wie das Mädchen zum Balkon hinaufstieg, aber nicht gleich die Wohnung betrat, sondern sich für Moischele drehte und wendete. Das Flittchen wollte von ihm bewundert werden in ihrem kaffeefarbenen Jackett und dem schwarzen Kleid, das plissiert war wie eine Ziehharmonika. Dazu trug sie lange schwarze Handschuhe und einen Hut aus dunkelrotem Plüsch mit schwarzem Seidenband und Fransen. Schließlich wandte sie sich ganz um, als wolle sie ihm die Pracht der kupfernen Zöpfe vorführen, die festgesteckt in ihrem Nacken lagen; ihre letzte Drehung galt der neuen Handtasche mit vergoldetem Rand.

Der Polsterer wagte nicht, sich zu rühren. Furcht lähmte ihn. Auch seine Frau hinter ihm hatte Angst hinzusehen. Aber ihre Augen gehorchten ihr nicht und sahen erstaunt, dass Itka absolut unerschrocken war. Die Dirne zeigte ihm noch die Galanteriewaren-Schachteln, in denen sich die Geschenke befanden, die sie von seinem Geld gekauft hatte. Vielleicht sogar von dem Geld, das ich mit meiner Schneiderei verdient habe und um das er mich betrogen hat, schrie Nechama innerlich und eilte in ihre kleine Küche, damit ihr Mann, falls er sich umdrehte, nicht sah, dass sie sein Geheimnis kannte.

13

Den ganzen Tag über sah niemand in Lejbe-Lejsers Hof die Frau des Gärtners. Erst abends, wenn die Nachbarn vor ihre Türen traten, um frische Luft zu schnappen, ging auch Grazia im Hof spazieren. Sie war hochgewachsen und schlank, trug ein weißes

Seidenkopftuch, eine Bluse mit bestickten Ärmeln und eine helle Schürze, die hinten mit einer großen Schleife gebunden war. Es sah aus, als sei für sie jeder Tag wie Freitagabend vor dem Lichtersegen. In ihren hochhackigen Sommerschuhen sah Grazia noch länger und dünner aus, als sie war. Wenn sie in ihren hohen Absätzen gedankenverloren über das unebene Kopfsteinpflaster stakste, strauchelte sie oft. Aber sie schien es kaum wahrzunehmen, sondern ging einfach weiter im Hof herum, die Hände auf der Brust zusammengepresst, ein verblüfftes Lächeln im Gesicht. Ihr Aussehen und Verhalten erfüllten die Menschen des Hofs mit einer tiefen Trauer, die an ihre Seelen rührte. Alle wussten, sie war unter dem Druck des Durchlebten leicht verrückt geworden. Sie dachte ständig an ihren verstorbenen Jungen. Was um sie herum vorging, nahm sie so wenig wahr wie eine Schlafwandlerin. Niemand sprach sie an, als habe ein Arzt oder Wunderrabbi verordnet, sie nicht aus ihrem Traum zu reißen. Aber untereinander machten die Nachbarn ihrer Wut darüber Luft, dass Grazias Mann in Oszmiana einen Prozess gegen seine Brüder führte und seine schöne kranke Frau zu Hause sitzen ließ.

Während der arbeitsreichen Vorbereitungen für Schawuot, aber auch im Verlauf der beiden Festtage fiel niemandem auf, dass Grazia sich nicht zeigte. Erst nach Schawuot kam sie wieder zum Vorschein. Sie war noch dünner und bleicher. Die Nachbarinnen flüsterten: Oh weh, ihr Mann kam nicht einmal über die Feiertage nach Hause. Er bringt sie noch um, der Miesepeter.

Die Hofbewohner verstanden vollkommen, dass sie nicht richtig handelten. Aus Ehrfurcht vor ihrem großen Leiden und weil sie schön war wie eine wahnsinnige Königstochter, wagten sie nicht, sich einzumischen, und ließen zu, dass sie langsam verlosch wie eine Kerze. Einige jüngere Frauen näherten sich ihr und fragten, warum sie den ganzen Tag allein in ihrer Wohnung säße. Grazia lächelte geistesabwesend, sah zum Himmel und flüsterte:

»Mein süßer Junge. Gestern Nacht sah ich dich nicht. Wirst du heute Nacht zu mir kommen?«

Die Frauen bekamen Gänsehaut, als sie erkannten, dass die unglückliche Mutter nachts ihren toten Sohn sah. Sie schwiegen und Grazia erzählte mit leuchtendem Gesicht, ihr Sohn besuche sie in der Gestalt eines Vogels. Tagsüber schlafe ihr Alterl in einem trockenen Rinnstein oder irgendwo in einem anderen Hohlraum. Nachts aber hüpfe er von Dach zu Dach, bis er ihre Wohnung finde und zum Fenster hereinkomme. Sie rühre sich dann nicht und tue, als sehe sie ihn nicht, damit Alterl nicht erschrecke und davonfliege. Sie liege ruhig auf dem Bett und wundere sich, wie ihr Alterl den Weg von Zaskowicz zu ihr finde und wie klug er sich den ganzen Tag verstecke, damit niemand ihn finge.

»Ich suche das Nest und kann es nicht finden.« Grazia drehte den Kopf in alle Richtungen und ließ ihren Blick über das Labyrinth aus schiefen Dächern und Mansarden schweifen. »Alterl hüpft und springt nicht immer wie ein freier Vogel. In der zweiten Nacht von Schawuot kam es mir vor, als läge er eingemauert hinter einer Wand, und die Mäuse, die in den Löchern zwischen den Ziegelsteinen wohnen, fräßen seinen kleinen Körper.« Sie begann zu weinen in einer Melodie, als spräche sie eine Techina. »Mein kleiner Junge hieß einmal Judele. Aber ich nenne ihn Alterl, damit ihm das Böse Auge nichts anhaben kann und er lange Jahre bei mir sein wird. Alterl!«

Die Nachbarsfrauen hatten kleine Wohnungen und große Familien, doch jede beschwor die Frau des Gärtners, in ihrer Wohnung zu schlafen, bis ihr Mann aus Oszmiana zurückkehrte. Grazia antwortete, sie könne ihre Wohnung nicht verlassen, denn Alterl würde sie suchen und nicht wissen, wo sie war. Mit Tränen in den Augen gingen die Frauen auseinander und verfluchten den Gärtner, der sein Herz in den Prozess gegen seine Brüder hängte und sich einen Dreck um seine Frau scherte.

Mitleid erfasste den ganzen Hof. In jedem Gespräch wurde Grazia bedauert und ihr Mann verflucht. Man vergaß darüber Nechama Munvas, obwohl auch ihr Mann sie halbe Nächte allein ließ. Nicht nur musste Nechama den Schmerz und die Schande ertragen, dass ihr Peiniger ein Verhältnis mit der Schlosser-Itka hatte und sie zum Schweigen verurteilt war, sie musste nun auch noch hinnehmen, dass die Leute jegliches Interesse an ihrem Leiden verloren. Sie hörte die Leute sogar sagen, es gäbe überhaupt keinen Vergleich zwischen ihrem Leiden und dem der Gärtnersfrau. »Einen Mann kann man wechseln. Der Polsterer will ihr ja den Scheidebrief geben. Aber wenn das einzige Kind stirbt, kann man nur weinen und klagen.« Für die verrückte Grazia hatte man mehr Verständnis als für sie, dachte Nechama und sie begann Lejbe-Lejsers Hof zu hassen.

Die beiden Frauen wohnten Wand an Wand. Wenn Nechama abends in ihrer Wohnung saß, hörte sie die Frau des Gärtners reden, weinen und lachen. Als die Leute im Hof die Vermutung in Umlauf setzten, das ständige Alleinsein triebe Grazia Schklar in den Wahnsinn, kam Nechama eine bizarre Idee; es war ein so teuflischer Einfall, dass ihre Augen glänzten wie die einer streunenden Katze auf dem Dachboden, die sich bereit macht, einem Vorübergehenden ins Genick zu springen.

Am Abend, als Moischele Munvas ausgegangen war, um sich mit seiner Geliebten zu treffen, und seine Frau zu Hause sitzen ließ, ging sie ins Schlafzimmer, zog einen Schuh aus und hämmerte mit dem Absatz gegen die Wand, die sie von der Frau des Gärtners trennte. Immer schneller trommelte Nechama, bis sie angstvolles Schreien hörte. Mit einem Schuh am Fuß und einem in der Hand lief sie ins vordere Zimmer, sank auf einen Stuhl und atmete schwer. Aber auf ihrem Gesicht zitterte ein gerissenes, böses Lächeln. Sie sah aus dem Fenster in den Hof hinunter. Menschen saßen paarweise auf ihren Türschwellen oder auf den Balkonen, gingen in kleinen Gruppen auf dem Hof umher, um frische Luft zu schnappen und zu plaudern. Nur sie saß allein und gedemütigt zu Hause und musste noch bangen, dass man entdeckte, dass ihr Mann mit der Schlosser-Itka zusammen war. Itkas Vater saß wieder im Beit-Midrasch und studierte die Torah. Man hörte seine heisere fromme Stimme im Hof. Wenn er wüsste!

Nechama ging wieder ins Schlafzimmer und klopfte erneut mit dem Schuh in der Hand. Sie rannte von einer Ecke in die andere, das Klopfen sollte von allen Seiten kommen. Zuerst klopfte sie schwer und langsam mit dem Absatz, dann klopfte sie leicht und schnell mit der Schuhspitze, wie sie damals in den Tagen ihrer Schneiderei auf der Nähmaschine steppte. Sie kletterte auf einen Stuhl und klopfte am oberen Rand der braun gewürfelten Tapete knapp unter der weiß gegipsten Decke. Wildes Geschrei und Getrampel brachen los. Grazia rannte aus ihrer Wohnung. Obwohl Nechama selbst tief erschrocken und dem Wahnsinn nahe war, brachte sie es fertig, kühl und klar zu handeln. Sie stellte den Stuhl an seinen Platz zurück, zog den Schuh an und lief ebenfalls nach draußen. Grazia war umringt von Nachbarn und schrie aufgelöst:

»Dämonen tanzen über mir. Dämonen klopfen an der Wand. Geister!« Die Hofbewohner schauten sich an und schwiegen. Die Frau des Gärtners hatte nun völlig den Verstand verloren. Gestern hatte sie von ihrem Sohn gesprochen, der sich in einen Vogel verwandelt hatte; heute redete sie von Dämonen. Mitten im Geschrei und Tumult sahen die Nachbarn Nechama am Rand der Gruppe stehen. Sie zitterte am ganzen Körper und würgte an Tränen.

»In Lejbe-Lejsers Hof geschehen unerhörte Dinge! Da ist es ja kein Wunder, dass die Dämonen sich hier versammeln wie in einer Ruine!«, warf eine Nachbarin ein und machte ein frommes Gesicht. Eine zweite prophezeite, dass man über kurz oder lang in allen Wänden das Klopfen hören würde. Ein Bewohner lachte: »Die toten Seelen aus den leeren Betstuben im Hof der Großen Synagoge haben sich wohl hierher verirrt.«

Den anderen Hofbewohnern aber stand der Sinn nicht nach Spott. Einige gingen mit der Frau des Gärtners nach Hause, andere mit der Frau des Polsterers. Auf beiden Seiten betasteten die Nachbarn die Wand und betrachteten die Decke. »Vielleicht waren es Diebe?«, fragte jemand in Nechamas Wohnung. »Und was würden die Diebe hier wollen?«, antwortete eine Stimme sarkastisch, »vielleicht ihr Glück bei Ihrem Mann?« In der Wohnung des Gärtners sagte jemand: »Vielleicht sind es Mäuse?« Grazia schrie, Mäuse höre man trappeln, fiepen und mit den Krallen kratzen. Sie habe aber nur das stumme Klopfen der grausamen Dämonen gehört, die ihr nach dem Leben trachteten. Die Nachbarn baten Grazia ruhig zu sein und bemühten sich lange, etwas zu hören, wie es auch die Nachbarn in Nechamas Wohnung taten. Aber weder hier noch da hörte man etwas und die Nachbarn schlossen, dass die zwei Frauen den Verstand verloren hatten. Man redete beiden zu, bei Nachbarn zu schlafen. Die Frau des Polsterers aber sagte, sie warte auf ihren Mann, er müsse bald kommen, und die Frau des Gärtners sagte, sie warte auf ihren Sohn. Alterl würde bald in Gestalt eines Vogels erscheinen.

»Hoffnungslos«, sagte ein Nachbar, als er die Wohnung verließ. Die anderen folgten. Alle kehrten in ihre Wohnungen zurück und der Hof leerte sich. Nechama beobachtete, wie die Lampen in den Wohnungen erloschen und die Fenster finster in den dunkelblauen Himmel starrten. Die kleinen Häuser im Hof verstummten und ruhten tief verwoben in die Schatten der Nacht. Nur beim Schlosser R. Heskia war noch Licht. Freches, fröhliches Gelächter kam von dort herüber. Itka war gerade von der Stadt nach Hause gekommen. Ihr Vater saß noch im Beit-Midrasch. Nechama war sicher, dass das ausgelassene Mädchen über die Geschichte mit den Gespenstern lachte, die sie gerade von der Mutter und ihrer Schwester Serel gehört hatte: Sie verlebt eine gute Zeit mit meinem Mann und lacht mich noch aus. Die Dirne ist ja nur schon jetzt daheim, weil sie Angst vor ihrem frommen Vater hat. Mein Mann ist noch nicht da, weil er vor mir keine Angst hat. Nechama hastete zurück ins Schlafzimmer. In der Dunkelheit schlug sie sich den Kopf an der Kante des Schranks an. Sie stöhnte durch die zusammengebissenen Zähne. Der Schmerz verstärkte ihre Wut und gab ihr Kraft, die Rache, die sie sich ausgedacht hatte, ins Werk zu setzen.

Erneut hörten die Nachbarn Grazias wahnsinniges Geschrei. Es hallte durch den leeren Hof wie durch eine Gruft. Männer und Frauen stürmten aus ihren Wohnungen in Unterwäsche und Bademänteln. Sie waren gereizt und empört, Lejbe-Lejsers Hof verkam zu einem Irrenhaus. Grazia brüllte, Nechama weinte still vor sich hin, doch mit so tiefer Hingabe und so offenkundigem Genuss, dass die genervten Nachbarn sie in der Luft zerreißen wollten. Die Frauen rangen die Hände, die Männer kratzen sich am Kopf: Was sollte man tun? Da spazierte Moischele Munvas in den mitternächtlichen Hof. Man erkannte ihn auch in der Dunkelheit sofort an seinem sorglos lockeren Gang. Er hatte die Hände in den Hosentaschen und sang leise vor sich hin. Noch bevor er die Menschenansammlung erreicht hatte, umringten ihn einige Männer mit wutentbrannten Gesichtern.

»Hör mal, du Wiesel, wir alle hier arbeiten hart, und deine Frau lässt uns nicht schlafen. Deine Frau und die Frau des Gärtners schreien hier herum, dass böse Geister an ihre Wand klopfen. Den Gärtner können wir uns nicht vorknöpfen. Er ist selbst schwermütig, außerdem ist er nicht da. Aber du bist da und mit dir reden wir jetzt nicht um den heißen Brei: Wenn du deine schreiende Frau noch ein einziges Mal nachts allein lässt und sie uns den letzten Nerv tötet, dann kannst du am nächsten Morgen hier ausziehen, oder du wirst so vermöbelt, dass nur noch der Bestatter mit dir etwas anfangen kann. Kapiert?«

Moischele war sprachlos. Seine Überraschung wurde schnell zur Angst, als die Männer ihm ihre harten Fäuste vors Gesicht hielten. Ein Nachbar packte Grazia beim Arm und sagte streng, sie werde heute Nacht bei seiner Familie schlafen, ob sie wolle oder nicht. Grazia war so verängstigt, dass sie sich ohne Widerrede wegführen ließ. Die Nachbarn zogen sich zurück, nur Moischele und Nechama blieben auf dem Hof zurück. Er sah kurz zu Itkas Wohnung hinauf, die aber schon dunkel war, und wandte sich dann seiner Frau zu, die noch immer zitterte vor Schreck und mitternächtlicher Kälte und leise vor sich hin weinte.

»Bist du nun zufrieden, dass alle dich bedauern? Ich bin doch ein echter Pechvogel. Komm jetzt ins Haus!«, sagte er bitter. Sie folgte ihm. Grauen erfüllte sie, aber auch Freude. Nechama hatte in seiner Verbitterung einen warmen Unterton gehört, eine leise Andeutung, dass er bereit sein könnte, sich mit ihr zu versöhnen. Sie überlegte, dass er jetzt wohl Angst hatte, sich weiter mit der Schlossertochter zu treffen. Es musste ihm klar geworden sein, dass dieses ungezähmte Luder nicht nur ihn, sondern auch ihre ganze Familie ins Unglück stürzen konnte. In ihrem Herzen bat Nechama Gott um Vergebung, dass sie die wahnsinnige Grazia in so große Angst versetzt hatte.

14

Nicht nur musste Moischele Munvas nun jeden Abend zu Hause bleiben und den Spott der jungen Leute auf der Straße ertragen. Er musste sich zudem jede Nacht das Geplapper der verwirrten Grazia anhören, die, tief in ihre Phantasie eingesponnen, zu ihrem Sohn sprach, der sie als Vogel besuchte. Der Polsterer zweifelte keinen Augenblick daran, dass hier Betrug im Spiel war. Seine Frau war zwar eine Schlange und ein Giftpilz, aber er hielt sie für zu ängstlich, einen Plan dieser Art auszuführen. Für ihn war es wahrscheinlicher, dass die verrückte Grazia sich das ausgedacht hatte, und seine Hexe nutzte die günstige Gelegenheit, ihm das Ausgehen zu verwehren.

»Es ist merkwürdig. Seit ich abends zu Hause bin, hat es in der Wand nicht mehr geklopft«, sagte Moischele und spielte mit seinem Zigeunerschnurrbart. »Meinst du, die Dämonen haben Angst bekommen vor den Gebetsfransen, die ich nicht trage?«

»Das weiß ich nicht. Vielleicht hat Grazia selbst geklopft«, stammelte Nechama totenbleich. Um ein Haar hätte sie geantwortet: »Ich habe es getan!«, so sehr war sie unter seinem forschenden Blick zusammengefahren. Doch in diesem Moment wandte sich Moischele von ihr ab und sah sehnsüchtig zu Itkas Balkon hinüber. Das gab Nechama die Kraft, sich außer Gefahr zu wähnen, da ihr Mann sich nun nicht mehr mit seiner Geliebten treffen konnte.

Moischele hatte sich nicht vorstellen können, dass er einmal ein so nagendes Verlangen nach Itka empfinden würde. Im Hof wagte er nicht, mit ihr zu sprechen, ja nicht einmal ihr zuzunicken. Jeden Abend sah er von seinem Fenster aus, wie sie mit derselben Frische und Fröhlichkeit nach Hause kam wie in der Zeit, als sie sich trafen. Er konnte sich nicht eingestehen, dass er Angst hatte, sie könnte sich mit einem anderen treffen. Es gefiel ihm überhaupt nicht, dass sie jeden Morgen sorgfältig zurechtgemacht das Haus verließ. Wenn sie abends über den Balkon in die Wohnung ging, drehte sie ihm ihren Hinterkopf zu, damit er die zusammengesteckten kupfernen Zöpfe sah. Natürlich reizte das mokante Biest ihn absichtlich. Sie hielt ihn wahrscheinlich für einen Waschlappen, einen Angsthasen, ein Weichei, das vor den starken Männern im Hof zitterte, die ihm unmissverständlich mit Prügeln gedroht hatten, wenn er es wagte, seine Frau noch einmal abends sitzen zu lassen. Um ihn noch mehr zu kränken, kam sie manchmal spät nach Hause. Bevor sie dann die Wohnung betrat, schaute sie gleichgültig zu ihm hinüber, als sei er ein Fremder. Er ärgerte sich und hechelte zu seiner Frau, die still wie ein Schatten hinter ihm lauerte: »Die Tochter des Schlossers ist ja ganz heiße Ware. Schau dir mal an, wie sie beim Gehen mit dem Hintern wackelt. Wen will sie denn damit fertig machen, dieses Miststück?« Er war so verbittert und so angespannt, dass er sich kaum beherrschen konnte, seine Hexe nicht an ihrem vogeldürren Hals zu packen. Der Schlag soll sie treffen! Nechama war klug genug, kein Wort über Itka zu verlieren.

Wie der Polsterer glaubten auch die anderen Hofbewohner nicht an die Dämonen. Sogar der Schlosser R. Heskia lächelte über die Geschichte mit den bösen Geistern. »Erst wenn ein großer Zaddik sagt, ein Haus ist von Dämonen heimgesucht, muss man versuchen, die Sache aufzuklären«, verkündete der Fromme den Nachbarn und legte ihnen den *Schulchan Aruch* ans Herz. Er schütze sie vor allen bösen Geistern. Nur Grazia glaubte fest an die Dämonen, obwohl die Rebbezin Hindele deswegen mit ihr sehr böse geworden war und sie in ihre Wohnung mitgenommen hatte, damit der Rabbi ihr erklärte, warum es verboten war, solchen Humbug zu glauben. Die Frau des Gärtners erzählte nun dem früheren Zaskowiczer Rav ihr tiefstes Geheimnis: ihre Einsichten in ihre Nachbarin, die Frau des Polsterers.

»Als junges Mädchen lebte die Frau des Polsterers viele Jahre lang allein, ohne Eltern, ohne Brüder und Schwestern. In dieser Zeit wurde ein Dämon ihr Bräutigam und er besucht sie heute noch in der Nacht und klopft an ihre Wand, wenn der Polsterer nicht zu Hause ist. Ich habe Angst, dass der Dämon sich in meine Wohnung und zu mir verirrt.« Grazia legte ihre langen, vornehmen Finger um ihren langen Hals, als wollte sie ihn schützen.

»Du bist eine närrische Frau«, schimpfte die Rebbezin Hindele sie aus. »Die Frau des Polsterers hat einen Mann geheiratet, der schlimmer ist als hundert Dämonen. Aber keine von euch beiden wird von einem Dämon heimgesucht!« R. Joel fragte, ob sie wisse, wann ihr Mann aus Oszmiana zurückkomme. »Das weiß ich nicht«, sagte Grazia erschöpft. »Wenn mein Mann zu Hause ist, zeigt Alterl sich nicht. Er ist mein kleines Vögelchen, mein süßer Junge.«

Der Porusch R. Joel schüttelte den Kopf und seufzte, aber er sagte nichts. Erst als Grazia gegangen war und die Rebbezin ihm vorwarf, er habe die Frau des Gärtners nicht zurechtgewiesen und ihr nicht verboten, sich dem Hirngespinst über ihrem Jungen zu ergeben, sagte R. Joel, wenn der einzige Trost einer kranken Phantasie entspringe, dürfe man diesen Trost erst wegnehmen, wenn etwas anderes dessen Stelle einnähme, womit der Kranke leben könne. Die ganze Nacht machte der Porusch kein Auge zu. Er litt an schweren Gewissensbissen. Vielleicht hätte er Zaskowicz wirklich nicht verlassen dürfen, bevor er nicht den Streit zwischen Grazias Mann und seinen Brüdern beigelegt und den Frieden wiederhergestellt hatte. Auch Hindele konnte nicht schlafen. Vielleicht war es in der Tat besser, dass sie keine Kinder hatte und ihr die furchtbaren Sorgen einer Mutter erspart blieben. Doch als R. Joel Hindele fragte, warum sie nicht schlafe, sagte sie nur, es sei zu heiß und stickig, und er sagte dasselbe. Keiner wollte dem anderen die eigenen Sorgen aufladen. Erst im Morgengrauen schliefen sie ein. Sie wurden aus dem Schlaf gerissen, als die Sonne schon hoch am Himmel stand. Auf dem Hof tobte ein Mann. Der Gärtner Paltiel Shklar war unerwartet zurückgekommen und schrie die Nachbarn an, die um ihn herumstanden.

»Erzählt es dem Porusch, dass meine Frau Angst vor Dämonen hat und nachts nach unserem Jungen weint. Soll er sich doch um sie kümmern und ihre Tränen trocknen. Als er Rav in Zaskowicz war, brauchte ich einen Rechtsentscheid im Streit mit meinen Brüdern. Wenn er damals ehrlich entschieden hätte, wäre ich heute nicht in meiner furchtbaren Lage. Der Prozess in Oszmiana zieht sich in die Länge und ich muss dabei sein.«

»Grazia ist Eure Frau und Ihr müsst Euch um sie kümmern«, klagte einer der Nachbarn sanft. Ein anderer brüllte aus vollem Hals: »Ihr seid noch hundertmal schlimmer als Moischele Munvas.«

In seinen schweren Juchtenlederstiefeln, den ungeschlachten, knorrigen Wanderstab in der Hand und von Kopf bis Fuß mit Straßenstaub bedeckt, glich der Gärtner mit seiner Knollennase, von der sich die Haut schälte, einem wilden Waldschrat, den kleine Stubenhocker und Pantoffelhelden umzingelten. Er schrie sie nieder.

»Sodomiter! Ihr könnt alle zusammen mit meinen Brüdern krepieren, bevor ich mir von euch sagen lasse, wann ich kommen und gehen kann. Schmeißt dem Zaddik die Fenster ein. Er hat Zaskowicz im Stich gelassen. Die Gemeinde ist zerrissen. Die Leute schlagen sich wegen des Nachfolgers die Köpfe ein. Aber egal. Sollen sie doch alle vor die Hunde gehen, denn sie halten zu meinen Brüdern.«

Die Nachbarn sahen, dass der frustrierte Gärtner die Wut, die unter seiner Schwermut schwelte, an ihnen ausließ. Wenn er streiten konnte, fühlte er sich wohl wie ein Frosch im Sumpf. Bah, soll er doch im Dreck stecken bleiben. Die Männer gingen in ihre Werkstätten und Läden und auf den Markt. Paltiel Schklar schaute siegesbewusst in die Runde und trollte sich in seine Wohnung. Die Rebbezin Hindele hatte durch ihr Fenster alles gesehen und gehört. Wut auf ihren Mann stieg in ihr hoch. Der Hohn des Gärtners schmerzte sie weniger als Joels schuldbewusste Miene. Mit gesenktem Kopf saß er auf seinem Bett, als hätte er die zornige Schmähung verdient.

Auch Moischele Munvas hatte alles gesehen und ging mit hochgezwirbeltem Schnurrbart zur Arbeit. Seine Augen glänzten und er brachte es kaum fertig, nicht vor Freude zu hüpfen. Ein Wunder war geschehen. Er hatte nicht erwartet, so schnell aus seiner Gefangenschaft erlöst zu werden. Da der Gärtner jetzt zu Hause war, würde seine Frau auch keinen hysterischen Anfall wegen irgendwelcher Dämonen mehr bekommen, und damit wäre seiner Nechama die Möglichkeit genommen zu behaupten, auch sie höre das Getummel böser Geister. Ab heute und bis auf Weiteres würde er abends wieder ausgehen können. Wer würde es wagen, ein Wort dagegen zu sagen? Seine einzige Sorge war, ob Itka ihn überhaupt noch ansehen würde.

Am selben Abend zog Moischele sich wieder sorgfältig an, um auszugehen. Zu Nechama sagte er leichthin, sie habe ja ab heute nichts mehr zu befürchten, denn vor dem Gärtner hätten sogar die Dämonen Angst. Nechama wusste, dass heute einer der Tage war, an denen die Schlosser-Itka nach der Arbeit in die polnische Schule ging. Aus Angst vor dem Gärtner, der nun wieder nebenan wohnte, unternahm Nechama einige Tage lang nichts. Außerdem kam Moischele von seinen Rendezvous geknickt und lustlos nach Hause. Nechama freute sich: Entweder hatte das Luder schon einen anderen, oder sie war ihm irgendwie vermiest worden. Doch mit jedem Tag wurde Moischele mehr und mehr der Alte, der fröhlich ein Liedchen vor sich hin summte, und auch Itka lachte lauter und anzüglicher, wenn der Vater nicht zu Hause war. Nechama biss die Zähne mit solcher Wucht zusammen, dass die Muskeln unter ihren Backenknochen hervortraten. Ihr Herz raste. In einer dunklen Nacht am Ende des Monats Tammus war es ihr egal, ob Grazias Mann zu Hause war oder nicht.

Diesmal klopfte Nechama nicht mit ihrem Schuh an die Wand, sondern mit einem Esslöffel und einem Teelöffel, die sie wie Schlägel hielt. Sie trommelte eilig in allen Ecken, auf dem Boden und so weit oben, wie die Löffel reichten. Der Widerhall ihres Klopfens im finsteren Schlafzimmer vermischte sich mit ihrer Angst und ihrem Schmerz und erweckte in ihr den Wahn, sie höre wirklich die Dämonen tanzen und sähe ihre langen feurigen Zungen, die Hörner auf ihren Köpfen und die Ziegenfüße ... und Nechama brach in hysterisches Geheul aus.

Als der Polsterer nach Hause kam, fand er seine Wohnung voller Menschen. Seine Frau lag auf dem Bett mit einem nassen Handtuch um den Kopf und einem nassen Tuch auf der Brust. Die Nachbarn berichteten, sie seien auf ihr Geschrei hin in die Wohnung geeilt, aber Nechama sei bereits ohnmächtig gewesen. Von den Nachbarn hielt es niemand für nötig, Moischele noch herunterzuputzen und abzumahnen. Die Leute fanden, er sei genug bestraft, seine Frau so elend zu sehen.

Ihre Augen waren geschlossen, die Lippen ausgetrocknet, und Schauer überliefen sie. Er würde begreifen, dass er mit dem Todesengel spielte. Grazia erschrak zutiefst, als sie Nechama sah, und auch der Gärtner starrte auf die Ohnmächtige mit seinen schwermütigen Augen. Seine dicke Unterlippe zitterte im Verein mit dem schweren Kinn, das wie von grauem Moos überwuchert war. Diesmal schrie er nicht, wie es sonst seine Art war, sondern murmelte nur: Es sei wahr. Es sei alles wahr. Er selbst habe das Klopfen in der Wand gehört, ein hartes, dumpfes Pochen, als fielen Erdklumpen auf den Sarg eines Toten.

15

Seit dem 17. Tammus gedachte der Schlosser R. Heskia in Trauer der Zerstörung des Tempels. In den drei Wochen vor Tischa be'Av rührte er kein Fleisch an, aß keine neue Sorte Obst, damit er den *Schehechejanu*-Segen nicht sagen musste, und schrie seine Frau an, wenn sie ein Kleidungsstück flickte. Als sie sah, dass ihr Mann sich mit altem Brot und hartem weißem Käse dem Tod entgegenhungerte, lief Zlata wieder zum Porusch R. Joel, um ihm zu klagen, ihr Mann bringe sich um und wolle, dass auch seine Familie sich umbringe. »Hört nicht auf ihn!«, sagte der Porusch. Als die beiden Männer allein im Beit-Midrasch waren, schrie der Schlosser den Porusch an, dass er prinzipielle Entscheidungen und alte Verordnungen aufhöbe, die schon im Gebetbuch des Gaons Amram ben Scheschna, im Gebetbuch Raschis, im Buch *Schibbolej haleket* und in vielen anderen Kompilationen als verbindlich verzeichnet worden waren. Der Porusch antwortete, der Brauch, kein Fleisch zu essen, bestehe nur für die neun Tage vor Tischa be'Av, und im Übrigen dürfe man Chumrot, frühere Rechtfertigungen für die Verschärfungen von Regeln, ignorieren. Die jetzige Generation sei schwach und überhaupt seien die

Menschen nicht mehr so fromm wie früher. In der heutigen Zeit reiche es, wenn die jungen Leute an Tischa be'Av fasteten.

»Die jungen Leuten fasten nicht mehr und missachten Tischa be'Av, weil Ihr und Euresgleichen verkündet, dass man alles darf, was verboten ist«, antwortete R. Heskia mit einem bösen Husten und entfachte aufs neue den alten Streit.

»Junge Juden fasten nicht, wenn man fasten muss, weil Ihr und Euresgleichen verkündet, dass man auch das nicht darf, was erlaubt ist«, schlug R. Joel zurück. Die beiden Streithälse trennten sich noch wütender aufeinander als nach früheren Disputen.

Auch die schönen Sommertage am Ende des Monats Tammus und dem Beginn des Monats Menachem-Av trauerten nicht im Gedenken an die Zerstörung des Tempels. In den prall gefüllten Körben der Gemüsehändlerinnen in der Żydowska lagen Weißkrautköpfe und Blumenkohl, dunkelblaue, dickhäutige Auberginen, duftige Dill-Wedel, Zwiebelbündel und frische Kartoffeln. In den Obstkörben und auf den Holzgestellen leuchteten fleischige Pflaumen neben honigsüßen gelben Aprikosen, als ob sich in den geflochtenen Körben der armen jüdischen Frauen tausend kleine Sonnen eingefunden hätten und auf den hölzernen Regalen ein Schatz aus Golddukaten prunkte. Die Passanten kauften, was ihre Börsen erlaubten. Sogar die Juden aus dem Hof der Großen Synagoge, die durch das eiserne Tor ein- und ausgingen, kauften in Papiertüten ein halbes oder auch nur ein Viertel Pfund Obst, murmelten den Segen und schoben die süßen Früchte zwischen die Haare ihrer Bärte. Die Juden vergaßen oder gaben vor vergessen zu haben, dass in den Tagen vor Tischa be'Av das Ausbringen des *Schehechejanu*-Segens nicht erlaubt ist.

Just am traurigen Schabbat Chason vor Tischa be'Av, am Schabbat der Einsicht und des Ausblicks, war der Himmel wolkenlos blau, die Sonne brannte und es herrschte trockene Hitze. Schon am frühen Morgen roch es in den engen Straßen nach leicht angebranntem Tscholent und den glühenden

Eisengittern der geschlossenen Läden. Die jungen Leute in Lejbe-Lejsers Hof und in allen benachbarten Höfen und Straßen waren bestrebt, so früh wie möglich ans Wasser zu gelangen. In den engen Gassen wurde es leer. »Oh weh, Jerusalem von Litauen! Jerusalem von Litauen!«, jammerte der Schlosser R. Heskia vor sich hin, während er in der Nachmittagshitze im leeren Beit-Midrasch über dem Midrasch der Klagelieder saß.

Auf dem alten Friedhof von Wilna und in den Gassen um die Große Synagoge kannte sich der Schlosser so gut aus wie in den Entscheidungen des *Schulchan Aruchs*. Schon oft war er auf dem Friedhof zwischen den Gräbern des Gaons, des Ger Zedeks und der anderen heiligen Juden aus der Vorzeit spazieren gegangen. Jetzt saß er im leeren Beit-Midrasch in Lejbe-Lejsers Hof und dachte an die Entweihung des göttlichen Namens, die jetzt gerade auch auf beiden Seiten des Flusses in unmittelbarer Nähe des Friedhofs vor sich ging. Angesichts der Gräber der Geonim und Zaddikim badeten Männer und Frauen zusammen am Schabbat vor Tischa be'Av. Sie fuhren in kleinen Booten auf dem Fluss, sangen und lachten und begingen in den nah gelegenen Wäldern jene Greuel, für die Jerusalem zerstört worden war. In der Zeit vor der Zerstörung des Ersten Tempels hatten die Juden Propheten. Vor der Zerstörung des zweiten Tempels hatten sie den Sanhedrin, der nach den Vorschriften der Torah strafte. Aber in unserer Zeit haben die Rabbiner Angst vor dem Volk, und es findet sich sogar ein Porusch, der ihnen für alles eine rabbinische Erlaubnis erteilt. R. Heskia fühlte, dass sogar der Aaron-Kodesch mit ihm trauerte. Nur er und die Wände des Beit-Midraschs waren dem zerstörten Tempel und der alten Trauerzeit treu geblieben und müssen die erniedrigte, klagende Schechina trösten in einer verlotterten, führungslos gewordenen Welt.

Aber in der Nacht von Tischa be'Av saßen neben dem Schlosser dann doch noch sehr viele andere Juden wie Trauernde auf den umgeworfenen Stehpulten und Bänken und wiegten sich mit dem Vorbeter, der die Klagelieder rezitierte. Ohne seinen Samtvorhang sah der Aaron-Kodesch nackt und verschämt aus wie eine Braut, von der man den Schleier gerissen hatte. Das Licht wurde nicht angeschaltet. Die heruntergebrannten Kerzen an den Bänken beleuchteten halbe Gesichter. Hinter den gebeugten Rücken erhoben sich gespenstische Schatten an den Wänden und krochen über die Decke, als ob sie sich einen eigenen, jenseitigen Tischa be'Av ausrichten wollten. R. Heskia war kein Mann, der leicht weinte. Er verachtete Menschen, die sich in Tränen auflösten, weil sie nichts aushielten, keine Prüfung überstanden. »Sich bei einer Begräbnisrede mit Genuss ausweinen ist auch eine Form der Lust«, pflegte er zu sagen. Darum seufzte er nur im Gedenken an die Zerstörung des Tempels, und mit jedem Seufzer entriss er sich ein Stück seines Herzens.

Das Fasten während des langen Sommertages lag auf ihm wie eine Feder. Da man an Tischa be'Av bis zur Mittagsstunde weder Gebetsmantel noch Gebetsriemen anlegen durfte, hüllte er seinen dürren Körper zum Nachmittagsgebet mit einer erhöhten trockenen Ekstase in seinen großen Gebetsmantel und wand den ledernen Gebetsriemen so fest um seinen linken Arm, dass er im Schmerz versteifte. Obwohl es erlaubt war, an Tischa be'Av ab Mittag zu arbeiten, verließ der Schlosser das Beit-Midrasch trotzdem nicht. Er bedauerte, dass das Fasten endete und er nach Hause gehen musste, um das Fasten zu brechen. Während des Abendessens hatte er Angst, die Töchter zu fragen, ob sie gefastet hätten. Er tröstete sich damit, dass Serel und Itka wenigstens zu Hause waren. Danach ging er ins Beit-Midrasch zurück, um sich in ein Buch zu vertiefen. Doch die klagenden Verse des Propheten Jeremia und die Melodie der Klagegebete für Tischa be'Av klangen ihm noch in den Ohren. Unwillkürlich dachte er an den Vergolder Jechiel-Michel Hennes, der glaubte, die Chalutzim würden Jerusalem aufbauen. Man konnte sich ja nur zu gut vorstellen, wie dieser eingefleischte Junggeselle die Gebräuche für die drei Wochen vor Tischa be'Av beachtet und bewahrt hatte! Und ihn wollte Serel heiraten? Nie im Leben! R. Heskia unterdrückte seine trüben Gedanken und konzentrierte sich auf das Buch vor ihm. Plötzlich hörte er im Hof barbarisches Geschrei, eine Frau heulte auf und wilder Tumult folgte. Er achtete sonst nie auf den Streit der Nachbarn, aber diesmal hatte er das ungute Gefühl, in seiner Familie sei etwas passiert. Flugs eilte er aus dem Beit-Midrasch – und traf im Hof mitten im Getümmel auf seine Frau und die beiden jüngeren Töchter. Sie sahen aus, als wäre das Haus abgebrannt.

Moischele Munvas war endlich aufgegangen, dass mit den Dämonen, die seine Frau heimsuchten, etwas nicht stimmte. Warum klopften sie nur an die Wand, wenn er nicht zu Hause war? Eines Abends schickte er Nechama ans untere Ende der Straße, um Zigaretten zu kaufen. Als sie zurückkam, fand sie ihn nicht mehr zu Hause. Nechama glaubte, ihr Mann habe sie unter einem Vorwand weggeschickt, damit er aus der Wohnung entwischen konnte, wenn sie nicht da war und ihm vorhielt, sie hätte Angst, allein zu sein. Doch statt wegzugehen, versteckte Moischele sich unter dem Bett im Schlafzimmer und lauerte auf sie. Im blauen Licht des Sommerabends sah er schließlich, dass sie selbst der böse Geist war. Es war seine Hexe, die an die Wand klopfte. Die trommelnde Frau vernahm eine Bewegung, ein Schnaufen und Keuchen, und schon ging von allen Seiten ein Hagel von Schlägen auf sie nieder. Jetzt glaubte Nechama wirklich, dass Dämonen sie überfielen. Sie lief in hellem Entsetzen in den Hof hinaus und schrie wie eine Wahnsinnige. Der Mann hetzte ihr nach und prügelte weiter auf sie ein, bis sie ihn unter den harten Schlägen erkannte und laut aufheulte.

»Hilfe! Er schlägt mich tot. Hilfe!«

Die Nachbarn rannten herbei, packten den Polsterer und befreiten seine übel zugerichtete Frau. Auch der Porusch R. Joel war aus seiner Wohnung gekommen. Moischele wollte noch weiter auf sie einprügeln und tobte im Griff der Männer, die ihn festhielten: Was sagten sie jetzt, die feinen Menschen und Wohltäter? Sie hätten ihm ja gedroht, sie würden ihn so vermöbeln, dass von ihm nur eine nasse Stelle bliebe, wenn er seine Frau noch einmal mit den Dämonen allein lasse. Da hätten sie sehen sollen, wie sie herumsprang, wie eine echte Dämonin, und mit Löffeln auf die Wand einschlug. Er habe es schon immer gewusst: Sie ist eine schweigsame, aber garstige Frau, ein Sack trockener Knochen mit Giftzähnen, aber dass sie eine so falsche Schlange war, das habe er nun doch nicht für möglich gehalten.

Nechama zitterte am ganzen Körper und stopfte sich die Fäuste in den Mund, damit sie nicht schrie vor Angst, Schmerz und Scham. Die Menschen standen um sie herum und wussten nicht, sollten sie lachen oder sich die Nachbarin vorknöpfen, die sich diesen faulen Trick ausgedacht hatte, um den Hof nicht schlafen zu lassen und die Frau des Gärtners vollends in den Wahnsinn zu treiben. Nechama fühlte, wie die Feindseligkeit um sie herum bedrohlich zunahm, und sah sich verloren um. Ihr Blick fiel auf Itka, die ruhig zwischen ihrer Mutter und ihrer älteren Schwester stand. Glühender Stahl durchbohrte ihr Herz: Dieses verluderte Miststück, dieses ausgekochte Stück Schweinefett hatte Moischele die Idee eingegeben, unters Bett zu kriechen, um herauszufinden, wer da auf die Wand schlug. Aus Seelenqual, körperlichem Schmerz nach den Prügeln und unzähmbarer Wut vergaß Nechama völlig, dass sie die ganze Zeit Angst gehabt hatte, jemand könnte erfahren, mit wem ihr Mann sich traf. Jetzt schrie sie mit fremder Stimme und wie jemand, der nicht mehr bei Verstand ist:

»Ich habe es getan, damit er sich nicht mehr mit ihr treffen kann, mit ihr, dieser Hure«, und sie zeigte mit dem Finger auf Itka die Schlossertochter. »Mit ihr hat er sich getroffen, mit ihr hat er ein Verhältnis, mit ihr, mit ihr!«

»Ich werde dir die Haare ausreißen und die Augen auskratzen, so über meine Tochter herzufallen«, schrie die Schlosserfrau. Moischele, Itka und ihre Schwester Serel versteinerten mit offenen Mündern. In diesem Augenblick trat der Schlosser R. Heskia aus dem Beit-Midrasch und sah seine Zlata und die Töchter. Die Frau des Polsterers lachte wie eine Irre, weinte gleichzeitig in großer Verzweiflung und zeigte mit dem Finger auf Itka.

»Mit ihr hat er gelebt, mit ihr! Ich bin ihnen einmal nachgegangen und habe gesehen, wie er sich mit ihr trifft, wenn sie aus der polnischen Schule kommt, wo man Buchhaltung lernt. Wenn sie nicht zu Hause war, war auch er, mein Mann, nicht zu Hause. Und Geschenke kaufte er ihr auch von meiner Arbeit. Er nahm das Geld, das ich mir abgespart habe, während ich als Schneiderin schuftete, und kaufte ihr davon Geschenke.«

Munvas ging auf seine Frau los. Er wollte sie erwürgen und zertreten. Die Nachbarn hinderten ihn nicht. Nechamas Worte hatten sie gelähmt. Doch R. Joel stellte sich ihm mit seinem massigen, schweren Körper in den Weg. Der Polsterer ließ die Hände sinken. Seit der Porusch ihn zum Minjan zählen wollte, hatte Moischele vor ihm große Achtung.

»Ihr werdet heute Nacht bei uns schlafen«, sagte R. Joel und nahm Nechama bei der Hand, und sie ließ sich von ihm führen, schluchzend und von Weinkrämpfen geschüttelt.

Im Menschenknäuel stand auch Grazia. Sie brach plötzlich in ein hohes, dünnes Heulen aus. »Schweig«, ranzte ihr Mann sie an, und Nechama schrie er nach, dass man sie mit Stumpf und Stiel ausreißen müsste wie Nesseln zusammen mit ihrem Beschützer, dem falschen Richter, dem gescheiterten Zaskowiczer Rav. Aber niemand achtete auf den Gärtner. Beklommen sahen die Umstehenden auf den, dem das größte Leid geschehen war, R. Heskia. Er stand gebeugt, gebrochen und verstummt. Nur seine Lippen zitterten, als flüstere er noch die Gebete von Tischa be'Av, Gott möge sich der Trauernden um Zion und Jerusalem erbarmen.

16

R. Heskia wollte nicht mehr mit seiner jüngsten Tochter unter einem Dach leben. Die Mutter hatte Angst, dass die Nachbarn Steine nach ihr werfen, sie beschimpfen und auspfeifen würden. Itka zog zu ihrer ältesten Schwester Malka der Geschiedenen. Die Nachbarn hatten Mitleid mit dem alten Schlosser. Der Gedanke, sich über sein Unglück lustig zu machen, kam ihnen nicht. Die Leute vermieden es, im Hof über den Skandal zu sprechen. Selbst in den Wohnungen, hinter fest verschlossenen Türen, sprach man darüber nur flüsternd. Beim Verdammen Itkas ließen die Frauen ihrer Phantasie freien Lauf, und die Männer sagten, es jucke sie in den Händen, dem Polsterer den Seehund-Schnauzbart auszurupfen und ihm die Augenbrauen bis zu den Fußsohlen zu ziehen. Aber man musste schweigen, denn R. Heskia war in diese Geschichte verwickelt. Wer sich darüber ausließ, verschlimmerte nur seinen Schmerz und seine Scham.

Obwohl die ganze Geschichte sehr seltsam wirkte, bezweifelte niemand ihre Wahrheit. Die Nachbarn konnten sich nicht verzeihen, dass ihnen nicht früher aufgegangen war, dass der Zigeuner Moischele Munvas einen geheimen Liebeshandel mit dem Mädchen von gegenüber führte. Allerdings zerfiel der Hof in zwei Parteien, was Itkas Motivation betraf. Die Frauen sagten, sie sei eben einfach ein verwildertes Luder, während die Männer genau das Gegenteil behaupteten: Mit nur etwas Erfahrung hätte sie sich auf ein so gefährliches Spiel nicht eingelassen. Wahrscheinlich hatte sie aus Angst vor dem Vater überhaupt noch nie einen Jungen geküsst und war eine leichte Beute für einen Aufreißer, der sich rühmte, jede Frau erobern zu können.

»Trotz allem, unser Nachbar R. Heskia ist ein Narr«, flüsterten die Bewohner des Hofes und dachten dabei an jenen Schabbat neulich, als der Schlosser aus der Haut fuhr und Serel die Hölle heiß machte, weil sie auf der Straße mit dem

Vergolder Jechiel-Michel Hennes gesprochen hatte. »Freche Schlampe«, hatte er sie genannt, weil sie sich ihren Ehemann, einen ehrlichen jungen Kerl, selbst gewählt hatte. Jetzt hatte ihm die jüngste Tochter gezeigt, was eine »freche Schlampe« wirklich war.

Niemand verurteilte Nechama. Die Nachbarn fühlten, dass sie selbst nicht besser gehandelt hätten. In ihren Augen hatte sie genug gelitten, denn sie hatte lange gewusst, mit wem ihr Mann sich traf, und hatte geschwiegen. Nur die Rebbezin Hindele war anderer Ansicht. Sie fand keine Entschuldigung für die Handlungen Nechamas und entließ sie nicht aus ihrer Verantwortung. Sie war wütend auf ihren »Alten«, weil er Nechama in ihre Wohnung geführt hatte. Wenn diese Nechama fähig war, sich eine Geistergeschichte auszudenken, gehörte sie selbst der Welt des Bösen an. Und es stand einem gelehrten Juden nicht an, sich in eine Affäre hineinziehen zu lassen, die so vulgär war wie der Streit zwischen dem Polsterer und seiner Frau. In allen Ehejahren war R. Joel Weintraub seiner Hindele nie böse gewesen und war es auch jetzt nicht. Er lächelte nur über ihr kindisches Gerede.

»Ach Hindele, Hindele! Ich bin nicht mehr der Zaskowiczer Rav und du bist nicht mehr die Zaskowiczer Rebbezin. Nur der Stolz einer Rebbezin ist dir geblieben.«

Tagelang kauerte Nechama in einer Ecke in der Wohnung des Poruschs. Sie war innerlich erschlagen und atmete kaum vor Bangen und Schmerz. Sie glich einem gehetzten Tier, das sich in eine fremde Behausung gerettet hatte und vor den Menschen des fremden Hauses und den Verfolgern draußen gleichermaßen bebte. Panik erfasste sie bei dem Gedanken, ihr Mann könnte in die Wohnung des Poruschs dringen. Schuldbewusst und verzagt beobachtete sie die unfreundliche Hausfrau. Sie wusste, die Rebbezin Hindele gab ihr warmes Essen und eine Ecke zum Schlafen, weil sie ihren Mann, den Zaddik, nicht grämen wollte. Auch Nechama hielt den Porusch für einen Zaddik und war bereit, ihm die Hände zu küssen, denn er war gut zu ihr wie ein Vater und ließ ihren Peiniger nicht über die Schwelle. Von der Wohnung des Rabbiners aus sah Nechama Moischele jeden Morgen zur Arbeit gehen. Er schleppte sich niedergeschlagen und lustlos durch den Hof; er schwankte verkatert wie ein ernüchterter Säufer mit gewaltigen Kopfschmerzen nach einem nächtlichen Gelage. Wenn er von der Arbeit zurückkam, lungerte er lange im Hof herum und schaute zur Wohnung des Rabbiners hinauf. Aber er wagte es nicht, dorthin zu gehen. Schließlich betrat er seine Wohnung und blieb die ganze Nacht. Anscheinend stand ihm der Sinn nicht mehr danach, sich fein zu machen und auszugehen, um andere Frauen zu erobern. Eines Abends stand Nechama am Fenster und sah Moischele ins Beit-Midrasch gehen. Später erzählte der Rabbi, ihr Mann sei zu ihm gekommen und habe gebeten, dass sie nach Hause zurückkehre, er wolle gut und anständig sein. »Ich habe ihm geantwortet, dass Ihr erst zu ihm zurückgehen werdet, nachdem seine älteren Brüder mir einen Besuch abgestattet haben. Ich will mit ihnen sprechen.«

Danach hatten die Nachbarn in Lejbe-Lejsers Hof viel zu bereden. Sie nahmen alles durch: den Porusch R. Joel, den Polsterer und seine Frau sowie die ganze Mischpoche Munvas: Dieser Moischele Munvas war mit seinen Brüdern zerstritten, seit sie ihn gezwungen hatten, sich mit der Schneiderin zu verheiraten. Weil er seine Brüder jetzt brauchte, schluckte er die Kröte und ging zu ihnen, um Besserung zu schwören. Ab heute und für immer wolle er ein anständiger Mensch sein. So allein, wie er jetzt war, sei das Leben nichts als eine bittere Zwiebel. Die Brüder gingen mit ihm zum Porusch R. Joel und konferierten bis spät in die Nacht. Moischele war bereit, in der Großen Synagoge von Wilna vor dem offenen Aaron-Kodesch und schwarzen Kerzen einen Eid abzulegen, dass er ein anständiger Mensch in den Augen Gottes und der Leute werden wolle. Aber Nechama befürchtete, dass er den Eid brechen werde, und der Porusch R. Joel verlangte eine Garantie von den älteren Brüdern. Sie zerbrachen sich darüber die Köpfe, bis ihnen einfiel, das Paar könnte in eine leere Wohnung im selben Hof in der Kopanica ziehen, wo auch die älteren Brüder wohnten. Dieser Plan gefiel dem Porusch, aber noch mehr gefiel er Moischele und Nechama, denn sie schämten sich vor den Bewohnern des Hofes und der Straße und wollten in Lejbe-Lejsers Hof nicht wohnen bleiben. »Na also, hat Gott einen Vater?«, lachten die Hofbewohner. Niemand bedauerte den Auszug des Polsterers und seiner Frau.

Bedauert wurde der Schlosser R. Heskia. Er glich einem Todgeweihten. Er ging nicht mehr in die Werkstatt, um für ein paar Stunden seinem Partner bei der Arbeit zu helfen, wie er es früher getan hatte, sondern saß jetzt den ganzen Tag im Beit-Midrasch über einem Buch und stöhnte. R. Heskias Reaktion auf seine Tochter versetzte seine Frau in sehr viel größere Sorge als sein jahrelanges fanatisches Fasten. Sich selbst tröstete die Mutter damit, dass in der heutigen Zeit Itka gewiss nicht sitzen bleiben werde. Aber es war ihr klar, in den Augen ihres Mannes hätte nichts Schlimmeres passieren können.

Seit sie bei ihrer älteren Schwester Malka eingezogen war, bedauerte Itka ihr Verhalten jeden Tag mehr. Aus Neugier, Leichtsinn und Lust am Nervenkitzel, alle hinters Licht zu führen, hatte sie nicht gesehen, wie hohl und schal Moischele Munvas wirklich war, und nicht gemerkt, dass sie für ihn nie mehr sein konnte als ein Spiel. Der Gedanke, ihr Vater könnte alles erfahren, war ihr nie gekommen. Wenn die Mutter und die Schwester Serel sie besuchten und erzählten, der Vater sähe aus wie ein lebender Toter, dachte Itka: Sie müssten mir den Kopf abschlagen bis auf die Schultern. Mit der Mutter und der Schwester besprach sie aber nur die Hauptsache: Wie sollte man vor dem Vater das neue Kümmernis verbergen, dass der Besitzer des Eisenwarengeschäfts von allem erfahren und sie fristlos entlassen hatte?

Man brauchte es dem Vater aber nicht zu verheimlichen. R. Scheftel Miklischanski, der erste Gabbai des Beit-Midraschs in Lejbe-Lejsers Hof, teilte dem Schlosser selbst mit, dass seine Tochter entlassen werde. »Ich habe mit nichts anderem gerechnet«, antwortete R. Heskia und schockelte weiter über dem Buch auf seinem Lesepult. Er glaubte, ihm stünden noch weitere Kalamitäten bevor, und er war bereit, allen recht zu geben außer dem Porusch R. Joel Weintraub.

Wenn man den Kindern verbietet, was erlaubt ist, hatte der Porusch gewarnt, werden sie auch das tun, was nicht erlaubt ist. Er hatte nicht erwartet, dass seine Warnung sich so schnell bewahrheiten würde. Er litt nicht nur mit dem Schlosser, sondern auch mit dem Mädchen, das sich so unglaublich töricht verhalten hatte. Gleichzeitig aber irritierte ihn, wie ungemein leicht und wie vollkommen der Schlosser sich der Verzweiflung überließ. Aus der Ecke des Schlossers im Beit-Midrasch kam ununterbrochen halbersticktes und doch lautes Stöhnen. Zeitweilig glich es dem Ächzen und Röcheln eines Schwerkranken, der seinen Geist aushauchen wollte, damit er nicht mehr so viel leiden musste. R. Joel entschied. Ob er wollte oder nicht, die Zeit war gekommen, einzuschreiten! Er erschien wieder vor dem Lesepult des Schlossers mit gespreizten Händen.

»Eure Tochter ließ sich doch nicht taufen. Sie beging keineswegs die schwerste Sünde, die es in der Torah gibt.«

R. Heskias Kopf, der wie immer über ein Buch gesenkt war, hob sich langsam. In den erloschenen Augen herrschte ägyptische Dunkelheit. Doch als sie den Porusch erblickten, funkelten sie spöttisch. R. Heskia hätte lachen wollen, begnügte sich aber mit einer schiefen Grimasse.

»Nun also? Man darf?«

»Und so arrogant sein, wie Ihr es seid, darf man, ja?«

Der Schlosser war verblüfft. Niemand hatte ihn je arrogant genannt. Doch R. Joel bestand auf seiner Ansicht: Egal, wie tief R. Heskia sich beugte, wie klein und niedrig er sich gab, innerlich strotzte er vor Stolz. Aus der Torah kannte jeder die Geschichte, die sich zwischen Dina, der Tochter des Erzvaters Jakob, und Schechem, dem Sohn Chamors, abspielte. Und die Geschichte von Amnon und Tamar, den Kindern König Davids, war nicht weniger bekannt. Aber dem Schlosser R. Heskia konnte so etwas natürlich nicht passieren! Nicht einmal in unseren Tagen! Und als es doch passierte, war beim Schlosser Weltuntergang. Erwies er sich da etwa nicht als arrogant im Vergleich zum Erzvater Jakob und König David?

R. Heskia hörte zu. Wut und Spott verflogen. Er seufzte und sagte leise und gebrochen, nur er sei schuld, denn er habe seiner Tochter zu viel erlaubt. Der Porusch war baff. Wortlos kehrte er zu seiner Gemara zurück. In meinem ganzen Leben, dachte R. Joel, ist mir noch kein so sturer und verkorkster Mann begegnet. Er glaubt wirklich, dass er recht hat. R. Joel zuckte die Achseln, aber es trieb ihn, darüber zu reden. Also ging er zurück zu dem Schlosser. Er saß da, als habe er auf ihn gewartet.

»Wie könnt Ihr denken, Reb Heskia, dass Ihr Eure Tochter hättet vor allem bewahren können, wenn Ihr strenger gewesen wärt, wenn alle Nachbarn wissen und sagen, dass das genaue Gegenteil der Fall ist: Wärt Ihr weniger streng gewesen, wäre Eurer Tochter der verheiratete Mann von gegenüber nie in den Sinn gekommen. Dem Nachbarn von gegenüber ist in gewisser Weise dasselbe passiert.«

R. Joel saß auf der Bank neben dem Schlosser. Seine Hände lagen auf den Knien und er erzählte, was er während seiner Verhandlung mit den älteren Brüdern des Polsterers, den Fischhändlern von der anderen Seite der Popławska-Brücke, erfahren hatte. Die älteren Brüder hatten dem Polsterer verboten, eine Hutmacherin zu heiraten, obwohl ihr jüngster Bruder ihnen klar sagte: »Meine Seele lechzt nach ihr.« Aber die älteren Brüder hielten die Partie für unter ihrer Würde. Und da man ihm jemanden vorenthielt, der ihm in jeder Hinsicht erlaubt gewesen wäre, geriet er auf einen schlechten Weg und gelangte zu jenen, die nicht erlaubt waren.

»Zu den Fischhändlern habe ich nichts gesagt, weil sie ungebildete Menschen sind. Außerdem ist diese Sache inzwischen ausgestanden. Ihr, Reb Heskia, seid zwar ein furchtbarer Starrkopf, aber Ihr seid gelehrt und ein Mann der Torah. Darum sage ich Euch: Solange es noch nicht zu spät ist, bringt Eure Tochter nach Hause.«

Blitzschnell drehte der Schlosser sich zum Porusch. Er hatte eine scharfe Antwort auf der Zunge, besann sich aber und kehrte in seine Gedanken zurück. Er schwieg lange und bedrückt. Dann eröffnete er ihm, dass ein neues Problem auf ihn zukam. Die mittlere Tochter hatte ihm mitgeteilt, sie würde den Vergolder Jechiel-Michel Hennes heiraten. Serel war immer die ruhigste gewesen. Nie hatte sie ein Wort gegen den Vater gesagt. Jetzt dachte sie wahrscheinlich, was ihre Schwester durfte, müsste ihr auch erlaubt sein.

Das Erstaunen R. Joels mündete in ein Lächeln, das in den leuchtenden, samtweichen Augen begann. Er fragte den Schlosser, ob das ein Witz gewesen sei oder ob er ernsthaft glaube, Serel ahme die jüngere Schwester nach. Es könne doch nicht sein, dass ein Vater die guten Absichten seines Kindes willentlich auf die schlechteste Weise auslege? Gerade weil die mittlere Tochter nicht den Weg der jüngsten gehen wolle, sage sie ihm offen und ehrlich, sie werde den Vergolder Jechiel-Michel Hennes heiraten. In allen Höfen und Straßen kenne man den Vergolder als einen ruhigen und frommen jungen Mann. Warum sollte R. Heskia gegen diese Partie sein? Der Porusch redete noch lange und leidenschaftlich, als sei der Vergolder sein eigener Neffe. Der Kopf des Schlossers sank tiefer und tiefer auf sein Lesepult. Er schwieg, aber er hörte jedes Wort.

Am Schabbatmorgen wurde R. Joel Weintraub wieder Zeuge der Demutsdemonstration des ersten Gabbais R. Scheftel Miklischanski. Wie üblich hatte er darauf verzichtet, auf der Bima zu stehen und die Aufrufe zur Torah zu verteilen. Als sein Vertreter, der zweite Gabbai, sich über die Balustrade der Bima lehnte und ihn mit einem Wink fragte, ob er den letzten Aufruf haben wollte, winkte R. Scheftel zurück, dass mit dem sehr schönen Abschnitt aus den Propheten, der Haftara *Watomer Zion,* ein anderer geehrt werden sollte. Er wäre zufrieden, zur Hagbah gerufen zu werden. Man sollte aber, bewahre, nicht glauben, dass das Aufheben und Hochhalten der offenen Torah-Rolle keine große Ehre sei, sagte R. Scheftel nach dem Gottesdienst zu den Umstehenden und referierte für sie eine Auslegung des Chafetz Chaim, er möge leben. Wenn ein Jude die Torah-Rolle hochhebt und das Pergament der Torah-Rolle aufwickelt, sieht man offenkundig, wie ganze Welten sich entfalten, und wenn man das Pergament wieder zusammenrollt, werden auch diese Welten wieder aufgerollt, denn die obere und die untere Welt seien in den Buchstaben der Torah enthalten. Aber was verstehen heute die Leute schon davon? So dozierte R. Scheftel Miklischanski und nahm seinen großen Gebetsmantel für den Schabbat von den Schultern. Die Leute standen einen kurzen Moment mit verzückten Mienen zusammen, vereint in ihrer Begeisterung für die Worte des Chofetz Chaim, dann gingen sie an ihre Plätze zurück, nahmen ihre Gebetsmäntel ab und falteten sie. In diesem Augenblick lehnte sich der Porusch R. Joel über das Lesepult des Gabbais, als wolle er ihm ein Geheimnis ins Ohr flüstern.

»Die Bewohner des Hofes hier und die Beter in diesem Beit-Midrasch haben großes Verständnis für den Schlosser und auch für seine Tochter, die so töricht handelte. Aber Ihr, Reb Scheftel, Ihr habt dem Mädchen gekündigt. Wenn das die Menschen hier erfahren, werden sie Euch für einem brutalen Kerl halten und nicht mehr zum Gabbai wählen.«

R. Scheftel fühlte, wie maßlose Wut in ihm hochstieg. Wangen, Haarwurzeln und Bart standen in Flammen. Er bemühte sich, leise zu antworten, damit die verbliebenen Beter ihn nicht hörten: Er frage niemanden um Rat, wen er als

Kassiererin in seinem Eisenwarengeschäft anstelle. Glaubte Reb Joel Weintraub etwa, er sei noch der Zaskowiczer Rav? In diesem Beit-Midrasch sei er nichts weiter als ein Porusch. Das sei wahr, antwortete R. Joel, er sei in Lejbe-Lejsers Hof nichts weiter als ein Porusch. Es sei ihm aber dennoch erlaubt, sich in die Angelegenheit des Schlossers und seiner Tochter einzuschalten, und er werde dies auch weiterhin tun. »Das war doch Euer Rat, Reb Scheftel, dass die Kassiererin in die polnische Schule gehe, um Buchhaltung zu lernen, nicht wahr? Und jetzt, da Euer Rat sich als Stolperstein erwiesen hat, wollt Ihr damit nichts mehr zu tun haben? Nur den Eltern steht es zu, das Mädchen für sein Verhalten zurechtzuweisen. Euch aber nicht! Sie hat Euch ja nicht bestohlen, oder?«

Die letzten Worte sagte R. Joel schon etwas lauter, als wollte er den Gabbai warnen, dass er sogar noch lauter reden und ihn vor aller Augen bloßstellen konnte. R. Scheftel eilte zu seinem Sitz an der Ostwand und R. Joel ging an seinen Platz auf der anderen Seite des Aaron-Kodeschs. Er war sich sicher, der Feiertagsfrömmler und Demutsschauspieler werde nachgeben. Er hatte Angst, als Papierzaddik entlarvt zu werden und sein Ansehen einzubüßen.

Am selben Schabbat besuchte Malka die Geschiedene ihren Vater und schrie ihn an: Anscheinend war es ihm nicht genug, dass er ihre Scheidung erzwungen hatte, weil ihr Mann ihm nicht fromm genug gewesen war. Jetzt wolle er auch noch Itka fertig machen. Aber Itka sei eine andere Art Mensch und auch die Zeiten hätten sich geändert. Solange Itka sich schäme und bereue, dass sie so vielen Menschen so großen Schmerz zugefügt hatte, konnte man bei ihr noch erreichen, dass sie ihr Verhalten änderte. Wenn der Vater ihr aber nicht verzeihe und sie nicht nach Hause zurückkehren lasse, könne niemand wissen, auf welch abschüssige Bahn sie dann gerate.

Das Elend beugte den Schlosser. Es löste und bog seine Starre, wie ein Schmiedefeuer eine Eisenstange durchglüht und formbar macht. Die Rede der ältesten Tochter jagte ihm

Angst ein, zumal auch der Porusch ihn beschworen hatte, die Jüngste nach Hause zu holen, bevor es zu spät war. So war der Vater schließlich einverstanden, dass Itka nach Hause kam, und auch R. Scheftel Miklischanski erneuerte ihre Anstellung.

17

In den Gärten der Stadt und an den Flussufern erfasst der Frühherbst die Spitzen der Blätter und die äußersten Ränder der Pflanzen. Ein feuriges Hellgelb sitzt schon fest im dichten Grün der Bäume und Sträucher. Im Gewirr der jüdischen Hinterhöfe und Straßen, wo nichts Grünes wächst, erfährt man von der Ankunft des Herbstes durch das Erschallen des Schofars, das ab dem ersten Elul geblasen wird. Sein scharfer Ton fährt in die Knochen und ein kalter, rauer Wind zerreißt das Herz. Augen schauen in den Himmel und saugen sich voll mit der grauen Trauer der dicken Wolken. Im Sommer war der Hof der Großen Synagoge verlassen und leuchtete sonnenhell. Die weiß gegipsten Wände und blauen Fenster erhöhten seinen Glanz. Nun streichen die Herbstregen ihn schmutzig braun. In seinen Klausen drängen sich die Beter und auf ihren Treppen die Bettler. Auch die Buchhändler mit ihren hölzernen Gestellen sind erschienen. Um die Gestelle in den Nischen der Großen Synagoge scharen sich Juden und kaufen Festtagsgebetbücher für die zehn Tage der Umkehr. Ein Mann verhandelt über einen Tallit-Beutel aus blauem Samt. Eine alte, gebeugte Frau blättert mit langen dürren Fingern in einem Band mit Bittgebeten für Frauen. Sie tut es so zärtlich, als sei das Büchlein der Kopf ihres Enkels. Ein kleiner Junge steht bei ihr und starrt gebannt auf ein großes gewundenes schwarzes Shofar, das zwischen den frommen Büchern steckt wie der Widder, der sich im Gebüsch verfangen hatte, als der Erzvater Abraham seinen Sohn Isaak auf den Alter band.

Auch in Lejbe-Lejsers Hof spürt man die Ankunft des Herbstes. Die fahle Sonne brennt und blendet nicht mehr. Eines Morgens, als die meisten Bewohner in die Werkstätten, Geschäfte und auf den Markt gegangen waren, stand Grazia die Frau des Gärtners mitten auf dem leeren Hof. Ihre hohe blasse und prominente Stirn war immer von feinen Fältchen durchzogen. Jetzt aber waren es tiefe Falten der Verwunderung. Neben einem dunklen schiefen Fenster in einer schwarz verrauchten Wand war noch das Rechteck eines zweiten Fensters erkennbar. Man hatte es zugemauert, aber noch nicht verputzt, und so ruhte es in der Wand wie ein blindes Auge. Grazia hatte es früher nie bemerkt und fragte sich, warum die Sonne das vermauerte Fenster beschien und nicht das Fenster mit den Scheiben. Obwohl sich bei der Geistergeschichte herausgestellt hatte, dass die Frau des Polsterers selbst an die Wand geklopft hatte, glaubte Grazia weiterhin an überirdische Erscheinungen. Hinter dem vermauerten Fenster zum Beispiel lebte ein ganz mit Spinnweben überzogener buckliger Mann, der nur nachts, wenn alle schliefen, in den Hof kam. Aber wer war der Bucklige, der sich dort im Dunkeln versteckte? Grazia überlegte und fuhr plötzlich zusammen. Sie hörte, wie in der Wohnung des früheren Zaskowiczer Ravs jemand weinte.

Der Porusch R. Joel stand ratlos mitten in seiner Wohnstube, die klobigen Hände vor sich gespreizt, die Schultern leicht hochgezogen, als erwartete er, dass die niedrige Decke über ihm sich weiter senkte und er sie mit seinen Schultern stützen müsste. Ihm gegenüber stand die Rebbezin Hindele. Sie trug eine Marktschürze und neben ihr standen zwei volle Körbe mit Eiern. Hindele klagte über ihr schweres Los. Endlos lief sie treppauf, treppab, um ihre Ware zu verkaufen. Die Kundinnen beäugen ein Ei, untersuchen es wie durch ein Mikroskop, wollen wissen, ob das Ei auch frisch ist und leuchtet wie die Sonne. Dann beginnen sie zu handeln und verlangen zu guter Letzt einen Schwur, dass man sie nicht betrog. »Ich sage zu ihnen: Mein Mann ist ein Rav und ich bin eine Rebbezin. Darum schwöre ich keinen Eid, auch nicht auf die Wahrheit. Man kann mir jedes Wort glauben. Sie antworten mir, für den Schnee von gestern zahlt niemand. Jetzt seid ihr eine Eierverkäuferin und keine Rebbezin. Ihr habt bei uns kein größeres Ansehen als die anderen Händlerinnen, die hier durchkommen.« Hindele brach erneut in bitteres Weinen aus. Wenn sie bei ihren Kundinnen wenigstens das Ansehen der Metzgerin oder der Bäckersfrau oder der Obstverkäuferin hätte! Wenn sie zu den Kundinnen kamen, um die Schulden einzutreiben, sagten die Kundinnen zu ihnen nie, sie sollten nächste Woche wiederkommen, denn sie wussten sehr gut, die Händlerinnen legten dann so lautstark los, dass die Nachbarn im Treppenhaus und auf der Straße zusammenliefen. Aber wenn sie zum Kassieren kam und sagte, sie könnte nicht bis nächste Woche warten, weil die Großhändler ihr Geld wollten, schrien die Kundinnen sie an: »Steht in der heiligen Torah, dass man einem Schuldner die Haut abziehen darf? Ihr seid doch eine Rebbezin und dazu noch eine ganz fromme in Perücke!« Beim Nichtbezahlen sei sie dann eine Rebbezin.

»Die reichen Frauen wissen, dass ich keinen Mann wie den Metzger zu ihnen schicken kann ... und könnte ich dich überhaupt bitten, die Rechnungen für mich anzumahnen?« Hindele weinte und erzählte weiter. Die ganze Zeit habe sie geschwiegen, um ihn zu schonen, um ihm den großen Seelenschmerz zu ersparen. Aber jetzt ging es nicht mehr. Wie er ja wisse, handle sie seit kurzem auch mit Hühnern, weil die Eier allein nicht genug abwarfen. Schon vor dem Morgengrauen ging sie auf den Markt und drängte sich wie die anderen jüdischen Händlerinnen um die Wagen der Bauern. Aber die Gänse- und Hühnerfrauen machten sich über sie lustig. »He da, seht euch mal unsere Konkurrentin an!« Sie hatte darauf nie reagiert, denn sie konnte sich unmöglich mit den Marktweibern anlegen: Schultern wie Männer, Gesichter wie rohes Fleisch, Mäuler wie Höllenschlünde. Die eroberten Hühner brachte sie zu ihren Kundinnen, die ihnen die hinteren Federn aufbliesen, um zu überprüfen, wie fett sie waren. Bezahlen wollten sie »nach Schabbat«, sagten sie. Als sie nach Schabbat kam, um ihr Geld abzuholen, schrie eine der Hausfrauen, sie sei eine Betrügerin. »Betrügerin! Was habt Ihr mir da angedreht? Euer Huhn war klapperdürr und hart wie ein Brett. Mein Mann hat es mir ins Gesicht geworfen.« Dass sie Betrügerin genannt wurde, das war das Schlimmste. Es drückte ihr das Herz ab. Sie hatte kein Wort herausbringen können und war weggelaufen, ohne auf ihrem Geld zu bestehen. Eine andere Hausfrau lachte sie lauthals aus, von einer Rebbezin, die Hindele heiße und mit Hühnern handle, könnte man nichts erwarten. Eine reiche Kundin zog kommentarlos einen Złoty ab. Eine andere Madame bezahlte zwar die ganze Rechnung, sagte aber, sie solle jetzt sofort verschwinden und nie mehr wiederkommen.

»Es ist ja möglich, dass ich schlechte Ware hatte, denn ich habe noch nie im Leben mit Hühnern gehandelt«, schloss Hindele leise und bescheiden. Sie schämte sich, dass sie geweint und über die Frauen schlecht gesprochen hatte. Sie hatte Angst, wieder in Tränen auszubrechen, und rannte aus der Wohnung, einen Eierkorb an jedem Arm.

Da sie die Eierkörbe trug, konnte sie sich die Tränen nicht abwischen, die ihr übers Gesicht liefen. Ihre Lippen bebten noch, als Grazia ihr den Weg vertrat:

»Lang sollt Ihr leben, Rebbezin! Ich habe eine rituelle Frage. Wie lautet die Entscheidung im Fall ...«

»Fragt mich nicht! Ich bin keine Rebbezin mehr und mein Mann ist nicht mehr der Zaskowiczer Rav«, sagte Hindele bitter und eilte an ihr vorbei. Ihr langes Kleid verfing sich in ihren Beinen. Obwohl sie sich schon viele Male gesagt hatte, dass sie keine Rabbinersfrau mehr war, trug sie doch noch immer das lange Kleid einer Rebbezin.

Wenig später erschien der Porusch R. Joel. Hindeles Weinen hatte ihn so aufgewühlt, dass er nicht mehr allein zu

Hause sitzen, aber auch nicht ins Beit-Midrasch gehen konnte, um zu lernen. Als er im Hof stand, den Kopf in den Nacken gelegt, das Gesicht halb von der Sonne beschienen, die andere Hälfte im Schatten, sah er aus, als hätte ein scharfes Messer ihn zerschnitten.

»Rabbi, darf ich während der zehn Tage der Umkehr auf den Wilnaer Friedhof gehen?«, fragte Grazia die Frau des Gärtners mit ihrer melodischen, traurigen Stimme. »Ihr wisst doch, Rabbi, dass mein Alterl, mein Junge, in Zaskowicz liegt. Wenn ich auf den Wilnaer Friedhof gehe, wird mir das angerechnet, als ginge ich auf sein Grab in Zaskowicz?« R. Joel hatte seine Gedanken noch nicht gesammelt, als sie schon weitersprach: »Vielleicht, Rabbi, könnt Ihr meinen Mann dazu bewegen, dass er mit seinen Brüdern Frieden schließt?« Sie trat näher an ihn heran, um ihm ein Geheimnis anzuvertrauen: »Mein Paltiel sagt, der Prozess werde sich noch Jahre hinziehen. Er ist sicher, dass er schließlich gewinnen wird. Aber ihm ist mittlerweile das Geld ausgegangen und er bekommt hier auch keine Partner, um Grundstücke für den Obstanbau zu pachten. Vielleicht könnt Ihr es hinbekommen, dass mein Mann und seine Brüder sich versöhnen?«

»Wie kann ich Euren Mann und seine Brüder versöhnen? Wie soll ich das schaffen?«, stammelte R. Joel und sah sie ängstlich an. Würde sie nun wie Hindele in Tränen ausbrechen und ihn anklagen? »Während der zehn Tage der Umkehr könnt Ihr auch auf den Wilnaer Friedhof gehen. Die Gebete erreichen den Herrn von überall. Deshalb müsst Ihr nicht nach Zaskowicz zurückfahren. Das müsst Ihr nun wirklich nicht.« Er wandte sich um und ging schnell in seine Wohnung zurück.

R. Joel legte ein Buch von Maimonides vor sich auf den Tisch und öffnete es, damit er mit seinen dunklen Gedanken nicht allein war. Er musste sich prüfen, seine Seele durchforsten und Rechenschaft ablegen. Lang ging er im Zimmer auf und ab. Endlich sank er erschöpft in einen alten, abgenutzten

Sessel mit halbrunden Armlehnen, das einzige Möbelstück, das er von Zaskowicz nach Wilna mitgenommen hatte. Je tiefer er in den Sessel sank und in seine Gedanken eintauchte, desto schwerer hingen seine Hände über die Armlehnen, schwer wie regennasse Zweige. Es war ihm, als wären Hindeles Tränen im Zimmer hängen geblieben und trieften nun von der Decke auf ihn herab. Sie erst gaben seinem Schmerz eine ätzende Schärfe. Er glich einem Mann, der auf einem Friedhof über die Eitelkeit des Lebens nachdenkt:

Er hatte erfahren, dass Zaskowicz noch immer keinen neuen Rav ernannt hatte, weil um die Ernennung ein furchtbarer Streit in der Gemeinde ausgebrochen war, vergleichbar in seiner Intensität dem Streit zwischen den Brüdern Schklar um das väterliche Erbe. Hatte nicht er diesen Streit ausgelöst? Trug er also die Verantwortung dafür, dass die Juden einer kleinen Stadt mit blanken Klingen einander gegenüberstanden? Aber die größte Sünde hatte er an Hindele begangen. Er war von Zaskowicz weg, weil er nicht das Herz gehabt hatte, ständig Verbote auszusprechen. Und dann hatte er zugelassen, dass sein Hindele sich abplagte, dass sie gedemütigt und beschämt wurde. Das war erlaubt? War es gerecht, dass eine so kleine und schwache Frau den Lebensunterhalt für einen so dicken Mann verdiente? Wie konnte er diese Schuld tilgen? Sollte er jetzt im Alter ein neues Rabbinat suchen? Jüngere Männer, talentierte Prediger, die Polnisch beherrschten und über eine noch intakte Mitgift verfügten, die sie bereitwillig den dringenden Bedürfnissen der Gemeinde zur Verfügung stellen wollten, selbst so engagierte junge Leute mussten heute lange suchen, bis sie eine Stelle fanden. Er würde überhaupt nichts finden. Es blieb als einzige Möglichkeit, in Zaskowicz anzufragen, ob seine alte Stelle noch frei war. Es war allerdings denkbar, dass die beiden Parteien, die sich nicht auf einen Kandidaten einigen konnten, sich gegen ihn zusammenschließen würden. Die Eiferer hatten ihm immer sehr zugesetzt, dass er nicht streng genug war. Jetzt waren natürlich auch die weniger Frommen und seine früheren Anhänger auf ihn böse, weil sein Abschied den mörderischen Streit nach sich gezogen hatte. Außerdem war es ihm peinlich, sich wieder anzubieten, nachdem er alle Bitten zu bleiben so rundheraus ausgeschlagen hatte.

Zlata, die Frau des Schlossers, war leise in die Wohnung des Poruschs eingetreten. R. Joel bemerkte sie erst, als er sich ihrem abgehärmten Gesicht und ihren großen schwarzen Augen direkt gegenübersah. Heute ist mein Frauentag, seufzte der Porusch. Bleiern musterte er Zlata.

»Ich habe keine Kraft mehr, mit meinem Alten zu kämpfen.« Zlata hob die Hände, ließ sie aber gleich wieder sinken, als wollte sie unterstreichen, wie entmutigt sie war: Der Monat Elul war nun leider gekommen. Und im Elul wurde ihr Heskia immer noch frommer und noch verrückter. Das war sie in den langen Ehejahren schon gewohnt. Sie hatte allerdings geglaubt, dass ihr Alter nach dem Ärger mit Itka nichts gegen Serels Hochzeit mit dem Vergolder sagen würde. Auch der Rabbi hatte ihr versichert, ihr Mann würde der Heirat zustimmen. Aber jetzt hatte ihn aus heiterem Himmel die Reue erfasst und er sagte: »Serel kann heiraten, wen sie will, sogar den Vergolder, aber ich gehe nicht hin. Ich stehe nicht unter dem Traubaldachin.« Was sollte jetzt werden?

»Dann wird der Traubaldachin ohne ihn gestellt. Es ist erlaubt«, antwortete R. Joel, schrak aber sofort zurück. Was sagte er da? Eine Hochzeit ohne den Vater? Es schien, als habe sein ständiges »Es ist erlaubt« nun dasselbe wilde, ungezähmte Verhalten hervorgebracht wie das ständige »Es ist verboten« des Schlossers. Auch Zlata wirkte verwirrt und sah den Porusch misstrauisch an. Hatte er sich einen Spaß mit ihr erlaubt? Der Porusch beruhigte sie. So wie er es verstanden hatte, sollte die Hochzeit ja erst im Winter stattfinden. Bis dahin würde R. Heskia gewiss etwas milder. Sie sagte ja selbst, er werde im Vorfeld der zehn Tage der Umkehr frommer und härter und ein fanatischer, wilder Büßer.

Zlata verließ die Wohnung des Poruschs so leise, wie sie gekommen war. Sie hatte seinen Verdruss und seine Seelenpein verschärft. Er hatte das Zaskowiczer Rabbinat aufgegeben, weil er keine Verantwortung für die Gemeinde hatte tragen und sich nicht in die persönlichen Angelegenheiten ihrer Mitglieder hatte mischen wollen. Er hatte seine Existenz auf das einsame Studium von Büchern reduziert, war ein Porusch geworden, und trotzdem war er gezwungen, sich ständig einzumischen, sei es in der Geschichte des Polsterers und seiner Frau oder in die des Schlossers und seiner Töchter. Solange man mit Menschen zusammenlebte, war es wohl nicht möglich, sich herauszuhalten. Mit der Aufgabe des Rabbinats hatte er nur erreicht, dass das Städtchen in Streit entflammte und seine Frau als Händlerin schuftete.

Gegen Mittag verschloss R. Joel die Tür und ging in die Synagoge des Gaons im Hof der Großen Synagoge. Erst am Abend kehrte er zurück. Hindele stand schon in der Küche und kochte das Abendessen. Sie sah von der Seite auf ihn, musterte ihn aufmerksam, aber unaufdringlich. Ihre Augen funkelten wie dreifach geschliffene Brillanten. Es war selten der Fall, dass ihr Mann weder zu Hause noch in Lejbe-Lejsers Beit-Midrasch war. Sie fragte ihn nicht, wo er gewesen war. Er erzählte von selbst mit seiner tiefen Stimme. Die Trauer hatte sie ausgehöhlt, sodass die Wörter nachhallten wie die Schläge einer alten Wanduhr.

»Ich war in der Synagoge des Gaons. Ich habe mit den anderen Poruschim gesprochen und gefragt, ob sie mich aufnehmen würden, damit ich ein Stipendium bekomme. Sie sagten, die Unterstützung beliefe sich nur auf ein Drittel des winzigen Betrags, den sie zum Leben bräuchten, und die Vorstände würden kaum damit einverstanden sein, einen weiteren Porusch aufzunehmen.« Eine Weile stand R. Joel schweigend da und füllte mit seinem großen Körper den winzigen Raum. Dann setzte er sich auf eine kleine Bank und seufzte. »Es ist für mich schon zu spät, ein Handwerk zu lernen, aber zum Handeln tauge ich vielleicht noch. Warum sollte ich am Freitag nicht Fisch auf dem Markt verkaufen, wie du Eier und Hühner verkaufst? Was meinst du dazu, Hindele?«

Im ersten Augenblick konnte die Rebbezin nicht glauben, dass es ihm ernst war. Doch Gesicht und Stimme teilten ihr mit, dass er nicht scherzte, und sie weinte noch untröstlicher als am Morgen über ihre schlechten Erfahrungen mit den Kundinnen. Sie beklagte, dass ihr Joel nun den Verdacht hegte, sie wollte ihn zum Brotverdiener machen. Doch sein Plan kam ihr so abstrus und komisch vor, dass sie mitten im Weinen lachen musste und ihn fragte, warum ihm gerade eingefallen war, Fischhändler zu werden. Doch nicht etwa, weil er kürzlich mit Fischhändlern, Moischele Munvas' älteren Brüdern, zu tun gehabt hatte? R. Joel Weintraub und die Brüder Munvas waren wirklich aus demselben Holz geschnitzt! Hihihi! Durch alle Tränen Hindele musste dann doch richtig lachen. Endlich beruhigte sie sich und stellte das Abendessen auf den Tisch. Während des Essens musterte sie ihren Mann halb neugierig, halbverschämt, als wären sie frisch verheiratet, wie sorgfältig er vermied, dass Brot seinen Bart verkrümelte und das Hühnerfleisch seine Finger verklebte. Hindelte lächelte heimlich und dachte, welch großes Glück es war, einen so vornehmen und kultivierten Gelehrten zum Mann zu haben. Sie war bereit, noch härter und länger zu arbeiten.

Später im dunklen Schlafzimmer hörte Hindele, wie ihr Mann seufzte und nicht einschlafen konnte. Obwohl sie den ganzen Tag treppauf, treppab mit ihren Waren herumgelaufen war, konnte auch sie nicht einschlafen. In hellen Nächten sah sie von ihrem Bett aus seinen Bart, ein Gewebe aus Kupfer und Silber, und einen seiner Arme in einem verknautschten weißen Hemdsärmel. Er schlief gewöhnlich auf dem Rücken. Sein Kopf ruhte auf einem hohen Kissen und auf seinen angewinkelten Armen. Wenn in diesen lichten Nächten der Schlaf nicht kam, dachte sie, wie wunderlich es war, dass sie einen so groß gewachsenen Mann bekommen hatte, und sie war ihm zugetan, sie fühlte sich so gut bei ihm wie ein kleines Mädchen, das sich bei ihrem Vater im Zimmer aufhielt. Jetzt aber war die Nacht blauschwarz und opak wie Tinte. Hindele konnte ihn nicht sehen, sie fühlte nur, dass er nicht schlief. Sie wollte seine Stimme hören. Sie hatte am Morgen und am Abend so weinen müssen, dass sie jetzt um Mitternacht auf ihrem Bett liegend das Bedürfnis hatte, sich etwas verwöhnen zu lassen, sich in seine warmen Worte zu kuscheln.

»Joel? Du schläfst nicht? Sag, Joel, einer Frau, die zehn Jahre nach der Hochzeit noch immer keine Kinder hat, darf man nach jüdischem Gesetz den Scheidebrief geben, nicht wahr? Warum hast du dich von mir nicht scheiden lassen?«

Die Worte seiner Rebbezin machten dem Porusch das Herz noch schwerer. Seit fünfunddreißig Jahren waren sie verheiratet und sie dachte immer noch darüber nach. Aber er antwortete ihr im gleichen leichten Ton.

»Wir wissen doch gar nicht, wer von uns beiden daran schuld ist. Also bin ich nach dem Gesetz gar nicht verpflichtet, mich von dir scheiden zu lassen.«

»Es war dir erlaubt, es herauszufinden«, kokettierte sie und reizte ihn ein bisschen: »Du hättest dich von mir scheiden lassen und eine andere Frau heiraten müssen. Dann hättest du es herausgefunden.«

R. Joel fühlte, wie der Schlaf sich auf ihn senkte, und er antwortete nicht. Nur in einem hinteren Winkel seines Bewusstseins wachte noch ein Gedanke: Wenn er Kinder gehabt hätte, hätte er die Stelle in Zaskowicz nicht einfach kündigen und von dort weggehen können. Auf ihm hätte das Joch einer Familie gelegen. Er war sich außerdem nicht sicher, dass er an seinen Kindern jetzt viel Freude hätte. Junge Leute waren Hitzköpfe und hielten nichts von Kompromiss und Mäßigung, besonders nicht in der heutigen Zeit. Möglicherweise wären seine Kinder Eiferer geworden, wie die Jeschiwa-Leute der Gegenwart, die die Säkularen bekämpften; oder sie wären vielleicht Freidenker geworden, die die Torah und ihre Anhänger verachteten. Eine Mutter hatte wahrscheinlich immer Freude an ihren Kindern.

Die Augen fielen ihm zu und in der zunehmenden Dunkelheit seines Gehirns kamen seine Gedanken zum Stillstand wie ein Blatt auf einem stehenden Gewässer. Doch vom zweiten Bett her kamen noch immer Worte zu ihm herüber wie Lichtstrahlen und rissen ihn aus dem Schlaf.

»Weißt du, Joel, wann ich mich in dich verliebt habe? Als der Vater, er ruhe in Frieden, dich zuerst zu uns nach Hause brachte, hatte ich Angst vor dir, weil du ein so großer und wuchtiger Mann warst. Und ich bin ja so klein. Aber als wir nach der Verlobung zum ersten Mal miteinander spazieren gingen und du mir die Geschichte von den Kissen erzähltest, da habe ich dich sofort lieb gewannen.«

Hindele plapperte und R. Joel lag in seinem Bett wie ein Felsbrocken, der tief ins Moos gesunken war. Er vernahm ihr Geplapper wie das Plätschern eines hurtigen Baches. Hindele war noch ganz hingerissen von der Geschichte aus R. Joels Kindheit. Als blutjunger Schüler in einem winzigen Städtchen gab er eines seiner beiden Kissen zwei Frauen, die für eine arme Braut eine Aussteuer zusammenstellten. Da er es schon damals liebte, hochgebettet zu schlafen, fehlte ihm das zweite Kissen sehr. Als er ihr das auf dem Spaziergang nach der Verlobung erzählte, konnte sie natürlich noch nicht wissen, dass er gern mit vielen Kissen schlief. Aber ihr gefiel sofort, dass ein kleiner Junge in einem fremden Städtchen eines seiner beiden Kissen hergab. Darum hatte sie ihn sofort lieb gewonnen.

Die Rebbezin rollte sich unter ihrer Decke zusammen und schlief ein. Aber ihr Mann im Bett gegenüber war nun vollends wach und konnte nicht mehr einschlafen. Er lag reglos wie ein gefällter Baum, nur seine gewölbte Stirn fältelte sich über den geschlossenen Augen. Alle Überlegungen hatten ihn zu dem Entschluss geführt, nach Zaskowicz zu fahren. Vielleicht würde es ihm mit Gottes Hilfe gelingen, die Gemeinde zu bewegen, ihn als Rav zurückzunehmen.

Langsam löste sich die tintige Dunkelheit in dunkelgraue Töne. Fenster und Dächer krochen aus der Nacht in die erste Dämmerung. Die letzten Reste der grauen Tinte verschwanden wie schmutziges Wasser in Regenrinnen. Ein grünlicher Frühmorgenhimmel weitete sich aus, kalt und ungemütlich. Aus dem trüben Licht des Anfangs erhob sich, wie ein Golem aus den Fluten der Schöpfung, in nasser Nacktheit Lejbe-Lejsers Hof.Noch lag er still, erfüllt von der Melancholie des Monats Elul. Nur die Enten und Hühner in ihren Käfigen, die man für die Festessen an den hohen Feiertagen und zum Kappores-Schlagen bereitgestellt hatte, krähten, schnatterten und gackerten und machten höllischen Vogellärm. An der Tür zur Wohnung des Poruschs ächzte der schwere Eisenriegel und Hindele erschien mit zwei leeren Körben, sie war auf dem Weg zum Markt und sah, dass eine andere Bewohnerin des Hofes, eine Händlerin wie sie, früher aufgebrochen war. Als Hindele aus dem Hof trat und die lange, enge, gewundene Żydowska hinunterlief, erblickte sie vor sich eine lange Reihe jüdischer Frauen mit leeren Körben – Händlerinnen und Hausiererinnen, die wie sie selbst auf den Markt rannten, um Waren zu ergattern.

18

Noch bevor R. Joel seine Reise nach Zaskowicz richtig durchgeplant hatte, kam am zweiten Tag nach Rosch Haschana eine Delegation von Zaskowiczer Juden nach Wilna, um ihren früheren Rav zu besuchen. Da Grazia die Frau des Gärtners wie üblich im Hof herumirrte, sah sie die Gäste zuerst. Einer von ihnen war der älteste Bruder ihres Mannes. Statt die Leute aus ihrem Heimatort zu begrüßen, rannte sie mit der guten Nachricht ins Beit-Midrasch zum Porusch R. Joel.

»Rabbi, drei Zaskowiczer sind gekommen. Einer von ihnen ist mein Schwager«, keuchte Grazia. Sie konnte die Worte kaum herausbringen. Ihr Herz raste. Sie drückte die gefalteten Hände fest an die Brust, als wollte sie ihr Herz vor dem Zerspringen bewahren.

R. Joel riss die Augen auf und erhob sich. Er konnte Grazia nichts mehr fragen, denn die drei Gäste standen bereits vor ihm wie die drei Engel vor unserem Vater Abraham. Sie streckten ihm die Hände entgegen und kamen sofort zur Sache.

»*Scholem alejchem*, Rabbi. Zaskowicz schickt uns mit dem Auftrag, Euch zu sagen: Ihr sollt nach Hause zurückkehren. Wir haben gehört, dass Ihr in Wilna weder reich noch berühmt geworden seid. Es ist Euch nicht einmal die Seelenruhe zuteilgeworden, die Ihr erhofft habt. Bei uns in Zaskowicz ist es auch schlimm. Seit Ihr weggefahren seid, lodert bei uns ein furchtbarer Streit.«

»In der gesamten jüdischen Geschichte von Zaskowicz ist es noch nie vorgekommen, dass sogar zwischen Rosch Haschana und Jom Kippur die Juden so zerstritten blieben, dass sie sich gegenseitig an die Gurgel springen wollen, und alles nur, weil sie sich nicht auf einen Rav einigen können. Die beiden Lager stehen einander gegenüber wie Todfeinde.«

»Wenn Ihr zurückkommt, Rabbi, kehrt vielleicht auch der Friede wieder in unsere Familie ein«, sagte der älteste der Brüder Schklar und sah auf seine Schwägerin Grazia.

R. Joel war unendlich überrascht. Lange konnte er nicht sprechen. Er war tief bewegt, dass einige Menschen ihm treu geblieben waren. Wer an Zauberei glaubt, könnte vermuten, dass sein angestrengtes Nachdenken über seine Rückkehr die Zaskowiczer hervorrief. R. Joel aber sah darin einen praktischen Eingriff der Vorsehung und ein Werk Gottes. »Meine Herren«, stammelte er und verstummte gleich wieder, weil er Angst hatte, die Tränen könnten ihm kommen. Da die Besucher nicht wussten, was in ihm vorging, schauten sie ihn erschrocken an. Er würde doch nicht gleich absagen?

»Kommt zu mir nach Hause, meine Herren. Meine Frau

ist nicht da und ich weiß nicht, wie man Gäste bewirtet, aber wir können dort in Ruhe und vernünftig über alles sprechen.«

R. Joel hatte sich rechtzeitig besonnen, nicht zu viel Freude zu zeigen und nicht zu früh sein Einverständnis zu geben, um nicht den Respekt zu untergraben, den ein Städtchen seinem Rav entgegenbringen sollte.

Die Zaskowiczer folgten ihm. R. Joel stellte sich einen Augenblick zu Grazia, die, wie es ihre Art war, noch ganz verzaubert mitten im Beit-Midrasch stand, und flüsterte: »Bringt Euren Mann dazu, später ebenfalls in meine Wohnung zu kommen.« Dann ging er mit seinen Begleitern hinaus. Der Schlosser Heskia war aufgestanden und sah bass erstaunt den Juden nach. Er hatte in seiner Ecke das laute Gespräch gut vernommen und seinen Ohren nicht getraut. Die ganze Zeit hatte er geglaubt, R. Joel Weintraub sei bei den Zaskowiczer Juden in Ungnade gefallen, weil er immer die nachgiebige, großzügige Auslegung des Gesetzes vertreten hatte und ein Mann der Kompromisse gewesen war. Und jetzt hatte das Städtchen Boten geschickt, um ihn als Rav zurückzuholen.

Die halbwahnsinnige Grazia stand plötzlich neben dem Schlosser. Sie schien zu ihm und doch nicht zu ihm zu sprechen. Sie schaute durchs Fenster ins Weite und sprach wie immer in der Melodie der Bittgebete der Frauen.

»Ich soll mich dafür einsetzen, dass mein Mann sich mit seinen Brüdern versöhnt, gut, ich werde mich dafür einsetzen. Mein Mann will es ja selbst. Aber mein kleiner Junge wird dadurch nicht wieder lebendig. Nur eines wird dabei herauskommen: Wir werden wieder in Zaskowicz wohnen und mein Alterl wird mich nicht mehr in der Fremde suchen müssen. In Zaskowicz weiß er, wo sich unsere Wohnung befindet, und ich weiß, wo sein Grab ist.«

Grazia eilte aus dem Beit-Midrasch, die Hände über ihrer weißen Schürze gefaltet. Sie glich einer frommen jungen Ehefrau am Freitagabend nach dem Lichtersegen, die das Kind schon zu Bett gebracht hat und nun darauf wartet, dass ihr

Mann aus dem Gottesdienst zum Empfang des Schabbats zurückkehrt und den Wein segnet.

Am Nachmittag, gegen zwei Uhr, kam die Rebbezin Hindele zur Tür herein, um einen neuen Korb Eier für ihre Kundinnen zu holen – sie taumelte zurück, als sähe sie außerirdische Wesen. Am Kopfende des Tisches saß ihr Mann und an den beiden Längsseiten – vier Juden: drei Männer aus Zaskowicz und der Nachbar Paltiel Schklar, ein Todfeind ihres Mannes, der noch nie in ihrer Wohnung gewesen war. Die Gäste standen freudig auf. »Hier kommt endlich auch unsere Rebbezin!« Aber ihre Freude war kurz. Die Männer hatten zwar schon in Zaskowicz gehört, dass ihre Rebbezin Händlerin geworden war, die Waren in die Häuser der Kunden trug. Jetzt aber, da sie sie mit zwei leeren Eierkörben in großer Hast hereinkommen sahen, gebeugt, abgehärmt, in einem schäbigen, verzogenen Schultertuch und in der Schürze einer Marktfrau, waren sie verstört, beschämt, traurig und wütend. Sie konnten nicht begreifen, warum ihr Rav sein Rabbinerhaus gegen eine winzige Wohnung in der hintersten Ecke eines ärmlichen Hofes eingetauscht und seine Rebbezin zur Händlerin gemacht hatte.

Paltiel Schklars ältester Bruder war einen Kopf größer als die beiden anderen Gesandten. Er hatte klare Gesichtszüge. Sein weißer Bart war rund geschnitten und der breite Schnurrbart sehr gepflegt. Seine gemessenen Bewegungen und sein ruhiger Blick bezeugten seinen Status. Er sah sich als das Oberhaupt der Familie Schklar. Anzeichen von Güte, Großzügigkeit oder Mitleid sah man nicht. Er vermittelte den Eindruck eines Mannes, den nichts daran hindern konnte, das zu erreichen, was er sich vorgenommen hatte. Wenn er aber sah, dass er scheitern musste, war er zum Kompromiss bereit – im Gegensatz zu seinem jüngsten Bruder, dem fanatischen Streithals mit dem schütteren Bart ums Kinn und den grauen moosigen Augenbrauen. Der ältere Bruder sagte wenig, um den jüngeren nicht zu reizen. Wenn er doch etwas sagte, wurde Paltiel sofort nervös. In ihm mischten sich Eifersucht und Bewunderung für seinen Bruder, der mit seiner glatten, klugen Rede und einfach schon mit seinem Aussehen die Leute für sich einnahm.

Auf den beiden anderen Männern aus Zaskowicz lag das Elend ihres armen Städtchens. Der Gesandte der Frommen trug eine hohe jüdische Mütze mit einem harten Schirm und einen grauen abgetragenen Mantel, der an einigen Stellen geflickt war. Er war lang und dürr, sein Bart stachlig und sein Gesicht voller Runzeln. Er glich einer vertrockneten Kiefer, an der noch immer dicht an dicht die braunen Nadelbüschel hingen. Er verbreitete den Geruch von geraspeltem Rettich, gehackten Zwiebeln und Sauerkraut, alles aus dem eigenen Gärtchen hinter seiner Kate, sowie von Sauermilch mit Kräutern und dem Mist der eigenen halbverhungerten Kuh.

Der zweite Mann verkündete mit seinem zerknautschten Hut und seinem Hemd mit Schlips, dass er der Gesandte der aufgeklärten Juden war. Ein Jude dieser Richtung lief natürlich nicht mit heraushängenden Gebetsfransen herum; stattdessen trug er eine kurze Jacke und stopfte den Saum des *Tallit-Katan* mit den Gebetsfransen ordentlich in die Hose. Am Freitagabend las er die Warschauer jüdischen Zeitungen und am Schabbatmorgen war er im Beit-Midrasch zu jedem Aufruhr bereit, wenn etwa am Todestag Dr. Herzls kein Gedenkgebet für ihn gesprochen wurde. In jedem Disput kam er sofort in Rage. Wenn er sich aber gerade einmal nicht in Himmelsangelegenheiten engagierte, lag in seinem Blick die Schwermut eines Kleinkrämers, der sich die Augen aussah nach einem Bauern aus dem Umland, nach einem Käufer einer kleinen Tüte Salz, eines Pfundes Graupen, eines Herings oder von etwas Petroleum. Er wartete auf ihn wie auf den Propheten Elias. Doch seit polnische Banden die Dörfler nicht in den jüdischen Städtchen einkaufen ließen, erwartete der Krämer Kunden erst am Freitag, wenn eine jüdische Frau käme, um auf Kredit ein Viertelpfund Hefe zu kaufen und vielleicht noch ein Päckchen Tee und ein paar Kerzen für den Lichtersegen.

Die Juden berichteten über die Streitereien im Städtchen

wegen der Wahl eines neuen Ravs. Je länger die Gäste sprachen, desto stärker spürte R. Joel dieselbe Beklemmung wie früher tagein, tagaus in Zaskowicz, als die Armen der Stadt zu ihm kamen und er hätte ihnen antworten müssen, dass das, worum sie baten, nach jüdischem Gesetz in jeder Hinsicht verboten war. Aber er zweifelte nicht mehr daran, dass er als Rabbiner nach Zaskowicz zurückkehren musste. In seinem Herzen gab er zu, dass die Klage der Zaskowiczer, die unausgesprochen in ihren Gesichtern stand, berechtigt war. Er hätte aus Zaskowicz nicht weglaufen dürfen. Niedergang und Verfall waren die Folge gewesen. Außerdem stand sein Hindele ihm gegenüber in heller, aber unterdrückter Aufregung, er könnte das Angebot ausschlagen. R. Joel wollte mit seiner Antwort nicht länger zögern.

»Meine Herren, ich bin bereit, zurückzukommen und mit Gottes Hilfe das Joch des Rabbinats erneut auf mich zu nehmen.«

»Und was ist mit mir? Was wird aus dem Unrecht, das gegen mich begangen wurde?« Paltiel Schklar sprang auf und musterte jeden Einzelnen mit Misstrauen, Furcht und Zorn.

»Deshalb bin ich doch mitgekommen. Ich möchte dir vorschlagen, einer Entscheidung des Rabbiners zuzustimmen. Oder er kann zwischen uns vermitteln. Auf jeden Fall würden wir dem nichtjüdischen Gericht in Oszmiana den Fall entziehen, weil uns allen dort die Haut abgezogen wird. Bist du damit einverstanden, Paltiel?«

Paltiel schwieg. Wenn ein verbissener Streithahn schweigt und den Kopf hängen lässt, deuten alle das als Einverständnis. Die Rebbezin Hindele klatschte in die Hände: So werte und teure Gäste! Sitzen am Tisch ohne Tischtuch und ohne Erfrischung! Hindele vergaß völlig, dass sie heute noch Eier an Kundinnen auszuliefern hatte. Sie warf das Schabbattischtuch über den Tisch und begann mit der Zubereitung eines kleinen Gastmahls. Doch während sie in der Küche stand, hörte sie dem Gespräch der Männer zu.

Die Gesandten wollten ihren Mann dazu bewegen, schon zu Jom Kippur zurückzukommen. Es verstand sich, dass er Wilna nicht Knall auf Fall verlassen konnte. Auch Zaskowicz musste sich schließlich auf die Rückkehr des Rabbiners vorbereiten. Das Rabbinerhaus musste hergerichtet und ein Willkommensfest für den Rav und die Rebbezin geplant werden. Der Rav sollte fürs Erste nur für den Rest der Feiertage kommen, auf jeden Fall für den Schabbat der Umkehr, und Jom Kippur. Wenn der Rav am Schabbat der Umkehr eine Predigt hielte, würden die zerstrittenen Zaskowiczer sich versöhnen. Zusammen mit dem Rabbi würden sie ganz anders beten und fasten.

»Deine Gemeindemitglieder haben recht«, warf Hindele ein. Das war neu. Sie hatte sich früher als Zaskowiczer Rebbezin nie eingemischt.

»Darüber will ich noch nachdenken«, antwortete der Porusch und bat seine Gäste, zuzugreifen und die Erfrischungen zu genießen, die die Rebbezin aufgetragen hatte. Palti Schklar stand hastig auf, um wegzugehen, weil er sich nicht dazugehörig fühlte. Aber der Zaskowiczer Rav fasste ihn am Arm: »Warum die Eile, Reb Paltiel? Auch Ihr seid mir ein teurer Gast, ein sehr teurer.«

»Auf dieser Welt sind wir alle nur zu Gast«, sagte der ältere Schklar mit der frommen Miene eines Beters vor Jom Kippur.

Als die Zaskowiczer Juden schließlich aufbrachen und Hindele auf den Hof hinausging, warteten die Nachbarn schon auf sie. »Ist es wahr, dass Euer Mann als Rav nach Zaskowicz zurückkehren wird?« Hindele erwiderte zornig, »Natürlich ist es wahr. Habt ihr vielleicht geglaubt, dass wir ewig bei euch sitzen werden?« Die Nachbarn verstanden ihren Zornausbruch so, als hätte sie deutlich gesagt: »So wir ihr den Rav behandelt habt, war es ja wohl zu erwarten, dass er hier nicht bleiben würde.«

Jom Kippur stand schon vor der Tür und Lejbe-Lejsers Hof sah aus, als versinke er in Federn. Bis spät in die Nacht herrschten Lärm und Aufregung: Die Hausfrauen rannten herum und in den vollen Käfigen randalierten die Hühner und Hähne, die auf das Kappores-Schlagen warteten. Obwohl jeder vom bevorstehenden Jom Kippur voll in Anspruch genommen war, standen die Hofbewohner doch in Gruppen zusammen und suchten den Hauptschuldigen an der Abreise des Poruschs.

»Schuld ist der Gabbai R. Scheftel Miklischanski! Es fiel ihm nicht ein, dass auch ein Rav essen muss! Was ist das für ein Gabbai?« So schrien die Männer vom Markt. Die Frauen hingegen wiesen auf die Fremden, die Zugereisten als die wirklichen Schuldigen. Tag und Nacht war der Hof mit dem Zigeuner Munvas und seinem Giftpilz Nechama beschäftigt gewesen und mit der kranken Grazia und ihrem miesepetrigen Streithals. Darüber hatte man völlig vergessen, dass im eigenen Beit-Midrasch ein großer Zaddik saß. Ohne seinen Rebben würde Lejbe-Lejsers Hof wieder zu einem Hof grober und stupider Leute werden. Es war ein Glück, dass man wenigstens noch den Schlosser R. Heskia hatte, leider ein vernagelter Frommer, aber immerhin ein gelehrter Mann.

Am nächsten Tag kamen die Zaskowiczer Gesandten zum Morgengebet ins Beit-Midrasch. Nach dem Beten umstanden sie ihren Rav. Die Bewohner des Hofes drängten sich dazwischen und bestürmten sie mit einer Bitte: Es sei gewiss ihre Schuld, dass der Rabbi sie verließe, und es sei wohl auch zu spät, diese Entscheidung zu ändern. Der Rabbi möge in Frieden fahren. Aber sie bäten dringend, dass er noch über Jom Kippur bliebe und auch das Laubhüttenfest mit ihnen im Beit-Midrasch verbringe, wo er ein ganzes Jahr gelernt und gebetet habe. Die streitgewohnten Zaskowiczer legten sofort los: »Woher nehmt ihr das Recht zu verlangen, der Rav solle über Jom Kippur und das Laubhüttenfest bei euch bleiben? Wegen des hohen Gehalts, der feinen Wohnung und der Ehren, mit denen ihr ihn überhäuft?« Die Hofbewohner holten noch Luft, um zurückzuschlagen, da fuchtelte R. Joel schon mit der Hand und warf ein:

»Meine Nachbarn haben recht. Ich habe mir schon selbst überlegt, dass ich noch über Jom Kippur und das Laubhüttenfest bei den Menschen bleiben sollte, in deren Mitte ich ein ganzes Jahr gewohnt und gelernt habe. Fahrt in Frieden und kommt wohlbehalten nach Zaskowicz. Übermittelt den Menschen meine besten Wünsche zu den Festtagen, sie mögen alle ins Buch des Lebens eingeschrieben werden, und sagt ihnen, ich käme nach den Feiertagen und übernähme wieder das Rabbinat.«

19

Jom Kippur war ein goldener Herbsttag. Die leeren jüdischen Straßen von Wilna glänzten im frühen Morgenlicht. Die Sonne lugte durch die Kellerfenster und die schiefen Scheiben der Dachwohnungen. Sie berührte die kalten, engen Gassen; aber kaum jemand war unterwegs. Die Juden waren in den Synagogen und Klausen. Streifen aus Licht und Schatten spielten auf den zugeklappten Läden und verriegelten Gittern der geschlossenen Geschäfte und es schien, als ob auch sie stumm und verzagt beteten, eingehüllt in Gebetsmäntel, die aus Strahlen gewebt waren. In den überfüllten Gebetshäusern brannten während des ganzen Tages große Glühbirnen hinter Lampenschirmen und elektrische Kerzen in Hängeleuchtern. Lange Jahrzeitkerzen zum Gedenken an die Toten standen dicht an dicht in sandgefüllten hölzernen Kästen, damit es nicht zum Brand kam.

Man war mitten im Morgengebet. Die Stimmen der vereint singenden Beter waren noch nicht erschöpft von den Bußgebeten des Tages. Sie hallten durch die steinerne Leere der gewundenen Gassen, die den Hof der Großen Synagoge umgaben. Ihr Klang erreichte die Schloss-Straße, wo hinter fürstlichen eisernen Zäunen noch immer frisches Grün funkelte. Weiter weg, am Ufer der Wilia, spazierten just zu dieser Zeit junge Leute, die sich dem Beit-Midrasch entfremdet hatten. Doch an Jom Kippur fühlten auch sie sich wie Fremde zwischen den Christen, die in den baumbestandenen Alleen spazieren gingen und lachten. Frauen saßen auf Bänken und bräunten ihre Gesichter in der milden Sonne. Der Herbst war früh gekommen und die Blätter brannten in allen Schattierungen, orange, weinrot, feuerrot, gelb und braun, als wäre auch der Stadtgarten ein Beit-Midrasch, in dem jetzt mitten am Tag eine Lampe brannte und die Flammen der Jahrzeitkerzen einen glühenden Teppich webten.

Die Frauenabteilung des Beit-Midraschs in Lejbe Lejsers Hof war erfüllt vom Rauschen der anwesenden Frauen. Am ersten Vorhang auf der Höhe des Aaron-Kodeschs auf der Männerseite standen drei Frauen: Grazia, die Frau des Gärtners, die Rebbezin Hindele und Zlata, die Frau des Schlossers.

Grazias hohe, leicht gebeugte Gestalt ragte aus der Menge der Frauen. Sie trug ein weißes Kleid und ein blaues seidenes Kopftuch über ihrem Haar und ihre dünnen runden Schultern verstrahlten selbst durch den Stoff ihre so eigene Schönheit. Sie hielt die Hände über ihrem Herzen gefaltet. Auf ihrem Gesicht lag ein bleiches, erschöpftes Lächeln, die geläuterte Trauer beraubter und erniedrigter Mutterschaft. Grazia lauschte dem frommen Murmeln und Seufzen und ihr wurde wohl. Heimisch und warm war es inmitten der Nachbarn, die an diesem Tag der Furcht zu Gott sprachen. Sie selbst betete und weinte nicht. Sie lächelte nur und legte von Zeit zu Zeit ihre hohe Stirn in Falten, als erinnerte sie sich an die vielen glücklichen Jom-Kippur-Gottesdienste, als ihr kleiner Junge noch gelebt und sie Gott um ein gutes Jahr gebeten hatte. Dann zuckte und zitterte ihr Lächeln wie ein gefangener Vogel, der sich aus dem Netz befreien will. Grazia wollte ihren Gedanken entfliehen, aber auch den Nachbarsfrauen um sie herum, den Müttern mit ihren Kindern. Sie schloss die Augen und dachte an ihre Jungmädchenjahre, als sie allein im großen Wald um Zaskowicz spazieren ging.

Es ist Herbst. Über dem Waldrand hängen bleierne Wolken. Sie scheinen den Himmel verschließen zu wollen, sodass die Vögel nicht in wärmere Länder fliegen können. Unter dem dichten Gezweig der Bäume blüht schon der herbstliche Salbei. Kalte violette Flammen züngeln zwischen den sattgrünen Fächern der Farne. Tiefer im Wald liegt eine von trockenem silbernem Moos bedeckte Lichtung. Noch tiefer im Nadelwald, im Gewirr zerbrochener Stämme, überzieht ein feuchter rötlicher Rost aus feinen zerknitterten Pflanzen das verfaulende Gehölz. Plötzlich wird es dunkel, als breche mitten am Tag die Nacht herein und entfalte in der Tiefe des Waldes einen gestirnten Himmel. Eine geheime Welt aus giftigen Pilzen mit getüpfelten Hüten in allerlei Farben erglüht in der Finsternis. Es ist vollkommen still. Nichts bewegt sich. Nur einzelne Sonnenstrahlen finden ihren Weg durch die Enge und hängen in den Zweigen wie gerissene Saiten. Im Gegenlicht funkeln gelbgrüne Nadelbüschel an den Zweigen. Herbstliche Spinnweben verschleiern das niedrige Gebüsch, und wenn ein Sonnenstrahl sie trifft, blinken diamantene Regentropfen an seidenen Fäden. Grazia will die Augen nicht öffnen, um nicht von der Frauenabteilung auf Lejbe-Lejsers nackten Hof sehen zu müssen, wo das einzige Grün der Schimmel an den Wänden ist.

Neben ihr steht die Rebbezin Hindele. Sie trägt ein dunkelrotes Kleid aus Samt mit langen schmalen Ärmeln. Sie trägt überraschenderweise ein ganz modisches rundes Hütchen, das sie weit, fast ein bisschen zu weit, zurückgeschoben hat. Sie hält ein offenes Festtagsgebetbuch in den Händen und liest hurtig. Fleißig, fast gierig bewegt sie Lippen und Zähne, als müsse sie heute für all die Tage, Wochen und Monate beten, in denen sie als Eier- und Hühnerverkäuferin von Tür zu Tür nicht dazu gekommen war.

Die Dritte in der Gruppe ist Zlata, die Frau des Schlossers. Sie erweckt den Anschein, als ob nicht nur aus ihren großen schwarzen Augen, sondern auch aus ihrer Perücke Tränen auf die Bittgebete der Frauen rinnen. Sie beweint das bittere Schicksal ihrer ältesten Tochter, der Geschiedenen. Sie betet um Glück für ihre mittlere Tochter Serel, die den Vergolder

Jechiel-Michel Hennes heiraten wird, und sie betet für die jüngste Tochter Itka, die durch ihr Verhalten ihren alten Vater fast ins Grab trieb. Als lebendige Zeugen von Zlatas Bußgebeten und Bitten stehen hinter ihr die drei Töchter. Malka die Geschiedene trägt ein gestricktes Kleid aus dunkelgrauer Wolle und ein Kopftuch über ihrem Haar. Sie hält kein Gebetbuch und betet nicht, seufzt aber unablässig, als wolle sie mit ihren Seufzern der Mutter beim Beten helfen. Auch Itka hält weder ein reguläres Gebetbuch noch eines mit den Bittgebeten der Frauen. Sie trägt einen braun gesprenkelten Sportmantel, steht aber reglos und mit distanziert kühler Miene neben den Schwestern. Es ist erst Mittag, aber vom Fasten hat sie schon Kopfschmerzen. Noch schmerzhafter ist, dass die Frauen sich mit den Augen über sie den Mund zerreißen, während ihre Lippen gottesfürchtige Gebete lispeln. Doch Itka verlässt das Beit-Midrasch nicht einmal für eine Minute, um ihrer Mutter nicht noch mehr Kummer zu bereiten. Den Blicken der Klatschbasen begegnet sie stumm mit ihren dicken kupfernen Zöpfen, die noch immer zusammengesteckt in ihrem Nacken liegen. Sie sieht sehr wohl die sorgfältigen Coiffuren und vielfältigen Kopfbedeckungen der Betenden: die hübsch verzierten Perücken der frischvermählten jungen Frauen, die seidenen Schals, die kleinen runden und breiten flachen Hüte, auf denen Straußenfedern wippen und Blumen prangen. Hutnadeln mit glitzernden Köpfen stecken in ihnen und von ihren Rändern hängen Bänder, Haarnetze und Schleier. Über sie alle triumphieren die kupfernen Zöpfe der Schlosser-Itka.

Nur Serel betet aus einem kleinen dicken Festtagsgebetbüchlein. Sein harter Einband hat silberbeschlagene Ecken und eine vergoldete Schließe. Serel trägt ihr schwarzes Kostüm und eine weiße Bluse aus Batist. Ihr kastanienbraunes geschmeidiges Haar ist wie immer streng gescheitelt und glänzt matt und tugendhaft. In Serels knochigem Gesicht leuchtet stille Freude. Sie hat bei ihrem Verlobten erreicht, dass er am heutigen Jom Kippur nicht wie üblich in der Tiferet-Bachurim-Gesellschaft betet, sondern in Lejbe-Lejsers Beit-Midrasch, damit ihr Vater sieht, wie fromm und gehorsam er sich benimmt. Von Zeit zu Zeit tritt Serel an den Vorhang und blickt in die Männersynagoge hinüber. Dann erblüht in ihrem ewig blassen Gesicht, das heute vom Fasten noch blasser ist, ein warmes helles Rosenrot. Die Augen der Braut suchen den Bräutigam, aber sie findet ihn nicht in der dichten Menge der Beter. Serel wird unruhig; sie hat Angst, Jechiel-Michel könne während des Gottesdienstes mit jemandem sprechen und der Vater könne es bemerken.

Im Gedränge der Männer im Beit-Midrasch, zwischen Köpfen in Jarmulkas, Mützen und Hüten, steht in seinen Gebetsmantel gewickelt der Schlosser R. Heskia. Seit Kol Nidre hat er pausenlos gebetet und gelernt. Die ganze Nacht und die frühen Morgenstunden hat er so zugebracht. Nur minutenweise setzte er sich, um Atem zu schöpfen. Bald schon sprang er wieder auf. Er fühlte nicht, wie das harte Stroh ihn durch die Socken stach. Er fühlte nicht, dass sein Hemd, sein Kittel und sein Gebetsmantel schweißdurchtränkt waren. Er fühlte nur die steinharte Beklemmung in seinem Herzen und den lange angestauten Schmerz, den er ausweinen wollte wie eine Wolke, damit sein Herz und sein Hirn geläutert wurden und wieder rein waren für den Dienst an Gott.

Während er die müden Knie beim Wort *korim* beugt, die Augen und den Mund beim *Schma jisrael* verschliesst, reglos und stumm das Achtzehn-Bitten-Gebet sprach und sich beim *Al chet* und beim *Widui* ans Herz schlägt, trägt R. Heskia Gott nur eine einzige Bitte vor: »Herr der Welt, gib mir die Kraft, stur zu bleiben!« Die junge Generation ist ihm fremd, die eigenen Kinder sind ihm fremd, sogar die angeblich frommen Juden sind ihm fremd. Alle suchen Erleichterung und fragen nur, was erlaubt ist. Jeder versucht, mit der geringstmöglichen Belastung durch die Gesetze, die Torah dem Schöpfer der Welt Genüge zu tun. Sogar ein Rav und Porusch macht Zugeständnisse, und das gefällt den Leuten. Ein Zeichen der Zeit: Eine Stadt kommt zu Reb Joel Weintraub, um ihn zu bitten, als Rav zurückzukehren. Eine neue Zeit ist angebrochen, eine Zeit der Konzessionen, der Kompromisse, des Feilschens, eine Hälfte für Gott, die andere Hälfte ... Heute ist der Tag des Gerichts, da will er die Juden nicht schlecht machen. Aber für sich selbst bittet er den Ewigen, ihm zu helfen, ganz für die Heiligung seines Namens zu leben. Er will sich dem Joch nicht entziehen; er will sich den Gesetzen in ihrer striktesten Auslegung unterwerfen und die rabbinischen Entscheidungen und Gebräuche noch genauer beachten. Sollen die Töchter doch heiraten, wen sie wollen, und die Mutter soll zu ihnen halten. Er braucht weder Freunde unter den Hofbewohnern noch den Applaus gelehrter Juden für seine Lebensführung. Die Worte der antiken Rabbinen sind seine Freunde und der *Schulchan Aruch* ist sein Rabbi. Es stört ihn nicht, wenn man ihn für einen überholten, aus der Zeit gefallenen Menschen hält. Er bittet nicht einmal um einen Stuhl im Paradies. Er bittet nur um eine Ecke in Lejbe-Lejsers Beit-Midrasch, in der er dem Ewigen dienen kann. »Oh je, Herr der Welt, gib mir die Kraft, stur zu bleiben!«, stöhnte R. Heskia in seinen Gebetsmantel, den er sich über Kopf und über die Augen gezogen hatte, sodass er einem verhüllten Toten glich, der unter Lebenden betete.

Der Gärtner Paltiel Schklar steht in einer Ecke in der Nähe der Bima. Er trägt seinen Hut für Werktage und auch sein Gebetsmantel ist nicht festlich, sondern dient ihm an allen Wochentagen. Er ist ihm etwas von den Schultern geglitten und die Gebetsfransen schleifen auf dem Boden. Es ist unklar, ob er betet. Er bewegt die Lippen nicht, sieht aber unverwandt in das Festtagsgebetbuch, das er in beiden Händen hält, als sei es ein schwerer Stein. Er weiß inzwischen, dass der Prozess im Kreisgericht von Oszmiana verschleppt wird und ein Vermögen kosten wird. Er aber hat kaum mehr genug Geld, um den nächsten Tag durchzustehen. Es bleibt ihm nichts anderes übrig, als seinen Widerstand aufzugeben, nach Zaskowicz zurückzufahren und unter der Aufsicht des Ravs mit den Brüdern einen Vergleich auszuhandeln, der ihm einen Teil des väterlichen Erbes zukommen lassen wird. Doch das Ansehen, das sein ältester Bruder in der Delegation der Zaskowiczer genoss, die den Porusch R. Joel besuchte, löst beim Gärtner Paltiel Schklar erneut tiefe Erbitterung aus.

Schon als Kind im Haus des Vaters fühlte er sich überflüssig und ungeliebt. Er war der letzte Sohn des Vaters. Doch statt dass der Vater ihn als Sohn seines Alters besonders innig liebte, lehnte er ihn ab, weil er zu spät gekommen war. Man war auf ihn nicht vorbereitet. Außerdem unterschied er sich sowohl im Charakter als auch im Aussehen von seinen Brüdern. Sie waren große, schöne Männer, fröhlich und lebenslustig, aber falsch wie die Nacht und ohne einen Funken Güte, traten aber auf, als hätten sie Moral und Gerechtigkeit für sich gepachtet. Nach dem Tod des Vaters hatten sie keine Wahl und mussten ihm seinen Anteil am väterlichen Erbe geben. Sie machten ihn zum Partner im Obstanbau, und er schuftete in den Obstgärten wie ein Pferd. Von der Geschäftsführung aber wurde er ausgeschlossen. Die Brüder fragten ihn nie nach seiner Meinung. So entschied er, sich selbständig zu machen. Er hatte keine Lust mehr, ein Angestellter der Brüder sein, die ihn nur betrogen. Ein Streit entflammte, wie das Unternehmen aufgeteilt werden sollte. Ganz Zaskowicz hielt natürlich zu den Brüdern, weil jeder sich davon einen Vorteil versprach. Außerdem hatten die Brüder glatte Zungen. Sie redeten geschliffen oder honigsüß, je nach Bedarf. Menschen schlagen sich immer auf die Seite des Erfolgs und des Glücks, und so hielt Zaskowicz zu den Brüdern.

Paltiel Schklar starrt in sein Gebetbuch mit den kalten Glotzaugen eines Fisches, den es an Land gespült hat. Ungehört fliegen die Gebete an ihm vorbei; die eigenen Gedanken sind übermächtig: Die Welt gehört den Dieben und Lügnern! Die feinen Juden dort würden jeden erdrosseln, der es wagte, sie auch nur um einen roten Heller zu übervorteilen. Wird aber an einem anderen dieses Unrecht verübt, sagen sie: Man darf sich nicht streiten. Wer ihren Ruf auch nur im Geringsten in Frage stellte, dem verzeihen sie nie. Fordert aber jemand von ihnen selbst Wiedergutmachung für eine Demütigung, weisen sie ihn zurecht: Er sei ein rachsüchtiger, nachtragender, engstirniger Mensch! So sind die Zaskowiczer und so sind auch die Bewohner von Lejbe-Lejsers Hof. Jeder ist auf seinen Vorteil bedacht. Gerechtigkeit und Anstand fordern sie von anderen, aber nicht von sich selbst. Das ganze Jahr über betrügen sie einander, reißen einander die Bissen vor dem Mund weg; aber an Jom Kippur machen sie auf Versöhnung, bitten einander um Verzeihung, drapieren die Gebetsmäntel über die Sterbekittel und spielen sich in diesem Aufzug gegenseitig etwas vor. Ja, sieh nur, wie sie sich schockeln, wie sie mit den Köpfen wackeln, jammern und klagen! Paltiel Schklar bebt vor Wut, aber kein Wort entschlüpft ihm. Sein Herz ist hart, seine Seele verbittert, aber er zuckt nicht mit den Wimpern. Dunkelheit sammelt sich in seinen verglasten Augen, die er unverwandt auf sein Gebetbuch richtet.

Durch das Beit-Midrasch wabert der Ruß der verlöschenden Kerzen auf dem Pult des Vorbeters und der vielen großen Jahrzeitkerzen in den hölzernen Kästen. Sonnenstrahlen fallen in den Betraum und vermischen sich mit dem dunkelroten Schein der elektrischen Lampen. Die grellen Lichtstreifen blenden und zerschneiden die Gesichter wie scharfe Messer. In den Lichtgarben tanzen funkelnde Staubkörnchen wie umgetriebene sündige Seelen, die durch die Fenster hereinwanderten, um dem Chaos der Welt zu entfliehen und in der Jom-Kippur-Welt der Betenden Erlösung zu finden. Die Körper und Gesichter geben Hitze ab. Schweiß perlt unter den Bärten und auf den Stirnen. Weißer Dampf sammelt sich über der Wasserschale und schlägt sich als Feuchtigkeit an den Messingkugeln auf den Eisenstäben des Gitters um die Bima ab. Die Beter nehmen die Gebetsmäntel von den Köpfen und legen sie auf die Schulter. Sie wischen sich den Schweiß von Hälsen und Nacken. Einige gehen nach draußen, um sich abzukühlen. Ein Klopfen auf das große Pult auf der Bima wird das Zeichen sein, dass Jiskor, der Gedenkgottesdienst, beginnt.

Auch der Porusch R. Joel nimmt für eine Weile den Gebetsmantel vom Kopf, ohne sich allerdings von der Ostwand in seiner Ecke abzukehren, wo er während des ganzen Gottesdienstes stand. Vor seinen Augen hängt ein Nebel aus Licht und Tränen. In diesem Nebel schwebt ein kleines Häuschen im Städtchen Utena. Dort wurde er geboren, dort lernte er im Cheder und im Beit-Midrasch. Sein Vater war ein Harzbrenner. In seinen Augen lag stets die funkelnde Finsternis dichter Nadelwälder. Seine Finger waren krumm und seine Handrücken von dicken Adern durchzogen. Die Hände des Vaters glichen den Bäumen, aus denen er das Harz zog. Die Mutter ähnelte in ihrer Gestalt seiner Hindele. Von Natur aus war Hindele auf kindliche Weise fröhlich und sensibel. Doch wenn sie etwas wollte, scheute sie sich nicht, ihre Stimme zu erheben. Die Mutter hingegen war auf wirklich demütige Weise bescheiden gewesen und hatte als Dienstmädchen bei etwas besser gestellten Leuten sehr hart gearbeitet, um den Mann im Broterwerb zu unterstützen und ihrem Sohn zu ermöglichen, im Beit-Midrasch in den Utana Talmud zu studieren.

Als er fünfzehn Jahre alt wurde, erreichte er das Alter der Verfügung: *Hewej goleh lemakom torah* – »Gehe fort an einen Ort der Lehre.« Er wanderte von einer kleinstädtischen Jeschiwa zur nächsten, verbrachte ein Jahr in Lachowicze, ein Jahr in Kobrin und so fort, bis er Slonim erreichte, wo er länger blieb und studierte. Seine Eltern hatte er schon seit einigen Jahren nicht gesehen. Von Zeit zu Zeit schrieb er einen Brief nach Hause. Damals war er sehr fromm. Je stärker er sich nach Hause zurücksehnte, während er bei wohltätigen Menschen an einem Tag in der Woche zu Abend aß und auf der harten Bank im Lehrhaus schlief, desto frommer wurde er und desto eifriger lernte er, um Trost in der Torah zu finden.

Einmal, am Vorabend von Rosch Chodesch Schewat, zelebrierte er im Beit-Midrasch von Slonim zusammen mit einem Minjan alter Männer den Jom Kippur Katan. Während die Torah verlesen wurde, kam ein junger Student auf ihn zu und sagte: »Ihr dort, aus Utana, Eure Mutter wartet im Vorraum auf Euch.« Zuerst glaubte er es nicht. Von Utana bis Slonim war es sehr weit, und der Vater hatte ihm nicht geschrieben, dass die Mutter käme. Erst als der Student den Satz mehrmals wiederholt hatte, glaubte er es, aber seine engstirnige Frömmigkeit erlaubte es ihm nicht, die Betstube mitten in der Torah-Lesung zu verlassen. Er legte sich eine fromme Rechtfertigung zurecht: Bevor man mit dem Beten begonnen hatte, war er gefragt worden, ob er fastete. Er sagte, ja, das sei der Fall. Ohne ihn würde der Minjan der Faster sich auflösen und man könnte in der Torah nicht den Abschnitt *Wajachel* lesen. Also durfte er den Raum während der Torah-Lesungen gar nicht verlassen. Er blieb und hörte zu, wie der Vorleser den Abschnitt in ornamentalen Tropen sang, und befleißigte sich darüber hinaus, keine Silbe zu verpassen, obwohl sein Herz tobte und schrie: Die Mutter wartet! Die Mutter! Aber er wollte seinen selbstischen Trieb noch mehr beherrschen und verließ den Raum auch nicht während des stummen Achtzehn-Bitten-Gebets. Er blieb aber auch noch für die Wiederholung des Achtzehn-Bitten-Gebets und sagte danach noch mit dem ganzen Minjan der Faster die Lobhymnen auf Gott, die Bußgebete, einige Psalmen, das große Sündenbekenntnis Rabbenu Nissims, das kürzere Sündenbekenntnis und alles, alles bis zum Kaddisch der Waisen und dem Alejnu.

Die ganze Zeit hielt sich der Student, der die Botschaft überbracht hatte, seine Mutter sei da, im Bethaus auf. Er trödelte herum und beobachtete ihn mit einem schrägen, spöttischen Lächeln. Da Joel wusste, dass jener Student ein Spötter und Zyniker war, der am Jom Kippur Katan natürlich auch nicht fastete, schöpfte er den Verdacht, der Student hätte sich die Geschichte mit der Mutter als Ulk ausgedacht, um ihn beim Beten zu stören. Als der Gottesdienst zu Ende war und er endlich seinen Platz an der Ostwand verließ, fand er seine Mutter nicht mehr vor. Einige Juden, die immer um den Ofen herumsaßen, erzählten ihm, während er betete, sei eine kleine, arme Frau ins Beit-Midrasch gekommen und habe nach ihm gefragt. Die Frau habe gesagt, sie sei seine Mutter und käme geradewegs aus Utana. Als sein Mitstudent ihr aber sagte, ihr Sohn habe sein Gebet nicht unterbrechen wollen, habe sie ihm eine Weile hinter der Bima verborgen zugesehen und sei dann zur Tür gegangen. Einer der Juden am Ofen habe die Frau gefragt, warum sie nicht auf den Sohn warte, und sie habe geantwortet: »Mein Sohn ist ein Heiliger«, und sei gegangen.

Joel rannte durch den Hof der Synagoge und durch die verschneiten Straßen und schrie: »Mutter! Mutter!« Er fragte in allen Slonimer Herbergen nach ihr; er fragte in der Armenherberge der Gemeinde und er hielt Menschen auf der Straße an. Niemand hatte sie gesehen, niemand von ihr gehört. Als er von seiner Suche erschöpft und erschüttert ins Beit-Midrasch zurückkehrte, kam ein Mann auf ihn zu. Er berichtete, er sei im kleineren Betraum des Beit-Midraschs gewesen, als seine Mutter hereinkam und ihr Bündel ablegte. Etwas später sei sie zurückgekommen, habe ihr Bündel aufgehoben und sei weggegangen.

Damals war er nahe daran, sich aus Schmerz und Scham das Leben zu nehmen. Er hatte kein Geld, um nach Utena zurückzufahren, und er hätte sich auch vor dem Rav und den Leuten geschämt. Alle hielten ihn für einen gewissenhaften, fleißigen und gottesfürchtigen Studenten, wie könnte er da mitten im Jahr sein Studium unterbrechen? Aber vor seiner Mutter schämte er sich noch weit mehr als vor den Slonimer Juden. Sie hatte gesagt: »Mein Sohn ist ein Heiliger«, also würde es sie doch schmerzen, wenn er mittendrin sein Studium unterbrach. So blieb er in Slonim und nahm sich vor, in diesem Jahr zu Beginn des Monats Nissan für Pessach nach

Hause zu fahren. Aber in der dritten Woche des Monats Adar, eine Woche bevor er zurückfahren wollte, bekam er vom Vater einen Brief, er müsse nun beginnen, für die Mutter Kaddisch zu sagen.

Als er zu Pessach nach Hause kam, war in seinem Mantel bereits der Riss des Trauernden. Der Vater erzählte, die Mutter habe den Weg von Utena nach Slonim halb zu Fuß in einer Gruppe Bettler und halb auf einem Fuhrwerk zurückgelegt. Sie hatte sich nicht geschämt, unterwegs zu betteln. Für die erbettelten Groschen fuhr sie. Den restlichen Weg legte sie zu Fuß zurück. So machte sie es auch auf dem Rückweg von Slonim nach Utena. Joel fiel seinem Vater in die Arme und fragte flehentlich, ob die Mutter ihm verziehen habe, dass er sein Gebet nicht unterbrochen hatte, um sie zu sehen. Doch der Vater wollte oder konnte ihm nicht antworten. Er erzählte ihm nur, die Mutter habe nach ihrer Rückkehr von der langen Reise mitten im Winter eine Lungenentzündung bekommen, und während sie mit hohem Fieber im Bett lag, wiederholte sie nur immer wieder: »Mein Sohn ist ein Heiliger! Mein Sohn ist ein Heiliger!«

20

R. Joel hörte hinter sich das dunkle, halb erstickte Gestöhn der Männer und das hohe Jammern der Frauen. Wer hinausgegangen war, um sich abzukühlen, kam wieder ins Beit-Midrasch für Jiskor. R. Joel stand mit dem Gesicht zur Ostwand. Er hatte sich den Gebetsmantel über den Kopf gezogen und hielt mit beiden Händen die silberbestickte Nackenbordüre, deren Unterseite er sich auf die Augen drückte. Tränen flossen in seinen Bart. Er war schon sechzig Jahre alt, aber bis heute konnte er sich nicht verzeihen, dass er vor dreiundvierzig Jahren nicht sein Gebet unterbrochen hatte und zur Mutter hinausgegangen war. Jedes Jahr am furchtbaren Tag des großen Jom Kippur erinnert er sich an jenen kleinen Jom Kippur am Vorabend von Rosch Chodesch Schewat in der Slonimer Jeschiwa, als er siebzehn Jahre alt war. Seine Mutter steht ihm vor Augen. Ihr Körper ist dick in alte Kleider eingeschnürt, Füße und Beine sind in Lumpen gewickelt, sie stapft mit einer Gruppe von Bettlern durch den tiefen Schnee, kämpft sich mit ihnen durch Schneestürme, trotzt dem Frost. Die Bettler gehen von Dorf zu Dorf, um Almosen zu sammeln; die Mutter geht nach Slonim, um den Sohn, den Talmud-Studenten, zu sehen, der nicht einmal zu den Feiertagen die Jeschiwa verlässt, um nach Hause zu fahren. Als die Mutter es schließlich in den Flur des Beit-Midrasch geschafft hat, will der Sohn, der fromme Idiot, sein Gebet nicht unterbrechen. Obwohl das Herz in ihm zerspringt und es ihn treibt, hinauszulaufen, der Mutter entgegen, unterdrückt er sein Verlangen, weil Gottesfurcht wichtiger ist, als Vater und Mutter zu ehren. Die Mutter geht weg, tritt wieder ein in die Winterstürme, den Frost, den Schnee und hinterlässt ihm nur einen Aphorismus, einen Lehrsatz, der ihm ewig ein Rätsel bleiben wird: »Mein Sohn ist ein Heiliger!« Hatte die Mutter naiv und freudig gesagt, ihr Sohn wäre ein Heiliger, und darum nicht gewagt, sich ihm zu nähern? Oder hatte sie es bitter und im Schmerz gesagt und gefühlt, dass der Sohn sein Gebet nicht unterbrechen wollte, weil eine so arme Mutter jetzt nicht mehr zu ihm passte? Seit über vierzig Jahren fragte er sich, wie die Mutter diesen Satz gemeint hatte, und seit über vierzig Jahren schon entzog sich ihm die Antwort.

Man klopft auf das große Pult auf der Bima, um Ruhe herzustellen. Der Vorbeter hustet kräftig, bevor er mit dem Singen des Achtzehn-Bitten-Gebets des Zusatzgottesdienstes beginnt. R. Joel fühlt, wie ihn jemand an der Schulter berührt: Ihm wird die Ehre der Peticha angetragen. Er öffnet den Aaron-Kodesch und schaut durch einen dicken inneren Nebel auf die Torah-Rollen in ihren weißen Mänteln, die mit goldenen Stickereien verziert sind. R. Joel weiß, dass die Torah an seinem Unglück nicht schuld ist. Sie befiehlt nur, am zehnten Tag des Monats Tischri zu büßen und zu fasten, an Jom Kippur. Der Jom Kippur Katan am Vorabend eines jeden neuen Monats war ein sehr spätes Ritual, das die Kabbalisten hinzufügten, um sich noch mehr zu peinigen, als der *Schulchan Aruch* verlangt. Darum hätte er die Mutter im Flur nicht warten lassen müssen und nicht warten lassen dürfen, nachdem er sie schon Jahre lang nicht gesehen hatte. Und seine Strafe war, dass er sie überhaupt nicht mehr zu sehen bekommen hatte.

R. Joel schließt den Aaron-Kodesch und geht an seinen Platz zurück. Zusammen mit den anderen weint er beim *Unetane tokef.* Mit Hingabe betet die Gemeinde die *Keduscha* und er stimmt mit ein. Er verbeugt sich tief, während der Kantor die *Avoda,* den Opfergottesdienst im Tempel, intoniert. Dann kündigt eine Flut sich an, das Wasser steigt, die aufgewühlten Wellen erreichen die Kronen der Bäume, schwappen über die Häuser – so wogt das Heulen und Klagen über alle Köpfe hinweg, als der Kantor das Gedicht über die *Asara harugei malchut,* die zehn römischen Märtyrer erreicht. Vom Fasten erschöpfte Juden mit wachsgelben Gesichtern schmelzen in Tränen dahin wie die Jahrzeitkerzen. Ihre Bärte hängen wie an Toten. Ausgestreckte Hände mit verrenkten Fingern tappen blind in der Luft, suchen einen Halt. R. Joel taucht ein in die Gemeinde und trägt mit ihr das Joch der Jom-Kippur-Gottesdienste. Doch tiefer als die Sündenbekenntnisse und die Gebete der Reue und Selbstanklage schmerzt ihn in seinem Herzen die Verwundung, die er seiner Mutter zugefügt hatte. Eine ausgelaugte, in alte Kleider gewickelte Frau, abgekämpft und gedemütigt. Sie ging hinaus in den Winter, weil sie ihren Sohn beim Einhalten eines Jom Kippur Katan nicht hatte stören wollen.

Der Tod der Mutter veränderte ihn. Er studierte weiter und hielt die Gesetze ein. Aber er begann, religiöse Fanatiker zu hassen, und vermied Eiferer, als verbreiteten sie die

Pest. Als Junggeselle in der Jeschiwa, in einem Umfeld rein geistiger Beschäftigung, verstand er seine wachsende Aversion noch nicht. Erst nach der Hochzeit, als er Rav geworden war und auf die junge, widerspenstige Generation traf, wurde ihm klar, dass die Erhöhung des monatlich wiederkehrenden Jom Kippur Katan zur Rebellion gegen den großen Jom Kippur geführt hatte. Bewusst schlug er einen Weg ein, der Extreme vermied; er weigerte sich, Zaun um Zaun zu errichten. Die Torah sollte nicht aussehen wie ein Gemeinwesen, dessen Bewohner miteinander im Streit lagen und in dem jede Partei sich hinter Zäunen, Mauern, Dornenhecken und Drähten von der anderen abschottete.

Die jungen Leute in Zaskowicz erwarteten Streit mit dem neuen Rav. Er aber sagte: Ihr wollt den Gemeinderaum für Versammlungen, gesellige Zusammenkünfte und Debatten nutzen? Warum nicht? Ihr wollt eine Bibliothek? Gut, wir errichten eine Bibliothek! Ihr wollt euch auf die Auswanderung nach Eretz Israel vorbereiten? Das ist keine Sünde! Es war alles in allem ein Wunder und zum Verrücktwerden: Obwohl die religiösen Fanatiker die Aufgeklärten verfolgten und sie warnten, dass sie mit ihrem Verhalten die jüdische Gemeinschaft verließen und man sie genau wie die Getauften zu den Toten rechnen und traditionell betrauern würde, änderten die Aufgeklärten ihr Verhalten nicht, lösten sich aber auch nicht von der jüdischen Gemeinschaft, sondern rechneten sich fest dazu. Egal, wie oft die Väter sich von den Kindern lossagten, die Kinder hielten auf ihre Weise zu den Vätern. Es war allerdings wahr, dass er in seinen Entscheidungen etwas zu großzügig und zu nachsichtig wurde. Er hatte nicht das Herz gehabt, etwas zu verbieten, auch dann nicht, wenn der *Schulchan Aruch* eindeutig darlegte, dass eine Sache verboten war. Aus diesem Grund hatte er das Rabbinat aufgegeben. Ein anderer Rav sollte den Kopf schütteln und Nein sagen. Und jetzt zwang ihn tatsächlich die Vorsehung, nach Zaskowicz zurückzukehren.

Vom Musaf zerschlagen, betete die Gemeinde den kurzen Nachmittagsgottesdienst sehr ruhig und fast so, als wäre es ein gewöhnlicher Wochentag. R. Joel fühlte sich erleichtert. Er hatte sich seiner Erinnerung gestellt und Tränen vergossen. Dann wurde er unerwartet aufgerufen, das Buch Jona vorzulesen. Er heftete seine Augen auf das Pergament und begann mit der Kantillation. Als er Jonas Gebet im Bauch des Fisches erreichte, musste er so laut und bitter weinen, dass die Betenden den Atem anhielten. Auch die Rebbezin Hindele hörte ihn und stellte sich in der Frauenabteilung erschrocken auf die Zehenspitzen, um durch den Vorhang in die Männersynagoge zu sehen. Zwischen Mincha und Neïlah, dem letzten Gottesdienst, in dem sich die Tore des Himmels wieder schlossen, war eine Stunde Pause, damit die Betenden sich ausruhen konnten. Der Porusch R. Joel wandte sich als einer der Letzten zum Gehen. Auf dem Weg zur Tür bemerkte er seine beiden ständigen Kontrahenten unter den wenigen Juden, die das Beit-Midrasch nicht verließen, um ein wenig Luft zu schnappen. In einer Ecke stand mit dem Rücken zur Gemeinde der Gärtner Paltiel Schklar; in einer anderen Ecke wiegte sich der Schlosser R. Heskia über einem Buch. Sogar die Pause zwischen den langen Gottesdiensten an Jom Kippur nutzte er zum Studium des *Schulchan Aruchs.*

In Lejbe-Lejsers Hof wogte eine große Menschenmenge in Festtagskleidung. Die älteren Frauen waren in lange weiße oder schwarze Schals gehüllt oder trugen hohe Perücken. Die jüngeren Frauen trugen Hüte in den verschiedensten Formen und Farben und schufen zusammen ein großes Blumenfeld, aus denen die breitesten Hüte wie Sonnenblumen herausragten. Das bleich-goldene Licht des Spätnachmittags beschien mütterliche Gesichter. Die Bewohnerinnen des Hofes sprachen gemütlich mit den Nachbarinnen aus den umliegenden Straßen und strichen zwischendurch ihren Kindern über die Köpfe. Die kleinen Jungen und Mädchen entwanden ihre Hände diesmal nicht den warmen Fingern ihrer Mütter. Sie ließen sich still streicheln und sahen sich nur mit großen Augen um, als ob selbst sie fühlten, dass der heutige Tag etwas Besonderes war und sie sich artig aufführen mussten.

In einer Ecke des Hofes steht der Vergolder Jechiel-Michel Hennes und spricht frank und frei mit Serel, der Tochter des Schlossers. Obwohl noch kein Verlobungsvertrag aufgesetzt worden ist und der sture Vater R. Heskia seinen Segen noch nicht gegeben hat, weiß jeder, dass die beiden auf jeden Fall heiraten werden und sie sich vor niemandem mehr verstecken oder schämen müssen. Serel fragt ihren Bräutigam, wie er sich beim Beten an diesem neuen Ort fühlte, und er murrt ein bisschen, dass es für ihn in Tiferet Bachurim mit seinen alten Freunden natürlich heimischer gewesen wäre. Dort gehe es auch fröhlicher zu. In Tiferet Bachurim würde mehr gesungen, in Lejbe-Lejsers Beit-Midrasch mehr geweint. »Und wie geht es dir mit dem Fasten, Serele? Wenn du dich schwach fühlst, kannst du am Baldrian riechen, den ich in meiner Tasche habe.« Serel ist bleich und ihre Lippen sind trocken, aber sie sagt, es gehe ihr sehr gut. Sie fühle gar nicht, dass sie faste – nahezu wie ihr Vater.

Jechiel-Michel hat seine zerknüllte Junggesellenkleidung abgelegt und sich neu ausstaffiert. Serel merkt das sofort und sieht auch, dass er die leere Wohnung fixiert, in der einmal der Polsterer Moischele Munvass wohnte, und wohl denkt, sie sei für sie beide gerade richtig. Serel hat aber einen besseren Vorschlag und so fragt sie ihn leise, ob er wisse, dass der Porusch Reb Joel als Rav nach Zaskowicz zurückgehe und seine Wohnung deshalb frei werde. Der Vergolder wusste das noch nicht. Und weil er ein bisschen langsam im Kopf ist, dauert es eine Weile, bis er begreift, was die Braut ihm mitteilt. »Im Ernst?«, sagt er erstaunt und lässt die Augen zwischen den beiden Wohnungen hin und her wandern, als überlege er, welche geeigneter sei. Für Serel ist das keine Frage. Die Wohnung des Rabbiners ist nicht nur geräumiger, sondern auch ehrenvoller. Obwohl sie nicht befürchtet, dass ihr Nechamas Schicksal widerfahren wird, wenn sie in ihre Wohnung zieht, ist es ihr doch lieber, in die Wohnung des Poruschs R. Joel einzuziehen als in die des Zigeuners Moischele Munvas.

Die Rebbezin Hindele wartete am Ausgang der Männersynagoge auf ihren Mann, und sie standen eine Weile beieinander. Ein hochgewachsener Mann in einer rabbinischen Kapote, die Jarmulka weit zurückgeschoben, weit weg von seiner zerfurchten Stirn, in die das Leben sich eingegraben hat, und eine kleine Frau in einem langen Kleid aus Atlas. Hindele fragte ihn, warum er beim Verlesen des Buches Jonah geweint hat. R. Joel antwortete, es sei für ihn immer ein großes Erlebnis, wenn er die Geschichte des Propheten las, der kein Prophet sein wollte und vor Gott davonlief. Aber die Vorsehung brachte ihn dann doch an jenen Ort, wo er den ihm bestimmten Auftrag ausführen musste. Jeder Mensch kam auf die Welt, um einen größeren oder kleineren Auftrag auszuführen. Jeder hatte eine Aufgabe. Aber er verstand trotzdem nicht, dass ein Prophet leiden musste, weil er nicht wollte, dass eine Stadt voller Menschen zerstört wurde, auch wenn es eine so sündige Stadt wie Ninive war. So sagte R. Joel und nahm den Arm seiner Rebbezin, um sie zum Ausruhen in die Wohnung zu führen. Auf dem Hof standen noch die Nachbarn in ihren Gebetsmänteln, um frische Luft zu schnappen. Es war Hindele etwas peinlich, dass ihr Mann, der Rav, sie am Arm festhielt. Aber R. Joel runzelte nur gutmütig die Stirn und brummelte: »Nun, was macht das?«, ließ ihren Arm nicht los, sondern führte sie untergehakt bis zur Tür, genauso wie er es im winterlichen Zaskowicz getan hatte, wenn er seine Frau am Schabbatmorgen durch den Frost und übers Eis untergehakt in die Synagoge führte, damit sie dort den neuen Monat segnete.

→ S. 189

Lejbe-Lejsers Hof: (jidd. *Leybe-Leyzers hoyf*). Dies war ein realer Ort in Wilna in der ulica Żydowska (jidd. *Yidishe gas*; Jüdische Straße, heute Žydų), genau neben der Großen Synagoge (Żydowska 8). Ein Hof bestand aus einem Karree von Mietshäusern, die einen Innenhof bilden. Man erreichte den Hof durch einen Torbogen, der mit einem Tor verschlossen werden konnte.

Beit-Midrasch: (jidd. *besmedresh*). Eigentlich ›Lehrhaus‹. Das wirkliche Beit-Midrasch war in der linken Langseite von Lejbe-Lejsers Hofs untergebracht. Auf der anderen Seite des Gebäudes befand sich der Hof der Großen Synagoge. Ein Mann namens Arieh Leib ben Elieser kaufte das Haus 1759. Darum hieß das kleine Beit-Midrasch *Leybe-Leyzers kloyz* und der Hof, der um das Haus entstand, *Leybe-Leyzers hoyf*. Das reale Beit-Midrasch wurde finanziert durch die Vermietung von sechs Wohnungen im gleichen Gebäude.

Porusch: (jidd. *poresh*). Ein Mann ohne weltliche Beschäftigung, der sich nur mit Torah und Talmud befasst.

Raschi-Schrift: (jidd. *zukhn in rashi-ksav*). Eine semikursive Type, die ab dem 16. Jahrhundert für rabbinische Kommentare benutzt wurde; die Type ist oft sehr klein, weil die Kommentare am Rand des Haupttextes untergebracht werden müssen.

→ S. 190

Oszmiana: (jidd. *oshmene*). Heute Aschmjany in Belarus, eine kleine Stadt in der Region Grodno, etwa fünfzig Kilometer südöstlich von Vilnius.

unrein, unerlaubt, unzulässig: (jidd. *treyf*, *posl*, *tome*). Jeder der drei Begriffe bedeutet, dass ein Gegenstand von Juden nicht benutzt werden kann; aber jeder der Begriffe bezeichnet einen anderen Lebensbereich. Die Gesetze, die Zulässiges von Unzulässigem trennen, definieren was jüdisch ist und was nicht. Sie gehören essentiell zur Konstruktion der jüdischen Identität. Es darum nicht trivial darüber nachzudenken, wo diese Grenze verlaufen soll.

Kost und Logis bei ihrem Vater verließ: (jidd. *ven der man iz arop fun ir foters kest*). Neuvermählte Ehepaare wohnten ein paar Jahre im Hause der Eltern der Braut, damit der Mann studieren und die junge Ehefrau noch von der Mutter betreut und beraten werden konnte.

Neumond: (jidd. *rosh khoydesh*). Der erste Tag nach dem Wiedererscheinen der Mondsichel. Der Beginn des neuen Monats wird am Schabbat vorher in der Synagoge mit einem Segen angekündigt, um daran zu erinnern, dass an diesem Tag zusätzliche Preisgebete gesprochen werden müssen. Rosch Chodesch gilt als besonderer Festtag der Frauen.

→ S. 191

Quorum der Gelehrten in der Synagoge des Gaons: (jidd. *im farrekhnen tsum minyen prushim in gaons kloyz*). Die Synagoge des Gaons steht gegenüber der Großen Synagoge und ist Teil ihres Hofes. An diesem Ort hatte der einflussreiche Gaon von Wilna, Elijah ben Solomon Salman (1720–1797).

Aus dem Einkommen von Mieten und zwei Geschäften unterstützte die Synagoge mehrere Talmud-Gelehrte, die sich täglich in ihr versammelten und studierten (im Jahr 1916 waren es dreizehn Gelehrte).

Zur Wiederkehr eines Todestages ein Kapitel in der Mischna studierte: (jidd. *yortsayt lernen*). Um das Andenken eines Verstorbenen zu ehren, wird ein Gelehrter beauftragt, ein Kapitel in der Mischna zu studieren, wenn man es nicht selbst tun kann.

→ S. 192

R. Heskia Teitelbaum ist tief vertraut mit dem Band *Orach Chaim* des *Schulchan Aruch*: (jidd. *R. Kheskye teytlboym ken grintlekh … dem gantsn kheylek oyrekh khayim fun shulkhn orekh*). Der biblische Chiskia (Hiskija, Ezechia) war König von Juda (725–696 v.d.Z.). Er erlebte die Eroberung des Nordreichs Israels durch die Assyrer, ließ darum die Mauern um Jerusalem verstärken und führte religiöse Reformen durch, die eine strengere Ausrichtung auf die alleinige Verehrung Jahwes im Jerusalemer Tempel bestimmten. Der *Schulchan Aruch* (Venedig 1563) ist die bedeutendste Kompilation der jüdischen Religionsgesetze der Moderne. Er besteht aus vier thematisch geordneten Teilen. Der erste Teil, *Orach Chaim*, behandelt die Gesetze für Schabbat, die Feiertage und die Gebete (Synagoge, Gebetsriemen, Gebetsfransen). Das jiddische Wort *teytl* bedeutet Dattel. Der Name des Schlossers unterstreicht seine religiöse Ausrichtung.

→ S. 195

Am oberen Rand des Aaron-Kodeschs… der Kohanim: (jidd. *der omed un orn-koydesh zaynen ibergelodn mit geshnitste leybelekh, zaylekhlekh, kohanishe hent vos dukhenen iber dem kaporet*). Der Aaron-Kodesch, in dem die Torah-Rollen aufbewahrt werden, repräsentiert die alte Bundeslade, in der die Gesetzestafeln vom Berg Sinai durch die Wüste transportiert wurden. Die Lade wurde mit einem Deckel (*kaporet*) verschlossen, der heute nur noch im Volant präsent ist, und durch einen dicken Vorhang (*parokhet*; jidd. *poroykhes*) den Blicken der Menge entzogen (2. Mose 25,18, und 40,21). Der Löwe ist das Emblem der Juden (1. Mose 49,9). Kohanim sind die Nachfahren Aarons. Ihnen oblagen die Verwaltung des Heiligtums und die Opfergottesdienste.

bleibt im leeren Gotteshaus eine geheimnisvolle Stille: (jidd. *blaybt nokh in pustn mokem koydesh a soydesdike shtilkayt*). Grade benutzt die urwüchsigere Bezeichnung *makom kadosch* (heiliger Ort) für Gotteshaus. Seit der Berufung von Moses am brennenden Busch bezeichnet das Wort *makom* (Ort) auch die Präsenz Gottes. Grade schlägt also in diesem Absatz den Bogen vom Aaron-Kodesch in Wilna zurück zum ersten heiligen Ort der Berufung. Der Zeitraffer-Effekt entsteht durch die Kontinuität des Sprachgebrauchs über fast viertausend Jahre. Die Gestalt des *makom* kann anders sein, aber die Essenz ist gleich. Damit ist ein Grundthema der Erzählung angesprochen: Wandlung, um Kontinuität und Stabilität zu ermöglichen. Das Thema wird auch durchgespielt im Wald / Holz-Motiv dieses Kapitels.

→ S. 196

Wechai bahem: (hebr. *veḤay bahem*). 3. Mose 18,5. Der Zusatz *velo she yamut bahem* ist aus dem Traktat *Joma* (85 b). Dort wird diskutiert, unter welchen Umständen es erlaubt ist, die Schabbatruhe zu durchbrechen, nämlich wenn man ein Leben retten kann (*pikuaḤ nefesh doheh shabbat*). Im *Orach Chaim* des *Schulchan Aruch* steht: »Ist jemand aber gefährlich krank, so ist sogar ein Gebot, seinetwegen den Shabbath zu entweihen und ihn zu heilen, und je mehr man sich dafür bestrebt, desto lobenswerter ist es. Wer deshalb erst einmal bei einem Rabbiner eine Anfrage macht, handelt so, als ob er Blut vergösse [einen Mord beginge]; man muss sofort und ohne erst deshalb eine Anfrage zu machen, zur Heilung schreiten; wenn der Kranke es nicht haben will, zwingt man ihn dazu, denn dies ist eine närrische Frömmigkeit« (Abschnitt 328). Siehe: Zadoq Ben Ahron, *Schulchan Aruch online deutsch*: http://www.zadoq.com, besucht am 24. April 2020.

Welo am-ha'aretz chasid: Traktat *Pirke Avot* 2,6.

→ S. 197

Er fastet am 17. Tammus und am 9. Av, beides lange Sommertage: (jidd. *er fast op a langn zumerdikn shivoser betamez, a tishebov*). Am 17. Tammus im 3830 (Juli 70) schlugen die Römer eine Bresche in die Mauer um Jerusalem. Die drei Wochen bis zu Tischa be'Av (9. Av), dem Tag der Tempelzerstörung, sind eine Trauerperiode.

→ S. 198

Wenischmartem [meod] lenafschotekchem: 5. Mose 4,15.

→ S. 199

Maimonides: Moses Maimonides (1138–1204). Verkürztes Zitat aus seinem Werk *Mishneh Torah*, *Hilchot De'ot* 3,1. Maimonides vergleicht exzessive Askese mit christlichem Verhalten und sagt, sie sei verboten.

für eine kleine Elite ... noch weitere Fastentage: (jidd. *far yekhide-segule nokh do di taneysim borukh-hashem fun nokh peysekh un sukes*). Allen sind außerdem noch vier kleinere Fastentage auferlegt. Im *Schulchan Aruch* wird empfohlen, an den zwei Montagen und am Donnerstag nach Pesach und Sukkot zu fasten als Wiedergutmachung für mögliche Sünden im Zustand der Trunkenheit und Völlerei während der Feiertage (Orach Chaim 492).

→ S. 199

mit einem Jungen aus Ramailes Hof: (jidd. *a bokher fun ramayles hoyf*). Der Eingang zu Ramailes Hof befand sich ebenfalls in der Żydowska.

→ S. 200

und sie mit dem Stock geschlagen: (jidd. *geshlogn mit a shtekn*). Die antiken Gelehrten und Maimonides befürworteten das maßvolle Schlagen von Kindern und Schülern.

→ S. 201

Serubbabel ben Schealtiel führte zwischen 538 und 520 v. d. Z. die Juden aus dem babylonischen Exil nach Jerusalem zurück und legte den Grundstein für den Neubau des Tempels.

→ S. 202

Sie wasche und kämme ihr Haar ja nicht am Schabbat: An Schabbat sind die neununddreißig Kategorien von Arbeit verboten, die zum Tempelbau gehörten (*lamed tet avot melakhot*). Die zwölfte Kategorie war die Schafschur, zu der als Unterkategorien das Waschen und Auskämmen der Schafshaare für die Wollherstellung gehörte. Da die *lamed tet avot melakhot* die *Arten* von Arbeit bezeichnet, die nicht geleistet werden können, wird die in einer Kategorie bezeichnete Struktur von Arbeit auch auf andere Lebensbereiche übertragen (in diesem Fall das Waschen und Kämmen von Haaren). Dadurch entsteht am Schabbat eine materielle Lebenspause.

Paltiel Schklar: Der Nachname bedeutet Glaser oder Glasmacher und kommt aus dem Russischen (Шкляр).

→ S. 206

nicht einmal für die Keduscha aufstand: (jidd. *shtelt zikh nit oyf afile tsu kedushe*). Das Achtzehn-Bitten-Gebet (Schemone-Esre) wird stehend gesagt und heißt darum auch Amida (von hebr. *omed*, stehen). Die Keduscha, der dritte Abschnitt, ist der Höhepunkt der Amida (nach Maimonides) und beginnt mit den Worten »*Kadosh, kadosh, kadosh*« (heilig, heilig, heilig, Jesaja 6, 3), bei denen man sich auf die Zehenspitzen stellt, um dem Himmel näher zu kommen.

→ S. 208

an welcher Stelle die Betenden waren: (jidd. *vu men halt ineveynik in davenen*). Während der langen stummen Gebete sagt der Vorbeter (*shaliaḤ tsibur*) vernehmlich die letzte Zeile eines Absatzes und das erste Wort des nächsten Absatzes, um einen Anhaltspunkt zu geben, wo man in etwa sein sollte, damit alle ein Gebet ungefähr gleichzeitig abschließen, um dann gemeinsam im Gottesdienst fortfahren zu können. Das Hören (und Antworten, wo erforderlich) erlaubt dem Betenden, Teil der Gemeinde (*tsibur*) zu sein, ohne sich im Raum selbst aufzuhalten.

→ S. 209

Gewässer ... in dem Flachs und Hanf rösten: (jidd. *vu s'vaykt zikh flaks un konoplyes*). In der Flachsverarbeitung ist das die Kaltwasserröste. Beim Rösten (Einweichen in Wasser) werden die Pektine in den Pflanzenstängeln durch Bakterien aufgelöst (dadurch Geruchsentwicklung).

→ S. 211

Ihr habt nicht das Herz, etwas zu verbieten: (jidd. *ir hot dokh keyn harts nit tsu zogn men tor nit*). Das ist der zentrale Satz der Geschichte. Sie untersucht die gesellschaftlichen Folgen eines Versagens, das in die Metapher »kein Herz haben« (*hobn nit keyn harts*) gefasst ist.

→ S. 213

Wilenka: Vilnius liegt an zwei Flüssen. Der kleinere Fluss heißt auf Polnisch Wilenka (auch Wilejke; jiddisch: Vilenke; weißrussisch: Vilnia, вильня). Er fließt in die größere Neris, die auf Polnisch Wilia und auf Jiddisch Vilye heißt. Vom jüdischen Stadtzentrum (der Großen Synagoge in der Żydowska) aus gesehen, liegt auf der anderen Seite der Wilenka der Stadtteil Zarzecze (jidd. Zaretshe, lit. Užupis), in dem sehr viele Juden wohnten. Der Stadteil Popława (jiddisch: Paplave, Litauisch: Paupys) liegt auf der gleichen Seite der Wilenka wie das jüdische Stadtzentrum.

damit er anständig würde: (jidd. *vern a shtikl mentsh*). Selbstbeherrschung ist im Judentum die Grundlage des Menschseins.

→ S. 214

bis er einwilligte, sich von nun an zivilisiert zu verhalten: (jidd. *tsugeshtimt tsu vern a mentsh*).

→ S. 215

Kopanica-Straße: (jidd. *kopanitsker gas*). Die ulica Kopanica (so der polnische Name) liegt im Stadtteil Popława (jidd. Paplave, lit. Paupys), auf der gleichen Seite der Wilenka wie Lejbe-Lejsers Hof in der ulica Żydowska (jidd. *yidishe gas*, Jüdische Straße).

→ S. 217

Da hast du dich also mit einem Stinkfischlein verheiratet: (jidd. *host khasene gehat mit a stinke*). Die jiddische *stinke* bezeichnet den Stint, einen kleinen, zarten Fisch, der nach dem Fang nach Gurken riecht.

→ S. 224

Makkabi: Jüdischer Sportklub.

Panienka: polnisch für Fräulein.

→ S. 225

Im Durchgangshof der Altwarenhändler: (jidd. *in durkhhoyf fun di hendler mit altvarg*). Der »*Durkhhoyf*«, ein Hof mit zwei Eingängen (in der Żydowska 9 und in der Jatkowa 10) war das Zentrum des Altkleiderhandels und lag genau gegenüber dem Eingang zum Hof der Großen Synagoge. Dazu Lucy Dawidowicz, *From That Time and That Place. A Memoir, 1938–1947* (New York: W. W. Norton, 1989), 145.

Kaddisch sagen: (jidd. *vos darfn zogn kadish*). In den ersten elf Monaten nach dem Tod von Eltern spricht der Sohn dreimal am Tag das Kaddisch jatom. Dazu ist ein Minjan nötig.

→ S. 229

Ein Yaacov: Dieser »Brunnen Jakobs« ist eine Zusammenstellung des erzählerischen (aggadischen) Materials aus dem Talmud mit Kommentar. Sein

Autor, Jakob ben Schlomo ibn Habib, wurde 1492 aus Spanien vertrieben. Er ließ sich in Saloniki nieder, wo das mehrbändige Werk ab 1516 gedruckt wurde.

eine gute Tat verdienen wollte, indem er als zehnter Mann den Minjan vervollständigte: (jidd. *tsi vil er nit fardinen a mitsve un zayn a tsenter tsum minyen*). Gebete, die die Heiligung Gottes enthalten (*devarim shebekedusha*) wie Amida, Kaddisch und Barchu, können nur gesprochen werden, wenn wenigstens zehn Juden anwesend sind, die eine Gemeinde (*tsibur*) konstituieren, die in der Lage ist, »Amen« zu antworten.

Ein Wüstling ist im Minjan verboten: (jidd. *aza mufker iz posl tsu a minyen*). Jeder geistig zurechnungsfähige volljährige Jude zählt zum Minjan. Die Frage, ob unmoralisches Verhalten ausschließt, wird seit der Antike diskutiert. Im Traktat *Sanhedrin* 44 a heißt es lapidar: »Wenn er gesündigt hat, so ist er doch ein Jude.« Der Chafetz Chaim entschied, dass nur Verhalten, das sich bewusst öffentlich gegen Gott stellt, vom Minjan ausschließt (*Mishnah Berurah* 55, 46–47).

→ S. 230

eine Frau ohne Beschützer und Verwandten: (jidd. *a vayb on a goyel und korev*). Die Schutzverpflichtung gegenüber einer alleinstehenden Frau ist Gegenstand des »Buches Ruth«. Mit den Wörtern *goel* (Beschützer) und *karov* (Verwandter) spielt R. Joel auf die im Zusammenhang mit Ruth von den Rabbinern diskutierten Verpflichtungen an.

→ S. 234

Zlata: (jidd. *zlate*). Polnisch: die Goldene (mit stimmhaftem ›s‹ wie im Wort ›säuseln‹).

→ S. 240

Über einem *Tikkun-Schawuot*: (jidd. *iber a tiken-shvues*). Schawuot, fünfzig Tage nach Pessach, feiert das Ende der Weizenernte in Israel und die Übergabe der Torah am Berg Sinai. Im Jahr 1533 begann Joseph Karo, Autor des *Schulchan Aruch*, mit dem Brauch, die Nacht des Feiertags mit dem Lernen der Torah zu verbringen. Der gelehrte Kabbalist Isaak Luria (1534–1572) entwarf dafür einen Studienführer (*Tikkun leyl shavuot*), der die Texte zusammenstellte, die in dieser Nacht studiert werden sollten. Dieses Werk hat R. Heskia vor sich.

Midrasch zum Buch Ruth: (jidd. *medresh oyf megilas rus*). Am zweiten Tag von Schawuot wird das Buch Ruth verlesen, in dem es um Annahme und Anwendung jüdischer Gesetze geht. Der Midrasch zum Buch Ruth (*Ruth Rabbah*) ist ein Kommentar, der jeden Vers mit Hilfe von erzählendem Material aus anderen Quellen auslegt. *Ruth Rabbah* ist ein Teil der Sammlung *Midrasch Rabbah*.

→ S. 241

brachten … König David hervor: (jidd. *iz … aroysgekumen dovid hameylekh*). Ruth und Boas sind die Urgroßeltern König Davids, von dem gesagt wird, dass er an Schawuot geboren wurde und starb.

Kiddusch-Becher: Jeder Feiertag wird nach Sonnenuntergang zu Hause mit einem Segen über Wein (Kiddusch) eingeleitet. Für den Wein gibt es, wenn möglich, einen besonderen Kelch.

→ S. 245

in der Großen Synagoge: (jidd. *in shtotshul*). Die Große Synagoge in der Żydowska neben Lejbe-Lejsers Hof wurde im 17. Jahrhundert erbaut. Sie war von zahlreichen Gebäuden umgeben, in denen sich viele weitere Synagogen, Betstuben und Lehrhäuser befanden. Der von den Gebäuden fest umschlossene freie Raum war der sogenannte Schulhof (*shulhoyf*). Das jiddische Wort *shul* bedeutet Synagoge.

→ S. 246

Tiferet Bachurim: Der Rabbiner und Pädagoge Jechiel Sroelov (oder: Israelov) gründete 1902 die Vereinigung Tiferet Bachurim (»Zierde der Jugend«), um für junge unverheiratete Arbeiter und Handwerker einen Ort für religiöse Weiterbildung zu schaffen. In Wilna mietete die Vereinigung 1908 den früheren Betraum der Lubawitscher Chassidim im zweiten Stock der Alten Klause, die sich unmittelbar an die Große Synagoge anschloss.

→ S. 248

Eure Religiosität ist mörderisch: (jidd. *ayer frumkayt iz shfikhes-domim*). Der hebräische Ausdruck *shefikhat damim* bedeutet Blutvergießen, wird im Jiddischen aber auch für ein ungemein großes Ärgernis verwendet, das Wut auslöst. Hinter R. Joels Wortwahl steht das im Talmud ausdrücklich diskutierte Verbot, einen Menschen zu demütigen, zu erniedrigen oder durch Worte zu unterdrücken. Erniedrigung wird mit Blutvergießen (*shofekh damim*) verglichen (Traktat *Bava Metzia* 58 b) und als Mord an der Würde eines Menschen gewertet.

***Aschrej joschwej bejtecha* – glücklich ist, wer in Deinem Hause sitzt:** Das ist die erste Zeile von Psalm 145, der das Nachmittagsgebet (Mincha) einleitet. Im Traktat *Berachot* (4 b) steht: »Wer dreimal täglich den Psalm [145] *Tehila le-David* liest, kann sicher sein, dass er einen Anteil an der künftigen Welt hat, … weil dort steht: ›Du öffnest Deine Hand [Du gibst allen Lebewesen ausreichend Zufriedenheit].‹« Im *Aschrej*-Zitat verbirgt sich R. Joels bitterer Kommentar, dass Heskias vernagelte Religiosität, sein stures Einsitzen im Haus Gottes, die Quelle von Unglück und Unzufriedenheit ist. In der jiddischen Alltagssprache wird *aschrej joschwej wejsecho* auch benutzt im Sinne von »es iz gut tsu zayn in der heym« (es ist gut zu Hause zu sein), was auf R. Heskia genau deshalb nicht zutrifft, weil er dem Gotteshaus den Vorzug gibt.

→ S. 249

Aufrufe zur Torah: (jidd. *aliyes*). Die Verlesung der Torah am Schabbat ist in sieben Abschnitte unterteilt, zu denen jeweils ein anderes Gemeindemitglied aufgerufen wird. Ein Aufruf (*aliya*) gehört zu den begehrtesten Ehren im Gottesdienst.

die Liste der Strafen: Im Wochenabschnitt *Ki Tavo* (5. Mose 26,11–29,8) gibt es eine Liste von über hundert Strafen und Flüchen für Ungehorsam (Deut. 28,15–69). Weil eine *aliyah* nicht negativ enden soll, wird weitergelesen bis zu einem tröstenden Satz. Darum ist diese *aliyah* sehr lang und befriedigt so R. Scheftels Eitelkeit (ähnlich im Wochenabschnitt *Bechukotai*).

Schabbat Gadol: Schabbat vor Pessach.

→ S. 250

Kaddisch d'Rabbanan: Eine Variante des Kaddischs, die nach dem Studium des Talmuds gesprochen wird. Es wurde Brauch, dass ein Trauernder auch das Kaddisch d'Rabbanan sagte. Das ist aber nicht Pflicht und diese Ehre kann einem Gelehrten abgetreten werden.

→ S. 251

Hedjot kofez berosch: Traktat *Megillah* 12 b. Der Satz bezieht sich dort auf einen ungelehrten Mann, der sich als kultiviert ausgibt.

wandte sich von ihm ab und dem Osten zu: (jidd. *hot zikh opgedreyt mitn ponim tsum mizrekh*). Er tut das in Erwartung des Gebetsbeginns, denn es wird Richtung Osten gebetet.

→ S. 253

zu Ehren der Schabbat-Seele Tscholent esst: Den Gedanken, dass ein Jude am Schabbat eine Wahrnehmungserweiterung erfährt, metaphorisch gesprochen eine zweite Seele (*neshama yetera*) erhält, gibt es schon im Talmud (Traktat *Beitza* 16 a). Der Gemüseeintopf (*tscholent*) wurde eine Art *soul food*. Heinrich Heine in »Prinzessin Sabbat« nennt den Tscholent (Schalet) »wahrhaft göttlich«.

ist wie Blutvergießen, ist ein brutaler Mord: (jidd. *iz shfikhes-domim, an emese retsikhe*). R. Joel benutzt hier dasselbe Wort, das er dieser gegenüber gebrauchte, als R. Heskia seine Tochter öffentlich demütigte (siehe Anmerkung 49).

→ S. 254

Gitke-Toibes Gasse: (jidd. *gitke-toybes zavulik*). Die kleine Gasse (*uliczka*) hieß auf Polnisch Św. Mikołaja (St. Nicolai) und war die Verlängerung der Żydowska, wenn man die Niemiecka (Deutsche Straße) überquerte.

→ S. 255

Kreuzberg: (jidd. *di kraytsberg*). Grade benutzt den Plural. Gemeint ist aber der »Berg der drei Kreuze« (poln. Góra Trzykrzyska; lit. Trys kryžiai), auf dem

1916 anstatt dreier Holzkreuze zum Gedenken an drei hingerichtete Franziskanermönche, große Betonkreuze errichtet wurden. In *Der mames shabosim* bedauert die Näherin Bejlke, keine Wohnung in der Jatkowa zu haben, denn von dort *»ken men kukn af di krayts-berg bay der vilenke un af shlosbarg«* (denn von dort kann man auf die Kreuz-Berge bei der Wilenka und auf den Schlossberg sehen). Chaim Grade, *Der mames shabosim* (Chicago: L. M. Stein, 1955), 69.

→ S. 256

Glaser-Straße: (jidd. *glezer gas*). Ulica Szklana, am oberen (nördlichen) Ende der Żydowska.

→ S. 257

Breite Straße: (jidd. *breyter gas*). Ulica Wielka.

→ S. 259

Pohulanka: Die Wielka Pohulanka (Verlängerung der Trocka) führte geradlinig ins jüdische Viertel. Die Straße heißt heute Jono Basanavičiaus gatvėjė.

Bei der Russisch-Orthodoxen Kirche: (jidd. *bay der pravoslavner tserkve*). Konstantin-und-Michael-Kirche an der Jono Basanavičiaus g. 27.

→ S. 262

Techina: (jidd. *t'khine*). Persönliches Bittgebet in jiddischer Sprache für Frauen.

Alterl: Die Namensänderung (*shinui hashem*), um ein göttliches Urteil abzuwenden, gab es schon in der Antike (Traktat *Rosh Hashana* 16 b), wurde aber durch kabbalistisches und chassidisches Gedankengut in Osteuropa als Praxis verstärkt. Dort wurde Kindern oft der Name »Alter« gegeben, um dem Todesengel vorzutäuschen, dass es sich hier um einen alten Menschen handelt, um den er sich nicht besonders bemühen muss, sodass der Todesengel am jungen Patienten, der unter dem Namen Alter verborgen ist, vorübergeht. Der Name Alter fungiert als Apotropaion.

→ S. 273

***Schehechejanu*-Segen:** Ein kurzer Segen der Freude und Dankbarkeit, dass man etwas Neues oder Besonderes erleben darf.

im Buch *Schibbolej haleket*: (jidd. *ven beyde yidn zaynen nokhdem geven aleyn in bes-medresh hot der shloser tsum porush geshrien, az er iz mevatl dinim un alte takones vos zaynen farshribn in sider fu rav amram goen, in rashis sider, in seyfer shiboley-haleket un in nokh a sakh andere likutim*). R. Amram Gaon (gest. 875) lehrte in der Talmud-Hochschule in Sura (Babylonien) und verfasste ein Gebetbuch (*Siddur Rab Amram Gaon*), das auch die wichtigsten Ritualvorschriften enthielt (Erstdruck: Warschau 1865). Rabbi Schlomo ben Jizchak (genannt Raschi) starb 1105 in Troyes. Das *Siddur Raschi* wird ihm nur zugeschrieben (Erstdruck: Berlin 1911, hrsg. von Salomon Buber und J. Freimann). Wichtiger wäre in dieser Reihe das *Machsor Vitry* (um 1100) von Raschis Schüler Simcha ben Samuel, das R. Heskia aber nicht erwähnt. *Shibbolei ha-leket* von Zedekiah ben Abraham Anav (1210–1280) ist eine

Zusammenstellung der Ritualgesetzgebung (gekürzter Erstdruck: Venedig 1545; erste vollständige Ausgabe von Salomon Buber, Wilna 1886).

→ S. 274

Menachem-Av: Monat der Tröstung. Eine selten gebrauchte Bezeichnung für den Monat Av. Da Av auch Vater bedeutet, kann die Konstruktion auch »Trost des Vaters« bedeuten.

Schabbat Chason: Eigentlich »Schabbat der Vision«, wird so genannt, weil die düstere Lesung aus den Propheten (Haftara) an diesem Schabbat (Jesaja 1,1–27) mit den Worten »Vision Jesajas« (*ḥazon yeshayahu*) beginnt.

→ S. 275

Jerusalem von Litauen: (jidd. *yerushalayim delite*). Name für Wilna.

Midrasch der Klagelieder: (jidd. *medresh eykhe-rabe*). *Eichah Rabbah*, besteht aus 36 Gedichten und einer aggadischen Auslegung der Klagelieder.

Entweihung des göttlichen Namens: (jidd. *khilel-hashem*). Chillul haschem: unmoralische Handlungen in der Gegenwart von Zeugen. Da Juden sich als Vertreter Gottes und seiner Gesetze sehen, entweihen sie durch unmoralische Handlungen seinen Namen.

→ S. 282

wolle er ein anständiger Mensch sein: (jidd. *fun haynt on un vayter vet er zayn a mentsh*). Im Jiddischen ist das Wort Anstand schon im Begriff *mentsh* eingeschlossen (siehe Anmerkung 30 und 31).

→ S. 283

Na also, hat Gott einen Vater?: (jidd. *nu, hot got a tatn*?). Sarkastische Verdrehung des klassischen Ausdrucks *iz got a tatn* (ist Gott ein Vater)?

→ S. 284

die ägyptische Dunkelheit: (jidd. *khoyshekh-mitsrayim*). Die neunte Plage, mit denen Gott die Ägypter für ihre Hartnäckigkeit strafte (2. Mose 10,21–29).

→ S. 285

Dina und Schechem, Amnon und Tamar: 1 Mose 34,1–31 und 2. Samuel 13,1–31.

Meine Seele lechzt nach ihr: (jidd. *nafshi khoshko bo*). R. Joel benutzt die gleiche Formulierung, die Schechems Vater zur Verteidigung seines Sohnes gebraucht, der Dina vergewaltigte, weil seine Seele nach ihr lechzte (*ḥashka nafsho bevitkhem*, 1. Mose 34,8). Auch Dinas Brüder, die Söhne des Erzvaters Jakob, halten die Partie für unter ihrer Würde.

→ S. 287

Haftara *Watomer Zion:* Prophetenlesung zum Wochenabschnitt *Ekev* (Jes. 49,14–26, 50,1–11, 51, 1–3), fällt meist in den Monat August.

→ S. 289

die zehn Tage der Umkehr: (*hebr. yamim noraim*), siehe dazu auch S. 31.

→ S. 292

die hinteren Federn aufbliesen: (jidd. *zey hobn geblozn in di hintershte federn*). Eine bewährte Methode, um zu überprüfen, wie fett das Huhn ist. »Dann dreht die Mutter das Huhn um, sodass der Bürzel zu ihr zeigt. Sie teilt die Federn und bläst so stark sie kann, um die Federn anzuheben und den Bürzel bloßzulegen. Wenn die Haut bläulich ist, ist das Huhn unterernährt und die Suppe wird nicht gut genug sein. Aber die Haut ist goldgelb und im richtigen Augenblick flüstert die Mutter mir freudig zu: ›Sie ist fett!‹. Aber nach außen gibt sie sich skeptisch, um der Händlerin mitzuteilen, dass sie mit dem Huhn nicht ganz zufrieden ist.« Emil Draitser, *Shush! Growing Up Jewish Under Stalin: A Memoir* (Berkeley: U of California Press, 2008), 154.

→ S. 294

Eitelkeit des Lebens: (jidd. *hevel-havalim*). Wörtlich: »Eitelkeit der Eitelkeiten« (Prediger 1,2).

→ S. 299

das Plätschern eines hurtigen Baches: (jidd. *hert zikh tsu tsu ir geplapl vi tsu a loyfik vaserl*). Die Nacht setzt Erinnerungen frei. »Nacht ist es: nun reden lauter alle springenden Brunnen.« Friedrich Nietzsche, »Das Nachtlied«. *Also sprach Zarathustra*, Zweiter Teil.

→ S. 300

Golem: (jidd. *in mutnem likht fun baginen iz vi a goylem fun vaser aroysgevaksn di durkhgenetste naketkeyt fun leybe-leyzers hoyf*). Grade skizziert hoch ironisch ein jüdisches Gegenbild zu Sandro Botticellis »Geburt der Venus«. Der Golem ist eine mythische Lehmfigur, die der Hohe Rabbi Löw ben Bezalel Ende des 16. Jahrhunderts in Prag am Ufer der Moldau erschaffen haben soll.

Kappores-Schlagen: (jidd. *oyf shlogn kapores*). Am Vorabend von Jom Kippur werden in einem Reinigungsritual die Sünden eines Menschen auf ein Huhn oder einen Hahn übertragen, der um den Kopf eines Menschen geschwungen wird. Das Tier wird anschließend geschlachtet und der Körper verschenkt. Kapparot (*kapores*) bedeutet »Sühnungen«. Im Deutschen bürgerte sich dafür das Wort »Hühnerschwenken« ein. Es wurde üblich, das Huhn durch ein Geldgeschenk zu ersetzen.

→ S. 301

wie die drei Engel vor unserem Vater Abraham: (jidd. *di dray orkhim, vi di dray melokhim far avrom ovinu*). 1. Mose 18, 2. Im biblischen Text werden die Boten nur *shlosha anashim* (drei Menschen) genannt.

→ S. 304

Prophet Elias: (jidd. *eliyahu hanovi*). Er gilt als Vorbote des Messias.

→ S. 305

nach jüdischem Gesetz in jeder Hinsicht verboten war: (jidd. *az al-pi-din iz zeyer shayle treyf, oser, posl men tor nit!*). Dieselbe Formulierung, die in Anmerkung 6 erklärt wird.

→ S. 306

Schabbat der Umkehr: (jidd. *shabbes shuve*). Schabbat Schuwa (Schabbat der Umkehr oder Rückkehr) ist der Schabbat, der in die zehn Tage der Umkehr (*aseret yamey tshuva*) zwischen Rosch Haschana und Jom Kippur fällt. Der Name kommt aus der ersten Zeile der Lesung aus den Propheten an diesem Tag: *Shuva, yisrael* (Kehre um, Israel; Hosea 14,2).

Palti: Grade lässt hier »el« (Gott) weg, weil Paltiel sich aus der Gemeinschaft absondern will. Wie zuvor der leere Hof mit einem Golem verglichen wurde, so wird hier indirekt eine Gemeinschaft, die sich zusammenfindet, als Sitz Gottes definiert.

→ S. 312

Kol Nidre: Der Abendgottesdienst zu Beginn von Jom Kippur beginnt mit den Worten *Kol nidre* (alle Schwüre). Die drei Mal wiederholte Formel der Auflösung aller Schwüre betrifft nur solche, die man freiwillig Gott gegenüber auf sich genommen hat.

Das harte Stroh: (jidd. *hot nit gefilt dem untergeshpreytn shtekhikn shtroy*). Am Jom Kippur dürfen keine Lederschuhe getragen werden. Das bedeutete lange Zeit Barfüßigkeit.

Kittel: (jidd. kitl). Der Kittel ist das weiße Totenhemd, in dem man begraben werden wird. Da man an Jom Kippur vor dem göttlichen Gericht steht, tragen die Männer ihr Totenhemd.

***Al chet* und *Widui*:** (jidd. *Al-khet un vidui*). *Al chet* ist ein langes Sündenbekenntnis, *Widui* ein kurzes Sündenbekenntnis, das auch vor dem Tod gesprochen wird. Beide werden an Jom Kippur viele Male rezitiert. Jom Kippur besteht aus fünf verschiedenen Gottesdiensten.

→ S. 316

dass Jiskor, der Gedenkgottesdienst, beginnt: (jidd. *men shtelt zikh zogn yizker*). Jiskor ist ein Nachmittagsgottesdienst, in dem der Toten gedacht wird und die Betenden sich zu Almosen verpflichten.

Harzbrenner … aus denen er das Harz zog: (jidd. *der tate iz […] geven a brener in a smolyarnye […] di tsekrimte finger hobn gehat dem onblik fun di beymer fun velkhe er hot getsoygn smole*). Harz brennen und Harz ziehen sind zwei verschiedene Methoden, die Grade hier aber nicht unterscheidet.

Gehe fort an einen Ort der Lehre: Traktat *Pirke Avot* 4,18.

→ S. 317

am Vorabend von Rosch Chodesch Schewat zelebrierte er […] den Jom Kippur Katan: (jidd. *eyn mol erev rosh khoydesh shvat hot er […] gepravet yom-kiper-kotn*). Der Brauch, am Vorabend eines neuen Monats eine bescheidenere Variante von Jom Kippur zu praktizieren (mit Bußgottesdienst, Sündenbekenntnissen und Fasten), wird nicht im *Schulchan Aruch* aufgeführt und stammt wahrscheinlich aus der zweiten Hälfte des 16. Jahrhunderts. Er ist nicht obligat.

Abschnitt *Wajachel*: (jidd. *parsha vayekhal*). Es gibt drei Torah-Aufrufe (*aliyot*): für 2. Mose 32,11–14, für 2. Mose 34,1–10) und für die Haftara (Jesaja 55,6–56,8).

Kaddisch der Waisen und dem Alejnu: Sie schließen jeden Gottesdienst ab. Die zuvor genannten Gebete, das große Sündenbekenntnis Rabbenu Nissims (jidd. *vidui ha-godl fun rabeynu nisim*) und das kürzere Sündenbekenntnis (jidd. *vidui oshamnu*), sind auch Teil der regulären Jom-Kippur-Gottesdienste. Sie lösen die Erinnerung aus.

→ S. 320

weil Gottesfurcht wichtiger ist, als Vater und Mutter zu ehren: (jidd. *vayl yiras-shomayim iz frier vi kibud-av-ve'em*). פֿריער (*frier*) bedeutet eigentlich »früher« im zeitlichen Sinn. Im Dekalog gehen die Gebote, Gott zu ehren, dem Gebot die Eltern zu ehren voraus. Das Wichtige kommt zuerst.

→ S. 321

***Unetane tokef* ... Keduscha ein:** (jidd. *der oylem zogt ... kedushe ... In eynem mit alemen veynt er bay unesane toykef*). R. Joel öffnet den Aaron-Kodesch (Peticha) für den ersten Segen in der Wiederholung der Amida, schließt ihn dann wieder. Ein anderer Mann erhält dann die Ehre der Peticha, den Torah-Schrank für *Unetane tokef* zu öffnen und zu schließen, erst dann folgt die Keduscha (vor geschlossenem Aaron-Kodesch). Grade verdreht diese Reihenfolge; sein Fehler wurde in der Übersetzung korrigiert. *Unetane tokef* ist ein mittelalterliches Gedicht über die Macht des göttlichen Gerichtstages; es dient als ›Aufstieg‹ (*silluk*) zur Keduscha.

Er verbeugt sich tief, während der Kantor die *Avoda*, den Opfergottesdienst im Tempel, intoniert: (jidd. *falt koyrim beys der khazn zingt vegn der avoyde in beys-hamikdesh*). Die genaue Beschreibung des Gottesdienstes an Jom Kippur im Tempel in Jerusalem ist Teil des Zusatzgottesdienstes (*Musaf*) an Jom Kippur. Nur an diesem Tag sprach der Hohepriester den Namen Gottes aus. Wenn diese Stelle erreicht wurde, war es in vielen Gemeinden üblich, auf die Knie zu fallen und mit dem Kopf den Boden zu berühren.

das Gedicht über die *Asara harugei malchut*, die zehn römischen Märtyrer, erreicht: (jidd. *piet vegn di asore haruge-malkhes*). Dieser mittelalterliche Text wird auch nach seinen ersten Worten *Eleh ezkerah* (an diese erinnere ich) genannt. Er beschreibt die Ermordung von zehn prominenten Rabbinern durch die Römer kurz nach der Zerstörung des Tempels.

→ S. 322

Zaun um Zaun: (jidd. *a tsam oyf a tsam*). Gesetze werden als Schutzzäune gegen Übertretungen von Geboten gesehen, nach dem Satz im Traktat *Pirke Avot*: »Mache einen Zaum um die Torah« (1,1).

→ S. 323

das Buch Jona vorzulesen: (jidd. *men hot im oyfgerufn tsu maftir yoyne*). R. Joel bekommt den letzten Aufruf zur Torah (*maftir*); ihm fällt darum auch die Ehre zu, die Haftara zu verlesen, in diesem Fall das Buch Jona, die Geschichte eines Propheten, der sich einem Auftrag Gottes entziehen wollte.

Chaim Grade

Nachwort von Susanne Klingenstein

»I summon up remembrance of things past«

Shakespeare, *Sonett 30*

»Les fleurs qu'on me montre aujourd'hui …
ne me semblent pas de vraies fleurs«

Marcel Proust, *Auf der Suche nach der verlorenen Zeit. In Swanns Welt*

»Du bist für immer deformiert, Chaim Wilner«

Chaim Grade, *Mein Streit mit Hirsch Rassejner*

Chaim Grade wurde am 4. April 1910 in Wilna geboren. Er starb am 26. Juni 1982 in New York. Seine Muttersprache war das litauische Jiddisch. Es blieb die Sprache, in der er zeitlebens schrieb. Grade gehörte zur ersten Generation jiddischer Schriftsteller, die mit dem Bewusstsein aufwuchs, dass Dichtung auf höchstem ästhetischem Niveau in jiddischer Sprache so gut möglich war wie in jeder anderen Sprache und dass osteuropäische Juden relativ frei im Herzen Europas leben konnten; in Wilna, Warschau, Wien, Berlin oder Paris. Seine Generation war auch die letzte, die aus der Fülle einer seit fünfhundert Jahren in Polen und Litauen eingewurzelten Kultur schreiben konnte. Innerhalb von sechs Jahren verlor sie alles: Familie, Freunde, Besitz, die Heimat und die spezifische materielle Welt, die sie formte und nährte, die sie liebten oder gegen die sie sich wehrten. Doch wer 1939 als Schriftsteller von der Vernichtung erfasst wurde und überlebte, war auch nach der Katastrophe noch Schriftsteller. Die Sprache war geblieben. Sie trug nach 1945 die jiddische Kultur und blieb die Heimat der Überlebenden.

In Grades Lebenszeit durchlief die jiddische Literatur mit

irrsinniger Geschwindigkeit eine radikale Entwicklung, deren Dimension und Dynamik wir noch so wenig erfasst haben wie ihre zahlreichen Meisterwerke. In Grades ersten drei Lebensjahrzehnten (1910–1940) explodierte die jiddische Literatur in eine säkulare, städtische Moderne. Unzählige Verlage publizierten Hunderte von Romanen, Gedichtbänden, Dramen, Übersetzungen, historischen und naturwissenschaftlichen Werken. Im jiddischen Europa zwischen Wilna und Kiew, zeitweise auch in Paris und Berlin, florierten jüdische Zeitungen, Bibliotheken, Theater, Cabarets und Kinos, ebenso Talmud-Hochschulen, Lehrhäuser, Synagogen und chassidische Höfe. Zwischen 1940 und 1944 erfuhren die Juden bewusst die Vernichtung der materiellen Grundlage ihrer Existenz. Doch schon während der Zerstörung, und verstärkt nach 1945, schufen jiddische Autoren ein gigantisches Dokumentations- und Erinnerungswerk, das in Tausenden von Gedichten, Erzählungen, Romanen, Memoiren, Tagebüchern, historischen Darstellungen und Analysen die osteuropäische Welt darstellte und der jiddischen Literatur ein silbernes Zeitalter bescherte.

Grade war in allen Phasen dieser Entwicklung als Schriftsteller aktiv. Als junger Mann, der 1932 der Jeschiwa den Rücken kehrte, trug er in Wilna zum Erblühen der jiddischen Lyrik bei. Er durchlebte die Katastrophe und verschrieb sich nach 1945 wie nahezu alle jiddischen Schriftsteller der Rekonstruktion und Verwahrung des Zerstörten. An seinem Schreibtisch in New York erschuf Grade in seinen letzten drei Lebensjahrzehnten aus seiner Erinnerung an sein Leben in Wilna und in den Talmud-Hochschulen der Umgebung Romane und Erzählungen, die ins Innere einer konfliktgeladenen religiösen Welt führten. In einer wichtigen Besprechung in der *New York Times* schrieb Elie Wiesel 1974: Chaim Grade »ist einer der größten lebenden jiddischen Romanciers. Vielleicht sogar der größte. Gewiss ist er der authentischste.«

Das Wort »authentisch« steht unerklärt in Wiesels Besprechung. Es ist ein problematisches Wort. Schriftsteller suchen beim Eintauchen in ihre Vergangenheit ja nicht antiquarische Details, sondern das unverwirklichte Potential des Vergangenen, das sie neu beleben wollen. Die Welten, die sie erinnernd erschaffen, gab es so nie. Man darf hier an Walter Benjamins Bemerkungen über Proust denken, denn sie gelten mutatis mutandis auch für Grade: »Man weiß, daß Proust nicht ein Leben wie es gewesen ist in seinem Werk beschrieben hat, sondern ein Leben, so wie der, der's erlebt hat, dieses Leben erinnert [...H]ier spielt für den Autor die Hauptrolle gar nicht, was er erlebt hat, sondern das Weben seiner Erinnerung [...]. Zerfetzt von Heimweh lag er auf dem Bett, Heimweh nach der im Stand der Ähnlichkeit entstellten Welt, in der das wahre surrealistische Gesicht des Daseins zum Durchbruch kommt.« Benjamin nennt es das Bild, »das sein Heimweh stillte«. Nur die erinnerten Blumen sind echt. Prousts Paris war Grades Wilna.

Die Erzählungen in diesem Band gehören zum Spätwerk Chaim Grades. Sie erschienen 1974 in dem vier Erzählungen umfassenden Band *Di kloyz un di gas* (Synagoge und Straße). Es war Grades vorletzte Buchpublikation in jiddischer Sprache. »Die Rebbezin« und »Lejbe-Lejsers Hof« sind repräsentativ für Grades emotionale Intensität, psychologische Klarsicht und dialogische Erzähltechnik, aber auch für seine Innenansicht der orthodoxen jüdischen Welt Litauens und der Konflikte, die sie zerrissen. Wie viele große Autoren schrieb auch Grade im Grunde nur einen Roman, den aber lebenslänglich. Der Literaturwissenschaftler Yechiel Szeintuch ernannte Grade in der Nachfolge der »drei Klassiker« Mendele Moicher Sforim, Scholem Alejchem und Jizchok Leib Peretz, die während des Ersten Weltkriegs starben, zum »vierten Klassiker«, weil er allein unter den jiddischen Schriftstellern, die in die Städte entlaufen waren, die Welt der Talmud-Hochschulen und Lehrhäuser, des Textstudiums und der Gesetzesauslegung als Sujet und Milieu in die säkulare Literatur einbrachte.

Elie Wiesel hatte Bedenken, dass Grades Werk für amerikanische Leser eventuell zu spezifisch jüdisch war und Lesern zu viel abverlangte. »Ich hoffe, der Leser wird ihm folgen«, schrieb Wiesel über den Roman *The Agunah* (Die Verlassene) und erklärte dann beruhigend: »Wilna transzendiert Wilna. Wie in so vielen künstlerischen Unternehmungen wird dieser singulär jüdische Roman universell gerade durch seine Singularität.« Aber Wiesel glaubte im Grunde nicht daran. Er selbst hatte seinen fulminanten jiddischen Bericht über seine Deportation aus Ungarn und seine grauenhafte Inhaftierung in Auschwitz, auf Kernerfahrungen reduziert, ins Französische übertragen. Er hatte die für den traditionellen jüdischen Erzählstil typischen Anspielungen auf liturgische und rabbinische Texte, die die Erfahrungen eines Einzelnen in die Geschichte des Volkes einfügen, entfernt. Am Ende des jiddischen Berichts zerschlägt Wiesel den Spiegel, in dem er sich im April 1945 erblickt, weil ihn ein Bild des Todes ansieht und er zum Leben entschlossen ist. In *La Nuit* (1958) bleibt der Spiegel heil und fixiert das Bild eines Einsamen im unermesslichen Leiden, das den französischen Schriftsteller François Mauriac, der sich für *La Nuit* einsetzte, an Christus erinnerte. In der englischen Übersetzung wurde *Night* (1960) die repräsentative Erzählung der Erfahrung des Holocausts und Wiesel zum Stellvertreter der Überlebenden. So erklärt sich, dass Wiesel Grades Werk einerseits »authentisch« nennt, denn ihm ist seine religiöse Welt mit ihren Konflikten aus seiner Kindheit in Sighet vertraut, und andererseits glaubt er, darauf hinweisen zu müssen, dass der Roman den Leser nicht außen vor lässt, weil man im Spezifischen das Universelle findet. Natürlich, denn auch Juden sind Menschen. Darauf verwies Shakespeares jüdischer Kaufmann: »If you prick us, do we not bleed?«

Grade war härter und unerbittlicher als Wiesel. Er hatte etwas vom sturen Reb Heskia an sich. Er forderte, dass man sich auf das spezifisch Jüdische seiner Welt einließ und es als eine mögliche Lebensform mit allen Runzeln und Beulen gelten ließ. Ihm lag nicht an der Anerkennung der Juden als Menschen, sondern als Juden, religiöse, arme, litauische Juden. Die Idee, sich irgendwie anzubiedern, sich etwa wie Isaac Bashevis Singer (nach 1960 der einzige ihm ebenbürtige jiddische Romancier) zynisch zum Unterhalter eines ignoranten Publikums zu machen, war Grade völlig fremd. Grade blieb zeitlebens ein kompromissloser Purist. Leben und Werk sind aus einem Guss. Als er 1948 nach Amerika kam, hatte er – anders als Singer, der seit 1935 in Brooklyn, NY, lebte – eine Wanderung durch die Tiefen der Armut und die europäische Hölle hinter sich. Grades dichterischer Weg von Wilna nach Wilna, vom Wilna seiner Geburt ins Wilna seines Oeuvres, führt ins lebendige Herz der ostjüdischen Welt.

1910 – 1932 Wilna, Białystok, Wilna

Um 1910 wohnten 76 000 Juden in Wilna, etwa die Hälfte der Gesamtbevölkerung. Die Stadt hatte über hundert Synagogen, Lehrhäuser und Betstuben sowie unzählige soziale, karitative und kulturelle Einrichtungen. Es gab eine Vielfalt von jüdischen Zeitungen und Zeitschriften, auch solche für Kinder. Die etwa 13 000 Kinder lernten in Hunderten von privaten Elementarschulen. Eine von ihnen gehörte Schlomo-Mordechai Grade. Er war der hebräischen Sprache, der jüdischen Philosophie und dem Zionismus zugetan und hatte fünf Söhne. Als seine Frau starb, heiratete er Vela Blumental, die Tochter eines Rabbiners, die kaum halb so alt war wie ihr Mann. Im April 1910 wurde ihr Sohn Chaim geboren. Bis 1913 folgten noch zwei Mädchen; eines starb bald nach der Geburt.

Die Kriegshandlungen an der Ostfront trieben im Frühjahr und Sommer 1915 Zehntausende von Flüchtlingen in die Stadt. Suppenküchen und Kinderhorte entstanden. Religiöse Schulen öffneten ihre Türen. Hunger und Typhus verdreifachten die Sterblichkeit; Geld wurde knapp. Die Schule Schlomo-

Mordechais löste sich auf, weil die Eltern das Schulgeld nicht aufbringen konnten. Die Familie Grade zog von ihrer luftigen, hellen Wohnung in einen Keller in der Zawalna und von dort in eine kleine ebenerdige Wohnung in einem Hof in der Jatkowa. Mit dem Vermieter wurde vereinbart, dass Schlomo-Mordechai die Miete durch Arbeit als Nachtwächter abgelten sollte, denn im Hof waren auch Läden untergebracht. Tagsüber war Schlomo-Mordechai als Hausierer unterwegs (Scheren, Messer, Rasierer, Uhrketten, Lederetuis). Eines Tages im Jahr 1919 brach der Vater unter der Last seines Korbes auf der Straße zusammen. Während er im Krankenhaus lag, erkrankte die sechsjährige Tochter Ettele und starb. Der neunjährige Chaim rannte zur Schwester der Mutter, damit sie helfe. Sie kam, nachdem sie noch einen Holzkauf getätigt hatte. Die Mutter nahm eine Stelle im Laden ihrer Schwester an, der sich in einem anderen Stadtviertel befand. Ein Teil ihres Lohns bestand darin, dass sie untertags bei der Schwester essen und an jedem Samstag mit ihrem Sohn Chaim zum Mittagessen kommen durfte. Als man den Vater aus dem Krankenhaus entließ, konnte sie ihn wegen der Stelle bei der Schwester nicht pflegen. Der älteste Sohn Moisej hatte sich inzwischen mit einer gütigen und gutgestellten Frau verheiratet und nahm den Vater bei sich auf. Seine vier Brüder waren schon nach Amerika ausgewandert. Als Velas Schwester und ihr Mann Wilna verließen, verlor die Mutter ihr Einkommen. Sie verkaufte hinfort Obst und Gemüse auf der Straße und verlegte sich schließlich auf gefrorene Äpfel. Jeden Tag saß sie mit zwei Körben vor dem Tor ihres Hofes in der Jatkowa. Davon lebten sie und ihr Sohn.

Im Frühjahr 1927 musste Moisej sich operieren lassen. Er habe »etwas Wasser in der Brust«, aber keine Sorge, er sei bald wieder daheim. Er fuhr nach Berlin und starb während der Operation. Nach den sieben Trauertagen musste Vela ihren herzkranken Mann, aus dessen Beinen Wasser austrat, zu sich holen. Sie musste ihm nun offenbaren, was in den Jahren seit seiner Erkrankung geschehen war. Der Vermieter hatte Vela nicht an Stelle ihres Mannes als Nachtwächterin für die Läden im Hof einstellen wollen. Da sie aber auch keine Miete zahlen konnte, unterteilte er ihren Wohnraum mit einem Vorhang und installierte im vorderen Teil eine Schmiede. Im fensterlosen hinteren Teil, wo der Zugang zur Küche lag, wohnten Chaim und seine Mutter. Der Vater nahm es in sich auf, legte sich hin, aß nicht, sprach nicht und starb am 25. Elul, dem 22. September 1927.

Aus diesem biographischen Gefüge lösten sich, durch Grades spätere Dichtung befördert, zwei Bilder, die in der jiddischen Kultur ein Eigenleben entwickelten und die auch jene kannten, die nie etwas von Grade gelesen hatten: das Bild des künftigen Dichters, der jahrelang mit seiner Mutter in einem dunklen Loch lebte, und das der winzigen, frommen Mutter, die mit dem Straßenverkauf von Äpfeln den Dichter nährte. Liba Augenfeld, die die deutsche Besetzung Wilnas als Partisanin überlebte, beschrieb das zweite Bild so: »*Khayim Grade […] der shpeterdike groyse poet […] hot gehat an alte mame, a d'almone, un zi hot gehandelt mit epel, iz geshtanen af der gas mit tsvey koyshn epel und dos iz geven ir fardinst un fun dem hot zi geshpayst ir zun Khayim.*«

Schon in der ersten Szene in Grades Erinnerungsbuch an die Mutter, *Der mames shabosim* (Sabbat-Tage der Mutter, 1955), erscheinen die Schuldgefühle, die Grade lebenslänglich begleiteten. Er legt sie der Rivalin der Mutter, der Händlerin Blumele, in den Mund: »Wenn dein Sohn arbeiten würde, müsstest du mir nicht die Kunden wegschnappen. Dein Sohn wird so wenig ein Rav werden wie ich eine Rebbezin.« Am Ende eines langen Jom-Kippur-Gottesdienstes in einem Jahr, in dem Grade schon wusste, dass er die Welt der Jeschiwot verlassen würde, um Dichter zu werden, sagte er zur Mutter: »Ich kann mir nicht verzeihen, dass ich bis jetzt zugelassen habe, dass du dich für mein Talmud-Studium opferst.« Doch das ganze Bestreben der Mutter war genau darauf ausgerichtet. Im Frühjahr 1932 sagte sie zum Sohn: »Als du früher am

Freitagabend lerntest, heilte das mein Herz. Aber seit du dich von der Torah abgewendet hast, kommt es mir vor, als lebte ich in einer Wohnung ohne Mesusa an der Tür. Darum habe ich so schwere Träume ... Wenn du wieder lernst, wird mir warm werden und die Gedanken werden mich nicht mehr quälen.«

Zu dieser Zeit hatte Grade acht Jahre eines erschöpfenden religiösen Studiums hinter sich. Er war ein wilder, rebellischer Junge gewesen, der sich mit anderen Kindern prügelte, einen streunenden Hund auflas und wie die polnischen Jungen Tauben züchten wollte. »Als die Deutschen im Ersten Weltkrieg Wilna besetzten«, erinnerte sich Liba Augenfeld, »lasen sie die obdachlosen Kinder auf und steckten sie in Kinderheime, wo sie wohnten und lernten. Chaim Grade gehörte zu den Kindern, die auf der Straße herumliefen.« Grade wuchs im *Kinder-internat* und im *Arbeter kinderheym* auf. Augenfelds Vater unterrichtete in einem der Heime. Als 1936 Grades erster Gedichtband *Yo* (Ja) herauskam, besuchte er seinen alten Lehrer und brachte ihm ein Exemplar, in das er die Widmung schrieb: »*Tsum lerer yisroyl marshak di eyntsike likhtike dermonung in mayne finstere kinderyorn* – Dem Lehrer Israel Marshak, der einzige Lichtblick in der Erinnerung an meine dunkle Kindheit.«

Wilna hatte in den 1920er Jahren hervorragende säkulare jüdische Schulen, die sein Vater wohl befürwortet haben würde. Überliefert ist für Chaim aber nur ein Zeugnis einer religiösen Schule aus dem Jahr 1921/22. Der Vater sagte, Chaim solle ein Handwerk lernen, um mit seinem Einkommen die Mutter zu unterstützen. Die Mutter bestand darauf, dass ihr einziger Sohn studierte – in einer Jeschiwa. Es gab in dieser Zeit in Litauen drei verschiedene Ausrichtungen des Talmud-Studiums: die Tradition des Gaons von Wilna, Elijahu ben Schlomo, die seit 1803 in der bedeutenden Etz-Chaim Jeschiwa in Waloschyn (Volozhin) fortgeführt wurde; die in der Mitte des 19. Jahrhunderts auch als Korrektiv zu Waloschyn entstandene Musar-Bewegung in der Nachfolge R. Israel Salanters; und die Ende des 19. Jahrhunderts auf die Musar-Bewegung reagierende kühl-analytische Ausrichtung in der Nachfolge R. Chaim Soloveitchiks von Brisk (Brest).

R. Josef Josl Horwitz (jidd. Yoysef Yoyzl Hurvits), ein Schüler sowohl Israel Salanters als auch von dessen Schüler Simcha Sissel Siv, gründete 1896 im heute belarussischen Navahrudak (jidd. Novardok, polnisch Nowogródek) eine Jeschiwa, die eine extreme Form von Musar praktizierte. Da der »Alter fun Novardok«, wie R. Horwitz genannt wurde, die Neugründung von Studienzentren durch seine Schüler zum Teil seines Programms machte, entstanden in ganz Litauen Dutzende von größeren und kleineren Ablegern, die alle auch Novardok Jeschiwa (oder *Beit Yosef*) hießen. Grade studierte acht Jahre lang (1924–1932) in den Ablegern in Wilna, Białystok, Bielsk Podlaski und Olkieniki. Das hebräische Wort *musar*, wie es etwa zu Beginn des *Buchs der Sprüche* (1, 2–3) verwendet wird, bedeutet moralische Lehre, aber auch Weisheit und innere Disziplin. Im Jiddischen bedeutet *musern* jemanden zurechtweisen. R. Salanters ursprüngliche Absicht war, das Talmud-Studium durch die Lektüre klassischer ethischer Texte der Selbsterforschung zu ergänzen. Diese Lektüre erlaubte es, auch über sich selbst nachzudenken, um im trockenen, intellektuell ermüdenden Talmud-Studium eine Insel zu schaffen, in der das Ich sich überprüfen und die Relevanz des Studierten für sich selbst erkennen konnte. Diese emotionale Komponente sollte die Quelle einer spirituellen Erneuerung des spröde und antiquarisch gewordenen litauischen rabbinischen Judentums sein, das R. Salanter in seiner Zeit sowohl von den Verlockungen der westlichen Moderne als auch vom gefühlsbetonten Chassidismus bedroht sah. Das Ziel war die volle Entfaltung des moralischen Potentials jedes Einzelnen und dadurch ein ernsthafter, lebendiger Dienst an Gott.

R. Salanters emotional extremer und schwieriger Schüler Josef Josl Horwitz aber verwandelte in den Jahren 1896–1915 Musar in eine radikale Bewegung der Selbstkasteiung und

Selbstunterdrückung bei gleichzeitiger Erhöhung des eigenen Ichs, eine Dialektik, die Grade in seinen Romanen häufig exponiert. David E. Fishman zeigte, dass Novardoks Musar-Stil auf die radikalen Strömungen der Zeit reagierte, sie auf eigene Weise kultivierte und darum eine rastlose, rebellische, aber letztlich orientierungslose Jugend ungemein ansprach. In Novardok war das Ziel die Auslöschung aller Triebe und die Negierung der physischen Welt, um geistige Reinigung und ethische Verfeinerung zu erreichen. Das Talmud-Studium rangierte an zweiter Stelle. R. Josef Josl hielt keine Vorträge (*shiurim*), sondern konzentrierte sich in seinen heftigen Moralpredigten (*musar shmuesn*) auf die spirituelle und moralische Läuterung seiner Schüler. Die Studenten führten Buch über ihre inneren Siege und Niederlagen. Zu den institutionalisierten Praktiken gehörte die »Börse« (*birzhe*). Eine Stunde lang versammelten sich die Studenten in einer großen Halle, jeder ging vom einen zum andern und fragte ihn: »Was gibt es Neues über deine spirituelle Verfassung?« oder: »Wie willst du deinen Charakter verbessern?« Es gab Nachtsitzungen, mit Urgeschrei, Heulen und Wehklagen. Die Studenten machten sich in der Öffentlichkeit bewusst lächerlich und unbeliebt, verlangten Nägel oder Butter in einer Apotheke, beteten lauthals in einem Lebensmittelgeschäft, vernachlässigten ihre Hygiene, gingen in schmutzigen, zerrissenen langen schwarzen Mänteln umher. Das waren Übungen (*pe'ules*) in Selbsterniedrigung und Demut, die Stolz und Ehrsucht bekämpfen und die Studenten vom Urteil der Welt unabhängig machen sollten. Sie versagten sich Essen, um Hedonismus zu bekämpfen, und verliehen oder verschenkten ihren kostbarsten Besitz, um ihre Selbstsucht niederzuringen. In kleinen Gruppen (*va'adim*) bekannten sie sich ihre Sünden, kanzelten sich ab, diskutierten, wie der oder jener seine Seele läutern konnte. Der *va'ad*, eine intime Gruppe unter der Führung eines älteren Studenten, war die wichtigste soziale Einheit in Novardok und bildete quasi die Familie des Studenten. Der *va'ad* beurteilte auch die Effizienz der sorgfältig konstruierten *pe'ules*, die oft wiederholt wurden. Auf der »Börse« konnte ein Student von einer *pe'ule* berichten.

Die *pe'ules* generierten das bizarre und exzentrische Verhalten, für das die Novardoker Studenten berüchtigt waren. Zur kompromisslosen Abkehr von der Welt gehörte der Verzicht auf jegliche physische Annehmlichkeit und alle säkulare Lektüre. Es war auch verpönt, dass die Studenten, die oft erst dreizehn oder vierzehn Jahre alt waren, zu ihren Eltern nach Hause fuhren. Fishman zeigt die strukturellen Parallelen zu den revolutionären Jugendbewegungen der Zeit. Mit etwa dreihundert Studenten war Novardok eine der drei größten Jeschiwot in Russland. Kameraderie, Intimität und Abenteuer verbanden die jüngeren Studenten. Die älteren waren religiöse Bohemiens, die soziale Unangepasstheit zum Kult erhoben. Sie waren Radikale, die eine spirituelle Revolution anstrebten, die die Gesellschaft aus ihren bürgerlichen Angeln heben sollte. Zu den berühmtesten Sprüchen des Alten von Novardok gehörte der Satz: »Das Schlimmste, was einem Menschen passieren kann, ist, dass er immer derselbe bleibt.« Die ursprüngliche Jeschiwa in Navahrudak zerbrach 1915 unter dem Druck des Ersten Weltkriegs. Im Exil in Gomel schrieb R. Horwitz einen Brief an seine fliehenden Jünger. Er beauftragte sie, überall Jeschiwot und Studiengemeinschaften zu gründen, um die »ganze junge Generation unter das Banner der Torah und der Gottesfurcht zu bringen.«

Grade verbrachte das wichtigste Jahrzehnt nach der Kindheit in den jüngeren Ablegern der Novardoker Jeschiwa. Es ist schwer zu beurteilen, wie stark Grade durch diese Schulen geformt wurde. Seine emotionale Intensität, sein Hang zur schmerzhaften Introspektion, als bohre er in einer Wunde, seine Unduldsamkeit, seine Schwermut und sein intellektueller Ernst, aus dem sich seine ständige Bereitschaft ergab, einen Disput vom Zaun zu brechen und ihn bis zum bitteren Ende auszufechten, waren Elemente seines Wesens, die in den Jeschiwot gewiss verstärkt, vielleicht auch erst ausgebildet wurden. Wie die Armut seiner Kindheit wurden auch die Jahre in den schwierigen *navaredker yeshives* zu einem so fundamentalen und unauslöschlichen Bestandteil seines Ichs wie das Combray der Kindheit für den Erzähler in Prousts *Suche nach der verlorenen Zeit*. In seinen besten Werken, im epischen Gedicht *Musernikes* (1936), in der langen Erzählung *Mayn krig mit hersh raseyner* (1951) und in seinem zweibändigen Roman *Tsemach atlas* (1967/1968), beschrieb Grade die konfliktreiche innere Welt dieser Schulen, in denen die Jugendlichen sich schwertaten, den hohen intellektuellen und moralischen Ansprüchen zu genügen.

Als Saul Lieberman, selbst ein Absolvent der berühmten Musar Jeschiwa von Slobodka und später ein Talmud-Gelehrter und Ethiker von immenser Bedeutung, 1946 von seinem Bruder Meir in Jerusalem das kleine Büchlein *Musernikes* in die Hand gedrückt bekam, wollte er es zunächst nicht lesen, weil man in seiner Welt von Belletristik wenig hielt. Aber er konnte dem Bruder die Bitte nicht gut abschlagen. »Ich begann die Lektüre mit einem Lächeln und fühlte, wie es aus meinem Gesicht verschwand und eine dunkle Wolke sich auf mich niedersenkte. Ich las das lange Gedicht vom Anfang bis zum Schluss.« Er war tief bewegt. Der Autor galt als in Zentralasien verschollen. Drei Jahre später traf er ihn in New York. Der Gelehrte wurde Grades Leser. *Di koyz un di* gas ist ihm gewidmet. Als der Roman *Tsemakh atlas* in der jiddischen Zeitung *Der Tog-Morgn Zhurnal* freitags als Fortsetzungsabdruck lief, las der GRaSch (Gaon Rabbejnu Scha'ul) jedes Kapitel. Die Zeitungen brachte er seinem Kollegen Louis Finkelstein, dem Kanzler des konservativen Rabbinerseminars in New York, und sagte zu ihm: »Nehmen Sie das und lesen Sie es. Nehmen Sie und lesen Sie! Und wenn Sie es gelesen haben und nochmals gelesen und verstanden haben, dann werden Sie selbst dort gewesen sein, in ebendiesen Jeschiwot.«

Tsemakh atlas endet 1933 mit den Antagonisten des Romans

am Bahnhof von Wilna, dem zornig brütenden Musarnik Zemach Atlas, der trotz tiefer Zweifel eine Jeschiwa gründete, und dem zerrissenen, aufgewühlten Chaikl Wilner, der die Jeschiwa verließ, um Schriftsteller zu werden. Sie bringen ihren verehrten Lehrer R. Avrom-Schaje Kosover, den Machaseh Avraham (Vision Abrahams), auf den Zug. Sie werden ihn nicht wiedersehen, denn er wandert aus ins Heilige Land. Avrom-Schaje ist ein Porträt des Chason Isch, bei dem Grade noch während seiner Jeschiwa-Zeit sieben Jahre lang in Wilna studierte und bei dem er manchmal sogar übernachtete. Dieser Mentor hinterließ in Grade nach der Mutter die tiefsten Spuren.

Der Chason Isch, eigentlich R. Avraham Jeschajahu Karelitz (1878–1953), stammte aus dem weißrussischen Kosava. Er studierte bei Chaim Soloveitchik in Brest, fand seine hermeneutische Methode aber zu abstrakt, kreativ und individualistisch, wandte sich von ihr ab und entwickelte einen eigenen Ansatz, der sich stärker auf den wörtlichen Sinn (*pshat*) eines Textes konzentrierte. Im Jahr 1920 zog Karelitz nach Wilna, wo er sich dem Stadt-Rav und Av Bet-Din Chaim Ozer Grodzinski annäherte, der in Waloschyn und ebenfalls in Brest studiert hatte und 1912 einer der Mitbegründer der Agudat Israel war. Grodzinski gehört zu den Vorbildern für R. Eisenstadt in der Erzählung »Die Rebbezin«. Doch wie der Porush Joel Weintraub und wie der Graipewer Rav in Grades Erzählungen vermied es Karelitz, Ämter anzunehmen. Seine Frau verdiente den Unterhalt mit einem gutgehenden Stoffgeschäft. R. Karelitz blieb Privatgelehrter. Obwohl er nur wenige Responsen veröffentlichte, galt er als große halachische Autorität. Schon im Jahr 1911 publizierte er anonym eine Auslegung des *Schulchan Aruch* unter dem Titel *Ḥazon ish* (Vision des Menschen) und wurde danach wie viele bedeutende Gelehrte mit dem Namen seines Werkes genannt. Grade wurde um 1925 vom Chason Isch als sein persönlicher Schüler angenommen. Es war eine ungewöhnliche Ehre und wohl auch ein Indiz, dass der Chason Isch in Grade etwas Besonderes sah. R. Karelitz war streng, aber er kanzelte niemanden ab. In ihm traf Grade wie wohl schon in Israel Marshak auf eine Vaterfigur, auf einen Lehrer, der ihn gelten ließ. Der Chason Isch war zudem ein ausgesprochener Gegner der Musar-Bewegung.

Musar propagierte die Beherrschung der Triebe, der Wünsche und Sehnsüchte durch Introspektion und Übungen in Selbsterniedrigung, um den Musarnik zu stärken und zu läutern. Der Chason Isch hielt das für Zeitverschwendung, die nichts als Überheblichkeit hervorbringe. Um sich moralisch zu läutern, genüge es, die jüdischen Gesetze (Halacha) ernsthaft einzuhalten. Das oberflächliche Einhalten der Gesetze sei einfach, wer sich aber auf die Feinheiten und die striktere Auslegung (*ḥomer hadin*) einlasse, werde das Leben nach dem Gesetz enorm schwierig finden, denn ihm werde ständig abverlangt, sich gegen seine natürlichen Neigungen zu stellen. Es sei verboten, künstliche Schwierigkeiten zu schaffen (wie in den *pe'ulot*), da sie den Schwerpunkt von der Einhaltung des Gesetzes auf die Willenskraft des Einzelnen verlagerten. Die Suche nach erleichternden Auslegungen (*kelot*) lehnte R. Karelitz ebenso ab wie die Suche nach immer strengeren Lesarten (*ḥumirot*). Unschwer sind hier die Positionen von R. Heskia und R. Joel Weintraub sowie von R. Eisenstadt und R. Königsberg zu erkennen. Der Disput, ob Strenge oder Milde, Nein oder Ja, verboten oder erlaubt zum ethischeren Handeln und gerechteren Leben führen, zieht sich durch Grades gesamtes Werk. Der Konflikt ist echt. Denn Weichheit und Furcht vor Härte führen in Grades Erzählungen immer zu Katastrophen, so etwa im Fall des Gärtners in »Lejbe-Lejsers Hof«. Im Roman *Di agune* führt die nachgiebige Auslegung eines Gesetzes, die die Wiederverheiratung einer Frau erlaubt, deren Mann verschwunden, aber dessen Tod nicht bewiesen ist, zur Katastrophe. Doch Strenge allein ist unproduktiv; sie erreicht nichts bei dem, der sich durch das Aufgezwungene nicht innerlich angesprochen fühlt.

Auch Grade musste schließlich einsehen, dass er weder

der Welt der *navaredker yeshives* noch der gesetzestreuen Lebensweise, wie der Chason Isch sie forderte, entsprechen konnte, weil sie nicht seinen inneren Kern berührten. Er war bereits von der Literatur und von der Magie der Sprache als Medium der Selbstartikulation erfasst worden, und die Spannung zwischen der Entsagungserwartung der Musar Jeschiwa und seinem Drang, zu leben und sich einzusetzen für soziale Veränderungen, zerrieb ihn. Jahre später schrieb Grade an den jiddischen Dichter H. Leivick in New York: »Im Jahr 1930 war in mir noch alles überwuchert. Ich saß tagelang völlig allein im Beit-Midrasch oder schlich durch die Straßen. Halbe Nächte las ich Gedichte im Hinterzimmer der Schmiede und sang sie mir vor. Wenn ich heute an meine Einsamkeit denke, weint in mir meine ungelebte Jugend.« Im Frühjahr 1932 vollzog Grade den Schnitt.

Die Novardoker Jeschiwot zu verlassen kann ihm nicht allzu schwer gefallen sein, denn er hatte dort, wie Charles Swann im Salon der Verdurins, immer zu den Unangepassten gehört, zu denen, die sich nicht ganz unterwerfen konnten. Wie Swann aus der »kleinen Kirche« der Verdurins ausgeschlossen wird, so wurde auch Grade isoliert. Mit vierzehn Jahren begann er sein Studium in der großen Białystoker Jeschiwa unter zweihundert Studenten. »Weil ich aber zu jung und rebellisch war, schickte man mich in eine Jeschiwa Ketana [für jüngere Schüler] in Bielsk, drei Bahnstationen vom *merkaz* [der Jeschiwa in Białystok] entfernt.« In Bielsk Podlaski lebten nur fünfundfünfzig Studenten. Es war dort weniger leicht, etwas heimlich zu tun. Grade hatte einen jiddischen Roman in die Jeschiwa geschmuggelt. Er wurde denunziert. »Einmal wurde ich in das Rektorat der Jeschiwa bestellt«, schrieb er 1936 an den Schriftsteller Joseph Opatoshu in New York. »Ein älterer Student, Chaim Pietrikover, nahm mich ins Kreuzverhör: Man habe in meinem Koffer Euren Roman *In poylishe velder* gefunden. Ich musste Bielsk verlassen und nach Olkieniki bei Wilna übersiedeln.«

Opatoshus Roman *In poylishe velder* (1921) war eine Darstellung des Verfalls der chassidischen Höfe in Polen. Heimliche Lektüre jiddischer Literatur gehört zu den klassischen Verfehlungen in der Welt der Jeschiwot. Die beliebtesten Werke behandelten die Dekadenz der religiösen Welt. Als Isaak Joel Linetski 1867 *Dos poylishe yingl* veröffentlichte, eine bittere Satire über seine chassidische Kindheit in der westlichen Ukraine, fand sie gerade unter den Chassidim eifrige Leser. Immerhin wurde Grade nicht ganz verstoßen. Die Verbannung in die winzige Jeschiwa in Olkieniki war geradezu ein Geschenk. Denn Olkieniki lag nur fünfzig Kilometer südwestlich von Wilna und war die Sommerfrische des Chason Isch. In *Tsemakh atlas* beschreibt Grade das erste Zusammentreffen des Machaseh Avraham und Chaikl Wilners in Valkenik. Es gibt Chaikl die Kraft, seinem Rektor Zemach Atlas, der ihn wegen seines laxen Talmud-Studiums kritisiert, zu sagen: »Ich kann Musar nicht mehr aus vollem Herzen und mit Hingabe studieren, weil ich nicht mehr glaube, dass Musar den Weg des Menschen durchs Leben erhellt.«

Grade war nie ein systematischer Talmud-Student gewesen. Er war unkonzentriert, rebellisch, hatte Mädchen im Kopf, war oft abwesend. Im magischen Moment der ersten zufälligen Begegnung Chaikl Wilners mit dem Machaseh Avraham vor der Tür des Beit-Midrasch in Valkenik gibt Chaikl zu, dass er im Sommer nicht gelernt hatte und den Gastvortrag des Ravs schwänzen wollte, weil er Angst hatte, nicht glänzen zu können. Der Rav kritisiert ihn nicht, sondern fragte, warum er nicht studiert hatte. Yehuda Zirkind, der beste Kenner der religiösen Welt Chaim Grades, glaubt, der Chason Isch habe Grade nicht erwählt, weil er in ihm einen Ilui sah, ein Wunderkind im Talmud-Studium, sondern weil etwas ihn berührte: vielleicht Grades emotionale Intensität und seine sprachliche Begabung, oder seine spirituelle Verlorenheit, oder auch seine scharfe Zunge. R. Karelitz erkannte die Möglichkeit, einen begabten Teenager, dessen Eltern ihn nicht leiten konnten und der in keine Jeschiwa passte, unter seine Fittiche zu nehmen. »Der Chason Isch hatte selbst keine Kinder. Wer Schülern die Torah vermittelt, so argumentiert die jüdische Tradition, erarbeitet sich eine geistige Elternschaft.« Wohl ab Herbst 1926 lernte Grade nicht nur in der Jeschiwa, sondern auch in Wilna bei R. Karelitz, in dessen Haus er auch gelegentlich übernachtete.

Als Grade 1932 die *navaredker yeshives* endgültig verließ und wieder zur Mutter in das Hinterzimmer in der Schmiede zog, um zu schreiben und zu sich selbst zu finden, wusste er, dass er sie tief enttäuschte. In Erinnerungen und Autobiographien jüdischer Intellektueller von *Salomon Maimons Lebensgeschichte* (1792/93) bis zu Deborah Feldmans *Unorthodox* (2012) wird der Bruch mit der Orthodoxie meist als Sieg für Freiheit, Fortschritt und Selbstverwirklichung gefeiert. Grade wertete sein Verlassen der Jeschiwa als Niederlage. Er vermied den Bruch mit der gesetzestreuen Lebensweise bis zur Abreise des Chason Isch aus Wilna am Abend des 1. Juli 1933. R. Karelitz ließ sich in Bnei Brak nieder, damals eine winzige Siedlung auf einer kleinen Anhöhe östlich von Tel Aviv. Im Verlauf der nächsten zwei Jahrzehnte wurde er dort zum Begründer des charedischen (ultraorthodoxen) Judentums und zum *gadol hador*.

Am 24. April 1934 schrieb Grade ihm eine Postkarte in jiddischer Sprache:

> Mein hochverehrter Lehrer, Herr und Meister,
>
> Ich schäme mich nicht zuzugeben, dass ich bis heute nicht geschrieben habe, weil einfach kein Geld für eine Postkarte da war. Jetzt beginnt bei uns die schlimmste Zeit, nach Pesach und besonders in diesem Jahr.
> Von Fisch erhielt ich noch vor Eurem Kärtchen zehn Złoty. Ich habe ihm nicht geantwortet. Wenn Ihr ihm schreibt, dankt ihm. Ich weiß nicht, ob ich wirklich ein

Recht auf das zugesandte Geld habe. Die Mutter gab mir Geld für die Karte und befahl mir [Euch] zu schreiben: Rabbi! Ihr seid nun schon fast ein Jahr in Eretz Israel. Darf ich noch weiter hoffen, dass Ihr mich annehmt, oder müssen meine winzigen Hoffnungen schwinden? Ich schäme mich, Euch mit Schilderungen meines Lebens zu quälen, ich will von hier wegfahren und meinen Körper und mehr noch meinen verwirrten Geist retten. Das literarische Wilna hat mich als starken Dichter anerkannt; ich aber habe mich noch nicht als moralischen Menschen anerkannt. Um zu retten, was mir noch von Eurer Lehre geblieben ist, muss ich zu Euch nach Bnei Brak kommen – mir zuliebe, aber hauptsächlich der Mutter zuliebe … ich kann nicht dieselbe Richtung einschlagen wie Schlomo. Wessen Schuld ist das? – Meine. Ich muss in Eretz Israel sein, dort, wo Ihr seid! […] Meine Mutter grüßt Eure Frau. In schmerzhaft anstrengender Erwartung Eurer Antwort verbleibe ich Euer ewig ergebener und sehnsüchtiger Chaim Grade.

Das schlechte Gewissen und Sehnsucht nach der Nähe des Mentors beschäftigten Grade noch sehr lange. Noch 1954 und 1961 schrieb er in New York Gedichte über ihn. Im Herbst 1962 besuchte Grade Israel und auch das Grab seines Lehrers in Bnei Brak. Sieben Jahre später erschienen seine Elegien auf den Chason Isch im Gedichtband *Oyf mayn veg tsu dir (1969).* Er entschuldigte sich bei ihm, seine Kräfte nicht der Torah gewidmet zu haben. Aber immerhin habe er den zerrissenen Vorhang vor dem Aaron-Kodesch mit Gold geflickt und die alten Beter in ihren zerfallenden Gebetsmänteln wiederauferstehen lassen. Erst nach Abschluss des langen aufrührenden Romans *Tsemakh atlas* (1968), in dem Grade in der Gestalt Chaikl Wilners sich noch einmal alle Beweggründe vor Augen führt, die ihn 1932 zur Flucht veranlassten, verschwindet das Schuldbewusstsein aus Grades Werk.

1932 – 1939 Dichter in Wilna

Wie ein Nadelstich, der blitzartig aus der Dichtung in die Wirklichkeit versetzt, wirkt der Absender auf der Postkarte an den Chason Isch: *ul. II Jatkowa 15.* Mit vierundzwanzig Jahren wohnte Grade noch immer mit der Mutter im fensterlosen Hinterzimmer der Schmiede, las und schrieb Gedichte, während die Mutter mit zwei Körben Obst vor dem Hoftor auf der Jatkowa saß. In diesem dunklen Zimmer brannte Tag und Nacht eine kleine Lampe, in deren Lichtkegel Grade Weltliteratur verschlang und moderne jüdische Dichter studierte, insbesondere die Amerikaner H. Leivick und Mani Leib und den Klassiker zu Lebzeiten Chaim Nachman Bialik, dessen ikonische Gedichte *Hamatmid* (Der Jeschiwa-Student, 1894/95) und *Be'ir haharegah* (In der Stadt des Mordens, 1903) ihn tief beeinflussten. Grade schrieb nächtelang Gedichte ab und legte sich seine eigene Anthologie an. Sein Eintauchen in die Literatur war haltlos. In einem Gespräch sagte er 1955: »Manche Namen und Bücher sind unauflöslich mit dieser Zeit verbunden. Ich wohnte mit meiner Mutter in einem Zimmer ohne Fenster in einer Schmiede. Zwanzig Jahre lang wohnten wir in diesem Hinterzimmer. Auch bei Tag brannte dort eine kleine Lampe. Wenn ich den Namen eines Schriftstellers höre, geht noch heute bei mir im Kopf diese kleine Lampe an.«

Nur wenige Gehminuten von der Jatkowa 15 befand sich in der Żydowska, im Areal der Großen Synagoge (*shtot-shul*), im sogenannten *shulhoyf*, die Strashun-Bibliothek, eine der bedeutendsten jüdischen Büchersammlungen Osteuropas. Ihr Lesesaal war immer voll besetzt. Nachdem Grade die Jeschiwa verlassen hatte, konnte er dort gefahrlos lesen. Eines Tages traf er im *shulhoyf* Abraham Sutzkever, der die Bibliothek gerade verließ. Der gemeinsame Freund Shmerke Kazcerginski, auch er ein Dichter und später wie Sutzkever ein Partisan im Ghetto, stellte sie einander vor. Sutzkever erinnerte sich an diese Begegnung: »Der junge Dichter trug eine schäbige graue

Jacke und einen langen Schal um den Hals. Unter seinem aschgrauen Hut blinzelten blonde Schläfenlocken hervor wie stachlige Weizenähren. Sein Gesicht war sehr bleich [...] und seine stahlgrauen Augen, die älter schienen als er selbst, musterten mich abschätzend mit einer zornigen Milde.« Sutzkever wusste damals nur, dass Grade die Jeschiwa verlassen und eine religiöse Zeitung seine ersten Gedichte gedruckt hatte.

Einige Tage später trafen sie sich zufällig auf dem Holzmarkt und Sutzkever begleitete Grade in die Jatkowa. »Es war Abend. Beim geborstenen Holztor stand seine Mutter in ein Tuch gewickelt und wärmte ihre roten Fingerspitzen, die aus den zerrissenen Handschuhen hervorsahen, über einem Feuertopf. Ein Korb gefrorener Äpfel stand erstarrt neben ihren ›seufzenden Knien‹. Über die Steine des armen, leeren Hofes, der aussah, als sei er mit rußigen Monden gepflastert, führte der junge Dichter mich in seine Wohnung. [...] Wir gingen in die Schmiede. In der glühenden Dunkelheit spielte eine rhythmische Musik tanzender Hämmer. Zwei mystische Gestalten erschienen, von denen ich zunächst glaubte, sie hätten kein Antlitz. Erst später sah ich ihre bärtigen Gesichter durch ein Gewebe stiebender Funken. Sie schlugen auf ein heißes Eisen, das sich wölbte und stöhnte wie ein gefangener Leopard. Grade nahm mich bei der Hand und führte mich nach links durch Eisenteile, Deichseln und Räder und brachte mich wohlbehalten in seinen Palast. An allen Wänden – *seforim, seforim* [religiöse Bücher]. Auf dem Tisch – ein Stück Schwarzbrot, ein Bleistift und ein dickes Buch, vielleicht tausend Seiten. Ich blätterte darin. Es war zusammengeschustert aus kleineren und größeren Büchern jiddischer Dichtung verschiedenster Art: Yehoash, Rosenfeld, Leivick, Leyeles [...]. Als Grade mich hinausbegleitete, waren die Schmiede in der Werkstatt fort. Aber ich hörte noch immer den Hammerklang. In der Esse schwelte ein Feuer.«

Über den Tausendsassa Shmerke Kaczerginski (geb. 1908) und den ästhetisierenden Sutzkever (geb. 1913) erfuhr Grade vom Dichter- und Künstlerkreis *Yung vilne.* Im Jahr 1933 ging er zum ersten Mal zu einer Lesung der heterogenen Gruppe und im März 1934 veröffentlichte er erstmals ein Gedicht in der neuer Literatur gegenüber aufgeschlossenen Zeitung *Vilner tog.* Im Dezember 1934 las er erstmals ein eigenes Werk bei einer Zusammenkunft der Gruppe. Es war »Hesekiel«, eine von Bialik inspirierte dunkle Prophetie, die in der düsteren Stimmung angesichts des sich verschärfenden Antisemitismus in Polen, Deutschland und der Sowjetunion gut ankam. Grades Gedichte erschienen nun in den kulturell bedeutendsten jiddischen Zeitschriften. In der Wochenzeitschrift *Literarishe bleter* (Warschau) und im Almanach *Inzikh* (New York) stand Grade neben den besten Dichtern seiner Zeit. Im November 1935 zirkulierten Daniel Charney (Tsharni) und Zalmen Reyzen einen Subskriptionsaufruf, um einen Gedichtband von Chaim Grade zu finanzieren.

Im Herbst 1936 brachte Boris Kletskin in Wilna, der global renommierteste Verleger für jiddische Literatur, das erste Buch Chaim Grades heraus. Es trug den Titel *Yo* (Ja). Das Titelblatt hatte Rose (Rokhl) Sutzkever gestaltet, eine Malerin, die ebenfalls zu Yung Vilne gehörte. Der Band enthielt fünfundzwanzig Gedichte, die zusammen ein Selbstporträt des Dichters ergaben und in die konzise siebenteilige düstere Prophetie »Jecheskel« (Hesekiel) mündeten. Das Buch zieht alle Register der Ironie. Es beginnt mit einer Vorstellung der Familie: Mutter, Vater, Sohn. Auf »*Mayn mame,*« »*Mame un zun*« (Mutter und Sohn) folgen »*Mayn toyter tate*« und »*Mayn levaye*« (Meine Beerdigung). Die jiddische Literatur ist nicht arm an Katastrophenmeldungen. Armut, Tod und Verzweiflung sind ihr tägliches Brot. Aber Gedichte von so bitterliebender und hassender Intensität über eine Familie am Rand des sozialen Abgrunds, gepackt in eine klare, rhythmische, reimende Sprache, hatte es noch nicht gegeben.

Es ist emotional richtig, dass das erste Buch Grades mit der Zeile »Meine Mutter« beginnt. Sie kehrt nach Hause zurück, wo sie nach der Erschöpfung des Tages sofort ihrem ungeheuren Schlafbedürfnis nachgeben muss. Ihr Schlaf ermöglicht es dem Sohn, sie ungestört zu betrachten. Ihre Opferbereitschaft verpflichtet ihn: »*A kleyne, bleykhe froy, un er – a dembene geboy / ir leben hengt oyf im vi oyf a tsveyg – a tropn toy*«, heißt es im Gedicht »Mutter und Sohn«. Der blonde Sohn ist gebaut wie eine Eiche, an deren Zweigen das Leben der Mutter hängt wie in Tautropfen. Im Albtraum sieht der Sohn den toten Vater als Nachtwächter durch die Stadt irren. Er starb, nachdem er seinen Schlaf an die Ladenbesitzer verkaufte und die Welt der philosophischen Bücher verließ, die wie graue Grabsteine das Zimmer des Sohnes ausfüllen. Frustration ballt sich im Vater zur Wut: »*Er shpant arum un vil tseshmetern / mit zayne foystn di farhakte kromen / vi der taykh vos vil a dembe untershvenken / un farshlepn in di t'homen.*« Der Vater, der mit geballten Fäusten die geschlossenen Geschäfte zerschmettern will, wird mit einer Naturgewalt (*taykh*, Fluss) verglichen, die eine Eiche (*dembe*) unterspült und sie in den Abgrund (*t'hom*) reißt. Der blonde Sohn, der wie eine Eiche gebaut ist (*dembene geboy*), wird über diesen Vergleich der Partei der Ausbeuter zugeordnet, für die der Vater seinen Schlaf verkaufte. Da sich aber alles im Albtraum des Sohnes abspielt, entpuppt sich die Wut des Vaters als Projektion des Sohnes. In ihm verwandelt sich das Gefühl der Ohnmacht in Aggression, zu der sein kranker Vater nicht fähig war. Im Gedicht von Mutter und Sohn betritt der Sohn einmal das graue, ärmliche Geschäft der Mutter: »*nor in di oygn zayne flakert mord.*« Die drei Gedichte über Mutter, Vater und Sohn sind auf vielfältige Weise durch innere Bezüge miteinander verknüpft, wie die Familienmitglieder es selbst auch waren.

Den Abschluss bildet die nächtliche Vision des Sohnes vom eigenen Tod und Begräbnis (*levaye*). Sie ist als witzige Ballade gestaltet in neuen Strophen mit je vier Zeilen, deren letzte immer auf Chaiml Schloimes endet. Der Schames (Synagogendiener) weckt mitten in der Nacht Mitglieder der Beerdigungsgesellschaft mit der Neuigkeit: »*geshtorbn iz khayml shloymes.*« Sie ärgern sich, dass sie wegen eines abtrünnigen Verseschmieds aufstehen müssen, der ein Rav hätte sein können. Doch damit es unter den Nichtjuden kein Gerede gibt, rennen sie mit dem Sarg zum Friedhof. Und schon weiß keiner mehr, wer der Tote ist, nur der greise Schames intoniert »*geshtorbn iz khayml shloymes*«. Immer wieder tauchen in Grades autobiographisch gefärbten Gedichten und Erzählungen die hämischen und abschätzigen Bemerkungen der Nachbarn auf (insbesondere zur Mutter), nachdem Chaim die Jeschiwa verließ. Doch in diesen Traum fließt auch Grades Enttäuschung darüber ein, dass der Chason Isch nicht zur Beerdigung seines Vaters kam, weil der Vater sich der hebräischen Aufklärung und Philosophie verschrieben hatte.

Auf das starke Porträt des kleinen Kerns der Familie folgen philosophische, poetologische, soziale und politische Gedichte (auch eines über Deutschland im Jahr 1934) sowie das titelgebende Gedicht »Yo«, in dem sich Grade in der blauen Morgenfrühe zur Lebensbejahung zwingen muss. Er führt sich alle Gründe vor Augen, weiß aber, dass der wichtigste schon genannt wurde: *ir leben hengt oyf im vi oyf a tsveyg – a tropn toy.*

Grades *Yo* war so erfolgreich, dass Kletskin schon 1937 eine zweite Auflage folgen ließ. Die Jahre 1934 bis 1936, in denen die Sturmwolken sich über Europa zusammenzogen, waren literarisch eine außerordentlich produktive Zeit auch in jiddischer Sprache. David Bergelson, Sholem Asch, Israel Joshua Singer, Zalman Shneour, Der Nister, Moyshe Kulbak waren auf der Höhe ihrer Schaffenskraft. Isaac Bashevis Singer begann in Warschau seine Laufbahn mit dem apokalyptischen Roman *Sotn in Goray* (1935). In der Lyrik war die Produktivität kaum überschaubar. In Amerika und Polen dominierten H. Leivick, Yankev Glatshteyn und Itsik Manger. Neben ihnen florierten Dvora Fogel, Rokhl Korn, Kadya Molodowsky, Abraham Sutzkever und Leyzer Volf. In der Sowjetunion waren Peretz Markish, Itsik Fefer, David Hofshteyn, Leyb Kvitko, Shmuel Halkin und Izy Kharik die prominentesten Lyriker, doch begann für sie (wie auch für Osip Mandelstam, Isaak Babel und Boris Pasternak) 1934 mit der Doktrin des Sozialistischen Realismus die Zeit des Verstummens. In diesem so dicht bestandenen Blätterwald erfuhr Grades *Yo* eine zweite Auflage, weil seine rohe, fast brutale Kraft, die durch Rhythmus und Reim kaum gebändigt wurde, sein Entblößen schwieriger Gefühle und die nichts beschönigende Ehrlichkeit einen Nerv trafen.

Im Jahr 1936 begannen Joseph Opatoshu und H. Leivick in New York mit der Herausgabe der *Zamlbikher*, eine unregelmäßig erscheinende Serie von Anthologien, die insbesondere ein Forum für die jüngsten Schriftsteller sein sollten. Obwohl Grade 1936 schon mit Opatoshu und Leivick korrespondierte, war er erst in der zweiten Nummer 1937 vertreten, dann aber gleich an erster Stelle mit »Geveyn fun doyres« (Die Klage der Väter), einer Vision der Gewalt, die den Vorfahren widerfahren war und nun den Nachkommen in einem Albtraum heimsucht. Am Ende verlangt der Vater vom Sohn zu wissen, was er selbst denn zu tun gedenkt: »*Gor nisht hob ikh [...] gekent im zogn*«. Auf Grades düstere Elegie folgten neun Seiten sparsam elegante Gedichte von Abraham Sutzkever, die Grade wie einen klobigen, ja wahnsinnigen Propheten erscheinen ließen. Grade und Sutzkever waren unvereinbare Gegensätze. Das intellektuelle Wilna tendierte zum feinen Sutzkever. Doch Opatoshu liebte Grades saturnische Melancholie, seine Erdschwere, sein Bohren in menschlichen Schwächen. An ihm war nichts Gedrechseltes. In der nächsten Nummer (1938) brachten Opatoshu und Leivick auf fünfzig Seiten eine leicht gekürzte Fassung von Grades *Musernikes*, ein balladenhaftes Werk über das soziale und spirituelle Innenleben der *navaredker yeshive* in Białystok im Jahr 1930. Es war eine schwarze Satire, Dantes Inferno jüdisch erzählt, durchgruselt von der Rabenschwärze Edgar Allan Poes und gelegentlich gepfeffert mit Rabelais'schem Witz. Die groteske Welt der Musarniks erfuhr bei Grade keine goldene Läuterung.

Am 15. Juli 1936 hatte Grade an Opatoshu geschrieben:

> Der Chaim Pietrikover [der Grade 1925 ins Kreuzverhör genommen hatte] ist heute noch in der Jeschiwa, ein schwarzer, haariger Melancholiker, Euer »Jisroel« in *In poylishe velder*, allerdings ein Philosoph und Jesuit … Seine Frömmigkeit ist manichäisch, christlich-mittelalterlich und weit entfernt von den Studenten, die sich in die *Pflichten des Herzens* und den *Pfad der Aufrechten* versenken. […] Die navaredker Musarniks warten noch auf ihren Künstler, so ein Stück Leben mit soviel Schatten- und Lichtseiten, und mit ihrem eigenen Mendele Kozker – R. Josef Josl. Vierzig Jeschiwot in Russland seit der Revolution, Kampf mit der Jewsekzija, Massenauswanderung nach Polen. Vierhundert hungernde Talmud-Studenten in Białystok, ebenso viele in Meseritsch und in Novaredok selbst. In Warschau. Enthusiasmus und Enttäuschung. Sie entlaufen, aber neue strömen herbei. Masse und Hof der Jeschiwa-Vorstände; Philosophen, Onanisten, Zaddikim und Karrieristen; ein verirrter Bolschewist unter den Musarniks, die den ganzen Monat Elul lang nicht reden. Dort, in dieser Jeschiwa, habe ich im Geheimen von Eurer »Felizia« geträumt.

Grade war nun der Künstler der Musarniks geworden. Am 17. Januar 1937 dankte er Leivick und Opatoshu, dass sie sein Gedicht retten und drucken wollten. Er vertraue ihrem Urteil. Doch schon am 6. Februar versuchte er Kürzungen zu verhindern: »Ich habe das Gedicht viele Male überarbeitet […] Ich sehe nichts Überflüssiges.« Am 12. Juni 1938 erhielt er sein Belegexemplar der *Zamlbikher 3* zugleich mit einer etwas abschätzigen, zeilenzählenden Besprechung von Dr. A. Mukdoni, der die »mystische Dichte« vermisste. Grade explodierte. Mukdoni, der in einer chassidischen Familie aufgewachsen war, hätte keine Ahnung: »Chassidim sehen im Himmel einen Jahrmarkt, aber wir Musarniks haben nur mit Menschen zu tun.« Andere Kritiker waren peinlich berührt. Der sonst treffsichere Kritiker Shmuel Niger warf Grade Mangel an historischer Objektivität vor. »Ich fahre zusammen, wenn ich dieses kalte, feindselige Porträt des moralischen Genies des wahren Musar-Studenten lese [...] Grade hat noch nicht den nötigen zeitlichen Abstand, um das Heilige zu schätzen. Er konzentriert sich auf den Schmutz.« Die sentimentalisierende Blindheit brachte Grade in Rage. An Opatoshu schrieb er: »Mein Gedicht spiegelt haargenau die Methode der *navaredker musernikes.* Und wissen Sie, wer das bestätigt? Die Musarniks selbst. Als ich zu Beginn des Monats in Białystok war, habe ich mich mit der alten Bande getroffen. Alle Helden meines Gedichts waren da. Ich habe es ihnen vorgelesen [...] und sie mussten zugeben: Es ist objektiv.«

Anfang 1939 erschien die ungekürzte Fassung der *Musernikes* als eigenständige Publikation, herausgegeben vom Jiddischen P.E.N.-Klub in Wilna und mitfinanziert vom Jiddischen Schriftsteller- und Journalisten-Verband, in dem Grade seit Februar 1936 Mitglied war. Der Einband war wieder von Rose (Rokhl) Sutzkever. *Musernikes* war ein großer Erfolg, Grade bekam den Literaturpreis des Jüdischen Kulturbundes in Paris. Der *Yidische Kultur Farband* (YKUF) war eine kommunistisch orientierte Organisation, dessen erster Vorsitzender just Alexander Mukdoni war. Das Preisgeld betrug 525 Złoty. Es wurde Grade am 18. Februar 1939 im vollbesetzten Wilnaer Konservatorium feierlich überreicht. Zalmen Reyzen sprach, andere Redner folgten, man las Grades Gedichte, ließ sich einlullen von ihrem Rhythmus und bezaubern von ihren Bildern:

Der eluldiker regn roysht, di volkns tsien,
Vi an eyde tsu a heyliker levaye.
S'iz finster, un mayn harts hot zikh tseshrien,
Vi in a khurve a faryogte khaye;
S'iz finster, un mayn harts hot zikh tseshrien
Mitn nign fun bal-muser reb Bekhaye ...

Der Elul-Regen rauscht, die Wolken ziehen
wie Juden zum Begräbnis eines Heiligen.
Es ist dunkel und mein Herz heult zum Zerspringen
wie ein gejagtes Tier in den Ruinen
Es ist dunkel und mein Herz heult zum Zerspringen
die Melodie des großen Musar-Meisters Reb Bachije.

Schließlich sprach Grade selbst über die Aufgabe des Dichters und der Dichtung. Er sah sie im kulturellen Widerstand. In einer Zeit, in der Juden in Deutschland systematisch erniedrigt und in der Sowjetunion im Großen Terror ermordet und in Lagern geschunden wurden, sah Grade die Aufgabe der jiddischen Dichtung in der Wertschätzung, ja Heiligung der eigenen Tradition. Er hatte jetzt die Antwort, die er dem Vater im Gedicht von 1937 schuldig geblieben war.

Im Publikum saß die dreiundzwanzigjährige New Yorkerin Lucy Dawidowicz. Sie hatte das Studium der englischen Literatur aufgegeben, um in Wilna ein Jahr lang Jiddisch zu lernen. Am nächsten Tag stattete Grade ihr einen Besuch ab. Er wollte Adressen in New York, an die er seine *Musernikes* schicken konnte. »Grade war klein, vierschrötig und wirkte, wenn er wütend war, wie ein Stier«, schrieb Dawidowicz in ihren Erinnerungen. »Beim näheren Hinsehen sah man aber, dass er nicht muskulös war, sondern dick. In seinem runden Babygesicht saß eine Brille. Er war erst achtundzwanzig, hatte aber bereits eine Halbglatze, die seine hohe Stirn noch höher erscheinen ließ. Mit seiner starken, vollen Stimme schlug er sein Publikum in Bann, wenn er seine Gedichte vorlas.« Was den Anlass des Besuchs abgegeben hatte, war in fünf Minuten erledigt. Aber Grade ging nicht. Auf das Hoch der Veranstaltung am Vorabend war tiefe Schwermut gefolgt. Während Dawidowicz auf Kohlen saß, weil sie ins Institut wollte, redete Grade von sich und seinen neuen Gedichten. Er blieb drei Stunden. »Er begann, seine alten Gedichte vorzutragen in der traurigen Melodie der Musarniks. Dann sang er exquisite Gedichte von H. Leivick […] ›Sagen Sie Leivick, wenn Sie nach Amerika zurückgehen, dass ich seine Gedichte singe. Nicht in den Melodien, die für sie komponiert wurden. Sie sind wertlos. Sagen Sie ihm, dass ich sie mit meiner Melodie singe.‹«

Im kleinen Wilna begegnete Dawidowicz Grade immer wieder. In ihren ungewöhnlich genauen Memoiren vom letzten Jahr, in dem es das alte Wilna noch gab, hinterließ sie auch ein unbarmherziges Porträt Grades, der zum fein ziselierten Abraham Sutzkever, der Puschkin, polnische Prosodie und alte jiddische Diktion studierte, den größten Gegensatz bildete. »Grade wurde innerlich von wilden Gefühlsstürmen geschüttelt, die ihn von einem Extrem ins andere warfen. Im Jahr unserer Bekanntschaft sah ich, wie seine Stimmung täglich wechselte und ihn aus der höchsten Wonne in die tiefsten Abgründe sacken ließ. War er an einem Tag geradezu unerträglich stolz, erfüllt von Selbstvertrauen und seines Talents als Dichter so sicher, dass er sich all seinen Kollegen in *Yung Vilne* überlegen fühlte, so verzehrte ihn am nächsten Tag das Selbstmitleid, er zweifelte an seiner Kreativität, verzweifelte an der Welt, war unerreichbar niedergeschlagen. Einmal sagte er: ›Ich bin so traurig wie meine Gedichte, nun gut, Sie wissen es, ich bin sogar noch trauriger.‹ Und fügte trocken hinzu: ›Auch wenn ich kein ausgemergelter Kerl bin, klapperdürr und mit eingesunkenen Augen.‹ […] Er musste oder wollte ständig hören, dass sein Platz in der jiddischen Literatur gesichert war.« Man kann das verstehen, denn Grade hatte für die Literatur die beiden Menschen enttäuscht, deren Liebe ihm am meisten bedeutete: die Mutter und R. Karelitz. Schuldbewusstsein und die Angst zu versagen durchziehen sein ganzes poetisches Werk.

Er war außerdem hochempfindlich. »Der geringste Anlass löste bei Grade einen Wutanfall aus. Er konnte auf brutale und brüskierende Art direkt sein, aber es war immer spannend in seiner Gesellschaft, weil er so intensiv auf die Welt reagierte. Ihm fehlte jedes Geschick im Umgang mit Menschen, weil seine Persönlichkeit zu vulkanisch war. Er war nicht in der Lage, jemandem etwas vorzuspielen. Vielleicht irritierte ihn deshalb Sutzkevers sorgfältige Pflege seiner literarischen Erscheinung. Er hänselte ihn als Dandy und Poseur. Wenn ich Grade auf der Straße traf und er vermutete, dass ich Sutzkever im Institut begegnet war, rief er mir spöttisch zu, ›Nun, haben Sie heute schon unseren Puschkin gesehen‹, wobei er das Wort Puschkin wie in einer verschnörkelten Verbeugung in die Länge zog.«

So hätte das nun in Wilna weitergehen können. Die Stadt hatte ihre jiddischen Dichter, ihre Bibliotheken, Verlage, Theater, Kinos, Orchester und Chöre; sie hatte ihre Schulen, Institute, Wissenschaftler, Zeitschriften und Zeitungen. Grade hatte 1937 Frume-Liebe Klepfisch kennengelernt, eine Krankenschwester, und sie in Warschau geheiratet. Ihre Eltern hatten die Hochzeit nicht abgewartet, sondern waren nach Eretz Israel ausgewandert, tief enttäuscht, dass die einzige Tochter, die Enkelin des Sambrower Ravs Dov Menachem Regensburg, keinen Rabbiner, sondern einen gescheiterten Musarnik, einen jiddischen Dichter gewählt hatte. Schon 1935 war Grade von der Jatkowa in die Kolejowa gezogen und auch Grades Mutter hatte sich nach der Verheiratung ihres Sohnes noch einmal verheiratet und die Schmiede verlassen. So hätte es denn weitergehen können. Lucy Dawidowicz verließ Wilna am 24. August 1939. Ihre Freunde schickten sie weg: »Was verstehst du vom Krieg?« Am 1. September veränderte sich die Welt.

1939 – 1945 Wilna, Stalinabad, Moskau, Wilna

Wilna hatte schon viele Besatzungen hinter sich. Im April 1795 fiel Wilna im Zuge der dritten Polnischen Teilung an Russland und blieb Hauptstadt des russischen Gouvernements Wilna, bis es 1915 von deutschen Truppen besetzt wurde. Nach ihrem

Abzug im Oktober 1918 wurde Wilna im raschen Wechsel von polnischen und sowjetischen Truppen besetzt. Sowjetrussland übergab die Stadt im Juli 1920 an Litauen. Im Februar 1922 annektierte Polen den Teil Litauens, zu dem auch Wilna gehörte. Die Stadt blieb polnisch bis zum Einmarsch der sowjetischen Truppen im September 1939. Die sowjetischen Besatzer plünderten die Stadt und traten sie im Oktober 1939 wieder an Litauen ab. Im August 1940 wurde ganz Litauen von der Sowjetunion annektiert. Wilna blieb sowjetisch besetzt bis zum Einmarsch der deutschen Truppen am 24. Juni 1941.

Im Jahr 1939 lebten in Wilna etwa 60 000 Juden. Das Einsatzkommando 9 erreichte Wilna Ende Juni 1941. Die Erschießung der Juden begann am 4. Juli 1941. Bis zum 20. Juli wurden in Ponary, einem kleinen Wald etwa zehn Kilometer südlich von Wilna, fünftausend Juden getötet. Die sowjetische Armee hatte in Ponary tiefe Gruben für Benzintanks ausgehoben. Sie wurden mit den Leichen der Juden gefüllt. Die zweite Phase der Ermordungen begann am 31. August 1941. Im September wurden zwei Ghettos errichtet. Am 6. September wurden die verbliebenen 40 000 Juden in diese Areale getrieben: Juden mit Arbeitserlaubnis in das größere Ghetto 1, siebentausend Juden ohne diesen Schein in das kleinere Ghetto 2. Das Kleine Ghetto bestand nur aus drei Straßenzügen: Żydowska, Jatkowa und Szklana (Glaser-Straße). Die Ermordungen gingen weiter. An Jom Kippur, der 1941 auf den 1. Oktober fiel, wurden in Ponary viertausend Juden erschossen, darunter auch Grades Mutter. Am 21. Oktober waren die siebentausend Juden im Kleinen Ghetto tot. Es wurde liquidiert. Für die Juden im Großen Ghetto gab es eine zweijährige Galgenfrist. Das erstaunliche kulturelle Leben, das sich in dieser Zeit im Ghetto entwickelte, ist gut dokumentiert. Shmerke Kaczerginski und Abraham Sutzkever trugen erheblich dazu bei. Deportationen aus dem Ghetto begannen am 6. August 1943. Am 12. September 1943 entkamen Kaczerginski, Sutzkever und seine Frau Freydke durch die Kanalisation und stießen zu den Partisanen in den Wäldern um Wilna. Das Ghetto in Wilna wurde am 23. und 24. September liquidiert. Etwa fünfhundert Juden überlebten.

Am Sonntag, den 22. Juni 1941 zogen die sowjetischen Besatzer ab. Sie nahmen ihre Gefangenen mit, darunter Juden, die aufgrund »zionistischer Aktivität« verhaftet worden waren. Zu ihnen gehörte Zalmen Reyzen, der Herausgeber der Zeitung *Undzer tog*. Die Gefangenen gingen zu Fuß. In der Nähe der Stadt Borisov (Barysaw) wurden vierhundert von ihnen, die nicht weiterkonnten, erschossen. Unter ihnen war auch Zalmen Reyzen. Grade und seine Frau hatten beschlossen, unter dem Schutz der sowjetischen Truppen nach Minsk zu gehen. Grades Abschied von der Mutter war kurz: »Vergiss nicht, dass du ein Jude bist, und halte den Sabbat ein.« Schon beim Dorf Rukon, zwanzig Kilometer von Wilna, konnte Frume-Liebe nicht weiter. »›Frauen und Kinder wird er [der Deutsche] nicht anrühren‹, sagte sie, ›aber du bist in Gefahr. Geh, geh!‹ Und ich ging weg.« Auch das würde er sich zeitlebens vorwerfen. In *Der mames shabosim* (1955) beschreibt Grade im zweiten Teil seine Flucht durch die Sowjetunion. Was als Flucht in Todesfurcht beginnt, endet in einer totalen Absurdität in Stalinabad. Zu Fuß gelangt Grade über die polnisch-sowjetische Grenze. Er hatte zur Zeit der sowjetischen Annexion einen sowjetischen Pass beantragt. Das ist jetzt sein Glück. Er wird angewiesen, nicht nach Minsk zu gehen, denn dort würden stündlich die Deutschen erwartet. Er solle versuchen, Borisov zu erreichen. Dort würde man ihn mit anderen Flüchtlingen weiter verschicken. In Borisov springt er auf einen mit Flüchtlingen beladenen Frachtzug. Sie fahren über Orsha nach Smolensk, dann scharf südlich über Bryansk, Oryol und Kursk und von dort östlich über Voronezh Richtung Saratov. Im August wird Grade in Kistendey (Saratov oblast) auf einer Kolchose als Erntearbeiter eingesetzt. Im September bezahlt man ihn mit Trockenobst, einigen Gläsern Honig und zwei Broten. Er springt auf einen Zug Richtung Saratov, der aber nach Penza umgeleitet wird, weil Saratov die Flüchtlinge nicht will. Von Penza gelangt Grade schließlich nach Syzran an der Wolga. Er ist mit polnischen Juden unterwegs. Sie wissen inzwischen, was in Polen vorgeht. Sie klammern sich an dünnste Strohhalme der Hoffnung. Lev Kogan will sich in der Wolga ertränken. Grade ist wie die anderen am Rande des Wahnsinns und konstruiert eine magische Kette: Wenn Kogan sich nicht in den Fluss stürzt, dann hat Frume-Liebe es nach Wilna geschafft.

Schließlich geht es für ihn weiter: Mit dem Frachtzug in östlicher Richtung nach Orenburg und von dort nach Süden durch die Steppen Kasachstans in endloser Fahrt nach Taschkent, wo er im September 1941 das Gedicht »Kazakhstaner midber« (Wüste) schreibt. Im Oktober 1941 ist er in Ashgabat, der Hauptstadt Turkmenistans an der iranischen Grenze. Da er neben einem sowjetischen Pass auch eine Mitgliedskarte des sowjetischen Schriftstellerverbands hat, bekommt er eine Lebensmittelkarte und das Aufenthaltsrecht in Ashgabat. Er tritt dem Turkmenischen Schriftstellerverband bei und bleibt acht Monate. Im Mai 1942 wird er nach Tadschikistan verlegt. Die Endstation seiner Flucht ist Stalinabad, das heute wieder Duschanbe heißt. »Dort lebte ich anderthalb Jahre, weil ich ein Schriftsteller war.« Das größte damit verbundene Privileg war, dass er nicht eingezogen wurde. »Alle jüdischen Flüchtlinge aus dem Westen strömen nach Zentralasien. In ihren Augen gleist der Fiebertraum, über die Grenze nach Afghanistan zu kommen und von dort nach Eretz Israel.« Doch vor Grades Augen steht nur die Jatkowa. Im Stadtpark von Stalinabad lungern Amputierte herum. Prostituierte sind auf Kundenfang. Frustration entlädt sich in Aggression. Da sieht Grade einen Juden im schwarzen Gehrock und weißen Halstuch. Es ist ein Buchdrucker aus Mogilev. Er ruft ihm »gut schabbes« zu und frotzelt: »Als ich Euch mit dem Halstuch sah, habe ich sofort verstanden, dass heute Schabbes ist. Ich habe mich noch gar nicht gefragt, ob in Stalinabad das Tragen von Gegenständen am Schabbes erlaubt ist.«

Grades Beschreibung seiner Flucht von Wilna nach Stalinabad ist voll grotesker Gestalten, die sich verzweifelt an Hoffnungen und Erinnerungen krallen. Schriftstellerisch klug endet dieser Teil in einer absurden Szene. Am 27. März besorgte Grade drei Karten für die Premiere des Stücks »Die Belagerung von Leningrad« im Leningrader Komödien-Theater in Stalinabad. Der Regisseur war selbst der Belagerung entkommen, die noch bis 1944 dauerte. Als Grades Freund Mischa hört, dass die Karten erst für den 14. April sind, lacht er hell auf und sagt: »Da kann ich schon im Arbeitsbataillon im Ural sein.« Minuten später werden sie von einem Lastwagen gerammt. Mischa stirbt. »Wozu hat er jetzt all die schönen Jarmulkes für seinen kleinen Sohn gesammelt?« Der Sohn war mit der Mutter in Łódź geblieben. Die Premiere wird vom Zentralkomitee der Tadschikischen Kommunistischen Partei abgesagt, weil dem Stück die sowjetische Begeisterung fehle.

Grade lebte von Juni 1942 bis wenigstens September 1943 in Stalinabad. Am 19. April 1943 begann der Aufstand im Warschauer Ghetto. Die Endphase der Auslöschung der Juden war da. Die Ghettos in Warschau, Białystok, Wilna und zuletzt in Łódź wurden aufgelöst. Grade erwähnt nicht, ob er davon erfuhr. Das Jahr 1944 verbringt er in Moskau. Die jüdischen Schriftsteller bezeugen seine Identität und setzen sich für ihn ein. Wieder hilft ihm die Mitgliedskarte des Sowjetischen Schriftstellerverbandes. Mit dem Vorrücken der sowjetischen Truppen und dem Rückzug der deutschen Truppen wird das Ausmaß des Krieges gegen die Juden deutlich. Im April 1944 publiziert Ilja Ehrenburg ein kurzes Schwarzbuch in jiddischer Sprache, *Merder fun felker* (Mörder der Völker), und initiiert die Zusammenstellung eines zweiten Schwarzbuchs, das unter demselben Titel im September 1944 ebenfalls in Moskau erscheint. In einem Bericht über seine Rückkehr nach Wilna schreibt Grade, dass er auf Ruinen und Zerstörung vorbereitet war. Doch wie Proust in Hinsicht auf Swanns Erwägung der schlimmsten Möglichkeiten formuliert, ist »die Wirklichkeit etwas, das gar keine Beziehung zu den Möglichkeiten hat.«

Im Spätsommer 1945 bricht Grade in einem Auto von Moskau nach Wilna auf. Er fährt über Minsk. Erst auf der Straße von Minsk nach Wilna wird er nervös. Waloschyn ist zerstört. Das hat er erwartet; nach der Jeschiwa fragt er nicht. Aber Oszmiana scheint unberührt. Sogar der Friedhof ist heil. Halbrunde weiße Grabsteine stehen in geraden Reihen. Es ist absolut still. Die Juden sind weg. In Rukon sucht er die Stelle, wo er sich von Frume-Liebe trennte, aber er geht nicht in das Haus. »Warum auch? Ich hatte schon mitten im Krieg in Moskau erfahren, dass Frume-Liebe im Ghetto lebte, bis es liquidiert wurde.« Erst in der Nacht kommen sie nach Wilna. Grade ist froh, dass er nichts sehen kann.

Zehn Jahre später in *Der mames shabosim* verdichtet Grade die Darstellung seiner Rückkehr nach Wilna auf vier Schlüsselszenen. In einem der Häuser des zerstörten Ghettos findet er den Schuhmacher Balberischkin bei der Arbeit. Für ihn wird der Rückkehrer zum Boten des Lebens, denn er hat seinen totgeglaubten Sohn Isaak in Taschkent gesehen. Subtil nutzt Grade in dieser Szene die biblische Erzählung von der Rettung Isaaks (1. Mose 22, 1–19). Der halb wahnsinnige Erzähler zwingt Balberischkin ein Bekenntnis zu Gott und an die Auferstehung der Toten ab, denn nach der magischen Formel von der Wolga (wenn x, dann y) bedeutet die Rettung Isaaks auch Gutes für Frume-Liebe. Doch Frau und Tochter des Schuhmachers sind in Majdanek umgekommen.

Er besucht die Kinderärztin Anna Itkin, die die Liquidierung des Ghettos überlebte. Sie erzählt, Frume-Liebe sei davon überzeugt gewesen, er lebe, und habe immer gesagt, er käme aus Russland zurück. Grade fühlt Zurückhaltung und einen verborgenen Vorwurf und fragt: ›Hat Frume-Liebe etwas dazu bemerkt, dass ich weg bin nach Russland und sie zurückließ? War sie mir böse?‹ ›Woher soll ich das wissen‹, Anna

Itkin zuckte die Achseln.« Diese Szene kehrt wieder am Ende von »Lejbe-Lejsers Hof«, als R. Joel Weintraub die Zeugen befragt, die seine Mutter gesehen haben. Die gleichgültigen Zeugen können ihm keine Auskunft geben, wie das Gesagte zu verstehen sei. Beide Frauen gehen in den Tod und lassen ihn mit dem Schuldgefühl zurück, nicht für sie da gewesen zu sein. Anna Itkin sagt ihm, Frume-Liebe wohnte im Ghetto in Dachstube Nr. 9.

Über drei Stufen nähert er sich dem Allerheiligsten. Dachstube Nummer 9 ist völlig leer. Er klopft die Wände ab. Vielleicht hat seine Frau seine Manuskripte versteckt. »Ich klopfe an die abgeblätterten Wände, trommle gegen sie mit den Fäusten, aber ich finde kein Zeichen.« Balberischkin erscheint im Türrahmen mit einer Eisenstange in der Hand. Grade lässt seine Frustration an ihm aus, schreit ihn an, warum er jetzt hier mit der Eisenstange stehe: »Warum habt ihr denn nichts getan, als der Mörder [Bruno] Kittel ohne Wache ins Ghetto zu kommen pflegte und ohne Maschinengewehr hier herumging mit den Händen in den Hosentaschen?«

Er steht vor dem Haus, in dem seine Mutter nach ihrer Wiederverheiratung 1939 wohnte. Aber er geht nicht hinein. Balberischkin folgt ihm überall nach. Er glaubt Grade nicht, dass sein Sohn noch lebt, denn er ist noch nicht zurückgekommen. Grade versteht, seine Weichheit war ein Fehler. Der Mann hatte den Tod des Sohnes schon angenommen. Die Hoffnung hat erneut alle Leiden der Trauer erweckt. Denn es ist gut möglich, dass Isaak später in Zentralasien verhungerte oder erkrankte und starb wie Tausende von Flüchtlingen. Härte verlangt mehr Mut als Milde, kann aber barmherziger sein. Auch das ist ein Thema in »Lejbe-Lejsers Hof«.

Es ist Jom Kippur 1945. Vor vier Jahren wurde Grades Mutter ermordet. Erst in der Schlussszene von »Lejbe-Lejsers Hof« wird Grade die Gefühle durcharbeiten, die er sich in Wilna nicht erlaubt. Er streift durch den *shulhoyf* der Großen Synagoge, dringt ein in die zerstörten oder zugenagelten großen und kleinen Betstuben, überwältigt von der Wirklichkeit: Er besucht die Synagoge des Gaon, Tiferet Bachurim, das Schtibl der Koidonover Chassidim, Reb Schaulkes Beit-Midrasch. »Durch die Große Synagoge gehe ich mit gesenktem Kopf. Ich will nichts mehr sehen. Ich habe genug vom Staub der Ruinen in mich aufgenommen. Das Messinggeländer der schönen Treppe, die nach draußen führt, glänzt wie früher an den Feiertagen, wenn die Leute sich drängten, um den Kantor und den Chor zu hören. Im Foyer sehen die heil gebliebenen Almosenkästchen mir entgegen, Kästchen für die Kranken, die Alten, die Gelehrten und für die Bedürftigen im Heiligen Land. Die Leere der Synagoge bläst mir wie ein eiskalter Wind in den Rücken, friert meine Füße auf der Treppe fest und lässt mich nicht entfliehen. Langsam drehe ich mich um und sehe, dass das Innere der Synagoge gewachsen ist, wie eine Tote, bei der Nägel und Haare noch wachsen. Ohne die dicht gestellten Bankreihen sieht die Synagoge doppelt so groß und geräumig aus. Die vier riesigen Säulen und die kleinen Säulchen aus gestreiftem Marmor auf der erhöhten Bima gleichen einem Springbrunnen, dessen Fontänen sich in kleinen Halbbögen treffen. Über dem Vorbeterpult, wo einst die Harfe Davids und die geflügelten Wesen prangten, blieb verwaist ein Spruch hängen: ›Sie gaben meinen Namen den Kindern Israels und ich werde sie segnen.‹ (4. Moses 6, 27). Jetzt starrt dieser Vers auf die Zementstufen des Aaron-Kodesch hinunter, wo einmal die Kohanim standen, um mit ausgestreckten Händen die Gemeinde zu segnen. Sie werden jetzt niemanden mehr segnen, denn ihre Hände sind verbrannt.«

Doch »verbrannt« war nicht das letzte Wort. Grade war schon Mitte dreißig und durch die religiöse und soziale Kultur Wilnas auf profunde Weise geprägt. Er hatte in den Jahren in Zentralasien und Moskau Hunderte von Gedichten geschrieben. Immer wieder kreisten sie um Wilna. Schon auf der Flucht war er ein Poet der Erinnerung geworden. Was ihn in den Ruinen bewegte, war die Möglichkeit der poetischen Umsetzung seines Erbes. So endet seine Reflexion über die Rückkehr nach Wilna am Jom-Kippur-Nachmittag in der Ruine der Großen Synagoge etwa dort, wo knapp dreißig Jahre später »Lejbe-Lejsers Hof« beginnen und enden würde: »Sonnenstrahlen trafen das Gitter der Frauensynagoge und verwandelten es in ein Gewebe aus Gold. An der Westwand, wo einmal die Uhr hing, die die Stunde des Sonnenuntergangs anzeigte, funkelte eine Lichtscheibe wie ein polierter Spiegel. Ein Bündel Sonnenstrahlen durchschnitt die volle Länge der Synagoge bis zur Ostwand und verlor sich dort in der dunklen Vertiefung des herausgebrochenen Aaron-Kodesch. In der schwarzen Leere des verwundeten heiligen Raumes funkelte das Strahlenbündel wie ein Diamant. Es gleißte mit dem verborgenen Glanz der gestohlenen Silberkronen auf den Torah-Rollen, leuchtete mit allen Farben der Torah-Mäntel und blitzte mit dem Glitzern ihres Silberbrokats. Plötzlich schnellte der Sonnendiamant aus seinem Behältnis, raste auf mich zu wie ein feuriger Seraph und vertrieb mich aus der Großen Synagoge. Ich ging rückwärts über die Treppe hinaus, im Fieber und von Furcht beherrscht, als erwache in mir der Diamant – ich war im Fieber der Stunde der Ne'ilah.«

Ne'ilah ist der letzte Gottesdienst an Jom Kippur. Der sonst geschlossene Aaron-Kodesch steht offen. Es ist die letzte Stunde, in der Umkehr möglich ist, bevor das Urteil gefällt wird. In den Ruinen Wilnas findet Grade seinen Auftrag als Dichter. In seinem künftigen Werk flickt er den Samtvorhang des Aaron-Kodesch mit Gold und lässt die alten Beter auferstehen.

1945–1948 Wilna, Łódź, Paris

Grade verbrachte den Sommer und Herbst 1945 in Wilna. Kaczerginski und Sutzkever waren schon seit Juli 1944 wieder in der Stadt und mit der Rettung der Papiere und Bücher beschäftigt, die sie als Zwangsarbeiter für den Einsatzstab Reichsleiter Rosenberg ins Ghetto geschmuggelt und dort versteckt hatten. Ihre Wohnung in der Gedimino 15 war Museum und Versammlungsort. Auch Grade verkehrte dort. Am 21. Oktober stellte Kaczerginsky Grade noch eine Identitätsbeglaubigung aus. Im November verschwand er plötzlich aus Wilna. Er hatte erfahren, dass er verhaftet werden sollte, denn die Museumsgruppe schmuggelte die wiedergefundenen Schätze in kleinen Paketen über die Grenze nach Polen. Grade arbeitete zwar nicht für das Museum, hatte aber inzwischen Kontakt mit den jiddischen Dichtern in New York und mit seinen Brüdern in Chicago aufgenommen, sodass auch er vorsichtig sein musste. In dieser Zeit erschien in New York sein erstes Buch unter dem Titel *Doyres* (Generationen). Es enthielt *Yo, Yekheskel, Musernikes,* Gedichte aus seiner Zeit in Zentralasien wie »Tadzhikistaner harbst« und »In vaytn ashkhabad« und lyrische Reaktionen auf die Ermordung der Juden, darunter das mittlerweile kanonische Gedicht »Mit dayn guf oyf mayne hent« (Dein Körper in meinen Händen).

Am 20. November 1945 erhielt Grade vom Direktor des Stadtarchivs in Wilna eine Geburtsurkunde und eine Bestätigung in russischer Sprache, dass er 1938 in Wilna gewohnt hatte und polnischer Staatsangehöriger war. Mit diesen Dokumenten reiste er nach Moskau und heiratete am 25. Dezember 1945 Inna Hecker. Sie wurde am 25. Januar 1925 in Dnipropetrowsk geboren und hatte von 1942 bis 1945 die Pädagogische Hochschule in Tscheljabinsk besucht. Mit ihrer Heirat wurde sie polnische Staatsangehörige. Seit dem 6. Juli 1945 bestand ein Abkommen zwischen Polen und der Sowjetunion, das polnischen Juden die Ausreise nach Polen erlaubte. Am 8. Februar 1946 beantragten Chaim und Inna Grade bei der Polnisch-Sowjetischen Kommission für die Evakuierung polnischer Juden Zertifikate als Grundlage für die Ausreise nach Polen. Es ist wahrscheinlich, dass Grades direkt von Moskau nach Łódź zogen.

Im Frühjahr 1946 war Grade jedenfalls in Łódź präsent. Um den kleinen Kern der etwa tausend Juden, die die Deutschen im Sommer 1944 für Aufräumungsarbeiten im liquidierten Ghetto Litzmannstadt zurückgelassen hatten, sammelten sich langsam jüdische Überlebende aus anderen Gebieten Polens. Ein jüdisches Komitee wurde gewählt. Die Zeitung *Dos naye lebn* erschien ab April 1945. Ein aktives Kulturleben entwickelte sich mit Vorträgen, Musik und Theater. Jiddische Bücher wurden gedruckt, insbesondere historische und literarische Werke, unter ihnen Rachel Auerbachs Reportage *Oyf die felder fun treblinke* (1947) und als kleine eigene Broschüre Grades Elegie *Oyf di khurves* (Auf Ruinen, 1947) über seine Rückkehr nach Wilna. Łódź wurde zum Magneten für die Überlebenden der Lager und die Rückkehrer aus Russland. Im Frühjahr 1946 hatten 40 000 Überlebende den Weg nach Łódź gefunden. Etwa 12 000 von ihnen waren Rückkehrer. Im Sommer 1946 waren es 57 000. Etwa 26 000 von ihnen waren Rückkehrer.

Je mehr Juden in ihre alten Dörfer und Städte zurückkehrten, desto stärker wurden die Ressentiments in der polnischen und litauischen Bevölkerung. Im Juli 1944 wurde Wilna von der sowjetischen Armee befreit. Im November wurde in Eyshyshok (Eišiškes) die einzige jüdische Familie ermordet. Als die Leichen zum Begräbnis nach Vilnius gebracht wurden, fand man in ihren Taschen Zettel: »Euch wird es ähnlich gehen.« In Polen eskalierte die Gewalt gegen Juden zwischen März und August 1945 und zwischen Februar und Juli 1946. Das Pogrom von Kielce am 4. Juli 1946, bei dem zweiundvierzig Juden getötet und vierzig verletzt wurden, löste eine Fluchtwelle in den Westen aus. Etwa die Hälfte der jüdischen Bevölkerung verließ Polen. Auch Grade versuchte, aus Łódź wegzukommen. Im Oktober 1946 erhielt er einen Brief von seinem Bruder Abraham in Chicago mit Dokumenten, die ihm die Ausreise über Schweden und die Einreise in die Vereinigten Staaten ermöglichen sollten. Abraham vergaß auch nicht Grüße an die Frau (»give my love to your wife«) und unterschreibt den Brief an den »Bruder Chaim« mit »A. Grade«. Zu dieser Zeit hatte Grade bereits die Emigration nach »Italien über Paris« beantragt und bekam für die Zeit vom 2. Oktober bis 2. November 1946 ein Transitvisum durch die amerikanische und die französische Zone und ein zweites Transitvisum für die Zeit vom 12. November 1946 bis 12. Dezember 1946. Am 28. Dezember bestätigt das polnische Generalkonsulat in Paris, dass Chaim Grade polnischer Staatsbürger war.

Nach der Befreiung der Konzentrationslager wurde Paris für viele Überlebende, unter ihnen auch Elie Wiesel, zur ersten Anlaufstelle. Die Fluchtwelle aus Polen führte weitere Überlebende nach Paris, wo amerikanisch-jüdische Organisationen ihnen weiterhelfen konnten. Wie in Łódź entstand auch in Paris ein aktives jiddisches Kulturleben mit Zeitungen und Verlagen, Vorträgen und Konzerten. Die Erinnerungs- und Dokumentationsarbeit der jiddischen Schriftsteller begann sofort. Elie Wiesel schrieb seine Erfahrungen in Auschwitz nieder, die er aber nicht veröffentlichte, da er sich Schweigen auferlegt hatte. Andere fühlten, dass jetzt die Zeit der Rede war. Mordechai Strigler, der mit H. Leivick in regem Briefkontakt stand, begann mit der Arbeit an *Oysgebrente likht* (Erloschene Lichter), einer sechsbändigen Darstellung seiner sechsjährigen Inhaftierung in Arbeits- und Konzentrationslagern. Den Auftakt machte sein erschütterndes Buch über Majdanek. Abraham Sutzkever, der am 27. Februar 1946 in Nürnberg gegen Franz Murer, den Schlächter von Wilna, ausgesagt hatte, und Shmerke Kaczerginski kamen im Verlauf des Jahres 1946 ebenfalls nach Paris. *Der Farband fun di vilner in frankraykh* veröffentlichte 1947 Sutzkevers Buch *Vilner geto 1941–1944* und Kaczerginskis Anthologie *Dos gezang fun vilner geto,* in der er die Texte und Melodien der populärsten Lieder und Chansons im Ghetto von Wilna aus dem Gedächtnis rekonstruierte. Die Nachfrage war so stark, dass Kaczerginski eine umfassendere Sammlung unter dem Titel *Zog nisht keynmol az du geyst dem letstn veg: Lider fun getos un lagern* zusammenstellte, die H. Leivick 1948 in New York herausgab. Schon im Vorjahr war in New

York Kaczerginskis bewegende Anthologie von Dokumenten und Zeugenberichten über das Ghetto und die Erschießungen in Ponary, *Khurbn vilne* (Die Zerstörung Wilnas), erschienen.

Die literarische Produktion der Überlebenden war fulminant. Die Flut der Bücher, die in den ersten drei Jahren nach Kriegsende in Łódź, Warschau, München, Paris und New York über die jüdischen Erfahrungen in den Jahren 1939–1945 erschienen, war für zeitgenössische Leser kaum zu überblicken. Im Chaos der Erinnerungsliteratur erfüllte die von Mark Turkov in Buenos Aires herausgegebene Reihe *Dos poylishe yidntum* eine wichtige Funktion. Zwischen 1946 und 1966 erschienen 175 Bände jüdischer Erinnerungen an Polen vor oder während des Krieges. Die identische Ausstattung und der stete, überschaubare Rhythmus (monatlich ein Buch) schuf eine Illusion der Ordnung und der Ruhe. Man konnte sich vorstellen, dass die Ermordung der polnischen Juden in die schwarzen Bände mit den feuerroten Schriftzügen gebannt war. Wassili Grossmans und Jankel Vierniks Buch *Treblinke* war Nummer 3, Hillel Seidmans *Tog-bukh fun varshever geto* Nummer 15, Kaczerginskis *Partizaner geyen ...!* Nummer 18, Striglers *Majdanek* Nummer 19. Es war eine der erfolgreichsten Reihen zum Holocaust. Bis zum Jahr 1954 (Band 100) waren über eine Viertelmillion Exemplare der Reihe verkauft worden. Als Nummer 117 erschien schließlich 1956 Elie Wiesels Buch *Un di velt hot geshvign.*

Chaim Grade gehörte nicht ganz in die Gesellschaft dieser Überlebenden, nicht nur weil er relativ privilegiert in Zentralasien gelebt hatte, sondern auch weil er Lyriker war. Trotzdem erschien sein Buch *Pleytim* (Flüchtlinge) in Turkovs Reihe 1947 als Nummer 17. Es versammelte Gedichte, die Grade in Zentralasien geschrieben und in denen er die Verzweiflung und Verlorenheit thematisierte, die er unterwegs erfahren oder beobachtet hatte. Im gleichen Jahr erschien in Paris der Band *Farvoksene vegn* (Überwucherte Wege), in dem Grade seine in Zeitschriften verstreuten Gedichte der Jahre

1936–1939 herausbrachte. In einem kurzen Vorwort verteidigte er die Entscheidung, jetzt noch Vorkriegsgedichte zu veröffentlichen: »Ich glaube, das ist sinnvoll, denn sie zeigen, wie weit unsere Schriftsteller-Generation die Katastrophe vorausahnte und wie wenig wir vorhersahen, welchen Bruch sie verursachen würde.« Vorstellung der Möglichkeit und Erfahrung der Wirklichkeit stehen in keiner Beziehung zueinander. Grades Pariser Band enthielt düstere Visionen antisemitischer Gewalt in Gedichten wie »Geveyn fun doyres« (1936), »Dos blutike oyg« (1937) und »Khurbn« (Zerstörung, 1938). Den Titel habe er gewählt, »weil der Weg in unsere alte Heimat bereits mit Gras bewachsen ist. Es sind mir nur diese Blätter geblieben wie Gedenktafeln an meine Jugend und meine Freunde, die so gläubig gekämpft haben«. Im Jahr darauf erschien in der letzten Ausgabe von Opatoshus und Leivicks *Zamlbikher* mit »Der mames tsavoe« (das Testament der Mutter) bereits ein Werk des gedenkenden Dichters, der Grade in Zukunft sein würde: »Kum, mame, vi a kind oyf mayne hent / ikh vel dikh aynshtiln, un du – du vest mikh treystn.«

Vom Schreiben konnte Grade in Paris natürlich nicht leben. Er fand Anstellung als Rabbiner und Lehrer in Hénonville, fünfzig Kilometer nordwestlich von Paris. Als im Frühjahr 1946 die Flüchtlingswelle der polnischen Überlebenden sich Richtung Frankreich bewegte, kaufte Maurice Enright (Moshe Unreich) für den Vaad Hatzala, eine von orthodoxen Juden 1939 gegründete Rettungsorganisation, das 1940 von den Deutschen und 1944 von den Amerikanern besetzte Chateau Hénonville. Es entstanden dort ein Kibbutz zur Vorbereitung auf die (noch illegale) Einwanderung nach Israel und eine klassische litauische Jeschiwa, in der Grade unterkam. Er gab an, in Wilna zum Rabbiner ordiniert worden zu sein. Da der Kibbutz die Talmud-Studenten auf das praktische Leben vorbereiten sollte, wurde dort auch das ORT tätig, eine ursprünglich russisch-jüdische Organisation, die sich auf die handwerkliche Ausbildung von Juden spezialisierte.

Über das ORT betrieb Grade seine Auswanderung nach Nordamerika. Am 28. Juli 1948 schrieb der Vorsitzende des ORT Aron Syngalowski an die Kanadische Botschaft in Paris, das ORT in Montreal lade Chaim Grade und seine Frau, wohnhaft 9 Rue Guy Patin, Paris, zu einem Besuch ein, um über die Arbeit des ORT zu berichten. Alle Auslagen einschließlich der Flüge würden bezahlt. Doch erst im September gelang Grade die Ausreise. Der Congress for Jewish Culture organisierte eine Konferenz in New Yorks Carnegie Hall und setzte Grade als einen der Hauptredner aufs Programm. Am 21. August 1948 bestätigte das Reisebüro Oceania die Platzreservierung für Chaim Grade und Inna Hecker Grade für einen Flug von Paris-Orly nach New York. Hin- und Rückflug seien vom Congress of Jewish Culture bezahlt worden. Am 12. September flog das Ehepaar Grade mit einem Touristenvisum nach New York.

1948 – 1982 New York

In Paris war Grade nicht glücklich gewesen. »Paris ist trostlos«, hatte er am 28. Januar 1947 an Opatoshu geschrieben. »Das jüdische Lebensgefühl hier ist vergleichbar mit dem Beten eines verhärmten Krämers, aber ohne Schabbat und Feiertage.« New York war offener, heterogener, jüdischer, eine Stadt der Einwanderer. Hier sprachen viele mit einem starken Akzent. Im November 1948 zogen die Grades in die Sedgdwick Avenue in der Bronx und ein Jahr später in die Wohnung 100 Van Cortlandt Park.

Inna Grade, dreiundzwanzig Jahre alt, fand Arbeit in der New York Public Library, schrieb sich im September 1949 in die New School for Social Research ein und wechselte 1951 an die Columbia University, um in Vergleichender Literaturwissenschaft zu promovieren. Ihr Mann wandte sich der Vergangenheit zu. Am 19. Januar 1947 hatte er Opatoshu zum sechzigsten Geburtstag geschrieben: »Es ist, wie Sie schreiben, mein Freund, wir haben so wenig Freude in unserem Leben, dass wir uns ständig der Quelle unseres Glücks und unseres Glaubens zuwenden – unserer Vergangenheit. Alles, was mit unserer Jugend verwoben ist, ist uns teuer.« Als Grade sich 1948 in New York niederließ, war er achtunddreißig und hatte die Lebensmitte bereits überschritten. Was er erlebt und als Erinnerung mitgebracht hatte, war das Kapital, von dem er zehren musste.

Nahtlos arbeitete er in der Bronx dort weiter, wo er in Paris aufgehört hatte. Im Jahr 1949 erschien *Der Mames tsavoe* (Die letzte Verfügung der Mutter), ein Gedichtband, der den Bogen schlug vom Leben und Sterben der Mutter in Wilna zum Überleben des Sohnes in Russland, Paris und schließlich New York. Der Band endet mit Dichtungen über biblische Themen und Gestalten, als sei diese Besinnung auf den Urgrund, die »Urväter«, wie es in einem der Gedichte heißt, erst einmal notwendig. Dem Buch steht die Widmung an die Mutter und ihre Nachbarinnen in der Żydowska voran, die zusammen in den Tod gingen. Es folgt ein Foto der Mutter, eine erstaunlich junge Frau in Perücke und schwarzem Schabbat-Kopftuch, und schließlich die erste Zeile: »Kum, mame, vi a kind oyf mayne hent.« Das bewegende Gedicht »Yesoymim hoys« (Waisenhaus) beschreibt die vergeblichen Bemühungen der Mutter, ihren Sohn im Kinderheim besuchen zu dürfen.

Ein Jahr später erschien als Nummer 66 in der Reihe *Dos poylishe yidntum* Grades vorletzter Lyrikband *Shayn fun farloshene shtern*, in dem bereits einige Gedichte Versuche waren, die Auslöschung der osteuropäischen Juden nicht in ihrer hohen Spezifität als Ermordung der Mutter, der Frau, der Mitschüler in der Jeschiwa, der Zerstörung Wilnas und so weiter zu verstehen, sondern als Holocaust im Rahmen einer von Verfolgungen, Hinrichtungen und Massakern durchzogenen Geschichte der Juden, die sich mit den düsteren Prophetien Ezekiels, aber nur schwer mit den messianischen Versprechungen vertrug. Eine jüdische Literatur der Zerstörung und

Rituale des Gedenkens gab es seit der Tempelzerstörung 587 vor der Zeitrechnung. Sie erfuhr in der Zeit der Kreuzzüge und der europäischen, ukrainischen und russischen Pogrome zwischen 1348 und 1919 erhebliche Erweiterung. *Shayn fun farloshene shtern* begann mit einer Rückkehr in die leeren *shtetlekh* von Polen und kombinierte Gedichte, die einerseits ganz spezifisch waren, wie »Kelts« (über die Morde von Kielce 1946), und andererseits ein liturgisches Erfassen versuchten, wie »Di merkove in lager oshvientshim« und »Yekhezkel in lager oshvientshim« (Der Thronwagen Gottes in Auschwitz, Hesekiel in Auschwitz). Doch Grade beendet das Buch nicht im hohen Ton der Hesekiel-Gedichte, sondern führt seine Leser zu den »Di yerushim fun geto« (Die Erben des Ghettos) zurück und in eine vergangene, insulare Kultur, die er aus der Erinnerung mit Gestalten wie »Di meshugene« (Die Wahnsinnige) bevölkert, die er in seinen Romanen schon bald zum vollen Leben erwecken würde.

In seiner Dichtung hatte Grade ein Plateau erreicht. Der hohe Ton der Hesekiel-Dichtung ließ sich kaum fortführen, und für die kürzeren Gedichte über einzelne Ereignisse oder Beobachtungen fehlte seinen Lesern oft der soziale und kulturelle Kontext. Schon seit 1942 arbeitete Grade an einem langen narrativen Gedicht über Wilna, von dem er einzelne Kapitel in Zeitschriften veröffentlichte. An seinen Freund Abraham Bornstein schrieb er einige Jahre später, er fürchte, die Epik, die lange narrative Form der Lyrik, habe sich überlebt. »Ein Freund behauptet, ich hätte unvergessliche Bilder des zerstörten Wilna geschaffen. Aber ich will kein Historiker in Versen sein.« Der Übergang zur Prosa ergab sich zufällig. Anlässlich der Veröffentlichung von *Der mames tsavoe* wurde ein Fest ausgerichtet. »Ich dachte, es wäre angebracht, etwas über mich selbst zu sagen, und so verwob ich in meine Rede eine Begegnung mit einem Musarnik [...] Es waren sehr viele Zuhörer da und ich sah, dass von meiner Rede über Wilna und Literatur die Leute von diesen drei Seiten in Bann geschlagen waren.

Ich dachte: Aha! und begann in der U-Bahn nach Hause Notizen zu machen.«

»Mayn krig mit hersh rasseyner« erschien im September 1951 in der Zeitschrift *Yidisher kemfer*. Chaim Wilner kehrt 1937 in seine alte Jeschiwa nach Białystok zurück, um einen Vortrag zu halten. Er findet dort erschöpfte und erloschene Studenten, aber sein Freund Hirsch ist nicht darunter. Er hat sich in seine Dachstube zurückgezogen. Als Wilner eintritt, entflammt ihr alter Streit: »Du denkst wohl, Chaim Wilner, du kannst dich durch Flucht aus der Jeschiwa retten? Aber du kennst ja unseren Spruch: Wer einmal Musar studierte, den freut das Leben nicht mehr. Du bist für immer deformiert, Chaim Wilner, verkrüppelt. Du schreibst gottlose Verse, und zur Belohnung tätscheln sie dir die Wange. […] Du hast geistige Befriedung aufgegeben. Wofür? Für Leidenschaften, die du nie ganz befriedigen, und Zweifel, die du nie ausräumen kannst, egal wie viel du leidest.« Wilner schießt zurück: »Ich suche nicht Vergnügen, sondern die Wahrheit. Ich bin auch nicht weggelaufen, sondern in meine Straße zurückgekehrt – in die Jatkowa in Wilna. Ich liebe die Träger mit ihren kaputten Rücken vom Schleppen der Lasten; ich liebe die Handwerker, die an ihren Werkbänken schwitzen, ich liebe die Marktfrauen, die sich den Finger abschneiden würden, um einem Armen Brot zu geben. Aber du beschimpfst die Armen als Sünder, und alles, was du ihnen bieten kannst, ist Reue und Umkehr. Du verlachst die Leute, die arbeiten, weil sie kein Gottvertrauen haben. Aber du lebst von dem, was sie erarbeiten. Von der Arbeit ausgelaugte Frauen bringen dir etwas zum Essen und du versprichst ihnen einen Anteil am Jenseits. Hirsch Rassejner, du hast deinen Anteil am Jenseits schon vor langem an diese Frauen verkauft.«

Der große Test kommt nach dem Krieg. Chaim sieht Hirsch 1948 zufällig in der Pariser Métro. Hirsch war in einem Lager in Lettland und steht jetzt wieder einer Jeschiwa vor. Er ist noch frommer als vor dem Krieg: »Wie könnte ich es in dieser blutrünstigen Welt auch nur eine Minute aushalten ohne Gott?« Es gab nur eine Möglichkeit, sagt Hirsch, das Lager als Mensch zu überleben, nämlich im spirituellen Widerstand, der für ihn als Musarnik gleichbedeutend war mit absoluter Selbstbeherrschung: »Wer sich beherrscht, bestätigt den Herrn der Welt.« Auf einer Parkbank fallen sie in ihren alten Streit. Chaim führt die Werte des Humanismus und der Aufklärung an, und Hirsch lacht, die Kultur der humanistischen Werte hätte die Katastrophe nicht verhindert, sondern begünstigt. Hirsch nimmt die Selbstbezogenheit der kapitalistischen Kulturen auseinander und schließt viele Stunden später: »Ich will dir eine Frage stellen, nur eine. Was passiert ist, wissen alle Juden [...]. Alle Juden betrauern ein Drittel ihres Volkes [...]. Denn jeder, der zu echtem Gefühl fähig ist, weiß, nicht ein Drittel des Hauses Israel, sondern ein Drittel des eigenen Körpers, der eigenen Seele wurde vernichtet. [...] Aber du, Chaim, kannst essen und schlafen und lachen und dich so elegant anziehen? [...] Deine Welt ist gefallen. [...] Ich aber schreie, bis ich erschöpft bin [...]: ›Vater, Vater, nur du bist uns geblieben.‹«

Hirschs Position ist die des Chason Isch: Affirmation der Grundprinzipien des Glaubens und Vermeidung aller dornigen theologischen Fragen wie die nach der Gerechtigkeit Gottes. Die einzige religiöse Pflicht, die der Holocaust auferlegte, war der Wiederaufbau von Zentren des Torah-Studiums. Die Flucht in den einfachen Glauben, die der Chason Isch und die Musarniks teilen, ist keine Verweigerung, die Realität des Holocaust anzuerkennen, sondern eine Folge der geistigen Erschöpfung, die das ständige Nachdenken über ein quälendes, rational nicht lösbares Problem produziert. Proust kennt diese Form der Resignation. Wochenlang analysiert Swann Odettes gesichtslose Gleichgültigkeit. »Es ermüdetet sein Denken so sehr, daß er sich mit der Hand über die Augen fuhr und ausrief: ›In Gottes Namen‹, wie diejenigen, die, nachdem sie leidenschaftlich das Problem der Realität der Außenwelt oder der Unsterblichkeit der Seele zu erfassen versucht haben, ihrem erschöpften Geist die Entspannung des schlichten Glaubens gestatten.« Darum kann der Glaube Hirschs und des Chason Isch auch den Abgrund des Holocaust überspringen, denn als theologisches Problem ist der Holocaust nicht neu. Er ist ein altes Problem, auf das Juden bereits mit der Bejahung Gottes geantwortet haben. Neu ist der Holocaust nur für die, die an die moralische Verbesserung der Menschen durch Bildung glaubten. Sie wurden enttäuscht und müssen sich, meint Hirsch, ganz neu orientieren. Dieser Einsicht verweigert sich Chaim. Er setzt auf Empathie und Annäherung an andere durch Schreiben. »Wir haben das gleiche Unglück. Aber du hast eine fertige Antwort, während wir weiter zweifeln und unsere Zweifel wahrscheinlich nie stillen können. Was uns bleibt, ist die Freude der Neuschöpfung, und im Prozess des Schaffens versuchen wir, uns anderen Menschen zu nähern.«

Als dieser Text kurz vor Rosch Haschana 1951 erschien, traf er ins Nervenzentrum der ersten Generation der New Yorker jüdischen Intellektuellen, die von zu Hause her noch Jiddisch lesen konnten, aber bereits am City College, an der Columbia oder Harvard University studiert hatten. Milton Himmelfarbs Übersetzung ins Englische erschien 1953 in der November-Ausgabe von *Commentary*, der wichtigsten Zeitschrift der »New York Intellectuals«, und im Jahr darauf in der schicksalsentscheidenden Anthologie *A Treasure of Yiddish Stories* (1954), mit der Irving Howe und Eliezer Greenberg Amerikanern erstmals vorführten, was moderne jiddische Literatur war. Im Vorjahr war in *Partisan Review*, der anderen großen Zeitschrift der »New York Intellectuals«, Isaac Bashevis Singers Erzählung »Gimpel der Narr« in der Übersetzung von Saul Bellow erschienen und hatte Singer über Nacht berühmt gemacht. Nun zog Grade nach. Ihre Helden Gimpel und Hirsch Rassejner entscheiden sich angesichts einer deprimierenden Wirklichkeit für den einfachen Glauben, weil er eine moralische Existenz zulässt.

Singer lebte seit 1935 als jiddischer Schriftsteller in Brooklyn und war auf den Moment des Durchbruchs in die amerikanische Literaturszene vorbereitet. Er hatte längst aufgehört, ernsthaft an die Möglichkeit einer jiddischen Literatur in Amerika zu glauben, und war darum bereit, auf einer zweiten Schiene ein amerikanisches Massenpublikum zu bedienen, für das er, ein europäischer Intellektueller, mit wachsendem Erfolg, Isaac B. Singer, den weisen, leicht perversen jüdischen Clown spielte. Sein eigentliches Werk wusste er ja in der jiddischen Sprache verwahrt. Wie Singer veröffentlichte auch Grade nun zunehmend längere erzählende Prosa als Fortsetzungsabdrucke in jiddischen Zeitungen, aber er schaffte den Sprung nicht in die Welt der englischen Übersetzung. Dafür gab es soziale und literarische Gründe. Als Grade sich in New York niederließ, lebten die literarischen Helden noch, die er in Wilna gelesen hatte. Menachem Boraisha, Mani Leib, Abraham Reyzen, Joseph Opatoshu, Celia Dropkin, H. Leivick, Yankev Glatshteyn, Malka Lee und Nachkriegseinwanderer wie Melech Ravitch, Kadya Molodowsky, Y. Y. Trunk, Mordechai Strigler, Aaron Zeitlin und viele andere schufen in New York ein lebendiges jiddisches Milieu. Noch 1950 gab es in New York vier jiddische Zeitungen für knapp eine Viertelmillion Leser, und die Neuankömmlinge brachten ihre reiche Sprache und ihre vollen Erfahrungen mit. Singer, der in den dreißiger Jahren schon einmal beobachtet hatte, wie Jiddisch in Amerika unter Assimilationsdruck geriet und langsam ausflackerte, hielt die Nachkriegsrenaissance für ein Strohfeuer. Die jiddischen Poeten, ob alteingesessen oder eingewandert, waren Exoten und Außenseiter, denn der kulturelle Trend hieß sozialer Aufstieg durch Assimilation. In der Bahn von der Bronx nach Manhattan blieb Jiddisch auf der Strecke.

Obwohl auch Singer über den Hof seines Vaters schrieb, der dort als kleiner Rabbiner armer Leute fungierte, und obwohl auch Singer tief in der jüdischen Vergangenheit wühlte und seinerseits asketische Lustbekämpfer aufs Papier zauberte, so geschah es bei ihm – anders als bei Grade – immer mit hoher Ironie und einem Schuss Zynismus. Singer war ein Produkt der kosmopolitischen Warschauer Moderne. Er hatte Erich Maria Remarque und Hamsun übersetzt, hatte für Zeitungen schwülen Schund produziert und war im Tempel der jiddischen Literatur, im *Literaten-farayn* in der Warschauer Tłomackie 13, ein- und ausgegangen. Sein erster Roman, *Sotn in Goray* (1935), kleidete Massenpsychose und sexuelle Exzesse in ein dünnes historisches Gewand. Dagegen wirkte Grade wie ein netter Bub. Auch er war kein Heiliger, was Frauen anging. »Glaub mir«, schrieb er an seinen Freund Abraham Bornstein, »ich könnte auch erotische Szenen beschreiben, sie wären nicht schlechter als die von Bashevis-Singer. Doch er hat sich zum Ziel gesetzt, den vulgären Geschmack seiner amerikanischen Leser zu bedienen, sie nicht mit Glauben, sondern mit jüdischem Aberglauben vollzustopfen, um erfolgreich zu sein. Er ist für mich kein Vorbild.« Singers Gimpel ist halb heilige Einfalt, halb Schlitzohr; er uriniert aus Rache in den Brotteig der Gemeinde, der in seiner Bäckerei ruht, bevor er das Dorf verlässt auf dem Weg in die Freiheit. Gimpel fügte sich gut ein in die Reihe der unangepassten Einzelgänger in Saul Bellows *Adventures of Augie March*, J. D. Salingers *Catcher in the Rye* und Jack Kerouacs *On the Road*, die die neue amerikanische Literatur dominierten. Bellow gab der reichen Sprache Singers den harten Schliff seines eigenen literarischen Idioms. Singers amerikanischer Erfolg verbitterte viele seiner jiddischen Kollegen. Denn wer nicht übersetzt wurde, existierte nicht. Das Desinteresse der amerikanisch-jüdischen Intellektuellen und der vielen Gemeindefunktionäre an den genialen jiddischen Schriftstellern in ihrer Mitte war absolut.

Grade focht das nicht an. Er wusste, wer er war: Ein litauischer Intellektueller, verwurzelt in seinem Milieu. »Du bist für immer deformiert, Chaim Wilner«, hatte er Hirsch Rassejner sagen lassen. Der Essay hatte eine Tür aufgestoßen. Grade begann, Erzählungen über Wilna zu schreiben. David Meckler,

Herausgeber des *Morgn-Zhurnals,* war begeistert, wollte aber nicht mit »Shifrele« beginnen. Grades erste Geschichte handelte von einer schönen verheirateten Frau, die Lust und Leidenschaft entdeckt. Meckler wählte Szenen aus der Lebenswelt von Grades Mutter. *Der mames shabosim* lief als Fortsetzungsabdruck im *Tog-morgen zhurnal.* Just in dieser Zeit (1953–1955) liefen im *Forverts* unter dem Titel *Der hoyf* Singers Erinnerungen an den Hof seines Vaters in der Krochmalna in Warschau. *Der mames shabosim* erschien als Buch 1955 bei Leo Stein in Chicago. Gleichzeitig arbeitete Grade weiter an seinem gereimten Epos *Talmidey khakhomim de lite* (Die Torah-Gelehrten von Litauen), für das er ein Stipendium der Claims Conference erhalten hatte, und gab einen Band mit Erzählungen des rauen und bitteren Schriftstellers Jonah Rosenfeld heraus. Drei Jahre später veröffentlichte er unter dem Titel *Der shulhoyf* (1958) drei lange Erzählungen: »Der brunem,« »R. Nokhuml der malve« und »Shifrele« (Der Brunnen, Der Geldverleiher Nachum, Shifra). Auf der letzten Seite druckte Grade eine Liste seiner Werke und vermerkte, zwei Prosawerke, *Di agune* und *Tsemach atlas,* würden für den Druck vorbereitet. *Di agune* erschien 1961, *Tsemach atlas* zweibändig 1967 und 1968. Als Buchpublikationen folgten noch der Gedichtband *Oyf mayn veg tsu dir* (1969), *Di kloyz un di gas* (1974) und *Der shtumer minyen* (1976). *Di kloyz un di gas* bestand aus den Erzählungen »Zeydes un eyniklekh« (Großväter und Enkelkinder), »Leybe-Leyzers hoyf«, »Di shvue« (Der Eid) und »Di rebetsin«.

Während Grades lyrisches Werk thematisch breit gefächert ist und seinen Weg durch die Welt abbildet (es gibt Gedichte über Kasachstan, Taschkent, die Schweiz, Israel, Kalifornien), ist seine Prosa nur in Wilna und der rabbinischen Welt Litauens angesiedelt. Grade erkannte das selbst als Last. Schon im Juni 1955 schrieb er an Bornstein: »Du hast schon genug von meinem Werk gelesen, um zu erkennen, dass ich in meiner Lyrik und meiner Prosa mit der Vergangenheit lebe. Das ist meinem Wesen eigentlich fremd, denn von Natur aus bin ich ein Mensch von heute. Aber die Welt meines Schreibens ist die Vergangenheit, erstens weil ich zu spät nach Amerika kam und schon zu stark in meiner Heimat und meiner Kultur verwurzelt war und zweitens weil ich mich jetzt in einem Umfeld befinde, in dem kein eigenes, interessantes amerikanisch-jüdisches Leben entstanden ist, das meiner Beschreibung wert wäre, besonders da man von mir ja gerade Alt-Jüdischkeit erwartet, zu der die amerikanischen Leser in meiner Umgebung ein nostalgisches Verhältnis haben. Aber das Leben mit der Erinnerung ist sehr schwer, und mit jedem Monat vertieft sich mein Verständnis der Tragödie der hiesigen jiddischen Schriftsteller, die alles aus sich heraus erschaffen müssen.« Doch das Problem steckte tiefer. Im Januar 1967 schrieb Grade an Bornstein: »Mich quält das geistige Exil, das Leben in einer fremden Kultur [...] Das Verlassen der Jeschiwa verpflichtete mich, die besten kulturellen Hervorbringungen der säkularen Welt kennenzulernen. Meine Tragik ist, dass ich mich von der Jeschiwa nie ganz losreißen konnte und eigentlich auch nicht wollte. So hänge ich jetzt wie viele andere zwischen zwei Ufern.« Im Mai 1969 schrieb er: »Es ist merkwürdig, dass ich mich erst im Spiegel meiner Helden erkenne. In der Straße, in der ich aufwuchs, wohnten auch viele säkulare Leute, nicht nur Fromme. Es ist schon bald vierzig Jahre her, seit ich die Jeschiwa verließ, und nur wenige Schriftsteller kamen so weit herum wie ich. Darum gibt es in meiner Lyrik so viele Themen. Aber in meiner Prosa kann ich meine Erfahrungen mit Menschen und der Welt nur durch das Vehikel der rabbinischen Gesellschaft Litauens ausdrücken. Ich nehme Menschen aus Detroit und Chicago und versetze sie nach Wilna. Schriftstellern aus New York hänge ich einen Bart um und mache sie zu kleinstädtischen Rabbinern.« Wenn Grades Briefe einmal vorliegen, werden sie das Bild eines ungemein belesenen, sehr komplexen Mannes vor Augen führen.

Grade liebte schöne Dinge. Mit seinen beschränkten Mitteln sorgte er dafür, dass auch seine Bücher schön waren.

Obwohl jedes Prosawerk in einem anderen Verlag erschien, glichen sie einander: sandsteinfarbene Buchdeckel, Titel und Autor in ähnlicher Type in Bronze oder Gold aufgeprägt; identisches Format, gutes Papier, breiter Rand, klarer, satter Druck. »Zeig mir mal einen anderen jiddischen Schriftsteller«, schrieb er im Oktober 1966 an Bornstein, »der die Nachfrage von 25 000 Zeitungslesern ignoriert, um ein Buch von tausend Exemplaren herzustellen! Meine Freunde halten das nicht für normal.« Ständig war Grade mit dem Hut in der Hand unterwegs. Die Vorworte seiner Romane sind Danksagungen an Organisationen, Mäzene und Freunde, die ein paar hundert Dollar für den Buchdruck gespendet hatten. Übersetzung wäre ein Ausweg. Doch Grade schrieb an Bornstein im Juni 1963: »Ich schätze an Dir, dass Du von mir nicht verlangst, ich solle mich mit Gewalt ins Englische drängen. Es gibt in meinem Umfeld Menschen – und Du kennst sie auch! –, die würden für ein Gedicht, ein übersetztes Gedicht in *Commentary,* Vater und Mutter verkaufen. Aber von Dir höre ich nie und habe es auch nie gefühlt, dass du es für lebenswichtig hältst, dass ein Gedicht von mir auf Englisch erscheint. Gewiss, du hättest nichts dagegen, wenn einer meiner Romane oder ein Lyrik-Band auch bei nichtjüdischen Lesern bekannt würde. Gewiss, du willst in mir universale, allgemein menschliche Ideen erkennen. Das Letzte will ich auch und vielleicht mehr als alles andere. Aber die Hauptsache bleibt, dass Du für mich keine zweifelhafte *publicity* in englischer Sprache suchst.«

Vier Jahre später lag Grades Roman *Der Brunnen* in der aristokratischsten aller möglichen Übersetzungen vor. Ruth R. Wisse, deren Familie Wurzeln in Wilna hatte und die über Bukarest und Lissabon 1940 nach Montreal geflohen war, wo die Mutter bestimmte, dass im Haus nur noch Jiddisch gesprochen wurde, war über Abraham Sutzkever, dessen Vortragsreise durch Kanada Wisse 1959 organisierte, für die jiddische Literatur gewonnen worden. Sie würde 1993 schließlich auch auf den ersten Lehrstuhl für jiddische Literatur an der Harvard University berufen werden. Für Wisse war Grade einer der besten zeitgenössischen Schriftsteller und »Mein Streit mit Hirsch Rassejner« einer der wichtigsten Texte der Moderne.

Der nächste Übersetzer, Curt Leviant, 1932 in Wien geboren und 1938 geflüchtet, war selbst Romancier. Er übersetzte 1972 als Auftragsarbeit Grades Beschreibung seiner Rückkehr nach Wilna in *Der mames shabosim.* Er lernte Grade kennen und begann, fasziniert von seiner Intensität, mit der Übersetzung von *Di agune* und *Tsemach atlas.* Leviant bezeichnete die Arbeit an diesen Romanen als schwierig, weil man außer den jüdischen Sprachen Jiddisch und Hebräisch, auch »Jüdisch« können müsse. Das bedeutet nicht nur Vertrautheit mit dem jüdischen Lebenszyklus von der Beschneidung bis zur Beerdigung, mit dem liturgischen Jahr und seinen vielen Feiertagen, mit den essentiellen sozialen Institutionen und schließlich mit den wichtigsten Gesetzbüchern, Gelehrten und ihrer Sprechweise. Es bedeutet bei Grade auch Vertrautheit mit der jüdischen Topographie Wilnas, die wie Rituale und Bücher als Gedächtnisträger funktioniert. Ein *durkhhoyf* ist eben nicht nur eine Verbindungsgasse zwischen zwei Straßen, sondern eine eigene soziale und kulturelle Nische. »Jüdisch« können bedeutet, sich im kulturellen Gedächtnis der Juden sowohl diachron als auch synchron bewegen zu können. Zu den Schwierigkeiten beim Übersetzen jiddischer Texte gehört weiter die Kenntnis der kanonischen Texte, auf die ständig angespielt wird. Unter jüdischen Intellektuellen wird die Kunst der versteckten literarischen Anspielung so hoch geschätzt, dass sie dem ersten modernen jiddischen Romancier, Scholem Jankew Abramowitsch, in den 1860er Jahren als Köder diente, um seine intellektuellen hebräischschreibenden Kollegen zur Lektüre seiner jiddischen Erzählungen zu bewegen. Ein belletristischer Text wurde umso mehr geschätzt, je höher seine Anspielungsdichte war. Bei Leviant klingen Grades Talmud-Studenten, als lebten sie in Brooklyn. Grades Sprache aber hat nichts von der Straße an sich und nichts vom amerikanischem

»Jeschiwisch«. Sie ist ein feines, literarisches Konstrukt, oft sehr rhythmisch und voller überraschender Vergleiche, wie man sie in Grades Gedichten findet. Es gibt maßlose Zornausbrüche in seinen Charakteren wie bei Heimito von Doderer, aber alles Vulgäre ist Grades Sprache fremd.

Das rabbinische Milieu, Grades Anspielungsdichte und sein Verzicht auf Erklärungen, sei es aus Ungeduld, sei es, weil sie sich in einem zentral jüdischen Text fremd ausnehmen würden, stellen besondere Anforderungen an Übersetzer, die die Erzählungen ja für Leser einer anderen Kultur zugänglich machen müssen, ohne das Original zu stark zu dehnen. Das Ziel einer Übersetzung muss sein, nicht den Inhalt eines Werkes, sondern den Stil eines Autors in einer anderen Sprache und Kultur neu zu erschaffen.

Inna Grade hatte zum Werk ihres Mannes keinen unmittelbaren Zugang, denn sie war in der russischen Kultur aufgewachsen. Die rabbinische Kultur Litauens war und blieb ihr fremd. Jiddisch hatte sie im Zusammenleben mit ihrem Mann gelernt. Sie litt unter ihrer Deklassierung (ihr Vater gehörte zur russischen Intelligenzija) und unter Singers Publikumserfolgen. Seine Auftritte, in denen er als Kobold oder weiser Clown das Publikum zum Lachen brachte, waren ein ständiger Stachel in ihrer Seele. Die Verleihung des Literaturnobelpreises an Singer 1978 war für viele jiddische Schriftsteller schwer zu verkraften, weil es keinen weiteren Nobelpreis für einen jiddischen Autor geben würde und Singers Werk nun für die jiddische Moderne stand. Inna Grade griff zum Telefon und rief bei Verlagen an. Bei Alfred A. Knopf traf sie auf Ashbel Green, dessen gleichnamiger Vorfahr im Amerikanischen Unabhängigkeitskrieg gekämpft hatte und als Gegner der Sklaverei achter Präsident der Princeton University geworden war. In den dreißiger Jahren hatte Knopf Übersetzungen von Scholem Alejchem und Israel Joshua Singer verlegt, seither aber keinen weiteren jiddischen Autor. Green bat Chaim Grade, ein Manuskript zu schicken.

Im Winter 1979 hatte Grade in der Lobby eines Hotels in Boston dem Telefonat eines abgehetzten Mannes zugehört. Als der Mann sagte: »Hör zu, wenn ihr mit dem Nachmittagsgebet anfangen müsst, macht das. *Vart nisht af mir*!«, heuerte er ihn auf der Stelle als Übersetzer an. Harold Rabinowitz, Lehrer an einer orthodoxen Schule und Rabbiner einer kleinen Gemeinde in einem Bostoner Vorwort, übersetzte nun gemeinsam mit Inna und Chaim drei der vier Erzählungen in *Di kloyz un di gas*. Im März landete das Manuskript auf dem Schreibtisch von Mel Rosenthal, Lektor in Greens Abteilung. Er gab es zur Korrektur außer Haus. Nach ein paar Tagen rief der Korrektor an und sagte, »nur Dreiviertel der Übersetzung habe es ins Englische geschafft und mit den vielen jüdischen Gebräuchen könne er nichts anfangen.« Rosenthal begann das Manuskript umzuschreiben. »Ich musste erraten, was gemeint war.« Da er zwar Jiddisch lesen konnte, aber das Original nicht vorliegen hatte, behandelte er das Manuskript als englisches Original. Drei Monate später, am 26. Juni, starb Chaim Grade an einem Herzinfarkt. Die englische Übersetzung, die sich zum Teil erheblich vom Original unterscheidet, wurde von Inna Grade autorisiert. *Rabbis and Wives* erschien im Herbst 1982 und gehörte zu den drei Romanen, die 1983 für den Pulitzer-Preis in Belletristik nominiert wurden (es gewann Alice Walker, *The Color Purple*). Rosenthal arbeitete ähnlich intensiv am Manuskript der Übersetzung von *Der mames shabosim*, die 1986 unter dem Titel *My Mother's Sabbath Days* erschien.

Die beiden Titel waren kritische, aber keine kommerziellen Erfolge. Enttäuscht wandte Inna Grade sich ab. Sie erlaubte keine weiteren Übersetzungen oder Editionen aus Grades Nachlass. Wer versuchte, für Grade oder seine Schriften tätig zu werden, bekam eine Abmahnung von Innas Anwalt. Achtundzwanzig Jahre lang hielt sie »Chaimka's« Werk unter Verschluss mit einer Bitterkeit und Rachsucht, die nicht gegen die Welt, sondern gegen ihren Mann gerichtet waren, der es gewagt hatte, sie zu verlassen. Bewusst verhinderte sie seine postume Rezeption. Wenn Grade der Horodner Rebbezin Sarah-Rivka während der Trauerreden den Gedanken eingibt, »Als ihr Mann noch lebte, gehörte er auch ihr. Jetzt gehörte er der Stadt und der ganzen Welt, aber nicht mehr ihr«, reflektiert er darin den Absolutheitsanspruch seiner eigenen Frau. In der Tat sagte Inna niemandem, dass Grade gestorben war. Sie beerdigte ihn ganz allein, in Begleitung einer Frau, mit der sie sich für diesen Tag verabredete und die sie mit dem Leichenwagen abholte. Den Menschen, die Grade an seinem Todestag auf einer Versammlung erwarteten, sagte sie, er sei nach Boston gefahren. An Bornstein hatte Grade im Oktober 1966 geschrieben: »Die Lebensgefahr für mich ist die Tyrannei der Schwachen, angefangen damit, wie ich mich erwürge, um andern gegenüber Geduld aufzubringen, weil niemand sonst sie beachtet, und bis hin zu meiner Frau, die mich, ihren Mann, zum Großvater macht und mich Bobbe Chaim [Oma Chaim] nennt. Aber wenn ich einmal auch nur den geringsten Anspruch an sie stelle, ist die Hölle los! Gleichzeitig ist sie mir sehr zugetan, aber genau in der Weise, die sie an ihrer Mutter so hasst.« Und im August 1968: »Zu den traurigsten Geschichten in der Gemara gehört die vom Mann, dessen Frau starb und ihn mit einem Baby in Händen zurückließ. In seiner Verzweiflung schrie er zum Himmel und betete so lange, bis ihm zwei Brüste wuchsen wie bei einer Frau, sodass er sein Kind säugen konnte. Aber, so schließt die Gemara, im Himmel war man erbost, dass er Gott zwang, die Weltordnung zu ändern. Ich denke sehr oft an diese Geschichte in Bezug auf die Rollen, die ich für meine Frau übernahm, denn ich bin für sie nicht nur ihr Vater, sondern auch ihre Großmutter. Warum ich das tue, ist eine andere Frage. Nicht alles, was man tut, kann man erklären. Aber ich denke oft, dass die Rolle, die ich übernommen habe, obwohl sie sich sehr menschlich ausnimmt, nicht das ist, was Gott und die Natur verlangen.« Grades Ehe war eine lange Nacht des Zanks und wilden Geschreis. Auch darüber geben die Briefe an Bornstein Auskunft.

Als Inna Grade am 2. Mai 2010 fünfundachtzigjährig starb, fiel der Nachlass an den Staat New York. Der Psychologe, der Inna Grade in ihren letzten Lebensmonaten betreut hatte, sagte den Beamten, sie sollten die Wohnung betreten wie das Grab Tutanchamuns. Als die Dreizimmerwohnung in der Bronx (555 Gale Place, wo die Grades seit 1970 wohnten) geöffnet wurde, bot sich ihnen ein Bild der Überfüllung und Verwahrlosung: 20 000 Bücher und überall Papier: Manuskripte, Briefe, Rechnungen, Zeitungen; auf dem abgeschabten Linoleum Hunderte von schwarzen Pfefferkörnern gegen Mäuse, Staub und Schmutz in dicken Schichten. Der Nachlass wurde 2013 dem YIVO Institute for Jewish Research in New York und der National Library of Israel in Jerusalem gemeinsam zugesprochen. Ende 2022 werden alle Dokumente digital zugänglich sein. Die Tür zu Grades Welt geht auf.

Grades letzter Roman, *Fun unter der erd*, der zwischen 1979 und 1982 im *Forverts* als Fortsetzungsabdruck lief, spielt 1944 in Wilna. Die Deutschen sind weg. Schajke Tschmerinski (Shmerke Kaczerginski) ist nach Wilna zurückgekehrt, sammelt in einem Museum die in den Ruinen verstreuten jüdischen Schätze ein und widersteht dem Druck der sowjetischen Besatzer, das Museum aufzulösen. Ein jüdischer Arzt artikuliert die schmerzliche Vergeblichkeit des Unternehmens:

> Selbst wenn für das Museum ein Palast anstatt des Ghetto-Gefängnisses bewilligt würde und der sowjetische Staat einen ganzen Stab einsetzte, um alles zu sortieren und zu katalogisieren: die Bücher, die heiligen Texte, die Packen und Säcke mit Zetteln von allerlei verschrobenen Gelehrten, die sich jahrzehntelang darauf vorbereiteten, ein gelehrtes Werk zu schreiben – würde dadurch das ermordete Wilna wiederauferstehen? Können Berge verschimmelter Bücher eine Stadt mit lebendigen Menschen ersetzen?

Aber Grade hinterließ nicht nur Bücher. Drei Jahrzehnte lang fuhr er durch Amerika von Montreal bis Buenos Aires und hielt Vorträge über jiddische Literatur. »Ich habe mein Geld immer mit Vorträgen verdient.« Fünfundzwanzig Mal war er in Miami, immer wieder in Chicago und Detroit. Er sprach über jiddische Literatur, über die Gelehrten Litauens, über Wilna, über Bialiks Dichtung. »Er trug vor mit der Emphase eines litauischen Rosch-Jeschiwa, der einen Satz in der Gemara auseinandernimmt, und mit der gleichen Sprachmelodie«, erinnerte sich ein Zuhörer. »Als ich ihn darauf ansprach, beschrieb er den Lehrstil dieser Leute: ›*Er iz arayn in a blat gemore vi a marshal oyfn shlakhtfeld.*‹« Einige Vorträge wurden aufgezeichnet, sodass wir Grades Stimme noch haben. Zu den Höhepunkten gehört seine Vortragsreihe an der Harvard University in jiddischer Sprache, zu der ihn 1979 Isadore Twerky, Maimonides-Spezialist und Professor für jüdische Ideengeschichte, eingeladen hatte. Außerhalb Harvards war Professor Twersky der Talner Rebbe Yitzhak. Nach Harvard war Twersky als Nachfolger des *gadol hador* Harry Austryn Wolfson berufen worden, der noch in der Elite-Jeschiwa von Slobodka studiert hatte. Wolfsons legendäres Arbeitszimmer, »Raum K« tief im Herzen der zehnstöckigen Widener Library im Zentrum Harvards, war wie Grades Wohnung vollgestopft mit Büchern und Manuskripten. In Wolfsons Schatten und vermittelt durch seinen brillanten Nachfolger R. Twersky, der wie Maimonides zwischen den Welten des Glaubens, der Chassidut, und des rationalen Diskurses zu vermitteln suchte, sprach Grade auf seine jeschiwische Weise und in der Sprache Wilnas zur Generation der Zukunft – Studenten, die später Grades Dichtung lehren würden. Grades Verdienst, sein Beitrag zur *goldenen keyt*, der jüdischen Texttradition, war sein unermüdliches Ringen um die Sprache, die seine vergangene Lebenswelt plastisch gestalten und für die Zukunft verwahren sollte.

»So ist es mit unserer Vergangenheit«, schrieb Proust in seiner Hinführung zur Madeleine, deren teedurchtränkter Geschmack seine Erinnerungsarbeit auslöst. »Vergebens versuchen wir, sie wieder heraufzubeschwören, unser Verstand bemüht sich umsonst. Sie verbirgt sich außerhalb seines Machtbereichs und unerkennbar für ihn in irgendeinem stofflichen Gegenstand (oder der Empfindung, die dieser Gegenstand in uns weckt); in welchem, ahnen wir nicht.«

Grades Madeleine waren der Anblick einer Talmud-Seite, das Gleiten des glatten Leders beim Legen der Gebetsriemen, die Bewegung beim Umlegen des Gebetsmantels, die ein Jahrzehnt lang zu seiner täglichen Routine gehörten. Sie waren verbunden mit Klängen, Gerüchen und Gefühlen. Er musste diese Schätze in Sprache verwandeln, damit sie transportierbar wurden. In einem Gedicht, das mit dem Motiv des brennenden Busches spielt, vor dem Moses zum Sprecher des Volkes Israel berufen wurde, schreibt Grade:

Ikh bin der dikhter vos lebt in zikorn
Un fil oyf mayn tsung vi es vyanet mayn loshn
Halevay ken ikh zogn, az ikh bin der dorn
Vos brent in dem midber un vert nit farloshn.

Ich bin der Dichter, der in der Erinnerung lebt,
Und fühle, wie auf meiner Zunge meine Sprache verwelkt
Ach, könnte ich sagen, ich bin der Busch,
Der in der Wüste brennt und nie erlischt

→ S. 344

Den Begriff »silbernes Zeitalter« benutzte zuerst der dänische Literaturwissenschaftler Jan Schwarz in *Survivors and Exiles: Yiddish Culture after the Holocaust* (Detroit: Wayne State University Press, 2015), 212, 245. Zum Übergang der jiddischen Literatur der dreißiger Jahre in eine Literatur der Rekonstruktion in den vierziger Jahren siehe David E. Fishman in seiner Einführung zu Hirsz Abramowicz, *Memoirs of East European Jewish Life before World War II*. Hg. von Dina Abramowicz und Jeffrey Shandler (Detroit: Wayne State University Press, 1999). Hirsz Abramowicz lebte in Wilna. Er zeichnet ein genaues Bild des Milieus, in dem Grades Charaktere sich bewegen.

Elie Wiesel, »Even Those Who Survived Are Partly Lost«. *The New York Times Book Review*, 1. September 1974: 5 – 6 [Besprechung von Grades Roman, The Agunah]. Da Wiesel das Wort »lebend« einfügte, kam als Konkurrent nur Isaac Bashevis Singer in Frage.

→ S. 345

Das gilt auch, wie Herfried Münkler darstellte, für Historiker: »Friedrich Nietzsche hat die überhandnehmende Vergangenheitsorientierung ohne Bezug zur Gegenwart und ohne Nutzen für das Begreifen ihrer Herausforderungen als ›antiquarisch‹ bezeichnet. Ein antiquarisches Interesse an der Geschichte sei vorherrschend, ›wenn die Historie dem vergangenen Leben so dient, dass sie das Weiterleben und gerade das höhere Leben untergräbt, wenn der historische Sinn das Leben nicht mehr konserviert, sondern mumisiert.‹« Friedrich Nietzsche, »Vom Nutzen und Nachtheil der Historie für das Leben«, in »Unzeitgemäße Betrachtungen II.« *Sämtliche Werke*, Bd. 1. Hg. von Giorgio Colli und Mazzino Montinari (München: Deutscher Taschenbuch Verlag, Berlin: de Gruyter, 1980), 268; Herfried Münkler, *Der Dreißigjährige Krieg* (Reinbek: Rowohlt, 2017), 20.

Walter Benjamin, »Zum Bilde Prousts«, in *Illuminationen: Ausgewählte Schriften* (Frankfurt: Suhrkamp Verlag, 1977), 335 – 336. Den Zusammenhang von Proust und Grade sieht auch Jan Schwarz in seinem Buch *Imagining Lives: Autobiographical Fiction of Yiddish Writers* (Madison: University of Wisconsin, 2005), 128 (über Grade 133 – 142).

Das dem Essay vorangestellte Motto ist diesem Satz entnommen: »Weil ich an Dinge und Wesen noch geglaubt, während ich jene Gegenden durchschritt, sind die Dinge und Wesen, die ich in ihnen kennenlernte, die einzigen, die ich heute noch ernst nehmen kann und die mir Freude schenken. Ob nun der schöpferische Glaube in mir versiegt ist oder die Wirklichkeit sich nur aus der Erinnerung formt, jedenfalls kommen mir Blumen, die man mir heute zeigt, nicht mehr wie richtige Blumen vor.« Marcel Proust, *Auf der Suche nach der verlorenen Zeit. In Swanns Welt*. Aus dem Französischen von Eva Rechel-Mertens (Frankfurt: Suhrkamp, 1997), 245; Marcel Proust, *A la recherche du temps perdu*. Tome 1 (Paris: Pléiade, 1954), 184.

Yechiel Szeintuch, »Chaim Grade, der ferter klasiker in der yidisher literatur«. *Yerusholaymer almanakh*, 30 (2016).

→ S. 346

»True, Grade's universe seems closed to external events; it offers no opening to the outside world [...] I hope the reader will follow him; Vilna transcends Vilna. As is the case for many artistic endeavors, this singularly Jewish novel becomes universal, because of its very singularity.« Wiesel, »Even Those Who Survived Are Partly Lost«, 6.

Eliezer Vizl, *Un di velt hot geshvign*. Dos poylishe yidntum, Nr. 117 (Buenos Aires: Tsentral-farband fun poylishe yidn in argentine, 1956); Elie Wiesel, *La Nuit* (Paris: Les Editions de Minuit, 1958); Schwarz, *Surviors and Exiles*, 113 (über Wiesels Umarbeitung 106–114); über Unterdrückung von Hass- und Rachegefühlen in den Erinnerungen von Überlebenden in nicht-jüdischen Sprachen siehe Naomi Seidman, »Elie Wiesel and the Scandal of Jewish Rage«. *Jewish Social Studies*, New Series 3.1 (Herbst 1996), 1–19.

→ S. 348

Grade widmete das Buch *Der mames shabosim* (Chicago: L. M. Stein, 1955), in dem er diese Ereignisse seiner Kindheit darstellt, seinen »Brüdern in Chicago – die Söhne unseres Vaters R. Schlomo-Mordechai ben R. Jeruchom«. Das Buch erschien in englischer Sprache unter dem Titel *My Mother's Sabbath Days*. Aus dem Jiddischen von Channa Kleinerman Goldstein und Inna Hecker Grade (New York: Alfred A. Knopf, 1986). Inna Grade änderte die Widmung. Die englische Ausgabe ist der Mutter, Vela Grade, gewidmet.

Es ist anzunehmen, dass Grades Vater 1919 einen Schlaganfall erlitt, da er danach halbseitig gelähmt war. In den Jahren danach litt er wohl an einer Rechtsherzinsuffizienz, sein Sohn Moisej an einer Linksherzinsuffizienz.

→ S. 349

Grade schreibt in *Der mames shabosim*, der 25. Elul sei ein Donnerstag gewesen. Der Vater starb am Donnerstag, den 22. September 1927 (25. Elul 5687). Grades Halbbrüder Abraham, Joe und Jack in Chicago finanzierten 1945 einen Band mit Grades Gedichten, der unter dem Titel *Doyres* (Generationen) erschien. Auf die Rückseite des Titelblatts stellten sie ein Foto des Vaters und die Widmung »in likhtiken ondenk fun foter Shloyme-Mordkhe Grade, geshtorbn oygust 1927 in vilne« (im lichten Andenken an den Vater Schlomo-Mordechai, der im August 1927 in Wilna starb). Über den Tod des Vaters siehe *Der mames shabosim*, 19, 56; *My Mother's Sabbath Days*, 14, 45. In einem Notizbuch, das Grade bei seiner Rückkehr 1945 nach Wilna bei sich hatte, notierte er die Information auf dem Grabstein seines Vaters: 25. Elul 5687. Grade's Notebooks, 1941–1943, 1940s, Container: Box 1, Folder: 12. The Estate of Chaim Grade and Inna Hecker Grade, RG 1952.

YIVO Institute for Jewish Research. https://archives.cjh.org/repositories/7/archival_objects/174476, besucht am 2. Juni 2020. Den Hinweis auf die Notiz verdanke ich Yehuda Zirkind.

Liba Augenfeld, Interview mit Christa Whitney, Minute 13:32 – 14:02. Yiddish Book Center, Amherst, MA. https://www.yiddishbookcenter.org/collections/oral-histories/interviews/woh-fi-0000314/liba-augenfeld-2012, besucht am 18. Mai 2020.

Grade, *Der mames shabosim*, 9; *My Mother's Sabbath Days,* 5.

Grade, *Der mames shabosim*, 39; *My Mother's Sabbath Days,* 31.

→ S. 350

Grade, *Der mames shabosim*, 44; *My Mother's Sabbath Days,* 35.

Zaynvl Diamant, »Khayim Grade«. *Leksikon fun der nayer yidisher literatur*. Bd. 2 (New York: Alveltlekhn yidishn kultur-kongres, 1958), 336; englische Übersetzung von Joshua A. Fogel: https://yleksikon.blogspot.com/search?q=Chaim+Grade, besucht am 1. Mai 2020.

Augenfeld, Interview mit Christa Whitney, Minute 14:30 – 15:23.

Zeugnis der 5. Klasse in der Schule »Yavne«. Es gibt sieben Fächer, darunter Bibel, Gemara, Hebräisch und Ethik. Nur im Schreiben erreicht Grade eine 5, die beste Note. Das Zeugnis ist mit Bleistift vom Vater unterschrieben. The Edward Blank YIVO Vilna Online Collections, RG3 F2000. https://digitalassets.yivo.org/RG%203/F1851-2000/ya-rg3-f2000.pdf, besucht am 30. Mai 2020. Grade erwähnt den Besuch einer säkularen Schule in *Der mames shabosim*, 223; *My Mother's Sabbath Days,* 187.

Im ersten Band von *Tsemakh Atlas* (Teil 3, Kap. 1 – 5) stellt Grade den Streit der Eltern dar. Obwohl auch ein stark autobiographischer Roman nie dazu herhalten sollte, die Fakten eines Lebens zu etablieren, meint Yehuda DovBer Zirkind, dass Grades Darstellung in *Tsemach atlas* nah an der Wirklichkeit ist. Zirkind, E-Mail an die Autorin vom 28. Mai 2020. Zirkind, Senior Research Fellow an der David Cardozo Academy und Student an der Tel Aviv University, ist zurzeit der beste Kenner aller Grade betreffenden Dokumente.

In einem jüdischen Kontext bedeutet Litauen nicht den modernen Staat Litauen oder das Gebiet, in dem Litauisch gesprochen wird, sondern das Gebiet des Großfürstentums Litauen zur Zeit der Union mit Polen (1569 – 1795), weil sich in dieser Zeit die kulturelle Eigenart des litauischen Judentums ausbildete. Das jüdische Litauen (*Lite*) umfasste auch Teile der baltischen Staaten, Weißrusslands und Polens. Shaul Stampfer, *Lithuanian Yeshivas of the Nineteenth Century: Creating a Tradition of Learning* (Oxford: The Littman Library of Jewish Civilization, 2012), 1 – 2.

→ S. 351

Stampfer, *Lithuanian Yeshivas*; Gil S. Perl, *The Pillar of Volozhin: Rabbi Naftali Zvi Yehuda Berlin and the World of Nineteenth-Century Lithuanian Torah*

Scholarship (Boston: Academic Studies Press, 2012); Eliyahu Stern, *The Genius: Elijah of Vilna and the Making of Modern Judaism* (New Haven, CT: Yale University Press, 2013).

Diamant, »Khayim Grade«, 336.

Stampfer, *Lithuanian Yeshivas*, 272–273; David E. Fishman, »Musar and Modernity: The Case of Novardok«. *Modern Judaism*, 8 (1988), 41–42; Immanuel Etkes, *Rabbi Israel Salanter and the Mussar Movement: Seeking the Torah of Truth* (Philadelphia: The Jewish Publication Society, 1993). Zum Musar-Lehrplan gehörten die Klassiker: Bachja ibn Pakuda, *Ḥovot halevavot* (Pflichten der Herzens, um 1080), Solomon ibn Gabirol, *Tikkun middot hanefesh* (Über die Verbesserung der moralischen Eigenschaften, um 1045), Mosche Chaim Luzzatto, *Mesillat yesharim* (Weg der Aufrechten, 1738) und Menachem Mendel Lefin, *Cheshbon hanefesh* (Moralische Rechenschaft, 1809). Die letzten drei Werke ließ R. Salanter in Wilna neu drucken.

→ S. 352

Fishman, »Musar and Modernity«, 41–64. Über R. Horwitz: »Yosef Yozel Horwitz«, Wikipedia, https://en.wikipedia.org/wiki/Yosef_Yozel_Horwitz, besucht am 22. Mai 2020; Mordechai Ginsburg, »Die Musar-Bewegung«. Eliezer Yerushalmi et al. (Hgg.), *Pinkas Navaredok* (Tel Aviv: Alexander Harkavy Navaredker Relief Committee in U.S.A and Navaredker Committee in Israel, 1963), 33–38; englische Übersetzung: https://www.jewishgen.org/Yizkor/Novogrudok/nov033.html, besucht am 22. Mai 2020; R. Moshe Tzvi Weinberg, »Giants of Mussar (3: The Alter of Novardok, Rav Yosef Yozel Horwitz zt'l«. The Marcos and Adina Katz YUTorah Online, 5. Januar 2017, https://www.yutorah.org/lectures/lecture.cfm/870259/rabbi-moshe-tzvi-weinberg/giants-of-mussar-3-the-alter-of-novardok-rav-yosef-yozel-horwitz-zt-l/, besucht am 20. Mai 2020.

→ S. 353

Zitiert in Fishman, »Musar and Modernity«, 56. David E. Fishman, »The Musar Movement in Interwar Poland«. In: Yisrael Gutman et al. (Hgg.), *The Jews of Poland Between the Two World Wars* (Hanover, NH: New England University Press), 247–271.

Zitiert in Fishman, »Musar and Modernity«, 57. Eine gute Darstellung der Musar-Bewegung findet sich auch bei Shay A. Pilnik, *A Literary Monument for the Vanished World of Lithuanian Jewry: The Work of the Yiddish Writer Chaim Grade* (Magisterarbeit, Montreal: McGill University, 2005).

→ S. 354

Saul Lieberman, »Chaim Grade: A Testimony«. Aus dem Jiddischen übersetzt von Allan Nadler. *The Jewish Review of Books*, 8 (Frühjahr 2017), 46. Liebermans Essay erschien zuerst unter dem Titel »Eydus« [Zeugnis] in Abraham Sutzkevers Zeitschrift *Di goldene keyt*, Nr. 101 (1980), eine Nummer, die ganz der Gruppe *Yung Vilne* gewidmet war.

→ S. 355

Lawrence Kaplan, »The Ḥazon Ish: Haredi Critic of Traditional Orthodoxy«. In: Jack Wertheimer (Hg.), *The Uses of Tradition* (New York: The Jewish Theological Seminary of America, 1992), 145 – 173 (hier 152).

→ S. 356

Kaplan, »The Ḥazon Ish«, 160 – 163; Yechiel Szeintuch, »Khayim grade un der khazon ish«, *Di Tsukunft*, 114 (August 2012), 38 – 46.

→ S. 357

Chaim Grade, Brief an Joseph Opatoshu vom 29. Juli 1938. In: Khayim Bez [Hyman Bass], *Oyf di vegn fun der yidisher literatur* (Tel Aviv: Y. L. Peretz, 1980), 458.

Chaim Grade an Joseph Opatoshu, 15. Juli 1936. In: Bez, *Oyf di vegn fun der yidisher literatur*, 457.

Chaim Grade an Joseph Opatoshu, 15. Juli 1936. In: Bez, *Oyf di vegn fun der yidisher literatur*, 457.

→ S. 358

[Joseph] Opatoshu, *Der letzte Waldjude*. Übersetzt von Siegfried Schmitz (Berlin: Welt-Verlag, 1928). Opatoshus Romane waren wichtige Modelle für Grade, wie er selbst an Opatoshu schrieb: Briefe vom 15. Juli 1936 und 19. Januar 1947, zitiert in Bez, *Oyf di vegn fun der yidisher literatur*, 472 – 473 (hier 457).

Susanne Klingenstein, *Mendele der Buchhändler: Leben und Werk des Sholem Yankev Abramovitsh. Eine Geschichte der jiddischen Literatur zwischen Berdichev und Odessa* (Wiesbaden: Harrassowitz, 2014), 214 – 224.

Chaim Grade, *Tsemakh atlas*, Bd. 1 (New York: CYCO, 1967), 353; Chaim Grade, *The Yeshiva*, Bd. 1. Übersetzt von Curt Leviant (Indianapolis, IN: Bobbs-Merril Company, 1976), 340.

→ S. 359

Yehuda DovBer Zirkind, E-Mail an die Autorin, 28. Mai 2020.

Benjamin Brown, *The Hazon Ish: The Halakhist, Believer, and Leader of the Haredi Revolution* (Jerusalem: Magnes Press, 2011), 59 – 60 (in hebräischer Sprache). In einem Gespräch mit Abraham Tabachnik in der Jewish Public Library in Montreal am 1. Februar 1955 erklärt Grade, dass er die Jeschiwa verlassen, aber nie mit dem Chason Isch gebrochen habe. *Chaim Grade a shmues mit avrohom tabatshnik*, https://archive.org/details/ybc-fbr-192_4192/10_192A.wav, Nr. 12: »Conversation 1«, Minute 12:24 – 13:25; besucht am 28. Mai 2020.

Seine Frau Basche willigte in den Umzug erst ein, als ihr Stoffgeschäft ausgeraubt wurde und sie alles verlor. In Bnei Brak war es an ihrem Mann, Geld zu verdienen. Er tat es mit Büchern, zu denen die Besiedlung des Heiligen Landes ihn inspirierte, weil sie ein neues Durchdenken der Religionsgesetze erforderte. Allan Arkush, »High Threshold«. *The Jewish Review of Books*, 2. April 2019, https://jewishreviewofbooks.com/uncategorized/5257/high-threshold/, besucht am 25. Mai 2020.

→ S. 360

Die Postkarte aus dem Besitz des Chason Isch wurde zuerst am 19. Juni 2011 von »Ish Sefer« auf der charedischen Website *Otsar haḥokhma* veröffentlicht: http://www.otzar.org/forums/viewtopic.php?f=7&t=5310&p=43671#p4365. Der Historiker David Assaf reproduzierte die Postkarte auf seiner Website *Oneg shabbat* (22. August 2011): http://onegshabbat.blogspot.co.il/2011/08/blog-post_22.html, beide besucht am 26. Mai 2020.

Über Grades Zögern, nach Bnei Brak zu reisen: Kaplan, »The Ḥazon Ish«, 146. Grade besuchte das Grab am Vorabend von Schabbat Schuwa (Schabbat der Umkehr), der in die Zehn Tage der Umkehr zwischen Rosch Haschana und Jom Kippur fällt. Dokumentation auf David Asafs Blog *Oneg Shabat* (22. August 2011), http://onegshabbat.blogspot.co.il/2011/08/blog-post_22.html, besucht am 27. Mai 2020.

So im Gedicht »Omed ha'eysh« (Feuersäule). Dieses Gedicht und »Elegye oyfn khazn ish« erschienen bereits in Chaim Grade, *Der mentsh fun fayer* (New York: CYCO, 1962), 95–102. Chaim Grade, *Oyf mayn veg tsu dir – bedarki elaykh* (Tel Aviv: Y. L. Perets farlag, 1969): »A keyver [Grab] in Bney Brak«, 52–54; »Elegye« (1954), 36–42; »Omed« (1961), 44–50.

→ S. 361

»In der Stadt des Mordens« ist ein erschütterndes Gedicht über das Pogrom in Kischinjew (heute Chisinau) 1903. Chaim Grade, »Khayim nakhmen bialik«. In: Khayim Bez [Hyman Bass] (Hg.), *Pinkes far der forshung fun der yidisher literatur un prese*. Bd. 3 (New York: Congress for Jewish Culture, 1975), 9–29; »Tsu khayim nakhmen bialik«, Chaim Grade, *Af mayn veg tsu dir*, 100–107, 116–119. Die Beziehung zwischen Grade und Bialik untersuchte Justin Cammy, *Yunge Vilne: A Cultural History of a Literary Movement in Interwar Poland*. Dissertation, Harvard University, 2003 (Kap. 4). Ich danke Prof. Cammy für die Zusendung eines überarbeiteten Manuskripts.

Chaim Grade a shmues mit avrohom tabatshnik, https://archive.org/details/ybc-fbr-192_4192/10_192A.wav, Nr. 12, »Conversation 1«, Minute 20:37–21:30; besucht am 30. Mai 2020.

Sie wurde zwischen 1941 und 1943 durch den Einsatzstab Reichsleiter Rosenberg geplündert und schließlich durch Beschuss zerstört. Dan Rabinowitz, *The Legacy of Vilna's Strashun Library in the Aftermath of the Holocaust* (Waltham, MA: Brandeis University Press, 2019); über die Bedeutung und Plünderung der Bibliothek: David E. Fishman, *The Book Smugglers: Partisans, Poets and the Race to Save Jewish Treasures from the Nazis* (Lebanon, NH: ForeEdge, 2017).

→ **S. 362**

Avraham Sutzkever, *Baym leyenen penimer* (Jerusalem: Magnes Press und Hebrew University, 1993), 59. Das orthodoxe Blatt *Dos vort* hatte 1932 Gedichte von Grade gedruckt, die von seiner Kindheit in Armut und Krieg handelten. Sie wurden von der Leserschaft als Kritik an der Güte Gottes aufgefasst; dazu Cammy, *Yunge Vilne*.

Zitat aus Grades erstem Gedichtband *Yo* (Vilna: Kletskin, 1936). Es handelt sich um die zweite Zeile des ersten Gedichts, »*Mayn mame*«: »*Di bakn – aygnefalen un di oygn – halb nor ofn / hert mayn mame, vi es siftsn ire kni: / a gantsn vinterdikn inderfri / oyf ale merk arumgelofn [...]*«. Hindele Weintraub trägt Züge der Mutter.

Sutzkever, *Baym leyenen penimer*, 59–60. Dank an Yossi Newfield (Brooklyn, NY), der mir diesen Text besorgte. Die Dichter Morris Rosenfeld, H. Leivick, Aron Glanz-Leyeles und Yehoash (Solomon Bloomgarten) wohnten in New York. Yehoash hatte die gesamte Bibel ins Jiddische übersetzt.

→ **S. 363**

Chaim Grade, »Brent in midber«, *Vilner tog*, 16. März 1934. Das zentrale Motiv ist der brennende Busch, aus dem Gott zu Moses spricht. Cammy, *Yung Vilne* (Kap. 4). Über *Yung Vilne*: Justin D. Cammy, »Yung Vilne«. In: *YIVO Encyclopedia of Jews in Eastern Europe*; Justin D. Cammy, »Tservorfene bleter: The Emergence of Yung Vilne«. In: Antony Polonsky (Hg.), Polin, Bd. 14 (Oxford: Littman Library of Jewish Civilization, 2001), 170–191.

Auf diesem Dokument ist Grades neue Adresse notiert. Er wohnte zur Untermiete bei Dr. »W. Lewin, Wilno, Kolejowa 15/3«. The Edward Blank YIVO Vilna Online Collections, RG3 F2000. https://digitalassets.yivo.org/RG%203/F1851-2000/ya-rg3-f2000.pdf, besucht am 30. Mai 2020. Diese Adresse ist auch noch gültig am 29. September 1938 (Brief von B. Z. Hariton aus Schenectady, NY, an Grade, »c/o Dr. Levin, Kolejowa 15/3, Wilno, Poland«).

Chaim Grade, *Yo* (Wilna: Farlag fun B. Kletskin, 1936). Digitalisat: יאָ (Yo), 1936, Container: Box 1, Folder: 1. The Estate of Chaim Grade and Inna Hecker Grade, RG 1952. YIVO Institute for Jewish Research. https://archives.cjh.org/repositories/7/archival_objects/174465, besucht am 30. Mai 2020. Nachlass: https://archives.cjh.org/repositories/7/resources/556, besucht am 30. Mai 2020. Alle Zitate sind der Ausgabe von 1936 entnommen.

→ **S. 365**

Ruth R. Wisse, »1935/6 – A Year in the Life of Yiddish Literature«. Israel Bartal et al. (Hgg.), *Studies in Jewish Culture in Honour of Chone Shmeruk* (Jerusalem: Magnes Press, 1993), 83–103; Efrat Gal-Ed, *Niemandssprache: Itzik Manger – ein europäischer Dichter* (Berlin: Suhrkamp, 2015).

→ **S. 366**

Chaim Grade, »Geveyn fun doyres«. In: H. Leivick und Joseph Opatoshu (Hgg.), *Zamlbikher*, 2 (1937), 5–11; auch in Chaim Grade, *Doyres* (New York: YKUF),

133–138; Chaim Grade, »The Weeping of Generations«. Übersetzt von Zackary Sholem Berger. In: Todd M. Endelman et al. (Hgg.), *The Posen Library of Jewish Civilization and Culture*, Bd. 8 (New Haven, CT: Yale University Press, 2020), 1261–1263.

→ S. 367

Zitiert in Bez, *Oyf di vegn fun der yidisher literatur*, 457. *Pflichten des Herzens* und *Pfad der Aufrechten* sind Klassiker der Musar-Literatur (Anmerkung zu Seite 369). Die Jewsekzija war die jüdische Abteilung der Kommunistischen Partei. Sie existierte von 1918 bis 1930 und bekämpfte die Ausübung der jüdischen Religion. Jeschiwot schmuggelten ihre Studenten über die russische Grenze nach Polen. Die Leiter der Novardoker Jeschiwot trugen die jüngeren Schüler oft über weite Strecken auf ihren Schultern und brachten so etwa 600 Studenten über die Grenze. Fishman, »The Musar Movement in Interwar Poland«, 252–253.

Chaim Grade an Joseph Opatoshu am 17. Januar 1938 und 6. Februar 1938. YIVO Archives, Joseph Opatoshu RG 436, Folder 56. Cammy, *Yung Vilne* (Kap. 4).

→ S. 368

Chaim Grade an Joseph Opatoshu am 15. Juni 1938. In: Bez, *Oyf di vegn fun der yidisher literatur*, 467.

Chaim Grade an Joseph Opatoshu am 15. Juni 1938, zitiert in Bez, *Oyf di vegn fun der yidisher literatur*, 467–468. Shmuel Niger, »Khayim grades naye poeme«, *Undzer tog* (Herbst 1938, Datum nicht lesbar), zitiert in Cammy, *Yung Vilne* (Kap. 4).

Digitalisat: מוסרניקעס (*Musernikes*), 1939, Container: Box 1, Folder: 3. The Estate of Chaim Grade and Inna Hecker Grade, RG 1952. YIVO Institute for Jewish Research. https://archives.cjh.org/repositories/7/archival_objects/174467, besucht am 31. Mai 2020.

Alexander Mukdoni (Alexander von Mazedonien) ist das Pseudonym von Alexander Kappel (1878–1958). YKUF (*Yidisher kultur farband*) wurde 1937 in Paris gegründet.

→ S. 369

Grades Rede wurde in der Zeitung abgedruckt: »Der zinen fun dikhter un dikhtung: Di rede fun Chaim Grade oyfn groysn literarishn ovent«, *Undzer tog*, 24. Februar 1939, 5. Der ursprünglich für den 6. Februar geplante Abend wurde auf den 18. Februar verschoben. Dokumente in polnischer und jiddischer Sprache in: The Edward Blank YIVO Vilna Online Collections. RG3 F2000. https://digitalassets.yivo.org/RG%203/F1851-2000/ya-rg3-f2000.pdf, besucht am 31. Mai 2020. Das Textzitat ist der Beginn der *Musernikes* (1939).

Lucy S. Dawidowicz, *From that Place and Time: A Memoir, 1938–1947* (New York: W. W. Norton, 1989), 125–126.

→ **S. 370**

Ibid., 128–129.

Ibid., 129.

→ **S. 371**

Ibid., 129.

In ihrer Einleitung zu *My Mother's Sabbath Days* zitiert Inna Hecker Grade aus dem Bericht über eine Rabbinerversammlung, der am 22. Juni 1939 in der Wilnaer Zeitung *Undzer tog* erschien: »Rabbi Regensburg, der über achtzigjährige Sambrover Rav, der Großvater von Grades Frau, nimmt alle Kraft zusammen und spricht. Seine Rede erinnert an jene Zeiten, als Juden, wenn sie solche Worte hörten, sich zum höchsten Opfer für Gott bereitmachten. Chaim Grade saß im Publikum.« Die säkulare Leserschaft der von Zalmen Reyzen herausgegebenen Zeitung würde den 29-jährigen Dichter Grade eher gekannt haben als den 87-jährigen Rabbi Regensburg (1852–1941), der 1882 von seinem Schwiegervater R. Lippa Chaim das Rabbinat in Zambrów übernommen hatte. Yom-Tov Levinsky, *Sefer Zambrów* (Tel Aviv: Olel Zambrów Society, 1963), englische Übersetzung: http://www.museumoffamilyhistory.com/zyb-ab-rabbis.htm, besucht am 15. Mai 2020.

Dawidowicz, *From that Place and Time*, 191.

→ **S. 373**

Yitzhak Arad, *Ghetto in Flames: The Struggle and Destruction of the Jews in Vilna in the Holocaust* (New York: Holocaust Library, 1982); Herman Kruk, *The Last Days of Lithuania: Chronicles from the Vilna Ghetto and the Camps, 1939–1944*. Hg. von Benjamin Harshav, aus dem Jiddischen übersetzt von Barbara Harshav (New Haven, CT: Yale University Press, 2002); Abraham Sutzkever, *Wilner Getto 1941–1944: Biographische Aufzeichnungen*. Übersetzt von Hubert Witt (Zürich: Ammann Verlag, 2009); Shirli Gilbert, *Music in the Holocaust: Confronting Life in the Nazi Ghettos and Camps* (Oxford: Clarendon Press, 2005), 55–98; Christoph Dieckmann, »Die Zerstörung des Ghettos in Vilnius im September 1943«. In: Elke-Vera Kotowski und Julius Schoeps (Hgg.), *Vilne, Wilna, Wilno, Vilnius* (Berlin: Hentrich & Hentrich, 2017), 103–127.

Michael Astour, »Zalmen Reyzen«. *Oyfn shvel*, Oktober 1985, 4; »The Reisens of Koydanovo«, https://kehilalinks.jewishgen.org/dzyarzhynsk/reisens.html, besucht am 4. Juni 2020.

Grade, *Der mames shabosim*, 289, 291; *My Mother's Sabbath Days*, 241, 243.

→ **S. 374**

Grade, *Der mames shabosim*, 367; *My Mother's Sabbath Days*, 301.

Man kann Grades Irrfahrt recht gut in *Der mames shabosim* nachverfolgen. Allerdings gibt Grade nur einmal ein Datum an (14. April [1943] in Stalinabad). Bestätigt wird die Abfolge der Stationen durch die Notizbücher in

Grades Nachlass im New Yorker YIVO. Viele der Gedichte sind datiert. Das wichtigste Dokument, um die Abfolge der Aufenthaltsorte zu bestimmen, ist Folder 65: Ein siebenseitiges handschriftliches Inhaltsverzeichnis eines projektierten Gedichtbandes mit insgesamt 83 Gedichten. Nach dem Titel und der projektierten Seitenzahl notiert Grade häufig Datum und Ort der Komposition. Die Daten in meiner Rekonstruktion der Reise stammen aus diesem Dokument: *Documents Relating to Grade's Early Period*, 1941–1943, Container: Box 1, Folder: 65. The Estate of Chaim Grade and Inna Hecker Grade, RG 1952. YIVO Institute for Jewish Research. https://archives.cjh.org/repositories/7/archival_objects/174529, besucht am 2. Juni 2020. Ich danke Yehuda Zirkind für den Hinweis auf dieses Dokument.

»A Conversation with Chaim Grade«. In: Harold U. Ribalow, *The Tie that Binds: Conversations with Jewish Writers* (San Diego, CA: A. S. Barnes 1980), 50–51.

→ S. 375

Grade, *Der mames shabosim*, 375; *My Mother's Sabbath Days*, 308. Tragen außerhalb eines als privat markierten Bezirks (*eruv*) ist an Schabbat nicht erlaubt.

Ilja Ehrenburg, *Merder fun felker: Materyaln vegn di retsikhes fun di daytshishe farkhaper in di tsaytvaylik okupirte sovetishe rayonen* (Mörder der Völker: Materialien über die Greueltaten der deutschen Besatzer in den zeitweilig sowjetisch besetzten Gebieten). Nora Levin, *The Jews in the Soviet Union Since 1917: The Paradox of Survival*. Bd. I (New York: New York University Press, 1990), 434–438.

→ S. 376

Proust, *Auf der Suche nach der verlorenen Zeit. In Swanns Welt*, 525; Proust, *A la recherche du temps perdu*. Tome 1, 363.

Zitat aus einem Typoskript (wahrscheinlich aus dem Jahr 1955), das die Rückfahrt von Moskau nach Wilna beschreibt. Es bricht ab bei der Einfahrt nach Wilna. *Tsurikker in Vilne*, undatiert, Container: Box 16, Folder: 201 (Zitat: fol. 3r) The Estate of Chaim Grade and Inna Hecker Grade, RG 1952. YIVO Institute for Jewish Research. https://archives.cjh.org/repositories/7/archival_objects/175171, besucht am 2. Juni 2020.

Im dreimal täglich rezitierten Achtzehn-Bitten-Gebet (Amida) heißt es: »*Atah gibor l'olam ado-shem mekhaye metim* – »Du, Gott, bist ewig stark, du lässt die Toten auferstehen.«

In diesem Fall der von Grade konstruierte Rückkehrer »Grade«.

→ S. 377

Grade, *Der mames shabosim*, 443–444; *My Mother's Sabbath Days*, 364.

Grade, *Der mames shabosim*, 447–448; *My Mother's Sabbath Days*, 368.

Grade, *Der mames shabosim*, 449; *My Mother's Sabbath Days*, 369.

→ S. 378

Grade, *Der mames shabosim*, 465 – 466; *My Mother's Sabbath Days*, 383.

→ S. 379

Grade, *Der mames shabosim*, 468; *My Mother's Sabbath Days*, 385.

→ S. 380

Fishman, *The Book Smugglers*, 137 – 163, 171 – 183. Grade fiktionalisierte seine Wochen in Wilna in *Froyen fun geto*. Die unter diesem Titel versammelten Erzählungen erschienen 1961/1962 als Fortsetzungsabdruck im *Tog-morgn-zhurnal*; die Passagen über Shmerke Kaczerginski in Wilna erschienen am 30. Juni 1961, 12. Januar 1962, 19. Januar 1962. Grade in Wilna: Identity Document, 1945, Container: Box 40, Folder: 1080. The Estate of Chaim Grade and Inna Hecker Grade, RG 1952. YIVO Institute for Jewish Research. https://archives.cjh.org/repositories/7/archival_objects/1178318, besucht am 3. Juni 2020. Box 40, Folders 1072 – 1081 enthalten Dokumente aus den Jahren 1945 und 1946.

Chaim Grade, *Doyres: Lider un poemes* (New York: IKUF, 1945).

YIVO RG 566 Box 14; außerdem die Dokumente in YIVO RG 1952, Box 40, Folders 1074 und 1080. Wegen der COVID-19-Epidemie war das Archiv des YIVO in New York im Frühjahr 2020 geschlossen. Ich konnte nur die digitalisierten Dokumente des Nachlasses einsehen und musste mich sonst auf die Angaben der Archivare verlassen. Ich danke Yehuda Zirkind für Einblick in seine Materialsammlung zu Grade, die auf seinen Recherchen im YIVO beruht.

Academic documents, 1942 – 1945, Container: Box 40, Folder: 1085. The Estate of Chaim Grade and Inna Hecker Grade, RG 1952. YIVO Institute for Jewish Research. https://archives.cjh.org/repositories/7/archival_objects/1178323, besucht am 4. Juni 2020.

Yosef Litvak, »Polish-Jewish Refugees Repatriated from the Soviet Union to Poland at the End of the Second World War and Afterwards«. In: Norman Davis and Antony Polonsky (Hgg.), *Jews in Eastern Poland and the USSR, 1939 – 1946* (London: Palgrave Macmillan,1991), 227 – 239.

→ S. 381

Für Rückkehrer aus der Sowjetunion gab es auch finanzielle Unterstützung. Nathan Cohen, »Motives for the Emigration of Yiddish Writers from Poland (1945 – 1948)«. In: Elvira Grözinger und Magdalena Ruta (Hgg.), *Under the Red Banner: Yiddish Culture in the Communist Countries in the Postwar Era* (Wiesbaden: Harrassowitz, 2008), 157 – 163.

Fishman, *The Book Smugglers*, 171.

Shimon Redlich, *Life in Transit: Jews in Postwar Lodz, 1945 – 1950* (Boston: Academic Studies Press, 2010), 61 – 83; Jan Gross, *Fear: Anti-Semitism in Poland after Auschwitz* (New York: Random House, 2007).

→ S. 382

Mordechai Strigler, *Maydanek*. Mit einem Vorwort von H. Leivick. Dos poylishe yidntum, Nr. 20 (Buenos Aires: Tsentral-farband fun poylishe yidn in argentine, 1947); Mordechai Strigler, *Majdanek*. Übersetzt von Sigrid Beisel (Springe: zu Klampen, 2016); Susanne Klingenstein, »Die Stimme des Überlebenden«. *Frankfurter Allgemeine Zeitung*, 18. Juli 2016: 20.

Fishman, *The Book Smugglers*, 207 – 220. Sutzkevers Zeugenaussage in Nürnberg: https://www.youtube.com/watch?v=QxwnMqi2NLs, besucht am 8. Juni 2020. Sie erscheint außerdem im Film *Black Honey: The Life and Poetry of Avraham Sutzkever* (Regie: Uri Barbash, 2018).

→ S. 383

Jan Schwarz, »The Holocaust and Postwar Yiddish Literature«. In: Alan Rosen (Hg.), *Literature of the Holocaust* (Cambridge: Cambridge University Press, 2013), 102 – 117.

Schwarz, *Survivors and Exiles*, 92 – 117, 253 – 268.

Von jedem Buch gab es auch immer eine broschierte Ausgabe mit aufregend illustriertem Einband.

Chaim Grade, *Pleytim: Lider un poemen geshribn in ratn-farband in 1941 – 1945*. Dos poylishe yidntum, Nr. 17 (Buenos Aires: Tsentral-farband fun poylishe yidn in argentine, 1947). Der Band enthielt auch Gedichte, die schon in *Doyres* (1945) erschienen waren, wie etwa »Mit dayn guf oyf mayne hent«.

→ S. 384

Chaim Grade, *Farvoksene vegn* (Paris: Yidisher folksfarband in frankfraykh, 1947), [5].

Chaim Grade, »Der mames tsavoe«. In: Joseph Opatoshu und H. Leivick (Hgg.), *Zamlbikher*, 7 (1948), 114 – 140.

Eine handschriftliche Notiz (auf einer Rechnung des Hotels Seneca vom 20. März 1950) in englischer und französischer Sprache beschreibt Grades Anstellung in Hénonville und gibt an, Grade sei 1937 [!] von »Rabbi Moishe Karelitz« ordiniert worden. YIVO RG 566, Box 14. Shmuel Albert, »The Netzach Yisrael Kibbutz in Hénonville, France, for Survivors from Poalei Agudas Yisrael«. *Hamodia*, 25. Dezember 2017, https://hamodia.com/frominyan/netzach-yisrael-kibbutz-henonville-france-survivors-poalei-agudas-yisrael/, besucht am 8. Juni 2020.

Общество ремесленного и земледельческого труда *(Obschtschestwo remeslennogo i zemledeltscheskogo truda)*, Gesellschaft für handwerkliche und landwirtschaftliche Arbeit. Außerdem waren in Hénonville der Joint (American Jewish Joint Distribution Committee) und vor allem Agudat Israel tätig.

→ S. 385

Alle Dokumente in YIVO RG 566, Box 14. Über die Ausreise spricht Grade in Ribalow, *Conversations*, 52.

Zitiert in Bez, *Oyf di vegn fun der yidisher literatur*, 460.

→ S. 386

Zitiert in Bez, *Oyf di vegn fun der yidisher literatur*, 472.

Chaim Grade, *Der mames tsavoe* (New York: [Selbstverlag], 1949). Grade bedankt sich bei Dr. Aron Syngalovsky und A. A. Neumann, Genf (Sitz des ORT) und verschiedenen jüdischen Organisationen für ihre Unterstützung. Die Gedichte über die Schweiz im Abschnitt »Die Götter der Berge« haben ihren Ursprung in Grades Besuch des P.E.N.-Kongresses in Zürich 1947. Grade, Sutzkever und Leyzer Ran waren dort als Vertreter der jiddischen Literatur in Polen.

→ S. 387

David G. Roskies, *Against the Apocalypse: Responses to Catastrophe in Modern Jewish Culture* (Cambridge: Harvard University Press, 1984); David G. Roskies (Hg.), *The Literature of Destruction: Jewish Responses to Catastrophe* (Philadelphia: The Jewish Publication Society, 1988); Ben Furnish, »Chaim Grade«. In: S. Lillian Kremer (Hg.), *Holocaust Literature: An Encyclopedia of Writers and Their Work*. Bd. 1: *Agosin to Lentin* (New York: Routledge, 2003), 457–463.

Chaim Grade, *Shayn fun farloshene shtern*. Dos poylishe yidntum, Nr. 66 (Buenos Aires: Tsentral-farband fun poylishe yidn in argentine, 1950), 58–81, 166–172. Julian Levinsons englische Übersetzung des ersten Gedichts, »Yidishe shtetlekh fun poyln«, erschien in Geveb, 25. März 2019, https://ingeveb.org/texts-and-translations/jewish-towns-of-poland, besucht am 10. Juni 2020.

Chaim Grade an Abraham Bornstein, 16. November 1968, zitiert in »My Dear Abe« [Ausgewählte Briefe an Bornstein, übersetzt von Rose Waldman]. *Pakntreger,* Sommer 2019, https://www.yiddishbookcenter.org/2019-pakn-treger-translation-issue/my-dear-abe, besucht am 10. Juni 2020. Über sein 5000-Zeilen-Epos äußert Grade sich in Ribalow, *Conversations*, 53. Über den Umschwung der jiddischen Literatur um 1950 Schwarz, *Survivors and Exiles*, 124–126.

→ S. 388

Chaim Grade in Ribalow, *Conversations*, 54.

→ S. 390

Proust, *Auf der Suche nach der verlorenen Zeit. In Swanns Welt*, 429; Proust, *A la recherche du temps perdu*. Tome 1, 296.

Chaim Grade, »Mayn krig mit hersh raseyner«. *Yiddisher kempfer,* 32 (28. September 1951), 33–44; Nachdrucke: Chaim Grade, *Musernikes (poeme), Mayn krig mit hersh raseyner (esey)*, hg. von Chone Shmeruk (Jerusalem:

Hebräische Universität, 1969), 79 – 124; Chaim Grade, *The Seven Little Lanes*. Übersetzt von Curt Leviant (New York: Bergen Belsen Memorial Press, 1972), 79 – 111.

Irving Howe und Eliezer Greenberg (Hgg.), *A Treasury of Yiddish Stories* (New York: The Viking Press, 1954); Isaac Bashevis Singer, »Gimpel the Fool«. Übersetzt von Saul Bellow. *Partisan Review,* 20.3 (Mai/Juni 1953), 300 – 313.

→ S. 391

Literaturwissenschaftler schälen zunehmend den europäischen Intellektuellen aus der Hülle des Clowns, so etwa David Stromberg, »Isaac Bashevis Singer: Writer and Critic«. *Los Angeles Review of Books,* 11. November 2019, https://lareviewofbooks.org/article/isaac-bashevis-singer-writer-and-critic/, besucht am 11. Juni 2020.

→ S. 392

Janet Hadda, *Isaac Bashevis Singer: A Life* (New York: Oxford University Press, 1997), 57.

Chaim Grade an Abraham Bornstein, 12. Januar 1967. Bornstein (1893 – 1995) gründete 1923 den Boston Book and Art Shop und lernte Grade 1951 als Kunden kennen. Im Abraham Bornstein Archiv in der National Library of Israel (ARC. 4* 1503) liegen 330 Briefe von Grade. Yehuda Zirkind plant eine kommentierte Ausgabe. Er stellte mir seine Transkription einiger Briefe zur Verfügung.

Schwarz, *Survivors and Exiles*, 134 – 135. Inna Grade gehörte zu Singers schärfsten Gegnern. Viele zeitgenössische jiddische Leser hielten Singers Fiktionen für Schmutz, lasen sie aber, weil es interessanter Schmutz war in einem satten polnisch-jiddischen Idiom. Alana Newhouse, »Dissent Greets Isaac Bashevis Singer Centennial«. *The New York Times,* 17. Juni 2004, E1, E5. Die Eifersucht der nicht übersetzten Schriftsteller verarbeitete Cynthia Ozick in ihrer berühmten Geschichte »Envy; or, Yiddish in America«. *Commentary,* November 1969, nachgedruckt in *The Pagan Rabbi* (New York: Alfred A. Knopf, 1971); Schwarz, *Survivors and Exiles,* 210 – 237 (über Grade und Singer).

Irving Howe, *A Margin of Hope: An Intellectual Autobiography* (San Diego: Harcourt Brace Jovanovich, 1982), 265.

→ S. 393

Chaim Grade in Ribalow, *Conversations*, 54.

Chaim Grade, »Talmidey-khakhomim in der lite: kapitlen fun a poeme«. *Yiddisher kemfer,* 34 (3. April 1953), 25 – 32. Grade bekam für das Jahr 1954 – 1955 ein Stipendium von $ 2500 von der Conference on Jewish Material Claims against Germany, das im September 1954, Januar und Mai 1955 in drei Raten nach Vorlage eines Arbeitsberichts ausbezahlt wurde (Dokumente in YIVO RG 566 Box 14). Jonah [Yoyne] Rosenfeld, *Geklibene verk*. Hg. von Chaim Grade (New York: CYCO, 1955); Schwarz, *Imagining Lives*, 137 – 138.

Chaim Grade, »Amerikaner motivn«. *Yiddisher kemfer,* 8. April 1955, 11–12; Chaim Grade, »Yosemiti tol«. *Yiddisher kemfer,* 12. September 1958, 66–68. Diese und weitere amerikanische Gedichte hat Grade nicht in einem Buch gesammelt.

→ S. 394

Chaim Grade an Abraham Bornstein am 26. Juni 1955, 13. Januar 1967 und 18. Mai 1969. Zitiert nach Yehuda Zirkinds Transkription der Briefe im Bornstein Archiv der National Library of Israel (ARC. 4* 1503 Serie 03).

→ S. 395

Chaim Grade an Abraham Bornstein am 17. Oktober 1966, zitiert in »My Dear Abe«.

Chaim Grade an Abraham Bornstein am 17. Juni 1963. Zirkinds Transkription der Briefe im Bornstein Archiv der National Library of Israel (ARC. 4* 1503 Serie 03).

→ S. 396

Ruth R. Wisse, »In Praise of Chaim Grade«. *Commentary,* 63 (April 1977), 70–73; Ruth R. Wisse, »The Poet from Vilna«. *Jewish Review of Books,* Sommer 2010, 10–15; Susanne Klingenstein, »The Lessons of Yiddish Culture: Ruth R. Wisse«. *In: Enlarging America: The Cultural Work of Jewish Literary Scholars, 1930–1990* (Syracuse: Syracuse University Press, 1998), 304–346; Ruth R. Wisse, »Chaim Grade's Use of Conflict«. Yiddish Book Center, 27. Juni 2011, https://www.youtube.com/watch?v=fZjSLVPufBg, besucht am 13. Juni 2020. Sarah Betsky-Zweig war die erste Übersetzerin eines Gedichts von Grade, »The Road of Suffering«, abgedruckt in ihrer Anthologie *Onions Cucumbers and Plums* (Detroit: Wayne State University Press, 1958).

Curt Leviant, »Translating and Remembering Chaim Grade«. *Jewish Review of Books,* Winter 2011, 50–51. Chaim Grade, *The Seven Little Lanes*; Chaim Grade, *The Agunah*. Übersetzt von Curt Leviant (Indianapolis: Bobbs-Merrill, 1974); Chaim Grade, *The Yeshiva.* 2 Bde. Übersetzt von Curt Leviant (Indianapolis: Bobbs-Merrill, 1976 und 1977).

Zur jüdischen Topographie Wilnas Sandra Studer, *Erinnerungen an das jüdische Vilne: Literarische Bilder von Chaim Grade und Abraham Karpinovitsh* (Köln: Böhlau, 2013).

→ S. 397

Chaim M. Weiser, *Frumspeak: The First Dictionary of Yeshivish* (Northvale, NJ: Jason Aronson, 1995); gesprochenes »Jeschiwisch« in diesem Vortrag: »Yevamos 121: Mayim Sheain Lahem Sof and Avad Zichro«, https://archive.org/details/yevamos-121-mayim-sheain-lahem-sof-and-avad-zichro, besucht am 14. Juni 2020; über Grades Roman *Di agune*: Minute 12:11–12:31.

Inna Hecker Grade, »Chaim Grade: Reminiscences«. *Midstream,* 32 (Oktober 1986), 35–37.

→ S. 398

Barbara Finkelstein, »He translated One of the Greatest Modern Yiddish Writers – And Didn't Know«. *Forward,* 8. Mai 2019.

The Shmooze, The Yiddish Book Center's Podcast, Episode 0153: »Translating Chaim Grade« [Interview mit Mel Rosenthal, 9. Juli 2017], https://www.yiddishbookcenter.org/language-literature-culture/the-shmooze/153-translating-chaim-grade, besucht am 15. Juni 2020.

→ S. 399

Itzik Gottesman, »Reminiscing about Chaim Grade's Widow, A Caustic Woman Known as the ‹Black Witch'«. *Forward,* 11. Juni 2010.

Chaim Grade an Abraham Bornstein am 17. Oktober 1966, zitiert in »My Dear Abe«.

Chaim Grade an Abraham Bornstein am 1. August 1968, zitiert in »My Dear Abe«.

→ S. 400

Joseph Berger, »In Yiddish Author's Papers, Potential Gold«. *The New York Times,* 17. Mai 2010, https://www.nytimes.com/2010/05/18/books/18grade.html, besucht am 14. Juni 2020.

https://archives.cjh.org/repositories/7/resources/556; bis Ende 2022 soll der ganze Nachlass digitalisiert sein. Harold Rabinowitz, »They Don't Call It a Mania for Nothing« [über Grades Büchersucht]. In: Harold Rabinowitz und Rob Kaplan (Hgg.), *A Passion for Books* (New York: Three Rivers Press, 1999), 122 – 133.

Chaim Grade, *Fun unter der erd*. *Forverts,* 25. März 1979. Auch zitiert in Schwarz, *Survivors and Exiles*, 225.

→ S. 401

Chaim Grade in Ribalow, *Conversations*, 52.

David Asaf, »Hasofer ḥayim grade kotev leḥazon ish«. *Oneg shabat,* 22. August 2011, http://onegshabbat.blogspot.com/2011/08/blog-post_22.html, besucht am 15. Juni 2020.

Chaim Grade on Yiddish Literature, https://www.youtube.com/watch?v=AmL-wo35B6LA; weitere Vorträge von Grade im Internet-Archiv: https://archive.org/search.php?query=subject%3A%22Chaim+Grade%22, besucht am 15. Juni 2020.

Susanne Klingenstein, *Jews in the American Academy, 1900 – 1940: The Dynamics of Intellectual Assimilation* (New Haven, CT: Yale University Press, 1991), 18 – 34 (über Wolfson); Carmi Horowitz, »Professor Yitzhak Twersky – the Talner Rebbe z"l: A Brief Biography«. *The Torah U-Madda Journal,* 8 (1998 – 1999), 43 – 58.

Zwei von Grades Vorträgen in Harvard wurden von Dr. Itzik Gottesman (University of Texas at Austin) gefilmt. Ich danke Dr. Gottesman für die Videos. Unter den Zuhörern sind Allan Nadler und David E. Fishman.

→ S. 402

Proust, *Auf der Suche nach der verlorenen Zeit. In Swanns Welt*, 66; Proust, *A la recherche du temps perdu.* Tome 1, 44.

Chaim Grade, *Der mentsh fun fayer: Lider un poemes* (New York: CYCO, 1962), 35. Der Druckfehler im Original (*lebt* ohne *t*) wurde hier korrigiert.

Von Frauen und Rabbinern ist im November 2020 als vierhunderteinunddreißigster Band der ANDEREN BIBLIOTHEK erschienen.

Die Herausgabe lag in den Händen von Christian Döring, der sich auch um das Lektorat gekümmert hat.

Die Übersetzung aus dem Jiddischen besorgte Susanne Klingenstein, die auch den umfangreichen Anmerkungsapparat beigesteuert sowie einen biographischen Essay verfasst hat, der den deutschen Leser erstmals umfassend in das Leben und Werk von Chaim Grade einführt. Dafür danken wir.

Wir danken The YIVO Institute for Jewish Research für die Unterstützung, ebenso Sabine Pfannenstiel/Andrew Nurnberg Associates.

Dieses Buch wurde von Kathleen Bernsdorf, Berlin, gestaltet und ausgestattet. Den Satz übernahm Dörlemann Satz, Lemförde, mit den Schriften GZA, Qualion Text und Canopee. Die Herstellung betreute Katja Jaeger, Berlin. Das Memminger MedienCentrum druckte auf 100 g/m² holz- und säurefreies, ungestrichenes Munken Pure. Dieses wurde von Arctic Paper ressourcenschonend hergestellt. Den Einband besorgte die Verlagsbuchbinderei Conzella in Aschheim-Dornach.

Die Originalausgaben der ANDEREN BIBLIOTHEK sind limitiert und nummeriert.

1.–3.333 2020

Dieses Buch trägt die Nummer:

1753 ✻

ISBN 978-3-8477-0431-7

AB – DIE ANDERE BIBLIOTHEK GmbH & Co. KG
Berlin 2020